作者近照

河边徐家

田织长

【上】

刘凡 著

团结出版社

图书在版编目（CIP）数据

河边徐家 / 刘凡著. -- 北京：团结出版社，2017.11（2018.2 重印）
 ISBN 978-7-5126-5738-0

Ⅰ．①河… Ⅱ．①刘… Ⅲ．①长篇小说－中国－当代 Ⅳ．①I247.5

中国版本图书馆CIP数据核字(2017)第 271195 号

出　　版：	团结出版社
	（北京市东城区东皇城根南街 84 号　邮编：100006）
电　　话：	(010) 65228880　65244790　（出版社）
	(010) 65238766　85113874　65133603（发行部）
	(010) 65133603（邮购）
网　　址：	http://www.tjpress.com
E-mail：	zb65244790@vip.163.com
	fx65133603@163.com（发行部邮购）
经　　销：	全国新华书店
印　　装：	三河腾飞印务有限公司
开　　本：	170mm×240mm　　　16 开
印　　张：	39
字　　数：	434 千字
版　　次：	2017 年 11 月　第 1 版
印　　次：	2018 年 2 月　第 2 次印刷
书　　号：	978-7-5126-5738-0
定　　价：	98.00 元（上下册）

（版权所属，盗版必究）

代序

清嘉庆年间，鄂东新洲黄冈交界处，一辆牛车穿行于山川层林之中。驾车的小伙姓徐，名笃麒，字祯祥，时年十六，眉宇间英气飞扬。小伙原籍黄冈县下五重乡莲花垱，家境贫寒，兄弟众多，土地贫瘠，逼出他孤身冒险外出"赶地"的勇气，用现在的话讲，是要换一换"风水"，改一改命运。

不可思议的是，小伙"赶地"的路径，竟与孔夫子"自陈蔡适楚"的足迹相合，沿路这条水深岸阔的河流，就名为"孔子河"，《论语》中"使子路问津"的典故，就发生于斯。悠悠牛车穿行于历史与现实之间，让"赶地"的小伙记住了相传"龙骨"砌成的孔叹桥，记住了三度毁于兵燹又三度"凤凰涅槃"的问津书院。小伙渐渐远离了自己熟悉的亲人故里，渐渐步入了外面未知的大千世界。

悠悠牛车，依然定格于黄冈县东还和乡牛车河畔的牛家坳。这里靠山面河，山叫牛车山，河叫牛车河，潇潇微风中听见轻轻荡漾的水波，高照的艳阳，和煦的轻风，似乎预示着世世代代的五谷丰登、五子登科。小伙明白：这就是梦想开始的地方。

于是，从河到河，牛家坳河边的北岸有了一个徐家，有了今天坐北朝南、偏东15度角的老屋，与彼岸的村落遥遥相望。这个敢于开拓且独具慧眼的小伙，也就成为了河边徐家的老祖太爷，从此开启了这一家不可思议的旷世传奇。

转眼几年后，老祖太爷已经有了一女一儿，时光流逝，女嫁儿娶，子孙繁衍，分家离户，又历四代，长子纯臣字恕臣，论辈分是我的太爷，他秉承了老祖太爷的闯劲，后来做了黄州千总。1868年，娶了周氏的太爷有了独子映奎。映奎字谧臣，号星朗，这就是我的爷爷。或许是祖辈"赶地"蹚过了孔子河，在那个天下无道的黑暗年代，从小好学的爷爷深怀着以天下为己任的远大抱负，这抱负孔夫子在"使子路问津"时就怃然感慨过："鸟兽不可与同群，吾非斯人之徒与而谁与？天下有道，丘不与易也。"爷爷很早就知道：终有一日，他会以祖辈"赶地"的勇气，去体验民族的精神，去感悟国家的命运。

这年六月初六，河边徐家向邻村王家提亲，以结"秦晋之好"。徐家问："嫁不嫁？"王家答："嫁。"于是次年六月初六，徐家往王家迎亲，娶回王家的闺秀，这便是我的祖母徐王氏。徐王氏秀外慧中，文化不高却知情达理，渐渐地成了河边徐家的"主心骨"。徐家的稻谷越来越高产，徐家的桂花树越来越茂盛。

世纪之交的1901年是农历辛丑年，《辛丑条约》的签订令中国民心思变。徐王氏为徐家添了一个后，也就是我的父亲。我太爷为自己的孙儿取名昌之，太爷盼望徐家能够昌运,更盼望国家能够昌运。

身为邑庠生的爷爷终于决定远行,他要东渡扶桑,去寻求救国救民的真知、练就昌运家国的本领。这一去,不知何时是归期。"风萧萧兮易水寒,壮士一去兮不复还!"徐王氏背着我年幼的父亲,在老屋里为我爷爷默默准备着行装,爷爷是她心目中的英雄,"忠孝不能两全",站在英雄的背后,她必须替爷爷撑好这个家。爷爷以国报家,她必须持家报国。家中有国,国中有家。

不可思议的是,徐王氏成就了徐家的忠孝两全。远在扶桑的爷爷追随中山先生加入了同盟会,一心致力于"驱除鞑虏,恢复中华,创立民国,平均地权"。东海对岸,河边徐家,老的老,小的小,徐王氏红润的脸庞渐渐清瘦,笔直的腰板渐渐弯曲,但颐养天年的公婆"起居无时,惟适之安",虎虎生风的儿子志存高远,文武双习。爷爷远行后,河边徐家并不宽裕,父亲有时不得不在教室外的墙根悄悄"旁听",聪颖过人的他依然熟知了《弟子规》《千家诗》。为了儿子求学,徐王氏变卖了陪嫁的饰物,少年老成的父亲,在母亲的支持下一路求知,进入了武汉中学,进入了湖北甲种工业学校和湖北中法高等学校,最终进入了声名远扬的黄埔军校。"天下难事,必作于易;天下大事,必作于细。"难事应该从易事入手,大事必须从小事起步。每天不断重复的平凡小事,也是成就伟业的坚实基石。徐王氏以自己的身体力行,教育着儿子脚踏实地,就像徐家老屋前的那些树,年复一年努力生长,年复一年努力成才。徐王氏以自己的柔弱身躯,助成着河边徐家两代革命者,就像徐家老屋前的这条河,一步一步汇入长江,一步一步汇入大海。

为了民族解放、国家富强、人民幸福,走上革命道路后的父亲很少回老屋。1937年抗战爆发,父亲再度匆匆离家,行前他在徐家祖坟前长跪不起,回到老屋缓缓手书了四句座右铭:"做事要勤勉,处事要灵敏,意志要坚定,态度要平和。"父亲笔下流淌出来的,依然是祖母徐王氏的谆谆教诲。

河边徐家,一代一代走出了老屋;守望着老屋的,似乎只有徐王氏那永不倒下的身影。不可思议的是,许多许多年以后,十六岁的我也与老太爷一样远走他乡,在大西北帕米尔高原经历了超越极限的磨砺和啼血的回归。从此,老屋和戈壁成为我一生的感悟,一生的惦念。其实,守望老屋的不仅有祖母,每一个从老屋里走出来的徐家子孙,都会铭记自己的根,都会守望自己的脉。

守望着老屋,就是守望着一种精神;守望着老屋,就是守望着一种传统;守望着老屋,就是守望着一种信念。

为此,我们会永远守望。

原载《人民日报》 2011年4月14日

目录
CONTENTS

代　序　　　　　　　001

上　册

牛车河边　　　　　　001
薄刀山寨　　　　　　019
两湖书院　　　　　　032
山野之人　　　　　　048
东渡扶桑　　　　　　066
山水之间　　　　　　086
二渡扶桑　　　　　　113
温馨家园　　　　　　131
难舍亲情　　　　　　148
辛亥风云　　　　　　167
故人回乡　　　　　　183
汉口学潮　　　　　　203
黄埔一期　　　　　　223
铁血党军　　　　　　249
兵变之夜　　　　　　284

牛车河边

千年黄州，是一个可以让时光凝固的地方。

大江东去，出三峡，过宜昌，盘旋荆江九曲回肠，波涛汹涌会汉江，过三国古战场，直逼大别山脉，峰峰相连96座，自西北向东南蜿蜒曲折……

黄州处于长江中游江汉文化区和长江下游江淮文化区，从概数讲，是千年，也可以说两千年，甚至五千年的悠久历史，这是黄州带给我们的文化记忆。中部为丘陵岗地，高低起伏，谷宽丘广、冲、垅、塝、畈交错；南部为长江冲积平原，河港、湖泊交织。从宜昌到上海，长江北岸没有大的山脉，只有一座大别山。奇特的大别山在于它气候之大别，物产之大别，文化之大别。发源山脉的举水、倒水、巴水、浠水、蕲水和华阳河六大水系，均自北向南汇入长江。这是黄州带给人们最直接的感官冲击。

团风，是黄州的一个小镇。东临巴河，西傍举水、沙河，北倚大崎山，南滨长江，与鄂州、新洲、浠水、罗田、麻城相邻。

河边徐家的故事，就发生在团风镇总路嘴村一个名叫牛家坳的地方。

牛家坳，是一个有故事的小坳，它按自己的方式保持着神秘，传承悠久的历史。

牛家坳，除传说中有古老的文化外，还有人与自然和谐相处的文化，她位于团风镇偏西，距镇13.5公里的一个山坳。这里风景绝佳，山峦叠嶂，绿树成荫。山坳的人敬畏大自然，有智、不迷、有情、不贪。山坳，幽深黝黑的石壁，映衬出一幅线条流畅的中国山水画。

清嘉庆年间，鄂东新洲黄冈交界处，一辆牛车穿行于山川层林之中。驾车的小伙姓徐，名笃麒，字祯祥，时年十六，眉宇间英气飞扬。小伙原籍新洲莲花垸，家境贫寒，兄弟众多，土地贫瘠，逼出他孤身冒险外出"赶地"的勇气，用现在的话讲，是要换一换"风水"，改一改命运。

悠悠牛车，依然定格于牛家坳。这里靠山面河，山叫牛车山，河叫牛车河。潇潇微风中听见轻轻荡漾的水波，高照的艳阳，和煦的轻风，似乎预示着世世代代的五谷丰登、五子登科。小伙明白：这就是梦想开始的地方。

"赶地"的小伙到此后，三年开荒、三年丰收，转眼过了几年，娶妻生子、盖屋，还在老屋边盖了一座祠堂。他回新洲莲花垸和族民们商量，把他的父亲牌位请到他刚落成的祠堂，祠堂不大，是一座很小的合院式建筑，认祖归宗后，南岸村里的徐氏后代，他们也看中这边风水。几次会议商量，几户大的徐氏把他们的祖先牌位也请了过来，于是

"赶地"小伙的祠堂，成了整个徐氏家族公共庙堂。逢年过节，婚嫁添丁，红白喜事，族内大事，触犯族规，也都在这祠堂里举行仪式。从此这位敢于开拓且独具慧眼赶着牛车的小伙，也就成为了河边徐家的老祖太爷。他还题写了四个大字——徐氏祠堂。

从此，牛车河边的北岸有了一个徐家，面朝南岸，当地人称"河边徐家"。山坳的人，因有河边徐家而骄傲，山坳的人也因有河边徐家而热情。河边徐家，映衬出山坳的完美，牛家坳的人，自豪。生儿育女，子孙繁衍。一代又一代的徐家人追寻着、探寻着、盼望着，演绎了一串串难以忘怀的故事。徐氏子子孙孙记住了这个"赶地"的小伙，是他的勇气、勤劳、智慧，创造成就了河边徐家。

河边徐家坐落在牛车山的怀抱中，依山傍水，视野开阔。老屋门前铺的是石板路，门前有两口塘，几棵参天大树，映衬着老屋的历史。

大别山余脉的地质、地貌为老屋提供了独特的建筑材料。屋基是巨大条石，墙用砖砌而成，加之石刻石雕，彰显出主人的智慧。

河边徐家门前的石板路和石径，述说着老屋的历史。

屋前静静蹲着上马石，房前的石板路光亮，石板上的车印已记载下它的沧桑。路面不过四米宽，但石板路面两旁，主人精心排列着半米宽的石子，早已光滑润泽，苔藓、小草挤在石板、石子缝里，不管有无人经过这里，它们不再寂寞。

老祖太爷当年立下规矩，离开河边徐家的男人，不仅要翻老屋，还要把后墙加高1尺2寸。他忘不了自己"赶地"出来的情景，他要让老屋的男人们留下念想。

老屋坐北朝南，偏东15度，长方形院落石铺地，后墙是一字式的山墙，屋顶砌有封火墙，灰瓦盖顶的屋脊飞檐，院子的东墙、西墙，由长短不同的两条宽阔的石条台阶一次叠累而成，与北、南走廊连为一体。院中有一棵高大的桂花树，树冠遮住了半个院子，每年8月，桂花飘香，花香整个老屋。这是"赶地"的小伙有了儿子后，做满月时种的，他在院子里种下一棵桂花树，在村头路边也种下一棵桂花树。岁月流逝，这棵桂花树成为小孩玩耍的地方。太爷那会，桂花树根繁叶茂，像一把高高宽宽的大伞。扩建庭院，仍以桂花树为中心。老屋各进分设槽门、中门、天进，二侧饰镂孔花砖青墙。东西厢房和走廊相连，北屋后厢，石子铺的甬道，一条通往牛车山，一条通向西北角的一处别样的建筑。房间大多用木质屏风，堂屋家具很旧，满屋里浸透古色古香。

老屋分家祠、书屋、茶屋，还有柴房、厨房、织房、碾房、杂役屋，后又增设乡村药房。老屋，述说河边徐家的故事。

门前银杏树、樟树茂密，牛车山上则以松树为主，松鼠在林中跳跃。

说起徐家，不得不说起徐氏悠久的历史。

若木公，是夏封徐氏第一代君王，夏朝徐国的五代先祖，都是由封地得姓，世袭国君。

到了徐国第32代，徐偃王名诞任国君，都徐州，与周朝穆王同时期人，也成为徐姓渊源先祖之一。

自徐偃王至世今，时逾 3000 年，徐姓繁衍昌盛，各支系徐氏堂号近 300 个。

自迁地的小伙在河边徐家修建"徐氏祠堂"后，徐氏家族人丁兴旺起来，又历四代，到我太爷这辈，太爷徐笃麒是长子，堂兄弟共有九个，太爷排行老大，即称大爷。由于堂兄弟众多，老屋住不下，经商量，太爷留住在老屋，其他堂兄弟到牛车河南岸择地盖屋，分家而过。那时，中英鸦片战争已经结束，《南京条约》也签订了，可道光皇帝还没搞清楚英吉利王国究竟在哪里。在族里，太爷威望极高。族里人都希望他能出任族长。他却谢绝族人们的好意，提名推荐在兄弟中排行第九的叔公当族长。

咸丰四年，太平天国运动席卷南方。清政府派胡林翼任湖北按察使，在全省"率乡绅举行保甲国团练"。团练，就是乡间的民兵。太爷因乡绅举名，成为黄州练总。苏东坡被贬曾任黄州团练使，那是一个没有什么权力的闲职。太爷训练乡勇，清查保甲，坚壁清野，文识四书五经诸子百家，武习岳家拳和岳家枪。

特别岳家拳，太爷被誉为"黄州第一高手"。

岳家拳是宋朝的民族英雄岳飞所创。内外合一，完整和谐。被称为中国武术源流及功法、套路、格斗的"活化石"，在黄州非常流行，太爷因师傅口传身授形式得到真传。

岳家拳有独特的技战功能。一是以气催力，内外兼修；二是攻防灵活，虚实结合；三是一击必杀，手法凶狠；四是步法沉稳，刚柔并济。

太爷以团练为基础，加上兵勇、夫役、工匠等编成陆军，兵随将转，兵为将有，被朝廷收编为正规军。太爷即被委任黄州卫千总，安抚使司副使，从六品。

太爷坚毅宽厚，对"匪寇"多是化剿为驱。他常对属下讲："我们这儿的'匪寇'实为穷民，皆有父母兄弟子女，须以心度之。"团练保甲多为保家安民，调解地方，太爷处事公道，深有人望。

太爷官邸在黄州府，他的道理很简单，他想做一个孤独而坚硬的千总，用微力来保黄州一方平安。他个性刚毅，知道官场不是他久留之地，迟早会解甲归田。所以，家眷仍留在牛家坳老屋。牛家坳是一个非常神奇的村庄，神奇的山坳。人们在这里过着神仙般生活，自由自在，没有嫉妒仇恨，人人长寿，想活多久就活多久，只有活累了的人，才会去寻找涅槃的感觉。当时的大清国风起云涌，战事不断，太爷夜以继日，十分操劳，不得不常住官邸，所以晚年才得子，取名映奎。随着时光流逝，太爷也有许多惆怅，因此，他希望自己的儿子能早婚早育。太奶奶也有此想法，为儿子的婚事全心操持办理，托媒婆多方寻找，最终选定一个叫王雪源的姑娘。

光绪十六年，即公元1890年，六月初六，媒婆到王家提亲，一年后，王雪源嫁到徐家，从此随夫名徐王氏。

徐王氏就是我奶奶。她有典型东方面孔，高挑美丽，几分端庄，天资聪慧，遇事果敢。配上得体的服饰、发型、鞋，显示出自信。连走路的姿势，也显现出她的气质。嫁入河边徐家，她有一种敬畏，面对牛家坳传统文化之根，不需要远离尘世，淤泥里亭亭玉立也可以被赞美，牛家坳，唤醒她文化的记忆，激励她用非理性的惊人原动力，成就了河边徐家三代人。她贤淑善良，侍候公公婆婆，即我的太爷、太奶奶；体贴入微，关爱自己的丈夫，即我的爷爷；细致严格地教育自己的儿子，即我的父亲；当然，她的人格魅力也影响了她的孙子，即我。其实，我奶奶就是一个普通的农村女人。她的人生，有凄然，也有无奈。

奶奶出生在一个亦耕亦读的书香门第家庭，从小受到良好教育，各方面条件都符合太奶奶要求。一是女方家人丁兴旺，雪源有三个哥哥。二是女方家要有长寿基因。雪源的奶奶已80多岁，健在，而且眼不花、耳不聋。父亲王有林腰板挺直，大步走路，一点毛病也没有。三是未来儿媳妇要懂孝道，讲礼数，仪容俊秀，举止大方。

每个人的成长都是一场交付，交出少年的孱弱和娇柔，历经劫数，尝遍百味人生。女儿一大，前来王家提亲的还真不少，可让雪源满意的真没有。这一日，太奶奶托媒婆来到王家。媒婆的介绍，躲在门后悄悄偷听的雪源还真有些心动。

媒婆走后，王有林问女儿："做官家的儿媳，你愿意吗？"

雪源说："你不觉得女儿这两年变化了吗？"

"什么变化？"

"聪智了哇！"

有林问得实在，雪源回得巧妙。雪源的自信让古典的父亲有了底气。他说："河边徐家的公子，是位读书人，虽身在官家，并不是纨绔子弟，明年考秀才。"

聪明的雪源顺水推舟说:"父母大人做主就是了。"

媒婆再次上门,王有林承诺了这门婚事。

春的柔情,暖风吹来,让人有了睡意。太奶奶不想睡,媒婆带给她的消息让她毫无睡意。她叫醒太爷,一遍又一遍述说着雪源的条件,生怕漏掉一个小小的细节,直到太爷点头,大声说了一句:"行,就是她了!"二老才美美睡了一觉。

王雪源的父亲王有林,致力于开启民智,传播传统民族文化。他从小跟经商父亲王维铭在省城接受教育,完成学业后,留省城教了几年书,在父亲王维铭支持下,孤注一掷地把希望投在下一代的教育上,他想为家乡教育做点切实的贡献。很快,王有林创办的私立学堂享誉黄州城。雪源的父亲又是一个非常古典的人。他对三个儿子都是直呼其名,对唯一的女儿,却称"儿",叫她雪儿。他一生两大爱好,玩壶品茶,喝酒下棋。喝茶讲究茶、水、柴、火、壶;下棋讲究智、静、心。一幅棋谱,倒背如流。然而,传统保守的性格,除钟爱教育外,对子女,对生活,特别是对唯一女儿的要求,就太刻板了。他要求雪源熟读《诗》《书》《女儿经》《孝经》等;要求雪源抚琴、闻香、饮茶、品味。然而,正是古典刻板的父亲,成就了用心的雪源。她高雅坚韧,她越长越漂亮,越长越智慧。她骨子里有股女人的硬气。可当父亲的认为,女儿家,还必须有持家的本领,家里的柴米油盐全交给雪源打理。他知道,自己最疼爱的是女儿,可女儿长大,毕竟是公婆家的儿媳啊!雪源并没有让父亲失望,她把这个家打理得井然有序。戏文里说女人不准干政,可这个家，雪儿说了算。哥哥、嫂子得听她的。

雪源有三个哥哥。当年，他们的爷爷王维铭在汉口经商，父亲王有林从事教育，爷爷王维铭早就有意，把自己经营多年的布店交给孙儿。大哥雪山老实能干、诚信经营，每次卖布，都会放半寸；二哥雪松聪明、头脑灵光，负责去上海等地进货，或到老家收购土布；三哥雪涛为人忠厚老实，憨憨的、笨笨的，不爱读书，但心眼特别好，宁可自己吃亏，也不占别人便宜。三个哥哥都非常疼爱小妹雪源。

王有林回黄州办教育前夕，将王维铭购置店铺扩大面积，装修一新，交给雪山、雪松经营布匹。将老三和雪源带回老家。离开了省城的雪源，一点不后悔，在省城每天上午都会跟母亲上街提篮小买，回农村自家的园子可以随意。晚上，仰望天空，繁星比省城多，数也数不完的星星可以给你无限遐想。不会做菜的雪源跟着母亲下厨，不仅黄州家常菜做得色香味十分地道，还学会了做甜点。她爱干净，每次做完饭，都会把灶台、厨房打扫得干干净净，雪源喜欢这样的生活。当时汉口最有名的裁缝霍丑牛经常到王家布铺买布，一来一往相中老大憨厚实在。裁缝家有三个姑娘，老大已出嫁，老二老三是一对双胞胎。裁缝希望雪山能做上门女婿。

雪山诚实，他说："这可不是我说了算的事，即便我同意，那也是我父母当家，"他还多了一个心眼，提出，"如果我父母同意，你家女儿一对，我家兄弟二人。大双嫁给我，我上门，小双嫁给我家老二雪松，我们亲上加亲。"

霍丑牛一心想招上门女婿，雪山的话也有道理，他亲自到团风镇找王有林。早已回家乡的王有林将雪山、雪松独留汉口，正兀自发愁。一是愁雪山为人憨厚，恐受欺负；二是愁雪松血气方刚，恐惹祸上身；当然最愁的还是两个儿子的婚姻大事。而裁缝家与自家知根知底，家境殷实，行当相仿，正可谓是门当户对。一下能解决俩，王有林当即答应，双喜临门。

雪山上门后，对岳父霍丑牛一口一个爹的叫。那亲切和自己的女儿一样孝敬，并承诺，只要大双生儿子，就姓霍，霍丑牛就是爷爷了。霍丑牛高兴，亲自写了四个字"春、夏、秋、冬"，意思是一年有四季，四季是一年。他说男孩叫夏、冬，女孩叫春、秋。大双也争气，第一胎生下的就是小子。霍丑牛高兴，把孙子抱在手里，霍夏、霍夏，叫个不停。毕竟是隔代才有孙儿，霍丑牛有了人生寄托，他把裁剪服装的绝艺，全部教给了雪山。雪山真诚勤奋，经营布匹生意的同时将布店和裁缝店合并，成立了一家有点规模的铺子——"汉祥福"，在汉口的汉正街开了一个门面。因其诚实守信和过硬的手艺，加之面料上乘，做的旗袍和洋服备受欢迎。随着时代的变迁，不断改良传统服饰的创意，达官贵人的夫人们都喜欢来这定做服装，生意兴隆。

雪松娶亲后，继续跑买卖，小双留在团风。雪涛留在父亲身边，娶了村里的媳妇。家和万事兴，王有林在老家悠哉游哉。

雪源也偶去汉口小住，一是看两个哥哥，二是也采购点自己喜欢的衣物。

按当地风俗，头年六月初六，徐家太奶奶就托媒人去提亲。

"你家姑娘嫁不嫁?"媒婆问。

"嫁!"王家响亮回答。

"那我们明年的今天,就迎亲来了。"媒婆说。

"好,我们准备。"王家笑得合不上嘴,他们知道是高攀了。

提亲回来,太爷就吩咐管家,从现在开始,都提起精气神,一是确保少爷考秀才期间不出任何问题;二就是准备少爷的婚事,不出一点差错。少爷如愿中了秀才,出了点小插曲,那是后话。少爷婚礼上出的事,麻烦可就大了。

按习俗,奶奶雪源在出嫁前两天,已哭嫁两天,真的舍不得爹娘的养育,但对这门婚事又是喜上眉梢,乐在心里,望眼欲穿,迫不及待,不用做作,雪源矫揉大哭几场。

从王家到河边徐家,其实不算太远,二十多里旱路,十多里水路。迎亲那天,长长的迎亲队伍,那阵势,花轿、小轿、礼品,由喇叭、铜锣组成的乐队……好不热闹。在旱地主轿八人抬,小轿四人抬,那十多里水路则是漂亮的婚船,岸边站满了围观的人群。主婚船长九丈,前后十二个艄公。

新郎是我爷爷。刚刚发榜,他中秀才,太爷安排他的婚事。按太爷说的,咱徐家就这么一个儿子,他要早抱孙子,要喜上加喜,让徐家香火更旺。

迎亲的队伍早在旱地时,就被"悍匪"盯上了,领头的是二当家叫王远山,本想动手,经保镖徐石头打听是千总家娶媳妇连忙制止。原来这个徐石头,是从牛家坳跑到薄刀山寨的。

地处黄州境内山区的大别山,有一个薄刀山寨。清嘉庆年间，这一带长期被土匪杨飞龙盘踞，薄刀山寨前临悬崖，后靠绝壁，地势险要，易守难攻。大当家杨飞龙身为"匪"，也不是完全意义的"匪"，他主要打劫土豪劣绅，路过这一带的商号运输之人。按他自己说的，日子没法过，太穷了，薄刀山寨里的人，也种地采药，补贴生活。太爷当千总那会儿，也剿过几次，但都是平和收兵。

杨飞龙有两个女儿，大女儿杨青青，小女儿杨莹莹。当时，杨飞龙贴身保镖还是王远山，凭仗自己的武功，为人高傲，把谁也不放在眼里。青青、莹莹看不惯他的傲气，商量教训教训他，要求比武，结果俩姐妹联手打败了王远山。没面子的王远山无限伤感，后来机会来了，在一次内讧中，他和徐石头一起出手救了杨飞龙一命，加之两家上一辈是拜把兄弟，飞龙不仅把青青嫁给他，还让他做了二当家。小女儿杨莹莹就不一样，"匪"味十足，性格霸道，二当家也得让她三分。按杨飞龙自己说的，这个女儿是越来越没规矩，尽快替她找个婆家嫁了。

闭塞的山寨，大当家的女儿找婆家，谈何容易，加之杨莹莹天生叛逆，不喜欢山寨的生活，她有自己的向往，从小深受母亲田香影响。作为压寨夫人的母亲，出生在黄州城的书香门第，从小练字学画，且能写出漂亮的文章。一次春节庙会，在对春联的擂台会上，展露才华。那是她带着丫鬟玉儿第一次出门，爹爹再三交代，只看热闹，不说话。

田香第一次出门，玉儿紧紧跟随，热闹的庙会，和煦的阳光，吸引她俩。每年的黄州庙会，是最典型的鄂东民俗文化的展示。

丝弦锣鼓，给人以精、气、神的鼓舞和振奋，伴随着旱船给人以高尚文化艺术享受。在黄州，龙灯会是最具特色、最具影响力的民间艺术娱乐活动。人们按五龙颜色备制五条龙灯，命名为"五龙奉圣"。并严格遵循黄龙、白龙、红龙、金红龙、乌龙的固定顺序行走。用五龙答谢神赐。

还有"桃花蓝"，正在街头表演。角色有嫂子、小妹、情哥三人。妹肩挑用五彩纸花装饰的花担，手持方巾。哥手握竹板，嫂右手持扇，左手持方巾，三人边唱边舞，哥与妹相互倾诉情意，嫂子则穿其间逗趣，活泼而风趣。

田香和玉儿乐得直拍巴掌，用小手捂住嘴，怕笑出声来。她俩往前走，来到正在进行庙会春联擂台赛，主持人念了上联："山石岩头木古枯，此木是柴。"好一会儿，没人应答。"白水泉边女子好，少女最妙。"小姐答上了。掌声、欢呼声中，小姐麻烦来了。也来庙会凑热闹的杨飞龙彻底被田香迷倒了，他虽然读书不多，但大字还是认识几个。巧的是，对联那些字，他都认识。他喃喃道："妙、妙、妙，太妙了！美、美、美，真美！"他目不转睛盯着田香，自言自语："山，是山寨，女人又是水做的；我姓杨，有木字，眼前的好女子不就是天意吗？"杨飞龙二话不说，上前扛起小姐就走，一直抢到山寨。田香的爹告到官府，官府无奈，这事就不了了之。

杨飞龙会殷勤，懂得哄女人，对田香呵护有加，甚至有许多的体贴。或许这就是人们常说的"命"吧，慢慢她也就安心住在山寨了。随着两个女儿的出生，田香也死心踏地跟杨飞龙了，成了飞龙的贤内助。既然认命，她也没闲着，请了位老先生上山寨教弟兄们识字，逢年过节写些对联什么的，让山寨多一份喜庆。大女儿青青，飞龙做主嫁给了远山，很快有了外孙王小虎，有了第三代，她更安心了。小女儿莹莹就不一样，从小身体不好，从小习武强身，是在母亲疼爱下长大。莹莹有自己的主见，她说过自己的郎君一定是读书人，要有文化品位，要和母亲一样。她常穿便装进城，寻找自己的乐趣。这天，她随二当家一行下山，正好碰上千总家迎亲。二当家不敢和千总家结怨，并没有为难迎亲队伍。但她好奇，跟着迎亲的队伍吃酒去了。二当家急从水路调来快船，保护莹莹。

黄州地处鄂东，这一带的民俗十分考究，特别是结婚，在当地算是第一大喜事了。结婚的仪式很多，但"抬茶"是最重要的习俗。客人基本到齐，新郎新娘双双托着茶盘，在堂屋里从右起逐个敬茶，敬到哪位客人面前，要按客人的身份称呼其喝茶。这习俗不仅令新婚夫妇难以忘记，参与这项活动的男女老少也是津津乐道。喝"抬茶"还要诵打油诗、顺口溜，连院子里的散席也得"抬茶"。

莹莹进大门，就见新郎新娘正在院内托盘敬"抬茶"。新郎身着夏布长袍，新娘的发型、饰物和化妆映衬出婀娜多姿。莹莹定睛一瞧，揉揉眼睛再看，敬"抬茶"的是我爷爷。莹莹大吃一惊，怎么是他！原来爷爷赴黄州考秀才那天，正遇莹莹下山进城。莹莹习惯骑快马，和爷爷相遇时，爷爷骑的马惊了，爷爷及随从们不知所措，是莹莹骑快马把爷爷送进了考场。当时，莹莹心里可舒畅了，爷爷就坐在她的马上，匀称的身材，眉宇中的神采，丰神俊朗。莹莹的马飞快，汗水流淌，也顾不上去擦。爷爷准时进了考场，莹莹一直在外等着，甚至有些坐立不安。她问自己："这是怎么啦？"

考试终于结束了，爷爷出来，莹莹迎了上去。

"你一直在考场外等我？！"爷爷很惊讶。

"是啊，我想第一眼看到你出考场的那感觉。"莹莹俏皮地答道。

"谢谢你，要不是遇到你，今天我就麻烦了，后果不堪设想。"

"别客气，是我的马让你受惊了，希望我没让你受惊。"

"没有，没有。"好一个水灵的女子，爷爷刚瞧了一眼，就低下了头，不敢正视。

"敢问先生大名？"莹莹倒十分大方。

"徐映奎。"

"怎么还流汗？"莹莹递上一块缂丝手帕。

"好漂亮的缂丝手帕啊！"爷爷接过缂丝手帕擦汗，正准备还缂丝手帕，莹莹已经上马走了。"这是我绣的，送给你了。你等着我，一定要等着我，我们还会见面的……"

"你家住哪？叫什么名字……"爷爷追问。

"莹莹。"响亮的名字，回荡黄州城。

不得不说莹莹是个有心人，发榜那天，莹莹一早就去了黄州城。在中秀才的榜上，她看到"徐映奎"三个字，心里有说不出的高兴。"这家伙真行，头名秀才。"莹莹快马回到山寨，告诉爹爹："不是一直想把我嫁出去吗？我相中了一个秀才，他可是当今朝廷的秀才啊！你去提亲。"

"秀才叫什么？"杨飞龙为女儿的认真感动。

"徐映奎。"莹莹答。

"那是哪家的公子啊？"

"不知道。"莹莹说。

"你不知道，让我上哪儿去提亲呀？"

"我不管，上哪儿提亲，是你的事。如果是我找到了，那就是我的事了。"

"你想干什么？"

"我把他抢到山上来。"莹莹任性地说。

其实，杨飞龙还真派人暗暗打听徐映奎是谁家少爷。只是没想到，徐家这么快就安排了徐映奎的婚事。

当莹莹发现新郎是我爷爷时，她无法控制自己的情绪。

"好你个徐映奎，你这个没良心的家伙！"莹莹差点气昏过去，心想，"中秀才几天便结婚，而新娘却不是我。难道你忘了，是我送你进的考场，我两人同在一匹马上，你的手紧紧地搂着我，脸贴在我背上。长这么大，除了我爹，你是第一个搂过我的男人。我送你缂丝手帕，我让你等我，可是……"

莹莹失望了，小姐脾气上来了。她让二当家去闹酒，并派人向爷爷通报："少爷，门外有客人找你。"

爷爷来到门外，未见客人，却很快被两大汉绑到船上。当他睁开眼才发现，莹莹正坐在他面前。

"怎么是你呀？莹莹。"爷爷问。

"算你记性好，还知道我的名字。"莹莹说，"谁让你结婚的？"

"父母之命，媒妁之言。"爷爷认真地答道。

"我不是让你等着我吗？"莹莹生气地说。

"我等你？此话怎讲？"爷爷问。

莹莹说："你中秀才那天，我送你缂丝手帕，让你等我。"

爷爷想起来了，赴黄州考秀才那天，他的马惊了，是莹莹骑着快马把他送进考场的，他问过她的名字，问过她住哪。可她只告诉他自己叫莹莹。爷爷说："那天，的确感谢你，我也正打听你住哪，以便登门表达谢意。"

"好，那我现在就告诉你我住哪。"莹莹命令，"开船！"

船启航，飞快向前。

爷爷着急了："莹莹，你这是干什么呀！今天是我大婚，你把我绑到哪儿去？"

莹莹站起来，看了爷爷一眼，慢步来到船头，眺望远方，她完全失去了理智。

船行靠岸后，换马，爷爷又一次和莹莹骑在一匹马上，马在路上飞奔，爷爷下意识地紧紧地搂着莹莹，脸贴在她背上。

莹莹用她的方式，把我爷爷抢到山寨。

山寨有一处地理位置绝妙的地方，连着一个山洞。莹莹的屋子就坐落在这儿。屋子里有个暗道，通过山洞，直达外面，洞外面，全被林荫掩蔽，外观就是一处自然景观。从未想到，爷爷和莹莹会以这样的方式在这个地方见面了，似浪漫，又似逃亡，还似私奔，他俩面对面，莹莹两眼直射爷爷时，泪水是无声的，内心却翻涌着。她野性地扒开自己的布褂子，露出丰美无边的身体。

爷爷万分惊恐，被眼前的这一幕不知所措，他凝视莹莹，没法抑制本能的冲动。

一片空白，莹莹缓慢地一步一步向爷爷面前挪动，在山洞微弱亮光下，爷爷偷窥莹莹越来越近的身影，目光停留在她那高耸丰硕的双乳上，前所未有的热烈，他猛地紧紧搂住莹莹，双手不由自主地在她润滑的肌肤上抖动，那种从指尖传递出的情爱，是温顺，更是坚强的纤柔、优雅，无法让人忘记。莹莹咬紧双唇，紧闭双眼，泪水从眼角溢出。一切来得太突然，没有准备，来不及思考，来不及躲闪。

突然，莹莹用力推开爷爷，双手抱住自己的前胸。当目光再次聚集在爷爷泪流满面的脸上时，莹莹号啕大哭，是那么的心酸，那么的委屈。

爷爷开始恨自己，低下头，喃喃自责："我错了，我错了……"

莹莹不依不饶，梨花带雨的哭泣久久回荡在山谷之中。

薄刀山寨

山寨，难以抚平岁月的印痕，莹莹让山寨人的血液，从心灵流出，淌过时空，演绎出山寨人向往的图腾。

薄刀山寨地处鄂东，在大别山西向山脉的大崎山中，大崎山有"鄂东泰山"之誉。主峰龙王顶海拔1040.8米，呈东西走向，南麓，长江中游北岸。这里峰险、石怪、松奇，山势奇诡，山峦叠翠。

时间就这么流淌，一点节奏也没有。愤怒，一千年、两千年，进山寨是那么难，山寨的冷漠都是人为的，当人们醒悟，才知进了山寨更难。多少年来这个被视为"匪巢"的寨子没有人敢去，只是听说，有一年灾荒，好几百人涌进了山寨，再没有音讯。进了山寨会给你恐慌，让你有流泪的感觉，更没有人知道山寨是什么样的。

山寨的人，山寨的故事，浸染着山寨的灵魂，成为山寨人永恒的回忆。

薄刀山寨还隐藏着一个世人不知的秘密。

当初，杨飞龙是跟他父亲杨山豹上山的。上山后不久，飞龙的父亲就结识了王远山的父亲王智，几经交往，他俩成为拜把兄弟，或许他俩就是来拯救山寨的。那时山寨无垠，团团伙伙等待的幽灵随时爆发，山豹是条汉子，是顶天立地的汉子，他俩不仅将山寨视为今生今世的依靠，即便死去，也要留在山寨，静静地躺着，等待灵魂的回归。薄刀山寨上正孕育改变，山林中，山在抖动、树在呼喊，暴风雨来了，他俩在一起，什么都不怕。

山豹勇猛体壮，王智年轻但聪明、点子多，号称智多星。形影不离的他俩很快被当时的大当家发现了，正准备动手灭他俩时，他俩先发制人，灭了大当家。于是王智宣布，拥杨山豹为山寨新的大当家。他俩联手打拼，招兵买马并招安周边小股势力，成了薄刀山寨的主人。王智英年早逝，把幼小的儿子远山托付给山豹。当山豹传位于飞龙时，远山就成了飞龙的贴身保镖，即现在的女婿兼二当家了。

山寨也内讧，山寨也杀人，山寨也抢劫，山寨也是匪巢，人们称山寨人是土匪，只不过这些年外面战事不断，山寨人也收敛了许多，给人以不复存在的感觉，有点世外桃源之意。杨飞龙平日不允许任何人出山寨。他知道，也许某一天，山寨会毁于一旦，那将是生命的终结，山寨的绝望。历史的岁月让山寨人学会从容低调。

莹莹把爷爷抢到山寨，整个山寨空气都凝固了，抢了千总的儿子，还是个新郎官，了不得。他们知道，莹莹闯大祸了。

疯狂过后的理智，莹莹逐渐恢复了平静。一半温情，一半惊恐，爷爷跟着莹莹来到她的房间，莹莹脸上挂着红晕，温饱了渴求的心。爷爷回想刚刚发生的一切，竟然惶惑不安。他不知莹莹的下一步还有什么举动，人已在她手上，爷爷焦虑、无奈，还有些亢奋的内心砸得生疼。人啊，就这样，当你感到无助时，欲说还休啊！

莹莹房间外还有几间厢房，平日里是留给闺密们小住的，她把爷爷安排在一间厢房内，她的贴身侍女童童在另一间厢房里。

爷爷环视房间，整洁、干净，淡淡的香味扑鼻。一张大大的床，还有一个书案，书柜上摆满图书，甚至还有市面上买不到的孤本，一盏马灯，放在写字的桌上，摇晃携来的无奈。橘子红了，树叶绿了，山寨，薄刀山寨的秘密。这房间典雅品位不亚于河边徐家自己的住房。好一个心细的女子，爷爷倒在床上，不知如何是好。窗外，月亮高悬，月潜于胸，莹莹"匪"气大胆直白的表达，让他再次感慨。山寨沉默无语，人性深邃桎梏。

杨飞龙叫来莹莹，二当家也跟在后面。

"你这是干什么！抢什么男人不行，偏要抢他！"

"我不是跟你说过，他是我相中的秀才，我找到了，就得按我的方式处理。"

"你知道他是谁吗？"

"他是当朝秀才，黄州府千总家的少爷！"

"那你还敢把他弄到山寨！"

"他骗我了。"

"他怎么骗你的？"

"他答应等我，却又背我和别的女子结婚。"

"他什么时候答应过你？"

"考秀才那天，是我把他送进考场的。出考场，我对他说，让他等着我，还把我亲手绣的缂丝手帕送给他了。"

杨飞龙指着二当家："还有你，为什么配合莹莹做这样的事，知道后果吗？！"

二当家低头，没敢回答。

"千总带兵来山寨要人怎么办？"

二当家不语。

"赶快把管家叫来，商量对策。"

"是！"二当家快步离开。

杨飞龙叫过莹莹："爹平日疼你、惯你，你知道今天行为的后果吗？！"

"我又没把他怎样，只是把他请上我们山寨，让他兑现当初对我的承诺。"莹莹并不服气。

"别说围剿，就是千总率兵来要人，为你而开战，打仗是要死人的，你这样做，对得起山寨的弟兄吗？"

"莹莹！"田香赶过来了，"你太任性了，让娘怎么说你呢？"

田香一闪念想到了自己被抢到山寨的经历，不住摇头，心里默念："阿弥陀佛，菩萨保佑，别出大事。"她赶紧把莹莹支到爷爷那，"快去，陪他多坐坐，好好聊聊。我和你爹再商量商量。"

莹莹没有想到事态会如此严重，她噘着嘴来到爷爷的房间，"你怎么这么麻烦呀，秀才。"

"你叫我什么?"

"秀才。"

爷爷哭笑不得,"你呀!真是个野丫子。"

"那你以后就叫我野丫子,我俩以秀才、野丫子相称。"莹莹天真无邪。

"行,野丫子,"爷爷接着问,"我真不明白,你为什么把我抢到山寨?"

莹莹说:"秀才,你是真不明白,还是装糊涂?我请你到山寨,是要你娶我。再说,你当初答应等我,你要兑现自己的承诺。"

"我答应等你?兑现对你的承诺?"爷爷不解,再次感受到这个野丫子的野性、霸道。

"你考秀才那天,是我送你进的考场吧。"

"是呀。"

"我俩同骑一马,你紧紧搂抱着我,对吧?"

爷爷想了想,是有这回事。

"那还用说吗,你搂抱了我,搂抱过我的男人,就是我的男人。"

爷爷说:"你这是强词夺理。我怎么搂抱你了?"但一想不对呀,莹莹说的没错,快马上,他紧紧搂抱着莹莹,爷爷无奈摇头。

莹莹看了爷爷一眼,"秀才,我告诉你,如果因你上山寨而引起开战,一切后果由你负。"

"我负开战的后果?"爷爷不解。

莹莹说:"请你来山寨,只想商量我俩的事。"她反倒有理了。

"商量我俩的事?"面对这个"野丫子"任性中的质朴,任性中的认真,爷爷真不知说什么好。

如果没有去黄州城赶考的那一幕,他俩依旧在茫茫人海,不可能相识。人世间有太多的偶然,却又是命运中的必然。

晚上,爷爷浏览房间的书,在读书中慢慢睡着,鸟儿也配合,静静地沉默。

清晨,当爷爷起床推开窗户,只见莹莹已在习武练功,那一招一式,行云流水,武术还有如此之魅力。晨曦映衬莹莹的身段,目光所及之处,莹莹曲线之美,怦然心动。爷爷披衣走出房间,来到莹莹身边。

"秀才,昨晚休息得可好?"莹莹问。

"我能休息好吗?新婚之日,新郎神游到了山寨,无助的我也只能对天长叹。"

莹莹知道爷爷生气了,她转移话题,问:"秀才,那房间的香味可好?"

爷爷说:"房间的香味特别好,还有就是你准备的书,也只好秉烛夜读,否则这一夜还真不知怎么过。哦,野丫子,你也如此喜欢读书?"

"秀才,别抬举我了,我不是读书人,但我喜欢读书人,那些书,是我为你特意准备的,不过我娘是读书人。"

爷爷明白了,他曾听说过莹莹娘的故事,她不仅知晓书法绘画,而且文章也写得好。只可惜女子不能参加乡试,否则早就是"秀才"了。她做了压寨夫人,嫁到了山寨,在山寨安家，无怨无悔，山寨，已成了她生活的全部。

"你在山寨读书，我在山寨习武，多好哇！"莹莹脑海出现了一幅男文女武的画面。

"罢了，你还是放我下山吧！新婚之日，新郎不知去向，天下奇闻。如果因此而大动干戈，那我真成罪人了。"爷爷满脸无奈。

"我又没让你当罪人，你现在捎信下山寨，表示愿意留在山寨，不就妥了吗？"

爷爷望了莹莹一眼，微微的晨曦和飘来的云雾相遇，昨夜他沉静在"抬茶"中，沉静在被莹莹绑到山寨的那一刻。他辗转，被山风追赶着，无法淡定。昨夜好像特别漫长，他想到老屋的新娘又是怎么挺过的呢？

面对"野丫子"无可救药的不讲道理，爷爷满脸的无奈挂在脸上，一种近似绝望的伤感，是自己做错了什么吗？他长长叹了一口气，迈着缓慢的脚步回到房间。

望着爷爷的背影，莹莹说："只要你愿意，这里就是你的家。"此时的莹莹似乎有点得意。

山寨的空气，让人心旷神怡。山寨的气氛让人紧张得喘不过气。飞龙对田香说："现在只能等，看千总家的态度，不行就放人，不能因莹莹任性而死伤弟兄啊。"

山寨没有选择，异常的安静，无可奈何的安静。飞龙已派人连夜下山寨打探消息。当打探消息的人回来禀报时，飞龙怀疑消息的可靠性。

"新娘子只身一人上薄刀山寨救夫君！"，飞龙不相信是真的，而这一消息在河边徐家也引起巨大反响。

原来，婚宴上我爷爷突然失踪，太爷随即派人多方打探，才知是被薄刀山寨的人抢走了。山寨的人简直是疯了，婚宴上抢人？太爷集合兵马，准备去要人。

雪源说："爹，让我一人先去吧。"这就是河边徐家的媳妇，我的奶奶，上门第一天，夫君被"抢"了。那一夜，雪源独守洞房。坐着，躺下，闭上眼睛……又起身，在婚房里踱来踱去……在古书中，她读过抢新娘的文章，但还真没听说过新郎被抢的故事，且是自己的夫君。昨夜，忧伤穿过脑海，理不清的思绪让雪源泪流两行，难道这又一个可以书写的爱情传奇吗？

"你，一人去薄刀山寨？"

"是"。雪源说："我听说了，这次薄刀山寨的人抢我夫君，虽不清楚是有人故意从中作梗，为难我这个儿媳，还是为钱财。但他们是冲我而来，当然只能我去。"

"不行，不行。"太爷连连摆手，"你一人去太危险了，那可是要掉脑袋的事。"

"正因为危险，我一人去才不会有危险，我虽刚进门，为了我夫君的生命安全，请您同意我一人先去趟薄刀山寨。"

奶奶的"英气"让太爷、太奶奶大吃一惊。他俩望着眼前柔弱的女子，刚进门还未圆房的儿媳妇，如此英气周全地考虑，且不顾个人安危，或许，真的是菩萨保佑，派她而来，保佑映奎平安无事。

在徐氏祠堂议事时，雪源说："我能进徐家，成为徐家的儿媳，就有责任为夫君赴汤蹈火。山寨虽是"匪"巢，我不去，谁去？刀刃相见并不是最好的选择。"奶奶的这番话，奶奶果敢的行动，不仅让太爷、太奶奶刮目相看，也感动了在场的每一位徐氏家族的人，从此，也奠定了奶奶在徐家的地位。

太爷仔细掂量，和族长九叔及族里老人们商量后说："行，我的兵先不上山寨，只派管家带着几个兵，将你和随身丫鬟翠儿送到薄刀山寨下。"

杨飞龙听说千总并没有派兵围剿，大为意外。而且是新娘只身来山寨。杨飞龙佩服，打开山门，最高礼遇接待奶奶。

第一次上山寨，第一次只身面对"群狼"，一路上忐忑不安，但一旦进了山寨，奶奶反而镇静了，她对杨飞龙说："我今天只身来薄刀山寨，只想讨个公道，讨回女人的尊严。你大当家也曾费尽心机，忍气吞声经营薄刀山寨多年，可这事做得太过分了。我的新婚，你们却抢走我的男人，这符合情理吗？符合你们山寨的规矩吗？"

杨飞龙也觉得莹莹做过了，自己跌宕起伏的人生被奶奶一席话剥得净光净光，莹莹此次的主动，让他无法坦荡面对，飞龙并不是推诿，也不是袒护，他说："这事莹莹的确做过了，这样你俩先单独交流，尔后，我会给你满意答复。"

薄刀山寨，映出一片绿色的背影。

奶奶听完莹莹的讲述，觉得莹莹单纯得可爱，男女同骑一匹马就是夫妻了。

奶奶问："徐家派媒婆向你家提亲，下聘礼没？"

"没有。"莹莹答。

奶奶又问："你家请媒婆去徐家提亲没？"

"没有。"莹莹答。

"这就对了。"奶奶说:"既未下聘礼,又未提亲,怎么能算夫妻呢?"

"那缂丝手帕为什么没有还我?"莹莹强词夺理。

"你的缂丝手帕或许还在他那里,可是你想过没有,他上哪儿找你?再说,映奎应允你了吗?他愿留在山寨吗?我大喜的日子,你抢走新郎官,妥吗?即便映奎同意留在山寨,你们这辈子会心安理得吗?"奶奶一连串的问话,莹莹无言以对。她说,"我看呀,你这是糊涂,心有一切有,心空一切空;心迷一切迷,心悟一切悟。"

说着说着,莹莹反问自己,"难道真是我错了吗?"

雪源还讲了一个故事,楚王好细腰,楚灵王这一喜好,不仅影响朝臣,也影响到他的子女。楚灵王有一位公主,性格古怪,认为天下是她父王的,非常任性,父王对她也是百依百顺。她获得了她想要的一切,但生活并没有给她幸福。公主到了出闺阁年纪,开始好奇打探,今日哪些士子能够来拜见父王。士子们为讨好楚王,一日只吃一顿饭,穿衣时吸一口气再系上腰带,参拜楚王时紧张万分,饥瘦让他们饿得路也走不稳。其中一美少年,昂起头,摆出自信的架势,踩着点往前走,公主在高台上,叫侍卫把他截住,因为她看中了这美少年。

美少年拜见楚王,他是今日面试士子成绩最差的,外貌却是最俊的,楚王依了公主,成全了公主的姻缘,娶了公主的美少年,整日饥饿难忍,坚持饿出更细的腰,每日扶着墙才能站得起来,以为这样就可以讨好公主,他疏远学识,朝堂上无任何主见，楚国弃用他，公主也"休"了他。

后来，她喜欢一个年轻英俊的武将，得到父王信任，却又不得不长年征战在外，被燕国人虏后，他娶了燕国公主，从此，再未回楚国。

莹莹安静下来了，认真听奶奶讲述。

奶奶说："女人呀，一定要咽得下委屈。女人，要收得起性子，任性换不来幸福，也不一定就是快乐。我虽进了徐家门，但并不能保证我能独占夫君之心。"

奶奶向莹莹讲了大姨奶奶家三房和谐相处，共同理家的经历。原来，雪源的堂姐是以大房的身份嫁到彭家，为当家媳妇，彭家又先后娶了二房、三房。

奶奶接着说："你既敢抢我夫君，足以说明你愿委身于他。我们不听戏文里那些糊弄女人的故事，我俩堂堂正正结为姐妹，一同嫁到徐家，携手共其进退。"

晚清，娶妻纳妾，虽无非议，但奶奶知道，此时，爷爷身处险情，作为当家媳妇，此抉择虽无奈，但也没更好的办法，她替爷爷做主了。还有一点就是在和莹莹交谈过程中，奶奶可以接受她，觉得她并不是刁蛮女子。她"匪"气中显单纯，"野"气中流出可爱。莹莹瞪圆了眼睛看着奶奶，这是何等女子？既让人不可思议，又不得不佩服啊！长年孤独的山寨生活，能有幸与奶奶结为姐妹，也不见得是坏事，莹莹同意了奶奶的提议，报生辰八字，奶奶比莹莹大。于是，奶奶为姐，莹莹为妹。两个女人再商量，奶奶为大，莹莹为"妹妹"。最后，莹莹小声神秘提议，以后不管谁生的孩子，统一称谓，奶奶是母亲，莹莹是姆妈。此话虽远了点，但足以证明莹莹已把自己融入到徐家了。

莹莹说:"姐,我服了你的'英气',一人上山寨,做了一般男人也不敢做的事。"

奶奶说:"妹子呀,我也服了你的'匪气',新婚之日去抢新郎,做了一般女人也不敢做的事。"

两人会心地笑了,那么坦诚,没有一丝虚假。

莹莹没有逼爷爷在山寨和她立即成婚,她知道,奶奶的婚礼被她搅黄了。只是要求奶奶成婚后,也要八抬大轿请她进徐家,也要有婚船。

两个女人就这样决定了自己的命运,同时也决定了爷爷的命运。这就是雪源,我的奶奶,进徐家的第一天就用她的勇气和智慧作出抉择。

奶奶和爷爷可以离开山寨了。下山前,爷爷来到飞龙面前,"谢谢你的宽谅,并请原谅莹莹的任性。"

飞龙感动,读书人呀,就是不一样。明明是莹莹胡闹惹出麻烦,还替莹莹说好话。更令他不解的是,莹莹高高兴兴送爷爷奶奶离开山寨,奶奶的背影,留在了薄刀山寨,留在飞龙和田香心里。

太爷也奇怪了,不用一兵一卒,仅凭奶奶一人上山寨,就把爷爷领回来了。

过了几天,家里才知道,奶奶和莹莹商量的"办法"。管家担心,千总家和"土匪"家结亲,这是犯朝廷"天条"的。

得知消息的族长九叔立即找上门,质问太爷、太奶奶,声称不惜运用族规,坚决反对和"土匪"家结亲。言语之坚定、激烈是空前的。

面对九叔的愤怒，太爷异常冷静，哈哈一笑："孩子们的事，他们做主。我旧伤复发，等少爷成婚，便辞去千总，退养回老屋。"太爷认为这是解决问题的最好办法。当九叔把目光再次聚焦到奶奶身上时，他知道，河边徐家，她将是说了算的人。

然而，外面世界发生了大事。河边徐家的命运，随其自然而被改变。

两湖书院

奶奶成为河边徐家的女人。

奶奶成为河边徐家当家的媳妇。

后来,奶奶成为牛家坳村徐氏家族的代理族长。开启了她在河边徐家传奇的人生。

奶奶说:"我嫁到徐家,就已做好充分准备,容得下人生的不完美,经得起世事的颠簸。特别是她能容得下男人身上的缺点却舍不得离开他,仍真心喜欢他。追求幸福,从心出发,求仁得仁。"

可不是吗!

1890年6月,徐家托媒婆到王家提亲,王家答应了这门亲事。

1891年6月,奶奶嫁到河边徐家。

1890年6月,湖广总督张之洞决定在武昌筹建"两湖书院"。

1891年6月,"两湖书院"建成,爷爷被黄州府推荐。

进"两湖书院"学习，后又被选送去日本留学。

在河边徐家，这可是前所未有大事。

爷爷按捺不住心跳，阳光，灿烂，爬满青藤的老屋，黑瓦，灰墙，镌刻着历史的徐氏祠堂。无论走到哪都是心心念念的灵魂归宿。奶奶帮爷爷压住了内心的激动。

张之洞是晚清的重臣，称得上是中国近代教育家。

张之洞说："维持世道，首赖人才；人才之成，必四学术。即使以地方官化民成俗之道而论，也必以教为先。故书院之设，在于养贤才，贵在得到明体达用之士，以备国家任使，才可以维护圣道，匡济时艰。"他要在两湖地区培养"中学为体，西学为用"的人才。

族人都说奶奶旺夫，一嫁到河边徐家，男人被推荐到省城读书，谁说又不是这样呢？

奶奶还说她旺子，她的儿子将来一定会有大出息。谁又是不这样期待呢？

这就是奶奶的自信。

书院虽不是一个新鲜的词，但被推荐去书院，爷爷难免有许多的激动，他深情地望着奶奶："雪源，婚姻不仅美好，还有如此之神奇。"

奶奶说："别梦依稀，今夜无眠。"

爷爷说："牛车河水滔滔。人生滔滔。岁月滔滔。"

奶奶说："麦子黄了，高粱红了，棉花白了。"

爷爷说："风吹落泪。云游天外。梦想，在心间盘旋。"

奶奶说："日新于怀，月潜于胸。可知水般清澈的心中，却总是浓浓的牵挂与眷恋。"

心灵的碰撞，情感的升华，爷爷和奶奶此时虽有离别的悲情，但他俩相信未来。

书院是中国古代特有的一种教育组织形式。书院之名始于唐中叶贞元年间（785—805年）官方设立的丽正书院和集贤殿书院，其职责为收集整理、校勘修订图书，供朝廷咨询，兼作皇帝传话、侍讲，类似宫廷图书馆。唐末五代，读书士子多隐居避乱读书山林，后发展为聚书授徒讲学，常以书院命名读书讲学之地，遂演化为一种教育组织形式。

到了南宋，书院更是一片昌荣，其数量之多，规模之大，组织之严密，制度之完善，都是空前的，几乎取代了官学，成为主要的教育机构。

19世纪下半叶，武昌城内先后建立的书院有多所。其中，江汉书院、经心书院、两湖书院并称三大书院，三大书院中又以规模恢宏的两湖书院最大，曾名噪一时，与广东的广雅书院齐名。被时人并称为清末全国著名的两大书院。它既是全国近代最早的新式书院之一，也是晚清湖北省最高学府。

进省现代学堂，爷爷感到眼前的量变，但他无法察觉生命中将要出现的质变。他能以秀才身份被黄州府推荐并被书院录取，还真得感谢张之洞，正是他的气魄，才有了湖北、湖南两省学使选调"才识出群""志行不苟"的秀才进院入学。机遇总是悄然而至，当黄州府将录取喜报禀送太爷时，他知道，这是比中举人还要重要的事，爷爷拿到录取通知书内心是一阵狂喜，毕竟是读书人，能去湖北高等学府读书，是未曾想过的事。夜深人静，爷爷牵着奶奶的手，一起走到窗前眺望，用月色清洗身上的疤痕，与星星一起为有机会求学而狂欢，心啊，辽阔、坦荡、高远。当他回头看依偎在身边的雪源时，又是情思翻涌，去省城读书就要把雪源撂在老屋了。

爷爷感慨人生。

而留在老屋的雪源呢？她认为这是意想不到的欣喜。无论如何，要以一颗虔诚的心，接受岁月的历练。

奶奶相信缘分，相信奇迹，男人出息了，这才是女人最自豪的。

奶奶感慨人生。

嫁到河边徐家，奶奶只想做一个明媚的人儿，将善良与纯洁作为人生底色。因为有爱，她只想着在万家灯火有一盏属于自己的温暖灯光，只想着在尘世烟火中，总有一个人的心始终是自己而牵挂。

窗外，月亮依旧挂在天上，新婚后的离别，一次次温润眼角，生命的美好，就在不经意间收获着感动。那时，爷爷和奶奶都太年轻了。

爷爷说："看来，和莹莹的婚事只能往后拖一拖。"

奶奶点头说："家是温暖，家是牵挂。"她欣赏爷爷读书人的那股劲，或许是基因里生成的细胞不肯湮灭。爷爷和奶奶天赐的缘分天长地久。奶奶只身上薄刀山寨的那一刻，缘注定就在一起。离开老屋了，爷爷的人生即将启开新的一页。

当岁月和命运交织在一起时，爷爷选择坚定。虽有太多的惦记和忧心，从何说起呢？时间给了爷爷无奈，他抵不住对未来向往的诱惑，抵不住新知识向他招手的渴求，能到省城读书，不犹豫，不徘徊。

有庭、有院，河边徐家因为有奶奶，爷爷的心灵不再漂泊。

书院在武昌都司湖畔，建在林中，紧靠湖畔。书院的规模和水准是后人难以想象的，学习环境非常之好。据说，为这所学校的建立和筹办大费周折，可见主人用心之良苦。环境、责任，让你没有理由不去好好读书。

爷爷到"两湖书院"报到，他震撼，被书院的规模折服，在湖北还有如此之大的高等学府。

两湖书院占地面积颇大，拥有平湖门至文昌门之间的一大片土地。两湖书院坐北朝南，院内建筑别致宏伟，布局考究。书院环都司湖建斋舍。南部是南斋，湖南籍学生所居，斋名以地支前十字为名序；北面为北斋，湖北籍学生所居，斋名以天干前十字为名序；西部为西斋，是汉口八大行商选派的学生所居。每斋20栋，书院斋舍共240间，每栋房子分前后两间，前为书房，后为寝室，住1名学生。室内床铺、桌椅、书柜等设备一应俱全。每月初一、十六，要习礼讲道。其后为楚贤祠，最后面是水榭。这些来自"楚国"大地的学子，从未见过此样的书院，自豪顿时挂在脸上，是生命的相遇，学子们回避不了内心的澎湃。

两湖书院课程分经学、史学、理学、文学四门，还可以兼习其他科目，另设算学、经济两门为选修课。可以说，课程的设计，对学生的兴趣有充分的关照，同时对学生的管理极为严格，让学生不得懈怠。

可以说，正是张之洞先进的办学理念和科学的教学管理，两湖书院从创建之初已开始向近代学堂过渡、演变。这批学生从两湖而来，他们是两湖的秀才，然而，在书院，他们开启的将是知识的未来，奔向中国的未来。

这里必须说说"两湖书院"，她不仅是湖北近代最知名的学府，而且为湖北、为国家培养了大批人才。

书院招收学生数额如下：

湖北省100名，其中黄州府19名。湖南省100名。因书院筹创时两湖茶商捐助书院经费，另外有两湖商籍子弟40名入院肄业，因此，两湖书院学生名额为240名。

当时书院的校训非常严格。"凡干预外事、荒嬉废学、侮慢师儒、不敬官长、诋毁先贤、妄谈时政者，皆为干犯学规，随时查明，屏逐出院"。培养年轻人，张之洞很认真，从这个校训可以看出，他要打造一批有责任有担当的年轻人，为国效力。

书院的组织结构值得称道。

两湖书院下辖于总督府，书院设书院设监院2员，综理院务，另派提督1员，督同监院稽查考核。

书院的管理非常有特色，采取有什么教师就开什么课的办法。学生自己到分教处去请求讲授，或者分教于预定日期在书院内讲某一问题，提前通知学生集体听讲。教师各就所长来施教。哪位教师名下听课的学生多些，其身价就显得高些。

张之洞认为，办好一所学校，关键在于教师，故十分重视吸引各方名流来书院任教，组成一支实力强大的师资队伍。在这人当中，至少有一半以上是进士出身。他们不仅旧学深有造诣，对西学亦有一定的素养，并且多具有维新思想，如著名的地理学家和书法家杨守敬、数学家和翻译家华蘅芳、音韵家沈勇植以及易顺鼎、杨锐、汪康年、姚晋圻、周树模、陈三立、屠寄、邹代钧等社会名流贤达都曾任教该院。

全新的教学，给这批秀才们带来一股清新的空气，从八股文中走出来的秀才们，体会到什么是知识的海洋。他们也才明白国之栋梁的真正含义，为国而学，学而为国。

书院开学，张之洞率文武百官到书院参加开学仪式，先率师生向孔子神位行三跪九叩礼，后率百官向监督及教习叩首礼。

进入两湖书院，首先经院长梁鼎芬及监督的面试，而考察学生成绩的重要方式是期末会考。爷爷认真学习，因为他对奶奶有承诺。爷爷刻苦，每次会考，成绩均为优秀。

开学那天，望着台下列队的240名学生，张之洞说："两湖书院，是我们办的一所新学堂，各位都是秀才或商籍子弟，都是国家未来之栋梁，大家知道，民本和法制思想自古有之，'民惟邦本，本固邦宁'，希望你们到这里学习，明白这些道理，掌握好这些知识，为国家服务。"

这是爷爷第一次见到张之洞，气宇轩昂的张之洞给爷爷留下了深刻的印象。

张之洞任湖广总督，他最敬仰的人物是苏东坡。苏东坡不仅是文人，而且还是千年英雄，人间绝版。

"谁能讲讲苏东坡？"张之洞问。他知道，做人要有骨气。这批学员应该知道苏东坡，同时也可以了解这批学员的知识能力。

"我！"爷爷站起来，响亮回答。

"叫什么名字？"

"徐映奎。"

张之洞翻查花名册："徐映奎，黄州府秀才。"

爷爷勇敢、自信，这也是到书院学习后的底气。

"那好，下面请徐同学为我们介绍苏东坡。"张之洞让爷爷走上讲台，自己坐在旁边的座位上。

走上讲台，爷爷开始讲述苏东坡在黄州的故事。

穿越时空，方知读书人的英雄本色。爷爷娓娓而谈，勾勒出一代文学巨匠的人生轨迹。

爷爷的讲述，博得阵阵掌声。张之洞投去赞赏的目光。"真是惟楚有才啊！"他说，"苏东坡是一个好人，是一个好官，是一个全才。古人理想人格标准：一是修身、齐家、治国、平天下；二是富贵不能淫，贫贱不能移，威武不能屈。你们到书院来学习，就是希望你们能像东坡先生那样，成为'千年英雄'。"

爷爷潜心学习，到了书院，才知离国之栋梁相差太远，直到有一天老屋让汉祥福裁缝店带去"雪源小吃"，他才记起离开了老屋，在紧张的学习、生活中居然忘了写一封家书。他让来人稍等片刻，即书家书，带回给奶奶。

雪源：

真的抱歉，我竟忘了写家书。

必须向你承认，我已掉进知识的海洋。秀才，只不过是比他人会写几篇文章而已，对新知识的渴望，我抑制不住自己。请原谅，我太迂腐了。

"雪源小吃"给了我家的感觉，温暖我。小吃不仅好吃，因为还有雪源。其实每总夜深人静时，我常常想起你，老屋不通邮路，你每月托人来一次，我会提前把信写好，会写很长很长的信，遥寄我的思念。

映奎即笔

在书院，爷爷发挥读书的天分，实现对理想的追求。

书院的生活悄然改变爷爷，浮世清欢，不闻昨日，不问归去，在杯盏中，静守一方净土。到书院后，爷爷掉进知识的海洋，喜欢安静，更喜欢独处，安然自得，在喧嚣时淡然自若。爷爷认为，独处是灵魂生长的空间，静下来，读书，回归自我。心灵有家，生命才有路。独处，心灵才会洁净，心智才会成熟，心胸才会宽广。独处，是一种静美，更是一种修炼，静能生慧。

更令人没想到的是书院将选送学生到日本留学，这也是"两湖书院"在当时条件下的重大决定。

两湖书院开学一年后，张之洞在教学内容改革的同时，先后共派三批学生到日本留学，分别学习工商、教育、军事等。每批学生20人左右，兼学实业、政治。张之洞急需经济实用型人才。他在湖北，还设立了农务学堂、工艺学堂、商务学堂等。可见他对懂洋务人才的渴求。

爷爷第一批被选送到日本留学，学习工商兼学实业。

张之洞对被挑选中的学生说:"你们是学习的使者。要带着诚意去学,营造中日两国人民的友好氛围。虽是去日本学习工商和实业,但绝不能忘记中华民族的传统文化,带着民族的自豪感去日本学习。"

也是在张之洞倡导下,两湖书院于1902年改为两湖大学,1904年改为两湖师范学院,为湖北文化的传承,做出了巨大贡献,呈现由量变到质变的趋向。书院改学堂,不仅是教育本身的变革,更是近代中国具有强烈政治意味的文化选择。

张之洞于1909年去世,这位与曾国藩、李鸿章、左宗棠并称晚清"四大名臣"并被呼之为"张香帅"的重臣也许不知道,当年他从两湖书院选送到日本留学的秀才们中,许多参加了辛亥革命,为中国民主革命做出了贡献。自立军领导人唐才常,辛亥革命领袖黄兴等,都曾是两湖书院的学生。

两湖书院是爷爷思想启蒙的书院,是爷爷从秀才到民主革命者的重要起航。

上帝在西方说:你仍要走窄门。

两湖书院说:你们要走中国民主革命之路。

启蒙,清醒。动荡的时代,激情的岁月。

去日本留学,决定那么突然,时间又太紧,爷爷匆匆赶回老屋,向太爷、太奶奶辞行。大礼之后,二老和爷爷开始叙家常。爷爷心情却难以平静,他说:"留学将启迪他大胆去追寻理想。老屋,赐予他的是人生感悟。成就全新的自己。错失了夏花绚烂,必将走进叶之静美。这次到日本留学,是新求索的开始。"爷爷激动,他不仅面临脱胎换骨的考验,还将放弃现在拥有的一切，启开漫漫人生路上的重要一步。奶奶默默为爷爷打点行装，静静听爷爷和太爷的对话。

"服人者德也。德之不修，其人非善矣。"太爷听完爷爷的讲述，告诉说，"这是曾国藩大人讲的，意思是要把培养品行作为首要的事。"他们聊了很多、很久，太爷内心喜窃，爷爷成熟了。

时光一刻也没停留，太爷、太奶奶对儿子的叮嘱，让爷爷敞开心扉述说，直到二老有了倦意。爷爷随即回到房间，他关上门，莫名其妙的冲动，忘不了的女人，他抱起雪源，在屋子里转了起来。

雪源说："快放下，别把腰扭了。"

爷爷放下雪源，他抑制不住内心的激动，他深沉久久凝望："雪源，将要辛苦你，这个家交给你了。"

想哭。不知是悲还是喜。停顿。泪水还是没流出来。"这个家，你不早交给我了吗？放心吧，安心求学。"奶奶说。

"有你在，我放心，无论走多远，心不远。"爷爷内心涌动着。静静的夜，静静的屋。爷爷静静地说："雪源，我爱你。"

雪源泪水终于流出来了，"女人生命可以没有，却不能没有用真爱与她相守一生的人。"

爷爷说："这次去日本留学，我会以平静的心去开拓最宽广的领域，不错过人生的机会，路途遥远，生活艰辛。但是你会得到一个一辈子真情不变的男人。"

静静中两人织缠在一起，溢出相思的泪水。听见彼此的心跳。

爷爷说："雪源，两湖书院是我思想的启蒙，当前之中国，秀才的光环，是没用的，我去学工商、学实业。"

爷爷给奶奶讲述了他们在假期参加实习的故事。

学校放假我为什么没回老屋呢？我们都去张之洞大人正筹建的"汉阳钢铁联合企业"参观、考察去了。从设计图到开工的工地，真大，我第一次见到的这么大的工厂。张之洞大人亲自陪同并介绍说，这个联合企业将包括炼钢厂、炼铁厂，大大小小10个工厂，还有炼铁炉2座，这是中国的第一个大规模的资本主义机器生产的钢铁工业，也是亚洲最大的钢铁厂。

张之洞的介绍，让同学们兴奋不已，这就是实业。只有实业的强大，国家才能强大。我们的课程，都是围绕实业而设计，这次去日本，也是为了看更多的实业。张"帅"，同学们都这样称呼张之洞大人，所展示的汉阳钢铁厂的设计图，已让我们看到中国未来的希望。你把握不了岁月，但一定要抓住欣赏岁月的机会。我们参加了工地的建设，和工人们一起体会劳动的成果，那是一个将会有近5000人的联合企业。一个多月，每天都是一身汗。

奶奶认真听爷爷讲述，没有打断他的激动，连茶也忘了泡，虽然不太明白爷爷讲的那些道理，但明显感到读书人的万年情丝，思想的升华，有点脱胎换骨的味道。

突然奶奶想起什么，她叫翠儿赶紧烧一大锅热水。

爷爷说："这么晚了？"

奶奶说："我帮你洗掉身上那些臭汗味。"

爷爷说："洗澡？"

奶奶点头，奶奶眼里流出了泪水。

爷爷躺在木盆里，周身血脉涌动，真舒服。

奶奶轻轻揉搓爷爷的背："你呀，一定要照顾好自己。"

爷爷说："一定，你不是说了吗，我的身体是你的，我只是替你保管。"

爷爷微微闭目，奶奶又向木盆里加了一次热水，贪婪的眼神，窥视爷爷。皓月当空，她把自己的心捏在手里，不肯放下，她已期待爷爷的归来。

她舀起一瓢热水，一点一点滴在爷爷身上，表达情怀。是伤感、凄美，还是离别时的痛苦。

木盆里的爷爷似乎还未从倦意中醒来，太多古老的传说，他睁开双眼，奶奶娇媚和靓丽，不是梦里邂逅，就在自己眼前。

奶奶帮爷爷擦去额头上的汗水，帮爷爷穿上宽松的居家睡服，让爷爷平躺在床上。

在床边，奶奶说："你连饭都不会做，这一走哇，我真担心你的生活。"雪源说出了女人对生活的解读。

"第一次离开家，走那么远。我已做好吃苦的准备，不过你放心，我一定照顾好自己。知道吗？这次是朝廷派去日本学习，你的男人会让你引以为骄傲。"爷爷有点年轻人的冲动。

奶奶含着泪水，点点头："是的，你是我的男人，我为你骄傲。"奶奶明白，出国就意味着长时间的分离，她打听过，去日本要坐船，坐好多好多天的船，不是江上的船，而是海上的船。突然间，奶奶想起她嫁给徐家时的婚船。

"你不去和莹莹妹子辞别？我们对她还有承诺啊！"

"时间太紧，来不及了，烦你代我去辞行并解释吧！"爷爷明白，这次还真对不住这个薄刀山寨的女人了。

"那我们就亏待莹莹了。"

"你去趟山寨，如果莹莹愿意，就把她接回老屋，你俩也有个伴。"

"好吧，"奶奶说，"记住，每月写封信，报个平安吧！"

爷爷说："好，一定。"

昨夜，奶奶替爷爷收拾好行装，和爷爷面对而坐，和爷爷一起品茶，心像水一样的清澈澄明，淡淡地洒落云卷云舒的柔情。

清晨，奶奶把爷爷送到村头那棵桂花树下，这可是从河边徐家走出的第一个留洋学生。奶奶说："人生的有些风景，远远地欣赏，更有风韵。"

爷爷脸上露出微笑，他说："有些人，只适合深藏，有些故事，只适合铭记。"

奶奶说："家里的一切，我打理，不要挂念，照顾好自己。生命匆匆，谁能读懂谁的心灵？岁月漫漫，谁能解开谁的心音？人生的落笔处原本就应该色彩斑斓，生命里若没有遗憾，就不会有那么多的刻骨铭心。"

爷爷说："能微笑着忆起，便是无悔。生命中的那些暖，时光会记得。"

爷爷和奶奶的内心独白，他俩雕出了"心花"。

爷爷和奶奶一起生活，每天最重要的一件事就是品茶，茶是大自然的造化，茶是天地万物与人最亲的神奇叶子，茶更是一种人生。成熟、修炼、从容、自在、无我、安详、醇厚、舍得，是景、是情、更是心，喝一杯茶，休息一下。不闻声乐，不感烦杂。

天刚放白，望着爷爷的背影，目送，奶奶溢出泪水。

爷爷离开了老屋，走得那么急，莹莹从山寨赶回老屋，爷爷已经在前往日本的路途上了。

"去日本留学，什么时候才能回？"站在牛车山上远眺，莹莹泪如泉涌，明亮的眼睛变得模糊："你丢下我就这么走了。知道吗？秀才，你还欠我一个承诺啊！"

爷爷一迈脚，跨过大海，去日本留学，河边徐家的里里外外全靠奶奶打点。

河边徐家的老屋，有个传统。男人第一次离开老屋，就要翻新重修老屋，并在后墙上加高 1 尺 2 寸，每一层的加高，都用当地的柳条放在加高的墙上铺垫一层。所以，老屋的后墙，十分有特点。新屋封顶时，要举行繁琐的封顶仪式。事先将红绿绸缎被面搭在主梁上，用红绳将主梁两端系紧。众工匠站立屋顶，各司其职。起梁的人紧拉起瘦红绳，"吉时到，"主持人喊，"上梁。"主梁便在鞭炮声中升到房顶，并安稳妥。接下来是舅姥爷作陪，款待工匠大吃大喝一顿，尽欢而散。

这是个体力活，奶奶组织指挥，每天经历的都是操心、操劳，本想让舅姥爷代替自己多出一份力，但作为河边徐家的当家媳妇，她要身体力行，忙上忙下，忙左忙右，时光飞逝，时光也凌乱在这没日没夜的忙乱中。结果呢，奶奶不幸流产了。

那些日子，奶奶不知是如何度过的，默然无语。这也绝不是用坚强与否能解决的，她恨自己，甚至不可原谅自己。真是"苍桑不语人间事啊！"她深度的灵魂，遭遇人生的坎坷，对不住爷爷，对不住徐家列祖列宗。奶奶好长一段时间，从打击中缓不过神来。

山野之人

中国古丝绸之路，起点是西安的东市、西市。

团风镇也有个集市，在总路嘴村。集市，早已成为一个市井文化的符号，这里的景观、街道、特产、美食，都与集市有关，由于地理位置特殊性，当地人把此集市取名总市。走在总市经纬交错的建筑之中，总能找到久违的亲切。那是个交通便利、自然形成的集市，古老而悠久。据说，总市是黄州最具魅力的古老商业街区之一，它的辉煌与繁盛在黄州首屈一指。集市是在乾隆年间开始兴起的。相传乾隆二十二年，即1757年，那一次下江南来过这里。乾隆皇帝一生六下江南。虽是视察水利，可排场一次比一次大，甚至造成国库枯竭，游山玩水的目的大大增加，他晚年时自我总结：我当皇帝六十年，自认为自己没犯什么大错。惟有六次南巡，劳民伤财，把好事办成了坏事。

乾隆来啦，村民们捧出自家的宝贝，供乾隆帝欣赏。乾隆帝还真挑走了一方"砚石"。这里的石材本身有一些花纹，常为收藏者津津乐道，也成为抬高身价的卖点。再加上讲究的制砚工艺则过犹不及。于是，这一带采石做砚行业兴起。这条长不足200米，宽约6米的小街内，随"砚石"，慢慢地形成了一个笔、墨、纸、砚文房四宝的文化集市。文房四宝是极具中国传统文化特色的书写工具，是随着民族文化的诞生而产生的，又随着民族文化的进步而发展的，可以说，是承载着整个中华民族的文化脉络而生衍的。

"砚石"在集市上是抢手货，特别是"东坡砚"，极具观赏把玩价值，自然也有不菲的价格。文人们重视，官人们不仅收藏，还作为礼品互赠。当时，牛家坳有几家工匠，他们一代传一代，手艺在集市上也是顶级的，"砚石"在离牛家坳大几十里的一座山里。

太爷和"砚石"也是老朋友了。他有一方"东坡砚"，就放在他书桌上，砚台巧夺天工，形同簸箕，砚底一端落地，一端一足支撑。砚台看老了太爷，太爷把它也给看老了。"砚者研也，可研墨使和濡也。"

牛家坳匠人是村里的圣者，也是村里的工匠，他们做的"砚石"，是笔墨之耕，不仅品质好，创意也好，加工出一方好砚，村民们倍加珍爱。

集市的繁荣，也带动了周边的餐饮、娱乐业的繁荣。到了清末、民国初，人们搭起戏台。每月初一、十五唱大戏，饮食店铺一个挨着一个，以特色小吃为主，从某种意义上说，总市形成了当年黄州著名的餐饮一条街。

早集也是这儿的特色，各种鄂东名吃，从开门那一刻，就吸引了当地人、外地人，赶到集市"过早"，是这里人的一种习惯和享受。刚出锅的红薯面馒头，玉米面的贴饼，面条、米粉中加入当地的调料，这些在城里是绝对吃不到的。最有特色的还应是一种叫做"狗脚"的小吃，因其色泽金黄，外脆里香，甜而不腻，老少皆宜而享誉鄂东南，它与麻花、撒子、琪玛酥一道，成为本地"寒食节"四大主食之一。

奶奶嫁到河边徐家后，心态平和的她，把打小在家跟母亲学习做点心的绝技，做成"雪源小吃"，每天10盒。翠儿每天一早会拿出一方"雪源"的名印，盖在盒子下端，然后，拿到集市上卖，几分钟就被一抢而空，慢慢地不等天亮就有人在小店门口排队，等翠儿的到来。为什么呢？原来，牛家坳人做米糕都是用大米磨成米粉，放在锅里蒸，虽有几户人家把桂花粉撒在米糕上一起蒸，但主原料仍是大米。奶奶做的"雪源小吃"不同的是，她的原料是糯米，分别将少许绿豆、芝麻、核桃、板栗磨成粉，做成"桂花芝麻糕""桂花绿豆糕""桂花栗子糕"，然后放在一个用香木做成的小木格盒里，再撒上晾晒干了的桂花瓣，做成系列桂花糕。放在蒸笼里蒸出笼后，就是"雪源小吃"。好吃、品质高，可存放一月不变质。其实"雪源小吃"的包装盒也是极具价值的藏品。之所以要讲"雪源小吃"原因只有一个：我是吃"雪源小吃"长大的，"雪源小吃"是我的骄傲。

热闹的集市，淳朴的风情，黄梅调的韵味，专程来这里的或路过这里的，都放慢了脚步，这便是总路嘴集市独有的特色。

牛家坳靠邻大别山，建房材石质优价廉，鄂东房屋的设计，别具匠心，划地为牢，谁修好了是谁的。于是那儿建房成风，达官贵人以在此盖个院子为荣。湖北总督都在此建房，退休后可以远离闹市，养花制茶。

上回翻盖老屋，奶奶并没有设计图纸，只是凭智慧建造，院子仍以桂花树为中心。老屋修建完成后，奶奶请人按建成的老屋，画图纸留着备用。

太爷辞官退养也被朝廷批准。那时，朝廷腐败，生灵涂炭，加之战事不断，太爷无心、无力硬撑在这个千总的位置上，身子骨大不如以前，儿子的婚事又被莹莹闹了一出，是时候了，只有老屋，可以抹平他眼角和脸颊的皱纹。

太爷是一介武夫，一生将习武作为强身的手段，入官场后，尽心尽职，正纲纪，戒骄奢，故职守黄州，心已足矣。可天不遂人愿，回老屋不久，太爷就病倒了。九叔将黄州城的名医请来，近一月的治疗仍不见好转，家里人万分着急。

奶奶的父亲王有林有一个江湖郎中朋友，奶奶流产后，是他配制中药为其调养。王有林讲，此人专治疑难杂症，医术高明，性格古怪，神奇之人一定能治神奇之病。徐氏祠堂为太爷的病召开全族大会，奶奶告知，她和太奶奶商定要请江湖郎中为太爷治病的事。话音刚落，祠堂里炸开了锅，江湖郎中给千总太爷治病？反对声很强烈。族长九叔更是借机大肆蛊惑，人命关天，族里的大会却是议而不决。奶奶的果敢英气，一直让九叔胆怯，他总想动摇奶奶在河边徐家的地位，然而无机可乘，这次他想借为太爷治病，打压奶奶。他容不下奶奶对莹莹的接受，认为是坏了徐家的规矩。一个"匪"女子凭什么进徐家，特别令族长九叔生气的是，他的侄外甥徐石头也上了薄刀山寨，虽没有特别的把柄他干了什么坏事，但就是不下山寨。族长九叔找过莹莹，希望莹莹能劝说他的侄外甥回来，莹莹没有搭理他，只是说她从不过问山寨的事，也不认识他的侄外甥。那傲气分明就是没把他这个叔放在眼里，九叔十分恼火。他从心底不能接纳这个"匪"女子。爷爷留学期间，他多次到太爷面前告状。而太爷每次都说："孩子们的事，由他们自己做主。"

太爷报病危了，九叔从黄州请来的郎中束手无策。奶奶与太奶奶商量说："太爷的病一天比一天加重，还是把那位江湖郎中请来吧！"太奶奶看到奶奶坚定的目光，表示同意。奶奶的决定，并没有拿到徐氏祠堂议事会上讨论。一切悄悄进行，奶奶亲自接江湖郎中来到老屋。

江湖郎中自称山野人，本名李山林，出生在李时珍的故乡蕲春，那时，中医的地位并不高，与那些江湖算命、看风水的术士没有太大区别。朝廷还有一项特别规定，那就是每一医户，必须有一个儿子继承父业。于是作为唯一儿子的李山林打小就跟父亲学医。或许是受家风影响，李山林对中医有一种本能的喜好与独到的感悟，加之与众不同的个性，他对中药也有自己的见解。本草，就是中药，掌握了药理和针灸的山野人，在民间被传为神医。早年，湖北都督头晕，天旋地转，恶心呕吐，终日不得安宁。都督府人四处寻医，最后在民间找到了山野人，他医治好了都督的病，从此名声大振。都督觉得神奇，想把他留在都督府，特别是听说当今皇上也有此病，想把他引入宫中。得知消息的山野人，悄悄跑了，浪迹天涯。后湖北都督换人，此事也不了了之。山野人不喜欢大场合，但他还有一个爱好，就是下棋，每到一处，很难遇到尚能博弈的对手。偶有能对上几招的人，他便喜得不得了。一次他和王有林下棋，输了。棋逢对手，山野人竟赖着不走，每天要下几盘。虽互有胜负，但山野人十分开心。王有林也尽好酒好肉侍候，久而久之，他俩成为忘年朋友。

前些天，奶奶已请人将太爷吃的中药渣捎给山野人，他仔细看了中药渣，惊呼，"再喝此药是要死人的。"

原来，九叔从黄州城请来的郎中给太爷开的方子是以补药为主。山野人赶到老屋，对奶奶说："有胃气则生，无胃气则死。"

奶奶说："哪咋办？"

山野人说："提升胃气，排泄毒素。"

古人曰：三分治，七分养。这个七分养是提胃气与食疗。奶奶敢赌，信心便出自于此。

族长九叔问奶奶："请江湖郎中，你敢说有把握吗？"

奶奶说："你从黄州请来的郎中束手无策，你还想干什么？"

族长九叔无言。

"在老屋，我男人不在家，我说了算，就是我男人回来了，老屋的家事，也是我说了算。"奶奶尽显英气。

族长九叔说："后果你负？"

"他是我公公，后果当然由我负。"奶奶斩钉截铁地说。

其实，奶奶心也并不平静，她也害怕。她怕什么呢？她怕"万一"。爷爷离开老屋，太爷又如此病重，她必须面对，必须承担，困难、失落、挫败、沮丧，她把生活的压力和人生的沉重全部隐忍在自己身上，不肯说出来，不肯表现出来罢了。而她的委屈却无处倾诉。

山野人来了，"望、闻、问、切"，书写脉案药方。一周后，奇迹出现了，山野人的"提升胃气，排泄毒素"的方子让太爷起死回生。每天烧高香的太奶奶破涕为笑，每根神经都紧张的奶奶松了一口气。太爷极其配合，又吃了一个月中药，终于可以下床了。

山野人说，要巩固疗效，还需配一味"灵仙草"的中药，那效果则更佳，但此类药物难找，生长环境奇特，必须到类似于人间仙境的地方才能找到。奶奶遂派老表汪晨，随山野人上山寨，让莹莹陪他们到薄刀山寨的山林中寻找。

薄刀山寨似人间仙境，绿树成荫，溪水潺潺，时而雾气缭绕，时而光芒万丈。山野人一下子就喜欢上这个地方了，他喜欢无拘无束。杨飞龙也乐得有位郎中，由此也发生了许多故事。山野人真的是回归山野了，不过这是后话。山野人寻了一阵，并未发现"灵仙草"，最后是在神农架找到此药。

找到"灵仙草"，山野人开心极了，每天亲自配制，熬药。汪晨守在炉边，控制火候。太爷一天比一天好转，慢慢地，熬药的活，全交给汪晨，精心操作，心细的奶奶则是在一旁守候，她听清了山野人对汪晨关于火候的交代，她怕出一丁点的差错。太爷病情稳定了，山野人也常去找王有林下棋，王有林也来太爷家探望，每次都带着棋子。见此状，奶奶差人去汉口买了一副棋子，放在家里，以免让父亲如此辛苦。太爷偶尔也来观战，棋给几位老人带来乐趣。

山野人说："古人云'善弈者长寿'，是因为下棋时，凝神屏息，不闻局外；洁心涤虑，醒脑益智，修德养性；有调心、调气、调身的功用。"

王有林说："我还以为你就只是瘾头足，尚不知你还对此挺有研究。"

山野人哈哈道："我是郎中，凡事知道需要有度。你比方这下棋吧，就应该是赢亦助兴，输亦助兴，怡情畅志而已。此谓养身有道。将，哈哈，认输吧。"狡猾的山野人，在谈养生中做了一个大局。王有林输得心服口服。

一旁的太爷觉得山野人这席话说得非常有道理。他背步踱开，思考自己艰难的戎马一生，特别是病了一大场似乎明白了许多。"是啊，生命是脆弱的，生活的确需要张弛有度，调整好自己心绪，且行且珍惜。岁月无情，不服不行啊！"太爷自言自语。山野人一直竖起耳朵在听，原来他是故意引起太爷对康养的思考，这也是他治疗太爷病的方子之一，只不过他没有告诉任何人。

一天，山野人觉得时机成熟，太爷的体力恢复差不多了，山野人找到奶奶，说出自己的计划。即，一方面，太爷健康的最大隐患其实是此前为公务操劳，造成对身体的透支，弦绷得太紧，这一放松就像一个皮球突然泄气，很快就会疲沓。他这次的病因就在此。我此前所用的药只是调动他身体的机能，但不能长久，尚需要自然的力量。其次，我上次去薄刀山寨采灵仙草，那里环境清幽，犹如世外桃源，而中药调理也只有在如此清静的地方服用疗效更佳。因此，我想带老太爷到薄刀山寨住一段时间。其实，这也是奶奶最近日思夜想的，爷爷不在身边，照顾好太爷的身体就显得尤为重要。太爷刚辞去官职，生活节奏全变了，奶奶担心太爷不能适应现在的生活。既嫁到徐家，就做好为徐家奉献一生的准备，就做好了撑起河边徐家的准备，太爷太奶奶的健康长寿眼下就是她的头等大事。特别是奶奶流产后，她觉得特别对不起徐家。还有，就是莹莹的事。奶奶做事风格是一诺千金。此前，她孤身一人上薄刀山寨，答应莹莹嫁入徐家的事一直在她心里。她希望太爷能亲自去一下薄刀山寨，会一下杨飞龙及其弟兄们，以便接纳莹莹。

奶奶唯愿保持住一份生命的本色，她有自己的判断，决定了的，无论好与坏，都无悔，都安然。她和山野人巧妙安排太爷去薄刀山寨。行前，精明的奶奶通知莹莹下山合计。为了更加慎重和妥当，奶奶与莹莹商量的结果是山寨不要大张旗鼓，特别是杨飞龙与太爷的见面要顺其自然，一定要在太爷高兴时在薄刀山寨最美的地方见面。知道内幕后的杨飞龙全力配合，对奶奶更是刮目相看，佩服奶奶的大气，佩服奶奶的谋略，他称奶奶为女中豪杰，也为莹莹的未来放下悬着的一颗心。

果不其然，云雾缭绕的薄刀山，宽阔幽静，恰似绿野仙踪。置身这一人间仙境，太爷诗兴大发。走在溪边，太爷吟道："独行人罕至，伴影水湍流。"在茅屋歇息时，太爷又赋诗："空山雨后林幽静，万木亭前叶泛黄。"而当奶奶焚香作炉，把亲手烹制的茶端到太爷手上时，太爷一手举杯，一手捋着胡子，再次吟诵："沐手焚香心打盹，端杯慢品齿留香。"

不知不觉已半月，太爷每天早起，练习吐纳肺腑；上午打拳，活动筋骨；下午饮茶，吟诗作赋。过上了心态平和的生活。

奶奶见时机成熟，安排太爷与飞龙见面。结果一片欢喜，太爷与飞龙相见恨晚。

飞龙说："千总大人，荒郊野岭，不知能否习惯。"

太爷一摆手："哎，飞龙老弟，你这野外宽阔幽静之地，令人心旷神怡，悠然忘返。难怪古人云，要择地而居。这薄刀山寨真是一个养生的好地方。老子说，人法地，地法天，天法道，道法自然。"

一旁的山野人暗自高兴，其实太爷是很懂养身的，刚才的引经据典其实是古人养生的最高境界。如此一来，他的治疗方案就更容易实施了，他相信太爷是会非常配合的。

山野人说："养生就是一种生活习惯，一种健康的生活习惯。就是在普普通通的日常生活中处处按照'法于阴阳，和于术数'来做。"

人的精神意识活动是以五脏精气为物质基础的，因而精神状态的异常与脏腑功能失调有关，主要是指把精气、思维等各种中枢精神活动和五脏相联系。

什么是五脏？人的心、肝、脾、肺、肾就是五脏，脏有贮存和分泌、制造精气的功能。

六腑又是指什么呢？六腑是人体内胆、胃、大肠、小肠、三焦、膀胱六个脏器的合称。

山野人讲得认真，太爷听得认真。山野人说："说起来简单，但真正做还是很难的。"

太爷说："以前也听人讲过，虽没你讲得透彻，但我始终未坚持做到。"

山野人说："三国时期的嵇康在他的书中《答难养生论》提到一些养生的难处，归纳起来，有这么五点。

名利不灭，喜怒不除，声色不去，滋味不绝，神处转发。

长寿的人，心态一般都很平静。

解决了这五难，一定能健康长寿。"

太爷认真交流的态度，让山野人越说越高兴，他感觉找对了学生，他说，"一定要处理好五脏的对应关系。

五脏所对应的是木、火、土、金、水。中医讲木克土、土克水、水克火、火克金、金克木，在《黄帝内经》中讲克即为不胜之意，也就是说，水能胜火，火不能胜水。

通俗地讲，五脏相互滋生的关系就像母亲和孩子的关系，肝生心就是木生火，肝可视为心的母亲，而心则可视为肝的孩子。同样，木就是火的母亲，火则是木的孩子，以此类推。这就是用五行相生的理论来阐释五脏相互滋生的关系。"

太爷和山野人交流愉快，相见恨晚。

太爷感叹山野人的养生之道，他说："食饮有节，起居有常，不忘作劳，形与色俱，做到这四个方面，就能像岐伯和黄帝对话当中所说的那样，人人都能活过一百岁。所以说活到一百岁并不稀奇，不需要外求，只需要做好这些就可以了。当然，这不是一天两天的工夫，而是一辈子，每时每刻都这么做，把它变成一种生活方式，变成一种生活习惯。"

太爷对山野人的养生之说领会也是很深的。

莹莹也在奶奶的带领下适时见了太爷。太爷见到莹莹，哈哈一笑："你就是那个胆大妄为，绑架映奎的'奇女子'？"说得莹莹满脸通红。奶奶忙解围道："爹，我和莹莹已结拜，她现在是我妹妹。"太爷再度大笑："罢了罢了，我老朽了，乐得逍遥。"一场恩怨就此烟消云散。不过，因为提起了映奎，大家的心里都有些沉重。亲情啊，自古以来就是一种牵挂，一份难以割舍。每个人都在心中默默祈祷。

几个月后，太爷慢慢康复了，看到奶奶如此孝顺，忙前忙后，侍候太爷，太奶奶却非常自责，她觉得对不起这个儿媳妇，自打嫁入河边徐家，儿媳妇全在操劳中度过。

太奶奶对雪源说："苦命的儿媳啊，你为河边徐家忙前忙后，结果自己的骨肉却没了。"

奶奶说："娘，没事，我身子骨好，而且还年轻，以后还会有的。"

太奶奶说："山野人是个好郎中，他治好了太爷的病，你坚持吃他为你调配的药，一定能怀上的。"

奶奶点头："嗯！"

太奶奶接着说："生命中发生的每件事，都取决于人们所做的决定，不要因过程没完，没有达到预期的结果就生气难过，学会接受，接受不了也是缘，是人生成长的经历。看开众生千般尘，别忧前生，莫惧来生，坦然于当下。"

实际上，二人心头都有一种苦。

太奶奶之所以老来得子，且只有爷爷这棵独苗，也是因为曾经流产，没有调养好，而且太爷当时一直在忙于公务，很少回家。太奶奶心里很清楚，女人流产后对身体的损伤，也很担心奶奶今后还能否再怀上。同为女人，太奶奶深知孩子对母亲的重要，深知在河边徐家，孩子对奶奶的重要性。

奶奶老表汪晨，从小随王有林长大，踏实肯干，吃苦耐劳，但性格孤僻，他喜欢丛林，对植物尤为有兴趣，喜欢琢磨。恰逢山野人经常来王家下棋，就给山野人打杂，最后拜山野人为师，成了山野人看病的好助手。

太奶奶与太爷商量："听说雪源的老表汪晨已经拜山野人学艺，听、闻、把脉，进长神速，山野人抑制不住对这个徒弟的夸奖，说他现在也可称得上是熟稔医理，他打小与雪源一起长大。要不咱把他请到徐家来，给他开个诊所或药房，一来映奎长年在外，咱俩年纪又大了，家里连个看院的壮小伙都没有；二来你这病说来就来，也需要有个郎中照应；再者，也是造福当地乡民。你看行吗？"

太奶奶通情达理，太爷说："好是好啊，这事还要听雪源的意见，你我老了，这个家呀，都是雪源在打理。"

太奶奶与雪源商量。雪源满口答应。这是件大好事，河边徐家这一大家子的事务，全靠她打理，汪晨是个好的帮手。特别是，太奶奶对自己发自内心的关爱让雪源非常感动。

从此，汪晨落户河边徐家，药房选址牛家坳，取名"山野堂"，并择日开业，为河边徐家，也为牛家坳的父老乡亲增福添寿。山野堂药房，后来影响很大，黄州城里人，也赶过来看病，山野人偶来坐诊，并不定期，城里人都是奔他而来，能否碰上山野人，就要看运气。不过，在山野人言传身教下，汪晨心静、好学，慢慢也成为当地小有名气的郎中。

　　太爷的病痊愈，雪源心里有说不出的高兴，她来到老屋前的樟树林间，株株挺立，茂繁的樟树，映衬着老屋。她长长地舒了一口气，几个月来，她不敢懈怠，映奎不在老屋，侍候照顾好公婆，是她本分。为了太爷的治疗，她承担了全部的责任，全部的风险。对老屋，对丈夫，她爱得太深，流淌无限的坚持和信念。她用右手压住自己的心口，自言自语道："映奎，快回来吧，我有点顶不住了。"绿荫中，一缕阳光射进来，阳光缠住了奶奶的身躯。奶奶干脆走进阳光，任凭阳光泼洒自己。抬头，仰望。红盖头，花轿，婚船，就在眼前。……

　　老屋宁静，风儿吹散尘土，牛家坳徐氏宗族鲜活了。九叔是牛家坳的族长。当初推荐九叔当族长，主要考虑他无子嗣，有精力、有时间秉公办事，虽年纪不大，但辈分高。没想到的是随着岁月流逝，他也变成了一个地地道道的老人，他寄希望于侄外甥，想收徐石头为子，可徐石头根本不愿意，一气之下上了薄刀山寨，虽不知道是不是为过继这一说，但徐石头自走后，从未回牛家坳，音讯全无，所以九叔的心里就有了一个死结。

　　太爷回老屋后，九叔在徐氏祠堂召集大会，恳求辞去族长职务，并提议太爷当族长。他知道，太爷其威望、才华远在自己之上，九叔是认真、诚恳的。这次太爷生病，九叔和奶奶发生了直接冲突。在太奶奶支持下，奶奶请来山野人并治好了太爷的病。

　　九叔十分没面子。这也根本不仅是面子的事，黄州郎中是他请的，江湖郎中是奶奶请的。加之他对奶奶和莹莹的成见，他觉得无脸当这个族长了。

族里人一致拥护太爷当族长，面对全族老少爷们，太爷说："我卸下黄州府千总担子，就是想回家休息，你们的重托，我承受不起啊！"

族里人态度坚决，期许的目光，恳求的语言，族长非太爷莫属。都是乡里乡亲，太爷退一步说："那我有一个条件，我当族长，但平时事务，由雪源主持。"

在河边徐家徐氏家族的一致拥护下，病愈的太爷就任族长，除族规要坚守外，还加了一条，在他身体不佳时，由雪源代行"族长"之职。

牛家坳徐氏家族这么大的事，一致通过了。

历史推搡着，太爷当了族长，一个赋闲回家的老人，没有任何私心，还要操劳徐氏家族的大事小事。太爷用自己的人格魅力，扶起徐氏家族的希望，不辜负牛家坳，不辜负牛车山水，不辜负老屋。

奶奶的为人深得村民尊重，太爷的提议也深得村民拥护。

奶奶代行族长之职，在那个年代也是件破天荒的事。

黄州黄梅，有佛教禅宗的四祖寺、五祖寺两个祖庭。四祖寺建于唐武德七年（624年），是中国禅宗第一所寺院。五祖寺建于唐永徽五年（654年），是中国禅宗第五代祖师弘忍大师的道场，也是六祖慧能大师得法受衣钵之圣地，被赐为"天下祖庭"。可见，黄州在中国佛教史上具有极其重要的地位，素有"蕲黄禅宗甲天下，佛教大事问黄梅。"

牛车山后叠嶂的山峦处，有一座"竺台寺"庙，据说有千年历史，当了代理族长的奶奶做的第一件事，是修缮寺庙并带头捐款，有力的出力，有钱的出钱，寺庙得以恢复，住持慧恩感激奶奶的功德。从此奶奶有一个静心修佛的地方，奶奶也常去寺庙向慧恩大师学佛，和慧恩大师一起念佛经。

慧恩大师知道河边徐家，了解奶奶和老屋的故事，他对奶奶说："相遇就好好珍惜，一个'缘'字，也包含了多少偶然。但那又是必然，缘分都是上天安排的。"

可不是吗？

真正的缘，不只是给对方留下美好的第一印象，而是对方认识你很多年后，仍喜欢和你在一起。

真正的缘，不只是瞬间吸引对方的目光，而是对方熟悉你后，依然欣赏你。

真正的缘，不只是初次见面就有相见恨晚的感觉，而是历经沧桑后发出"认识你真好"的心里话。

真正的缘，不是来得早，而是来了以后不再走。

一次次多么顺畅的交流。

慧恩大师说："人有什么样的念头，就有什么样的世界。我们的念头决定了我们的世界，我们的愿望决定了我们的行动。"

奶奶说："愿佛祖护佑大家，愿世界获得永久和平。"

慧恩大师说："您的善举和佛教里的至诚向善的心是一致的，是民心相通和文化的展现方式。"

奶奶说："我从小就听我父亲讲过《西游记》，令我难忘的是玄奘大师，当年他从西安出发到印度学习，不光是把中国文化传到印度，也把印度的文化带回中国。我父亲还给我讲过明朝郑和的故事，他下西洋的时候带了六千中国的弘法者，他向世界传递了中国的慈悲、爱和文明。"

慧恩大师说："佛教最经典的是《华严经》《华法经》《楞严经》，不忘初心，成佛有余。"他建议奶奶从"心经"开始，每天念三遍。慧恩说："三世诸佛依般若波罗蜜多故，得阿耨多罗三藐三菩提。这是一部帮助我们得大神通，大智慧，大彻大悟，大光明的一部经典。"

从此，奶奶每天念"心经"。经曰："以无所得故，菩提萨埵，依般若波罗蜜多故，心无挂碍，无挂碍故，无有恐怖，远离颠倒梦想，究竟涅槃。"心经全称般若波罗蜜多心经，"般若"一词古今大德仍解释为智慧，"波罗蜜多"解释为到彼岸。乘上智慧大船，由凡夫岸边横渡苦海，飞渡到成熟佛陀果位圣地的大堤岸。

从此，奶奶明白，茶和禅宗文化结合，才能有"儒家主正气、道家主清气、佛家主和气"，三教合一的思想精华，再加上个"茶家主雅气"，反映出中华文化的源远流长。

奶奶与佛结缘，与慧恩大法师结佛缘。佛缘让奶奶的心更静。

笃实自信，竺台寺组织的法会活动，奶奶都会赶到寺庙，她常去做早课，济世情操，慈悲济世是奶奶佛缘情怀，这是她人生的大愿景。戮力同心，积极奉献，深邃智慧里往往蕴含着完善自我的源泉，因缘和合，在缘起的世界里，每一个平凡的个体都至关重要。一个具足信愿、充满悲智的人，会产生强大的精神力量。从此，村民也多了一处烧香磕头的地方。"因缘其足"，与茶结缘，成就出"佛茶文化"。共享大愿，启发智慧，启发慈悲惜福之心。

善举，奶奶从不求回报。奶奶明白，什么是慈悲，什么是爱，秉持着慈悲和爱，国家永远和平安宁。

东渡扶桑

爷爷成为河边徐家第一个留洋的学生。爷爷开启了去日本的留学生涯。啊！河边徐家，流淌在爷爷血液里的家。行前的那天清晨，全族人来到"徐氏祠堂"，太爷主持了隆重的拜祖仪式。告慰列祖列宗，告慰当年"赶地"的小伙。这些年，爷爷忙于读书，离"家"似乎太远了，现在，又要出国留学，奶奶躲在厢房的一角，心疼地流下不舍的泪水。怎么能忘记那些已经融入牛车河的泪水！爷爷重新书写了河边徐家又一代男人的故事，这是一次难忘的历程，是一次改变爷爷、河边徐家命运的留学。

随着一声长笛，轮船载着二十多位年轻人，承载着历史，承载着责任，承载着年轻一代人的梦想和希望，离开上海，驶向日本。一种从未有过的感觉，一种莫名其妙的冲动。这是秀才们漂洋过海的体会。回想起在两湖书院学习的算学、经济，回想起到汉阳钢铁工地的实习，新知识，新实业，神圣与庄严，秀才们虔诚。

遥远的地平线跳出一轮红日,海水一片金色。爷爷走上甲板,眼有些睁不开,他微闭双眼,然后再慢慢睁开,眺望。朝霞。明亮着诗的意境。

秀才们都是第一次出国,第一次坐海轮,航行中溅起的浪花,滚进了秀才们的心扉。淡远的苍穹,激动,挂在每一个人的脸上,大声喊出对祖国的热爱,大口饮下心中的惆怅。

大海,我们来了,我们是翱翔的海燕。

青年人的承担,青年人的责任,秀才们扛起。

时代改变他们的命运,时代需要他们去改变。

两湖书院给了他们新的渴求,是追求,是信念,是坚守。

船上,爷爷拿出酒,这是奶奶为他准备的。奶奶知道映奎好酒,更知文人好酒,酒是黄州地产。给同行的秀才们斟满酒,海浪中醉了秀才们,也醉了爷爷。穿过云层的阳光泼洒在海面。一声船笛,闷闷地嘶叫,却叫不醒席地而躺下的秀才们。

甲板上,醉了的,是乡愁,没醉的,也是乡愁,任凭海风海浪,挤在一起。第一次离家的秀才们,额头已露出沧桑,人生留下悲喜。爷爷凝视远方,在仰视天空,在畅想未来。镌刻在脑海的记忆,串出一片永恒。

海轮载着清朝官府从两湖书院派出留学日本的学子,破浪前行。

求学之路,漫长、艰辛,从这一刻开始了。

"徐兄,你说说,什么是工商,什么叫'实业'?'实业'

又是什么业？"李无茗问。

望着大海，爷爷说："其实我也不太明白，我想学习'工商'，就是为了把国家建设得更好，有了'实业'，国家就会更强大。"

"那我们这次去学习，目的就是让国家更强大吧！"

"是这样的。"

一阵风浪，秀才们回到舱内，躺在床上听涛。

海在说，谁还在沉睡。

风在说，起来，豪迈，向前。

浪在说，挑起责任，承担使命。

热血的青年，就这么在海上，任凭浪拍，风起，云涌，在思绪中坚持。

融入大海怀抱，百折不挠，坚韧不拔，爷爷不再孤独，他知道民族振兴，匹夫有责。想到张之洞临行的叮嘱，眼睛炯炯有神。

日本自从明治维新以来，采用西法，兴办各种学校，短期培训班也很多，日本教育家嘉纳治五郎来中国访问时，张之洞找到他，请他联系一所学校，能在短期内培养一批实用人才，期限半年至八个月。

嘉纳治五郎答应了张之洞的请求，因为他自己刚创办了一所私立学校——弘文学院。也就有了爷爷他们这批学生留学日本。随着中国学生去日本增多，七年间，弘文学院共收学生7912人，毕业进修者3810人，是招收中国留学生人数最多的一所学校。

张之洞清楚，中国的秀才们，该走出国门，去见世面，将来才能扛起国家的重任。

上岸后，这些留着长辫的年轻人，个个精神，却引起日本人异样的目光。日本人好奇，甚至指指点点。原来，当时的日本民众，很少见到这么精神抖擞的年轻中国男人，为什么都有长辫呢？学梓们自豪了，长辫，也是一种文化。列队，齐步走。他们不需口令，在两湖书院已训练出来，拎着统一配发的箱子，穿着"汉祥福"为他们统一制作的服装，从码头出发，大步走在街上。

刚到日本，首先是学习日文。其次是适应日本的饮食。

学习不是问题，这是一批读书的天才，语言也不是问题，日文不也是受中文影响而形成的吗？爷爷他们这批学子到日本时，明治宪法公布才4年。"宪法"是秀才们第一次听说的词，他们学习了这部宪法，了解到这部宪法是日本传统思想与西方政治制度的奇妙结合。天皇法定为绝对的、神圣的君主，高于政府之上，是国家的化身，日本人民是他忠诚的臣民。

日本的宪法，给这批学子们留下深刻印象。

饮食，却让秀才们遇到许多想象不到的困难。

两湖学生以吃辣为主，而日本人却以吃海鲜为主，还喜欢生吃。当然，两湖人"辣不怕，不怕辣"的气魄，还真让他们在生活上，仍有克服之意，好在他们年轻。

到日本后，爷爷给奶奶写下了第一封家书。

雪源贤妻：

吾于十五日从上海开船，数日后即抵大阪，暂短歇息，转程到达东京。舟行顺速，可勿念也！此番出行，一切新鲜且陌生，但诸事亦顺适如意，只忆念之苦，真难尽言。

初到日本，校方待我们很好，制办衣物及生活必需之用品。日本气候较之国内凄冷，语言及饮食差异较大，海鲜，生吃，初难适应，远比不上家中之口味。好在同行诸生皆互帮互助，互体互谅，乡谊格外亲热。

还有，湖南同学所带的那一罐辣椒，每次吃饭，我都只能尝上一口。不食辣椒者，何谓老屋的男人！终于在一条旧街小巷口，找到有卖辣椒的小店，"两瓶"，我大声喊道。辣椒能压住腥味，吃生鱼片，我额头也被辣出了汗。另外，特别感谢大哥雪山为我所做的整套衣服，不仅得体，且穿起来也舒服。同学们称赞不已，他们只有外套，纷纷表示回国后也要到"汉祥福"定制全套。我自豪，因为走在大街上投来的无不是羡慕的眼光。

人生的选择，关键决定就那几步。此次留学非我个人之选择，而国家挑选当然即为吾之决定。二老年岁已长，古人云：父母在不远行。而余却东渡扶桑，实不孝也。每念及哺育之恩，泪眼斑斑，尽孝之事只能由尔代劳。惟念吾妻，新婚燕尔即离别，家务尽压尔肩，深过意不去。奈何国家破败，吾中华男儿当自强，理应学习日本之精华，学日本之科技，学日本之实业，学日本之军事，以报效祖国。

经过漫长的等待，爷爷也收到了奶奶的第一封回信。

映奎吾夫：

　　来信收悉，甚慰。连读数遍，并念于二老。尔在外，不宜数问家事，以学业为先。东瀛海外，人地生疏，须时时警醒。二老只你独子，此番远行，未免增几多怅恋。吾定好生侍奉，无为过虑。二老托吾转告，在日本之资用如何？可省则省，但不可省处，也不必过事俭啬。还有就是，回老屋我一定给你备一桌辣子宴。二老另嘱，宜收敛身心，时时涵咏，按期作课，勿令生疏。汝负鸿鹄之志，盼展宏图之时。

奶奶的回信坚定了爷爷求学的信念，爷爷很快过了语言关，除上课外，赴会馆、跑书店、赶集会、听演讲，知识就在社会实践中。于是他们从考察日本教育开始，再考察日本的经济，再考察研究日本的政治。

在这里要介绍爷爷同窗好友李无茗，他比爷爷小半岁，湖北荆州人，从两湖书院到日本留学，他俩投缘，共同的理想、追求，渐渐成为非常要好的朋友。在日本留学期间，他和爷爷一起去赶集会做演讲，常常吸引不少听众，听众里有一位日本姑娘，叫福原庆，她记住了李无茗这个名字。那时，福原庆正准备结婚，准丈夫是她的同学，也即将是上门女婿，婚期已定，请帖也发出，新郎突然失踪，据说是派往英国潜伏。身心受到严重打击的福原庆不敢回家，一个人在街上走，突然天降大雨，正在不知所措时，一把伞伸到她头上，原来是李无茗在回学校的路上，看见雨中的福原庆，她不知自己已走到弘文学院的门口，只是凭着感觉走。她听过李无茗的演讲，她让李无茗送她回家。当她反锁大门时，李无茗才知荒唐，"你这是闹剧，我的善良怎么被你玷污了呢？"

"我要结婚了，我的男人失踪了，我今天碰到谁，他就是我的男人！我知道，你并不是一个善于制造浪漫的人，但你是传说中适合结婚的男人。雨中，你为什么给我打伞？为什么牵手送我回家？"

这是个富裕的家庭，这是个任性的小姐，这是个不讲理的女人。她说她听过李无茗的演讲，身板挺直，给人亲切、安全感。她让李无茗洗澡换衣服，在客厅里享受"茶道"。

李无茗顺从，没有反抗，他抵御不了诱惑。那一夜，他俩扭扭捏捏拉了很久家常，凭直觉彼此愿意在一起，半夜了，雨还在下，湿透的衣服未干，无法回学院，留下，反是最好的选择。他投降，成为上门女婿，他只有一个条件，对学校暂时保密，福原庆答应了。

一周后，当李无茗拿着医院住院证明书交给学院时，没有人追究他。

爷爷说："你住院为什么不通知我？"

李无茗无奈地说："在这个世界中，我们都是过客。"

"是怎么回事？"

李无茗信任爷爷，悄悄告诉了爷爷他这一周的奇遇。不过他对爷爷说，他感觉很幸福。

"幸福就好！"爷爷祝福的同时，答应保密。爷爷也想到自己，想到莹莹，这人生对与错，哪能说得清呢？

人生，只有经历跌跌宕宕才知内心所向；经历迷茫不安，才懂逼自己前行；经历窘迫尴尬，才学会耐住性子。

李无茗并没有沉沦，依旧积极参加学生们组织的活动。他对爷爷说，这是爱的力量，只是晚上常偷偷溜到他日本的家中。

后来，李无茗从弘文学院和爷爷他们同船回到中国，不久，福原庆也来到中国，她随李无茗去了荆州，这是她的婆家，在中国生活了一个多月，他俩就去日本了，爷爷第二次留学日本时，他依旧是爷爷的好朋友。

适应了日本生活，秀才们都知道。只有融入日本社会，才能更多地了解这个国度。纵观这一时期的日本，特别是19世纪60年代末所进行的一次改革，史称"明治维新"，日本经济迅速发展起来，一步一步从一个弱小的国家成为当时的一个经济发达国家，成功地摆脱成为他国殖民地的危机，崛起后的日本，军国主义横行，把日本引向战争，开始和中国作战，和俄国作战。走向扩张的道路，给自己的人民也带来灾难。

这一年，当秀才们慢慢融入日本社会时，他们了解的却是日本国内尖锐的社会经济矛盾，亟待转移。

这一年，日本开年不利。一是北海道的夕张煤矿400名矿工暴动；二是日本众议院否决了内阁关于增加军舰建造费的议案。日本首相伊藤博文表示要内阁辞职，解散众议院，重新大选。

明治天皇出面了。

1893年2月10日，明治天皇把内阁的所有大臣以及各位枢密顾问官以及众参两院议长等人召到皇宫里面，亲自调解议会与内阁之间围绕着制造军舰议案的矛盾，发布敕令："国防之事，苟拖延一日，或将遗百年之悔。"他要求政府和议会"和协一致"。明治天皇表示，此后 6 年，他每年从皇室小金库中拨出 30 万日元，用于海军建设。日本军人得知后涕泪横流，呼号喧嚣之声满营。明治天皇接着发布敕令，在海军部下成立军令部，直属天皇领导。批准《战时大本营条例》，从法律上确定了大本营是天皇亲自主持的战时最高统帅机构，以后有关战时事项，不再受国家任何机关的限制。

这一切，让爷爷他们这批秀才们看清楚了，日本的战时军事体制已经确立，天皇不仅直接掌控战争的指挥权，而且开始"磨刀霍霍"了。

在两种文化交汇碰撞之际，排斥往往要多于融汇。这些长期在中国传统文化熏陶的秀才们，到日本留学，能学到多少书本上的知识，还真不好说。

那时，朝廷有上万名文官和上百万名读书人，能接触到西方文化只是极少数。所幸，朝廷没有禁止译书出版自由，两湖书院，给了这批学子们机会，派他们到日本留学，给了这批学子们更大的空间，客观地讲，明治维新给日本带来的变化，对这批秀才们的影响是非常大的。日本国的现代化，让这批秀才们开了眼界，但是日本那雄心勃勃的野心，这批秀才们也铭记在心。

那时，爷爷每天会一人到大海边拿着昨日的报纸，大声朗读时政消息，以练其胆量和演讲的能力。

爷爷的文章在留学生自己办的报纸上发表了，他锋利的文笔、激情的演讲,深受同学们的喜爱。

"中国现状?中国的前途?"

"谁能拯救中国?"

爷爷大声疾呼。在一次集会演讲时他说:"此次留学,我们就是要把'秀才'帽子扔进大海,要'脱胎换骨'做一回在探索中勇于担当的中国人。"

秀才们开始从学校走向街头。

他们呐喊,他们激情,他们有从头再来的勇气。

爷爷知道了"守旧"是死路一条,必须要改变,砸碎保守的思想,可饮风霜,可润温暖。追求,再追求,不一定行万里路,但生命永不止步。

爷爷大声疾呼:"大海啊!请让我们融入,我们已不是秀才,我们是沧海中的一粟。

张之洞希望这批从两湖书院走出的秀才们能更多了解这个国度,能学习日本的先进工业制造技术,进一步弘扬中国的民族文化和精神。希望能止住颓势的"大胆出手",彰显中国必定强大的信念。不得不说张之洞对晚清人才的培养用心良苦,把他们送到日本足以说明他对西方科技文明的向往,对制度变革的向往,在新旧交替的时代,封建意识、新思想在复杂交织,他寄希望这批秀才们成为未来国家之栋梁。

实践证明,从两湖书院走出的黄兴,是可以告慰这位老师了。在辛亥革命时期,他被推为革命军总司令,为推翻清朝的君主专制统治,建立民主共和国,呕心沥血、竭尽全力,在开创中国民主共和新时代、建立民主共和国的伟大事业，黄兴立下了千古不朽的功勋。

1902年，黄兴到日本弘文学院留学，我们熟知的鲁迅先生则是1904年到弘文学院留学。

辛亥革命爆发是1911年10月10日。这一天，黄兴从香港给孙中山发报"新军必动，请速汇款应急，并前往主持。"当时黄兴正在香港疗伤，辛亥革命爆发，他立即赶到武汉，黎元洪下令做一面大旗，上写"黄兴到"三个大字，派人举着大旗，骑马在武昌城内跑了一圈，可见黄兴当时在革命党人中的威望。赶回武昌的黄兴，督战了汉口保卫战，并被推举为战时总司令，他尽力竭力，功勋卓著。在中国近代救亡图强的奋斗史上，黄兴成为孙中山最好助手，只可惜去世太早，1916年他病逝于上海。

留学期间，爷爷认识了一位叫大岛的日本学生。他的外祖父就是中国人。或许是对"根"的追源，或许是对中国文化的兴趣，大岛来弘文学院学习并补习中文，交中国朋友。他成为爷爷最好的朋友，也是爷爷实地考察的最好向导和参谋。如果说，爷爷对日本国度的了解、印象深刻的话，头功应该算是大岛的。

留学也是光环下的求索，随着公派、自费学生，特别是一批国内反清革命志士，被迫流亡到日本，让历史夹缝中的争论越来越激烈。年轻人的激情也充分表现，中国究竟是立宪好、彻底革命好还是维持现有国体，秀才们聚集在一起讨论问题。爷爷提议成立"留学生会馆"，以"联络情谊、交换智识"为宗旨。李无茗是爷爷的坚定支持者和积极参入者，会馆设立干事会和评议会，每月集会一次。

在一次评议会上，立宪派和保皇派争执起来，激烈、咆哮。可同学们争吵并没有让人听到争吵中的灵魂。

爷爷走向讲台大声说："我刚才走进会馆时，一位同学挡住我问'你不是朝廷派来日本留学的吗？'我说'是。'他说'朝廷派来的就应为朝廷说话！'"

台下一阵议论声。

爷爷接着说："同学们，不错，我们是朝廷派来留学的，可如今的大清国又给国人带来了什么呢？贫穷？落后？人民生活在水深火热之中。现在，有人提出了改良，改良什么呢？当然是改良朝廷。当你阅读他们改良的主张，能给中国带来什么样的变化呢？"

会场安静下来，没有说话。他们的目光投向爷爷。

"中国的出路在哪里？

中国的希望在哪里？

谁能给我们答案！

沉睡的狮子快醒吧！中国的前途和命运在我们自己手里！"

欢呼、掌声，爷爷思想在升华。

8月，入伏后的东京，燥热憋闷。爷爷打开屋子的窗户，阳光挤进来，连一丝海风都没有，汗水从全身每一个毛孔冒出来，闷热让人难以入睡。爷爷开始冲凉，开始打坐，虔诚地享受静夜独处的感受。

清晨，爷爷准时起床，准时开始了他的习武晨练。"岳家拳"是太爷教的，虽功夫远不及太爷，但其套路，特别是那一招一式吸引了好奇人的围观。这就是人们常提起的中国功夫？围观纷纷发出感叹，爷爷自豪。不少同行秀才们跃跃欲试，爷爷笑答，仅仅是强身而已。

保持精力充沛，晨练，爷爷坚持着。每天，额头上冒出汗珠，爷爷才开始洗漱。生活要有规律，这是临行前奶奶的交代。

在日本，爷爷还写了一首小诗《老屋·雪》，遥念奶奶。

> 漫天飞舞的雪儿中
> 我们一起呼吸
> 河边徐家的老屋里
> 我们爱恋依依
> 只为曾经的承诺
> 心中的期许
> 只因憧憬中的涌动
> 难忘的回忆
> 岁月的爱和恨
> 岁月的冷酷与情意
> 都不能改变真爱的我和你
> 沟沟坎坎都会过去
> 初心如一
> 想你的时候啊
> 流出泪水也甜蜜

每日，爷爷挑灯夜读，整理一天学习考察心得，实业救国之门在哪呢？面包充饥，透支了自己的身体，爷爷是个不会照顾自己的男人，是一个被女人宠惯了的男人。离开老屋时，奶奶手把手地教，才知道如何熬粥。不过对此，他有自己的巧办法，头晚上把大米放到暖瓶里，第二天早上就可以喝粥了。

历史需要铭记。

在日本，爷爷第一次和学生们上街游行。那场面，多年以后向奶奶提起，都是激动的。对朝廷的不满，对朝廷的愤怒，可以到大街上边走边喊；可以集会高呼口号，大声把自己的想法说出来，通过这样的方式表达，激情的岁月燃烧起来。这批本来是派来学知识的学梓，到日本后突然觉得无知识可学，他们需要的是一把可以打开心灵的钥匙，希望能被猛击一掌，从沉睡中觉醒，中国近代反侵略战场上多次失败的原因是什么呢？实业真的能救国吗？学员们在思考，爷爷在思考，他们都在寻找，不愿中国人自古就有的那股精神被失去，希望灵魂能回归。

这里必须强调的是：早在1893年，日本就开始搜集中国情报，这是件多么令人震惊的事。

这一年6月，日本陆军参谋次长川上操六带领大批参谋军官到中国实地考察。他们从东京出发，在朝鲜釜山、仁川、汉城等地"考察"，一个月后北上，过鸭绿江到达辽宁，从山海关到达津京逗留，最后从上海返回日本。经过三个月所谓的"考察"，他们不仅探知了中国的军火生产、军事装备、军事设施以及部队训练等情况，更使其"确信中国不足惧，增强了必胜信心。"

还有更罕为人知的是，被称为"日本情报战之父"的陆军少佐福岛安正在这个期间曾经进入中国，几度潜入中国腹地侦察军事情报，对包括中国东北在内的广大地区进行"考察"，搜集到大量军事情报，为日本对清朝开战提供了翔实的情报依据。

他们想干什么？日本通过不同渠道向中国派出间谍，刺探情报。其中最著名的是学者型间谍宗方小太郎。他被称为"中国通之第一人"。1893年10月，宗方小太郎就开始到中国频繁活动，撰写大量报告，内容涉及军事、经济和宗教等各方面。

我们未正视历史，未正视日本不断向中国派遣的间谍，或许，这是我们屡战屡败的原因之一。当我们把目光定格在爷爷他们留学回国后的第二年，甲午战争绝非"偶然"。

中国近代史，一部饱含屈辱的历史。

黑夜未尽，探寻不止。

爷爷通过大岛同学，进一步了解了日本"开拓万里波涛，布国威于四方"的基本国策。

爷爷心惊。

日本政府正式把日本军队称为"皇军"，即天皇领导下的军队，要求皇军为扩张战争奉献生命乃至一切。日本皇军必须遵循忠节、礼仪、武勇、信义、朴素等"神道"精神和"武士道"德行。

爷爷以独异的思维，站在那个时代。由不得你不做认真的思考。

造成中国目前状况的根源是什么呢？

中国固守疆土，修建炮台把守海岸，将列强挡在国门之外，日本却把疆土防线从本土推向海外。

完全不同的历史结论，爷爷只能用"瞠目"和"惊愕"来形容自己的内心。

爷爷有些迷茫，阅读好留学的经历是件多么难的事啊！与当初自己定的计划还真矛盾。

不管怎么说，这次到日本学习，毕竟是一次充满期待而又艰难痛苦的求学过程。爷爷知道有梦想，才不会因走得太远而忘记为什么出发，人生的旅程不至于寂寥。如果每天都向着一个目标前进，哪还有时间颓废悲观？如果每天都离梦想更近一步，沧海桑田也只是转瞬之间。既然选择了远方，就风雨兼程。不忘初心，方得始终。曾经彷徨的爷爷，眉眼间开始多了一份坚定和执着，多了一份让人感动的存在。他深沉了。爷爷喜欢逛书店，有空就去书店，他希望多读书，从书中寻找到适宜的答案。

弘文学院不远处有一家书店，爷爷常去那儿，每次都会用一小时读书。书店是开放的，你可任选其中一本席地而坐，读完后放回原处就行。客观讲，日本这个书店的书真多。爷爷清醒地知道，不仅是你读了多本书，而是你有没有体会到读过这些书的实质，有没有提高你、启迪你。如同去富士山，为什么要攀登，因为它就在你面前，书本里的知识也是如此，为什么要读书，因为知识就在书中。

从考秀才到两湖书院再到留学日本，爷爷经历了太多的事，现在反倒是需要一种平和的心态，他想起苏轼的一句话，"雨天无妨，晴天也很好，一蓑烟雨任平生，也无风雨也无晴。"

爷爷读了许多关于日本的历史、社会、文化、经济方面的书。特别是《日本通史》，这是一本由美国作家写的书，客观、真实。爷爷爱不释手，能背下很多的段落，这些书帮助爷爷对日本有更深刻、更全面的了解。

一次爷爷和大岛一起在书店席地而坐，他聚精会神，这时一个身着学生装的女青年，满头大汗、神色匆匆走过，不小心踩到爷爷的脚。

"哎呦！"女生尖叫一声。

被踩的爷爷说了声："对不起。"

女生连连摇头："是我踩着您了！"

两人一阵道歉。

大岛开口打破了他俩的尴尬："妹妹，怎么是你？快过来，我介绍一下，这位是我经常向你提到的从中国来的留学生，我的好朋友徐映奎。"

妹妹连声说："对不起，映奎哥，对不起，我踩着您了！"接着，她又转身对大岛说："哥，母亲病了，快去医院。"

爷爷目送大岛、妹妹去医院。

爷爷知道，此次留学不仅要学到知识完成学业，更重要的是了解日本的社会制度，因此，他的灵魂深处徐徐舒展，回到了辉煌和骄傲的汉唐，从丝绸之路到郑和下西洋，黄色文明与蓝色文明的碰撞与交响。

与当初来留学时心境不同，在日本的爷爷面对现实，坚持就是力量，永恒的追求。恢弘的击缶，荡气回肠的穿越时空，那是所有炎黄子孙的脉搏，那是我们华夏不羁的灵魂。

在与苦难的肉搏中燃烧自己，爷爷支撑着。他常去参加大岛和日本青年们组织的集会，和大岛的友谊与日俱增。

下雨了。爷爷打开雨伞，雨水把全部和失落都托付给你了，还计较什么泥里水里？如果你不能为别人挡风遮雨，谁还能把你举在头上？

责任是成长最大的动力！至诚是成功的最佳道法！富有和令人尊重将是自然的因果。

在回国前，爷爷写下一封书信。

雪源贤妻：

在日本已数月，生活学习诸事安顺。好久未提笔，但我仍常常惦记，每月至少给你写封信。这些信，也是写给自己的，是我吐露心扉的细细述说，内心的独白。

日本经济之发达亲身体会，中华民族的载体是人，只要人在，中华民族文化也就在。日本国民皆识文断字，车夫亦然，且过问时政，余深觉震惊。反观我泱泱大清，相去甚远。每念及此，心深痛之。但我牢记，中华民族孕育的民族精神之精髓弘扬光大。经过学习考察，吾以为日本之成概因明治维新之功，我国复兴亦必走维新之路。

这封信充分表明，半年的留学生涯让爷爷开阔了眼界，见了世面，学到了知识。更重要的是，爷爷明白了国家振兴，依靠实业的强大，同时要树立民族凝聚力之国族认同观念。

就要回国了，又到了回家的日子。

古老的中国，五千年，一部多么沉重的历史啊！

弹丸之国，给学梓们留下五味复杂心境。

海那边的中国，长江，一个生生不息的民族。

当这批学生回国时，码头上举行了隆重的欢迎仪式，张之洞亲自到码头，表达了他对这批留学生的希望。

当时，张之洞正主持创办军工制造企业，同学们急匆匆去找张之洞。同学们已知道，张之洞不惜巨资从德国购买了最先进的制造连珠毛瑟枪和克虏伯山炮等设备，这些设备是当时世界上最先进的军事装备。

这个工厂就设在汉阳琴台大道，北靠汉江，东临月湖，琴台，水陆交通方便。

初名湖北枪炮厂，隶属驻省总局，委任各司道为总办。秀才们还惦记"汉阳钢铁联合企业"，殊不知，张之洞已建成湖北大冶铁厂，并与江西萍乡煤矿合作组建成立汉冶萍公司，为谋求更大发展，又修建一条全长18公里，由铁山到江边石灰窑的铁路，运输矿石。

爷爷和这批留学生的到来，张之洞非常高兴，将这批学生全部委以重任，爷爷似乎看到了实业救国的希望。

这次留学，彻底改变了爷爷的人生观、价值观。爷爷是非常执着的人，是犟牛。认准的事，不碰得头破血流不回头。留学日本，在徘徊中找到坚定，在犹豫中找回自信，找回做一名中国人的自尊，人要站着活，那心灵上已被刀子深深留下的痕迹，将成为历史的符号。

若干年后，每当提起这次留学的经历，爷爷总是无不感慨地说:"第一次出国留学,是怀抱实业救国的理想。回国后的现实告诉他,这是一条走不通的路,从秀才到民主革命者,岂止仅仅是'脱胎换骨',更需要让自己的'灵魂'站立起来。"

奶奶对爷爷说:"无论你有多强大,最后的赢者,是时间。"

山水之间

立秋了，秋风秋雨秋意浓，秋的凉爽。牛家坳进入四季中最好的季节，微风吹拂在脸上，舒服、清浅，小雨散落在身上，惬意、飘逸。爷爷回老屋了，在他心中，思乡情已成歌，秋风萧瑟，心中仍是一团火。

啊！又见老屋，离家乡一年多了，真的想老屋，爷爷加快脚步，可真看见老屋，却又觉得异常陌生，仅仅是内心在激动吗？难道是自己变了吗？理性了许多的爷爷也禁不住灵魂深处的老屋情怀。爷爷扔下行装，大步冲了过去，微风细雨中仿佛一丝不挂，静静的，一切成为过去。银杏树叶铺满大地，金光闪闪，迎接老屋主人回家，向村里人述说，河边徐家第一个留洋的学生回来了。留学生涯，抵不住爷爷思乡的惆怅，朴素的爱国热情、民主革命的信仰，成为爷爷的信念，"国"与"家"，已深深烙在爷爷心中。回老屋，他已触摸到温暖，眼波发出感叹。爷爷从大门窥见院内别有一番天地的景象，盆景在小草中，干净的院落，奶奶不允许在院子里晒衣服、被子、菜干、腊肉、腊鱼，路两边的银杏树又长高了，老屋好像宽敞了，后墙也彻高了1尺2寸。院子中间的那棵桂树，艺术地展示在院子中央。花刚凋谢，老屋余香犹存。

银杏树叶还在飘落，遮住了爷爷的目光，突然一阵微风，满地银杏叶飞扬，一地的金光闪闪，一片树叶飞到爷爷的脸上，挡住了他的微笑，但无法挡住他激动的心，心儿的跳动，震掉脸上的树叶，微风后大地金黄。

古老的中国，游子回家的顺序是被固定下来的，先去祠堂，然后拜见家中最老的长者，爷爷拜见太爷太奶奶，二老乐得合不拢嘴。几声问候，已让太爷感到爷爷沉稳有出息了。

这也是幸福的约定，爷爷迈着轻盈的脚步，向奶奶走去，岁月的痕迹，打破奶奶美妙的思绪，她骨子里散发出优雅和闲适。有洁癖的奶奶爱干净，她让爷爷洗手净面，水盆里漂着清绿的茶叶，茶香扑鼻而来。茶趣从这一刻开始，奶奶让翠儿端上一碗浓茶，让爷爷闭眼，茶香扑面，茶雾停留在双眼，茶香沁入鼻腔，顿时乏味全无。几分钟后，奶奶用一块温热湿布盖在爷爷双眼上，然后拿开湿布，用手指轻柔双眼，奶奶认为眼不疲劳人就不"乏"了。不一会，爷爷眼角细密皱纹退去了乏意。

爷爷说："回家真好！"

奶奶说："家里有你真好！"

爷爷说："你这消除疲劳的法子是从哪学的？"

"亏你还是秀才，书是咋读的。"

爷爷笑了，有点羞涩，奶奶笑了，露出自信。

"雪源，想喝你泡的茶了。"刚进家门的爷爷有点迫不及待。

爷爷喜欢奶奶泡茶的那种感觉，奶奶能把茶泡出哲理的味道。特别是那神采，那纤指，让你铭记在心，难以忘怀。奶奶能泡出茶的灵魂。爷爷喜欢和奶奶面对而坐，品茶、闻香。

奶奶点头，慢声细语，"是啊，太久了，咱现在就泡茶。"

奶奶拿出孟臣壶。这是出嫁时，父亲王有林送给她的，王有林曾告诉雪源，"此壶我已用黄州上等茶定香。"茶壶开片重要的是定香，今后想用这个壶泡什么茶就用什么茶来定香。当时黄州茶在湖北也算是最好的，开片就是冷壶入冷水，沸水十分钟左右取出壶，稍微冷壶，用开水里外淋壶，几遍后用干布擦壶内外，壶盖侧翻，置于壶旁晾干，备用。孟臣壶小巧精致，赏玩俱佳，茶壶依旧光亮。奶奶告诉爷爷，她每天依然会独自泡茶，独品其味，追忆和爷爷一起品茶的感觉。虽偶有伤感，泪水也曾温润过自己的心，但真爱不相信眼泪，孟臣壶盛下奶奶全部的思念与等待。

奶奶还有一把古琴，那可是有些年代了，也是父亲王有林送给她的。抚琴并不仅是为了耳目之享，而是为了与内心对话、与圣贤对话、与自然对话，尤其注重心境与环境。心情浮躁时琴音能平复躁动；心情孤寂时琴音能对话灵魂；心情闲适时琴音能遄飞逸兴。奶奶净手，然后点燃一炷香，香烟穿破空气，直指月光，在月色中盘旋缭绕，香味在空气中的挤压下串入爷爷鼻腔，犹如历经几度轮回之生命再现。

一曲高山流水，让她难忘伯牙鼓琴遇知音的故事，钟子期死了，伯牙破琴绝弦终生不抚古琴。知琴者，以雅乐为正，故能操高山流水之音于曲中。

奶奶轻轻抚琴，爷爷默默沉吟。

古琴素有皇家音乐、民间音乐、文人音乐、宗教音乐之称，从奶奶心中弹出的，爷爷已判断不出奶奶弹的是哪家音乐，但他知道，古琴，圣人之器，国乐之父。

望着奶奶抚琴，爷爷心中有一种莫名的冲动。还是那曲高山流水琴音和心音交融，奶奶按弦用指分明，求音取舍无迹。灵巧的手指弹奏出的不仅是旋律，而是相思，是期待、是漫长的白天和黑夜，空如山谷。望着专注弹琴的奶奶，爷爷心中再没委屈。

多么宁静的夜晚啊！回到老屋，开始了新的又一天，奶奶将日子变得简单、单纯，依然活得自在而不乏味。爷爷对奶奶说："雪源，你真好！"

"河边徐家好！"

"是啊！在老屋才能更多地享受到人生的美！"

"那你就留在老屋？"

"我留在老屋，你一定会说，真是个没出息的男人。"

心底依然温暖，内心依然有爱，两人会意笑了。

老屋寂静无声。奶奶拿出一包茶，是她亲手做的茶，用当地的一种特制的纸包着，小心翼翼打开："映奎，今天喝咱们自己的茶。"

爷爷眉宇舒展："咱们的茶？"

奶奶自豪，很有成就感。她说："当然呀！你不在家，我常站在牛车山上,向北望去,山峦叠嶂,云雾缠绕,乃人间仙境也。大自然有一种神奇,让你自觉贴近它,那天,我和翠儿去了,山不高,海拔就在千米以内,湿润的空气扑面而来。一会儿,水珠就挂在脸上,刚翻过一座山,就看见前面的山坡上长着十几棵茶树,成一字状,一棵随着一棵,排在坡上。啊!太高兴了,于是,我常去收拾。很快,有点规模了。草木之绿,亭亭净直,香远益清,清涟不妖,古茶树与新茶树,清丽而不染。"说到这,奶奶望了爷爷一眼。

爷爷说:"穆桂英挂帅了。"

奶奶说:"当然。我采摘些样品带回,向我爹和山野人请教。他们肯定地说,是古茶树。于是我爹、山野人、汪晨随我和翠儿一起去了那个地方。古茶树的发现,给我生活带来乐趣。头年清明前后,我们去采茶,采摘鲜嫩茶芽,有单叶,有一芽一叶鲜茶。带回后把它摊晾,将鲜叶摊放在房间内的簸箕上,让它自然萎凋,失去部分水分。随后将萎凋好的鲜叶放在热锅里杀青,待到由鲜绿转为翠绿,叶面失去光泽,手握成团,稍有弹性,叶质较柔软,折梗不断,闻有清香感,则起锅,进行摊晾,转入揉捻。我和翠儿开始揉捻,揉呀揉,使叶片揉破变轻,卷转成条,茶汁挤溢附着在叶表面,提高茶的滋味醇度。我们把它放在锅里烘干,蒸发水分,使其含水率低于四成。再炒干,充分发挥茶香。后经分筛拣剔,去除碎叶和茶梗,使成品茶外形整齐、美观、纯净和内质一致的要求。"

"一叶一心"奶奶的讲述,爷爷脑海里浮现出画面。原本没有的路,奶奶在山里踏出了一条道,原本生长在山里的古树茶，奶奶已将它变成茶叶。

"累吗？"爷爷问。

"不累，快乐着呢！"奶奶说，"在我爹和山野人指导下，我已围着古茶树，把浸泡过的茶种种下去，那儿的土壤，湿度、海拔都适合种茶，我要打造出一个茶园，属于我们的茶园。"

奶奶宏伟的计划，展现出一幅美丽的画卷。

奶奶说："茶园的名字我已想好，就叫'禅茶遗处'。"

爷爷说："好，这名字好，那你的茶就叫'雪源古树红印茶'。"

心灵相通就是默契，一泓清澈的泪水溢出孤独的眼睛，瞬间，便有了一种莫名的激动。他俩无法按捺思绪的目光，奶奶窈窕的身材，脸上的红云，爷爷彻骨入髓的爱。

爷爷挥毫泼墨，写下"禅茶遗处"、"雪源古树红印茶"。

凉台静室，明窗曲几。眼里闪烁的全是泪花。

知己知茶才能饮无不适，养身加倍。奶奶遵从自家古树茶的习性，开始烹水泡茶了。爷爷闭目，听琴、闻香。静静地梳理自己的思绪，静静地慰藉自己的情绪，沉淀一种静心。他睁眼看奶奶，她泡茶的情趣，似乎用一种豁然的心态让爷爷去感受生活的味道，体会香气在音乐声中的静谧与安详。

爷爷说："日本茶道，无论多讲究，我怎么也喝不出如此之味道。"

奶奶说："我是水，泡出的当然是我的味道，而你是我的男人，我调泡出的茶，当然是最好的茶水。"

思绪飘散开来。

奶奶还说:"泡茶,要用山泉活水,一山的清甜甘冽,一山的风光明媚,配以适时的火候,调出柔婉的情愫,都融在了这一壶茶里,像我俩第一次邂逅,碰撞的结果是浓郁的味道。茶水让我们终生难忘。"

爷爷、奶奶品茶,感温茶趣,茶是有生命的,当你悄悄走近,茶又有那么多情怀。烧火、烫壶、温杯、投茶、注水、分茶、尝茶、茶宜、茶侣、茶勋……随心所欲,不需要理由。茶,让你读懂岁月的伤痕。一个时辰,又一个时辰,飘香的茶仙让爷爷陶醉,握不住一丝心静,静与静的对话,心在沟通,心贴在一起。

奶奶说:"你不在家时,每次喝完茶,我都会清壶,避免壶里有残茶。壶很懂你,当心情不好时,它也会难过。所以泡茶就是泡心情。其实,人生就是一杯茶的记忆,苦且淡的经历……"

虫儿也配合,不叫了。爷爷闭目,是累了?不,分明是陶醉了。一叶叶,一芽芽的梦,被沸腾的水唤醒。奶奶泡的茶,清水煮岁月,饮世间柔情。绕梁的琴音,在老屋的屋檐上,从容不惊。淡淡的茶香,从嘴角溢出,情暖无涯。这是奶奶一生的向往,唯美的悠婉,这是生命中多么重要的一环。奶奶想,要是每天有一个时辰,让爷爷听香,幽香入鼻,该多好哇!她知道爷爷的苦,知道爷爷的难。泡茶前,她都要把茶室的香点燃,给爷爷以淡香的感受。

闻香不如听香,听香没有对香气的贪婪,没有对香源的追寻,没有对香甜之气的渴求。奶奶知道,听香,只在闲淡而自适中，缓缓地体味生命的真与美！轻盈相对，清语相伴。爷爷端杯，在平淡的日子里，学会调剂一杯心情，与山水同在，与灵魂相契。托到唇际，轻轻吹去茶气，留下浓浓茶味。

第二天午休后，爷爷对奶奶说："走，我们到外面转转。"

爷爷说，在日本留学，常常会想起老屋，现在站在老屋，又是那么亲切，特别是前日，一想到马上就可以回老屋了，我的手握得紧紧的，害怕浓浓情从手的缝隙中溜走。

院子里，墙角边。石磨、石碾、石滚、滚架，列队整整排列，微笑欢迎它们的主人。主人没有让它们失望，他要用新的创造，让它们成为文物，镌刻在人们的心中。

风车，当爷爷看到时，是那么激动。小时候他常用手去轻轻摇转，从风车中吹出轻飘飘的稻谷，似天女散花，大地一片金黄。在上面滚一滚，站起来的就是一个金娃娃。

对老屋的回忆，爷爷兴致大增，这是生命中多么重要的一部分啊，他拉着奶奶的手，往牛车山上走去。

他俩漫步在牛车山上。

一年，是分离，是依恋，更是期盼。

一年，是等待，是思念，更是呐喊。

牛车山上，风在说，虔诚。

牛车河水，浪在说，哽咽。

奶奶的目光停留在爷爷的脸上，她仔细端详，岁月印刻在爷爷脸上依旧清秀，眼睛里流动出的是沉稳、坚定。蓝天白云，小鸟在树中穿行，发出"叽叽"的叫声。不知多久，夕阳在暮色中将要落山，爷爷奶奶的手握得更紧，丝毫没有松开的打算。

"感觉真好,又闻到你的气息了。"奶奶说。

"是啊,太想你,太想老屋了。"爷爷说。

刻骨铭心分别的痛苦,折磨着奶奶,爷爷的体贴又让奶奶心里舒坦许多。她说:"这次回来,多住些日子吧,把该办的事也办了。"

爷爷点点头。

奶奶鼓起勇气把流产的事告诉爷爷:"对不起,我太不小心了。"

爷爷凝望奶奶,把奶奶搂进怀里,能说什么呢?曾经的孤独,漫长又遥远。奶奶的孤独,爷爷的孤独,老屋也在孤独。

奶奶的泪水,流出相思的无奈。流产,对一个女人意味着什么?特别见到朝思暮想的男人,一心扑在国之昌运的男人,牛车河水流进她心里,泪水洒落站在牛车山上的爷爷灵魂里。

奶奶的胸膛紧紧贴在爷爷心上,是温暖,更是信心。"前世欠你的,我今生还。今生欠你的,我来世还。"

爷爷对奶奶说:"千万别自责,是我没有尽到责任。"他知道,自己一走一年多,家里的担子全在奶奶身上。

奶奶擦干泪水,对爷爷说:"你回来就好,山野人的中药调理,该收获神奇了,我每天都在走路、锻炼,我现在身体已恢复了,放心,一定会给你生个小子。"奶奶的诚恳让爷爷笑了。

爷爷离开老屋太久太久。从日本留学归来,当初实业救国的雄心似乎越来越遥远。夕阳下，爷爷的咳嗽吓着了奶奶，奶奶拍打爷爷的后背，爷爷仍一声接一声地咳。

咳出失落，咳出无奈，咳出彷徨，咳出忐忑，当奶奶试着搀扶时，爷爷摆手，用手背擦拭流出的眼泪。"好啦，过去了。"爷爷眯缝着眼睛，对奶奶说："回屋吧。"

又是一年，感慨了许多。爷爷又缓步来到太爷房间。他知道，和曾是朝廷千总的太爷聊天，一定要平和。虽然太爷是位开明的命官，但毕竟做过黄州府的千总。爷爷向他介绍日本的教育，日本的实业，日本的明治维新，日本的大和民族，他想把这次到日本学习考察的一切都告诉太爷。

听完爷爷的介绍，太爷淡淡地说了一句："你是朝廷派出去学习的，将来要为朝廷做事。"赋闲在家的太爷，境界已是"庄严国土，利乐有情"。

"夜半无人私语时，"爷爷向奶奶讲述了这一年多对生命的考量，把爱藏起来，把情怀藏起来。求索，站立起的男人懂得了坚韧、责任和情怀。

茶，让人上瘾。回老屋的日子里，爷爷每天都要品味奶奶泡的茶，欣赏奶奶蛊惑人心的茶艺。窗前望月，月光渐渐深了，树梢上的光华也越来越深，很快淹没了整个屋子，晚风飘来，浑然不知心事很重的爷爷，他放不下。

"啊，对了，"奶奶想起了什么，"莹莹是个好妹子，你走后，她在老屋住了很久。她可能干了，把家里的佣人、帮工训练得像支队伍。前些日子，山寨来人说她爹身体不好，她刚走没几天，明日我差人把她接回来。"

奶奶的讲述，让爷爷沉思良久。这次留学日本，虽没找到中国的出路在哪，但最大感受是看到了中国之强大的希望，那就是唤醒国人的民族情怀。愤怒的、脆弱的国人要团结起来，四万万同胞要猛醒。

奶奶觉得爷爷留学归来似乎变了一个人。

"还是我去薄刀山寨吧！"爷爷说。

"这不妥吧！"奶奶说。

"没什么不妥的，我去，对莹莹也是个交代。"爷爷说。

"那我陪你去。"奶奶说。

"也好。"爷爷心里没底。莹莹的个性，这么久不见，不知会闹出什么事，有奶奶陪着，爷爷踏实。其实爷爷主动上山寨，是希望杨飞龙这支队伍，将来能成为革命的军事力量。

小住几日，爷爷便去薄刀山寨了，距上次上山寨一年多了。上次是莹莹把他"抢"上山寨的，这次是奶奶陪他来的。他已记不清薄刀山寨的模样，只知道山寨是大别山中隐藏着的神奇。当走进山寨，给你的会是错觉，这里怎么会是"匪巢"，分明是人间仙境。

爷爷出现在莹莹面前，莹莹扑上去，紧紧搂抱住爷爷，全然不顾奶奶的存在。

"你一走就是一年多，这次送上门来，看我如何收拾你。"

爷爷不知是安慰，还是说对不起。回头看了一眼奶奶，奶奶已悄然离开。

"秀才。"莹莹从心底发出呼唤。

"野丫子。"爷爷看到莹莹眼里的泪花。

"你不是说用八抬大轿,漂亮的婚船来娶我吗?轿呢?船呢?"莹莹"匪"性、醋意、失落。

"我这不是来了吗,上门赔罪。"

锤打,泪水,怨恨,莹莹尽情发泄,爷爷无语。山里的妹子,一次缘,一生情。当泪雨转成晴天时,莹莹娇气来了。生命的自悟,绝美。爷爷的心撕裂的疼痛,弦断情知。

爷爷尽展男人的气度。莹莹说恨,说失望,甚至说爷爷没良心,爷爷反倒舒坦了,他知道女人爱男人,才会如此发泄。

莹莹对爷爷说,"你知道吗?这一年多,我每天都是在失落中度过的,把自己关在山寨里,心甘情愿地躲起。娘求我,去把那个牛家坳的徐石头叫过来,揍他一顿。我还真这么做了,那徐石头双眼望着我,傻愣愣站着,不问缘由,不还手。直到累了,泪水流出来了……我大哭一场,仅凭你和姐姐的一句承诺,我的女人味没了,'野性'没了。有人说,世界上打不败的是真情,秀才,你说对吗?"

爷爷眼睛湿润了。

心心相印,必有回声,"秀才,你必须马上娶我,否则……"莹莹没将后半句话说出。

莹莹的话让爷爷无地自容,羞愧难言,这是命运在捉弄他俩啊!

说完了,骂完了,莹莹擦干泪水,柔情看着爷爷,泪珠还挂在脸上。她十分委屈地说:"上次在山上,雪源姐和我商量,她是姐,我是妹妹。我恪守诺言,等你娶我,你倒好,扔下我不管不问,一走了之。"

莹莹的话句句刺痛爷爷的心，或许这就是姻缘。爷爷不想伤害莹莹，却伤害了。爷爷不想让莹莹失望，她却失望了。其实，在爷爷的心中，他对莹莹是亏欠的。不仅有承诺，还有他俩相识过程中的那份挥之不去的感动，和奶奶完婚，就被选派到两湖书院学习，接着又被选派去日本学习。不管怎么说，在对待莹莹这件事上，于情于理都是自己的不对。

"野丫子，你看我给你带来了什么？"爷爷像变戏法似的，拿出个小玩具，两个小人，一男一女，脸对着脸，嘴对着嘴。

"太可爱了！"莹莹把玩具拿在手上，爱不释手。

"野丫子，人生的道路上，有些事还真不是一两句话能说清楚的。"爷爷让莹莹坐下，"我们慢慢聊。"

莹莹坐下，这才开始仔细打量爷爷，身材颀长，秋水般澄澈的双眼，是个帅爷们，还是她心里的那个爷！成熟刻印在脸上。见到了爷爷，她高兴，她喜欢，曾经的怨气也没了，她原谅爷爷了。爷爷留学后，除偶尔去陪陪奶奶，打听一下爷爷的消息，就剩下她自己在山寨，沉浸在自己的世界里。而山寨，仿佛就只剩下她一人，苦苦等着她心上的人。浮世苍凉的女人，惦记心中的男人，美丽全部刻印在脸上。

爷爷对莹莹说："野丫子，是我对不住你。这一年，只要想到你仍在薄刀山寨，就惊醒了我所有的感觉。"你说奇怪了，自打莹莹认定了映奎是她的男人，就不离不弃的等待，她愿意。山寨的女人，有山寨女人的情，女人的味。

爷爷接着说："所以，这次留学归来，只想做一件事。"

莹莹问:"什么事?"

爷爷说:"扔掉秀才的帽子,成为一名革命者。"

莹莹说:"秀才,你给我打住。告诉你,秀才是我头上的光环,脸上的金。你把它扔了,让我成武夫的女人?"

莹莹憨实可爱的神色让爷爷笑了。他说:"你呀!真是个野丫子。"

一句"野丫子",让莹莹体味到温情,她翘起小嘴:"我喜欢秀才,我等待的是秀才,我要嫁的也是秀才。"

莹莹的娇柔,爷爷还真不知说什么好。他耐心向莹莹说:"秀才永远是秀才,那是朝廷的科举制度的产物,可如今中国需要什么呢?当然是制度的革命。需要的是一代新人的觉醒,唤起沉睡的雄狮……"

爷爷的语气坚定平和,头脑里怎么装得下这么多事情,天下事,国之事。莹莹从未听过,她瞪圆了眼睛看着爷爷,漫长等待的结果换来的是爷爷思想上的升华,女人还真需多一些等待,才能拥有真正的世界,思想立体,人生才不会平面。

爷爷说:"野丫子,知道吗?目前我还不能娶你。"

莹莹说:"为什么?"

"我选择了民主革命,现在娶了你,风险太大,而且还会带来许多麻烦。"

莹莹哈哈大笑:"黄州府千总的公子,当了几天秀才,留学几天日本,就不娶老婆了。"

"现在娶你,真的会给你带来危险。"

"你怕危险就更应娶我!"

"为什么？"

"我有武功，可以保护你。真要有事，我们的山寨还可以让你藏身。"莹莹振振有词。

她神秘地告诉爷爷说："秀才，我们在山寨建个屋子，建在一个非常隐蔽的地方，谁也找不到。"

莹莹的天真把爷爷逗乐了。

"野丫子，万一野兽来了，怎么办？"

"我就打死它。"两人开心地笑了。

这时奶奶进来了，让爷爷去看飞龙，因为二当家告诉奶奶，飞龙的病已经很重。

爷爷在莹莹陪同下，进了飞龙的卧室，一股中草药味，弥漫整间屋子。看来飞龙已咳嗽许久了。

爷爷随即送上从日本带回的抗生素药品，让飞龙赶紧吃下。"您快吃这药，很快就会好的。"

飞龙第一次吃西药。就这小小两片，能顶我大碗中药，他表示怀疑。碍于爷爷的面子，他吃下去了。

望着卧床的飞龙，爷爷说："烟，恐怕是再不能抽了，戒掉吧。"

飞龙说："难啊，咳嗽这么厉害，还总想那一口。在山寨里，闷得无聊，两只手没放处，常望着吐出的烟，袅袅地缭绕着，琢磨点事，挺好的。不过，这一病，是该下决心了。"

爷爷说："我从日本带回些小糖块，烟瘾上来就吃一块。再者，你是习武之人，打个拳，弄个刀枪，分散一下注意力。"

还有一点最重要，那就是学会用养生的方式调养身体。

爷爷说："其实，养生就是一种生活习惯，一种健康的生活习惯，就是在普普通通的日常生活中处处按照'法于阴阳，和于术数'来做。你虽是习武之人，但这几点必须做到：第一，食饮有节；第二，起居有常；第三，不妄作劳；第四，形与神俱。"

飞龙惊奇地望着爷爷，生命的神奇，生活的乐趣不全在爷爷的讲述中吗？田香用心记下了爷爷讲的。

爷爷接着说："生命就是吐故纳新，就是吃喝拉撒睡。山寨空气这么好，你要动起来，不能老躺着，做点有氧运动。还有，一定让自己能吃，吃饭要靠胃气，没有胃气，那饭等于白吃。一个有饥饿感的人，吃饭才能被消化吸收，否则，吃饭就是酒肉穿肠过。"

爷爷的一番话打动了飞龙和田香。让焦虑成为秋天的风，风过无痕；让关心成为树下的落叶，化作泥，化作生命的营养。释怀，放下，是对自己的善待，也是对周围所有人的善待。

奶奶和莹莹在房间说话，见爷爷回来了，奶奶说："映奎，你就允了莹莹吧！这么久，她多不容易，以后你常年在外，我俩也是个伴。"

爷爷无语，莹莹大方地说："这样，我花船不坐了，三天后我们圆房。为了我爹的病，你必须答应。"

莹莹的大胆，让爷爷奶奶无话可说，他们没有理由拒绝莹莹的请求。

飞龙吃了爷爷给的药，三天后，还真的就不咳嗽了，这药还神了。特别是听说莹莹和爷爷成婚，而且就在山寨，高兴得可以下床了。山寨好久没有这么热闹过。飞龙对田香说："人逢喜事精神爽，喜从天降啊！"

当莹莹淑女打扮出现在众人面前时，那美胜过了仙女。

婚礼在山寨举行，突然决定的婚礼，没有通知任何嘉宾，连太爷也未赶来。山寨人有山寨人的特点，他们把婚礼办成山寨的盛宴，他们跳起山寨舞，也就是鄂东民族舞的改编版，更有"匪"味，更有血气，更体现出山寨人的特性。那鼓点声，更是敲出了山寨人的气魄，篝火冲天，噼啪声，冲出金花。映出山寨的笑脸，映出山寨人独有的味道。喝喜酒的全是山寨的人。朝廷的秀才，留洋的学生，大当家的姑爷，山寨沸腾了。山寨保留原汁原味的山寨人生活，婚礼消除了山寨人的距离感，喧嚣与锣鼓，神奇地冲破山寨的安静。一切都是田香导演的，她把爷爷和莹莹的婚礼导演出山寨人的特别。爷爷感到了震撼，莹莹感到惊讶，山寨人演绎出山寨文化带来的狂热。王小虎率领的十来个娃娃的山寨拳，其套路，尽展山寨未来的希望。婚礼上，田香摆下几十桌，不醉不休。

爷爷的到来，山寨充满生机。

莹莹喝多了，这是她的主场，她领着爷爷，给每桌敬一满杯。回到房间，关上门，她还要和爷爷喝。爷爷劝说："野丫子，别喝了。"莹莹说："咱俩今晚必须单独喝个交杯酒。"

莹莹倒了两杯，酒杯更大，深情地望着爷爷："秀才，咱俩喝！"

爷爷接过酒杯，看着莹莹。"好，野丫子，交杯！"

酒下肚，莹莹趴在爷爷肩上，不禁潸然泪下，那么伤心,那么委屈。

"你是我的男人,今天在酒桌上,你没有倒下,我佩服。"

爷爷给莹莹倒了杯开水,让莹莹喝下。受苏东坡酒后写作的影响,爷爷也喜欢酒后写文章,也是酒喝得越大,文章越出彩。

莹莹说:"二当家不行,半斤酒下去,就倒了,你行,我的男人行。"

那一夜,莹莹很快睡着了,沉沉的。爷爷反倒睡不着了。他一人轻轻地下床,望着轻声呼噜的莹莹,倾城容颜,心立刻变得暖暖的、甜甜的。他挥笔写下:

薄刀山寨接仙关,

秀才无意往复还。

今夜洒酒问人生,

蹉跎岁月路艰难。

可爱的野丫子,你这样,我还真担当不起啊!爷爷心软了,更觉得对不起莹莹。

莹莹睁开惺忪的眼皮,天已大亮,太阳已从远处的山边跳出,莹莹一手推门,爷爷已站在树下,露珠正顺着碧绿的树叶滚落。

莹莹走到爷爷身后,双手搂住爷爷,"秀才,对不起,昨夜,我喝高了。"

爷爷转身,双手捧起莹莹的脸蛋:"野丫子,我喜欢你这个样子，睡梦中，轻轻的呼噜声。"

莹莹酒已醒了，她想撒娇。太阳升起，她靠着爷爷，心里美美的、甜甜的。

莹莹的快乐，给薄刀山寨，给大当家飞龙带来无比的欣慰。吃完早饭，奶奶要求回河边徐家。她心里是那么敞亮，爷爷娶莹莹，虽说是早已确定的事，但爷爷的婚宴并没请太爷。她要赶回老屋，她能给太爷、太奶奶说得清楚。

爷爷和莹莹把奶奶送到山寨门口。"姐姐真好！"莹莹望着奶奶远去的背影感叹地说。

飞龙太喜欢爷爷了，他满意这个姑爷，有相见恨晚的感觉，和爷爷聊天顺溜，长见识。他想留爷爷在山寨多住些日子，听爷爷讲山寨外的事，国家的事。爷爷所述，在飞龙眼里，都是新鲜事，大开眼界。爷爷也正想和飞龙谈点他想谈的事，同时，可以多陪陪野丫子，毕竟欠她的太多了。

爷爷敬畏大自然，当他亲近薄刀山寨，不得不感叹："这里真是修身养性的好地方！"

爷爷对莹莹说，"野丫子，等革命成功了，我也来入伙。"

莹莹说："好哇，秀才，一言为定！"

爷爷的话，让莹莹感动，但她知道，爷爷说的是真心话。在山寨住些日子，领略山寨的环境，风光之魅力，才是最好的安静休息。

莹莹从小身体不好，从小就开始练习武功强身，她每天早起练功，然后叫醒爷爷，走路爬山。莹莹这样的生活习惯，让爷爷特别骄傲。男人的惰性完全暴露，赖在床上不起，早起读书的习惯也不想坚持，山寨空气太好，爷爷醉了，想睡懒觉。爱就是这样悄悄地靠近爷爷，舔他的额头，舒舒服服。

薄刀山寨气势之磅礴，造型之奇特，大自然的鬼斧神工，令人惊叹。无数山沟，装点绚丽多姿，层理交错的线条构成一幅壮美的油画。

月光皎洁而明亮。深蓝色的天空下面，层峦叠嶂的山峰连绵起伏。远处的瀑布将白天的喧嚣换成了浅唱低吟，轻轻垂下来仙女裙裾般的白练。一个个大大小小的水洼，倒映着月色的微光，就像是一双双魅惑的眼。

莹莹仿佛一头小鹿，在崎岖的山石间轻盈地跳上跳下，不时蹲下去，从水洼里摸出一只肥大的石蛤来。爷爷见状也心动。他在一个水洼边停下，只见银灰色的水中晃动着黑影，刚欲伸出手去，倏忽又消失了。他瞅准了一个，猛地一抓，谁知手中一滑，抓了个空。石蛤在水中一个扑腾，溅了一脸水花。咯咯咯……一串银铃般的笑声，在静谧的夜色里响起，惊起几只山鸟。他不服气，又使猛劲，两手一捧，想把石蛤捧起来，谁知连带着整个人往水洼里一扑，赶紧脚上使劲，到底没有摔个狗吃屎，两臂和胸前的衣服却尽湿透，沾满了烂泥。爷爷泄了气，倒在石头上发呆。莹莹跑过来，笑得直不起腰，调侃道："秀才，没想到吧，洋学生变成泥腿子了"。丢过一块缂丝手帕，"快擦擦"。

见爷爷躺着不动，只好抓住缂丝手帕，帮他一顿擦拭，顺势也在身边躺下。许久，谁都没有说话。虫子的鸣唱又倾入耳朵，月光温柔地抚摸着两个人。爷爷头一侧，看见了莹莹雕刻般的侧脸，月光落入她的眼中，给这位勒马山间的女子添上空灵的眼色，爷爷不由地暗自赞叹。

爷爷凝视莹莹蛮横又娇俏的样子，说饿了。

莹莹闻言，起身张罗起来。很快，她就以山里姑娘特有的麻利，点起篝火，支起支架，把刚才抓的石蛤放在火上烤起来。篝火贪婪地舔着她红扑扑的脸蛋，映衬得她越发红润婀娜缭绕，像极了爷爷心底那抹淡淡的惆怅。

莹莹靠在爷爷肩上，望着慢慢升起的明月，久久不语，凉意袭来，她说："回家吧！明早我们去主峰！"

爷爷说："明天休息，后天再去行吗？"

莹莹说："不行，跟我在一起，必须按我的时间要求来作息。"

"累了。"爷爷有气无力地说。

"不许耍赖，累了也要坚持！"莹莹态度坚决。

"那好吧，一切按你说的办。"爷爷无奈。

莹莹笑了，"主峰之巅有座亭子，我也好久没上去过，我俩明天就上去。"莹莹说。

"可以呀！"爷爷说，"那我们回去就把觉睡得足足的。"

一早，莹莹把爷爷打扮成习武之人，轻装爬山。到达主峰后，莹莹说："这座亭子呀！传说是王母娘娘云游时命侍女用石砌而建。"莹莹帮爷爷擦擦汗水，又递上清凉的山泉。

爷爷喝了一口，问莹莹："此亭叫什么？"

"鹤皋亭。"莹莹也是听她娘告诉的。

"鹤皋亭"，爷爷反复念着这三个字，围着亭子，转了又转，兴趣极浓。"五层四窗，六方八角""绝美，绝美！"登高远眺，回头看亭。莹莹指着山半腰的一片树丛，"那里有个山洞，我曾去过，里面什么都有。要不，我俩去住几天，练气功。"

"你放了我吧，刚上山时，已气喘吁吁，那山洞呀，留着关键时刻用。不过我也谢谢你。这些天跟着你，我肌肉也发达了。"爷爷举起胳膊。

"你就夸张吧！才几天，就练出了肌肉。"莹莹说。

爷爷笑了，虽然腰腿还有些疼，感觉是舒服的。

晚上回到房间，爷爷让莹莹研墨，他铺上纸，拿起笔。

峰上亭，亭下峰，亭峰皆立众峰中，峰威千古，亭威千古。

山外水，水内山，山水尽收孤山前，山秀万年，水秀万年。

莹莹拍巴掌，直呼好，虽不知这对联是谁写的，但她佩服爷爷的记忆力，默念几遍，就把这副对联记下了，她把娘请来，视爷爷的字为墨宝。丈母娘疼女婿，莹莹的娘更爱女婿的才华。

莹莹还特喜欢听爷爷讲故事，外面的一切都是那么精彩。每晚必须讲一个故事，才许睡觉。爷爷还真能满足莹莹的愿望。曾经的秀才，四书五经，二十四史，诸子百家，太多名篇，每个名篇都是一个故事，加之海外留学的见闻，每晚莹莹都听得津津有味。莹莹曾希望自己找一个读书人，找一个有文化品位的男人，她如愿以偿，幸福挂在脸上。莹莹喜欢爷爷的灵气、敏锐。爷爷喜欢莹莹单纯、天真。

"秀才，喜欢山寨吗？"莹莹问。

"野丫子，喜欢一个人就喜欢她所在的地方。喜欢你，当然就喜欢山寨了。"爷爷说。

爷爷的回答，让莹莹心里美滋滋的。

在山寨，爷爷和飞龙聊天，他认为这是件十分愉快且重要的事。

莹莹泡茶，爷爷和飞龙对话。爷爷说："飞龙叔，你是怎么上山的？"

飞龙说："我出生在山寨，长在山寨。"

爷爷说："莹莹像您，骨子里有一股豪气。"

飞龙笑了，拉家常，侃侃道来。初次见面的那种拘谨渐渐消失。

爷爷说："我中秀才后就被选派去学习，耽误了莹莹，对不住莹莹，也对不住您啊！"

飞龙说："你千万别这么说，读书人能有如此造化，是莹莹的福缘，她很自豪。"

爷爷说："我虽是官派留学日本，但今日之中国，日趋衰落，我们有责任让民族强大，迫切希望看到民族强大的那一天。"

爷爷不时在飞龙面前赞美莹莹，莹莹乐滋滋的。他俩话题更广泛，更深入。爷爷带给飞龙山寨外的消息，其复杂性，超出了飞龙的想象。

爷爷说："当初你反了，占山为王，我曾对你产生误会，现在看，不是你的错，是朝廷的错。因此，你要把这支队伍训练好，关键时能报效国家，再就是绝不可抢民宅，中国人已活得太苦、太累。你在山寨不也这样吗？管好这支队伍，严明的纪律是非常重要的。"

飞龙说："难得你这般谅解，我一定听你的。"

爷爷说："大清给我们国人太多的失望。自从第一次鸦片战争以来，八国联军入侵北京，《北京条约》《中英南京条约》，我国领土一次又一次被割夺。殖民文化、殖民经济强加在中国人民头上，具有悠久历史的中华民族，几乎就这样被大清帝国断送了。"

飞龙虽然并不完全理解爷爷讲的，但他认为爷爷讲得有道理。爷爷骨子里的那股读书人的味道让他感动。"你如今已是我的女婿，你说的我信。"他俩的谈话，也深深感动了莹莹，她忘了倒茶，也在久久沉思。

住在山寨的爷爷，有了一次感动的存在，也诠释了爷爷对"匪巢"新的认识。

山寨的人，也是为了生活而活着，有饭吃，破衣烂衫，他们也觉得幸福。山上的野花总露出鲜艳，山上的野果总被绿色衬托着笑脸，山上的野味，更是让人想起就流口水。

爷爷和莹莹商量，不要为嫁妆而忙碌，什么衣柜、橱柜、条桌、梳妆台等全免了，带上山货，带上土特产，下山寨去拜太爷、太奶奶。一切太突然了，容不得你思索，时间又太紧了，让你来不及准备。无声中，幸福撒满大地。莹莹欢欣跳跃。新媳妇离开娘家，新媳妇来到婆家。

莹莹按传统的程序进门。令她没想到的是，刚走到牛车河边，就发现了一条婚船，这是雪源安排的。爷爷扶莹莹走上婚船，身着鲜红缎面服饰的莹莹毫无思想准备，泛红的脸蛋挂上泪水。雪源交代过，让她穿上新娘的衣服随爷爷回老屋。船上，雪源已为爷爷备好衣服，莹莹帮爷爷换上。莹莹依靠在爷爷身上，体味温情。"上次我抢你上山，用的是快船。这次你接我回家，用了这么漂亮的婚船。"莹莹难忘当初的幼稚，也感到此刻的温馨。雪源的精细不仅感动了莹莹，也感动了爷爷。

花轿就在河的北岸等着，恭迎莹莹。雪源说了，徐家不会亏莹莹。太爷、太奶奶完全同意雪源的想法。

轿起，唢呐声、锣鼓声响起。在老屋门前，爷爷身着长袍马褂，足蹬新鞋新袜，彬彬有礼地开轿锁，掀轿门，继而由两位曾经生儿育女的中年妇女代新娘散发红蛋、花生、桂圆、糖果，牵新娘下轿。莲步轻移，就入拜堂位置。爷爷为莹莹掀起头巾，拜太爷太奶奶，在奏乐中举行大礼。

只有亲朋参加宴席，莹莹满意低调奢华大气，不失高雅。族长九叔没有来，他反对这门婚事。

莹莹的到来，河边徐家又增加了新的勃勃生机。

在老屋，莹莹跟雪源学习茶道。备水，生火，煮水，调盐，投茶，育华，分茶，饮茶，洁器。虽操作程序繁复，雪源教得认真，莹莹学得认真。奶奶特别交代，茶随缘，更要心诚。品茗，强调水品之选择，炙煮茶时火候之掌握。

莹莹安静了，茶道教会她许多。茶，如人生，滋润你的灵魂，生命可以用茶艺来书写。

老屋，是个有灵性的地方，无论你走到哪，从老屋走出的人都不会感觉到孤单。老屋是个孤独的地方，在这里的每一个人，像火一样燃烧着自己，彻骨的孤独，燃烧出彻底的光明。

  一年多爷爷执念求索，姿态恬淡，认定逃脱不了人生道路的梦想，他渴求；一路走来，他回眸；处处别有洞天，云淡风轻，他和自己较上劲。望着雪源和莹莹，爷爷突然心静了。他知道这是个人的选择，山一程，水一程，红尘、沧桑、流年、清欢，一个人的世界，是男人的境界。

  奶奶知道，爷爷心中，民族的兴衰永远是第一位的，照顾好爷爷永远是她心中的第一位。

  院子里的那棵桂花树，是奶奶。树不倒，奶奶不倒。

  村头那棵桂花树，是爷爷，根枝繁茂，年年飘香。

  老屋的 7 月，已经是酷夏了。

  奶奶替爷爷抚去额头的汗水，月亮就挂在老屋的屋顶上，一片银光，目光慢慢离开老屋，已是深夜。

  山寨的 7 月，有风的诱惑，不甘寂寞地让你怀念。还是莹莹嫁到河边徐家的那天，就和奶奶商量。今年的夏天，到山寨避暑，那儿凉快。入夏了，莹莹派人来接爷爷和奶奶，奶奶决定让爷爷一人去，她要留在老屋，太爷、太奶奶在老屋，她怎么能扔下不管呢？

  爷爷第一次在山寨过夏天，让爷爷陶醉的是，他被莹莹"抢"上山的那天，那间屋子，已被装饰成新房，屋后连接的山洞也装点成他午休的地方。回忆让他俩热血如初，追梦依旧。

  这里是他俩第一次相拥的地方，果敢、冲动、轻拂我面。捧着心跳，屏住呼吸，爷爷热泪盈眶。

  莹莹怀孕了，反应如此之大，是她没想象到的，而且她觉得雪源姐还未生孩子,自己怎能先生,毫无思想准备的莹莹有点紧张。奶奶得知消息后,提前半月就派接生婆上山待产。后来,莹莹顺利生了一个女儿,像一只小猫,之前姐姐青青生了个儿子,起名叫王小虎。这次杨飞龙坚持要莹莹的女儿姓杨,由于是牛年出生,小名叫牛牛,大名叫杨柳柳。

牛牛从小跟外婆田香吃住。

薄刀山寨的水,米粥汤,孕育着小生命。

薄刀山寨的人,杂粮、野味,莹莹用习武的方式,恢复了自己的刀马旦身段。

薄刀山寨,充足的氧气。莹莹站在山上,系着爷爷,远方的秀才啊,野丫子思绪早已越过山寨飞到你的心窝。

山寨的风,一阵一阵,吹断肠。

山寨的炊烟,一缕一缕,吹远方。

秀才!莹莹心中的天。

二渡扶桑

19世纪末的中国，最让国人愤恨的两件事，一是1894年的那场中日甲午战争；二是1895年签订的《马关条约》。清政府的腐朽没落暴露无遗，国耻。

19世纪末的东亚地区，最让国人费解的是这两个国家，一个是回光返照的东方帝国，一个是开始崛起的法西斯岛国。

甲午战争，日本蓄谋已久，清政府仓皇迎战，中华民族的灾难从此开始，由此，也打开了日本侵华战争的序幕。

20世纪之初，最激动人心的口号是"救国与革命"，一批又一批优秀青年开始集聚在广州、上海、青岛、武汉以至全中国，他们在呐喊，在行动。崛起的日本究竟是一个什么样的国家，"大亚洲主义"、"法西斯主义"这些听起来怪怪的词，如何在日本获得土壤的？

问苍茫大地，中国的前途、命运在那里！

1894年7月25日，中日甲午战争爆发。

1895年4月7日，中日《马关条约》签订。

甲午殇思。战争给国人带来猛烈的冲击，留下深深的记忆和历史的思考。

甲午战争，梁启超是这样评价的："唤起吾国四千年之大梦，实自甲午一役始也。"

老屋、牛车山、牛车河。

甲午战争，给中国人民带来了太多的苦难与屈辱，也唤醒了爷爷。失望、反思、纠结、呐喊。爷爷痛彻心扉，常常暗自发问：中国，你这是怎么啦！

一批爱国青年聚集在一起，爷爷和他们商量，决定三渡扶桑，开始新的寻求，寻找救国的道理。

爷爷又将离开老屋，他的实业救国梦已被打碎，从头越，找回曾经的自己。雪源留不住爷爷，那是雨后的早晨，风吹走了雪源的红头巾，吹散了雪源的头发。她向爷爷挥手，爷爷留下的是背影。莹莹扶着雪源，两人的泪水，挡住了视线，保佑爷爷。

甲午战争之前，日本的崛起和清朝的衰弱。两国都有过一段时期的"改革运动"。日本经历了"明治维新"，清朝经历了"洋务运动"。那些年，两国经济、军事、文化的发展都很快，而清朝似乎实力更加强悍，或许这是甲午战争清政府决心一战的心理基础。不可思议的是，战争的结果，"明治维新"完胜"洋务运动"。

那是一个信仰贫瘠的年代，爷爷没有读懂。

1887年，日本出了一个叫小川又次的职业军人，他炮制了一份全面侵华的军事机密，《清国征讨方略》。这是一个荒诞逻辑的方略，但却逐渐演化为以侵略中国为中心的"大陆政策"。那时，西方列强窥视中国，方略要求日本要先下手为强，绝不能坐等中国强大起来。

小川又次提出入侵中国的详尽作战计划。

1890年，日本发生经济危机，这时候的日本认为只有一条路可以走，那就是发动战争。

清政府1888年正式成立北洋水师，成为亚洲第一强大的海军。清国一度出现"同治中兴"的景象，但并未能使中国走向富强的道路，朝廷腐败，人民生活困苦，官场派系林立尔虞我诈，国防军事外强中干，纪律松弛。

那一年，黄海海战，让人痛定思痛。

那是一场清军实力还略占优势的战斗。清军18艘战舰，日军11艘战舰。清军铁甲舰、定远、镇远号，对日本有绝对的火力及防护力优势。

这是场让人看不懂的战斗。中日双方海军主力在黄海北部海域进行的战役规模的海战，此役，北洋水师共损失5艘战舰，日本联合舰队多艘战舰重创，但未沉一艘，北洋舰队自此退入威海卫，使黄海制海权落入日本联合舰队之手，对甲午战争的后期战局具有决定影响。

甲午战争爆发，日本没有必胜的条件，更无完胜的把握，但是却打了一场完胜的胜仗。

在甲午战争中，曾经以船坚炮利为荣，号称"亚洲第一"的北洋水师，在与日本联合舰队的一系列交战中全军覆没。这是一个谁也没有想到也不愿意看到的结果。

特别是中国政府被迫签订的丧权辱国的《马关条约》，

使日本获得巨大利益。中国割让台湾、澎湖列岛和辽东半岛给日本，同时赔偿日本军费白银两亿两。这是个什么概念，当时日本国库收入仅八千万日元，而清廷赔款达两亿三千万日元。

更为令中国人愤怒的事还在发生，1900年，八国联军占领北京。日本出兵最多，劫掠也最多。清廷被签订的《辛丑条约》，日本又获得三千四百七十九万两白银赔款。用这笔赔款，日本完成了第一次产业革命。更不可思议的是，通过《辛丑条约》，日本获得了在中国天津和北京以及华北腹地的驻兵权。

甲午战争，爷爷记住了"邓世昌"，他是英雄；"高升号"上宁死不降的近千名中国官兵，他们是英雄。

甲午战争，激发了中国人的自尊自强。为了读懂这个国家，一批有志青年选择了去日本留学，包括中国的几代革命家和几代文化巨匠都曾到过日本留学，孙中山、蒋介石、陈独秀、周恩来、张闻天、梁启超、王国维、鲁迅、郭沫若等。

甲午战争，国人醒了，爷爷也醒了。虽不知中国之出路在哪，但有一点可以肯定，在清廷统治下，中国之强大不可能实现。泱泱大国，强大海军，怎么说败就败了呢？爷爷困惑，他要找到答案。

二渡扶桑是爷爷在那个年代，在自己人生道路中，做出的重要决定。太爷太奶奶支持，拿出银圆供爷爷留学。他们知道自己的儿子，相信自己的儿子，支持儿子做出的决定。

甲午战争，大清帝国的大国梦被砸碎了，过去的辉煌固然可以勾起回忆，可是已经没有人愿意走上大街，为朝廷摇旗呐喊了。历史追赶时代的变化，中国要改变，需要彻底的变。

莹莹不理解，她千般不舍，牛牛这么小，怎么就走了呢？

奶奶知道自己的男人，他执着、坚韧、果敢。苦难的中国，需要年轻人站出来。爷爷有追求，就支持他去做自己想做的事。

矛盾、纠结。老屋不再平静。爷爷主意已定，没有选择。在这个特殊的历史关口，他的每一次伤痛，都是一次追梦的勇敢，在"家"与"国"之间，他选择了"国"。

她俩都爱爷爷，对女人而言，这需要莫大的理解和自信。

牛车山的男人，历史的承载。

牛车河的河水，博大的胸怀。

爷爷第二次来到日本，这次是自费，爷爷有理想、有追求，无悔所做的一切。

当他再次行走在日本的大街小巷，不绝的乡愁让他产生联想。不同的建筑风格，印刻不同的方式。爷爷想到了老屋，他的根就在院子里的桂花树下，记忆的绳系在桂花树上，那是能让一代又一代亲人眷恋的地方，从不犹豫，从不徘徊。

在灯下，爷爷给奶奶写下一封家书。

雪源并莹莹：

二度扶桑，在这个岛国，余既熟悉又陌生，惟念妻思乡之心依然。

连日来，吾感日本文化之日新月异，目睹日本之富强昌盛，更感吾国之贫弱。虽甲午之殇、辱国之约挥之不去。然余以为，不妨以强敌为师，醒国人之睡梦，忍辱负重，以图救国存亡。

寄人篱下，国人被蔑视和侮辱之事常见之报端，触耳伤心，言之生愧。然亦有心怀善意之士凛然正义。余皆笑对之。惟孜孜以求，积新知识，累新学问，以报效祖国。

然日本之饮食大不惯也，余今日食其寿司，感腥味扑鼻，实难消受。较贤妻之食差远矣。

信写到这儿，虽是爷爷在日本的真实写照，但他又突感奶奶会担心，于是提笔：

不过日本的秋天还是很美的，五彩斑斓。前几天，我们几个同乡在日本朋友大岛和他妹妹樱子的陪伴下，参观了一些景区。有山中积雪的湖泊、怪石嶙峋的峡谷、湍急的河流、峻峭的山峰、雄伟的瀑布以及大大小小的温泉。尤其是日本第一高峰富士山，也是日本民族的象征，被日本人民誉为"圣岳"。山峰高耸入云，山巅白雪皑皑。山体呈圆锥状，似一把悬空倒挂的扇子，日本诗人曾写下"玉扇倒挂东海天"，"富士白雪映朝阳"等诗句来赞美它。若无战争，或我中华强大，吾可

携妻旅游，那是多么惬意之事。

根据大岛的建议，爷爷这次到日本选择早稻田大学政治经济系学习。此时，兴中会的建立，已影响了大批中国留学生。同学们开始研究民主主义思想，寻求中华振兴之道。

这次到日本，爷爷完全将心沉下来，他知道实业救国这条路是走不通的，那又该走哪条路呢？

苦难中的求学，苦难中的追求，爷爷坚持着。有许多超出想象的困难，当美好的憧憬与现实碰撞出火花，爷爷特别无助，就在这时，爷爷遇到了两件大事。

一是结识了孙中山先生，并成为坚定的追随者。

孙中山是伟大的爱国主义者和民族英雄，是中国民主革命的伟大先驱。

1866年11月12日，孙中山出生在广东省香山县翠亨村的一个普通农村。

那年，距第一次鸦片战争已有20余载，是英法联军攻入北京后6年，太平天国天京陷落后第2年。

这时的中国，随着外国资本主义的入侵，社会发生了巨大变化，逐步由封建社会变为半殖民地半封建社会。腐败的清政府在1840年至1860年的两次鸦片战争中，先后惨遭失败和屈辱，使中国在政治上丧失了独立地位，领土完整遭到破坏，经济上也逐渐沦为列强资本的附庸，中国陷入了凄风苦雨年代。

孙中山六岁时，便常随二姐孙妙茜做砍柴、割草、拾猪粪等劳动。每年还要替人放几个月的牛，以换得牛主同意借出耕牛帮孙家犁翻那两亩多租佃的田地。

1876年，进入翠亨村私塾读书。

1879年6月，随母亲去澳门，然后乘船赴檀香山投靠哥哥孙眉。

1886年秋，入广州博济医院附设医校读书，第二年转学香港西医学院。

1892年7月，以优异成绩毕业，开始在澳门、广州等地行医济世。

孙中山在大学时代，不但勤奋，成绩优良，而且善于思考，关心时政，怀揣救国救民的宏愿。

1894年11月24日，孙中山在檀香山成立了中国第一个资产阶级革命团体——"兴中会"，以"驱除鞑虏，恢复中华，创立合众政府"为纲领，决心用革命手段推翻清王朝。

檀香山是中国侨民的故乡，孙中山先生的哥哥孙眉就住在这里，面对腐败的清政府，中山先生慨然长叹，他对清王朝再不抱幻想。"然望治之心愈坚，要求之念愈切"感慨万千的中山先生也来这里，创建革命组织。当他和20多位青年齐聚到郊区的一幢二层楼房时，他们永远载入史册。

1895年10月26日，孙中山领导的广州起义失败，他被迫亡命海外，但孙中山革命思想逐渐成熟。

1905年7月，孙中山、黄兴、陈天华等70余人成立中国同盟会。8月20日，在成立大会上确定"驱除鞑虏，恢复中华，创立民国，平均地权"为政治纲领，创立民族、民权、民生为内容的"三民主义"学说。

在中国近代的历史舞台上，孙中山成为民族英雄，革命先驱者，他一生攀登不停，追求实现民族独立和发展振兴的理想；他一生坚持以"天下为公"为最高思想境界；他一生追求真理、坚持真理；他一生坚持"吾志所向，一往无前，愈挫愈奋，再接再厉。"

在一次集会上，爷爷听了孙中山先生演讲，再也抑制不住激动的心情。孙中山讲话的声音不大，却很清晰明朗，坐在讲堂的每一个人，都能听得十分清楚。他好似一个极有素养的音乐家，咬字和发音似从丹田发出，声浪异乎寻常的均匀悦耳。他的态度雍容，时露微笑；姿势在活泼中显出庄严；演说到重要地方特别加重语调，把字句重复一番，非常有力，使听讲的人随着他所讲的重点，进入更深的境界。他的讲话亲切而诚恳，使你并无一点受他煽动的感觉。一切诉之于理智，使你从理智中不能不为他所感动。虽第一次见面，就给你留下似老朋友的感觉。

人世间有太多的看似的偶然，却是命运最终的必然。当时，以孙中山先生为代表的革命党人，在日本有非常大的影响。"四万万同胞都在沉睡，唯他独醒"，他倡导"三民主义"救中国，传播先进思想，点燃革命火种。虽然，推翻满清王朝不是件容易的事，但为追求民族独立和民主自由向反动势力宣战，他不惜流血牺牲，始终站在斗争的一线。他有坚定信念和坚强意志，愈挫愈奋。

爷爷豁然开朗，爷爷激动兴奋，苦苦寻觅的人终于找到了。跟着孙中山，实现为之奋斗的理想——中国有希望了！

爷爷的思绪回到了老屋，回到了他求学之漫漫路。还是在两湖书院，爷爷第一次听说日本这个国度，自己来这里留学。今天，再次来到日本，聆听了孙中山先生发表了如此重要的演讲，太多的感慨让爷爷猛醒。中山先生说："中国已到了国将不国的时刻，作为有良心的中国人，摆在我们面前的道路有两条。要么站出来，为解救姐妹兄弟而出跳出火坑。要么沉默下来，任人宰割。"

孙中山是第一个响亮喊出"振兴中华"口号的人。这是他在建立兴中会时提出的挽救国家危亡的口号，在《兴中会章程》中："是会之设，专门振兴中华、维持国体起见。"

"振兴中华！""建设为革命之唯一目的。"将广大中华儿女团结在这一激动人心的口号下，"一旦我们革新中国的伟大目标得以完成，不但我们的美丽的国家将会出现新纪元的曙光，整个人类也将得以共享更为光明的前景。"

爷爷明白，惟中山先生才是中国民主革命之希望。爷爷不再徘徊，找到方向的爷爷经常参加孙中山先生组织的活动，在追随孙中山先生的岁月中不断成熟，并成为坚定的民主革命者。

为此，爷爷在写给奶奶的信中曾如此描述：

今日得遇中山先生，聆听教诲。中山先生组织兴中会，取"振兴中华"之意，以"驱除鞑虏，恢复中华，创立合众政府，倘有二心，神明鉴察"为誓词。余等皆心潮澎湃，感振兴之日即将到来，惟革命方能强国富民。

1905年8月，中国同盟会成立，爷爷有幸结识了陈天华。当时，他任同盟会秘书，并被推为会章起草人之一。同年 11 月 2 日，清朝政府勾结日本政府文部省，颁布歧视并限制中国留学生的《清国留学生取缔规则》，留日学生发动了抵制这个规则的强大运动。为了激励人心，陈天华在 12 月 7 日留下《绝命书》万余字，次日跳海自杀。

陈天华是在羞愤中死去的，这种羞愤不是针对挖苦轻视中国人的日本人，也不是针对丧权辱国的清朝政府，而是针对"求利禄不居责任"的中国留学生和甘当奴隶、麻木的祖国同胞。陈天华用自己的生命告诉人们，在这个世界上，有比生命更重要的东西，他的死，是给我们自己人看的警示钟。

陈天华一生留下许多文章，这些文章，旨在揭露帝国主义侵略，痛斥清朝政府是"洋人朝廷"。认为"革命者救世救人之圣药也"，力主拿起武器，号召"手执钢刀九十九，杀尽仇人方罢手。"

闻讯后的爷爷赶到海边，向这位英雄致敬。怎么是这样呢？前几天还见过面。爷爷抑制住悲痛，他是在愤怒中死去的啊！爷爷高声朗读《猛回头》最后一段话："或排外，或革命，舍死做去；父而子，子而孙，永远不忘；这目的，总有时，自然达到。"海风吹散了爷爷的头发，却没有吹走挂在脸上的泪水。

二是结识了樱子，悄然改变人生。

那时爷爷暂住同学大岛家，他大哥小野太郎从军校毕业后就一直在陆军部工作，还有一个妹妹，叫樱子。就是两年前在书店，踩爷爷脚那个是小女孩，真是女大十八变，再次见面，樱子已是楚楚动人的大姑娘了。父母在当地是小有名气的实业家，还开了一个小酒吧。大岛比樱子大两岁，大岛是有理想的进步青年，当时，世界风起云涌，国内外的形势焦灸万分。他和同学们之间的高谈阔论常常吸引樱子静心聆听。一次，当大岛和爷爷交谈时，樱子细细打量这位来自中国的留学生，爷爷身着蓝色长袍，外加马褂，足蹬黑面白底布鞋，与喜欢西装革履，穿着和服日本男人不一样。个头高高，脸庞瘦削，显得十分精明能干，浓浓的眉宇，小小的眼睛，布局合理。爷爷一口流利正宗的日语，加之坚定沉着的目光给樱子留下非常深刻的印象，她觉得自己又多了一个可信可依赖的哥哥了。

那天，樱子着学生装，朴实大方，蓝短裙，白衬衣，清水出芙蓉脖子上系一条底色淡蓝色带格的纱巾，直直地垂着，犹如男人精美的领带，令她格外精神。胸前别一朵小巧剔透的红色胸花，衬出她那少女的朝气蓬勃，白色的长筒袜，黑色的皮鞋，显示出少女的清纯；乌黑齐耳短发衬托出她那端庄、白皙、清秀的脸庞。给人一种自然之美，尤其是在气质上，给人一种威慑力。樱子属于那种耐看而又气质不凡的少女，特别是那一双眼睛传出一颗善良、执着的心灵。

爷爷说："你这一身中国式女人装着，如果不是随你哥哥大岛来，真以为是中国人了。"

樱子说："随哥哥来参加中国学生的聚会，当然要中国人的打扮，再说我外公本来就是中国人。"

爷爷说："两年前在书店，我俩第一次见面，坐在地上的我被跑进来的你踩在一脚。"

樱子咯咯笑了,"两年前的事,你还记得?"

爷爷说:"当然呀!好像是我这只被踩的脚把你垫疼似的,你一声尖叫,把我吓住了,把书店读者的目光全吸引过来了。"

樱子急忙说:"对不起。当时我太着急了,只见站着看书的哥哥,没注意坐在地上的你。"

两年前,相识在书店安静环境中的尴尬,谁也没记住谁。两年后,见面在同学的聚会中,谁也没有忘记谁。

看似偶然的相遇,却改变了爷爷在日本的生活。

这次到日本,爷爷得了严重的胃病,由于革命活动越来越多,常常半夜回家,为了不影响大岛家人的休息,爷爷决定搬到东京小石川住。房间很小,又没有电,也没有自来水,常常饥一顿饱一顿,生活很困难。

爷爷搬出大岛家后,偶尔也到大岛家坐坐聊聊。是时,月亮升起,爷爷准备回住所,刚出门,就听见一声尖叫声,是熟悉的樱子呼喊声,"救命,救命呀……"樱子被几个日本浪人团团围住,衣衫被撕破,鞋也掉了,爷爷快步冲上,推开日本浪人,并挥拳打倒一个浪人。浪人们围住了爷爷,他们搏斗起来。大岛突然大声喊:"警察来了……"浪人们回头张望,一个浪人挥动木棒朝爷爷头部击下去,爷爷躲闪不及,头被重重一击,鲜血流出。浪人们跑了,大岛和樱子把爷爷送到医院,满头是血的爷爷被诊断为头部外伤。这次负伤,给爷爷的身体留下了后遗症,在医院留院观察,诊断结果是除外伤,还有轻度脑震荡。

樱子说爷爷救了她。她不敢回顾那个月光下的夜晚,想想都后怕,镇定心绪,她也常去爷爷租住的小屋。

一天,爷爷回住所,见樱子小姐站在门口。

"你怎么在这?"爷爷问。

"专程看你来了,还给你带来日本好吃的点心。"樱子答。

进门后,樱子环视,屋子虽小,但整洁、干净,收拾得挑不出毛病。

"快坐下。"爷爷说。

樱子坐下,打量爷爷,白色对襟上衣,下穿宽腰直筒长裤,黑面白底的布鞋,依然那么白。

樱子问:"你的鞋边为什么总那么白?"

爷爷说:"走路要小心,要轻,要慢。我这一身行头,加之这鞋,都是家人亲自做的。鞋,我有四双。每双只穿一天,然后用牙粉擦在白边上,第三天再穿。"

"你这是洁癖!"樱子于是说。

"也算是吧!"

"我喜欢你这洁癖。"

樱子打开她带来的点心,烧了壶开水,"快点,省得你又下面条。"

日本点心做得很精致,他俩边吃边聊,无非是生活琐碎。

天已晚,爷爷把樱子送到路口,挥手。樱子又把爷爷送到门口,爷爷又把樱子送到路口,送到她家门口。爷爷说:"进屋休息吧。"樱子对爷爷说:"以后我会常来看你。"

目光,就这么定格在彼此脑海,脚步也不属于自己的,情感，在脚步的移动中慢慢驶进港湾。

那时，革命活动屡屡受挫，但只要能和孙中山先生一起，即便最艰难的时刻，爷爷选择追随。

小石川，一个没水没电的屋子，樱子和爷爷，静静面对。烛光下，合声畅想，老屋的故事，爷爷的乡愁，樱子的故事，樱子的愧悔，好在他俩相信未来，把一切托付给未来。

好友李无茗和他的日本妻子也常来看爷爷，每次都带来好多生活必需品和好吃的点心。

那年的秋天，爷爷胃部大出血，生命垂危。正遇上来看爷爷的樱子，已是做护士的她立即叫来救护车，及时送进医院。李无茗也赶到了医院。爷爷的胃做了切除手术。樱子的血输进爷爷血管，两人都是"O"型血，血混流在一起。

爷爷躺在床上，樱子坚持守在他身旁，她对爷爷说："千万不要绝望，每一个人都会有难的时候，我遇难时，你出手救我，你生病了，我照顾你，我俩携手共渡难关，扇动起生命的翅膀，迎接春天轻盈的足音。"黑夜的星星倾盆而下，白天的阳光洒满一地。樱子精心照顾，爷爷慢慢康复，樱子的善良，深深感动了爷爷。

时间并不理会人的情感，不停向前移动，樱子每天都到小石川那间没电没水的房子里，日夜照顾爷爷。爷爷不知如何向奶奶诉说在日本发生的一切，是那么突然，由不得你把控，情感的诉说，常常跨越时空，有时又显得那么无助。

奶奶已好长时间没有收到爷爷的来信，她不清楚在日本的爷爷发生了什么。时间有时让人煎熬，让人畏惧，因为他让你不知道将要发生什么。奶奶的心情坏透了,奶奶度日如年,心堵得慌,撕裂般地疼,甜甜的爱里,还有这么多的"悲"啊!于是,她决定去趟薄刀山寨,和莹莹妹子住些日子,全当做是散心吧。品味山寨的生活,让奶奶忘掉家庭的琐碎,忘掉对爷爷的思念,或许是逃离。再次踏上这片土地,奶奶情不自禁地深深呼吸,走进山寨,眺望蓝天,远望白云,给奶奶千万的思绪。然而夏天的山寨还真是个好地方,早晚非常凉快,加之每天都有野味,特别是莹莹爱吃的辣子野山鸡,常常是吃得满头大汗。山上有个清泉,清泉旁有一个浴室。莹莹讲,这儿被称为"藤浴",是她娘的至爱,娘带着她常到这儿来,娘讲,这也是中国传统文化的一部分。

　　进入房间,有一个女孩替你更衣,打点完后,推开第二道门,一股热浪,考验着你。奶奶第一次见过如此洗浴,房间的一侧,十几把大刀被烧得红红的;大刀外有一堵墙,是用千年藤蔓编织而成,古朴天然。藤蔓间形成缝隙,热浪就从这儿流出。房间里能坐四个人,还可以躺下一人,莹莹让奶奶坐下,抱膝,她用山里独有的藤树叶,浇上水,轻轻"鞭笞"在奶奶背上。藤树散发出独特清香,抽打肢体如同全身按摩,可以促进血液循环,缓解周身疲劳,虽略有些痛,但完全可以忍受。

　　灼热熏蒸,痛快"鞭笞",莹莹告诉奶奶,是她娘读古代养生书,而想到的。房间内有一缸水,则是山泉水,如果能跳进去,享受冰火两重天,更能达到养生的效果了。

　　这浴室只能莹莹和她娘田香可以来,奶奶第一次享受莹莹的独特待遇。

奶奶和莹莹享受着大自然带来的舒适，环境真的可以影响情绪，小住几天，奶奶心情好了许多。

每天晚上，她俩有说不完的话。

奶奶对莹莹说："我好羡慕你，你有牛牛，我曾流产过，担心再怀不上孩子了，映奎这一走又是这么久，回来也不知住多少天，要是有个孩子，多好哇！"

莹莹说："姐，别担心，你一定会怀上的，而且是儿子。我虽说有牛牛，可爹娘不让我带，也不让我管，成了他俩的掌上明珠。不过，我也不想再生孩子了，那罪我受不了。"

"你生的孩子姓杨，那徐家咋办？"

"是啊，这不全靠姐姐了。"

"我最近一直在吃山野人调配的中药，山野人说，坚持吃他的药一定能怀上孩子。可映奎又不回，你说，咋办？"

"我们给他发电报，说家中老人有病，让他速归。"莹莹出主意。

"那不行，我们不能咒老人。"

"那我们每天求观音菩萨，给她烧香、磕头，保佑我们。"

"我看这行，你去准备，我们今天就开始。"

"好！"莹莹准备去了。

奶奶一人躺在床上，寂静的夜，繁星点点，没有人知道她此刻的心情。内心的渴望，日复一日的思念，见不到踪影的爷爷，依然不时叩响她的芳心。她闭上眼睛，听到了爷爷一步一步走近的脚步声，漫长的等待，虽无奈，但总是希望。

山寨的夜真静,她俩躺在床上,一种淡淡的陪伴,像是知己,也是相知。岁月折磨着她俩,寂寞煎熬着她俩。爷爷不在身边,生活失去意义,爷爷才是心中最重要的。爷爷这么久没来信,她俩的心也不能平静,这是经历风雨后的感慨。

奶奶对莹莹说:"尽管世事繁杂,对爷爷我心依然、情依然……"

莹莹对奶奶说:"尽管岁月沧桑,这个世界依然,生命依然……"

祈求,祈祷。

作为徐家当家的媳妇,莹莹入河边徐家是她自己的选择,她未曾后悔。奶奶能处理好和莹莹的关系,爷爷不在家的日子,她俩还有些互相依赖。莹莹"匪"味十足,但心地是善良的。周围有许多流言蜚语,特别是以族长九叔为代表的声音,但爷爷依旧,奶奶依旧。

奶奶内心无比强大。她知道,她是河边徐家的媳妇,孝敬公婆,辅佐丈夫,她要坚强。不仅仅是操劳,而且要打点出家的味道,她要完美地演绎出属于自己的精彩。河边徐家的兴旺发达,奶奶要承担,是希望、是责任,从血脉里流出。

一行白鹭飞过头顶,划出一道长线。随着白鹭飞行的方向,奶奶凝望。

温馨家园

1899年冬，准确地说，是腊月二十八，黄州下了一场大雪。

爷爷步履蹒跚地向老屋走去，雪地里留下深深的脚印，牛车河被雪花覆盖，小桥上也是一片白色。来不及回味，来不及回头，雪地路上的爷爷深一脚浅一脚，行走缓慢。几次跌倒，几次又爬起来，享受着回家别样的泪。月光映衬，天地空空的。快过年了，突降大雪，通往老屋的路上已没有人走动，牛车河边就是银色世界。爷爷站在路上，小歇一会儿，望着月色下的老屋，雪花掩盖了这里的一切，小河没有裸露，薄薄一层雪花飘在上面。雪花和河水在一起，居然没有发出声音，那么静，月光下那么明亮。无论是风，还是雪，爷爷的心是暖暖的。来到村头，来到桂花树下，爷爷深情亲吻，轻轻抚摸，头紧紧贴在桂花树上，当桥那边的老屋越来越近，爷爷才意识到真的回家了。

爷爷从日本回到了河边徐家，他是被日本政府迫令出境后化装回来的。刚进门连奶奶都未认出，当爷爷拿掉嘴上的胡须，奶奶扑上去，紧紧抱住了爷爷。

无论外面多么冷，家里是温暖的。

"瘦了。"这是爷爷给奶奶的第一印象。奶奶不知道爷爷目前的身体状况，更不知爷爷的胃已做了手术。

"精神了！"奶奶仔细端详着爷爷。她不知爷爷对求索之路的准确阅读，更不知爷爷在求索之路中的艰难和喜悦。

"怎么这么久才回家呢！"奶奶心中有太多的疑问，难道这就是在那个如火如荼的年代，有志的男人都这样吗？都要承担起历史的责任？

"快进屋，快进屋。"奶奶像从梦中惊醒，她从惊喜中，慢慢缓过神来。顿时，河边徐家，灯火通明，再过两天就是除夕。

"萧疏白发不盈颠，守岁围炉竟废眠。"在太爷、太奶奶面前，爷爷长跪："不孝的儿子回来了。"

太奶奶望着爷爷，喃喃说道："回来就好，回来就好……"

奶奶笑着对太爷说，"今晚我代理一下族长。"说完领着爷爷来到"徐氏祠堂"，没惊动族里人。爷爷上香、磕头。默念对祖上的敬爱。

太爷、太奶奶、爷爷、奶奶，难得一聚，是夜，晚饭格外香。爷爷说，在日本的这几年最大的憾事就是喝不到家乡的酒了，今夜我先敬三杯酒，不，今天用碗，一敬列祖列宗，爷爷一口喝下这碗酒；二敬太爷、太奶，爷爷一口喝下第二碗酒；三敬雪源。当爷爷举起第三碗酒走到雪源面前，分离的太久，酒碗盛下了全部思念，泪珠滴落在酒碗里，幸福挂在了脸上。"我替你喝。"雪源心疼了。"不，我俩一起喝。"目光聚焦，两人的泪水溢出眼眶。太爷让人赶快烧一壶"雪源古树红印茶"，这可是奶奶一手打造的河边徐家品牌。茶，慰藉爷爷思乡的情怀。太奶奶心疼地望着儿子，"瘦了！瘦多了！"

太爷说："你说儿子瘦了，我看更精神了。今天只叙家常，不谈外面的事，好好过个新年。"

"再加一个烤火盆。"奶奶吩咐。当时，黄州冬天取暖，就是炭烧的火盆。

奶奶陪太爷喝酒，她想到莹莹。她能陪太爷喝个痛快。她吩咐下去，过几天就去把莹莹接回老屋，她爹身体不好，让她在山上过个踏实的春节。

过年啦！"昨夜斗回北，今朝岁起东。"

春节虽说是童年的记忆，也是老人们的回忆，又过了一年，岁月被时间追赶。

腊月三十，太爷亲书对联抒发美好愿望，在精选的大红纸上，挥毫泼墨。

上联是：豕去鼠来除旧岁

下联是：星移斗转迎新春

太爷看了爷爷一眼，爷爷提笔写下横批：河边徐家。

掌声在老屋响起，两人的书法，令众人留下回味。

奶奶剪了各种窗花，让翠儿贴在窗户上，同时在屋门上、墙壁上、门楣上贴上大大小小的"福"字，指福气、福运，寄托对幸福生活的向往、对美好未来的祝愿。奶奶还让翠儿将"福"字倒过来贴,表示"幸福已到""福气已到"。奶奶还拿出她前几日填写的词,斗胆供大家欣赏。

忆江南·新年

处处是桃源,

月夜箫声又一年,

烛光耀庆新颜,

快乐迎明天。

忆江南·元宵节

满目上元花,

欲借清风来佐酒,

映出圆满万千家,

明月撒轻纱。

除夕夜的鞭炮,那响声,那艳丽,预示爷爷回老屋不再冷淡,年味浓浓。"爆竹声中一岁除,春风送暖入屠苏。千户万户曈曈日,总把新桃换旧符。"

"还是咱黄州的菜好吃,这火锅呀,热乎乎的太好吃了。"黄州冬天最丰盛的是黄州鱼丸、黄州藕丸、干锅才鱼、绿豆丸子、干豆角扣肉、鱼面鸡汤、豆渣巴煮鲇鱼、排骨莲藕汤,还有柴火灶锅巴粥。这排场,在日本是想象不到。

老屋的人离不开老屋,无论你走多远、多久,心不远,情还在这,根仍在这。

除夕守岁在老屋也是最重要的年俗活动,大家终夜不眠，以待天明。

"一夜连双岁，五更分二天。"吃完除夕年夜饭，大人们围坐炉旁，"寒辞去冬雪，暖带入春风。"

那时，守岁有两种含义：年长者守岁为"辞旧岁"，有珍爱光阴的意思，年轻人守岁，是为延长父母寿命。

半夜时分，繁星点点，安顿好太爷、太奶奶休息，爷爷和奶奶回到房间，爷爷说："抬头望明月，低头思故乡啊！"在日本时，常常很早就起来，坐在海边。有时，乌云密布，他也等待，等待霞光万丈，太阳蹦出的那一刻。

奶奶让爷爷躺下，从首饰盒里拿出一块红布。她小心翼翼打开，挑出一张纸，看来这是奶奶珍藏许久的宝贝，誊抄得工工整整的一首诗。

当我想你的时候
摇落一地的桂叶
恰似华丽的韵律
唇边赶不走的约定
我愿交出自己
随风入住思念的身体

当我想你的时候
按不住急促的呼吸
醉了相思的梦
倾听岁月的期许
柔情慢慢开启

献给命中注定的际遇

午夜滑落的哭泣
和雪一样的自己
春天、夏天、秋天、冬天
一滴水撞疼另一滴
站在牛车山上遥望
泪如雨

提着所有的失声
和乐一样的自己
望着牛车河水的倒影
心儿揉碎藏着隐秘
牵着梦中的思绪
想你

爷爷的眼睛湿润了,目光久久停留在奶奶眼里的思念,慢慢地讲他在日本留学的故事。这是奶奶最爱听的,她深情望着爷爷,并不打断爷爷的讲述。听懂的,听不懂的,全印记在脑海里。

爷爷对奶奶说:"秦始皇嬴政'焚书坑儒',汉武大帝刘彻'罢黜百家,独尊儒术',是中国文化史和精神史上的悲哀。先秦时期百家争鸣的局面被扼杀,而当今之中国呢,需要的是灵魂站起来。可我,始终没有找到答案。"

爷爷说:"在日本东京都内一个历史悠久的汉学书店,名

'琳琅阁'。该店专售中国古书籍，在中国难得的影抄本也有不少，只是太贵，翻看的多，购买的少，不过，我抄录了一份购书的清单，准备到国内慢慢寻找。"

这一刻，奶奶感觉爷爷离自己这么近，心就在自己灵魂的出口。她把头贴在爷爷的心口，钻进了爷爷的心窝。

奶奶似乎想到了什么，轻轻下床，从柜子里拿出一个红布包裹的物品，慢慢打开，爷爷才知是一叠信，是爷爷每月发的一份平安信。奶奶细心地保存好。面对这些信件，爷爷无语，奶奶无语。凝视中紧紧拥抱，奶奶的脸贴在爷爷的脸颊上，爷爷的嘴轻轻放在奶奶的额头上。

"让我看看你的伤口。"奶奶说。

爷爷打开衣衫，奶奶用手轻轻抚摸，用脸轻轻贴在伤口上，泪如泉涌。"怎么会是这样呢？"

爷爷扶着奶奶："求学也是要付出代价的，只当是我为民主革命做出的贡献吧，没事的，已经恢复了。在日本，也有人照顾。"爷爷看了一眼奶奶，试探反应。

奶奶没有追问，她用脸贴在爷爷的伤口上，"疼吗？"

"早就好了，不疼。"

奶奶说："映奎，我好想流泪。"

爷爷说："想流就流吧。"

奶奶的泪水流在爷爷的伤口上，湿了一片。

冬天，黄州很冷，奶奶让爷爷赶紧钻进被窝，自己脱去棉衣，和衣躺坐在爷爷的身边。

"映奎，你是我永远的男人。"奶奶悄悄地说。

"雪源，你也是我永远的女人啊！"

深情，瞬间永恒。爱，涓涓细流。

"反清"这是奶奶第一次从爷爷嘴里听到的。"孙中山先生"也是奶奶第一次听到的伟人。奶奶望着爷爷，如此消瘦，心头一股酸楚。奶奶自责了，她紧紧搂住爷爷，再不想松手，两行热泪流淌下来，她心疼爷爷了。突然又觉得爷爷是那么高大，再次去日本留学，是一种责任、一种使命，一种探索，是永无止境地追求，他的眼睛从不失去光泽，只是把"家"扔得太久。奶奶爱爷爷，她用自己的全部深深爱着爷爷，支持爷爷的追求，支持爷爷理想的实现。此时的爷爷既内疚又自责。为河边徐家，奶奶付出了太多，而自己……奶奶似乎感到爷爷还有什么话要告诉自己，她紧紧搂住爷爷，今天什么也不说了，后悔不该让爷爷走这么久，这么远……

听说爷爷回到老屋，大年初四，莹莹带着牛牛飞快赶来。正午休的爷爷在莹莹的脚步声中惊醒。

残酷的岁月，让她寻觅到的知己分离得太久。"秀才，你如此之表现令我失望，为什么这么久没消息？"

爷爷抱着牛牛，用脸贴着牛牛小脸蛋上，他知道面对莹莹沉默是最好的回答。

"你知道吗？家里人都为你操心，长时间没你消息。雪源姐和我度日如年，原本打算开年后，我就去日本找你……"莹莹泪珠落下。

按约定爷爷的信只寄到河边徐家，莹莹也是每次从这儿得到消息的。当奶奶告诉莹莹，爷爷是因住院，而且胃还做了手术时，莹莹才明白。

莹莹心疼了。"怎么是这样呢？以后我每天都跟着你，你到哪我都跟着。"莹莹说。

"那怎么行呢？"

"怎么不行，你就说我是你贴身保镖。"

"我还需要保镖吗？"

"那我就做你的侍卫。"莹莹分不清保镖与侍卫的关系。

"那就封你为带刀四品贴身侍卫"，爷爷开玩笑说。莹莹认真回答："行，从现在开始，我就是四品带刀贴身侍卫了。"

莹莹的话，提醒了奶奶，她觉得可行。有莹莹跟着，奶奶也放心。

看着奶奶点头，莹莹明白，奶奶同意了她的提议，她搂住奶奶，两人会心地笑了。

爷爷在老屋过春节，全家高兴的心情可想而知。

春节是味道，是传统，是文化，是爷爷的情怀，是奶奶的思念。是乡愁，是幸福。幸福就是平平安安，一家人相聚在一起。爷爷已有几个春节没在老屋过了。日子变得急促而没有节奏。

爷爷仿佛回到童年，他跟着奶奶送灶神，贴门神，祭祖礼，挂钟馗，赶庙会，听大戏，拜大年，爷爷心驰神往，情醉神速。

今年的老屋，由于爷爷回来，年味特浓，浓得化不开，浓得深透。

奶奶特意让爷爷陪她去"禅茶遗处"，茶心如雪，悠得自乐。在这里，轻松、平静、淳朴，只有翠儿跟着，挥之不去的禅闲意定，在茶园里，在一壶茶里，在微风里，禅意在吹拂。

　　民俗中初五有"破五"之说，迎财神、送穷神，向往新年的美好，奶奶带着爷爷放鞭炮，边放边往门外走，要赶"五穷"，包括"智穷、学穷、文穷、命穷、交穷"。将一切不吉利的东西都轰出去。这一天还是五路财神的生日，也是迎财神日。会带来吉利祥和的运气，寄予着我们每个人对未来最深的祝福。

　　民俗让奶奶使之淡然、素雅、从容。

　　站在岁月的渡口，总想起那远去悠久的岁月。

　　正月十五，就是"元宵节"了，它是一年中第一个月圆之夜，也是大地回春的夜晚。

　　在团风，有句话叫"年小月半大"，这一天，人们舞动龙灯，以一种几分原始、几分神秘的方式祈求风调雨顺，五谷丰登。

　　过了正月十一，开始准备庆祝元宵佳节，从正月十二开始选购灯笼，搭盖灯棚。童谣是这么唱的："十一嚷喳喳，十二搭灯棚，十三人开灯，十四灯正明，十五行月半，十六人完灯"。

　　这一天还要吃元宵、汤圆、闹花灯、猜灯谜。

　　纵然有千般不舍，随着正月十五过完，春节终要宣告结束了。奶奶在老屋亲自操办年味十足的春节，爷爷在老屋享受到了从未有过的吉祥欢乐。

　　爷爷在老屋安静休息，每天服从奶奶的安排，奶奶每天默默祝福，并亲自下厨，为爷爷做饭，除豆腐、豆芽、带叶的青菜外，还会特别地炖一只整鸡。亲情，最肥美的两只鸡腿会给太爷、太奶奶。这时，奶奶会取出鸡头，取出鸡脑子，小心翼翼挑到爷爷勺里，在浸上半勺鸡汤，让爷爷一口吃掉，然后又给爷爷盛上一碗浓浓的鸡汤，里面放上鸡胸脯上的大块肉。

每次，爷爷不仅是补脑，而且还补出家乡的味道，感受到心灵的温度。

正月十六这天，莹莹就嚷着回山寨。说是她爹还在生病中，她回头看老屋，春节的装点依然在，大红灯笼还在风中飘摇，爷爷自笔书写的红色的春联仍然墨色新鲜，门上倒贴的"福"字遒劲有力，从初一到十五每天的那些事，特别是和爷爷在一起的温馨，她难忘这个春节。爷爷也没多想，劝莹莹赶紧走，并把从日本带回的消炎药及飞龙需要的药全带上。

其实，莹莹离开的原因，是想爷爷能天天陪奶奶，能让奶奶早点怀孕。她知道，奶奶太需要一个孩子了。

爷爷一直不敢告诉奶奶他和樱子的故事，几次欲言又止。但他知道，这是个必须面对的现实，最终爷爷鼓起勇气向奶奶讲述了他和樱子相识到最后结合，而且已经有了孩子。爷爷说："请你理解，并能原谅我。"

奶奶沉思，让爷爷非常紧张。良久，奶奶对爷爷说："她们方便时，你带她们回老屋看看吧！"她没有指责爷爷，长叹一声："她对你好吗，两个孩子好吗？"

爷爷明白，作为男人，对家庭也要承担责任，承担义务。

奶奶说："你记住，河边徐家的老屋永远是你的家。"奶奶能说什么呢？只是恨自己没有怀上孩子，不孝有三，无后为大。

奶奶不说话了，爷爷看到的却是泪水。泪水泉涌冲进爷爷的心田，爷爷无法抗拒，爷爷深感内疚。

爱可以让沉重变得轻盈，让泪水变成微笑，让一生的守候成为须臾的伫立。

爷爷说："雪源，你恨我吗？"

"为什么这么说？"

其实，爷爷多么希望奶奶说一个"恨"字，这样，奶奶心里的委屈可以释放出来。"我去日本这么久，把这个家全扔给你，还给你添了这么多麻烦。"爷爷自责。

人为什么一定要活在怨恨中呢？奶奶似乎缓过神来。"谁让我是你八抬大轿，坐着婚船进门的媳妇呢？"奶奶无求无喜，一切有度，把握得恰到分寸。她知道，人世间许多事是说不清楚的。错了的，过去的，就让它过去。理解就是一座桥，桥断了，路也就断了，用理智的心态，衡定自己。奶奶说："能讲讲樱子和孩子吗？"回忆是痛苦，爷爷缓慢讲述。那还是刚到日本时，借宿在同学家……爷爷的真诚、仗义和勇敢，感动了樱子，但不管怎么说，还是做了件对不住奶奶的事。他虽和樱子是偶然相识，但樱子是善良的、可信的。在他最困难时，可以说是穷困潦倒时，爷爷的无助和苦楚，内心的疼痛和孤独。那是一个属于秋风的日子，风，不理会爷爷的心事褪去的容颜，留下凋谢的黄。是樱子在帮助他，在他生病住院时，也是樱子照顾了他。他并不打算要孩子，可一切又是那么意外。

奶奶没有再多问，只是静静地听。是恨，还是怨？是纠结，还是泪水？奶奶无语。苍天啊！为什么这样待我呢？如果说选择莹莹是无奈之举，而接受樱子是需要何等勇气，强忍多大的委屈啊！

奶奶的心在颤抖，但她仍用淡定感动爷爷。

老屋院子里的桂花树笑了，树顶上长满新芽，嫩绿、嫩绿。奶奶怀孕了。是命中注定，还是感动了上苍，一切又是那么顺其自然。每天抚摸慢慢变大的肚子，奶奶在岁月中等待寂寞，任凭小家伙的拳打脚踢，奶奶微笑，如歌如泣。

这可是徐家的大事啊，太爷虽早已是"两耳不闻窗外事"，但心里一直想有个孙子，甚至想过要有双胞胎孙子则更好。奶奶流产后，爷爷长年在外，太奶奶急，虽有山野人悉心的中药调养，但她相信自己的儿子。得知奶奶怀孕的消息，太爷高兴得自己一人喝起小酒，只要了一碟花生米，一个拍黄瓜。

1901年11月18日，父亲出生了。太爷为孙儿起名叫昌之，昌是辈分，之是希望。爷爷从武昌匆匆赶回老屋，紧紧抱着刚刚出生的儿子，两行热泪止不住流淌。"这就是我的儿子，这可是奶奶一辈子的期盼啊！"爷爷喃喃自语，又一个新生命诞生了，是如此美妙神奇。敬仰生命，从敬仰儿子开始。

他放下儿子，一人跑到牛车山上，高呼："雪源有儿子啦！雪源有儿子啦！"按传统说法，这可是老屋的嫡子。

雪源差人让莹莹赶回老屋。莹莹带来牛牛，爷爷抱起牛牛，亲了又亲。莹莹来到雪源床边，抱起昌之，看了又看，心里有说不出的高兴。

昌之的出生，给徐家带来无限希望。根据山野人的安排，汪晨开始调制补药丸，滋养奶奶的身子，毕竟奶奶的身子曾伤过元气。按当地风俗，儿子要做满月、百天、周岁，奶奶的操劳不用说，恭贺之声不绝于耳，真是河边徐家的大喜事。

昌之满月请了满月酒。百日那天理了发，剃下来的头发，不能丢掉，收集在一起，搓成圆团，检查有无翘起来的头发，如果没有，下次还是生男，反之便是女儿了。

昌之周岁那天，举行了"抓周礼"。也就是将书本、文具、日常用品、糖果等小东西，集中放在一个大盘子里，放在桌子中央，让昌之去抓。若头一件便抓到笔，围观的女眷齐声道贺，这孩子是读书人，将来有出息；若先拿算盘，将是经商的好手……故主持其事者，为了讨个好彩头，把希望先抓的东西，摆在小孩手边，望子成龙的心，由此可见。昌之小手一下去，便抓到一支笔。掌声、欢呼声、赞扬声，响满老屋。

昌之的出生，给河边徐家带来欢乐。莹莹也常带着牛牛在老屋小住。昌之一岁多，故事也开始多了。牛牛很懂事，牵着弟弟蹒跚学步。每当昌之摔倒时，牛牛就会扶他起来。奶奶和莹莹看着他姐弟俩，多好啊。奶奶对莹莹讲，把牛牛就留在老屋吧，这样他俩以后感情会更好。莹莹觉得奶奶说的特别有道理，两个孩子从小一定要在一起生活，不能分开。昌之和牛牛睡在一张床上，就在奶奶床的旁边。有时昌之晚上的尿湿了牛牛的衣裤，牛牛并不生气。因为这也是她小时候曾有过的事。

光绪二十六年庚子，十二月。孙中山在广东惠州发动起义，血战半月后失败。冬日，孙中山到日本，沉心苦读军事著作。

第二年开春，爷爷收到东京来信。他把信递给奶奶。此时，奶奶明白，爷爷将再次踏上征程。

当时，东京是中国资产阶级革命派最为活跃的地方，当实业救国无望，追随中山先生的爷爷再次踏上这片土地时，方知赞成革命的同学们正在成立军国民教育会，爷爷毫不犹豫加入。

当时，秘密加入军国民教育会的有二百多人，这些人后来多加入同盟会，成为同盟会的生力军。

军国民教育会的成立，标志着这批留学生已由爱国热情转向轰轰烈烈的民主革命，留学生也开始进入有组织的阶段。

1903年8月，孙中山先生在东京青山练兵场附近秘密创办革命军事学校。虽只有40余人入学，爷爷决定去追随、去战斗。他知道，中国民主革命，即将降临神州大地。

这年9月的一个夜晚，爷爷去神田町中国留日学生会馆，再次聆听中山先生的演讲，伟人的风度，坚定的信念，打动了在座的每一位，爷爷身边坐的正好是一对夫妇，他们第一次来听讲，他俩听得入神。这就是廖仲恺先生和何香凝女士。看得出，孙中山先生的演讲已深深打动了他们，临别时，仲恺先生和爷爷紧紧握手，分享听演讲的喜悦。

巧的是，那时孙中山先生就住在小石川一间"下宿屋"

里，对爷爷而言，小石川是再熟悉不过的地方了。爷爷去拜见孙中山先生，得到热情接待，还有两次遇见廖仲恺先生，每一次见面，孙中山先生都谈了很多，从鸦片战争谈到太平天国，谈到戊戌变法，谈到义和团，谈到满清政府的无能，"志不立，天下无可成之事。"爷爷决心跟随孙中山先生，不管遇到多大风险和挑战，实现中国民主革命胜利的信心不动摇。

这次到日本后，爷爷就住在樱子家里，日本政府也没特别为难爷爷。

1904年后，中国陆陆续续出现了许多资产阶级的革命团体，虽然这些团体都很小，但是中国民主革命有了希望。"华兴会""自强会""光复会""洪江会""誓死会""岳王会""科学会""科学补习所""龙华会"等。

第一批革命党的领导人诞生了：黄兴、宋教仁、陈天华、马益福、刘静庵、吕大森、胡瑛、章太炎、蔡元培、李伯东、陈独秀、柏文蔚等。

一年后，革命党人没有想到，中国民主革命发生大事，1905年7月30日，在日本东京，孙中山先生举起民主革命的大旗，召开筹备会议，决定将反清团体联合起来，建立统一的政党——中国同盟会。1905年8月20日，中国同盟会成立，标志中国民主革命向前跨了一大步。爷爷与其他入会者一起，以签名的方式，正式加入，成为中国同盟会会员。同盟会在国内共设东、西、南、北、中五个支部，爷爷被委任为中部支部的负责人之一，辖湖北、湖南、江西、河南四省。他往返东京、大阪、上海及中部各省做组织联络工作。

这可是一种开创革命新纪元的大事啊！

中国同盟会的成立，标志着孙中山所领导的革命民主派的活动进入了一个新阶段，在中国近代民主革命史上具有划时代意义。

在东京，经宫崎寅藏介绍，孙中山结识了黄兴，志同道合，从此黄兴也成为孙中山最得力的助手和战友。

那一夜，孙中山兴奋，兴奋得失眠，人生得一知己足矣。

他俩已决定，必须抓住有利形势，尽快组织一个革命大团体。

中国同盟会，就是他俩彻夜谈话的结果。

划时代、新纪元。是历史的选择，也是以孙中山为代表的革命党人，开启思想闸门，点燃革命火种的必然。

那一夜，失眠的孙中山坐起走到书桌前，写下十六个大字"驱除鞑虏，恢复中华，创立民国，平均地权。"

这就是同盟会的宗旨。

爷爷等第一批中国同盟会会员在盟书上签下自己的名字，孙中山带领大家一起举右手发誓，并亲自保管会员盟书。

孙中山说："自中国同盟会成立之后，予之希望则谓之开一新纪元。"

那一夜，东京很冷，可同盟会员们心中都有一团火。

难舍亲情

牛车山与牛车河相偎相依，多么和谐，山山水水。

从岛国，眺望大海彼岸的中国，其本身就是一种奢侈。

古老的长江、黄河，还有富士山，承载着太多梳理不清的往事。

从"赶地的"小伙开始，牛车山，山林依旧，后山的板栗树年年结果。牛车河，水流依旧，河边的野花逢时鲜艳。

1906年，漫步的春月，爷爷带着樱子和两个孩子回国。

回河边徐家。

回老屋，这是早已计划好的事，只是樱子小哥大岛突染伤寒，大岛去世后，才成此行。

早春，微风不停，迎春花开遍牛车河边，仿佛一夜间，春的色彩印出鲜黄大地。

爷爷早已书信告诉奶奶，他要带樱子回国，让一雄、百合认祖归宗，他们也是河边徐家的孩子啊。天然氧吧，田园生活，山坳的风光，衬出了她们的心境。早就该回了，她们都是中国人啊!

"秋风起兮佳景时,吴江水兮鲈正肥。三千里兮家未归,恨难禁兮仰天悲。"这是西晋张翰《思吴江歌》的思乡情。思乡已是牵挂的代名词。

这年父亲已经五岁了,这是奶奶第一次见到樱子,也是父亲第一次见到他同父异母的哥哥姐姐。

樱子穿的是传统中国服饰,流利的中国话,有种乖巧、干净、脱俗的气质。一雄严肃,脸上一点笑容也没有;百合懵懂,身上有股小动物的气息。他俩也是中国装束,单从外表看,就是活脱的中国人。

迎春花开了,春的述说,奢华幽梦!又是一年,一年又一年。啊!河边徐家真美,连绵起伏的牛车山,势如屏障。在日本,"啊"就是哲学"感"的解释,感就是啊,这是超越心智的瞬间。静静淌流的牛车河,清澈见底。信步走在乡间,乡间又多了一条路,好像是在梦里,青翠山谷,风景如画,空气好得让人陶醉。东京的空气就没这么好,在这儿,鼻子吸气都是通畅的。这是樱子到河边徐家的第一印象。

一雄、百合也流出从未有过的高兴。老屋别样的风格,给他们全新的感觉。他们不曾见过,中国的农村如此之美,蹦出的心怎么也按不下去。他们和昌之可以在山上的林子里抓小鸟,爬树掏鸟蛋,还可以看见在树林跳来跳去的松鼠,那时的牛车山上鸟语花香,斑鸠、黄鹂、翠鸟、画眉、布谷、灰喜鹊……它们动听的歌唱组成了牛车山上另一道亮丽的风景线。特别是坐上"木划子",是他们最开心的,小小木船,在牛车河边湖汊中游划,带上"鱼篓",一种用竹篾编成的器物，进口处的竹片倒扣，可以防止鱼虾逃跑。他们每次去湖汊免不了有小收获，晚饭的鱼虾格外香。他们争吵的话题，是分辨不出哪只鱼虾是谁抓的。当然，掉进水的事，也经常有。昌之和百合年龄接近，经常一起去牛车山，牛车河玩耍，他们在一起抓蛐蛐，而一雄对此不屑一顾。在牛车河边，百合帮忙解开昌之的裤腰带，顽皮地向昌之的小屁股上拍了两下。昌之提着裤子去向樱子告状，哭着喊着："姐姐欺负人，姐姐打我的小屁屁。"百合站在旁边像犯大错一样低头揪着小花衬衣的下摆，不住地说："对不起，对不起，我不是故意的。"惹得樱子和奶奶哈哈大笑。可不一会儿，姐弟俩又有说有笑地去玩了。一直到两人长大再见面时，百合还经常提起这事。

很难想象，樱子第一次来到河边徐家，奶奶复杂的心情，她想到了恨，想到了冷落，甚至……但看到两个天真可爱的孩子，从心底里喜欢。最终还是选择了大度，这是在中国，是在河边徐家，她尽量展现她阅读生活的能力，尽可能展现出中国女人的善良，尽可能展现出"家"的味道。清纯，没有一点儿做作；简单，一点也不复杂。在那个特殊的年代，爷爷是为了报国才去日本的，不然哪有樱子这一说呢！奶奶把事尽量往好处想。这样，她的心也能平静许多。能带给别人幸福的人，才是最幸福的人。人生的价值，不是为自己做了什么，而是为别人做了什么。当樱子感受到奶奶的关爱时，她明白，奶奶的大度、奶奶的宽容，撑起了河边徐家。

奶奶对一雄和百合也是慈爱可亲，他们毕竟是孩子，他俩非常懂事，特别是百合，一口一个母亲地叫，奶奶更加心疼这两个孩子。让他们尽可能融入河边徐家，这也是他们的家，也是他们的根。然而，见到樱子后，奶奶心中总有一道过不去的坎。

樱子告诉奶奶，她的外婆是地道的日本人，而外公是中国人。当初，外公随他父亲到日本是一贫如洗的小青年，一次偶然的机缘，成就了他"英雄救美人"的故事。外婆是家里的独女，外公则慢慢被培养成为日本有名的实业家。樱子平铺直叙的讲述，奶奶也有些意外。难怪和樱子见面，分明是见到了"江南女子"。

奶奶疑惑，为什么一个日本女人如此爱映奎，她让樱子讲讲她心中的映奎。樱子是简约的，当着奶奶的面，并没有回避。

樱子说，她从小敬爱英雄，映奎就是她心中的英雄。

那时，映奎的生活还是很苦的，他并不在意，面对理想的追求，却又是那么投入。一次我随他聆听孙中山先生演讲，激动处，他的手紧紧捏住了我的手，都捏疼了我，又不敢叫，坚持到了散会。我把手伸给他看，手背上瘀紫一大块，他内疚得像个孩子，又是对不起，又是赔不是，轻轻抚摸着我的手，轻轻吻。当他看到我眼里的泪水，才知又错了，因为当时我还未嫁给他呢！

她向奶奶讲了映奎为救她而得脑震荡的故事。她还说映奎身手不凡，后来才知道他从小练过岳家拳。那天有四个日本浪人，否则，映奎是可以打过他们的。她说："在映奎遇到困难、生病，我不管他，谁管他呢？"还有就是，映奎不仅深爱自己的祖国，而且骨子内的那股民族气节，让她感动。只有爱国的人，才会爱家，才会爱女人，才值得女人去爱他。她的外公就是这样的英雄。

奶奶知道映奎打小练过岳家拳,并不精。仅仅是强身而已,比太爷差远了。然而,爷爷曾因樱子而造成脑震荡,奶奶还是第一次听说,樱子是那么真诚讲述。

樱子说:"后来,他因胃病住院了,我当然要去照顾他呀。可手术才十多天,他就要求出院,说有太重要的工作等他。那不要命的精神萦绕在我记忆深处。胃手术,需要全流食,需要少吃多餐,我请了一个月假,专心陪他照顾他。当你全身投入后,一切就不神秘了,那时,他瘦得厉害,体重骤减,完全是靠毅力支撑生命去工作。我想流泪,我没见过如此坚强的男人。我把全部的关爱给这个男人,纯洁简单,只希望他早点康复。"

樱子的讲述让奶奶感动,"后来呢?"

樱子说:"那几个月,两人形影不离,我发现对映奎有了别样的情感,映奎也知道我喜欢上了他。于是,他开始有意疏远她,甚至做出偷偷搬家的举措。就在搬家的前一天,他的住所被盗,财物两空,早上我进他房间,他一人坐在地上,房间一片狼藉。"

这真是雪上加霜啊!奶奶知道,在外面,钱是人的胆,她无不担心地问:"后来呢?"

樱子说:"同学们帮他,特别是李无茗好友,爷爷安新家的钱都是他出的。可就在这时,他坐骨神经病犯了,连走路都出现了困难,只能卧床。我请医生给他理疗,那段时间,他所有的信件,文件都由我处理,此时,我才明白,因为有你,他选择了躲我。你给他的信,字体隽秀。看信封的字体，就知是一个有文化，有内涵的女性。我问他，这是谁的信，他说是妻子，当预感成为事实，我的感情是复杂的。"

"我抛下映奎，一人去了富士山，那是我心中的神。当我走到半山腰时，突然狂风大作，整个山上好像只有我一个人。爱恨忧伤，可脑海出现的却全是映奎的身影，情感上再次吹起涟漪。时间是对生命的提醒，如果是真爱就不应该去伤害。我一路小跑下山，已没有恐慌，我遇到人生的挑战，但映奎是那个特定年代给我的宝贵财富。我静静来到他身边，再次看到渐行渐近的映奎时，他仍在工作。他说他会烹粥了，加点糖，挺好的。他还知道叫'外卖'。我平息内心的那一番折腾，含泪收拾起屋子。在情感波澜中，我做出新的抉择，让友人去照料他生活。自己则去报中文补习班，学习中文，报了形体课，练习舞蹈，当我一身旗袍轻姿窈窕出现在他面前时，映奎流露出的是异样的眼神。这是真爱吗？我们商量，不要小孩，彼此照顾。当我知道你俩并没有孩子时，决定为他生一个孩子。每次，我都会告诉映奎我已采取避孕措施了，并当着他的面吃下一片药，其实是一片维生素。当有了一雄后，我向他承认了错误，并告诉他我喜欢女孩，于是又有了百合。我真的不想伤害你，我太喜欢孩子了。有了一雄和百合，我的生活也不再孤独，是我太自私了，不怪映奎，你能原谅吗？"

奶奶流泪了，不知是感动还是同情，只觉得心被堵住了。

奶奶不完全理解樱子的做法，但她感动。

樱子说："那时，她承受巨大的压力，家人强烈反对，世俗的眼光在质疑。婚礼，只有几个要好同学和小哥大岛，大哥小野太郎派嫂子参加。那夜是沉寂的，可我并不孤独，有映奎在，虽简朴，我心中早已留下了难以忘怀的深情。

樱子接着说："映奎不仅懂得疼爱女人，也有浪漫。有一次她感冒了，拜托映奎上街买菜，结果他带回一束玫瑰花，用日语唱了一首'生日快乐'。啊！我忘了，那天是我生日，还有蛋糕。我感动得流泪，是幸福的泪。"

樱子确信，爷爷是她生命之中不可或缺的人。"感谢中国，给了我实现人生梦想的机会。我知道，是我粗心了。有段时间他总说胃疼，吃点止痛片又去工作，真拿他没办法。对他的身体，我是有责任的。为什么不让他每天有热饭吃，有热水喝？为什么不坚持让他早去医院？为什么不坚持让他不熬夜工作？他是累的。"樱子说着说着流泪了。

爷爷在日本经历过的折磨，让奶奶双眼含着泪花。她怎能不放下一切去原谅，她想起释迦牟尼曾说过的一段话："无论你遇到谁，他都是你生命该出现的人，绝非偶然。他一定会教会你一些什么。"奶奶不恨樱子了，樱子对爷爷的悉心照顾，甚至有救命之恩，奶奶原谅樱子，女人有时就是傻傻的。

听了樱子的讲述，奶奶回到房间找出爷爷写给她的一封信。

> 连日奔波，外加饮食不惯，余近感疲惫不堪，腹部隐隐作痛。幸得友人之妹相助，给予衣食住行诸方便，极尽亲切关照之友情。

奶奶心思缜密，当初看到这段话时，就隐隐有一种酸楚的感觉。她曾对天长叹，难道在人性和爱情面前，自己真的会不堪一击吗？尤其是爷爷手术那几个月音讯全无，女人的直觉往往是不讲道理的。奶奶想到了"意外"，没想到这个意外是生命中出现了樱子。奶奶心中永远有一种朴实的想法：谁对映奎好，我就对谁好；我是徐家当家媳妇，嫁入徐家，映奎就是她的天。

三个孩子在一起，还算亲密，昌之带着他的哥哥姐姐，玩得十分开心。灵秀牛家坳，清澈牛车河。古老历史的乡村啊！有那么多故事，还有那么多传说。相传孔子周游列国时曾到楚国，见隐士长沮、桀溺正在耕种，不知渡口在哪里的孔子便派子路去问路。

长沮问子路："车上的那位先生是谁？"子路道："我的老师孔丘。""是鲁国的那个孔丘吗？""是的。""哦，孔丘早已知道渡口在哪，你何必再来问呢？"

子路又问桀溺。桀溺问道："你是孔丘的学生？"子路道："正是"桀溺道："你们老师孔丘，带着你们这帮学生周游列国，还不如和我们一样，隐居山坳，做点实在的事，过安稳的日子。"

子路来到孔子身边，如实告之。孔子听了，怅然长叹："是啊，人不可与禽兽同群，但也要与合乎正道的人相处，怎么能整日待在山坳，不和外面的人交往呢？"

在牛家坳不远的地方有座"孔叹桥"，桥身为礅石板所砌，为明代黄冈知县茅瑞徵募捐修建，清代1851年重建。一雄问昌之，这么古老的故事，你怎么讲述这么清楚，昌之说，这些呀，都是跟舅姥爷学的。你们知道舅姥爷是谁吗？他是我外婆的兄弟。一雄、百合并不太明白，反正是昌之的亲戚。父亲接着说，舅姥爷会讲好多好多中国历史文化故事。昌之自豪，舅姥爷让他引以为豪。

他们还一起去了"禅茶遗处"，那是奶奶精心培育的茶园，不管是不是采茶的季节，还是满足了他们采茶、炒茶的心愿。当然，也品尝了奶奶做的"雪源古树红印茶"。

再次从日本归来后，爷爷并没有重负卸肩的感觉，心里也没有一点轻松，不懈追求，却要咽下夺眶而出的泪水。爷爷承受着理想与现实落差的痛苦。

从第一次留学日本开始，爷爷完成了人生痛苦的蜕变，他需要找到一座指明航向的灯塔。这时，爷爷思想冲突最为激烈。

中国出路在哪的答案，他依然没有找到。像一艘迷失方向的航船，在海上漂泊，在徘徊中，爷爷选择了坚定不移追随中国民主革命先行者孙中山。然而，他不明白，为什么中山先生领导的起义却一次又一次失败？爷爷忧虑，困惑，甚至有些着急。

这一年，湖北日知会成立。爷爷回国，表面上是带樱子回故乡，实际上是到湖北重新集结革命力量，动员日知会与同时组建的黄冈军学界讲习所联合起来，改变以前"军界与学界不联系"的局面。在当时，这可是件具有挑战和开拓性的工作，军人和知识分子联合起，组建革命的知识队伍，其意义该有多大。爷爷想法在日本已向孙中山先生汇报，得到了孙中山先生的首肯和赞许。新的探索、新的创造，为湖北革命知识队伍的形成，打下坚实的基础，他们在黄州设立秘密印刷发行所，广泛宣传革命思想。

回国的爷爷太忙，回老屋的时间越来越少，奶奶和樱子有了更多交流的时间，奶奶和孩子们有了更多的相处机会。

为动员更多的力量参加到民主革命事业中来，爷爷还专程去了趟薄刀山寨。没想到的是，杨飞龙已卧床不起了，莹莹留在山寨，照顾她爹。

在河边徐家，奶奶每天会用荸荠（又称马蹄）煮水大家喝。荸荠味甜多汁，清脆可口。午休后，每人一碗水，几个熟荸荠，感觉极好。

樱子深爱爷爷，深深地爱上河边徐家，她不想离开这片土地，不想离开河边徐家。但是，为了一雄和百合的教育，秋天，樱子还是带着两个孩子，回日本了。

第二年，爷爷再次去日本，也开始了他往返两国之间的历程。

还是在老屋，爷爷向奶奶表达了他对何香凝的赞许，她从小生活在优越的环境中，从未做过烧水做饭的工作，但为了革命利益，家中不再雇保姆，坚定从头学起，为革命事业做繁杂家务，烧水做饭，被同学们称之为"管家婆"。

奶奶也不无遗憾地说："谁让你把河边徐家交给我，否则我还真想去日本，和你一起去参加革命。"

奶奶的心，能装下大海，却不能扬帆起航。活出属于自己的精彩。

老屋寂静无声，只剩下桂花树生长。

而太爷呢？依旧按照自己的生活节奏，每天早起习武，督促昌之扎马步，练习岳家拳，尔后钓鱼，中饭后休息，下午掩门闭户，练字、喝茶，入冬了，偶写诗作：

闲 赋

一年犹似半日闲，萦梦东坡赤壁间。

脱下盔甲酒樽倾，天伦有乐水云天。

老夫桑榆拜达摩，但诉衷情自蹉跎。

牛车山前山后树，尽披雪霜是冬颜。

太爷还特意抄录曾国藩十六字家训，希望徐家子孙牢记：

家俭则兴，

人勤则健，

能勤能俭，

永不贫贱！

家的味道靠女人，奶奶浓浓的情，柔情似水，浓浓的爱，充满温馨。

奶奶明白，从嫁到河边徐家的那一天起，她这辈子就是爷爷的。偶有埋怨，那就是为什么爷爷不带她去日本，而是把这个家全撂给了她，否则又是另外的人生，那将是时空的穿越，青春的火焰。但不管怎么说，爷爷是她的，就像扯住风筝的那根线，她守住河边徐家，守住这个老屋。

奶奶梦想中的那轮皓月尚远，她却义无反顾挤在生活的羊肠小道上。那时，家里上百垧地，一是水田，二是棉花地。奶奶分别承包给村里人种，至于租子，说得过去就行。奶奶还办了一个织布厂，冬闲是织布的好时节，织布机是奶奶的二哥雪松挑选的，织出的布匹雪松全部购买。随着规模扩大，奶奶也派人去邻村收购棉花，价格也好商量，只要村民满意，奶奶就高兴。那一年发大水，田淹了，厢房也被冲垮了，奶奶微笑面对，指挥大家恢复灾后的重建。

那时老屋的夜晚，也只有一盏昏昏黄黄的煤油灯，代表老屋的温暖。世界上最伟大的是母爱，母爱是无私的，是默默的，她润物细无声。奶奶是个非常传统的人，一切选择都是服从内心的需要，对儿子她体贴细腻而又严格。

或许和爷爷分离太久，把这种离别悲思，转为对儿子的亲情，对儿子的爱，转为苛求。当然，她也知道，在儿子成长时期，最重要的莫过于"母亲做的饭"，她坚持着，一日三顿，亲自为儿子做饭。

奶奶用自己的方式阅读中国文化，敬重长辈、鞠躬问好、关爱他人，是她对昌之最基本的要求，"三岁看大，七岁看老"，把"教做人"和"学知识"放在同等重要的地位。

昌之三岁那年。一天，顽皮的他一头撞到水缸上，头上立马起了个包，昌之大哭。

闻声而来的奶奶，见此状，大声问斥水缸，"水缸呀，是谁把你撞疼了？哭得如此伤心？"

昌之突然止哭，泪眼看着奶奶。

奶奶抚摸水缸，对昌之说："你怎撞水缸呢？还不向水缸道歉！"昌之含泪，向水缸鞠躬说："对不起！我不是故意的。"

奶奶说："之儿记住，做事不可莽撞，不可冒失！"

三岁的昌之，在老屋并不安分。那天，他无故大哭，奶奶问："之儿怎么啦，哪儿不舒服？"

"没有不舒服。"

"那为什么哭？"

"就是想哭。"

"想哭你就哭吧。不过,你在这儿哭不合适,这是堂屋,我给你找个地方,你一人在那好好哭,哭够了,再叫我。"

说完,奶奶将昌之领进茅房:"进去哭,哭好了敲门。"

几分钟后,昌之敲门:"母亲,我哭好啦!"

奶奶开门:"好,哭好了就出来吧!"

昌之低头走出茅房。

奶奶说:"之儿,记住,控制好自己的情绪。一念放下,万般自在,没有谁能主宰你的情绪,要做自己的主人,做个智慧的主人,知足、宽厚、仁慈、快乐、无忧。"

昌之三岁,奶奶就要求他背诵《三字经》《弟子规》。因为她小时候也是这么背诵的。

月亮刚刚藏到牛车山的背后,奶奶会叫昌之起床,清晨,奶奶带他到牛车河边跑步,河边已经有一个200米长的"樱花水岸",那是爷爷专门从日本引进回来的樱花树。临水的一边种的是早樱,单瓣;另一边种的是晚樱,重瓣。还有一些粉黛乱子草。她会站在河边,让昌之跑几个来回。随着时间的推移,跑步距离来回次数逐步增加。

昌之四岁那年,晨练的他对奶奶说:"我想跳到牛车河里游泳。"

望着跃跃欲试的昌之,奶奶说:"行,我陪你。不过,我们得先回家换一下衣服吧!"

在家,昌之高高兴兴换了衣服,却见门口椅子上有盆清水,不解。

奶奶说:"下河游泳,你的头会埋在河水里,对吧?"

昌之点点头。

"那你现在先练习一下,看看你的头能在这盆里埋多久。"

昌之一头埋进水盆里,才几秒钟就坚持不住了,大呼:"呛水了,受不住了。"

奶奶说:"是吗?可是到了牛车河,会比这更难受。"

昌之似乎明白了,他说:"母亲,我今天就不下河了,等我学会了憋气,再下牛车河。"

奶奶点头:"之儿,欲速则不达。做事要三思,要谨慎。"

那些天,奶奶陪昌之在河边练习游泳,直到昌之学会了,才放手让他到牛车河中间去游泳。

牛车河水映出奶奶靓丽的身影,映出昌之憨直可爱的认真。牛车河的春天、夏天都会留下昌之"狗爬式"的扑腾。牛车河的秋天、冬天都会留下昌之"下沉式"的潜水。

奶奶坐在河岸边,目不转睛,刚毅的眼神,给昌之留下儿时的记忆,浓浓血缘亲情,让奶奶留下永恒的回忆。

晨练,昌之从小坚持着,奶奶每天陪着他。奶奶知道意志品格,就应该从小开始练。奶奶说:"坚持跑步,可能隔一天看,没有任何区别;隔一个月看,差异甚微;隔一年看,差距明显;隔五年看的时候就是身体和精神状态上的差别;等到十年之后再看,也许就是两种不同的人生。"

千百年来,牛车河的早晨是静静的,只有一些水鸟会在河边迎候晨曦,然而,这几年,奶奶带着昌之,在牛车河边,跑出了一道充满期待的风景线。

一天,晨练,奶奶对父亲说:"之儿还记得我给你讲的《西游记》第二回的一句话吗?悟空道:'这个却难!却难'

师傅道：'世上无难事，只怕有心人。'是什么意思吗？"

父亲答："您不是给我讲过了吗？只要肯下决心去做，世界上没有什么办不好的事情，困难总是可以克服的。"

奶奶说："为什么要下决心去做？因为困难就在那里，书本知识也如此。为什么要读书，因为知识就在那里。"

"一蓑烟雨任平生，也无风雨也无晴。"这是苏轼《定风波·三月七日》里的一句话。随着年龄稍长，经历的事多了，父亲也学会了很好去面对。

到了上学年龄，奶奶把昌之送到外公私塾学校读书。月明星稀的夜晚，在院子里桂花树下，奶奶告诉昌之，去外公家每天要临帖毛笔字，"从小会写中国字，长大会做中国人。"奶奶的教诲，让父亲终身受益。外公算得上黄州的"教育家"，放在这，还有外婆管着，奶奶放心。

在外公家，父亲已展现出与同龄孩子不同的举止。他"宠辱不惊"，特别喜欢外公家的博古架。那里外公很少来这间屋子，父亲会将上面蒙尘打扫干净，找出无休止长眠的印章，这些印章成为他的"积木"，他像一名指挥官，任意摆放，任意遐想，外公的书斋也成了他每天光顾的地方。

每半月，奶奶会把儿子接回老屋，小住几日，再亲自送到外公那里。

又到了接昌之回老屋的日子，奶奶和昌之行进在乡村的小路上。已微微出汗的奶奶帮昌之解开衣扣擦汗，发现昌之的身上青一块紫一块。

"这是怎么啦！"

昌之留下了泪水，"是和几个年龄稍大的同学打架留下的。"

"委屈？"看到昌之眼中的泪水，奶奶亲声问道。

昌之点头。

"愤怒？"奶奶又问。

"愤怒！"昌之坚定地回答。

"你打算怎么办？"

"我想回家拿根木棒，去砸他们。"

"那我能帮你做什么呢？"

"嗯……"昌之望着奶奶，"嗯……"他不语。

"我回家就帮你准备木棒，然后和你一起去学校，用木棒对准那几个同学的头，狠狠砸去？"

看着奶奶期许的目光，昌之沉思，昌之摇头。

"这就对了。之儿，做人呀，一定要心态好、心术正、心地善；做人呀，一定要以真诚为先，心灵一定要以善为本。"

奶奶轻轻擦去昌之身上的汗水，"走，回老屋。"

这是一条熟悉的路，每次接送儿子，行走在路上，奶奶都会想起出嫁的那一天。二十多里旱路，十多里水路，花轿、婚船，人生一下子在喜庆中被改变。少女、少妇，人生在成熟中更美丽。体感着男人的汗味、枕边传出男人的呼噜，好奇妙。真的，这就是生命中的奇迹。两个未曾见面的男女，成了一家人，住在了一起，孕育了又一个新的生命。每每牵手儿子，走在这路上，接地气地向前，脚踏实地。奶奶无限回忆，体温平凡中的伟大。

高小毕业的那年，奶奶做出了一个谁也没想到的决定，让昌之独自一人去薄刀山寨去找姐姐牛牛。太爷、太奶奶不解，奶奶说，该松手了，让他独自闯闯。

一辆牛车，一个哑巴青年和一个少年赶着车。少年随意把衣服稀里糊涂地套在身上，脸上透着满不在乎。一袋干粮，怀揣两张路条，一张是官府的，一张是薄刀山寨的。奶奶的用心十分明显，问路当然是儿子的事，对昌之而言，这是件非常酷的事，他可以指挥一辆牛车，还有一个人，虽然这个人不会说话，但全听他的。

牛车河边的小子，赶着牛车，去找姐姐牛牛。昌之并不急，悠悠的牛车，慢悠悠地走。能说这是读万卷书，行万里路吗？在一声声犬吠中穿过一个个村子，朝远处走出。满天的星星闪烁着，走在炊烟飘舞的乡村小路上，犹如走在童话般的梦境里。他突然觉得母亲的伟大，用心良苦，锻炼培养自己。平日母亲的溺爱已过去，他可以自由走在大地上，这将是一条什么路啊，牛车走过，也要扬起尘土。路改变昌之的性格，还是突破自己，是压力，是挑战。

旱天，天热。晚上一丝风也没有，昌之躺在牛车上，望着繁星点点的天空，认真数数，他数不过来，太多了。奶奶从不溺爱儿子，希望儿子坚强勇敢，快乐健康，儿子是她的，但长大后是国家的，意志品质必须从小培养。或许奶奶对儿子的爱不是来源于任何一本教科书，而是她内心的独白，是缘她对民族的爱和坚定信念。

一路上最大的麻烦就是问路，每当别人听说他要去薄刀山寨，接受到的都异样的眼光。

半月了，一点消息都没有，奶奶表面沉着，内心还真急。直到山寨来消息了，昌之见到牛牛了，当姐弟俩见面拥抱时，哭了。多远的路，多陡的山，陌生的人，昌之是如何找到的？用奶奶的话，我相信他，因为他是我的儿子。

看到昌之，牛牛都哭了。怎么成这个样子，她心疼了，奶奶这是唱的那一曲，如此磨炼这个弟弟。昌之憨憨地笑了，其实也没什么，只是半夜时分还是挺怕的。莹莹明白奶奶的良苦用心，长长的乡村小路，幽深寂静。奶奶的心寄托在这个儿子身上，莹莹让牛牛陪弟弟住，让他在山寨尽情玩，昌之不孤单，有姐姐陪他开心。他不想走，想多住些日子。山寨的人，有时让他害怕，有时让他惊讶，但是有姐姐，昌之总挺起胸走路，那么自豪。

昌之高小毕业那一年，奶奶把他送到黄州和已在那读书的牛牛同校读书。

1910年底，爷爷又一次从日本回到湖北。奶奶也因温情而悲，面对爷爷，她也只能吞下这些年经历的孤独。爷爷很少回老屋，即便偶回，也是匆忙离去。奶奶只知道，爷爷身上有太多的秘密，但她不知道，天下将有大事发生，而爷爷和大事连得那么紧密。

也就在这期间，杨飞龙因病去世。那日，雪好大，把山寨侵吞了。大地一片白，一面"奠"旗，在雪风中飘着，告示着，薄刀山寨，老主离去。田香流干了眼泪，青青、莹莹陪着，守候灵堂。新任大当家王远山张罗一切。爷爷火速赶到山寨。头七那天，杨飞龙下葬，就葬在杨山豹墓旁边。爷爷和莹莹一起下跪，"岳父大人，我在这给您磕头了。自古忠孝难两全，一会儿我得下山寨，您走好。"爷爷点燃三炷香，"您身居'匪巢'，可我们都知道，您不是匪啊！愿您上天有灵，保佑我们成功！"

当莹莹听说爷爷不能在山寨守孝时，她十分理解，坚持陪爷爷下山寨，一起去武昌。

"莹莹，我必须走，你留下守孝吧。"爷爷说。

"不是说好了的吗？我是你带刀四品贴身侍卫吗？你走哪，我都得跟着呀。"

莹莹执着，爷爷无奈："那是玩笑话，你还当真。"

"当然呀！告诉你吧，我爹在武昌有一处房产，这事只有我知道，连钥匙都在我这。"

望着固执的莹莹，爷爷只好约法三章，"那你一切听我的，不许任性，不许乱说，不许乱跑……"

"好，一切行动听你的。"莹莹把牛牛交给了外婆，带着童童，那是贴身照顾莹莹小女伴，随爷爷来到武昌。

记住薄刀山寨，记住薄刀山寨的女人，有爱、有情、有义、有担当。莹莹走路带风，做事风风火火，她用果敢书写了山寨人值得骄傲的传奇。

薄刀山寨：

> 春天里绿树葱葱；
> 夏日里阳光明媚；
> 秋风中金色满地；
> 冬寒期冰雪封山。

四季更迭，千回百转，这里不仅仅有莹莹的情爱，还有沉淀在她血液中的山寨人的豪迈。

辛亥风云

莹莹随爷爷离开薄刀山寨，爷爷随莹莹来到武昌。

武昌。司门口。一幢外表看上去很普通的楼房。

这是杨飞龙留给莹莹的。

爷爷不知道将要发生什么，只知道这个时候他应该在中部同盟会支部，在湖北同盟会。太多的起义，太多的失败，革命党人再次聚集，他们要发动武昌起义。

革命党人没有想到的是，武昌起义导致中国两千多年的封建王朝倒塌。

起义那天，孙中山在国外，正四处筹款。正从美国西海岸前往中东部募捐。黄兴在香港，正在医院住院。

他俩没有想到，也未参加这次起义，但武昌起义成功了，清廷被推翻。

历史，就这样被时间推搡着向前。

1911年10月6日，是中秋节，是赏月吟秋的日子。"中庭地白树栖鸦，冷露无声湿桂花。今夜月明人尽望，不知秋思落谁家。"这是唐代王建的《十五夜望月》。革命党人仍在忙碌。心细的莹莹让童童上街买回月饼,让爷爷带到中部同盟会支部。

"今天是中秋节,大家来吃月饼!"爷爷说。

盟员们兴奋,没有喧哗,没有欢呼,伸手抓月饼,使劲咬一口,心生皓月。

盟员们抬头向天空望去,一轮明月正在急急匆匆穿过云层,那么急,那么快。月圆之夜,与月亮约会。

中秋,"秋思"会弥漫开来,那时一种貌似热闹之中的孤寂,也是寂寞之心的狂舞。今夜秋思落谁家?明月给人好兆头。

不得不说,武昌起义正是孙中山先生坚持不懈努力的结果。

从1894年,他在檀香山建立反清的兴中会开始,1905年,他又组织领导成立了中国同盟会,在各省和海内外建立革命组织,统筹全国武装反清起义。

爷爷的主要任务是,在新军中发展革命力量,积极准备起义。

之前所发生的震惊中外的萍浏醴起义、粤桂滇边地起义、庚子广州起义、黄花岗起义等,都为辛亥革命爆发创造了条件,这年的3月,武汉新军各标营均已经建立起文学社组织。4月27日,赵声、黄兴等人在广州领导起义。5月8日,清朝廷成立皇族内阁,显示出清统治者毫无立宪诚意,令各地立宪派大失所望。

那些天,爷爷常常是半夜回来,坐在客厅等待的童童马上上楼叫醒莹莹。爷爷天亮回来了，坐在客厅的莹莹让童童端来热腾腾的小米粥。

莹莹凭感觉，猜测爷爷在忙什么。中秋节的第二天，她对爷爷说，需要的时候叫上她，她正努力读懂爷爷，读懂爷爷所做的事。

那一年，四川爆发了保路风潮。

当时，清政府颁布"铁路国有"政策以后，收回了路权，但没有补偿先前民间资本的投入，这些民间资本不仅来自绅士、商人、地主，还有农民，而农民购买的股份占很大比例，因此，川汉铁路股东代表在成都开会，成立"四川保路同志会"，同志会在报告中说："路是人修，钱是人管，路是白送，外带认息，既夺我路，又夺我款，夺路夺款，又不修路。"孙中山先生曾说："今日修筑铁路，实为目前唯一之急务，民国之生死存亡，系于此举。"一场声势浩荡的保路运动席卷全国，在四川，清政府开枪，打死了32名手无寸铁的平民，制造了骇人听闻的惨案。只有反抗，没有选择。当民众组织起来后，清政府非常惊恐，即派大臣端方，率湖北新军入川，企图镇压四川人民的反抗。这样一来，清军在武汉的防务非常空虚，为湖北革命党人留下了发动起义的好时机。

中秋节后的第四天，1911年10月10日，枪声，划破了寂静的武昌城。

"同志们，冲啊！"熊秉坤、金兆龙率40多个士兵，冲出黑夜，冲出营房，冲向楚望台。

枪声，就是命令；枪声，八方响应。

革命的第一枪打响，革命的炮声隆隆。

前一天拂晓，彭楚藩、刘复基、杨宏胜三烈士慷慨就义于武昌督署门外。

不能坐以待毙，"同志们，我们反啦！"熊秉坤、金兆龙再次振臂高呼。

一匹白马嘶叫而来，冲破黑暗，飞驰在武昌大道上。

骑马者横刀立马，惟孙武将军也，传说他是孙文的弟弟。

中山先生（即孙文）的革命思想已被民众接受，他领导的同盟会在全国21个省都有组织。

枪声，让武昌的民众走上了大街，也让湖北军队中遍及各标营的同盟会员积极响应。

辛亥革命爆发。

各省先后宣布独立。清朝廷迅速解体。

湖北新军原为张之洞所练的"江南自强军"，不少中下层军官曾官费派日本留学。爷爷是湖北官费派日本留学的学生，自然少不了为这批学弟们一些照顾，特别是作为同乡人，更是建立了特殊的关系。

孙军就是这批留日军官中的小老乡，共同的理想，异国他乡，和爷爷之间友谊深厚。回国后，他们在武汉重逢，通过孙军，日知会和文学社在新军各标营建立组织，共进社也在新军八镇发展会员，新军中的士兵，则是他们主要工作对象。

1911年10月10日，午夜。爷爷匆匆赶回家，换了一身行军打仗的行头，正准备离开。莹莹问："上哪？"

爷爷回头望了莹莹一眼："走，跟我去。"爷爷知道弄刀弄枪她也比自己强，莹莹跟着或许可以派上大用场。

莹莹随爷爷赶到中部同盟会支部，"同志们，起义军第一枪打响了，我们赶紧拿上武器、炸药，配合起义军行动。"爷爷大声喊道。

夜已很深，月光下，同盟会会员们奔向东门，步兵第二营和第四营赶来了，他们很快消灭了守军，占领了东门，接着开始向东门外铁桥方向攻击。

铁桥是南北通道的重要节点，"必须炸掉它！"爷爷快步来到铁桥附近，仔细观察，他要找到最佳爆破地点。

铁桥是清军从南边方向支援武昌城的咽喉要道，必须炸掉，确保武昌城安全。在火力掩护下，突击队已快步向铁桥下冲击，莹莹加入到突击队里，经爷爷指点，她用薄刀山寨人的灵敏，第一个冲到铁桥下。突击队员带着炸药也冲到铁桥下，莹莹迅速安放好炸药，是那么敏捷，那么干练，又那么细致，薄刀山寨的女人，全无羞涩。

"这是谁呀？"一盟员问。

爷爷说："我的贴身女保镖。"爷爷骄傲。

盟员无不羡慕："行呀，你这女保镖，能顶我们几个人。"

于是，同盟会的人都知道爷爷有一贴身女保镖，殊不知他们是一家人，更不知她有如此漂亮。

爷爷笑答："山寨的女人，本来就行走在薄刀上。"

爷爷自豪，爷爷刮目相看。莹莹手脚的确麻利。

"拉火线！"爷爷大声喊道。

随着爷爷的命令，莹莹拉响了导火索。跑向安全地带，但导火索也燃得飞快。随着炸药的巨响，爷爷大喊："趴下，莹莹。"

同时，爷爷用飞似的速度冲了上去，把莹莹压在自己身下。

那天，清军南下的唯一大动脉漕河铁桥在保定被何贵中为首的同盟会会员炸毁，清军北上到武昌的咽喉通道被中部同盟会盟员炸毁。武昌城墙上飘扬着起义军的旗帜，清军支援武昌起义的行动被耽搁，为革命党人在武昌举事赢得了充裕的时间。

在剧烈爆炸事件中，爷爷昏了过去，被抬到医院，莹莹安然无恙，只是受了点儿皮肉伤。

11日上午，武昌全部光复，宣布成立中华民国军政府鄂军都督府，黎元洪担任都督，宣布改国号为中华民国，废除清朝宣统年号，改用黄帝纪元，并公布军政府檄文和《安民布告》，以十八星旗为军旗，以军政府名义发布《布告全国电》，《通告各省文》等文告通电全国。

12日，革命党人第二十一混成协第四十二标士兵胡玉珍等在汉阳发动起义，光复汉阳；随后赵承武率起义军攻占汉口。至此，武汉三镇全部掌握在革命军手中。

爷爷在病床上昏迷了两天两夜，命途多舛，生死攸关。莹莹在病床边守护了两天两夜，滴水未进，悔不当初。

在炸毁铁桥的那次战斗中，也牺牲了不少革命同志，爷爷负了重伤，也伤到了莹莹心里。

当爷爷睁开眼睛时，已是入院的第三天。

"铁桥炸毁了吗？"爷爷醒后的第一句话。

莹莹含着泪水："铁桥炸掉了！武昌、汉阳、汉口现已都在革命军掌握之中，革命成功了！"泪水已流淌在爷爷和她紧握的手上，是喜悦中的内疚。爷爷为保护她而受伤，头上还绑着纱布，医生说是脑震荡。

爷爷露出微笑。"野丫子，真棒。"爷爷没有一点责怪莹莹的意思。他清楚，只要革命成功，付出生命也在所不惜。

"脑震荡？"爷爷突然双手抱头，仿佛又见，他想起了第一次"脑震荡"，他木然地望着莹莹，眼睛里闪不出光来，无声的表白，怎么会是这样呢？后遗症？一个可怕的念头出现了。

"秀才，我太没经验了。"莹莹自责。

"胜利刚向我们招手，老天爷怎么会让我去呢？"爷爷安慰莹莹，阵阵眩晕让爷爷收回目光，脑震荡后遗症让爷爷在恐惧中挣扎着，这次负伤比上次更严重，对爷爷身体损伤很大，头晕、恶心、呕吐困扰着他，从此也伴随着他。

奶奶领着之儿来了。把爷爷抬到医院那会儿，莹莹吓坏了，直到第二天，仍不见爷爷苏醒，她才托人去通知奶奶。

奶奶一进门，看着病床上的爷爷，"怎么伤成这个样子？"

爷爷微微睁开眼睛说："老天爷已经很客气了，再躺上几日，就好了。"

父亲走到爷爷的床边，伸出小手，放在爷爷的脸上。

爷爷抚摸父亲的头，父子俩没有一句对白，只是用眼神，用心在交流。

莹莹拉着奶奶的手，"对不起，姐……"

奶奶说:"别说了,我都知道了,这么大的事,此时还能见到他,足矣!你赶紧回去休息,并熬点骨头汤,我在这守候着。"

爷爷说:"我现还不想吃,来,扶我起来。"

奶奶和莹莹扶爷爷坐起来,爷爷要下床,想到窗户边看看外面。

起义军旗帜飘扬着,爷爷泪水流出。革命成功了,这是多年的努力,无数先烈们的牺牲换来的啊!

奶奶到了武昌,她和莹莹轮流在病房照顾爷爷,她俩轮流给爷爷做饭,爷爷慢慢康复,脑震荡症状慢慢消失,伤口处日见消肿。

武昌起义,汉阳保卫战,收复汉口,教科书般的战斗故事,在爷爷讲述中,一幅幅画面呈现在父亲脑海。他沉默寡言,不停点头,偶有提问。他似乎明白了一个简单的道理,革命是会有牺牲的。

1911年在中国近代史上,是一个可以让时间超越的年份,时间用冲刺的速度,书刻在历史上。爷爷没法停留,他要出院,去迎接更大挑战,他不求官位,只为初衷。

爷爷从医院回到司门口的住所,又开始新的工作。牛车河水总在他心中奔流,他没有源源不绝的气力,头晕,时常让他难以支撑。

奶奶决定先回趟老屋,请山野人到武昌来。临走时,奶奶对爷爷说:"不要太累,保重好身体。福兮祸所伏,祸兮福所倚。"她带着之儿回老屋,把这儿的一切交给莹莹。她期待奇迹出现的那一刻。

山野人和汪晨很快来到武昌。神奇的山野人把脉、针灸、开药，让爷爷得到很好恢复。汪晨仍负责熬药，把握火候，莹莹则跟着汪晨认真学习煎药。

当山野人和汪晨离开武昌时，爷爷病情基本稳定。山野人又留下一个疗程的中药，莹莹每天依嘱，按时按点给爷爷中药调理。

辛亥革命成功。孙中山没有想到革命会在武昌成功，他29岁出发，已走过16年，这16年中他不知领导了多少次革命党人的武装暴动和起义，无一成功。辛亥革命，与他的青春、热血和痛苦有关。革命党人占领武昌，他突然意识到，一生牺牲奋斗所追求的目标近在咫尺，12月24日，他动身回国，同时即电报召见中部同盟会支部、湖北同盟会负责人到上海，他急于了解武昌起义的有关情况。莹莹陪爷爷由武昌坐船顺江而下直抵上海，他们见到孙中山，详细介绍了有关文学社、共进会、中部同盟会支部以及日知会革命团体联络新军中下级军官。爷爷告诉中山先生，武昌起义时，这些组织已经有了5000多人，占到新军人数的三分之一，特别是孙中山先生宣传的革命思想已被国人接受，同盟会组织发挥了积极作用。他还向中山先生讲了一个故事，共进会孙葆仁，起义时改名孙武，自称中山之弟，还有新军代表孙军，一文一武一军，"兄弟团结"。这面旗帜打出来，一呼百应。听完这个故事，中山先生笑了。朗朗的笑声回荡在房间。爷爷接着说："关键是革命组织内部团结一心。虽然起义是由中下级军官及士兵发起，但在革命爆发的紧急关头能够抱团，一呼百应。"

听完同志们的汇报，孙中山激动地说："感谢革命同志们，感谢武汉的革命党人。你们抓住了历史机遇，同时，也要感谢武汉广大人民群众的革命精神和奉献精神，武昌起义的成功是你们长期艰苦奋斗和英勇流血牺牲换来的。正是武汉革命党人和广大人民群众同仇敌忾，支援革命，商人捐款，工人、农民、市民与革命军并肩作战，才有了起义的成功。你们用团结，让革命的种子开花结果，用无私无畏的精神，敲响了清王朝封建统治的丧钟，是对清王朝发动总攻击的突破口，进而在全国燃起燎原烈火，沉重打击了清政府，吹响了共和国诞生的号角。可以说，辛亥革命是一次历史性的伟大胜利。"

谈话结束后，中山先生执意送大家到门口，这时，他发现了坐在门口的莹莹。

"这就是你的女保镖？"中山先生问爷爷。

"传闻！"爷爷有点紧张。

莹莹习武身段，脚蹬马靴，身着红底印花双襟褂子，绿色裤子，外套一件蓝色风衣，透出一股匪气，又有一股青春气息，显得格外精神。

"初见面，就知你身手不凡啊！"中山先生对莹莹说。

"先生过奖了。"莹莹小声回答。

中山先生怎么知道莹莹是爷爷的女保镖的呢？原来，武昌起义那天，她随爷爷和同盟会会员一起去炸毁铁桥。她干练的身手，果敢的处置，让同盟会会员大为感慨。爷爷随口说了句："我的贴身女保镖。"还真传到中山先生耳里。

这是莹莹第一次见中山先生，白色中山装，红光满面。

"领袖就是领袖,难怪爷爷誓死追随。"莹莹随爷爷离开了中山先生的住所。莹莹执意要爷爷陪她去一次上海码头。她知道,爷爷每一次都是从这坐船去日本的。黄浦江水波涛汹涌直流大海,莹莹在这里想起了曾在大洋彼岸的爷爷。

"啊,大海,我终于看见你了!"其实,码头离真正的大海尚远,但江面宽阔,水势无边,爷爷并没有说破。莹莹高声,高声抒发情感,当爷爷望着她,等她第二句,却没等到下文。是委屈,还是高兴?莹莹眼里流下泪水,爷爷只好补了一句,"啊,大海,我终于看见你了!"站在黄浦江边,两心在强烈碰撞,海的畅想给他俩太多的感慨,惊涛骇浪,波澜壮阔。莹莹扑到爷爷怀里,破涕为笑,泪珠仍挂在脸上。

1911年12月26日,孙中山在上海行馆召开同盟会最高干部会议,商讨临时政府方案。在这次会议上,中山先生被推举为临时大总统人选。

1912年1月1日,上午11时整。

孙中山从上海启程,前往南京。

他搭乘汽车到上海火车站,沪军都督陈其美、民政长李平书已在寒风中等候多时,上海两万多人冒雨送行。寒风送行人群衣衫破烂,挥动小旗,眼里充满期待。载送孙中山先生赴南京就任大总统的花车徐徐起动。中山先生流泪了,他知道自己肩上的责任。

到达南京,更是盛况空前。

孙中山抵达南京总统府,天气阴冷,不时飘着阵阵细雨,火车站门前华灯高照,各省代表和将领等候多时,孙中山从容地走下马车,一手持帽,微笑着和大家握手寒暄。

总统府原是两江总督署，太平天国定都南京后，在此兴建天王府，曾国藩攻进南京后，一把火烧了，后清廷拨款重建。

当晚10时，宣誓就任中华民国临时大总统。其誓词为："颠覆满洲政府，巩固中华民国，图谋民生幸福，此国民之公意，文实遵之，以忠于国，为众服务。"另发表《临时大总统就职宣言》，提出了中华民国临时政府的任务。

紧接着，致颂词、欢迎词、授大总统印、致答谢词，一系列程序完成后，孙中山宣布中华民国临时政府五项施政方针，鸣礼炮21响，在这个南京城的不眠之夜，中国历史上第一个共和制的国家政权诞生了。

1月3日，在南京成立中华民国临时政府，各省代表会议通过孙中山提名的各部总长、次长任命名单，代表会议还选举黎元洪为临时副总统。

在南京总统府，孙中山站在窗前，眺望远方，两行热泪滚滚而下。一生献给中国民主革命事业的伟人，深深感喟。16年啊，在海外流亡，多次领导起义，均以失败告终，四万万同胞的觉醒这一刻终于实现了。

窗外的雨淅淅沥沥，雨水和泪水让这位革命的先行者眼睛模糊了，他完全沉浸在个人的情绪中。他擦擦泪水，回坐在桌前。他知道，辛亥革命虽成功，道路依然艰险。袁世凯不仅控制着北方，而且还握有军权，孙中山就任临时大总统，曾申告袁世凯，表示"暂时承乏，虚位以待。"只要他能使清王朝逊位，并迁都南京，他愿让出临时大总统之职，孙中山希望，"南京将作为永远之都"。面对财政空空无钱，革命同志的团结……伟人沉思。

当时，局势混乱，清廷也被迫任命袁世凯为内阁总理大臣。他抢得先机，还以出任民国总统为条件，与中华民国临时政府进行谈判。

中华民国临时政府成立，孙中山当选为临时大总统。袁世凯最担心的是，清帝退位后，孙中山是否会把临时大总统让给他。

1月15日，孙中山再次电告袁世凯"如清帝退位，宣布共和，则临时政府绝不食言，文即可正式宣布解职，以功以能，首推袁氏。"

接电报后，他欣喜若狂，知道只要自己能逼清帝退位，孙中山会按承诺推选自己为临时大总统，于是加快了逼宫的步伐。

2月5日，他指示以段祺瑞为首的北洋军前线将领联名通电，要求"立定共和政体"，否则将带兵入京。

1912年，2月12日，隆裕太后不得不以宣统皇帝的名义发布退位诏书，宣告天下。清帝溥仪宣告退位。中国两千多年的君主专制制度终于结束。

孙中山履行南北和谈诺言，向参议院提交了辞职咨文。"清帝逊位，南北统一，袁君之力实多，发表政见，更为绝对赞同，举为公仆，必能尽忠民国。且袁君富于经验，民国统一，赖有建设之才，故敢以私见贡荐于贵院。请为民国前途熟计，无失当选之人。"

唯中山先生有如此之气魄，革命的成功，并不等于胜利就到来。

2月15日,临时参议院开会选举袁世凯为临时大总统。3月10日,袁世凯在北京宣誓就任临时大总统,并任唐绍仪为内阁总理。从1912年1月1日至1912年4月1日,孙中山正式辞去临时大总统职务,他在南京生活工作92天。在这92天里,他主持制定了一系列法律法规,剪发辫、废缠足、改服饰,特别是颁布了《中华民国临时约法》。在南京期间,孙中山曾登上城内最高点狮子山,曾到过三牌楼广东会馆,还去过夫子庙。他对南京的感情之深更在弥留之际,曾吩咐要葬于紫金山。卸任临时大总统职务的孙中山回乡省亲,在家小住3天。

4月2日,临时参议院正式议决临时政府迁往北京。

4月4日,孙中山答上海《文汇报》记者问,认为:政治上的革命如今已如愿以偿,后当竭力从事社会上的革命。

袁世凯特授孙中山"筹划全国铁路权",孙中山接受,并表示10年内不过问政治,完成铁路计划,使中国经济与欧美同步。

在参议院举行的解职会上,孙中山说:"清帝逊位,民国成立,民族民权两主义已经达到,只待实现民生主义。"

这段话,可以看出,孙中山是自信的,他提出"三民主义"思想,在心中为之奋斗的民族、民权主义,他认为已经达到,唯民生主义未能实现。辛亥革命成功,是孙中山从事革命事业的必然结果。孙中山承担了自己的历史使命,关键时刻的无奈,也让他留下了遗憾。刚刚夺取革命胜利,又面临大挑战。

袁世凯当上了总统,紧接着上演了一场闹剧,称帝。

1915年12月12日,袁世凯宣布继皇帝位,改中华民国为"中华帝国",民国五年为"洪宪元年",元旦正式登基做皇帝。

袁世凯上演的帝制复辟闹剧一开场,就遭到孙中山领导的中华革命党和全国人民的坚决反对,孙中山委派中华革命党领导成员之一吕志伊由日本回到云南,策划武装反袁。接着孙中山亲自领导中华革命党人在日本东京集会,声讨袁世凯的倒行逆施,发表《讨袁宣言》。那时孙中山和宋庆龄结婚还不到两个月,他果断派遣一批中华革命党骨干成员,潜回国内,做武装倒袁准备。爷爷被派回到国内,在长江流域一带活动。

为了反对袁世凯的帝制复辟,对立的革命党人再次联合起来。1916年1月10日,护国军在昆明举行誓师大会,在"打到袁世凯"、"中华民国万岁"的口号声中,护国军浩浩荡荡开赴前线。其他军阀也不乐意,特别是直系军阀首领冯国璋强烈反对。1916年6月6日,在全国人民的唾骂声中,袁世凯众叛亲离,忧郁而死。

世界潮流,浩浩荡荡,顺之则昌,逆之则亡。

黎元洪继任大总统、冯国璋为副总统,后黎元洪辞职、冯国璋进京任代理总统。

冯国璋早年身为清廷大臣,他提出"国家海禁开,东方大事起。"这十个字,称得上是很有政治远见的,是积极进步的。冯国璋由一介书生而入武林,读文史后再习军事。在他所处那个时代,经历了数次战争,其中亲自参与的就有中日甲午战争和八国联军入侵北京等战事。中国作为战败国,付出了割地赔款、签订丧权辱国条约的沉重代价。作为一个有着远大抱负的中国一代知识分子，或是身为一名有强烈民族自尊心的军事将领，冯国璋曾以其深刻的思考和敏锐的见解，屡屡向上司和清廷进言，并且一直身体力行地为"国家海禁开，东方大事起。"这一宏愿而尽心尽力。

冯国璋深切地感知，一个自诩为泱泱大国的国家，由于数百年来闭关锁国，国力早已衰败不堪，远远落后于西方列强一大截了。他也是两次东渡扶桑，从自明治维新以来变得强悍起来的国度中，发现了一条中国富强昌盛，再树雄姿的可行之路，那就是打破海禁，引进外国的先进思想和科学技术，让国人重新认识自我，认识世界。

冯国璋认识到，真正要在东方这块古老的土地上形成"大事起"的强盛之势，非一朝一代人所能办到的。历史啊！就这么不停地向前，逝去的渐渐逝去，岁月留下痕迹，而每一道痕迹都是一味人生。当一觉醒来后，记住的并不完全是痕迹的传说，还有那些实实在在的故事。沧海桑田，"且夫不思乐，不可各也。"

故人回乡

1912年初，爷爷真的没想到，临时政府刚刚成立，他旧病复发，而且比前几次来得更猛，已无法坚持工作了，莹莹一筹莫展，于是果断决定带爷爷回武昌。应该说，"贴身保镖"还是很满意这份工作的，有了她的伴随，爷爷在繁忙工作中的疲劳减轻许多。

莹莹已承担起爷爷"秘书"的职责，学会处理日常琐碎的事务，牛车河水在她心中奔流，该不会在她面前决堤？

一到武昌，莹莹即差人把奶奶和昌之接过来。

"姐，映奎旧病复发，他的病在外地无法治疗，我只好把他带回武昌，治疗静养。"莹莹说。

奶奶说："好，我马上安排治疗。"

爷爷迷迷糊糊睡了，多么难得的安静啊！

莹莹替奶奶擦着泪水，转换话题："姐，你知道为什么映奎这些年总要离开我们吗？"莹莹卖关子了。

"为什么？"

"那是因为……告诉你吧,他追随的那个人,我见到啦!"

"谁!"

"孙中山!"

"是吗!"奶奶拉着莹莹的手。

"当然,我俩还说话了呢!"莹莹笑了,"第一回见面,他就表扬了我这个贴身女保镖呢!"

"快给我说说是怎么回事。"奶奶着急了。

莹莹详细向奶奶表述了她见中山先生的过程,她按捺不住内心的激动。

莹莹还告诉奶奶,她要加入爷爷的组织,这样,以后跟着爷爷就方便了。

幸福有时来得就是这么突然。

莹莹的讲述,让奶奶既羡慕又感慨。

莹莹还说:"随映奎去上海、南京,大开眼界,外面的世界如此精彩,革命的艰辛,当我们享受到成功的喜悦之时,当我们见到孙中山先生的时候,我觉得什么样的牺牲都值。"

莹莹成熟了,薄刀山寨的女人成熟了,奶奶明显感觉得到。

1912年8月25日,在北京虎坊桥湖广会馆,数个小型政党联合组成国民党。并于1913年初,在代理理事长宋教仁领导下,在参、众两院全国选举中均获最多席次成为国会最大党。

然而正当孙中山为实现他的社会改革,尤其是发展实业、修筑铁路而四处奔走时，1913年3月20日，发生了宋教仁在上海车站被袁世凯派人刺杀事件。得知这一消息，孙中山立即从日本赶回上海。血的教训使他终于认识到"要实现民主，维护共和，就非去袁世凯不可，决定以武力倒袁，发动'二次革命'"。

在袁世凯步步紧逼面前，国民党部分领导终于接受了孙中山武力倒袁主张。

1913年7月17日，江西都督李烈钧发布《讨袁檄文》宣布独立，"二次革命"爆发。

15日，江苏都督程德全宣布江苏独立并被推为江苏讨袁司令。

18日，广东、安徽两省宣布独立。

20日，福建宣布独立。

22日，上海国民党组织讨袁军。

25日，湖南宣布独立。

8月4日，重庆宣布独立。

"二次革命"是孙中山发动的一次武装斗争，是维护民主共和制度的一次努力，但由于敌我力量悬殊，战前准备不足，国民党内部意见不一，加上各独立省份之间互不统属，缺乏统一指挥，结果很快战败。

"二次革命"起兵不到两月就被袁世凯镇压下去，11月4日，袁世凯宣布解散国民党。孙中山、黄兴等人成为通缉"要犯"，在国内无法安身，去了日本。

中华民国依然徒有其名，孙中山仍将以革命为己任，继续为捍卫民主共和国做出彪炳史册的贡献。

1913年"二次革命"失败后,手握真理的孙中山逃亡到日本。深刻的教训让他痛定思痛。"不甘心啊!"他面对200多位流亡到日本的革命党人说,"不是袁氏兵力强,而是我党人心散。"孙中山说的是心里话,万般无奈,他决心改组党,从整顿党务入手,并在东京筹建中华革命党。9月27日,孙中山亲自拟定入党誓约,规定入党者须绝对服从其领导,无论资格多老,皆须重立誓约,加按手模。多年后,孙中山曾反思,这么做,是否过了?但不这么做,又怎么做呢?只有忠于领袖之人,方可忠于国家。只有忠于国家之人,方能振兴中华,精英重新聚集,像廖仲恺等人都加按手模。陈其美是第一个宣誓按手模的人,因此,他也受到孙中山的器重与信任。蒋介石是他的门生,所以也就有了日后接近孙中山的机会,这是后话。也有反对者,且反对意见很大,汪精卫、胡汉民都不干,认为这是帮会陋规,但中山先生再次显露出毫不动摇的坚定,坚持自己的坚持。

孙中山提出"以实行民权、民生两主义为宗旨,以扫除专制政治,建设完全民国为目的。"孙中山先生从不因失败而灰心,也从不因困难而退缩,坚信"吾心信其可行,则移山填海之难,终有成功之日,吾心信其不可行,则反掌折枝之易,亦无收敛之期也",坚信只要"精神贯注,猛力向前,应乎世界进步之潮流,合乎善恶消长之天理,则终有最后成功之日"。

爷爷是孙中山的追随者,他再次到了日本。他毫不犹豫加入中华革命党,加按手模,宣誓效忠孙中山先生。

1914年7月8日,中华革命党在日本成立,开始了维护民主共和，反对袁世凯专制统治的斗争。

这是一个多么艰难的时刻啊，而就在此时孙中山面临一个更困难的抉择。

1915年的晚春，一场大风大雨，樱花谢了，树下一片白，阳光散落在花瓣上，矜持地涌进人们的视野。仅仅是一夜的风雨，仅仅是清晨一缕的阳光，衬出了岛国的苍茫与寂寥。

在孙中山最困难、最危险的时候，宋庆龄来到他身边做秘书。是年，宋庆龄21岁，恬静、娇俏，气质十足，被这位伟人深深地吸引了，当潜意识朦胧的爱，慢慢占据她心灵时，认为孙中山是她可以托付终身的男人。在爱情上，年龄不是问题。

而孙中山呢？他不敢跨越，强忍社会关系、社会观念束缚。宋庆龄的父亲查理是自己多年的老友，他面对这份纯真之爱，在失眠中度过了难忘的一夜又一夜。

他深深地爱庆龄，革命领袖就不能有爱的自由吗？理智思考，他决定迎接世俗挑战，娶庆龄为妻。那时，中华革命党刚刚成立，孙中山出任党的总理，他把自己一生献给了为国家的新生和富强而努力奋斗中。然而他没想到，庆龄不仅是他事业的助手，而且要把爱情献给自己。

庆龄是理想主义者，她求"基督保佑！"基督能保佑她吗？得知消息的家人，不仅把庆龄从日本带回上海，还在家中软禁了她。

人活着的价值，不是为活着而活着。革命领袖也如此，革命领袖也应有爱情的自由，这个爱只要是真诚的，艰难险阻无所畏惧。

孙中山贴身秘书朱卓文，在中山先生焦急中为他促成了这件事。

朱卓文去澳门，找到原配夫人卢慕贞联系解除婚约之事。卢夫人很快答应了，她关爱理解孙中山，然而自己又不能帮孙中山做什么，她缠过足，走路不利索，不会写中文，不会说英文。当朱卓文把卢慕贞带到日本见孙中山时，双方和平签署了由东京律师和田瑞草拟的离婚文件。

朱卓文马不停蹄又去了上海，当他设法见到宋庆龄时，庆龄的表态令他感动："既中山先生已离婚，我无顾虑，坚决与中山先生结婚。"

朱卓文是位十分会办事的人，庆龄又是位十分勇敢坚定的人。朱卓文和庆龄商量好时间，庆龄用床单结绳，顺绳坠下二楼越墙而出，坐上朱卓文的车直奔码头，蹬上去日本的轮船。

10月24日，庆龄来到日本，回到孙中山身边。

只要坚定执着，任何困难是可以战胜的。当中山和庆龄拥抱时，他们露出微笑，向全世界宣告：一对幸福的革命伴侣组成了。

10月25日上午，在日本律师和田瑞家中办理结婚手续。下午4点半，举行公开的结婚典礼。

在喜庆的鞭炮声中，孙中山和庆龄，缓缓步入大厅，庆龄带着大花边帽，穿着一件粉红色裙子，手里拿着一束花，楚楚动人。孙中山一身西装和庆龄手挽手在音乐声中，喝交杯酒，完成了婚礼全部程序。

革命领袖，革命伟人，那一年，孙中山48岁，宋庆龄21岁。

孙中山在给恩师康德黎的信中写道："我开始了一种新生活，这是我过去从未享受过的真正家庭生活，我能与自己知心朋友和助手生活在一起，我是多么幸福！"

懂得坚持、热爱生活、感恩生命的人，就好像那一株正在慢慢绽放光彩的木棉。

从此，宋庆龄作为妻子，精心照顾丈夫的生活。

从此，宋庆龄作为秘书，竭力支持丈夫的事业。

真诚的温馨，独具的美丽。钢铁般意志的中山先生，被吸引、在释放。

把美好托付给未来，革命伴侣，共同开创未来。一代伟人，百倍信心投入到中国民主革命事业中，全心全意地为改造中国而耗费了毕生精力。

孙中山是民主革命先行者，也是革命巨人。

1918年6月，他领导的第一次护法运动失败后，孙中山回到上海，住在莫里哀路29号。铺满深灰色鹅卵石的外墙里，在梧桐树的掩映下，呈现出英式乡村风格，这是"一个最安适而不华贵的住宅"。爷爷和同盟会员们多次来此聆听中山先生的教诲。

从1918年6月到1920年11月这段时间，孙中山在上海把主要精力转向写作，完成了一生最重要的思想遗产《建国方略》，也是在这里，他会见了苏联代表越飞和中国共产党代表李大钊，提出"联俄、联共、扶助农工"的新三民主义。

1919年10月10日，孙中山经过慎重考虑，将中华革命党正式改名为中国国民党，并发布公约。中国国民党以巩固共和，实行三民主义为宗旨。中国国民党从成立之日起，就放弃了中华革命党的秘密组织形式，转为公开。

爷爷成为中国国民党党员。自觉加入到维护民主共和的斗争中，如难以预测的漂流轨迹，如潮汐，坚守与迷茫，又一个大时代来临了，这是中国民主革命的伟大时代，这是爷爷那代人必须承担的，在那年代里，他们的追求，其本身就不是一个轻松的话题。

爷爷第一次留学日本是怀抱"实业救国"的理想去的。回国后，实业救国梦很快被打碎，严峻的现实告诉他，这是一条行不通的路。路在哪里？路在何方？不甘失败的爷爷成为中山先生坚定的追随者，把自己的一生，置身在"民族振兴"之中。从参加中国同盟会、中华革命党、中国国民党，为民族复兴的梦想而奋斗。一次又一次的失败，一次又一次的希望，燃烧着自己的灵魂。

这一次，爷爷迷迷糊糊躺了几天，病情时好时坏。刚睁开眼睛的爷爷见奶奶坐在身边："又到阎王殿门口走了一回，阎王说，你先回去吧，革命尚未成功，你跑来干什么？不收。"

奶奶说："你肯定是做梦了，不然怎么会想到阴间走一趟呢？"

爷爷说:"记不清了,岁月啊,让我透支太多的身体,革命不成功,我心不甘啊!"

奶奶问:"没什么心甘不心甘的,不能坚持咱就回老屋,回家陪儿子,过我们乡村田园生活。"

爷爷说:"我希望能再坚持一下,革命成功了,我就回家,回咱们老屋。"

奶奶说:"这许多年来,我的心惆怅又兴奋,相聚是否又意味着分离?"

"对不起,我不是个好丈夫,更不是个好父亲,一旦革命成功,我即告老还乡。"

奶奶看着爷爷,点头:"嗯,那我就在老屋等你。"

爷爷接着说:"好,请你相信,我们的努力很快就会有结果的。"

奶奶并不完全明白爷爷讲的,但奶奶被感动了,眼里含着泪花,自嫁到徐家,奶奶第一次见爷爷如此兴奋。爷爷的兴奋是有道理的,在那个时代,有多少人能站在推翻中国两千多年的封建统治的第一线呢?

那些年,忙于奔走的爷爷突然感到离奶奶越来越远,把自己的一生都交给革命,无论是在日本还是在国内,再没有刻骨的恐惧。

面对时代,爷爷和历史,有相似的感触。他担心忘记了回老屋的路,脑震荡后遗症常常使头脑一片空白。有时站在屋子里,木然地聚焦,还是什么也想不起来。

该退了,岁月之重啊!

老屋,流淌在爷爷血液里的老屋。

从求学的那一天，青春慢慢逝去，老屋，出现过不同的落日，午夜提灯疾走的爷爷，从梦想中走出来，波澜不惊的日子还得继续下去。

他又看见老屋的奶奶坐在桂花树下，留给他的眼神分明是期许。当年，奶奶把他送到村头的那棵桂花树下，给他的眼神分明是责任。谁让你赶上了那个年代，中秀才就出国留学，就走上民主革命的道路，这就意味着秀才要有比别人更多的付出，才能完成使命。光荣与耻辱，希望与噩梦，想到此，爷爷倒有了些自己的欣慰。

爷爷病情逐渐平稳，他知道，情系老屋，心系国家。尽管身体一天不如一天，他还是希望为革命事业多做一些事，虽然在外太久，憔悴、疲惫。但信仰、信念、执着，永远用心去表达。

爷爷希望能在一个幽静深邃的地方总结反思自己。学子苦心志难酬啊！当他梳理自己求索之路后才慢慢明白，生活在牛家坳，自豪。那里有老屋，还有河边徐家，是当年赶地的小伙，托举起了徐家的传统。用坚定打开自己追求中的记忆，那是故土的飘零，是生命的源头。

爷爷再次回到武昌，牛牛已从学校毕业，亭亭玉立，既有爷爷的智慧，也有点莹莹的"匪气"。她悄悄告诉爷爷，她已有男朋友了。望着牛牛的神秘，"你姆妈知道吗？"

"我哪敢！不过，姆妈曾经说过，只要您同意，她就不会有意见。"牛牛说。

爷爷说："明天让他来见我，见见牛牛相中的郎君。"

"好，这几天他正在武昌，他是保定军校毕业的，他说他爹认识您。"

"是吗？"

"他爹也参加了辛亥革命，不过在汉阳保卫战中牺牲了。"

当牛牛带着男友赵汉增出现在爷爷面前时，爷爷却泪水流下来了。

太像他爹了。爷爷没有理由拒绝，汉增也是革命的后代啊！他不仅同意这门婚事，并亲自作为介绍人，要求他俩同时加入中国国民党。

"党虽刚成立，但我已老矣。"爷爷说，"我正愁没人接班，你俩来了，接班人也就有了。不过你俩的婚事要在老屋办，让雪源操持。"

牛牛泡茶，爷爷和赵汉增聊天。

爷爷说："辛亥革命成功了，推翻了两千多年的中国封建统治，但成功后的经验和教训值得反思和总结。"

汉增说："您说得对，无数革命志士，不怕流血牺牲，革命尚未成功，还需要我们去努力奋斗。"

爷爷说："我听说过保定陆军军官学校，是一所很正规的军校，其前身好像是清朝北洋速成武备学堂。"

汉增说："是的，我父亲在汉阳保卫战牺牲后，母亲带我回河北外婆家了，后上了清河预备学校普通中学，在上二年级时，经严格考试，被择优录取进入保定军校，民国七年春毕业。"

爷爷说："去年才毕业呀，就认识我家的牛牛了。"

汉增看了牛牛一眼,"缘分,缘分。"

爷爷朗朗笑了,"我不问你们相识过程,只愿你们快乐幸福。"

爷爷的平和让赵汉增有了更多的敬意。

牛牛说:"父亲,瞧您说的,不过,我姆妈过几天就来武昌了,她的脾气您知道,您可要为我俩说话啊!"

莹莹是薄刀山寨的女人,骨子里就有薄刀山寨人的那股劲,如果没有爷爷的出现,莹莹还真的能书写一部薄刀山寨女大当家的故事。

飞龙走后,山寨人拥护莹莹做大当家。不仅是她的武功、智慧、人品,还因为她见过大世面。

莹莹是参加过大战斗的女人,也是见过伟人孙中山先生的女人,可以说,她是革命的女人。她问爷爷,"你同意我回薄刀山寨做女大当家?"

爷爷说:"我现在入伙是否早了点?"

莹莹想也是啊,爷爷现在怎么可能去入伙呢?不过,莹莹说:"你答应过,民主革命成功,一定上薄刀山寨入伙。"

爷爷说:"是的。我答应过。"

莹莹没有做女大当家,她力推王远山成为薄刀山寨大当家。

薄刀山寨的女人,爷爷身边的女人,薄刀山寨的风情。她敢爱,敢恨;敢说,敢当。

按理说,莹莹可以不管山寨的事。可她的亲外甥王小虎还在山寨。这次上山寨,就是想把小虎接下山寨,送他去学习深造。

牛牛回到武昌，爷爷向她表态，同意牛牛和赵汉增的婚事，当爹的同意，莹莹也就没意见了。

随着赵汉增进入他们的家庭，爷爷已记不清昨日的事，但很久以前的事他记得很清楚，他想起辛亥革命起事的那一天。牺牲了那么多优秀的同仁，辛亥革命成功了，推翻了满清王朝，可胜利的果实并未掌握在革命同仁手里。想起了汉阳保卫战，想起了赵汉增的爹……那么多的回忆，那么多的情怀。回忆、情怀相融一起，又是那么的激动，心潮澎湃。他和莹莹都曾在辛亥革命的第一线，那也是站在改变中国历史的第一线。

回忆是美好的，回忆也是痛苦的，每况愈下的身体，爷爷向莹莹吐露出心声，"野丫子，我想引退回老屋了。"

莹莹理解爷爷的心情，这些年，他太苦，心太累。

爷爷说："目前，身体的状况让我感到很难继续支撑工作，虽然，有那么多的不舍，但总有结束的那一天。"

莹莹说："这些年，你整日在外忙碌，现在身体大不比从前，是该考虑引退了，回老屋休息，再说有牛牛和汉增接班，你可以放心了。"

莹莹的理解，给爷爷莫大安慰。

莹莹说，"另外，回去后，让雪源姐操心，把牛牛的婚事办了，我呀，做这些事不行。还有，我现在有一个新的想法，把外甥王小虎和他的小伙伴李小侠接到武昌来，也让他们去军校，去学习深造。"

爷爷说："好哇，薄刀山寨也要顺时而变了，需要懂政治、懂军事的年轻人。"

"我听赵汉增讲,保定还有个陆军中学堂,把他俩送那去好吗?"莹莹说。

爷爷说:"行,让赵汉增帮他们先联系,有什么困难,再商量吧!"

在武昌的这些日子,爷爷静默、凝思。牛牛都要出嫁了,时光真的经不住熬啊,时光为什么不慢点走啊!一幅幅画面,再次映衬在脑海;一生的求索,民族的振兴,曾经的迷茫和徘徊,但初衷不改,中华之强盛,一代又一代。

在赵汉增安排下,王小虎、李小侠顺利进入保定陆军中学学堂学习。在守信、守时、苦读、勤练、爱校、爱国的校训下,他俩在这里奠定了军事学术基础和人格修养基础。山寨的娃,启开了人生新篇章。

萌生退意的爷爷还想做件事,那就是教育。爷爷得知同乡董老创办私立"武汉中学",爷爷开始琢磨,无论如何,也要让父亲到武汉中学学习。

爷爷无眠,细细品味莹莹泡的茶。"谁家玉笛暗飞声,散入春风满洛城。此夜曲中闻折柳,何人不起故园情。"他想起李白的《春夜洛城闻笛》。

突然,狂风大作,电闪雷鸣。

爷爷索性打开窗户,雨点打在他身上,雨中的黑夜,彻底湿透他的衣裳。雨水顺着发梢和衣领往下流淌,挂在脸上的已分不清是雨水还是泪水。

莹莹递上毛巾,"擦擦脸吧。"

爷爷接过毛巾,深情望着莹莹。莹莹赶紧关上窗户。爷爷擦干脸上的水,"我该退了,把昌之也接到武昌读书。"

莹莹完全同意爷爷的想法。她说："我在武昌，牛牛也在，我管好他们。"

子曰："父母之年，不可不知也。一则以喜，一则以惧。"回到国内的爷爷，常流露出对家人的依恋和不舍。脑震荡后遗症频发，让爷爷常头晕、呕吐，他再次申请隐退，回老屋调养，终获批准。

爷爷离开了为之奋斗一生的事业。从留学那一天起，爷爷积极投身到革命之洪流中，日本——上海——南京——武昌，特别是老屋。他知道，自己无法改变什么，可坚定的信仰又支撑他选择勇往直前，他一生都在奔波，奔波中享受人生的过程。他有过痛苦，甚至失望，在追求中也曾经犹豫彷徨，但他引以为豪的是在那个特别年代，选择了人生正确的道路，把"国"和"家"紧紧相连，参加了同盟会，参加了推翻清王朝封建统治的辛亥革命，参加了推进中国民主革命事业。虽留下了太多遗憾、痛苦，但他觉得值。

退了，爷爷没有乱方寸。老屋的淡定，老屋的神秘，如八卦迷离。回到老屋，爷爷自豪和骄傲。离开武汉前夕，他已推荐赵汉增和莹莹加入中国国民党，爷爷回到老屋，和奶奶在一起，就像是依恋中的清晨。

爷爷对奶奶说："我俩上辈子一定见过。"

奶奶答："一定见过，否则命运怎么会如此安排，咱俩一见面就走到一起了呢？"

爷爷笑答："不离不弃。"

奶奶说："永不分离。"

老屋的奶奶，精心照顾着爷爷的身体。

太阳悄悄藏在牛车山后面,老屋静静的。

奶奶推开窗户,她在等月亮升起的那一刻。她问爷爷:"你这次是真的回老屋了吗?"

爷爷说:"是的,回老屋了。"

奶奶问:"不走了?"

爷爷说:"不走了。"

奶奶说:"如果不是因为病,你会回来吗?"

爷爷说:"会的。"

奶奶说:"不后悔?"

爷爷说:"不后悔,这一生呀,时代已经给了我实现民主革命的梦想。"

爷爷回到了老屋,在忙碌中突然停下来,是他必须面对的残酷现实,他站在院子的桂花树下,他忘记了自己。他知道自己也将会随飘落的桂叶一样逝去。

奶奶知道,爷爷的本质还是一名书生,是秀才。陪爷爷是她一辈子的事。研究千年黄州的历史,这是爷爷退休回老屋后,和奶奶商量后共同做出的决定。他俩享受田园生活,享受千年黄州文化。不知这些研究是否成册,但在流传。

"心似已灰之木,身如不系之舟。问汝平生功业,黄州惠州儋州。"

黄州,春秋战国时期,黄州地处吴头楚尾,越楚交替控制黄州地域。三国时期(220年至280年),黄州处于吴国和魏国的交界地,或属吴或属魏,动荡不定,归属不定,边界不定。南北朝时期(420年至589年),黄州先属南唐后属后周。南宋时期,黄州属南宋,后金、元大举南下,黄州被金和元占领。历史上，还发生过两次重大行政区划变更，蕲黄并治和蕲黄合一。

爷爷和奶奶每天在做功课，每天在重复他俩的文化思考。

为什么黄州人才辈出？原来肇始于邾国孔孟之乡儒家文化崇文重教的文化传统；为什么民风彪悍？原来是勇猛尚武的巴人血液流淌在黄州的血脉里；为什么黄州农业发达？原来是中原流民侨迁南置带来的农耕文明；为什么黄州会读书，会打仗，会种田，不会经商？从黄州的文化渊源里都能找到答案。爷爷深深体会到，作为一名黄州人的自豪。黄州人崇文重教，淳朴勤劳，沉毅顽强，开放包容的精神牲，应该来源于东南西北四个方面的文化。

还有，源头都在黄州的"四戏"，楚剧、汉剧、京剧和黄梅戏，形成了"四戏同源"的独特文化景观。

黄州的"八进两出"，是历史上一部波澜壮阔的移民史，曾发生过八次大规模地移进移民，两次大规模地迁出移民。第一次是公元前255年．第二次是47年，朝廷移徙巴人"南郡蛮"。第三次是朝廷移徙巴人"巫蛮"。第四次是西晋末年的流民南迁侨置。第五次至第八次大规模移民是四次江西填湖广。"两出"，是指两次湖广填四川。湖广填四川是非常著名的移民历史，其主体来自黄州。

黄州人的骄傲，是出了"千六名人"，黄州名人灿若繁星，一共1600余人。其中进士944人（5名状元，61人官至二品以上）；举人中的杰出者192人（举人3985人）；近现代名人466人。这是一个非常奇特的文化现象。

最让他俩敬佩的是苏东坡。

苏轼和黄州，有着千丝万缕的联系。谪居黄州的苏轼，远离了功名利禄，陪伴他的只有十亩荒地、一间雪堂，但是他在清风明月间却真正享受到了自由生命的快乐，心游物外，将无往而非快？黄州赋予了苏轼感悟生命的灵气，苏轼充实了黄州的文化内涵，苏轼与黄州，演绎了一段名留青史的传奇。

苏东坡一生在黄州生活工作4年2个月，他在黄州任团练使，是个闲职。但，文学上的代表作"一词二赋"，书法上的代表作《寒食帖》都作于黄州。

苏东坡在黄州完成了一次永载史册的文化突围，也与黄州进行了一场继往开来的对话。

苏东坡在黄州期间住了三个地方，定惠院、临皋亭、南堂。这也是他心路历程的三个阶段。第一阶段住定惠院，此时的他痛苦孤独，第二阶段住临皋亭，此时的他自省彻悟，第三阶段住南堂，此时的他超越旷达。

苏东坡是元丰三年（1080年）正月初一被押解离开京师，凄凉就道，在路上整整走了一个月，来到黄州，住进定惠院。一场巨大的人生转折，让他来到一个举目无亲的偏僻小地，痛苦孤独是可想而知的。

他给朋友写信，是这么说的：黄州僻陋多雨，气象昏昏也……见寓僧舍，布衣蔬食，随僧一餐，差为简便。

他著名的《卜算子》就在这写的。

缺月挂疏桐，漏断人初静，谁见幽人独往来，缥缈孤鸿影。

惊起却回头，有恨无人省，拣尽寒枝不肯栖，寂寞沙洲冷。

多么凄冷的艺术境界啊。

爷爷知道自己的一生，都在寻找中国民主革命之路，而苏东坡的一生影响的却是中国千年的文化。

后来，苏东坡迁居临皋亭，他喝酒常常是喝了醉，醉了醒，醒了喝，半夜三更才回家，然而他一生最伟大的作品在此诞生了，一词二赋。《念奴娇·赤壁怀古》《前赤壁赋》《后赤壁赋》。

这些词赋描述美妙的境界，值得我们背千遍万遍。

后苏东坡又搬家至南堂，在此住了一年，创作了人们争诵的名篇《记承天寺夜游》。

元丰六年十月十二日夜，解衣欲睡，月色入户，欣然起行。

念无与为乐者，遂至承天寺寻张怀民。

怀民亦未寝，相与步于中庭。

庭下如积水空明，水中藻荇交横，盖竹柏影也。

何夜无月？

何处无竹柏？

但少闲人如吾两人者耳。

全文仅85字，写景、叙事、抒情融为一体，勾勒出空灵清幽静雅的意境，可比陶渊明"采菊东篱下，悠然见南山。"

爷爷的晚年，平静祥和地度过。他把所有的伤痛都倔强自己扛起。

爷爷明白了，不再那么偏执，让舍得和舍不得都随缘。

奶奶明白了，茶中有爱，心事如水。

爷爷明白了，一壶沸水，煮一盏江湖。

他俩都明白了，坚持走路，走出健康的春天。

在黄州，最忆是老屋。

老屋，是千年黄州的醇香，是百年走出的婉约。

牛车山，是雅致的红尘，牛车河，是扶不住的温柔。在他们面前，都是饮醉的人，都是忘却归途的人。

爷爷和奶奶牵手走在牛车山上，牵手走在牛车河边，心海涌动着人生的传奇故事。美景不可辜负，美时不可辜负，世界不可辜负。

老屋，爷爷奶奶最温顺的情人。

汉口学潮

1921年7月,中国共产党在上海成立。第一次代表大会于7月23日至31日,在上海法租界贝勒路树德里3号召开。

上海小组的李达、李汉俊,武汉小组的董必武、陈潭秋,长沙小组的毛泽东、何叔衡,济南小组的王尽美、邓恩铭,北京小组的张国焘、刘仁静,广州小组的陈公博,还有受陈独秀个人委托的代表包惠僧,留日学生周佛海。陈独秀缺席当选中央局书记,党员人数50多名。

十三位代表中有三位来自湖北黄州,他们是董必武、陈潭秋、包惠僧。聚焦在了中华民族命运即将发生巨变的起点,犹如一轮红日在东方冉冉升起,照亮了中国革命的前程。

1922年7月16日,中国共产党第二次全国代表大会在上海召开,陈独秀当选为中央执行委员会委员长,党员人数195名。

1923 年 6 月 13 日，中国共产党第三次全国代表大会在广州召开，陈独秀当选为中央执行委员会委员长，党员人数 420 名。

1925 年 1 月 11 日，中国共产党第四次全国代表大会在上海召开，陈独秀当选为中央执行委员会总书记，党员人数 994 人。

1927 年 4 月 27 日，中国共产党第五次全国代表大会在武汉召开，陈独秀当选为中央政治局总书记，党员人数 57867 名。

从此，改变了近代以后中国人民和中华民族的前途和命运，改变了世界发展的趋势和格局。

从此，历史和人民选择中国共产党领导中华民族伟大复兴的事业。

从此，中国革命焕然一新，是开天辟地的大事变。

几日淅淅沥沥的小雨，今日放晴，阳光明媚。人们纷纷走出家门晒着衣被。南方人就是这样，一点阳光也不浪费，尽情享受。

1919 年 4 月，父亲离开老屋，去武汉求学，承担他生命中的超越，年轻人应该承担的历史重任。

昨日，一场春雨骤然而至，仿佛涤去了一个季节老屋墙上全部积尘，催开迎春花绽放成海，装点老屋，一直伸进一条深深的长路。

清晨，牛车山喜鹊的欢快，把奶奶吵醒。她坐在梳妆台前，额头上的皱纹，述说着青春的逝去，儿子要离开老屋了。她想起当年爷爷离开老屋的那一天，是那么匆忙，不容你多说一句话。这次儿子离开老屋，终于可以唠叨唠叨，老了吗？面对镜子，她问自己。奶奶精心打扮着，她每天都会淡淡的化妆，把美丽留给人间，她知道，该松手让儿子去闯世界了。牛车山上已露出银白色，牛车河水淌流出响声，宁静已被打破。父亲起床来到堂屋时，梳洗齐整的奶奶已端坐在此。

似乎太庄严了，父亲怀敬畏之心，跪在奶奶面前，是那么虔诚，磕头，"请接受之儿一拜。"

"起来吧。"奶奶压低嗓音，或者是昨夜的泪水，让奶奶声音有些嘶哑。

"就要离开老屋，我要告诉你的是：人生，是千百次排难的过程，你父亲一生都在探索中寻找，你要继承他孜孜不倦追求的精神，'天道无亲，常与善人，万物之中，人最可贵。'"

奶奶对父亲说："记住老屋，记住你的祖辈，特别要记住那个赶地的小伙。他刚到这里时，也是无奈、恐惧，但他在这里把根扎下来了。我们今天所做的，祖辈们都会有感知。我们今天能有这些，也都是祖辈们积的阴德。"

奶奶语气平和，什么是河边徐家的传承，奶奶慢慢述说着，并非父亲想象的那么简单，但却又是真实的记载。

老屋要翻新了，后墙要增高了1尺2寸。爷爷回到老屋，儿子又要出发，启开他崭新的人生。又一代年轻人，将离开老屋。这一年，父亲18岁。怀揣奶奶的嘱托："男人呀，要胸怀大志，要有理想、有抱负，一定要为国，国好家才好。"

这天,奶奶把父亲送到村边的桂花树下。她对父亲说:"之儿,记住这棵桂花树,当年你父亲离开老屋时,我把他送到这,望着他的背影,望着他渐渐远行的身影。今天,我也送你到这儿,望着你的背影,望着你渐渐远行的身影。之儿,从今天起,你要做一个有责任的男人、一个有情怀的男人、一个有故事的男人。我呢,就留在河边徐家,为你们守好老屋,院子的那棵桂花树不倒,我就不倒。你一定记住,河边徐家是带给你安慰的家,是支撑你一辈子的家。"

奶奶拍拍父亲的肩膀,"还有就是,早点找个媳妇,回来陪我。"

看似轻松的奶奶,父亲已嗅到她曾经的泪水。

离开老屋,父亲到武汉求学,当时,武汉周边,甚至湖北省邻近的省,有志青年们云集武汉,探寻理想。父亲也是,不过他幸运的是莹莹姆妈、牛牛姐都在武昌。

在穿梭的人群中,父亲见到牛牛。"姐",父亲大步来到牛牛面前。"还害羞呀"牛牛一把抱住父亲,仔细端详着弟弟,父亲害羞地低下头,"瞧你,都比我高了。"

父亲憨憨地微笑。

"走,回家去。"牛牛拉着父亲,回到家里。

赵汉增开的门。牛牛说:"你叫他哥,过些日子就叫姐夫。"

"哥"。父亲明白姐的意思。

赵汉增握住父亲的手,"牛牛几乎每天都提到她这个宝贝弟弟,我都吃醋了。"

父亲说:"在老屋就听说你了,母亲还说要为你们操办婚事呢!"

赵汉增朗朗地笑了:"难怪牛牛这么喜欢你,嘴这么巧,我结婚请你当伴郎。"

"好呀",父亲满口答应。

莹莹说:"牛牛,快把昌之领到他房间,收拾收拾,准备开饭。"

是童童在炒菜,这些年,她跟着莹莹。今天,她特意炒了个辣子鸡,菜里的辣椒和鸡肉各一半,只不过不是山里的鸡。

1919年,父亲开始了他在武昌的求学生涯。

父亲学习的第一站,选择的是湖北省立甲种工业学校。这所学校是湖广总督张之洞1898年创办的工艺学堂,主要学习的是机械制造。

实业并不能救中国,这一点父亲已从爷爷身上看到,因此,到武汉求学的父亲,已经有了男人去追求理想的冲动,爷爷没实现的,自己有责任去实现。

值得一提的是,后来成为中共鄂豫皖根据地主要创始人之一的郑位三和父亲同在一所学校,同在一个班级,当他带着父亲到恽代英创办的"利群书社"学习《共产党宣言》及其他进步书刊时,父亲感到了震撼,这是父亲第一次接受共产主义启蒙教育。

《共产党宣言》是工人阶级斗争实践的一个光辉起点。

在黑暗的旧中国,这个光辉起点的到来,浸透着无数仁人志士的智慧、勇敢和鲜血。太平天国农民革命运动、资产阶级改良运动、义和团反帝爱国运动，这些斗争的最终失败揭示，农民、资产阶级改良派都不可能承担起领导民主革命的重任。1911年，辛亥革命结束了中国两千多年的封建君主专制制度，但这次革命由于历史的、阶级的局限，未能改变旧中国的半殖民地半封建性质和人民的悲惨境遇。路在何方？这依然是中国仁人志士和先进知识分子苦苦求索的问题。

至此，共产主义的"幽灵"在这个古老的东方大国化作喷薄而出的红日，蒸蒸日上。

从湖北省立甲种工业学校毕业后，郑位三返回黄安老家，后被派到七里坪地区，开展农民运动。1925年加入中国共产党，参与领导黄麻起义，是鄂豫皖根据地的主要创始人之一。

1921年，为声援北京学生爆发的"五四运动"，武汉的青年学生走上了街头，在游行的队伍里，在武汉街头，父亲结识了我母亲刘静娴。接着，湖北女子师范学校发生了罢课风潮，在声援中，静娴和部分学生因参加罢课被开除。得知消息的父亲将她安排在一个同学家中，并轮流给予补课，直到复学。

父亲在省立甲种工业学校还未毕业，爷爷听说董老创办的武汉中学已经开学，即让父亲到武汉中学就读，成为董老的学生。爷爷和董老在日本就相识，陈潭秋是爷爷的同乡，所以父亲在武汉中学的经历，是他进步思想的来源所在，也对他后来的革命生涯产生重大影响。

从学校成立之日起，董老就制定了"朴、诚、勇、毅"

四字校训。而爷爷对父亲的要求是，学好国文，这是一个还原的过程，国文，对年轻的父亲来说，是沉甸甸的。

私立武汉中学，不是一般的学校，它是董老等武汉先进知识分子有目的而创办的，且与多位早期革命家有关。董老，学校创办人，中共一大代表；学校创办人之一的张国恩，是董老黄安老乡，早期共产党人；包惠僧，湖北黄冈人，参与创校商议，后中共一大代表。校董，彭耀祖，湖北麻城彭家湾人。他自己经营一支船队，在资金上大力支持武汉中学。

学校还聘请了进步的青年英语教师，董老曾回忆说："职教员和学生对我都很尊重。"恽代英、李大钊也曾被邀请来校做过演讲。这些进步老师给学生讲人类进化史，讲帝国主义为什么要侵略中国，讲封建统治阶级的残酷剥削与压迫，讲军阀政府的腐败无能，介绍苏联十月革命的情况和关于社会主义的基本知识。

1927年11月13日，爆发黄麻起义，3万余名农民自卫军和义勇军，在党的"八七"会议精神指引下，攻打黄安县城，打响了鄂豫皖地区武装反抗国民党右派的第一枪，正式成立了黄安农民政府，组建了工农革命军鄂东军。

这一年，彭耀祖不仅在资金上支持黄麻起义，而且把随自己跑船运的两个亲侄叫回，参加了鄂东军，当时彭家湾共有11名青年人参加了鄂东军，1928年这支部队在黄陂木兰山改编为中国工农革命军第7军。彭家湾的11名青年人的母亲全部改吃素食，儿子不回家，她们不吃荤。至死，没有一个儿子回到彭家湾。

那时，彭耀祖的儿子彭海炳协助他经营船队，后因身体原因彭耀祖回彭家湾休养，把船队全部交给海炳打理。在湾里他最喜欢的是教小孩唱《国际歌》，"英特纳雄耐尔就一定要实现！"谁也不明白歌词的真正意义，但唱起来有劲，鼓舞斗志。后来，彭耀祖去世，走之前，来了好多人，据说还有许多大人物，湾里人才知道，这位老人为革命做了许多事，彭海炳从外地赶回，在父亲的床前，父亲用颤抖的手交给他一封信，用微弱的声音告诉他，以后有困难去找这个人。这是份十分重要的信，中华人民共和国成立后成为革命文物。可家人没有打开看过信的内容，只知道是他们父亲留下的，珍藏，无价之宝。悲痛中的彭海炳临出门前将信交给母亲彭杨氏妥善保管，那时彭杨氏身体已经很弱，但彭海炳跪别母亲，继续父辈留下的船运事业。

1923年2月7日，随着汉口江岸火车头上拉响的一声长笛，京汉铁路工人大罢工开始了。

这一声长笛，拉开了中国工人运动第一次规模最大、最有影响的序幕。在中国共产党领导下，京汉铁路工人大罢工，在中国历史上留下了光辉的一页。

这一声长笛，也成为近代中国工人革命运动的摇篮。北起长辛店，南起汉口，2万多名中国铁路工人，为生存，举行了总同盟大罢工，全线铁路客货车一律停开。

何等壮观，何等勇敢。

这一声长笛，让军阀胆寒，吴佩孚命令，湖北督军肖耀南借调解工潮，诱骗工会代表到江岸工会会所"谈判"，途中，遭反动军队枪击，赤手空拳的工人纠察队队员们当场被打死40多人，打伤200多人，反动军队还闯进工人宿舍，大肆搜捕。共产党员江岸工会会长林祥谦，纠察队长曾玉良，法律顾问施祥被捕就义。

这一声长笛，鼓舞了武汉市的民众，他们走上街头，声援铁路工人。军阀的枪声，激怒了全市的学生，他们上街游行。武汉的商人愤怒了，他们罢市。在学生的游行队伍中，父亲和我母亲又一次相遇，他们手挽手，走在游行队伍最前列。

工人们错在哪？哪有天理？工人们只为了生存，为了自由而罢工。结果呢？工人们倒在军阀的枪口下，大罢工失败了。目睹了二七惨案的父亲，再没有那种懵懵懂懂的感觉，回忆比失去更为痛苦。太多生死，他常闻到血腥味，他对我母亲说："这到底是怎么回事？自己又是那么的无助啊！"

这一年，父亲和母亲相恋了。

"长亭外，古道边，芳草碧连天……问君此去几时来，来时莫徘徊。"

热恋中的父亲和我母亲，真没想到这么快步入婚姻殿堂。

学生们再次走上街头，毫无畏惧面对军阀。这时一队军警冲了过来，开始抓捕学生。游行的队伍被冲散了，为躲避警察的追赶，一群学生跑进了教堂。正好，教堂在准备为一对新人举行婚礼，神父帮助学生，把其中领头的两男两女，其中就有父亲和我母亲，扮着新郎新娘，三对新人一同举行了婚礼，骗过了追进教堂抓人的警察。

那天，教堂，庄严、严肃、神圣。

在神圣的《婚礼进行曲》中，三对新人漫步在鲜红的地毯上。

神父致辞，咏唱，祈祷，读经，献诗。父亲和我母亲目光注视，幸福洋溢在每个人的脸上。神父说："你可以亲吻你的新娘了。"父亲亲吻我母亲的额头，在同学们簇拥下，伴着欢快的音乐声走出了教堂，我母亲将手捧的鲜花撒向同学们。

教堂的婚礼，军警的目视下，同学们开心，快乐，他们玩的是心跳，是刺激。将游行中发生的不理解的许多事，扔进了涛涛的长江。

信仰相同，是相濡以沫的根本，在滔滔长江里收割爱情的经过再也无法有任何隐藏。在以后的风风雨雨的人生道路，父亲和我母亲都做到了淡泊名利。不同的出生，特殊的年代，追寻着共同的理想。

父亲决定带我母亲回老屋。教堂婚礼那夜，父亲曾对我母亲说过，还是要按黄州老家的风俗，回老屋拜叩父母，告之亲友。

我母亲："一切听你安排。"

临行前的那天晚上，父亲对我母亲说："我们家叫河边徐家，在黄州一个叫牛家坳的村庄，老屋门前的河，叫牛车河，老屋背靠的山，叫牛车山。母亲叫王雪源，不仅是河边徐家的当家媳妇，而且还是代行徐氏家族的族长。父亲是中国国民党的老人，已退养在老屋……还有我太爷、太奶奶……"

静娴记得，教堂婚礼弄假成真的那一天，夜已深沉，被同学们闹腾了一夜，真累了。父亲躺在床上，我母亲紧挨着父亲，略显紧张，"你是我男人了，你能答应永远爱我吗？我怎么知道10年后依然会爱我呢？100岁后你也这么爱我吗？今晚是月圆之夜，你愿爬到教堂顶上，大声呼唤'我爱你，静娴'，然后跳下来，平安回到我身边。"

父亲亲吻我母亲，他知道这是典型阿弗洛狄提问背后的心理，父亲没有正面回答，只是对我母亲讲述河边徐家的故事，讲述中，父亲依然激动。我母亲理解父亲的激动，他反复提到，说明河边徐家在他心中多么重要。我母亲认真地听，就像是第一次听到，河边徐家的人、故事，烙印在她心中，无限敬仰油然而生。

1923年冬月。父亲带着静娴回老屋了，这惊喜，足以使奶奶晕倒。

"母亲，我完成任务了。您不是让我带个媳妇陪您吗？今天，我把静娴交给你了。"面对自己的母亲，父亲也蕴藏着年轻人的秘密。

奶奶不知所措，喜泣的一句话也说不出。拉着静娴的手，仔细打量。眉清目秀、皮肤白皙、身材高挑、短发乌黑、修剪得体，看着看着，奶奶泪水出来了。此刻的父亲，才知自己不孝，教堂的婚礼，虽偶然，但毕竟也是婚礼啊！

令父亲没想到的是奶奶果断的处理风格，她派人请回莹莹，在老屋摆下两桌，不奢华，排场还是有的。奶奶当着众亲戚族人们说："昌之和静娴结婚了，他们在城里已按洋人的法子举行了婚礼，今天，我们按中国的法子，为他们举办婚礼，刚才，他俩已在徐氏祠堂跪拜。下面请映奎宣读贺词。"

这是奶奶交给爷爷的任务。昨夜，一宿，无限感言都留在贺词上。

列位亲朋至友：

天下庆典，首推婚嫁之喜。大哉！乾坤首伦，于斯于今，缔结永恒，妙哉！阴阳男女，合则物醇。

善哉！昌之也。

亘古以来，良禽择木而栖、良材择善而从，清俊少年，内敛胸襟，君不闻圣子颜回者，一箪食，一瓢饮，在陋巷，人不堪其忧，亦不改其乐，三月而不违仁乎？昌之当如是。君不闻食无求饱，居无求安，敏于行而慎于言，就有道而正乎？昌之当如是。君不闻子非生而知之者，敏以求之者乎？昌之当如是。

美哉！静娴也。

蒹葭苍苍，白露为霜。所谓伊人，在水一方。君不闻螓首蛾眉，巧笑倩兮，美目盼兮。静娴亦如斯。君不闻列氏道韫咏絮之才，白雪纷纷何所似？未若柳絮因风起。静娴亦如斯。君不闻桃之夭夭，灼灼其华。之子于归，宜其室家。静娴亦如斯。

关关雎鸠，在河之洲。窈窕淑女，君子好逑。昌之者，牛家坳人氏，孝悌为先，学识为重，其人仪表堂堂，举止有若雁塔；静娴者，汉川人氏，怀古柔情，温婉贤淑，绝殊离俗，其人貌神端庄，举止矜持有度。二者之合，天地乃成，宇宙为证。

望二人以孝、仁、礼、信为纲，以尊、谦、智、律为常。执子之手，与子偕老，一朝婚缘，百年好合，夫唱妇随，儿女环膝，父母在堂，亦怡天伦，兄友弟恭，熙洽一同，莲花并蒂，锦绣龙凤！

爷爷的贺词，说出了河边徐家人的祝福，说到奶奶心里，她眼睛湿润了。

奶奶接着说："中国的婚宴讲热闹，现在请大家满上，祝我儿子幸福美满，早生贵子。"奶奶一口气把心里的话全说了。酒过三巡，父亲和我母亲开始"抬茶"。太爷、太奶奶稳坐上首，他们知道，四世同堂，为期不远了；爷爷高兴，一生求索，终于等来了儿子这一代年轻人的成熟；奶奶高兴，儿子出息了，知道找个媳妇来陪自己。生活啊，就这样，别把手脚捆住，顺其自然。

清晨，父亲陪我母亲走上牛车山，喜鹊站在老屋的房顶，感觉真的是那么美好，老屋出奇安静，干活的人轻手轻脚，奶奶交代了，不要吵醒两位新人，让他们多睡会。年轻人有晨练的习惯，微微出汗的父亲，在山上大声喊道："老屋，我回来了。"

我母亲说："老屋真好！母亲真好！"

父亲说："告诉你，母亲对我管教不仅严格，还有许多故事呢！"

我母亲说："是吗？"

父亲说："她也会打我，你信吗？"

我母亲说："不会吧，母亲那么疼你。"

父亲说："第一次打是读高小时，我回来，嚷着肚子饿了，饭菜上桌，我伸手就抓，母亲一筷子打在我手上，她说'以后记住，吃饭时，大人不动筷，你绝不许动筷子。'我当时很委屈，肚子饿了，还挨打。"

我母亲问："打得疼吗？"

父亲说："疼，母亲说让我长记性，知道礼貌，知道礼义廉耻，母亲对我学习过问比较少，或许是我学习很用功的缘故吧，但对这生活方面要求非常严格。"

我母亲听得很认真，站在牛车山上，目光撩人，父亲的讲述，醉了她久久的期望，"老屋，母亲，请接受我对你们的爱吧。"

惊飞的喜鹊，在老屋上空腾跃而起，如同大海上空的海燕，不惧风雨。海燕越飞越高，越飞越远，向着蓝天，自由翱翔。"啊"，我母亲被眼前景象而征服，"好美呀！是我吗？海燕，不，分明的晨曦中的旖旎。"

融入河边徐家，是我母亲内心真诚的想法。

熟悉老屋，熟悉牛车山、牛车河，我母亲从零开始。

看似简单的事，我母亲认真在做，用心记住了她没记住的话，用心体会到她该体会的。

我母亲说，她喜欢蓝色，可眼前出现的是一片绿。

"我是谁？"她问父亲。

"你是我的妻子。从湖北汉川县而来，我们相识在"学潮"。你喜欢蓝色，那我们就种兰花，建一个以蓝色为基调的'静园'。"

老屋。牛车山。

父亲和我母亲享受田园生活。

花淡故雅，水淡故真，人淡故纯。淡淡而久香。淡中有滋味，淡中有真香。

心若无恙，奈我何其；人若不恋，奈你何伤。

岁月深处，相濡以沫。

田园的情调，田园的味道。目送着到远方寻求未来。

1924年初，包惠僧在武昌负责黄埔军校在湖北的秘密招生工作。包惠僧是团风镇夏铺河包家畈人，他是中共一大代表，也是与陈独秀患难与共的挚友。

1942年5月20日，陈独秀生病期间，他特意赶到江津县，看望这位中共早期领导人，新文化运动主将。一周后，即1942年5月27日，陈独秀因病贫交加逝世在江津县石墙院小山村寓所。

包惠僧非常关爱昌之。一天，他用非常和蔼的口气问昌之："现在黄埔军校在湖北招生，你愿意报考吗？"昌之立即回答："我愿意报考。"有包惠僧的推荐，参加初试，父亲被预录，并准备去广州参加复试。

这一天，父亲和我母亲再次回老屋。父亲告诉奶奶，他即将赴广州，考黄埔军校。这次回老屋，就是把媳妇交给奶奶，让她在老屋陪奶奶。我母亲是湖北师范学院的毕业生，就安排她去国民新学堂教书吧！奶奶听懂了父亲的意思。

我母亲问："真让我留在老屋吗？"

父亲说："是的，这次黄埔军校在湖北总共才招12名学生，我能被推荐，是多么光荣的事啊！"

我母亲点点头："好，我留下。奶奶和蔼可亲，爷爷虽古板，毕竟是革命的前辈，还有太爷、太奶奶，他们都会疼我的。"

父亲说："是啊，他们这一生都很不容易，我们的母亲是河边徐家的当家媳妇，将来你可要有承担啊。"

"相信我，你的媳妇不会让你失望的。"我母亲说。

他俩来到牛车河边。

牛车河，承载着出生在这里人的渴望，河水虽不是昨日的河水，但它依旧向前涌流。当他俩再回头时，只见牛车山怀抱的河边徐家，悠远而神秘，像是千里烟波，再看岸边的牛车河水，流淌的是岁月，给人无限的遐想。

两个年轻人紧紧拉起手，让我们永远相爱吧。你瞧，山上的松树向我们招手呢，让我们的爱彻骨地疼，典雅矜持，悠然怡淡。

他俩来到小桥上，晨风中依偎。

去黄埔军校，父亲对我母亲说，这是爱你的最好表达方法，我母亲理解，男人是天，天宽阔，理想更大。父亲奔赴广州，他将启开人生中重要的一页，更是年轻人的承担。

在老屋，我母亲的乖巧特别讨奶奶喜欢。那天，奶奶说："我只有一个之儿，你也做我的女儿吧。"我母亲说，当然好呀，我愿意。

奶奶说："你陪我，把这个家撑起。太爷、太奶奶，还有爷爷，他们年事已高，身体又不好，得靠咱俩。"

我母亲说："我知道，昌之已给我反复交代。"

奶奶问："我母亲，你这个省城师范学生，到我们乡下教书，不屈了你吗？"

我母亲答："不委屈，我喜欢农村。我出生在汉川县农村，家里在县城做点熟食小生意，我虽是家中最小的女儿，但昌之给我说了，陪好您，帮衬您，您是河边徐家的主心骨。"

奶奶说："我哪有那么好，那么重要。"

奶奶和我母亲零距离。那个年代，实属少见，她们拉家常。奶奶向静娴讲述河边徐家老屋的故事，讲我太爷、我太姥爷、爷爷的经历，讲奶奶自己，讲四大贤母的传说等。

从此，我母亲对奶奶有更深刻的了解，也从灵魂深处理解了"徐家"传统，理解了爷爷和父亲的信仰和民族情怀。

我母亲融入老屋，成为徐家媳妇，成为奶奶的帮手。

这一天，下河打渔的渔工老宋送来四、五条鱼，奶奶跟往常一样，让管家用小布袋装了两升米给他，老宋连说给多了给多了，一边笑眯眯地打着躬走了……静娴一看鱼篮，高兴地叫了起来，"好大一条翘嘴白，我们襄河边的人最喜欢清蒸翘嘴白了！"奶奶转过身来，"哦，我们这里叫大白鲷，是牛车河里最多的鱼，他们说是从下面大江里上水游过来的，这边的人喜欢用它做糍粑鱼。"

我母亲抢着说："我看见姨妈用瓷盘清蒸，非常鲜嫩的，只是我不敢杀鱼。"

"那你就试试蒸条鱼吧，让管家帮你杀鱼。"

我母亲到厨房忙活开了……大白鲷切了花刀，放些香葱、姜、米酒、豆豉酱、盐、猪油，蒸了十分钟出锅，蒸的时间恰到火候，鱼肉刚熟，细嫩爽滑，鱼肉的鲜美完全的呈现。

以后这道菜成了老屋招待家人的保留菜，做法简单，味道特别的鲜嫩，也是家宴中不可缺少的一道主菜。

奶奶对大家说，我们昌之的媳妇能干，昌之有福气。

牛车河宽宽窄窄，绕过牛家坳，流向团风镇，经过东乡，这里有一所新式国民学堂——东乡小学，周围有近百个少年儿童在这里学习，原来只有三五个女学生，我母亲来了，女学生一下子多了十多个。

按照张之洞留下来的教学体制，新式小学堂学制四年，也体现"中学为体，西学为用"，1912年：当地名人李卓侯任东乡小学校长。1920年：学校开始语体文（亦称白话文）教学。1923年：增设公民科，改国文课为国语课（含语言、读文、作文、写字四目），随后又将公民、卫生、历史、地理合为一科，称为社会科。

我母亲从1924年初来这里教国语和新歌曲。

民国初，"女先生"在黄州城也算得上是学堂中的偶像，她那白话文的教学方式，成为近代中国民族话语的重要资源，在黄州，就是一道别致的风景线。

当时，民国小学教材中，古文占了很大的比重，像《岳阳楼记》《赤壁赋》《病梅馆记》《秋声赋》和许多选自《史记》《左传》的篇章，在民初的小学教材中，已经加入了"自然"和"常识"课，给国民新学堂的学生以更多的基础科学知识。

"女先生"的课，以独有的方式得到呈现和记录，用简单、易懂的白话，把古文中优秀篇章讲得生动活泼，"女先生"站在讲台上，不仅慰藉着同学们的心灵，还获得学校"男先生"们点赞，他们总是自觉不自觉站在教室后走廊，分享"女先生"带来的国语课。

当年,新"学堂",把音乐课叫做"乐歌"科。学堂开设的音乐课或为学堂唱歌而编创的歌曲,是一种选曲填词的歌曲,起初多是归国的留学生用日本和欧美的曲调填词,"女先生"来后,她亲自用鄂东民间小曲,配上新词教大家。

这天,两个低年级的同学合班上乐歌课。

我母亲教唱《读书》歌:

> 学生学生学生,读书要用心。
> 平上去入四声,字字要彻清。
> 音要准,读要勤,讲解要分明。
> 字音字义要留心,进步自胜人。

两个高年级同学,前几天我母亲教唱的是一首《纸鹞》

> 正二三月天气好,功课完毕放学早。
> 春风和暖放纸鹞,长线向我爷娘要。
> 爷娘对我微微笑,赞我功课做得好。
> 与我麻线多少,放到青天一样高。

说真的,我母亲很享受这份工作,她投入全部热情。她对音乐的理解,成为国民新学堂的经典。

站在牛车山上,站在曾和父亲依偎的松树旁,我母亲大声说:"我感叹音乐的伟大,陶冶人的情操,鼓舞人的激情。"

在老屋,我母亲细细品读,河边徐家从春天开始生长的童话。

　　春雨已经下了几日，牛车河上的雨点，早已串成线。终于，雨停了，太阳出来了，我母亲来到牛车河边，在阳光空气里，在蓝天白云下，在河水映月旁，在葱葱绿荫中，婉约成一道美丽的风景。

　　"醉了才知酒浓，爱过才知情重。"

　　无悔的人生啊，不会永远一成不变。

　　总有起风的清晨，总有暖和的午后，总有绚丽的黄昏，总有流星的夜晚，行走于人世，也曾因为太多的失去而感伤，也曾因为生命路上的别离而惆怅。我母亲告诉自己要平和，可如水般清澈的心中，却总是浓浓的牵挂与眷恋。之兄，一人在广州，还好吗？

　　在老屋，我母亲独坐在季节一角，于文字中守望一场心与心的约定，那些来自于广州的问候，一次一次湿润眼角，生命的美好，就在不经意间收获着感动。之兄，真的好想你！听见了吗？牛车山、牛车河发出的清音。

黄埔一期

啼鸣的公鸡喔喔喔开叫时,天才蒙蒙亮。

村头的那棵桂花树下,奶奶已站在那里了,晨露洒落在奶奶身上,渲染出一种若隐若现的朦胧。父亲和我母亲缓步走来,几只美丽的鸟儿在树上啁啾。微风里,暗香浮动,父亲拥抱奶奶。

"母亲,您多保重。"

"之儿,人生的每一步都要走踏实,要走好。"

"之儿知道。"父亲按捺不住心头的难舍,转身对静娴说:"照顾好这个家。"

我母亲点头,我母亲留下了泪水。

"做一个有责任、有情怀、有故事的男人"奶奶再次重复五年前送父亲去武汉求学时嘱托的这句话,奶奶语气仍是那么坚定。

昨日,徐氏祠堂,父亲和我母亲,在奶奶主持下跪拜先祖。

祠堂里，爷爷坐着，他端详父亲，只说了一句话："你能上军校，上中山先生创办的军校，了却了我一生最大心愿啊！"

祠堂里，烛光通红，通红，却又异样安静，热了又热的父亲，接收的是期许的目光。

去黄埔军校学习，和爷爷当年去日本留学一样，从河边徐家走出，一代又一代人。

牢记奶奶的叮咛，父亲跪下，给奶奶磕了三个头，"母亲，之儿铭记。"

村里人并不知道，离开河边徐家的男人，还有如此独有的庄重场面。

父亲拎着小箱，没有再回头，大步向前，奶奶和我母亲看着他挺拔而坚定的背影，渐渐远去。

这是1924年3月，父亲去广州，去考黄埔军校。这一年，他23岁。

1891年，也是这个时候，爷爷留学去日本，去学习工商和实业。这一年爷爷也是23岁。

两人离开老屋的时间，相差33年。

"涧水流年月，山云变古今。"离开村头桂花树的那一刻，父亲脑海浮现唐代诗人崔曙《缑山庙》中的名句。

可不是吗？时间宛如涧水流去，岁月就像山云变幻。当张之洞举办洋务运动，急需拥有西方科学知识人才，其思想由经世致用向中体西用转变时，爷爷被选派留学日本。当南方革命给父亲无限希望时，他不徘徊，毅然选择投奔南方，"到黄埔去！"是当时在全国热血青年中流行的口号。

江城，已是万树披新绿。

长江是中华民族的"父亲河"，他以博大的胸怀滋养着两岸人民。当他奔腾地冲击江汉平原时，又迎接了他最大的支流汉江，于是，古老的中华文明中独有的江汉平原文明，在这流域诞生，武昌、汉口、汉阳三镇形成了。三镇，在江河几千年的搏击中，堆积沉淀厚重的历史文化，同时也慰藉着热爱这片土地的人民。

正午，父亲来到了姆妈莹莹在武昌的家，莹莹看他急匆匆的样子，打趣地对昌之说："怎么，把新媳妇撂在老屋就走啦，舍得吗？"

素来风风火火的莹莹还真没见过父亲心急如焚的样子，满头大汗。

"您就别取笑我了，我要去广州，有非常重要的事。"

"什么重要事？"

父亲压低声音："去黄埔，考军校。"

莹莹惊讶："真的呀！你姐、姐夫都在广州。"

"是吗？"昌之更为惊喜。

"你瞧，我都当外婆了，她们倒是利索，女儿不到一岁，撂给我，去革命了。"

历史呀，就是这么惊人的巧合，当初，莹莹不也这样吗？撂下牛牛，随爷爷革命去了。

"我有外甥了，抱来我瞧瞧。"

昌之抱起小外甥，"真漂亮，跟我姐长得一模一样。"

"难道她不像我？"莹莹反问。

"像！像！隔代亲，哪有不像的！"

莹莹高兴地说:"小倩倩不仅像我,还特别乖,很少吵闹。在山寨,米汤水都能养个娃,我们还有奶粉,虽半岁就断奶,瞧她,长得多好呀!"莹莹有自豪感了。

莹莹接着说:"前些日子,你父亲和你母亲来小住几天,说是专门看小倩倩的,这阵子不是忙你的事吗。我们商量好了,倩倩周岁,回老屋过,也不管你们在哪了。"

离开了河边徐家,父亲留下乡愁。牛车山下、牛车河边,老屋,爷爷,奶奶……可时间在追赶着父亲,在武昌住了一宿,就南下广州。

1924年1月20日,中国国民党第一次全国代表大会在广州召开。

出席国民党第一次代表大会海内外代表196人,实际参会者165名,共产党人李大钊、谭平山、瞿秋白、林伯渠、毛泽东等20余人出席。允许共产党员以个人名义加入国民党,这是孙中山先生的精心安排,也是他和李大钊单独会晤后的历史性决定。

孙中山以总理身份担任大会主席。在最后当选的24名执行委员和17名候补委员中,共产党人李大钊、谭平山、瞿秋白、毛泽东、张国焘等当选。

大会通过的《中国国民党第一次全国代表大会宣言》,在政治上保证了国共首次合作的正式建立。

孙中山不仅是第一次国共合作的热情倡导者,也是第一次国共合作的积极捍卫者。

这次会议上,毛泽东第一次见到孙中山,第一次聆听了孙中山先生致的开幕词和讲话。孙中山也第一次听到毛泽东词锋激烈的发言，并亲自批准毛泽东为章程审查委员会委员。

会议最重要成果是重新解释了三民主义，即新三民主义。会议确立了"联俄，联共，扶助农工"的三大政策。

会议确定要办黄埔军校，毛泽东在上海负责黄埔一期生复试工作，有6名湖南籍第一期生，填写毛泽东为入学介绍人。这说明当年毛泽东在湖南籍革命青年中享有较高威望，蒋先云、李汉藩、伍文生、张际春、赵枬、李焜都是由毛泽东做他们的启蒙教师和革命引路人。包惠僧在湖北负责复试工作，父亲便是他推荐去黄埔军校1期的。

什么是历史，就是被记住的那些朴素真实故事，黄埔军校后来对中国革命的影响超出了所有人的想象。

黄埔军校的创立，是孙中山先生一生中最重要的决策之一，改变了革命党人没有培养军事人才学校的历史，谁来当校长？早在1923年11月26日举行的国民党中央执委第十次会议上，新任共产国际驻中国代表鲍罗廷就支持蒋介石出任校长，孙中山于1924年1月24日任命蒋介石为"黄埔军校筹备委员会委员长"。令人费解的是，蒋介石既没有参加中国国民党"一大"，没有被选为中央执行委员，也不是中央部委负责人，居然成为校长人选。多年后，蒋介石曾说出了他面对黄埔军校成立时的遗憾，因为他根本没有认识到黄埔军校的地位，故有了他正在筹备军校紧张阶段提出的辞呈。当然，当上校长后，他开始亡羊补牢，并借机增加自己的军事资本甚至政治资本。

河边徐家，静娴收到父亲从广州寄来的书信。

小妹爱妻如见：

平安顺利抵达广州，而且见到了姐和姐夫。在武昌，不仅见到莹莹姆妈，还见到了我们小外甥倩倩，长得漂亮、健康、可爱。

真没想到，姐夫已是党代会的代表，且委以重任。姐弟重逢，他们仍视我为小孩，不仅住他们家，生活上百般照顾，姐夫更是在学习上给予辅导。

"做一个有责任、有情怀、有故事的男人"是母亲把我送到村头桂花树下的叮嘱，那一刻，你就在我身边，你那情深似海而又期许的目光，深深烙在心上。牛车山上的呼喊，教堂的烛光，喝下牛车河的水，我找到了曾经的记忆。河水从哪来，我没有考问，教堂什么时候建，我没有追问，我已打破自己的安宁，去追赶时代的召唤。娴妹，让我们一起迎接暴风骤雨的到来吧。

跪叩母亲、父亲、太爷、太奶万福金安！

之兄字民国十三年春月

3月27日军校以广东大学、广东高等师范学校为试场，举行第1期新生入学考试，各地投考的学生共1200余人，父亲在广东高等师范学校考场。

入学考试报名先填登记表，填个人资料，填家庭情况，籍贯。

登记表其中一栏，为何要入本校：这让父亲十分激动，他一字一字写道："抱怀于主义，为人类造幸福，余志未酬，忠心耿耿，入本校欲求酬而奋斗！"

考试科目有数学、历史、地理等，但第一科是作文，要求考生论述中国贫弱的原因和挽救之良策。

面对考卷，父亲心潮翻腾，这不就是一直让自己苦苦思考的，不断寻求答案的问题吗？他奋笔疾书——

> 中国地广物丰，人民勤劳，可翻开中国的历史，却渗透着劳动者的血和泪。一个美丽富饶的中国，是什么原因造成它的贫穷落后呢？就其最主要者：其一，世界列强对中国的侵略，盗贼之心，贪婪无度，白银美货，复何所求？其实国外强盗并不可怕，可怕的是那些在列强面前以卖国而求荣者。其二，国内战祸连年，军阀为争权夺地，耗尽人力、物力、财力，战无终日，百姓流离失所，困苦备艰，民不聊生。
>
> 挽救之策，在于驱逐列强，求民族之独立；维护共和，求民权之自由；消灭军阀，还民生之幸福。国之命在民，民之命在吏，官吏不廉，吸民膏血，为己甘腴，民不堪命矣……

坚定的理想，流畅的文笔，打动了考官。

4月28日，黄埔军校第1期学生以考试成绩择优放榜。经过两次考试甄选录取，正取350人，备取120人，后又增加26人，累计录取496人，号称500名学生。

在这500名学生中，必须介绍一个人，他就是蒋先云，被称为"天之骄子"。

1902年,他出生在湖南新田。

1921年10月,经毛泽东介绍加入中国共产党。

1922年9月,与刘少奇、李立三一起领导安源路矿工人大罢工。同年11月到水口山矿建立党组织和工人俱乐部,12月领导水口山矿工人大罢工。

1924年,经毛泽东推荐并以第一名成绩考入黄埔军校第一期,曾任中共黄埔特别支部第一任书记,中国青年军人联合会主席。

1925年,又以第一名成绩毕业于黄埔军校第1期,任蒋介石侍从参谋。

1925年,参加第一、二次东征。

1926年,任北伐军总司令部机要秘书,补充第5团团长,授少将军衔。

1927年,参加第二次北伐战争,5月28日,在攻打河南临颍战斗中英勇牺牲。

时年25岁,后被追赠为中将军衔。

父亲是正取生,被编在黄埔军校第1期第1队。

中国国民党第一次代表大会后,牛牛就留在国民党中央党部。赵汉增则参加了国民党军事筹备委员会工作,他是保定军官学校停办前2期的毕业生。父亲考上了黄埔军校,按照中国人的习惯,牛牛在家准备了几个小菜,姐弟仨,小聚。

牛牛端起酒杯,说:"祝贺弟弟考上黄埔军校,咱父亲曾几次说起,他东渡日本,唯遗憾,没学军事。如今,你承父愿,进军校学军事,望你立志,为国家,做合格军人。"

父亲抑制不住自己，说："我记住姐的话，感谢姐夫这些日子的辅导帮助，如愿考上中山先生创办的黄埔军校，我知道军人的责任，军人的岗位在哪。我先喝三杯，敬你俩。"父亲连喝三杯，面部浮起红晕。

他求姐："以后我和老屋通信，望姐能成全。"牛牛答应父亲："不就是让我当你的邮差吗？"

牛牛走到昌之身边，拍打着父亲肩膀，是该有出息了。

父亲起身走到牛牛姐身边，他俩努力地将视线延伸到河边徐家。老屋，奶奶是否看到这一刻。

军校还未正式开学，学员们就已集中开始训练，每天，全体学员环岛十公里长跑，风雨无阻，锻炼的是耐力、体力，更是毅力。

军校生活节奏特别快，军校学习安排特别紧凑，军校的训练特别严苛。

"稍息，立正，向右看齐，向前看，向左转，向右转，向后转，齐步走，一二一，一二一……"

"持枪，瞄准，射击，卧射，跪射，立射，仰射，卧倒，投掷手榴弹，匍匐前进，劈刺，对刺，散开，疏开。"父亲在军校接受严格的军事技能训练。

每日午饭后有40分钟休息时间，可如饥似渴的学生们却纷纷涌向书报室。

黄埔军校的教职员官佐队伍相当强大，共有36位，集合了国共两党的精英，他们是黄埔军校的"顶梁柱"，也成了国民革命的"顶梁柱"。

父亲考上黄埔军校，我母亲在老家小学堂里教书，这周的音乐课,教同学们唱了一首新歌——《男儿第一志气高》,校长让"女先生"教学校每个同学都学唱,这是一着充满激情的歌。

男儿第一志气高,年纪不妨小,
哥哥弟弟手相招,来做兵队操。
兵官拿着指挥刀,小兵放枪炮。
龙旗一面飘啊飘,铜鼓咚咚敲。
每天每日勤练操,天天身体好。
将来打仗立功劳,男儿志气高。

小学堂每周一的集合典礼上,大家齐声唱歌,整齐的歌声,整齐的小学生队伍,学堂里仿佛也有了军校的影子,有了朝气蓬勃的少年,历史的风从牛车河吹来,岁月的雨迎着未来。

广州黄埔岛军校内,5月14日这天,在蒋介石倡导下,全体学生履行加入中国国民党的组织手续。

"中央陆军军官学校"为什么选址在黄埔?因为这是一个有历史、有故事的地方。黄埔岛本身就是一座有悠久办学经历的小岛。

黄埔岛,史迹荟萃,积淀深厚,文脉悠长,原为广东陆军学校及海军学校旧址;远离省城,四面环水,隔绝城市,占据重要的地理位置。

当学生们踏上黄埔岛,原有黄埔水师学堂和陆军小学的旧校舍,因年久失修,败瓦颓垣,荒烟蔓草,黑夜里,用枪扫射也打不到人，她是中国近代史军事教育的孤本，独一无二，培养了一批叱咤风云的军事人才。

孙中山非常重视军校的创办，客观地讲，这也是他多年革命之总结。1924年6月16日，阳光和煦。珠江静静流淌，岛上花草葱茏。500名学生军整齐列队，陆军军官学校举行隆重开学仪式。

这天一大早，孙中山偕夫人宋庆龄乘"江固舰"从大本营出发，"江汉舰"随同护卫，7时40分抵达黄埔。稍作休息，孙中山在教授部主任王柏龄、训练部主任李济深等人的陪同下巡视学校讲堂、学生宿舍和一些重要场所，并浏览了军校师生名册、教授计划，还与部分学生进行了轻松愉快的座谈。

上午9时半，军校全体教职员工及学生集合操场，举行开学典礼。

党代表廖仲恺主持典礼，会场就在操场上，加高了临时主席台，气氛庄严肃穆。孙中山那天穿着白色的中山服，戴一顶白通帽，以大元帅兼军校总理的身份，走上讲台，宋庆龄优雅地站在孙中山左侧，白衣黑裙，皮肤白皙，美如天仙。蒋校长和党代表廖仲恺并立右侧。

掌声中，孙中山发表了热情洋溢、慷慨激昂的演说：

——今天是本学校开学的日期。我们为什么有了这个学校呢？为什么一定要开这个学校呢？诸君要知道，中国的革命有了十三年……就是到今天也还是失败。这个原因，简单地说，就是由于我们革命，只有革命党的奋斗，没有革命军的奋斗；因为没有革命军的奋斗，所以一般官僚军阀便把持民国，我们的革命便不能完全成功。

——我们今天要开这个学校，要用这个学校内的学生做根本，成立革命军。诸位学生就是将来革命军的骨干。有了这种好骨干，成了革命军，我们的革命事业便可以成功……今天在这地开这个军官学校，独一无二的希望，就是创造革命军，来挽救中国的危亡。

——要用这五百人做基础，造成我理想上的革命军。有了这种理想上的革命军，我们的革命便可以大告成功，中国便可以挽救，四万万人便不至灭亡。所以革命事业，就是救国救民。我一生革命，便是担负这种责任。诸君都到这个学校内来求学，我要求诸君，便从今天起，共同担负这种责任。

孙总理的演讲让500名青年学生军充满激动，热血沸腾。中山先生特别强调："同学们，从今天起，立一个志愿，一生一世都不存升官发财的心理，只知道做救国救民的事业。"

孙中山话音一落，全场再次响起雷鸣般的掌声，经久不息。在孙中山开学典礼训话之后，由胡汉民宣读"总理训词"，"三民主义，吾党所宗，以建民国，以进大同。咨尔多士，为民前锋，夙夜匪懈，主义是从。矢勤矢勇，必信必忠，一心一德，贯彻始终。"

此训词意义极为重大，后以《三民主义歌》传唱，该歌词后被定为《中华民国国歌》。

那一天，是纵队进场，变横队面向讲台，父亲在第二排，孙总理的容貌，宋庆龄夫人，廖党代表的神情，他看得真真切切。唯有蒋校长始终不动表情，一副标准军人的姿势，笔直的站立在廖党代表旁边，也给父亲留下了特别的印象。

河边徐家，无限牵挂和思念的静娴收到广州来信……

小妹爱妻如见：

报告全家好消息，我已被军校录取。我记得离开老屋前一天，母亲说："你如能考上军校，可就了却父亲一生最大心愿。"

还有，这是必须告诉你的，开学那天，我见到了校总理孙中山先生，这可是咱父亲一生追随的伟人。中山先生说，有了黄埔军校500个革命火种，全中国四万万同胞便不至于灭亡。为了不辱使命，每天早上，我们要环岛跑十公里，每次跑步，都让我想起小时候母亲让我在牛车河边跑步的情景。正是小时候的坚持，现在环岛跑步还是相对轻松的，也不累。

离开老屋，离开了你，离开了曾经的记忆。我知道，这是人生必须面对的第一步。军校的生活是全新的，严格的军事训练和政治教育，不仅在学军事，更是学做人，我想起在武昌闹学潮那会，我俩手挽手，走在队伍的最前列，军阀的枪口，也怯步于我们的坚定，即使枪声响起，也无法阻止我们的前进。信念与崇高，我们火热。

我们有一位值得骄傲的母亲、父亲，你替我尽孝，我以民族重任为己任。父亲身体不好，但他是我的灯塔，永远指导我前进。

跪叩母亲、父亲、太爷、太奶万福金安！

之兄字　民国十三年六月

父亲的来信，给我母亲以极大安慰，读完信后的奶奶，为父亲的成熟，则有了自豪感。那时，一封家书，会让家人反复读看。

此时，让我母亲惊喜的是，她怀孕了。已经三个月，我母亲已静听到了一个生命诞生的奇迹。

静静地听，静静地孕。

兴奋的我母亲去牛车山，去牛车河走路。怀有小生命，有新的寄托，她缓解自己的情绪，从一名女学生，走进爱情，走进家庭，行走在"相思路"上，那山、那水、那景，她在寻觅一种感觉，一种情愫，还有思念。

之兄，知道吗？我们有孩子了。

蒋介石当了黄埔军校校长之后，也开始了突出自己的表演。那时，他以孙中山的当然继承人自居："本校长向来是革命的，假如不革命，你们就一枪把我打死！"

蒋介石除了自我标榜革命之外，还想表现出一种特殊的人格影响力，他经常以谈话的方式极力拉拢与学生的关系，培养自己的政治亲信和发展军事势力。除了训话，蒋介石还坚持每星期都到军校找学生面谈，既是考查学生素质，也是培植自己的亲信。

谈话时，蒋介石坐在办公室，要学生们站在他的门外，一个个叫进去问话，边问边盯着学生看，并且很注意听回答，当时的大部分学生多是刚步入社会的青年人，当然弄不懂蒋校长这一套笼络人心的手段。许多学生对蒋校长亲自召见并谈话，都觉得很荣幸、很紧张。能听到校长几句知心话，也是一种激励和鼓舞。蒋介石通过这种手段的确认识和拉拢了不少学生，以后他的嫡系将领大多出于黄埔军校。为等待蒋介石的问话，父亲心中早就充满莫名的激动。那天，排在长队中的父亲，终于等到了蒋校长接见。

父亲一进门，就见蒋校长端坐在椅子上，戎装佩剑，严肃认真，架子十足。问话一开始，蒋校长仔细打量这个高高个子，清瘦自信的学生，随后用满口的浙江腔，慢条斯理地问："你是徐昌之，哪里的人啊？"

"报告校长，湖北黄州。"

蒋校长接着问："我看了你的入学履历，是个很有觉悟的青年。"

"报告校长，为中国革命效力，是我们每一个青年应尽的职责。"

"很好的，我看你在湖北省立甲种工业学校读过书，还在哪里上过学？"

"在武汉中学学习过，没有毕业。"

"武汉中学？"蒋校长并没有流露出太多的意外。他停顿了一会儿说道,"到黄埔军校了,要坚定立场,努力学习。"他挥挥手将父亲给打发走了。

一次期待多日的问话,蒋校长仅仅问了一句,便结束了。

蒋介石一生效法曾国藩为人处世,据说曾国藩相人的技术很高,相人术就是通过一个人的仪表及言谈举止看人的气质、精神风貌等,有些人只要见过一次,曾国藩基本就能断定此人能够干什么、能不能重用等等。蒋介石在用人上也套用此法。他通过细微小事、语言交流,观察对方,看其是否有用,然后决定取舍。蒋介石就是采用这种识人术得到他后来最为器重的三位大将的,一个是陈诚,另外两个是胡宗南和汤恩伯。

除了集合和听训话,父亲在黄埔和"蒋校长"单独见面,就那一次问话。可是廖党代表却早早就注意到了这个似曾相识的高个子学生,一次,廖党代看见几个同学正在帮挑夫工友往"太平桶"倒水——那时岛上没有自来水,军校雇了50个挑夫每天从江边往几十个大木桶里挑水,大木桶里的水不仅供师生生活用,还能够作防火急用。同学们训练间隙,只要有点空,都会去帮帮工友们,因为木桶很高,高个子同学站在桶边,来一担水就往高桶里倒,省了工友们不少力气。

"徐昌之,党代表叫你,"廖先生的卫士喊到。

"喔,果然像……你父亲是徐映奎吗?"廖先生笑眯眯地看着向他敬军礼的父亲。

"报告党代表,我父亲是徐映奎,他跟我提到过您……"

"很好啊很好，我早跟映奎说过，革命后继有人，后继有人啦！"廖先生显得十分兴奋，"在东京，我和你父亲跟随孙中山先生，那时才十几个人，今天的革命，你看今天的革命形势……革命大有希望，大有希望啊！"

"是啊！"父亲说，"在老屋时，常听父亲向我母亲讲到您。讲他和您及何姨第一次见面时的感动，讲述他和您在东京小石川中山先生屋子里巧遇时的情景。"

廖先生连连说："是啊，是啊，那是一段挥之不去的历史画面，二十多年过去了，还深深镌刻在脑海。"

父亲接着说："为了革命的安全，您们从小石川搬到了神田区居住，我父亲还去过你们家，'蹭'何姨做的饭呢。"

廖先生朗朗地笑了，"有这回事，有这回事。"

他们谈了好久，直到集合号响，廖先生才说："去集合吧，下次到我办公室去，到家里去，你的何香凝阿姨见到映奎的儿子，不知道会有多高兴的。"

父亲集合去了，而廖先生却陷入久久的沉思。在日本的那些日子里，他们都只有30多岁，跟着孙中山先生在求索，探寻中国民族民主主义革命道路，他们不知道中华民族的命运何时发生巨变，他们把目标锁定在探索中国特有的革命理论与革命实践上。

仲恺先生回忆着。

能进黄埔一期是那个时代的骄傲，是一批能为国家担当，有理想、有志气的青年人。他们为国家的统一，民族复兴走到这里。校本部门口"升官发财请往他处，贪生畏死勿入斯门"的训词，使黄埔1期同学立志做不贪生怕死，爱国爱民的军人。

"爱国、革命"的黄埔精神对父亲产生了重大影响。孙中山先生的"不要钱、不要命、爱国家、爱百姓"的教诲刻印在父亲心中。在黄埔,父亲完成了从青年学生到军人的蜕变,完成了懵懂小伙向有理想、有抱负、有信仰青年的蜕变,在这里,他对自己的未来做出了重要抉择。

珠江流淌在时间里,皎洁的月色,慢慢点亮了父亲远望的目光,牛车河河水,珠江江水,挥之不去的河水在心中荡漾,军校的宿舍、河边徐家的老屋,当把它们连在一起时,是那么令人难忘。

河边徐家,静娴又收到父亲从广州寄来的书信……

小妹爱妻如见:

军校已于黄埔长洲岛上原海军学校旧址增建了校舍,我们队已离开芦席棚,搬进了宿舍,比起刚入校时,条件好了许多。

昨日见到廖仲恺党代表,非常亲切,他提到父亲,并讲述了他们在日本的故事,在敬仰廖公同时,也为父亲感到自豪。在军校,蒋校长曾召见每个学生,去他的办公室问话,但我进去问话时,寥寥片语,便被打发出来了。也不知其中缘故。

人生有相聚,也有离别,吾珍惜我俩的相聚,也珍惜我俩的离别,"人有悲欢离合,月有阴晴圆缺,此事古难全。"小妹,或许离别太久,吾心反倒格外坚强,装下你,不再孤独,有无穷的力量。吾学有成,日后誓为天下民众战斗，为你们遮风挡雨。

记得小时候，母亲常为父亲泡茶，现在细想，那是两位老人的茶趣。他俩品茶时，我不敢说话，安静一旁坐着，室内香气扑鼻，父亲微闭眼睛，我以为那是他俩最爱的时刻，我偶品几盅，却有醉意，望妹向母亲讨教茶艺，早日入禅茶境界。

跪叩母亲、父亲、太爷、太奶万福金安！

之兄字　民国十三年八月

黄埔1期的学生，每个人的经历都是一个传奇，他们是那个时代的佼佼者，他们在军校所经历的考验，绝非我们今天所能想到的。当时他们面临一个非常现实的难题，3年的军事课程，必须6个月完成，6个月能学什么？这就是对他们的考量，因为这是形势的要求。

面对这个时代，置身这个时代，你别无选择，当时代选择了你，你就应为时代付出，这就是历史，就是大浪淘沙。就是这么一批年轻人，当他们集聚黄埔，开启军校生涯时，每一个黄埔人都演绎出非凡的人生传奇，留下难忘的记忆。

黄埔军校政治部主任，先后以戴季陶、邵元冲、卜士奇（鲍罗廷的翻译）、包惠僧、郁力子、熊雄等为主任。而真正受学生们欢迎和拥戴的是周恩来。

由于周恩来的到来，军校政治工作发生了开创性变化，学生们也从周恩来设计的课程中学到了经典的政治经济学。

周恩来出色的工作，使原来近乎空壳的政治部，在很短的时间内就做得有声有色。黄埔军校成立两个月之后,周恩来被任命为政治部副主任(后为主任)。周恩来气度非凡,头脑冷静,思维缜密,他以其广博的知识、卓越超群的人格魅力,很快成为黄埔的名师,朝气蓬勃的青年军人拥簇在他的周围。周恩来参照法国大革命和苏联红军经验,并根据中国的实际情况,重新部署了政治部的工作,创造性地制定了一套军校政治工作的理论和制度。父亲不仅深受周恩来风格的影响,也成为他坚定的追随者、崇拜者。

周恩来,号翔宇,祖籍浙江绍兴。1898年3月5日生于江苏淮安,早年读私塾。1913年考入天津南开学校。19岁毕业后东渡日本,就读东京神田区东亚高等预备学校,开始接触马克思主义学说。出国前写下一首诗:"大江歌罢掉头东,邃密群科济世穷。面壁十年图破壁,难酬蹈海亦英雄。"五四运动爆发,周恩来回到灾难深重的祖国,组织著名的进步团体"觉悟社",同年9月考入天津南开学校大学部文科,与邓颖超、马骏、郭隆真等主编机关刊物《觉悟》杂志。1920年11月,赴法国勤工俭学,1921年加入中国共产党早期组织,同年与赵世炎、李维汉等发起组织旅欧中国少年共产党。1923年,受中共中央委托,积极从事国共合作。1924年春,廖仲恺与中共有关部门协商后,请周恩来入党介绍人张申府特邀周恩来回国,就任黄埔军校政治部主任一职。

在黄埔军校期间,父亲曾先后发表了两篇文章,一是《论为三民主义而奋斗的黄埔学生军》,二是《论奋斗牺牲精神的黄埔军人》,这两篇文章都引起了较大反响。

1924年8月,周恩来在军校指导建立中共黄埔特别支部，蒋先云为书记，隶属于中共广东区委领导。当时，周恩来也是广东区委负责人之一。

此时，黄埔军校中已有80多人参加了中国共产党，父亲也写申请加入中国共产党，可其他申请的同学都被批准了，他没有被批准。两个多月后，11月18日这一天，城里的牛牛带信让他这个周末搭末班船回城一趟，下操后向队长请了假，搭船回城，船一靠码头，一个教师模样的人主动招呼他："你是徐昌之吧，你姐姐告诉我，你个子高好认……"父亲随后跟着这个人穿过了几道街巷，来到一家字画装裱店，店内有一道过门，转到后厢房。

"我是共产党中央驻粤副代表，你的入党申请由军校党组织上报中共广东区委，区委感到情况特殊，上报了中央驻粤代表，因为你出身不是工人家庭，本人也不是劳动者，但组织上到武汉调查了你的情况，武汉组织对你的家庭和你参加军校前的表现非常清楚，区委经过认真审查和慎重考虑，并报中央，正式批准你为中国共产党秘密党员，从今天起，候补期六个月。现在我代表组织向你宣布党的决定："

中国共产党中央执行委员会对徐昌之同志加入本党案的工作决定（机密）：

根据徐昌之同志申请及组织审查结论，批准徐昌之同志为中国共产党秘密党员，徐昌之同志加入本党后，不公开党员身份，公开身份仍为中国国民党。不参加本党组织活动，不缴党费。其具体工作任务将由组织上通过其他方式布置，其编号为4455，代号，"顿吾"。此件通知本人后不再保留。

中国共产党中央执行委员会
1924 年 10 月 17 日

副代表特别交代："徐昌之同志！这次，我们是以另外的理由让你姐姐联系你的，她同样不能知道你的共产党员身份。记住，半年之后，组织上会通过其他的方式联系你的。"

父亲不清楚同学中还有谁有如此身份。不管组织上如何考虑，这是自己的选择，必须无条件"服从"组织上的安排。

其实，中国共产党的第一个秘密党员是朱德，早在"四一二"政变之前，受俄国十月革命和五四运动的影响，已是滇军少将旅长的朱德，就已经开始接受马克思主义，并寻找中国共产党。

1922 年 9 月，朱德在德国留学的时候，找到了周恩来，并提出了入党申请，周恩来同他彻夜畅谈，两个月后周恩来和张申府一起介绍朱德入党，陈独秀代表中共中央批准了朱德的入党申请，但是决定朱德的党籍对外保密。

直到 1926 年 7 月，朱德回国后以秘密党员身份到四川军阀杨森处做统战工作，经过他的努力，原先勾结吴佩孚的杨森终于宣布易帜，并于是年 11 月 2 日正式发表通电，就任国民革命军二十军的军长，这时朱德才以中共党员的身份担任党代表。

那时，黄埔军校中的中共党组织是秘密的，黄埔直属支部，归中共广东区委领导，由区委军委书记、军校政治部主任周恩来直接指导。而少数秘密党员则直接由中央和区委极少数领导掌握。周恩来在黄埔推行列宁领导红军的经验，逐步建立起一整套行之有效的政治工作制度，健全政治工作机构，设立各级党代表，传授三民主义和马克思主义，开设具有最新内容、理论性很强的政治课，开展多种形式的思想政治教育等，开辟了黄埔军校乃至以后国民革命军政治工作的新局面。

黄埔军校是国民党军队的建军基地和源头，也是中共组织武装力量的发祥地，既曾崛起过国民党的"黄埔系"，也汇聚过众多出类拔萃的共产党人。黄埔军校的政工干部基本上都由中国共产党人担任。他们承担并负责组织军校政治教育课，开展得相当出色。军校政治教育以进行最基本的革命理论和革命知识教育为内容，对不同党派的思想理论实行兼容并包，其中以孙中山倡导的新三民主义和马克思的共产主义教育为主。

黄埔军校的政治教官几乎都是中国共产党人。专职政治教官大部分是去过法、苏、德、日的留学生。他们博学多才、风华正茂，较早地接受了马克思主义理论。此外，中共许多理论家、活动家，如毛泽东、刘少奇、张太雷、邓中夏、苏兆征、彭湃等都曾来校演讲授课。

黄埔军校中的中国共产党人在校中表现十分突出，在组织上积极培育党的外围组织火星社，用以"推行党的政策，扩大党的影响，并为吸收党员做准备工作"；有以中国共产党人为主的中国青年军人联合会，在全国曾拥有两万多会员。从此，父亲的人生有了一种新的开始，一个欣然接受的开始。从此，父亲享受自己面对的孤独，大度中的敏锐细腻，令人琢磨不透的胸襟，让人感觉不到的坚定。人的命运不全是选择，还有安排，关键是你是否有平和心去面对。

父亲也在那个特殊的年代，特殊的环境，做出了人生最重要的抉择，坚定不移地选择了中国共产党。

父亲在黄埔军校学习期间，还有一件不得不提的事。1924年9月12日，孙中山北上赴韶关大本营本部，督师北伐，亲率警卫队，飞机队，赣军全部，湘军（谭延闿部）、滇军（朱培德部）、豫军（樊钟秀部）出发，指挥北伐军事。蒋介石派教官文素松率领第1期第1队学生蒋先云等随队护卫。父亲由廖党代表亲自点名安排参加了这次护卫行动。护卫期间的一天早上，孙中山走出房间，在院子里散步，蒋先云和父亲随即跟上。突然，孙中山停下脚步，回头问父亲："你叫什么名字？"

"报告校总理，我叫徐昌之。"

"哪里人？"

"湖北黄州。"

"我怎么看你像一个人。"中山先生说。

"我父亲叫徐映奎。"

"啊，你真是他儿子呀，我们在日本组建同盟会，创建中华革命党，我们在南京成立民国政府，成立中国国民党……"中山先生的回忆是美好的，令人感动。

"校总理，我父亲是您最忠实的追随者，至死不渝。"

"他现在还好吗？"

"由于身体原因，已经回老家休养了。"

"是啊，革命不易啊，二十年了，无数革命者不是牺牲，就是病倒，我们不能忘记他们啊！"孙中山先生颇有感慨。

父亲说："我一定把您的关爱转达到。"

"啊，对了，还有你父亲的贴身女保镖，在攻打铁桥的战斗中，干练的身手，令人敬佩啊。"孙中山先生的记忆是那么好。

自打父亲懂事后他一直称奶奶为母亲，称莹莹为姆妈。他后来听爷爷说过，辛亥革命那天，攻打铁桥的故事。他说："那是我姆妈，不是贴身女保镖。"

孙中山笑了，是那么开心，"我知道，我知道，革命也偶有浪漫啊！"

中山校总理的风趣，让父亲不再紧张。

来黄埔上军校时，爷爷已托父亲，见到校总理一定代他问候。今日，这愿望终于实现了。而且是以侍卫的身份站在校总理身边，日夜守护，耳濡目染，真是激动万分。跟莹莹姆妈一样，父亲也见到孙中山先生，也和孙中山先生说话了。他要告诉太爷、太奶奶，告诉爷爷、奶奶，还有莹莹姆妈，告诉我母亲，告诉老屋的人。他提笔给老屋写了一封信。

父亲、母亲大人：

儿今见到中山先生并进行了一番交谈，备感激动。

中山先生是我们军校的总理，他个头不高，但精神矍铄，声音洪亮。我有幸作为贴身护卫，跟随中山先生出征北伐。他认出我了，充满感情地回忆起父亲追随他战斗的岁月，并再三对父亲表示问候，他对父亲、对革命同志的感情至深可见一斑。他还提到了姆妈炸铁桥的故事，大加赞赏并风趣地称谓姆妈为父亲的贴身女保镖。

我太兴奋了，这一刻我觉得自己是最幸福的人，我为自己的选择而感到骄傲。我一定不辜负您的教诲，接过父辈的接力棒，努力完成父亲未竟的事业，全力保卫孙总理安全，矢志不渝救国救民，为振兴中华贡献绵薄之力。

黄埔1期生，是历史选择了他们，500名学生融入历史，与时代同行。1924年6月，他们聚焦在了中华民族命运即将发生巨变的起点。

黄埔1期，是那个时代的名片。

黄埔军校，父亲在这沉淀他的人生。

激情、青年、理想、信仰。时光早已不是原有的时光。

大江东去，浪淘尽，千古风流人物。

从建校历史、人才培养和历史贡献三个方面考虑，黄埔军校已和世界著名军校齐名。

法国圣希尔军校，1803年由拿破仑创建。

美国西点军校，1802年建立，是美国第一所军事院校。

英国桑赫特皇家军事学院于1741年由英国国王乔治二世签署文件批准建立。

俄罗斯伏龙芝军事学院于1918年由列宁命令建立。

黄埔军校，1924年由孙中山先生倡导建立。

铁血党军

1924年10月，关于广州的几则消息让我母亲焦躁不安，黄埔学生军要参加战斗，无疑考量着我母亲对战争的承受心理，短时间内，我母亲的注意力也已无法对广州形势作出判断。

还是她第一次随父亲回老屋时，晨曦中，月色下，他俩依偎沿着牛车山、牛车河边走出了一条"相思路"，这是他俩命名的路，是他俩心中的路。如今，我母亲默默走在"相思路"上，腹中的我偶尔会拳打脚踢，我母亲忧喜交加。她慢步走进牛车山，走进树木深处，由西向东，不急不缓，陪伴着的是父亲的身影。太阳慢慢往上爬，霞光穿过树林，牛车山撒满金色，微微出汗的我母亲，舒服、顺畅。她不理腹中的我，加快步伐，走出牛车山，向牛车河边走去。

"下河洗个澡吧。"牛车河水说。

"不了，我今天只想走路，沿着这条'相思路'。"我母亲微笑。

走在"相思路"上那么亲切，那么熟悉，有寄托，有向往。在河边伫立了一会儿，仿佛又见"二七大罢工"时，他俩在游行队伍中。她不怕走路会浸湿衣裳，她也不会迷失方向，拐弯处，已见老屋，胜似闲庭信步。我母亲已记不清她多少次这么行走，她只知道，是思念把她带来，仿佛听到远方的枪炮声。

10月15日军校师生参加平定广州商团战斗，于晨4时开始发起攻击，至当日晚间荡平商团在广州的总部及全部据点。

"秋雨吹打着老屋，天边印着一抹斜阳，人越孤独夜越长，挥之不去的你，用我牵过你的手抚平自己的伤"。回到老屋，我母亲急笔记下了心灵情感的对话。阳光推开了窗户，她坐在书桌旁，宽慰自己，希望见到父亲时，能分享自己的思念。温润泪水，只有一种声音是静的："秋叶飘落在小窗，旷野留下脚印一行，人越踌躇路越长，挥之不去的你，用我吻过你的唇舔着你的伤。"

黄埔师生平定广州商团的战斗，见于全国报端，我母亲担忧，于是寄去了老屋的信。

之兄爱鉴：

　　近闻广州商团之变，黄埔军平乱，焦急万分。家母悬望，虽不专问，亦显焦思担忧。商团之乱是何处境，真相如何，望即示知，以慰二老。

　　妹心随白云，伴吾兄左右，临书神往，不尽欲言，专此奉达。

敬祝

    康健！

                    妻　小妹　民国十三年十月二十九日

两天之后，我母亲就收到了广州来信，寄信日期是十月十六日，信在路上走了整整半月。

小妹爱妻如见：

    10月10日军校为纪念武昌起义举行阅兵仪式，军校学生参加广州各界人民庆祝"双十"游行，遭到商团军开枪射击。起因是广州商团用挪威商船"哈佛号"私运枪械，被孙中山大元帅手令派永丰、江固两舰监押至黄埔，广州商团发动商人准备罢市要求发还枪械……

    孙中山大元帅决心用黄埔学生为骨干平定商团，孙中山大元帅发布手令：黄埔陆军军官学校、工团军、农民自卫军、陆军讲武学校、滇军干部学校、兵工厂卫队、警卫军参加平乱，10月15日，我作为枪械师，和后勤队校验好每一支枪，军校师生于晨4时发起攻击，至晚间荡平商团在广州的总部及全部据点。黄埔军校首树军威，广东局势转危为安。

    跪叩父亲、母亲、爷爷、奶奶万福金安！

                      之兄字　民国十三年十月十六日

静娴反复看着来信，泪水不止，"黄埔军校首树军威"，她仿佛看到父亲那高大坚毅的身影，想忘情的去拥抱……远处，牛车河面上，传来摇橹的枷枷声响。

黄埔学生军，这是在他们平定广州商团联军战斗后，市民送给第一次参加战斗的黄埔同学的光荣称号。

有谁能想象出，黄埔学生军有如此之强的战斗力，如此之勇不怕牺牲的精神。

商团联军原来并没有把黄埔学生军放在眼里，没有想到仅仅不到一天，黄埔学生军就打败了他们。

平定广州反动商团是黄埔学生军第一次走上真刀真枪的战场。此时，距离他们踏进军校门仅4个月。

北方已慢慢进入冬季，广州还是温暖如春。但昨夜的一场雨，加之清晨的风，凉意让人们穿上外套，前几日的阴霾灰暗，这已是不错的天气了。

谋求统一，是孙中山先生最大的愿望。

1924年11月13日，孙中山接受冯玉祥、段祺瑞、张作霖邀请，北上共商国是，孙中山行前发表《北上宣言》，主张速开国民会议，废除不平等条约，重申反帝反军阀的政治主张。孙中山毕业于香港西医书院，第一份工作就是医生，他知道自己身体状况，他扶病偕夫人宋庆龄乘永丰舰离粤，昨天刚度过自己58岁生日。船经黄埔时，先生登岸入黄埔军校视察一周，然后前往鱼珠炮台检阅第1期毕业生演习战术实施等。在赞扬军校学生后，他说了一句让听者无不感动流泪的话："本校学生能忍苦耐劳，努力奋斗如此，必能继续我之生命，实现本党主义，今我可死矣。"

全体师生列队到校门码头迎送。中山先生已瘦得厉害，看得出他也是用革命的意志在支撑坚强的身躯，父亲和师生都流下泪水，敬仰的、感恩的、动情的泪花。他们没有想到这次见面是永别，他们更没有想到是从此再没见到校总理孙中山先生。

撕裂的痛，让向黄埔学生挥手的孙中山先生落下了泪水，他寄希望黄埔军校的学生。和平、奋斗救中国是他毕生追求。

这周末，满怀斗志的父亲请假去广州牛牛姐家，悬念老屋，他盼来了回音……妻子的来信详细讲述了家中的一切，让父亲大为放心，更让父亲没有想到的是，我母亲这次的来信，语气之间与前几封信大为不同了：

……吾兄立志以身许国，奋勇革命，妻当引为自豪的！你来信中多次提及廖仲恺先生，在汉口这边也闻知先生大名，还说他的夫人何香凝是天生大脚，这边传有汉口同学手抄的何香凝题诗，妻亦抄在此，不知是否有误，反正感人得很——

"国仇未复心难死，忍作寻常泣别声。劝君莫惜头颅贵，留取青册史上名。"

又，家母嘱兄勿虑家中一切！

敬祝
  康健！
      妻　小妹　民国十三年十二月七日

我母亲特别提到"家母嘱兄勿虑家中一切"不是简单的报平安。原来，从上次收到平商团的信以后，一想到打仗，我母亲总是紧张，特别是听说广东又要打仗的消息，更加忐忑不安，她怕奶奶担心，怕腹中胎儿受惊吓，她必须镇静。其实奶奶早看在眼里，一个风清月明的夜晚，奶奶让我母亲到自己的房间，稳稳坐下，问学校的教书，问胎中的孩子，又问是不是担心"黄埔军校"了，我母亲被奶奶说穿了心事，憋了几天的眼泪一急就流下来了。

"你做了徐家的媳妇，就要知道徐家的男人都是有理想的，什么是理想？我也不全懂，但是——"

说着，奶奶从旧箱底小心翼翼地翻出一个旧包袱，讲了一个令我母亲终生难忘的故事。原来奶奶十岁左右，王家收留了一个外地因病流落的中年妇女章姨，章姨一直在王家帮工打杂，时间长了，和奶奶特别亲热，奶奶出嫁的前一年冬天，章姨旧疾复发离开人世，弥留前几天，悄悄告诉奶奶，她原来是太平天国的女兵，1856年11月，太平军坚守的武昌城因南京发生事变而被清兵攻陷。清兵进城后，大肆屠杀太平军，太平军则顽强突围，先后与清兵进行了三次突围战，战斗中，9名太平军女战士，壮烈牺牲在东湖岸边，章姨和另外一些女兵被打散……这些女兵都是兴国州——今湖北省阳新县人，章姨在外辗转多年，吃了无数的苦，本想再回兴国州，中途到了王家湾……包袱里有一条女兵上战场裹用的红头巾，一本太平天国的印的书，还有几枚太平天国圣宝铜钱。

"那年正月十五，我下汉口，还让你彭伯送我过江，说是走亲戚，偷偷去过东湖边，看见湖边空地上好多人烧的纸屑钱灰……上天真的有灵吗？"

"孩子，你男人是以天下为己任，生和死，都是值得的。"

我母亲伏在婆婆的怀里放声大哭……

从此，我母亲对奶奶有了更深刻的理解，也从灵魂深处理解了"徐家"传统，理解了爷爷和父亲的信仰和情怀。怀中躁动的胎儿一天天成熟，年轻的母亲，坚强起来了。

又过一年，南国榕树抽新叶，芙蓉花开。在老屋，却是冬意正隆，牛车河边沿，已经结了薄薄仄仄的冰。

旧历年底，老屋一片繁闹，1925年1月12日，徐家的第五代，徐南方，也就是我出生了。南方，这也是纪念父亲在南方、在黄埔学习生活之意。

父亲没有赶回老屋，人世间还有些事让你感到特别遗憾。但后来听我母亲讲，父亲再三叮嘱我母亲，要张儿子的照片，半岁的时候，我母亲带着我去汉口照了相，寄给了父亲，从此，这张照片一直放在他贴身的皮夹里，再未离开。

莹莹带着倩倩赶回老屋，倩倩有了一个弟弟。上次，倩倩在老屋做周岁，她的父母也无法赶回老屋。这次，莹莹不走了，她想多住些日子，她把倩倩放在老屋，在以后慢慢长大的日子里，我多了一个儿时的玩伴。

1925年2月1日至3月，在中国共产党全力支持和帮助下，广东革命政府开始了第一次东征，并在黄埔军校大操场举行东征誓师大会，讨伐陈炯明。学生军已改称黄埔革命军，组建成教导第1团，第2团。

许崇智任总司令，蒋介石任参谋长，周恩来任政治部主任。

又是参谋长，蒋介石心中不满，可没办法，由黄埔学生组成的革命军只有两个团，蒋介石是右路军指挥。然而，就这两团组成的是右路军，面对的却是陈炯明的主力，林虎为总指挥的部队。

"娘希匹。"蒋介石骂了一句，随着骂声他咬牙，狠狠长长出了一口气，几个月后，这两个团扩编成两个师，后又扩编成一个军，这就是蒋介石"千军之源"的国民政府第一军，蒋介石任军长，周恩来任政治部主任。

出征前，召开了各连、营、团党代表会议，父亲是1团1连党代表。郑洞国是1团4连党代表。会议再次强调东征的意义，强调要以信念为支撑，强调军人不怕牺牲的精神，为革命、为统一、为民族去战斗，去争取最后胜利。

军舰停靠在长洲岛，黄埔革命军列队整齐地走上军舰。

蒋介石最后登上军舰。颇值得记载的是，参加第一次东征的黄埔革命军幸存的战士，后来都成为国共两党的将军，而蒋介石则成为国民革命军的总司令。

在长笛中，军舰驶出港口。

黄埔革命军组成的右路军经虎门攻击向前，他们所向披靡，并于14日进至淡水城郊。

淡水城小而坚固，城墙用石块砌成，厚三尺，高丈余，上下两层设置枪眼，为防御夜袭，城墙高处装置有照明设备。城墙外是300米的开阔地，易守难攻，教导团拂晓发起进攻，正午破城，全歼守军一个旅。

淡水战后，父亲去信老屋，我母亲到3月底才收到这封来信……

  我们又经历一场更大的战斗——我们出发由虎门，经东莞，石龙，樟木头，塘头厦，而平湖，龙冈，至淡水，为时半月，驱敌数百里，这是我们毕业后教导团成立以来第一次对敌作战。

  粤民苦于兵事久矣！我校不筹饷，不拉夫（除自己的长夫外，以现银雇夫，每十里二毫），沿途不侵犯乡民一草一木。行军时，宣传队在前面发传单，因此沿途的乡民，对我们毫无恐惧。军队每到一处，即由党部及政治部制备茶点，邀请乡民开联欢会，我们唱的国民革命歌，行军歌，杀贼歌，沿途的小孩子大多数能唱，我们的传单，乡民多为我们张贴在街上或自己的住屋前。

  军校开办后，外界很不相信我们能真正去杀贼，未必能杀得死贼，即我们自己也不敢十分过于自信，可是这半个月的战斗经过，已是给我们革命军能赢得胜利的一个证明了！

  打淡水城时，同学身先士卒，扒城先登，不知道什么生死。同学李青，头打伤了，用自己的手巾裹着血头，仍奋勇登城。同学蔡光举，他肚子打穿了，蒋先云奉校长命去服侍他，他只说："先云！赶快为我医治，逆贼正待我们痛杀！"这种精神，亦就是平日训练的结晶。

  我校教导团的士兵，受训练最久的，也不过六、七个月，可是"革命军"三个字，早已印在我们的脑筋里，一个士兵身临城下，敌人在城上瞰射，将他的军帽射掉,他从容地反将敌人打死。我不能说军校学生个个不怕死,然而我们革命军的纪律严明,少数措置失宜的官长,已被撤差或换职,甚而被宣布死刑了。

革命军就是为了打倒军阀及帝国主义;为了为农工及全民众的解放而奋斗,保护工农的利益;为党、为主义、为国家、为民众而牺牲;革命军的纪律绝没有私情为顾虑。我为我是革命军中一员而无比骄傲!

……

我母亲完全沉静在来信叙述的战斗情景中,不知不觉,天已经完全黑了,她才想起点亮油灯。

她给父亲回信——

之兄爱鉴:

兄本月于淡水来信收悉,既惊且慰,为牺牲之同志而哀丧,为革命之壮烈而激昂!

吾兄既遇危机,定当勇往直前,无丝毫为自己个人之想。革命思想与实践系于吾兄,即此一片肝胆,足慰吾心,惟兄以人民疾苦,天下公平为理想,妹最引以为自豪者!青年团结,革命新军,反抗军阀,爱护民众,最是民族希望,大众期盼,唯盼早日凯旋。

妹唯愿心随长风,伴吾兄,绕战旗,作队列之一员,行天下而不负抱负矣!

又,家母安好,南儿康键且乖,家中一切勿念!

敬祝

　　康健！

　　　妻　小妹　民国十四年三月二十九日

静娴将自己的全部热情投入到教学上，小学堂，又响起清亮的歌声，高年级的孩子在唱《从军乐》：

从军乐，告国民。世界上，国并立，竞生存。
献身护国谁无份。好男儿，莫退让，发愿做军人，发愿做军人。
从军乐，前敌时。枪林立，硝云涌，弹星驰。
我军一鼓长志气。望敌营，白一色，片片是降旗，片片是降旗。

战斗正未有穷期。3月，黄埔校军教导团2000余人，与陈炯明主力林虎部万余精悍之敌，在揭西棉湖又展开了更大规模的决战，政治部主任周恩来也亲临战场第一线进行指挥，教导团经过三天惊险突变的战斗，大败陈炯明主力2万余人，堪称中国军事史上以少胜多的典范，奠定了第1次东征胜利的基础。棉湖大战，是里程碑式的战役，对于中国国民党及其黄埔革命军具有重大历史作用和意义。之后，黄埔革命军在东征前线节节胜利。

棉湖战场上还有一个惊险转惊喜的插曲——

1925年3月12日，敌军乘右翼东征军久战疲惫，与黄埔军校教导第一团在棉湖激战，教导1团在团长何应钦率领下，以 2000 人兵力与 2 万敌军对抗，战场形势异常险恶。战斗中，炮兵连因大炮发射过多，撞针发软，已卸下炮身。下午，有一处阵地被敌人突破，阵线几乎崩溃，敌军冲到团部指挥所附近，大喊要"活捉蒋介石、活捉苏俄顾问加伦。"炮兵一连连长陈诚，当时正站在蒋介石身旁，炮打不响，他也干着急。蒋介石看着他气不打一处来，说道："你这个炮兵连长干什么吃的，把炮架起来，狠狠地打！"陈诚跑到炮兵阵地，对面黑压压冲过来叛军，明知炮弹已不能发射，又不好违抗命令，便硬着头皮，将炮架起，这时，父亲高声喊道："陈连长赶快开炮，一定能够打响的"。陈诚来不及思索，将一门山炮稍加调整，装上炮弹，亲自拉火，"轰"的一声响了，炮弹落正在向第 1 团指挥部蠕动的敌人中间，随即几个敌军被炸死。陈诚喜出望外，立即命令其他五门炮都架起来调试，结果均打响了。炮弹雨点般地落在敌群之中，敌人纷纷弃阵而走，炮兵连发皆中，似有天助。

黄埔革命军阵地上的官兵看到这戏剧性的一幕，顿时精神一振，纷纷对敌人发起反击，敌军开始动摇，黄埔革命军的阵地也转危为安，战斗取得了胜利。陈诚的突出表现和战绩，轰动了全团，受到了蒋介石的亲自嘉奖。

战斗结束后，陈诚问父亲，"你让我赶快开炮，你怎么知道一定能够打响？"父亲说，"我学过机械，撞针是因为打多了就发热发软，已经卸下好半天了，撞针已经冷却又变坚硬了，所以一定能打响。"

"哎呀，昌之兄，校长奖励我，更应该奖励你才对。"

"辞修兄，我们是革命同志，胜利最重要，最应该奖励的是我们牺牲的烈士！"

"昌之兄！！"他们的手紧紧握在一起。

参加棉湖战役（1925.3.13）黄埔革命军，在此役中伤亡达 1/3，仅第 1 团第 3 营，营党代表、副营长阵亡，3 个连长 2 死 1 伤，排长 9 人，还剩 2 人，全营官兵 385 名仅剩下 111 人。这是激战中牺牲的部分第 1 期生名单：

  杨厚卿：教导第一团第三营副营长
  王家修：教导第一团第二营排长
  陈 述：教导第一团副连长
  袁 荣：教导第一团副排长
  余海滨：教导第一团三营九连连长
  林冠亚：教导第一团第二营排长
  樊崧华：教导第一团第三连排长
  胡仕勋：教导第一团第五连排长
  于洛东：教导第一团排长
  刘赤忱：教导一团三营九连副连长

初出茅庐的黄埔革命军教导团，每战必克，每攻必举。奋不顾身，冲锋陷阵，视死如归。在攻打五华县城战斗中，父亲右腿负伤，那是 1925 年 3 月 18 日，简单包扎后被送回广州，在医院取出腿部弹片。经与牛牛商量，决定不通知奶奶和我母亲，那时，我刚满百天。

1925 年 3 月 12 日，战斗最激烈的时刻，校总理孙中山先生在北京病逝。

孙中山先生是 1924 年的最后一天，抱病乘车来到北京。

孙中山北上前发表了《北上宣言》，主张对内召开国民会议，结束军阀统治，对外废除不平等条约，反对帝国主义侵略，以期唤起民众，和平统一祖国。他经香港、上海取道日本赴京。

1925 年 1 月 26 日，孙中山住进协和医院，动了手术，发现癌细胞已扩散到肝脏，病情日趋恶化，国民党人商议预备遗嘱，由汪精卫、鲍罗廷、陈友仁起草和记录，遗嘱共有三个：《总理遗嘱》《致苏联遗书》《家事遗嘱》。

1925 年 3 月 11 日晚 9 时，孙中山自知病危，召集同志和家属来到床前，轻声说："现在要分别了，拿前日预备字来，到签字的时候了。"在场者无不唏嘘涕泪。

1925 年 3 月 12 日上午 9 时 30 分，北京，铁狮子胡同 11 号，中国民主革命的先驱、一代伟人孙中山，心脏停止了跳动，离开了他渴望独立富强的祖国，离开了他所热爱的世界，溘然长逝，享年 59 岁。

他留下了"革命尚未成功，同志仍需努力"的谆谆教诲，希望他的革命主张能够坚持下去，革命理想得到实现。

孙中山的逝世，是中华民族的巨大损失。他的爱国精神和历史功绩，永远为全体中国人民所敬仰。

3 月 13 日军校后方获悉孙中山逝世后，胡汉民令军校下半旗，停止操课，留校学生一律臂缠黑纱，以志痛悼。为避免影响军心，未告知东征军前线，这是在那个激荡的岁月里，让黄埔师生无比悲痛的消息，直至 3 月 21 日东征前线才接胡汉民来电，始悉校总理孙中山病逝。

父亲和黄埔官兵们都明白——同志努力，让革命成功，才是更好的纪念。

攻下淡水城奠定了第一次东征胜利的基础。

那激流跌宕的年代，校特别区党部在前线召开常委会，做出多项决议。主要决定有：派周逸群、黄锦辉赴梅县活动；出版《青年军人》第4期，名为《中山先生追悼号》。

3月30日，上午，军校在兴宁县城北门外才屋坝举行追悼孙中山大元帅及东征阵亡将士大会，将士们向孙中山总理庄严宣誓：

"我陆军军官学校全体师生，敬遵总理遗嘱，继承总理之志，实行国民革命，至死不渝！"

老屋。得知孙中山去世的消息，爷爷再次病倒。

是心之泪，是刀在割。

孙中山是他心中的民族英雄。在留学日本那段迷茫的岁月，是孙中山唤醒了他。在革命生涯中，孙中山上演无数史诗般悲歌，爷爷坚定不移追随。

爷爷床头有一张他和孙中山的合影，准确地说，那是爷爷第二次去日本留学时和部分追随者一起与孙中山先生的合影。

孙中山去世了，爷爷想到死亡，想到继续追随，久病的身体，第一次有了这样的想法。3月12日，定格爷爷的思绪，他慢慢失去记忆。悲痛中，爷爷无法解脱。

军校在梅县给第1期毕业生颁发《毕业证书》。证书上印有代表国民党的"青天白日"和代表共产党的"镰刀斧头加步枪"的图案，反映了国共两党共同创立军校的革命面貌。

这也是父亲一生最珍视的一张毕业证。

6月25日第1期补行毕业典礼，共645人毕业。

补充说明一点：1923年冬，广州大元帅府大本营讲武学校招生，1924年，由陈明仁、李默庵策动，学员丁德隆、左权到廖仲恺家反映情况，要求并入黄埔，11月讲武学校158人编入黄埔1期6队。

7月3日国民政府成立中央军事委员会，主席由国民政府主席汪精卫兼任，蒋介石、廖仲恺和胡汉民等任委员。

蒋介石当上了国民政府中央军事委员会委员，作为黄埔军校校长的他，向权力机关迈上了重要的第一步。

蒋介石也是阴谋家，他控制黄埔军校和军队，并利用了胡汉民和汪精卫的不和，通过分裂、挑拨，使自己一步步登上权力的顶峰。

汪精卫是"总理遗嘱"的起草人，革命者的代言人，但"谜"样的人生，带给他的是"谜"一样的下场。

1909年11月他行刺摄政王载沣，仅过24年，1935年11月1日他被刺杀，又过了9年，1944年11月10日，他因枪伤复发病死于日本。

1925年，包惠僧先生来到了黄埔，军校任命包惠僧为代理后方政治部主任，周恩来不再负责军校后方工作，专职东征部队政治部主任。

6月底，父亲喜出望外的见到包先生，他是父亲报考黄埔军校的推荐人。包先生亲手送给父亲一个小包裹，说是董老托他带来的一包湖北特产菊花茶，还有一本册子《中国国民党第一次大会宣言》，父亲隐隐感觉到什么，一个人拿起小册子来到僻静处，装着不经意的边踱步边翻看，果然，在书中夹着一张薄薄的小纸片："梅汛期满，更待果熟"。

——这是他和副代表约定的暗语。

——组织上批准他转为中国共产党正式秘密党员了！感谢党的信任，感谢党组织赋予的神圣使命。又有多少人能成为中国共产党秘密党员呢？

这一刻，对父亲是多么重要啊！报考黄埔军校是包先生推荐的，加入中国共产党难道也是他作为介绍人吗？其实，包惠僧先生给他带包裹就是带包裹，什么也没说，然而令父亲没有想到的是，黄埔军校接连发生了惊天动地的事……

噩耗传来——8月20日，校党代表廖仲恺在广州市越秀南路国民党中央党部（惠州会馆）门口遇害身亡，暗杀凶手抓到了，幕后黑手和谋杀真相却成为难以破案的秘密。

从1924年1月中国国民党第一次代表大会开始，廖仲恺被孙中山指派为大会主席团成员。会上当选为海陆军大元帅大本营秘书长、国民党一大中央执行委员、常务委员、工人部部长。协助孙中山筹建黄埔军校，任该校党代表，1924年6月任广东省省长。7月任国民党中央政治委员会委员，9月任大本营财政部长。11月任大本营参议、孙中山北上前夕任所有党军、各军官学校和讲武堂的党代表兼农民部部长。

年初，黄埔军校成立"青年军人社"，廖仲恺任社长。而周恩来领导下的业余文艺团体"血花剧社"更有鲜明的政治色彩，共产党员李之龙任剧社长，廖仲恺为剧社写了一幅"烈士之血，主义之花"的题词。

孙中山逝世后，廖仲恺坚定不移地贯彻执行三大政策，在平定商团叛乱、杨刘叛乱、北伐、东征等战役中起了重要作用，为巩固广东革命政权做出了巨大贡献，并支持省港大罢工。1925年7月国民政府成立，任财政部长、军事委员会常务委员、广东省政府财政厅长。

如此重要的职务兼于一身，廖仲恺不屈不挠地奉行三大政策，密切地同中国共产党人合作，支持工农革命运动，他所做的一切，无疑是对国民党右派、封建军阀和帝国主义的极大打击。因此，反动势力视廖仲恺为眼中钉，必欲置之于死地。从1925年7月开始，国民党右派分子就开始集中攻击廖仲恺，散布种种谣言，说他"赤化了"，"加入共产党了"，"拿俄国人的卢布"……企图搞垮廖仲恺，否定三大政策。面对右派反对分子的汹汹来势，廖仲恺与他们进行了不妥协的斗争，他们恨之入骨。进入8月，满城流传着要杀害廖仲恺的消息。当时在广州南堤有右派俱乐部"南堤小憩"，他们经常在此密划谋杀廖仲恺，廖仲恺面对这种情势，无所畏惧，继续孜孜不倦地工作。

1925年8月20日上午，廖仲恺携夫人何香凝乘车前往党部开会，半路上遇见陈秋霖，随即同车前往，不想竟在戒备森严的国民党中央党部门前惨遭杀害。周恩来闻讯赶赴医院探望。

如此嚣张近乎公开的枪杀，有如平地惊雷，广州震惊！军校震惊！师生陷入极大的悲愤之中……8月21日长洲岛因廖仲恺遇害，宣布戒严。

8月31日，军校举行追悼校党代表廖仲恺大会，廖夫人何香凝携子女参加——

廖夫人何香凝和高瘦的承志、长女梦醒，静坐廖党代表的灵前，师生们列队缓缓走过，追忆着廖党代表的件件往事，大家禁不住放声痛哭……

血花剧社的同学再次深刻体会到廖党代表题写的"烈士之血，主义之花"，有千钧之力，万丈激情！

他们在廖党代表灵前齐声歌唱——

> 莘莘学子，亲爱精诚，三民主义，是我革命先声。
> 革命英雄，国民先锋，再接再厉，继续先烈成功。
> 同学同道，乐遵教导，终始生死，毋忘今日本校。
> 以血洒花，以校作家，卧薪尝胆，努力建设中华。

以血洒花！以血洒花！歌声庄严沉着，久久回荡在黄埔岛上空，回荡在珠江上空，陪送廖党代表的英灵！

9月1日军校师生赴国民党中央党部，公祭校党代表廖仲恺，并护送灵柩到沙河驷马岗安葬（后迁葬南京紫金山）。

9月9日党军在广州北校场举行追悼廖仲恺党代表大会，军校师生出席参加，廖仲恺生前的言行感动了所有军校同仁，无论是教职员工，还是青年学生，都把他看成黄埔慈母。"黄埔慈母"这一美誉，廖仲恺当之无愧！

廖仲恺被暗杀，军校的学生们似乎一下更成熟了，众多未来的将军有了视死如归的坚定。父亲震惊，在黄埔军校，廖先生曾多次见他，廖仲恺和爷爷在东京时就相识……父亲学习勤奋，性格沉稳，办事细心，深得廖先生喜欢。那天晚上，在廖先生家里，父亲当面问起外面对廖先生的谣言，出乎父亲的预料，廖先生一句一顿地说道：

你要记住。我，还有你的父亲徐映奎，是永远忠诚孙中山先生的，我们是打过手模的！当时有好多人不愿意打手模，离开了。我们从心底也不赞成打手模的方式，但是，我们知道，中国民主革命离不开孙中山先生，民主革命需要加强孙中山的权威，这样有利于改变革命派组织涣散状况。我们打手模，归根到底是为了民主革命的大局，否则，民主革命的力量很快就分散了。至于共产党，在组织形式上，我虽不能加入，但是他们的主张我是完全赞成的，这不仅是因为我认识的共产党人都是最优秀的，更为根本的，他们为了国家和人民的利益，真正能够牺牲他们个人和他们党的利益，中国革命的未来，一定是在他们身上……

廖先生的教诲，更坚定了父亲对中国共产党的信心和信念。

父亲想起平日廖先生给他讲的："为党为国而牺牲，是革命家的夙愿，何事顾忌！""际此党国多难之秋，个人生死早置之度外"，"人生最重是精神，精神日新德日新"！又想起廖先生谈起的在日本和爷爷一幕又一幕往事，想起那些和爷爷一起参加辛亥革命时牺牲的人们，想起孙中山总理最后离开黄埔时讲的，"本校学生必能继续我之生命，实现本党主义，今我可死矣。"想到东征战斗中牺牲的同志们，想到革命之如此艰难、斗争之复杂残酷，想到组织上批准他做秘密党员的周密安排，想起副代表领着他的宣誓：

严守秘密，服从纪律，共产主义，牺牲个人，永不叛党！

这年 8 月以后的南国，阴雨连绵，狂风卷惊雷，闪电奔万里，珠江浪涛滚滚，奔腾直下，冲向远方。

为了适应革命形势的需要，以黄埔师生为骨干的党军，奉命扩编为国民革命军第 1 军，与军校分离，蒋介石任军长。此后，军校与军队的政治工作亦各自分立。9 月 19 日委任周恩来为国民革命军第 1 军政治部主任。

当时黄埔军校内部政治力量已经发生了尖锐的斗争。

1925 年 1 月，以共产党员蒋先云为代表的进步学生，发起了筹备成立"青年军人联合会"的活动。这个联合会，名义上是青年革命军人的组织，实际上是以周恩来为首的军校政治部联系青年军人的桥梁，是共产党对青年军人进行共产主义思想宣传的一种组织形式。父亲理所当然的和一些同学都是筹备"青年军人联合会"的积极分子。

另外，军校由贺衷寒、缪斌发起成立了"中山主义学会"，即后来成立的"孙文主义学会"前身。在军校中，孙文主义学会与中国青年军人联合会，形成两个对立的组织。孙文主义学会主编的《国民革命》周刊连续发表攻击马克思主义的文章，在思想上与中国青年军人联合会主编的《中国军人》杂志形成尖锐对立。

事实上，从大家入学起，就存在两种力量就不断较量，并且越来越公开化、表面化。黄埔同学个人的命运被紧密地与他所加入的政治力量连在一起，无论日后如何选择，事实上自开始选择的第一步就已经深深地决定了他未来的命运。而在国共两大政治力量角逐的舞台上，当时并不存在第三种可能。

但是有一点可以肯定：黄埔军校是中国共产党人最多的地方，因此，也是黄埔革命军最稳定的一部分。

1925 年 10 月至 11 月开始第二次东征。

蒋介石任总指挥，这是蒋介石全面掌握国民党军队的重要一步。之前，他获得的多为参谋长、参军一类不掌握实际权力的职务。他曾担任居正的参谋长，孙中山总统府参军、陈炯明的作战科主任、许崇智的参谋长，孙中山大元帅行营参谋长，第一次东征参谋长。

第二次东征，他被委以总指挥，他第一个踏上列车，坐在车厢里，望着窗外，他长长沉思。

这是一次没有把握但必须打赢的东征。党军、个人的命运全系于此。

集合好的部队已上车，时间一分一秒向前，蒋介石依然未下达出发的命令。

长长的军列静静趴在铁路轨道上，时间太久，列车里的士兵感到窒息。

蒋介石还在等，是武器、炮弹？即将开始的是一场血与火的厮杀。其实，他是在等一个人，是来自家乡"雪窦寺"太虚和尚，他登上列车，说了四个字"机不可失"。蒋介石下达了出发的命令。

第二次东征的主要目标是要拿下惠州。

惠州要塞，有传奇般的荣誉，神奇的故事。要塞已有两千年历史，攻打者甚多，攻克者没有。无法考证这两千年的战争，传说就这么流传着。有一点是真的，1922 年，孙中山直接指挥三万军队包围了要塞，还有三架飞机参加战斗，向要塞投下近百枚炸弹，把城墙炸开了100多米。然而敌军在城墙倒塌的地方用木尖柱修防御工事，守住了惠州城。

长时间思考，长时间的准备，蒋介石终于下决心了。火车启动，10月5日，他在列车上下达进攻惠州的命令。

强攻。围城战的开始。

突击队。围城战生命的付出。

飞机、大炮、惠州城北门被炸开。敌人的两挺重机枪，迫使黄埔革命军踏着尸体前进。

突击队队长牺牲了。

刘尧宸团长急了，带着陈赓、陈明仁等强突护城河，强攻城楼，他把突击队分成战斗小组，拔出手枪大声命令：

"冲啊！跟我来，杀！"

勇敢的团长鼓舞黄埔革命军向前冲。

勇敢的黄埔革命军呼啸而上。

然而冲在最前面的刘尧宸团长中弹了，他仍挺立着，大喊："登城！"刘尧宸阵亡。陈明仁背上他的尸体后撤，第一次强攻失败了。

突击队只剩下十几个人。

惠州要塞攻不破的魔咒笼罩着指挥部。

"取消惠州战役？"蒋介石自言自语。

但指挥部里的人都听到。因为他已从小声到怒吼着反问自己。

没有人敢吭气。周恩来沉默片刻，大声说："惠州战役不能取消，战斗要继续。"

蒋介石看着周恩来，咆哮："炮弹快打光了，放弃强攻，推迟进攻，等从广州运来炮弹！"

周恩来沉着。他坚定地说："时间已不允许我们等敌人增援部队赶到。我去动员再组建一支敢死队，决一死战，一定要取得胜利。"

这时，陈赓进来了，他说："强攻惠州城时，我发现城墙上是电网，应派人进城破坏发电站。"

陈赓，1922年加入中国共产党，黄埔军校1期。毕业后，留校任副队长、连长。参加了平定商团叛乱和讨伐陈炯明的东征，大将军衔，为人民的解放事业立下汗马功劳。

他救过蒋介石的命。东征时，蒋介石亲任前线督战，结果被林虎部击溃，蒋急火攻心，当场便要"杀身成仁"，陈赓眼明手快，下了蒋介石的武器，背着他一路小跑，冲出了包围圈；紧接着，陈赓不顾身体，长途跋涉疲劳，找到何应钦和周恩来的第一师，搬来援兵。

犹豫中的蒋介石突然回过身，绝望中显露出惊讶："攻城莫如攻心！"

再次攻城。

城里的发电站已被破坏，电网没电了。炮弹从广州已送抵前线，炮火中，突击队再次出发：在国民党旗、红色军旗引导下，三人一组的战斗小组冲锋在前，很快，几个战斗小组已突击到城墙根下。

敌人慌了，从城墙上扔下石头、石灰、滚水、手榴弹乱成一团。

蒋介石、周恩来就在炮兵阵地，他们指挥让炮弹落在城墙内，机枪掩护士兵排山倒海冲过去。奇迹发生了，陈明仁举着校旗，第一个登上惠州城头。黄埔革命军中的勇士们冲在最前面，第二个、第三个竹梯都搭在城墙上，黄埔革命军登上了城墙。

城墙上、城墙下、城门，都是尸体，分不清敌我，只是从尸体脚上的鞋子才知道哪个是我们的黄埔革命军。

异常惨烈的惠州之战，以东征军胜利结束，惠州要塞攻不破的神话被打破，以黄埔军校学生组成的黄埔革命军战斗英勇，不怕死。黄埔革命军的军旗已在惠州城头飘扬。

孙中山先生曾给黄埔军校明确任务，就是要培养一批具有奋斗牺牲精神，为打倒帝国主义及军阀而战斗的革命战士，从而建立一支为人民主权而奋斗的革命军。

历史让你去阅读，去思考，去面对——

所有的黄埔人都不会忘记黄埔的岁月，所有关心黄埔的人都想破解关于黄埔军校这道谜——办学条件并不算特别优良，是什么成就了黄埔的辉煌？

——从设施与训练场地等硬件来看，黄埔与北方的保定军校相比要差一大截，黄埔只设置步兵、炮兵、工兵、辎重、宪兵、政治等专业。学生核心军事课程是《步兵操典》《战术学》《兵器学》《地形学》，主要是面向步兵战场训练初级指挥官，而毕业学员也往往是到基层部队从连排岗位干起，与日后的将军差着十万八千里。

历史上的黄埔就是这样简朴，甚至有些简陋，但是一批优秀的青年集聚到黄埔，这个黄埔也将这批优秀青年培养成国共两党大批骨干将领，黄埔师生自 1924 年建校到新中国成立,经历了北伐、军阀混战、土地革命、抗日战争、解放战争,有的在中华人民共和国成立后又马不停蹄奔赴朝鲜继续作战。战争是最残酷的考场,坚忍、果敢、机智的人,会在一次又一次的作战中幸存下来,逐渐掌握战争规律,带领越来越多的后来者取得胜利。黄埔给了那些赫赫有名战将们一个难得的机会,一个奔驰疆场三十年的历史机会。

从自身原因看,黄埔军人被那个时代的主旋律所吸引,他们投身黄埔,是人生的一次重要抉择和转折,为了国家的统一,民族的振兴,义无反顾地走上了血雨腥风的战场。在那峥嵘岁月里,他们常常在炮声隆隆中前进,在枪林弹雨中奔跑,在短兵相接中拼杀;抱着武器而眠,与死神相伴,为国家为人民贡献了青春与热血,实现了黄埔军人的人生价值。从外部条件看,当时国共合作中新生力量与各界精英汇聚南方,黄埔作为新生政权一文一武两所院校之一,自然被各方看重。在国民党军内,统帅与嫡系将领的关系重叠交织着师生之谊,这是黄埔人独有的发展机遇。在共产党内,红军极其缺乏受过正规军事素养熏陶又在信仰上可靠的军事干部。这使得红军中坚定的黄埔人脱颖而出,日益变成各级骨干。

在红军与国民党军中,黄埔人20多岁当军团长的有,30多岁当集团军司令的也有。在血与火的时代,青年人有投躯报国的热情,政治统帅都重视中青年干部,愿意直接考查和破格使用。机缘具足,简陋的黄埔生出了不平凡的黄埔人。

"这是革命的黄埔!"黄埔1期同学讲的最多的一句话,成了每一期黄埔生最骄傲的名言——1926年秋,第5期开学，时任政治部主任熊雄找他留法时的同学，1925年春离法来到黄埔任少校政治教官的陈祖康，请他撰写一首新的校歌，陈祖康提笔就写下了这句"这是革命的黄埔"。

风雨一世纪，陈祖康作词，林庆梧作曲的《黄埔军校校歌》传遍了中国，也传遍了世界：

> 怒潮澎湃，党旗飞舞，这是革命的黄埔。
> 主义须贯彻，纪律莫放松，预备作奋斗的先锋。
> 打条血路，引导被压迫的民众！
> 携着手，向前行，路不远，莫要惊。
> 亲爱精诚，继续永守，
> 发扬吾校精神，发扬吾校精神。

1925年10月7日，苏联顾问鲍罗廷在国民党中央政治委员会第66次会议上，正式宣布为纪念孙中山先生而筹建的莫斯科中山大学建立，同时建议国共两党迅速选派学生赴该校学习。

由于正处于第二次东征期间，战事正频，而身为黄埔军校校长的蒋介石正在前线指挥作战，态度又不十分明确。这时又赶上蒋经国也要去苏联留学，让蒋介石显得很矛盾。但考虑到革命正在进行，"他当时需要苏联的支持"，蒋介石还是同意送儿子去莫斯科。除蒋经国外，在黄埔军校学生中，报名也非常踊跃，父亲被选中。

留学生先到上海，坐船去海参崴，再坐火车去莫斯科。

中山大学的留学生们在生活上得到了苏联政府的特殊照顾。当时的苏联，虽然战争的创伤尚未完全恢复，却为莫斯科中山大学花费了大量的人力、财力。据苏联档案记载：莫斯科中山大学预算达1000多万卢布。

莫斯科中山大学学制二年，中国学生来到这里首先要学习俄语。第一学年，俄语学习时间特别长，每天为4课时。中山大学基本单位为小组，1926年初约340多人，编成11个小组。到了1927年初，学生达600余人。其他课程为：政治经济学、历史、现代世界观、俄国革命理论与实践、民族与殖民地问题。第二学年的课程为中国革命运动史、世界通史、马克思主义哲学、列宁主义原理、经济地理等。中山大学还有一门重要课程就是军事训练，该课程每周一天，主要内容为步兵操典、射击、武器维修等。

在莫斯科期间，苏联布尔什维克安德罗夫是他们教员，严谨的教学方式，受到同学们的敬重。

黄埔军校的学生到莫斯科中山大学学习，斯大林寄希望于这批学生身上。他受鲍罗廷影响，寄希望蒋介石，认为蒋介石是可以领导完成中国民主革命任务的人，直到1927年蒋介石发动"四一二"反革命事变，斯大林才丢掉幻想。

在课程安排方面，安德罗夫主要教授政治和国际关系。父亲也参加一些较为系统的短期培训：情报的基本常识、情报的专业技能、情报分析科目、电讯的基本要领等。

安德罗夫周末会安排父亲和部分学员一起在郊外聚会，加深友情联络。特别是安德罗夫的侄女，美丽的姑娘卡丽娅，以其特有的热情，使每次聚会十分热烈。

有一次，在莫斯科郊外乘船游览，父亲和卡丽娅在一条船上。突然下起了淅淅沥沥小雨，沾湿了卡丽娅漂亮的连衣裙。雨中，用桨划船费劲，父亲索性脱掉上衣，披在卡丽娅身上，随即跳入水中，双脚打出浪花，双手推着小船向前，卡丽娅目瞪口呆、诧异、惊喜、陶醉，望着胸肌发达的中国小伙，雨还在下，微风撩起她的金发。

难忘的记忆，即刻在卡丽娅脑海。

伏特加酒是俄罗斯人生活的一部分，在某种程度上是他们精神寄托，它生动的反映并深深地影响了俄罗斯民族性格，并在一定程度上影响了俄罗斯民族性格发展轨迹。伏特加酒经过活性炭过滤、晶莹澄澈，不甜、不苦、不涩，只有烈焰般的刺激形成独特的味道。

莫斯科郊外聚会，伏特加酒是必备的，男女都喝，卡丽娅从第一次聚会就关注父亲，就细心观察父亲和同事们的喝酒，后来她发现父亲从未醉过，酒后父亲邀她跳舞，不管快节奏还是慢节奏，父亲都能踩在点上，她欣赏、喜欢这样的男人，酒后依然冷静且有风度。卡丽娅曾问过父亲能喝多少就。父亲笑答，因为没有醉过，不知有多大酒量，但父亲不好酒，安德罗夫认为，这是情报人员最佳素质。

情报界有句名言："不像间谍的人是最好的间谍"，情报人员要尽量职业化、社会化，地下工作人员的着装和日常行动都要求同社会上普通群众相近，既不过于出众引人注目，也不要太穷酸招人讨厌。按照通俗的解释，混在人堆中就找不到，见过面后就没印象的人，才是地下工作者的最好人选。

俄罗斯人崇尚酒文化的性格，伏特加酒是他们的上帝。特别是男人把伏特加看成是自己的"第一妻子"，父亲见到卡丽娅始终彬彬有礼，手中从未握着伏特加在她面前出现过。

卡丽娅对父亲说："看来我可以成为你的'第一妻子'了，因为你并不太在意伏特加。"说完他俩都哈哈哈笑起来。

卡丽娅常去约父亲，节假日、周末天，卡丽娅都会带父亲"郊游"，这已是公开的秘密。然而，他俩之间还有一个更大的秘密，父亲正在学习无线电通讯技术，卡丽娅成为掩护的最佳人选。去伏龙芝军事通讯学校，去列宁格勒无线电学校。他俩外出，在别人眼里似情侣，其实在情感方面，他俩谁也没有向对方有过表白。

抗日战争爆发后，安德罗夫任苏联红军四局远东国际情报局负责人，美丽姑娘卡丽娅则成为联络员。

这次到苏联留学，父亲看到了十月革命成功后给苏联带来的巨大变化，更感受到了布尔什维克坚强的领导能力，让他更加坚信，中国革命，惟在中国共产党的领导下，才能成功；中华民族，惟在中国共产党的领导下，复兴梦才能实现。

人世间有许多事，不以你主观愿望而转移，很多人的命运和那个时代一样，在你来不及思索的时候，就悄然发生了变化。赵汉增于1926年3月，从国民党军事筹备委员会调任黄埔军校军事教官，那时第5期刚刚开学不久。紧接着，10月，黄埔军校第6期也如期开学了。北伐、东征、黄埔革命军伤亡太大，急需人才。就在第6期学生中出了个大名鼎鼎的人物，他就是戴笠，别名雨农，浙江衢州府江山县人。1928年他就开始为蒋介石进行情报活动，随后成立国民党特务组织，调查通讯小组，一个只有十人的团队，深得蒋介石宠信。1932年中华民族复兴社成立不久，他任谍报活动特务处处长，按照蒋介石的旨意，杀害了大批共产党人和进步人士，对国民党内部反蒋势力也采取各种极端手段，给人以魔鬼印象。但他对部下重视中国传统文化忠义观，牢牢抓住了一批忠义之徒。全面抗战后的1938年成立"国民政府军事委员会调查统计局。"戴笠担任局长后，他一反以前的种种劣行，以抗日爱国为目标，训练大批特工，射击、爆破、下毒、电讯、刺杀汉奸、日伪头目，名满天下，谤满天下。按他自己的话说，军统是用血和汗写成的，军统的人，死亡临头，也要献出自己的生命。

赵汉增在黄埔军校任军事教官期间，与戴笠多有接触。当中华民族复兴社成立后，不知是念师生情，还是看中牛牛这个人，戴笠找赵汉增商量，把牛牛调到其任处长的特工处，负责情报汇集和整理工作。那时的牛牛不仅漂亮，且作风秉承姆妈莹莹大胆泼辣，令许多男人甘愿听她指挥调遣。

这就是在公开战场背后的隐蔽战场。国共双方，后来参加战争的各方：日本、苏联、美（盟）国等都相互交织着隐蔽战争，情报，复杂曲折，重重叠叠，而投身隐蔽战线的人，为了各自的利益选择或者背叛，诡异而惊奇。只有那些真正为信仰而献身的人，为了国家和民族的利益，为了"抱怀于主义，为人类造幸福，余志未酬，忠心耿耿……而奋斗！"

这是一群神秘的人物，他们曾经是"闲棋"、是"冷子，"关键时刻又是刺向敌人心窝的利剑。他们能无孔不入，无处不在，常常身临险境却能及时逢凶化吉，胜利了不能宣扬，失败了无法解释。他们甘愿将知道的一切深埋心底，直至带离人间，这是一段前仆后继的斗争史，是一场没有硝烟的生死搏杀。他们在民族斗争和阶级斗争艰险复杂的形势下经受了锻炼和考验，他们存在的意义，就是在某一个瞬间改写历史。

而徐昌之，中国国民党党员，中国共产党秘密党员。编号4455，代号"顿吾"。他从哪里来，将到哪里去，干什么？为什么？

> 莫斯科郊外的夜空，一片沉寂，突然，一颗硕大的流星，从天际中长长划过，把半个天空照得白亮白亮。

1927年底，父亲和在莫斯科中山大学留学的中国学生从苏联回国，这时国内的形势已经发生了巨大变化。

早在1925年11月底东征途中，蒋介石向周恩来提出要把军中和校中的共产党员以及加入国民党的共产党员名单交给他。周恩来指出，此事是关系到两党的大事，需要请示中共中央，婉言拒绝了蒋介石的要求。然而，蒋介石却举起了屠刀，创造白色恐怖，以致无数共产党员失去生命，他要夺军权和政权，因为在国民党内，他已无潜在的对手。1926年3月，发生中山舰事件；1927年年初，蒋介石就密谋策划"清党"，1927年4月，蒋介石在上海发动"四一二"政变，残酷屠杀共产党员和革命群众，并在广东和东南各省"清党"；1927年7月15日，汪精卫领导的武汉国民政府叛变革命，发动"七一五"政变。蒋介石、汪精卫相继背叛革命，第一次国共合作破裂，第一次国内革命战争失败。

1927年7月以后，国民党内形成了宁、汉、沪三个集团，8月上旬，宁汉达成妥协，宁汉合流后，由于蒋介石在和汪精卫、李宗仁等派系矛盾斗争中孤立无援，被迫于8月下野，10月出访日本。

1928年初，父亲再次见到陈诚时，他已担任军事委员会军政厅副厅长。一天，陈诚神秘而又严肃地对父亲说："蒋校长即将复出，准备再次内部清党；有人（康泽等）汇报，说你在莫斯科有亲共嫌疑？校长要你划清界限。"

父亲说："谢谢辞修兄关心，我和共产党没有任何关系。"

父亲的回答是早有准备的，当时中共秘密党员和中共没有组织关系，在档案里是没有记载的，只有中共高层少数几个人知道。组织在他回国之前就明确指示："长期潜伏，利用一切国民政府的公开便利关系，等待时机，听候指令。"

陈诚再见父亲也十分高兴，父亲有极强的亲和力。1928年3月蒋介石复职后，同年4月，陈诚任国民革命军总司令部军事教育处处长，5月任国民革命军总司令部警卫司令部司令官，兼任第一集团军炮兵集团指挥官，父亲在军事委员会政治部熟悉了一段时间，即任军事委员会政治部政训处处长，也加强和陈诚将军的友谊、信任、合作。

可蒋校长一直对父亲心存隔膜，这不仅因为父亲入黄埔前武汉中学的经历，父亲去莫斯科中山大学的学习背景更让他担心，特别是在苏联留学的十七岁少年尼古拉（蒋经国）同志，在"四一二反革命政变"后，在莫斯科中山大学集会上高喊"打倒反革命蒋介石"，并在苏联《消息报》上发表声明公开称"蒋介石……已走向反革命阵营，现在他已经是我的敌人了。"这些让蒋校长对留苏回来的黄埔生格外疑惑戒备，他怀疑父亲的亲共表现，是不是共产党呢？他曾密询心腹陈诚，命他调查，后陈诚回复蒋介石，力言并无其事，流言不足信，这才打消了蒋介石的顾虑。其实，协助陈诚调查的也是中共另一位秘密党员。

这是多年后，打入国民党高层的中共秘密党员告诉父亲的，那时，父亲身陷蒋介石怀疑之中，得知情报的中共秘密党员暗中保护了父亲，党关爱着父亲。

陈诚力荐这个徐昌之能胜任，这个徐昌之可解决，蒋校长就让陈诚安排，什么政训处处长，党政处长、厅长、政治部副主任、主任等，但是他从不应允徐昌之在军队任作战指挥官……父亲牢记组织要求，只要有事做，就把事做好，争取取得最大的信任和重用。只要便于长期潜伏，任何职务都接受。

黄埔军校留下宝贵的黄埔精神，那是一个特殊的年代，需要一批为民族献身的年轻人，黄埔军校从建立之日起，承载着孙中山先生要造就理想的革命军作为革命的基础这一使命，黄埔师生在平定商团叛乱和东征、北伐战争中英勇顽强，不畏牺牲，立下了不朽的功勋。抗战爆发后，国共两党黄埔师生再度携手、并肩作战，为中国人民抗日战争暨世界反法西斯战争的胜利付出重大牺牲，谱写了不朽篇章。

"统一是中国全体国民的希望，能够统一，全国人民便享福，不能统一，便要受害。"孙中山先生的谆谆教诲，始终植根于海内外黄埔人心中。

父亲从黄埔军校走出，经历的是漫长的寂静，承担的是一个无法用语言表达的深刻领悟。

黄埔军校的历练，让父亲对自己的选择，对自己承担的使命，充满了期待，布尔什维克在苏联取得的成功，给了父亲不可抑制的自信，更坚定了自己的理想信念，更坚定成为中国共产党忠诚的战士，他要为自己的信仰而坚持、而奋斗，因为这是一个需要用生命捍卫的神圣而伟大的事业。

父亲感慨："天若有情天亦老，人间正道是沧桑。"

兵变之夜

樱花，日本的国花。到日本，一定要去赏樱花，樱花是日本人最喜爱的花。樱花纯洁、清雅、高尚，特别是樱花那种毫不迟疑地开落，豪爽性格，也深深感动那些因赏樱而悲的人们。

1300多年前，日本就发现了山野樱花。传说，那时山野里有一位倾国的美少女，一日，她坐在樱花树下伤感落泪，正好天皇行至此，问道，你如此美丽，为何坐在樱花树下落泪。

美少女答："樱花生情，可惜了。"

天皇说："为什么？"

美少女答："樱花的芳心，只有我一人独赏。"

天皇说："为什么不多请朋友一起赏樱。"

美少女答："落樱惜情，太短了。"

正在这时，站在樱花树下的天皇，被飘落的樱花瓣撒满一身，诗兴大发，当场作诗。

传说中的故事，为日本人赏樱定下基调。在平安时代，即公元830年以后，日本人赏樱的本土风尚已形成，不仅是贵族，平民们赏樱的意识也开始觉醒。《古今集》中，更有这样的表述："世间若无樱花艳，春心何处得长闲？""山樱遍野白云卷，雾底霞间闻芳芬。多情最是依稀见，任是一瞥也动人。"

樱花已成为日本人的骄傲，他们也把樱花作为勤劳、勇敢、智慧的象征。

日本学校新学期开学是4月1日，新的财政年报也是4月1日。樱花年年飘落年年开，希望生命的复苏能和樱花一样，每年四月，人们盛装打扮，亲戚、好友、家人，早早来到樱花树下，席地而坐，井然有序，似中国人的野炊，特别是年轻人，他们把樱花视作是爱情与希望的象征，他们相约而来，牵手而去。樱花树下的约会，千年来是日本青年人的时尚，也是他们对质朴、纯洁的爱情的追求。

樱花乍开乍现，边开边落，短暂灿烂后的"壮烈"。这是日本的文化意象，也是他们的哲学"落樱与寂灭"。

一位大家曾有这样的描述："妩媚娇艳的樱花飘舞，人民把酒而坐，一边赏樱花，一边畅饮，多么美妙的场景"。

老屋院落前也有一排樱花，是爷爷为樱子专从日本引进的。每年五月初，恣意地盛开，樱花树下，粉色与绿色是一对双胞胎，她们永不分开，时时相伴。

1936年2月21日。

东京开始下大雪，越下越大，一点停的意思也没有。是近五十年来，东京下的最大的一场雪。

雪下了三天三夜，路上堆积膝盖深的雪。披上银装的东京，冷啊，只有三两个摄影爱好者走上大街，他们要留下雪的记忆。

离日本皇宫不足千米处有一座小山，小山的后面有几排四层钢筋混凝土结构的新式建筑。政府阁僚们的官邸都在这儿，最大的一幢是首相的官邸。

小野太郎住在陆军官邸，他的妻子病了好久，已是高级护士的樱子整日陪同照顾，那几日小野太郎太忙，他的秘书是他妻子的侄儿祯尾，也就是百合的丈夫。

25日，天气放晴，阳光出来了，气温仍然很低，下午，香田清真大尉、安藤辉三大尉、河野寿大尉、野中四郎大尉等9名政变核心军官正在密谋，他们要发动"兵变"。他们都是"御林军"的军官，驻扎在皇宫外侧的第一师团兵营。清水中佐所在部队，驻扎在京郊。

"兵变"，在当时日本政治体制下，注定是死路一条，因为兵变者们并不是想夺取日本最高统治权，而是要建立军事独裁政权。

告密者是个少佐军官，他向当局密报，一批少壮派军官要发动"兵变"。很快，皇宫后新式建筑的门窗加固了钢筋铁条，直通宪兵队、警视厅的报警器专线架临，别样新式建筑的房屋外形，又回到了几世纪前。

26日清晨四点。香田清真发出指令，开始行动。

香田率一组攻占陆军大厦官邸，他要强迫高级将领们支持他们。

粟原安秀中尉率领一组直奔首相府。他们冲进官邸，首相冈田启介已被惊醒。秘书打电话到警察厅，接电话的则已是"兵变"士兵。他又给宪兵队打电话，宪兵队回答，"局势失去控制，我们无能为力。"

吉佳稚清率领一组奔藏相官邸。

长坂井直中尉率领一组奔内大臣官邸，高桥太郎少尉率领一组奔教育总监官邸。

……

听到枪声，祯尾急忙将小野太郎藏进密室，顿时枪声大作。刚从密室出来的秘书就被士兵枪杀，躺在床上的小野妻子和正在照料嫂子的樱子，也遭到一阵扫射，身上留下无数弹痕，陆军官邸被血洗。

天亮了，"兵变"已结束，清水第一个从京郊赶到小野太郎家，只见小野太郎目光呆滞地坐在地上，妻子死了，妹妹樱子死了，秘书也倒在血泊中。清水扑通跪在小野面前，"这是怎么啦，这是为什么呀！"他不明白这些年轻少壮军官，为什么对他们的上司如此下手，还杀害了那么多的无辜。

当一雄赶到大舅家时，樱子已停止了呼吸。他抱起母亲，他麻木了。压抑，又恣肆。军国主义的狂热者，对同胞也下毒手。救护车来了，他和大舅一起护送樱子、大舅妈、秘书，离开了官邸，等百合赶到时，房门大开，屋内一个人也没有，屋前零乱的脚印、汽车的痕迹，她呼喊、奔跑，雪地上留下一片零乱的脚印。

这就是著名的"帝都不祥事件"，日本帝国陆军的部分"皇道派"青年军官率领千余名士兵对政府及军方高级成员中的"统制派"意识形态对手与反对者进行刺杀——

"二二六政变"最终遭到扑灭，19名叛军领导人处以死刑，40人被处监禁。间接相关人物亦被调离中央职务，日军陆军中"皇道派"势力就此衰弱，日本国内曾一度流行以刺杀方式达到政治诉求的活动也就此终止，军方对于政府决策的影响力也大增。

讽刺的是，皇道派发动政变时所积极追求的目标，例如军部独裁、国家政权法西斯化，在政变失败后反而得以实现。这不仅是因为同属法西斯派别的"统制派"牢牢掌握了军部大权，而且内阁也被以新首相广田弘毅为首的文官法西斯集团所控制，而同时增加了日本帝国军队主流派领导人对日本政府的政治影响力。在日本，没有人再敢得罪军部，因为他们想杀谁就杀谁，表面上虽然仍是文人掌权，首相广田弘毅是文官，但他恢复了陆海军大臣现役武官制。就是陆海军大臣，一定要由军部推荐，所以日本进入了军部法西斯独裁，兵变之后，军部控制了整个日本。

日本陆海军长官西乡隆盛说："日本国力不强，唯有攻伐战斗，远渡海外，乘欧洲列强无暇东顾之机，侵略中国，才能跻身于世界列强之林。"

以东条英机为首的"统制派"在日本陆军占据领导地位，他们得到日本财团支持，同时，也确立了全面对外进行侵略的国策。

日本军国主义抬头，那些坦然杀戮中国人民的日本士兵的人生已被扭曲。

惨剧就这样酿成，完全失去理智的少壮军官们让小野失去了最爱的亲人，其实小野太郎也是战争鼓吹者，他也有无法躲避的两面性。"二二六事件"后，在小野太郎极力主荐下，清水调入陆军部，并提升为大佐。

百合失去了母亲，失去了丈夫，失去了理智。

百合身材娇小玲珑，怎么看也是个美人胚子。如果不是大舅的撮合，她或许有另一种人生。大舅妈侄儿祯尾给大舅当秘书，精明俊朗，勤勤恳恳，大舅十分喜爱。家里人都看出，清水和百合有点青梅竹马的味道，可为什么大舅还要撮合这桩婚姻，百合不明白，可她又是乖乖女，因为母亲也希望促成这门婚事。百合顺了大舅和母亲的意，结婚那晚，祯尾和百合喝了交杯酒，微微泛波的酒杯里，映出百合脸上红扑扑的颜色，有一缕幽香，生死相依的诺言，百合寻找到了幸福。婚宴结束后，当百合光溜溜躺在祯尾身边，他却没一点感觉，或许是累了，酒喝多了。百合安慰，让他好好休息。又过了几天，依然躺在祯尾身边的百合，用手柔柔地抚摸祯尾的身体，他依然没有反应。此刻百合才明白，难以启齿的生活降在她头上。百合的美好憧憬碎成两瓣，一瓣在梦里，一瓣在欲哭的泪里，默默承受，暗暗流泪，上天给了你美丽，美丽并没给你带来幸福，伊人不在，独留你。婚姻除了结婚生子还有陪伴，对百合而言，陪伴似乎早了点。除了这档事，祯尾对百合特别殷勤，可以说是百依百顺。

入夏了，天气闷热，百合紧锁大门，紧锁自己的心。

入夜，电闪雷鸣，雷声从远处滚来，楼房也摇晃起来。天空一道光，把房间照亮，闪电了。百合胸闷，隐隐作痛，她无法从悲痛中回到现实。

清水来过几次，他想敲开百合家的门，敲开百合心灵的门，百合没有开门。小野太郎劝过百合，不要总这样悲痛，日子还得过，要从纠结中解脱自己。尽管他也失去了妻子，失去了妹妹，他也要面对，也要一天天活下去。

　　一天，两天，一月，两月。百合挣扎着。

　　没有人知道百合的悲伤，没有人读懂百合赏樱的凄美。

　　如花似玉的百合，一夜间母亲离开了、丈夫离开了。虽然丈夫并没有给她带来人生期盼的幸福，但那也是丈夫啊！樱花晨开暮落，正值青春的百合已过早花落了。曾经充满活力的生命，悲痛惜别，无限伤感，百合无语。

　　去年的四月，祯尾并没有陪百合到樱花树下。虽心中涌出一股股酸楚，但她理解，独自一人在樱花树下，她听见自己的呼吸，那朵与她最近的樱花，就在她的嘴唇边，轻轻地颤动，凝固在春风里。避开人潮，避开喧哗，躲在季节安静的角落，静静地欣赏，无声的陪伴。一阵风吹来，花瓣轻轻飘落，春心，醉了自己。不是水彩画，是尘世的桥，连接着喧嚣与静谧，连接着春天里的梦。

　　解铃还须系铃人，清水最终感动了百合。

　　年底，又是个风雪夜，百合害怕风雪天，她的母亲，她的丈夫是在风雪天走的。她去了酒吧，她怕一人待在家里。从酒吧出来时，她已大醉。叫了一辆车，在东京城转了一圈，又回到了酒吧。她记不清自己的家住在哪儿。司机只好把她拉回酒吧。刚下车，推门进酒吧，几个醉汉堵住了她，架起她就走，百合不省人事，任凭他们拉着。

　　清水出现了，他上去打倒几个醉汉，把百合抱上自己的车。

其实，那夜，清水一直跟着百合，从百合出家门的那一刻，他就跟着。百合进去喝酒，他一直坐在酒吧外自己的车中。百合坐车在东京转圈的那会儿，他的车也跟着，他担心风雪夜百合会孤独，他去了百合家，也跟着百合去了酒吧。

他知道百合恨自己，作为军人，连近在咫尺的亲人都保不住。

记得百合上小学的第一天，回到大舅小野太郎家，开门的正是清水。百合进门，回头便问："你是谁？"

清水答："我刚来几天，是你哥哥。"

百合说："你刚来怎么就成了哥哥。"

百合的天真，把小野太郎逗笑了，樱子也笑了。

清水的父亲和小野太郎是生死之交，因病不幸早逝。临死前，他把清水托付给小野太郎，清水也住进小野太郎家。

清水说："我以前在离家很远的地方读书，所以你没见过我。现在我回家了，就在附近读书，我们以后就可以经常见面了。"

百合恍然大悟："我以为后进家的应该是弟弟呢？"

清水只比百合大两岁，百合的天真，成了他永远回忆的"童趣"。

当百合醒来，已是中午了，发现了坐在地上的清水，他睡着了。百合好像记得她半夜去卫生间吐过，有个人扶着她，迷迷糊糊的。是他守护了一夜？是他的声音把她从朦胧中带回。

"百合，起来冲个澡吧。"

从此，百合原谅了清水。

从此，清水也常来看她，鼓励她走出阴影，融入社会。百合对清水的态度也从抵触到不拒绝到接受。百合常去大舅小野太郎家，在这里，她常偶遇清水，其实是她每次来，小野太郎都会悄悄打个电话给清水，偷偷告之。

单纯阳光的百合，脸上慢慢有了红晕，身体渐渐在恢复。

一雄高中毕业后，应母亲樱子的要求，进入东京医学院学习外科，两年后赴德国留学；巧的是，一雄高中最要好的同窗田中君在樱子大哥的举荐下，去德国学习无线电与密码。两年后，回日本。他们分别成为战时外科专家和无线电密码专家。母亲的离去，他蓦地产生了与自己极不相称的动荡情绪，"我是谁，我在哪儿？"一雄茫然。当明白自己什么都不是时，他接受了军方派遣，随侵略军来到了中国。

这一年，清水也来到了中国，他从日军陆军部直接派遣到前线。此时，清水已是师团长，在侵略军直辖兵团任职，主要任务是为战略预备及维持占领区之安全为主。

来中国前夕，清水将百合安排到日本"泰和国际贸易公司"工作，这是一家有强烈军方背景的公司。去公司上班的第一天，百合就对清水说过，她要去中国，要回老屋。那里有她的父亲，还有她的另一个母亲，有可以听她吐衷肠的人。百合知道，那也是她生命中和生母一样重要的人。

清水承诺，一定满足百合的要求。

1937年11月12日，日军占领上海。"泰和国际贸易公司"中国总部在上海成立，百合也到了上海。

上海满目疮痍，没有昔日的光彩。这个曾经比日本东京还要繁华的城市，不再繁华。到处是战争留下的痕迹。百合行走在街上，连她也怀疑这是上海吗？很小很小的时候，她的父亲讲过上海，上海的高楼、上海的小吃、上海的文化、上海时髦的衣着、上海人的说话像歌一样美。她的父亲每一次去日本，都是从上海走的，都会给她带来上海好吃的，好玩的。

1937 年 12 月 13 日，日军攻占南京城。开始持续 6 周直到 1938 年 2 月的大屠杀，有 20 万以上乃至 30 万以上的中国平民和战俘被日军杀害，南京城被日军大肆纵火和抢劫，致使南京城被毁三分之一，财产损失不计其数。当时，百合在上海听到了南京大屠杀的消息，她对清水说："哥，我不想去南京，我怕勾起痛苦的回忆。"

清水听懂了百合的意思，他说："你在公司好好上班，我们很快会占领武汉的，届时，请你去。"

那时上海物资奇缺，什么都缺，公司生意很好做，倒腾点生活的基本物资，都可以赚钱。

百合无心做生意，也不需她做什么，但一些重要的商业谈判，老板山崎会叫她当翻译，山崎是清水高中的同学，他信任百合，他还要求百合学会发报，这是商业的需要。

当年蒋介石也是从热血青年一步一步走向权力的顶峰，他先是在苏联顾问鲍罗廷帮助下，通过廖仲恺被刺案，逼走许崇智、胡汉民，夺取了政权，通过"三二〇"中山舰事件整理党务案，打击中国共产党，扩大自己的势力，建立以自己为中心的统治，篡夺革命领导权，这一年，蒋介石40岁，已有20年的国民党龄。完成了这些事，没有任何人能阻挡蒋介石成为国民党及其军队的最高统帅。

1931年，日本军国主义悍然制造了九一八事变，他们在沈阳以北不远的柳条湖炸毁了一段铁路路轨，反诬是中国军队所为，立即向东北军驻地北大营进攻，第二天凌晨占领了北大营和沈阳城。随后，继续用武力侵占中国东北三省。1932年，他们又在东北制造了一个"满洲国"。

然而，内忧外患并未止步。1937年7月7日夜，日军在北平西南卢沟桥附近演习时，借口一名士兵"失踪"，要求进入宛平县城搜查，遭到中国守军第29军严词拒绝。日军遂向中国守军开枪射击，又炮轰宛平城。震惊中外的"卢沟桥事变"爆发。

这一天，是中国人民永远无法忘记的日子。从这一天起，中国人民悲愤的情绪郁积着、奔腾着，整个中国就像一座喷薄欲发的火山。

七七事变的第二天，中国共产党中央委员会就通电全国，呼吁："全中国的同胞们，平津危急！华北危急！中华民族危急！只有全民族实行抗战，才是我们的出路！"并且提出了"不让日本帝国主义占领中国寸土！""为保卫国土流尽最后一滴血！"的响亮口号。

卢沟桥上，静默不语的石狮怒吼。"天地英雄气，千秋尚凛然。"

蒋介石提出了"不屈服，不扩大"和"不求战，必抗战"的方针。蒋介石曾致电宋哲元、秦德纯（第29军副军长兼北平市市长）等人"宛平城应固守勿退"，"卢沟桥、长辛店万不可失守"。1937年7月17日，蒋介石在庐山发表谈话，指出"卢沟桥事变已到了退让的最后关头"，"再没有妥协的机会，如果放弃尺寸土地与主权，便是中华民族的千古罪人。"

对于在卢沟桥战斗中英勇抗敌的29军，全国各界报以热烈的声援。各地民众纷纷组织团体，送来慰问信、慰劳品；平津学生组织战地服务团，到前线救护伤员、运送弹药；卢沟桥地区的居民为部队送水、送饭，搬运军用物资；长辛店铁路工人迅速在城墙上做好防空洞、挖好枪眼，以协助军队固守宛平城；华侨联合会也致电鼓励第29军再接再厉。

七七事变是日本军国主义全面侵华战争的开端，中国的全民族抗战就这样开始了。从"九一八"算起，中国整整进行了14年抗战。

继"九一八"事变后，1936年12月12日，西安事变，年过半百的蒋介石接受了中国共产党的倡议：国共两党组成抗日民族统一战线，一致抗日，开始了第二次国共合作。

苦难的中华民族看到了希望。

中国军民对日本侵略者进行了殊死抵抗，短短一年之内，先后发生的大战役就有：

    平津作战（1937年7月）

    太原会战（1937年10月—1937年11月）

    南口战役（1937年9月）

平型关大捷（1937年9月25日）

忻口战役（1937年10月）

娘子关战役（1937年10月—1937年11月）

太原保卫战（1937年11月）

淞沪会战（1937年8月—1937年11月）

四行仓库（1937年10月26日—11月1日）

南京战役（1937年12月）

徐州会战（1938年2月—1938年5月）

台儿庄大战（1938年3月—1938年4月）

兰封会战（1938年5月—1938年6月）

武汉会战（1938年6月12日—1938年10月26日）

刘凡 著

【下】

目录
CONTENTS

下 册

依依老屋	297
武汉会战	318
风雨江城	366
恩施专员	402
深山"十八垇"	442
激战野三关	478
宜昌故城	504
鄂西会战	533
保卫石牌	554

尾 声	583
补 疑	593
跋	597
出版谢辞	606
参考书目	608

依依老屋

疲惫的时候，老屋是枕头。

枕在立冬，迎来寒冷；枕在立春，迎来雨季；枕在立夏，迎来伏天；枕在立秋，迎来凉爽。枕在老屋，迎来又一年的四季。

枕着枕着，连梦都坠落在老屋里。

这一天，奶奶会站在院落的桂花树下，会走到牛车山上，她放不下心中的期盼，还有让她牵挂的从老屋走出的男人；

这一天，奶奶还会去"竺台寺"，做早课，烧香；

这一天，奶奶还会去"禅茶遗处"，看她的茶园。

奶奶虔诚，每一季的这一天都会这样。

我慢慢长大，清晨，会在牛车河边跑步，牛车河水是我生命的记忆，而我小时候最难忘的是在院落中间桂花树下，奶奶讲故事给我听，她会讲她小时候的事、父亲小时候的事，讲中国传统文化、讲民族英雄。

每次听奶奶讲故事，我会搬个小板凳，乖巧地托腮坐在奶奶身边，趴在奶奶腿上，歪着头，睁大眼睛听，奶奶的故事，像牛车河水，长流不断。她说，她喜欢瞧我听故事的神态，那神态让她也有讲不完的故事。奶奶知道好多，什么故事都会讲，连我母亲常常凑过来一起听。

那天，在老屋院子的桂花树下，奶奶呼唤我的名字，我知道，她要给我讲故事了。我母亲赶紧凑过来，她听故事的神态和我一样认真。其实我挺自豪的，奶奶说了，她只给我讲故事，对其他人谁也不讲。

很久很久以前，我们黄州属于楚国，那是个非常强大的国家，北抵幽陵，南至海滨，西到流沙，东达蟠木。中国的南方，都属于楚国。楚国的祖先是古帝颛顼氏，是轩辕皇帝的孙子，他知识渊博，足智多谋，善于经济，端诚以祭祀。

奶奶喝了一口水，讲楚国的故事，希望你记住两个人。一是大禹，他是帝颛顼的孙子。大禹治水，居外十三年，三过家门而不入，最终疏通了九条河道，垦荒九州良田。其功德后人受益，铭记。

第二个要记住的人物叫屈原。他是一位伟大的爱国诗人，他心忧家国，情系百姓，身上凝结了中国数千年来对爱国情怀最浓烈的情感与最深重的寄礼，其人格魅力和思想精髓成为世世代代中国人的格标尺。

"你知道屈原姓什么吗？"奶奶问。

我不假思索地说，当然姓"屈"呀！

奶奶说："不对，屈原是楚国公族，他应该和楚国国君同姓，姓芈。"奶奶用手蘸水在小桌上写出来。

"啊!"

奶奶接着讲,公元前 340 年屈原诞生于湖北秭归三闾乡乐平里。早年受楚怀王信任,任左徒、三闾大夫,常与怀王商议国事,参与法律的制定,主张章明法度,举贤任能,改革政治,联齐抗秦。但这一主张遭到权贵势力的强烈反对,楚怀王开始疏远他,最终被流放。

公元前 278 年,秦军攻破楚国都城,屈原心如刀绞,感伤至极,他深知救国理想不能实现,唯有以死殉国。

他在《九歌·国殇》中写道:"诚既勇兮又以武,终刚强兮不可凌。身既死兮神已灵,魂魄毅兮为鬼雄。"那些为国献身的将士们,不仅具有勇于冲锋陷阵的气魄,还有誓死不屈的精神。

公元前 278 年五月初五那天,他抱着一块大石头,跳到汨罗江里自杀了。

那一天,得到这个信儿,当地人都划着小船去救屈原。可是一片滔滔江水,哪儿有屈原的影儿。大伙儿在汨罗江上捞了半天,也没有找到屈原的尸体。

屈原为什么要自杀呢?我问奶奶,奶奶并没有立即回答我的问题,只是长叹一口气,接着说:

到了第二年五月初五这一天,当地的百姓想起这是屈原投江一周年的日子,划船把竹筒子盛了米撒到水里去祭祀他。后来,又他们把竹筒子盛着米饭改为粽子,划小船改为赛龙舟。用这样的方式纪念屈原,随着时间的推移,活动渐渐成为一种风俗,人们把每年农历五月初五称为端午节。

我似懂非懂,而奶奶的故事,却引起我母亲长长的回忆。这些故事，她知道，只是再次听奶奶讲起，难免有更多的联想。大禹治水为民的精神，屈原的爱国主义精神，值得我们尊重、敬仰。

奶奶讲的许多故事，虽然我不全听得懂，但都很感人。因为她眼中总有泪花。

有一个故事，我至今仍记得，是一个关于中华文明的故事。

很早很早以前，咱中国就是地球上的一个村，有两个村长，最早只有几百人，像滚雪球一样滚到现在。那两个村长是谁呢？一个是尧、一个是舜，就在渭河边。从千年农耕文明，千年传统儒家文化到黄河文化与长江文化，一次又一次互动、融合直到今天。这个过程是文明的演进过程，文明的生成过程，文明的沉淀过程。

"清明时节雨纷飞，一壶清茶祭前人。"中国人对祖宗崇拜，中国人的家族观念，中国人对历史的自豪感都是根植于伟大的中华文明。

或许，在奶奶眼里，我已经长大了。

奶奶讲的故事，深留在我心底，影响我成长的人生。

我大舅爷雪山是裁缝，在汉口汉正街东头有一家叫"汉祥福"的店铺，生意可好了。没几天，大舅爷来老屋了，告诉奶奶说，在汉口汉正街西头，刚成立了一家"益和贸易商行"，有来头。他小声告诉奶奶说，是日本人开的。尽管声音很小，但我还是听见了，那年我 6 岁，日本侵略军占领了东北三省。

"益和贸易商行"开业那天，鞭炮声中，老板田富贵率员工在店门口迎着宾客。商界、政界、东北皮货商、东南亚商人纷至沓来。

还真是我大舅爷说的，老板田富贵就是日本人，叫池田。他先期抵汉口，为贸易商行的开业已筹备小半年。凭借个人的聪明才气，加之雄厚的资金实力，很快在武汉政界、商界交了不少朋友。

也就在这一年秋天，太爷、太奶奶在老屋同一天仙逝。炊烟依旧，秋风无语。太爷虚94岁，太奶奶虚90岁，他们的一生，有太多可以书写的故事。太爷一生习武，晚年能用平和的心态面对一切，终日研究儒家的道、诚和中庸。听奶奶说，她头一天还扶二老在院子里晒太阳。晚8点伺候二老休息。第二天一早去请安时，发现二老无疾而终，没留下一句话。

其实头一月，雪山来过老屋，按奶奶的吩咐，为二位老人送来百子图的寿服。

太爷、太奶奶头七那天，一身戎装的父亲火速赶回老屋。

在太爷、太奶奶棺木前，父亲先行了一个庄严的军礼，"祖父祖母大人，孙儿送您们来了……"在我依稀的记忆中，高大坚强威猛的父亲眼眶噙满泪珠。

自入黄埔军校以后，父亲很少回老屋。太爷戎马一生，父亲多想再次聆听太爷的教诲，多想让太爷看看戎装的自己，父亲有太多杀敌报国的梦想。因此，尽管太爷、太奶奶是喜丧，但仍很难接受这一事实。

披麻戴孝，已换孝服的父亲和爷爷一起为太爷、太奶奶守灵。

站在爷爷身边的父亲，看着仙鹤西去的太爷、太奶奶，眼里射出无法抗拒的火花，滚出的泪水如上膛的子弹，激情燃烧。作为军人，他怎么也弄不明白，东三省就这么丢了。"九一八事变"是日本昭和军阀集团形成后的首秀，而不是主官的三个参谋军官：板垣征四郎、石原莞尔、土肥原贤二操盘，居然得逞。当时东北统帅张学良在北京，国民政府最高军事统帅蒋介石在江西。"攘外必先安内，先安内而后攘外。"父亲理不清这逻辑关系，秋日里，忧伤。忧伤里，无语。

看着父亲的男儿血气和义愤填膺，爷爷心里释然。作为革命的前辈，爷爷理解父亲的苦愁。

爷爷敬香，对躺在棺木里的太爷、太奶奶说："父亲母亲大人，您的孙儿长大成人了，已是一条血性好汉，二老在九泉之下亦可安心。"

爷爷转过身对父亲说："之儿，局势复杂啊！为父早年几渡东瀛，对日本太了解了，这是个虎狼之邦，你们一定不要掉以轻心。我老了，保家卫国的担子落到你们肩上了，这担子重啊！记住，国家好，家才好！要继承中山先生遗志，'联俄、联共、扶助农工'，这才是中国的希望。"

奶奶对父亲说："之儿，我嫁给你父亲时，他是一名秀才，可他现在也算是国民党的老人了。你父亲是个理想主义者，历经坎坷，历经磨难，历经失败，但他初衷不改，信仰不变。"

爷爷奶奶在太爷、太奶奶棺木前的一席话再次震动了父亲，父亲遗传了太爷的身骨，继承了爷爷的坚定，而影响他最多的则是奶奶的睿智。父亲沉思，河边徐家还能承载什么？牛车山上的呐喊，牛车河的水咆哮，把父亲的心填得满满的，此刻，他又多了一份刻骨铭心的记忆。

父亲说："父亲母亲大人，你们放心，你们说的我都记住了，这次不能在老屋多住，请您们谅解。"

奶奶说："你回来就是老辈们的福气，他们有福，不仅高寿，还携手同归，这是福报。明天下葬后，你就可以走了，他们会保佑你的。"

太爷、太奶奶合葬在牛车山上。

人生的遗憾，父亲感受太多。他对静娴说："老屋需要你，母亲需要你。"他转身摸着我的头，"快快长大，早日成为国家需要的男人。"

我母亲属于那种上得厅堂下得厨房典型的在农村中长大的女子，和父亲一起闹学潮那会，整个心都交给了国家。嫁到河边徐家，又是那么安静，整个心都放在这个家。当她把目光从父亲眼神里慢慢收回时，只说了一句："一切听你的。"

一直躲在云层后面的月亮，不知什么时候，冲出厚厚的云海，月光余晖洒在了牛车山上，洒在老屋屋顶。

牛车河水一直是静静流淌，可这一年突然咆哮起来，浊水了，河水翻滚、奔腾，三十年不遇。

送走太爷、太奶奶，隔着岁月的长河，怅望嫁到河边徐家这些年，奶奶也多了一份感慨，院子里的那棵桂花树又换了新叶，依旧安静地庇护着老屋。奶奶常去"禅茶遗处"，于是一条小路就这么走出来了，奶奶也带爷爷去"禅茶遗处"，于是小路边多了两张凳子，那是供爷爷、奶奶走累了歇歇脚的地方。

爷爷到了茶园，他更喜欢茶园蓬勃昂扬的生机。

在茶园，绿色就是基本色调，春季里的茶园延伸春的气息，宁静、清爽，爷爷到了这里就想吻遍每一片茶叶，这是大自然的杰作。春色，浪漫的色彩。天高云淡，空阔山峦，晨风暮霭，茶香回荡，奶奶、爷爷的内心是那么宁静。

茶园是诗，是愁，是语，是音。还有比这更快乐的事吗？此刻，爷爷成为最幸福的人，只是身体不比从前，否则，他会坚持每天来一次。爷爷已不祈求什么，这个曾心怀坚定理想信念的人，希望有奇迹发生的那一天。

每次来往在小路上，奶奶都会搀扶着爷爷，慢慢行走，每次坐在凳子上休息，奶奶都会说，坚持，我们已走了三分之一的路程了；每次到了目的地，奶奶都会表扬爷爷，"你真棒，我们到了。"每次在小路上行走，一个小时、两个小时，翠儿会提着小篮跟在后面，里面装着奶奶做的"雪源小吃"。中午，就在茶园边上的木屋歇脚茗品，茶趣浓浓，两老才开始往回走。

时光感动着两位老人，激励他们不断行走；时光点燃他俩的生命，搀扶，希望。虽然在大自然面前，显得渺小，但他俩从不放弃，并不孤单。

爷爷每天坚持写字，只是功力大不如从前。奶奶把他的字拿到镇上装裱，爷爷对比前后十年所写的字，摇头，"力不从心啊！"奶奶说："是你心不如力。"奶奶的话让爷爷认真思索，他是一个活得很明白的人。他再写字时，首先运气，然后全力写下"徐"字。爷爷眼睛一亮，奶奶内心惊喜，一个"徐"字，解开她的心结。

其实奶奶的古琴弹奏也不如从前，然而，爷爷认真聆听的态度，让奶奶坚持日奏一曲。有一点要强调，那就是每次弹奏，我都在场，奶奶说了，她是为爷爷，更重要的是为我而弹奏。爷爷是闭眼在听，我是瞪眼在听，我俩都很安静。

汪晨很忙，山野堂药房生意很火。

面对，也是一门艺术。人世间的许多事，由不得你。唯有老屋，总摇曳在心里。那夜，奶奶坐在桂花树下，一群散兵游勇窜进了老屋，虽是乌合之众，就十几个人，那个自称是司令的人，令奶奶交出钱财。

奶奶拉住爷爷，"打开所有门，由他们去。"

没有打斗，没有冲突，奶奶如此之好的态度，令土匪们吃惊，他们将奶奶、爷爷及家人们关进一间屋子，用酒肉伺候自己，老屋有几坛好酒，他们放开喝，醉了的躺下，困了的睡下。

汪晨在保护奶奶的同时，派伙计火速赶到薄刀山寨，刚从老屋回到山寨的莹莹，让王小虎带着队伍，连夜奔向老屋，自己随即也赶去。

天刚亮，王小虎带着队伍出现在老屋，自称是司令的人，还在呼噜声中沉睡。听说来的队伍是薄刀山寨的，跪下了。那时，只要说是薄刀山寨的人，没人敢惹，曾有几股二三十人的队伍，仗着家伙什好，去碰过，结果呢？王小虎不留情面，将为首的灭了，其他人作鸟兽散。敢到老屋来抢，得先问山寨答不答应。

奶奶和家人从屋子里慢慢走出，毫发未损，王小虎说："今天放了你们，以后谁胆敢再来这，别怪我不客气。"

"司令"磕头谢恩，正准备跑。王小虎叫住了他们："把你们的'家伙'都拿上，快滚！"

莹莹刚赶到老屋，见此状，"扑哧"笑了。奶奶说："阿弥陀佛，兵荒马乱，保佑平安。"

王小虎知道，当着奶奶面是不能开杀戒的。莹莹让他留下两人帮着看老屋，从此，那些乌合之众、土匪再没敢到老屋来了。

当年，王小虎和李小侠从保定军校中学毕业后，回薄刀山寨，山寨需要他们。特别是王远山走后，王小虎成了大当家，兄弟俩商量，老这么占山为王也不是事。虽然，他俩已将薄刀山寨的队伍按保定军校那一套训练得有模有样，可是时代不同了，死守山寨，终究没有出路，徘徊之际，他俩保定军校中学的同学邱家祥上山来了。邱家祥从保定中学毕业后，继续深造读保定军校。后保定军校停办，他回老家湖南，参加了农民暴动并加入中国共产党，这次是受党组织委托，专程到薄刀山寨，以同学的关系动员王小虎、李小侠参加中国共产党领导的游击队。兄弟俩商量，李小侠先下山，王小虎等时机成熟后，带着队伍一起下山，那时兄弟俩心贴得很近，很近，只是视野没那么开阔。

李小侠从小在薄刀山寨长大，凭他的勇猛、胆识，不仅成为王小虎的好兄弟、好哥们，还结拜成拜把兄弟。他俩行影不离，练武学习。当初，莹莹让他们同去保定军校中学学习，就是希望他俩能给薄刀山寨带来新的希望。

当李小侠一身戎装出现在王小虎面前时，王小虎惊呆了。

李小侠告诉王小虎，他已在南方游击队当大队长了，这次，给薄刀山送来20支崭新的步枪和2挺机关枪。

王小虎不无羡慕地说："真威风，是名真正的军人。"随即吩咐已是二当家的徐石头说："整几个菜，拿出存酒，陪小侠兄弟好好喝一顿。"

李小侠离开薄刀山寨后，随邱家祥参加了游击队，很快了解这是一支全心全意为老百姓的队伍，是中国的希望。邱家祥成为他的入党介绍人，受过军校正规训练，勇敢睿智的他，很快成长为年轻的指挥员。

及至那夜，月夜大盛。老槐树下，小虎、小侠、徐石头，还有和他俩一起长大的山妹。山妹后来嫁给了王小虎，成为薄刀山寨的压寨夫人。他们满怀无限深情地喝了起来，山妹酒量一点也不输给三个男人，她给每个男人敬一杯，每个男人回敬她一杯。除脸上有点红晕外，酒似乎不影响她的心细周到，"你们别忘了，今天的主角是小侠哥！"于是酒开始转向小侠，转向小虎，今晚他俩才是主角，话题也转到大家最关心的山寨的未来。

已是子夜，小虎说："今天就散了，明晚再来，我和小侠兄弟还想多聊几句。"

酒气冉冉，好久没有如此痛快。

屋子里王小虎脱掉上衣，光着上身听李小侠讲山寨外发生的事，讲当前中国的前途与命运，讲中国共产党抗日的主张，讲国民政府，并明确告诉王小虎，他目前只有两条路，一是跟着共产党和全国人民一起抗日，接受改编。二是等日本人打进薄刀山寨，血洗山寨，没有中间道路，占山为王已经不可能了。

天已发白，不是凌晨，而是清晨了。

李小侠的话，句句打动王小虎，不仅因为他们是兄弟，更是说得在理。

那时，山寨面临的形势已异常严峻，对于一支只有几百号人、武器装备差的队伍，单枪匹马抗日，谈何容易。李小侠的话说得在理，句句打动王小虎，他召集山寨的爷们开会说："兄弟们，日本人快要来了，他们要进攻黄州，进攻武汉，装备精良的国军都抵不住，而我们呢？就是关在山寨的老虎，没有余地。昨夜，和小侠兄弟谈了一夜，我决定接受游击队的改编，跟着共产党，共同抗日。愿意跟我的留下，不愿意的，不勉强，发路费，自谋出路。"李小侠接着讲话："大敌当前，没有国，哪有家？是中国人的就要站出来，抗日，把鬼子赶出中国！"山寨人，听懂了王小虎和李小侠掷地有声的话语，抗日，做一名有民族之尊的中国人。

豫鄂挺进纵队刀锋独立支队成立，王小虎任支队长，徐石头任一营营长，受组织委派，共产党员邱家祥任政委。

薄刀山寨改编在鄂东产生不小影响，在老百姓眼中薄刀山寨的人居然走向抗日的前线。山寨人也是有血性的男儿，当日军发动进攻时，山寨人走出山寨，面对倭寇，吼出山寨人期待的声音："保卫家乡，与倭寇决一死战。"

王小虎的媳妇山妹跟着他下山了，说真的，她是个参谋长的料，有勇有谋。可只给她封了妇女队队长。

王小虎、李小侠在 1955 年授衔时都是少将，他们在抗日战争、解放战争、抗美援朝战争中的表现，足以得到此殊荣。然而，每每谈起这段历史，他们总是不无感慨地说："正是在中国共产党领导下，我们才走上了革命的道路。"

　　薄刀山寨的兄弟们成为抗日战争中的一员，这可是爷爷当年的夙愿。得知消息的奶奶、莹莹为王小虎的决定而骄傲，他们父辈没能做成的事，终于在他们这一代实现了。中华民族精神，他们在继承；战争残酷，但他们在战斗，而且不怕牺牲。

　　有了共产党的领导，王小虎有了组织，他率刀锋独立支队进行了刻苦军事训练，邱家祥政委，更是在思想教育工作方面，耐心改造这支队伍。

　　这里还要说一下，刀锋独立支队抗日打的第一仗，是伏击战。当时团风镇杜皮村是军事要道，日军从黄州到武汉军事物资的输运，都通过此处，且地形复杂。日军并不知道这里有这支队伍，当刀锋独立支队根据可靠情报在此伏击时，打得日军措手不及，一下就撂倒十几个鬼子。听说薄刀山寨的人下山打鬼子了，九叔放心不下，他要见徐石头，走了几天，终于在杜皮村附近碰到正在交战的队伍。

　　鬼子冲上来，九叔冲上去，把徐石头压在自己的身下。九叔头上血流不止，徐石头只负了轻伤。

　　徐石头大声呼喊："叔，九叔……"

　　面对多年不见的侄儿，九叔心疼之余还是发火了，"我以为你一辈子不认我这叔了呢？"九叔血流太多，快不行了。

徐石头跪在九叔身边："对不住您，错怪您了，我一定多杀鬼子，替您老人家报仇，您老是牛家坳的英雄，我永远是您的儿子。"

等日军的增援部队赶来时，王小虎已率队伍撤出战斗，这是日军占领黄州后遭到的第一次伏击。

九叔用生命保护了徐石头。那夜倾盆大雨从天而降，乡情、亲情。徐石头强迫自己告别因为倔强带来的后悔，依然不知道该怎么做，如果时光能倒流，或许他不会失望。

得知情况的奶奶派人安葬好九叔，并把徐石头转移到竺台寺，汪晨为他治病疗伤。

徐石头隔几天都会从竺台寺回到牛家坳叩拜九叔，在九叔坟前，往事涌上心头。

小时候，说好过继给九叔做儿子，九叔对他亲之又亲，好吃的全给他，倔强的性格，抵触的情绪，14岁就一个人跑到薄刀山寨，碰见正在巡山的大当家王远山。

王远山说："你这么小胆敢上山？"

徐石头说："我年纪虽小，但胆大！"

王远山说："好大口气！"说着王远山从腰间拔长刀，"看清了，就这把刀，今晚放在后山坟堆里，晚上，你去把它拿回来，明早呈给我。"

徐石头答应了，天漆黑，他一人来到后山坟堆，凉风嗖嗖，徐石头害怕极了，但仍鼓起勇气在坟堆中找到了那把刀，第二天一早，当他把刀呈给王远山时，王远山说："好样的，我收留下你。"

这次，徐石头随王小虎参加了游击队，邱家祥政委在改编山寨队伍时说：我们这支队伍是老百姓的队伍，是人民的队伍。共产党的队伍官兵是一家，是一家人，就不说两家话，大家团结一心，共同抗日。在以后的战斗中，徐石头表现十分英勇。参加了革命队伍，徐石头常怀念牛家坳，想念九叔。

太爷、太奶奶走后，身子骨已不太硬朗的爷爷已现衰老颓势，病魔开始与他纠缠不休。主要是脑震荡后遗症综合征，反反复复。

老屋静默，奶奶把自己关在房间里，数日沉默不言，一个乡村的女人，成为徐家儿媳，被拥戴为徐家代行族长，伺候公公婆婆，面对自己的丈夫，1891年的秀才，随即被推荐上"两湖书院"后，又被选派去日本留学，1905年参加同盟会，1911年参加辛亥革命，1914年参加中华革命党，1919年参加中国国民党，如此之多的风雨烟云。沉思，祈祷，她不能倒。

莹莹是奶奶的帮手，除了陪伴爷爷，更多的是和汪晨一起熬药，汪晨也一刻不敢耽误，忙里忙外，汪晨也常去汉口找雪山，去"益和大药房"抓药。那时，"益和大药房"药的品种全，品质也不错。

可身体终究熬不过岁月，爷爷似乎没太大好转。奶奶再次请来山野人，为爷爷治病。奶奶也请来她的父亲王有林，在老屋小住，王有林理解女儿，虽自己也是老态龙钟，但仍乐意来，每天能看见女儿。

那天雪源和她的父亲一起吃饭，谈到爷爷的病情，眼泪一滴滴落在饭里,她一口咽下饭,此情此景,让王有林心酸。当然,每天要陪山野人下棋,两人棋艺大不如从前,只是"棋趣"还在。

山野堂药房,紧挨着老屋,门口铺的全是碎石子,走在碎石上,就知有人来了。平日里,汪晨就住在店里,山野堂药房的名气越来越大,他请了两个帮手。山野人来无影去无踪,但他满意用自己的名字作为字号,他认为这是寄托,百年后,只要山野堂药房在,老百姓就会记住他。他一辈子无妻无子,汪晨是唯一嫡传,时间推移,当地人开始称汪晨为先生,山野人高兴,他的医术,后继有人。

山野堂药房不仅看病、抓药,常年还提供"雪源古树红印茶",这种凉茶不仅解渴,还有止咳、去火的功效,每天坚持喝两碗,对身子尤有保健疗效。茶叶是从"禅茶遗处"采摘,奶奶亲手加工,伙计们每天用铁壶烧烹,凉了后供看病者用,慢慢地,那些无病的人,也来药房讨一碗凉茶,特别是小两口闹别扭,男人会跑到药房,一大碗凉茶喝下去,火气消了,心里舒畅了。

静听老屋,老屋更安静。或许是一种感觉,厚重文化传承,崇高民族责任,展现出老屋和老屋人最本真的自己。

爷爷最终还是病倒了,卧床不起,记忆力越来越差,时而清醒,时而糊涂。这也是奶奶一生最忙碌和痛苦的时刻,她看着爷爷把自己一点点地忘掉。奶奶难以控制自己的伤感与悲情,"对酒当歌,人生几何?譬如朝露,去日苦多。"

七月七日,是中国人民的忌日。此时,爷爷的病情再次加重,他对奶奶说:"把之儿叫回来,我有话对他说。"

爷爷活得太明白了，他曾是留学日本的"秀才"。那里不仅留下了他的青春，他的追忆，更留下了他的拳拳报国心。民族是至高无上的，中华民族复兴是他的梦想。他老泪横秋，不是怕死，而是仍未看到中华民族复兴的希望。

或许是回光返照吧！多日昏迷的爷爷听到父亲的脚步声，慢慢睁开了眼睛。

"之儿，日本人是想占领全中国啊！我们不得不防啊！从1931年'九一八'事变爆发到1937年'七七事变'爆发，这场战争已经由局部转为全面。你的哥哥一雄，姐姐百合，你们将在战场上见了，但我相信，他们会和你一样，是有骨气的中国人。他们的舅，小野太郎是职业军人，我见过，是魔鬼，可惜他也老了，恐怕他是来不了中国，之儿，坚持住，打赢这场战争。"

父亲说："您放心吧，之儿不会辜负您的期望。"

爷爷满意了，他微微闭上眼睛，休息了一会儿。"之儿，过来，靠近一点，让我好好看看你。"

父亲跪在床头，把脸贴在爷爷嘴边。奶奶对我母亲说："我俩到屋外，让他们爷俩好好聊聊。"

爷爷说："日本已欠下中国人民大多，1919年11月福州惨案，1923年6月的长沙惨案，1925年5月的青岛惨案和上海五卅惨案，1928年5月的济南五三惨案，等等，这是日本欠下中国人民的血债。"

父亲说："我记住了。"

爷爷说："之儿呀，你在国民党这些年，你觉得这个党现在怎么样？"

父亲说："现在，国民党已背叛了中山先生当初创党的宗旨，也不是您当初加入国民党时的那个样子了。"

爷爷说："是啊，国民党成立之初，真心跟中山先生的一是廖仲恺先生，二是宋教仁先生，他们为革命四处筹钱，但有些人却是各打小算盘。唉！不说这些了，你现在在国民党也算是个官了，且在军队里，这样下去不行啊！"

父亲抓住爷爷的手继续说："有件事必须告诉您，我在黄埔军校期间就加入了中国共产党！"

父亲觉得在爷爷弥留之际，应该告诉他真情，告诉他自己的人生早已有了选择。

爷爷说："啊！我明白了，你做得对，我放心了，你就是三国里的徐庶，身在曹营心在汉啊！那更需要小心啊！"说到这，爷爷长叹了一口气"兄弟阋墙，外御其侮。日本是心腹大患，是虎狼之邦啊！"

父亲说："当国民党反动派举起屠刀，砍杀共产党人时，他们没有屈服。1927年8月1日，南昌城头一声枪响，开启了共产党武装反抗国民党反动派的大幕。从此，共产党有了自己的武装。告诉您一个重要的好消息，由毛泽东、朱德、周恩来领导的工农红军，肩负民族的责任和使命完成了长征，三大主力在陕北胜利会师，开赴抗日的最前线，这是中国的希望，中华民族的希望。"

爷爷嘴角扬起微笑，说："1894年，我第一次见到孙中山先生，第一次听他演讲，当时我就认为中国有希望了。43年了，我没见过毛泽东，听你这么说我明白了，中华民族真的有希望了！"

父亲说："是啊！我给您讲讲红军长征的故事。"父亲的声音平缓，希望自己讲的每一个字，爷爷都能听得清。"1934年10月，红军开始长征，这是人类历史上的伟大壮举，是一座让中国人民世代铭记的历史丰碑。红军二万五千里长征，渡过24条河，爬过18座大山，共进行了80余次战斗，爬雪山、过草地、吃野菜、啃树皮，共产党员冲锋在前，退却在后，吃苦在前，享受在后。共产党不仅给中华民族带来希望，而且给中华民族注入了新的精气神。"

爷爷望着父亲，欣慰。其实他心里明白，有了共产党，国家有望，有了共产党，徐家有望，这也是爷爷的家国情怀。

看得出爷爷眼中的泪水在闪动，头脑清晰，但已很难说出话了。

停顿、沉默。

许久，爷爷说："我累了，想休息会儿。"

爷爷的眼睛再没睁开，在遗憾中驾鹤西去。

人生将怎样度过？爷爷走了，奶奶也悟透了人生，老了就好了，心情完全归于平静，进入禅境。父亲不得不离开老屋。临行前，在老屋，父亲用行云流水的行书，抄录徐氏家训："言之贵在于行，行之贵在于果。惰傲致家败，勤勉致家兴。"奶奶说："以后，河边徐家，这就是家训。"

爷爷是国民党元老，国民党中央发来电文，并派代表赶来，赵汉增、牛牛都在前线，莹莹带着倩倩回老屋。全面抗日战争刚刚爆发，爷爷的丧事由奶奶操持。

爷爷就葬在牛车山上，在太爷、太奶奶身边。奶奶没有落泪，她的泪水已流干。这些日子，静娴一直陪伴奶奶，替父亲尽孝。

雪源，我的奶奶。坚强中没有一丝柔弱，她在悲痛中给已到天堂的爷爷寄去了第一封书信：

映奎：

  我俩相濡以沫近五十载。是那么不情愿让你离开。知道吗，对雪源而言，是天塌下来了。这几年老屋给我俩不曾分开一天的享受，我知足了。当你把自己灵魂带走时，却又把一切给我留下。你一生坚定信仰，肩负使命，我以为，人生不是一场物质的盛宴，而是一次灵魂的修炼，当你走完人生旅程时，你的谢幕比开幕更为高尚。

爷爷走了，就躺在牛车山上。奶奶突然成了单行，她的人生是从嫁给爷爷那一天开始的，一生的陪伴、一生的牵挂、一生的情爱，奶奶内心砸得生疼，留下分离的泪水。

莹莹陪伴奶奶，静娴陪伴奶奶，头七，七七，这是南方人的习惯，是对逝者安慰的表达。老屋的人期盼北风，那风可以从牛车山上吹来爷爷的气息。

这几日，奶奶的灵魂一直在抖，奶奶的记忆慢慢在散。

秋天到了，奶奶发出心颤的呼唤，冬天来临，奶奶只身一人依偎在床上。她突然想起对爷爷临终前的承诺，河边徐家，只有靠自己撑起。她从痛苦中站起来，她擦干泪水，"映奎，我恨你！"

奶奶的悲情，是对爷爷爱的倾诉，多年的等待，终于等到你，回老屋安度晚年，你却不留下多陪伴陪伴，茶室，两人面对的茶趣，已成为过去。

雪源古树红印茶，禅茶遗处，奶奶挣扎地回忆，古琴传出的高山流水，串起奶奶的泪水，斯人啊，为什么要离我而远去呢？

我随奶奶上牛车山，知道爷爷就平躺在那里，山上的树里木长得茂密，叶落归根，这里是爷爷最好的归宿。

奶奶想给爷爷雕一座像，但想到日本鬼子就要打进黄州，对我说："这个任务将来由你去完成。"

我点点头，"奶奶，您放心，我一定完成您的嘱托，爷爷的容貌就在我脑海里。"

慢慢地，老屋的奶奶心清静了，在她心中周围无一不是菩萨。一念苦，一念乐，一念得，一念失，奶奶无求无望，什么也不想了。到了冬天，王家湾也传来了王有林仙逝的消息。按当地风俗，高寿老人离世，是真正的"喜"事。奶奶回了娘家办完她父亲的丧事，又回到老屋。留在老屋，守望老屋，这是她最大愿望。一念放下，万般自在，她知道没有谁能主宰自己的情绪，要做自己的主人，做个智慧的主人，知足、宽厚、仁爱、无忧。

奶奶，老屋，牛车山上的爷爷。岁月的节点，了却了生死情缘，承载该承载的一切。

武汉会战

能在武汉过一个完整的盛夏，你才可以说到过武汉了。

太阳刚落山，古朴的小巷，繁华的街道。人们会从家中搬出竹床，把道路占得满满的，中间只留下一条可以过人的通道，竹床两头不出头，以免把伢们撞倒。女人们穿着肥大的裤子，男人们则赤膊上阵聊上了，连白日里穿着长衫的先生们，也光着上身，露出胸前的肋骨，穿上大裤衩，拎着一杯凉白开，坐在竹床上，谈天论地。"火炉"，已被深深烙在这个城市中。人们忘不了，建在大智门的汉口火车站。1911年辛亥革命爆发，清达官贵人为保命，在这里登上火车，逃往北方，抛下了清王朝一统的江山。人们也没忘，1927年，京汉铁路的大罢工，武汉工人、学生、商界联合起来的英勇。沿长江北岸一带，本并不繁华，随着各个租界的兴建，大汉口更繁华了。最为出彩的是英国汇丰银行，新古典主义古希腊建筑风格独占鳌头，他们控制着汉口海关关税，成为英国的海关金库。1920年上海银行汉口分行大楼建成，18世纪欧洲巴洛克式与 19 世纪新古典式的混合风格，显得非常华丽典雅。

那里，武汉人精神空间早已被时间异化，当聊完天，疲惫的身躯躺在竹床上时，听到的是心灵深处呼出叹息，历史的沧桑。

"九一八事变"和"七七事变"，从那时起，中华儿女万众一心，同仇敌忾，"奏响了一曲气壮山河的抗击日本侵略者的英雄凯歌，用生命和鲜血谱写了一首感天动地的反抗外来侵略的壮丽史诗。"

1937 年 10 月 12 日，国民政府军事委员会正式宣布：中国共产党领导的在南方 8 省 13 个地区的中国工农红军和游击队，改编为国民革命军陆军新编第四军，任命北伐名将叶挺担任军长。12 月 25 日，新四军军部在汉口成立。

1937 年 11 月，国民政府西迁重庆，政府机关大部和军事统帅部仍在武汉，武汉实际上成为当时国民政府军事政治中心和战时首都。

1938 年 1 月 6 日，新四军军部由武汉迁往南京三眼井，宣布新四军正式成立。叶挺任军长，项英任副军长，张云逸任参谋长，周子昆任副参谋长，袁国平任政治部主任，邓子恢任副主任。全军共辖四个支队：

第一支队，司令员陈毅，副司令员傅秋涛；

第二支队，司令员张鼎臣，副司令粟裕；

第三支队，司令员张云逸兼任，副司令谭震林；

第四支队，司令员高敬亭，副司令周骏鸣。

军部辖直属特务营。

全军总计一万零三百人。军装为德国军装，军帽上有"青天白日徽"，臂章上写着"N4A"。

中国共产党领导的八路军、新四军活跃在广大的敌后战场，动员一切可以动员的力量，创建抗日根据地，新四军成立六个月时间内，歼敌2500名之多。

1938年5月26日至6月3日，毛泽东同志在延安抗日战争研究会上连续发表重要演讲，这次演讲后成为抗日战争中最具影响力的名著《论持久战》，深刻影响抗日战争乃至战争的结局。

毛泽东同志说："伟大抗日战争的一周年纪念，七月七日，快要到了。全民族的力量团结起来，坚持抗战，坚持统一战线，同敌人作英勇的战争，快一年了。这个战争，在东方历史上是空前的，在世界历史上也将是伟大的，全世界人民都关心这场战争。"

"抗战十个月的经验证明，下述两种观点的不对：一种是中国必亡论；一种是中国速胜论。"

中国会灭亡吗？毛泽东回答："不会亡，最后胜利是中国的。"

中国能速胜吗？毛泽东回答："不能速胜，抗日战争是持久战。"

持久战，毛泽东同志认为将分为三个阶段，即：战略防御阶段、战略相持阶段、战略反攻阶段。

毛泽东在《论持久战》中说："动员了全国的老百姓，就造成了陷敌于灭顶之灾的汪洋大海，造成了弥补武器等缺陷的补救条件，造成了克服一切战争困难的前提。"

随着武汉会战即将打响，情报战从这一刻开始复杂了。武汉街头的竹床仍旧摆着，那些手提凉白开的男人们仍旧光着上身在聊，他们的底气似乎不足，甚至有些不祥之兆的预感。大街匆匆而过的行人，忧心忡忡。据1938年7月5日《武汉日报》文章说："目前的大武汉，政府要用绝对的力量加以保卫，上自蒋委员长，下至一般民众，我们有最大的决心。保卫大武汉之战，将成为我们对敌决战的开始，我们在这次大会战中，要愈加消耗敌人的力量，要愈加消耗敌人的主力。"解读这篇文章，和之前提出的"武汉周边将成为日寇的坟场"，这两句口号，哪一个更为现实些呢？

武汉会战，蒋介石亲任总指挥，这是抗战以来从未有过的，或许是为了向国人表达，他是爱国的，是抗战的，或许是为了表达他对武汉会战取得最后胜利的信心。再者就是决定组建第九战区，任命陈诚为司令长官，并决定以第五、第九战区共同保卫大武汉。

保卫大武汉，蒋介石不仅调集了100万大军，还尽遣良将，李宗仁、陈诚、薛岳、商震、黄维、张发奎、王陵基、孙桐萱、汤恩伯、关麟征、罗卓英、万耀煌、李品仙、徐源泉、廖磊、张自忠、顾祝同、杨森、胡宗南等，都是善战将军，有他们参战，胜算把握似乎更大。陈诚任武汉城防总司令，戴笠任情报总负责人。如此强大的组合，力图表现出国民政府将抗战进行到底的决心，以给国人鼓舞安慰。

情报战的神秘，让从事这项工作的人，每一根神经都紧绷，眼里发出的光似乎都能穿透对方的心脏。

武汉会战是抗日战争中任何战役不能相比的。而更不能相比的是"情报战"对战局所发挥的关键作用，这也是任何战役不能相比的。

随着日军形成围攻武汉之势，国民政府军事委员会统帅部近几日天天开会，甚至通宵达旦。保卫大武汉，是当时国民政府的头等大事。

1938年5月，父亲从保定行营政训处改任武汉行营政治总队队长。负责民众组训，征募物资，地方治安及改善慰劳与救护工作。这时，中共在武汉会战中的情报战也悄然打响。

动员民众，是抗日战争头等重要的事。毛泽东说，要把"全中国人民动员起来，武装起来，参加抗战，实行有力出力、有钱出钱、有枪出枪、有知识出知识。"

熊十力是出知识的代表。熊十力1885年2月18日出生在团风上巴河张家湾，中国著名哲学家、思想家、新儒学开山祖师、国学大师。他认为一个民族要生存下去，必须要有自己的哲学、自己的文化。他的《读经示要》《新唯识论》《十力要语》等著作，构成了熊十力新儒家思想的主要内容。

辛亥革命时期，他痛感清王朝政治腐朽，民族危机深重，为反清而奔走呼号；1902年投湖北新军第31标当兵；1906年加入日知会，并组织黄冈军学界讲习社，联络各方志士，为发动起义做准备；1911年参加武昌起义并任湖北督军府参谋；后追随孙中山参加护法运动。他根据自己所历所见，决心走出政治，"专力于后求，导人群之正见。"

武汉，是父亲既熟悉而又陌生的地方，忘不了在这里求学，忘不了在街头的游行，更忘不了从这里走出去黄埔军校学习。十多年过去了，第一次回家乡任职，而此时的他，却将面临一场生死决战，是前所未有的恶战。东北丢了，华北丢了，华中丢了大半。

全面抗战快一年了，中国如此之快丢了这么多的土地。抗战局面越来越严峻，日军情报机关在中国多个城市提前布局，中国的情报机关防不胜防。

政治总队承担组织动员民众的"工作"，就是要动员一切可以动员的力量，造成陷敌于灭顶之灾的汪洋大海之势，来弥补武器装备落后等等的不利条件，以克服一切困难坚持抗战之"前提"。还有一项重要工作，那就是征募物资，这项工作，让父亲有了完成心中最特殊愿望的机会，那就是组装电台……他希望恢复建立与苏联远东国际情报局的联络、希望自己身边能有一位从"老家"派来的助手。

还是在苏联留学期间，在安德罗夫和卡丽娅的帮助下，父亲完成了无线电通信技术的学习，掌握了组装电台的核心技术。

那时，苏联的冬天真冷，那个冷，是武汉人绝对想不到的。冬日里，苏联的伏特加也真够劲，那个劲，也是武汉人绝对想不到的。卡丽娅不仅帮父亲找来苏联关于无线电方面的参考书，连美国出版的无线电杂志也找来不少，特别是从很多地方寻找到了许多适合组装电台用的无线电器材配件。

就在卡丽娅的房间里，父亲实践着一遍又一遍组装不同型号的电台。无数次失败，无数次重来，性格坚韧的父亲，享受着每一次装好电台，又拆散再装好的特殊快乐和满足，那是一个奇妙的世界。

看得见的和看不见的，看得见的是那些旧电台、旧收音机，从旧电台拆下的那些配件，和购买收集来的一些新的旧的配件，看不见的是这些配件的不同组合方式；功夫不负有心人，父亲终于可以独立装配电台了，这一技术为他后来的情报生涯发挥了无法想象的重大作用。

这年8月，国民政府军事委员会调查统计局成立。

在抗战之前，戴笠的特务部门主要职能是"反共"，在抗日战争期间，重心才逐渐转移到与日本及各伪政权的斗争上来，尤其是开展的暗杀破坏活动，曾经名噪一时。当时上海的报纸有很多报道："伪组织傀儡，一再被杀，上海郊外所组成的伪市府，大小伪员亦莫不心惊胆战。伪市长傅筱庵胆子最小，在伪府中出入或大小便，均须临时戒严，以防遇刺。"

1938年"军统"成立后，北平、天津、上海、南京等十几个城市国民党情报人员在各地迅速建立起组织。牛牛被委派为华中地区特派员，承担着情报、行动、策反、反间、技术研究、联络沟通等任务。

父亲要回趟老屋，是奶奶带信让他回老屋的。是啊，多少年没有回家了，他给奶奶买了一部收音机，奶奶的智慧，足以了解当前发生的一切。

山野堂药房的账房先生是黄州本地人，一名老资格共产党员，是经组织综合考虑安排到老屋山野堂药房的。他是大革命失败后，黄州仅存的硕果，忠诚、可靠，默默承担自己的特殊使命。当时组织上只告诉他，老屋是老同盟会会员的老屋，黄埔军校毕业的父亲是革命的，同情倾向共产党，在老屋"安全可靠"。直到1938年初，账房先生才得到指令，"父亲"是可以信任的……后来，山野堂药房后院就有了一部直通"老家"的电台，电台是父亲自己装配的，用干电池做电源，那个地方没有干扰，5瓦的电台就够用了，不仅保密性能好，携带也很方便。

父亲匆匆赶回老屋，令父亲没想到的是：奶奶告诉他，听账房先生讲，父亲太辛苦，太操劳，近期会有一名可靠的助手到他身边协助他。

父亲难掩高兴，党组织和他的想法完全一致。他对奶奶说："感谢爷爷为他求学的选择，第一站就是湖北省甲种工业学校，基础多么重要啊！"

父亲在老屋只住了一宿，他把新收音机送给奶奶，还替奶奶装了一根天线，这样收听效果更好，他并没有太多讲述外面发生的事，或许是怕奶奶担心。其实这一年，他挺难挺苦的，太多的憋屈，太多的无法表达的忧患啊！祖国大片山河丢失，哪一个有良知的人，不心疼呢？父亲的心总在痛。那一夜，我母亲就在父亲身边，她瞧见他那紧锁的眉头，流出心里的无尽心疼和担忧。那一夜，无风，厚厚的云层重重地压在老屋屋顶上。

晨风吹打窗户，父亲醒了，"真好！"他伸了一个懒腰，

"在老屋，睡得踏实！"

我母亲看着父亲军人般的起床动作，"你昨夜的呼噜够沉的。"

"啊，难得沉沉地睡一觉。"

"是啊！在老屋多住一天，今天别走？"我母亲靠在门框上，恳求地说。

"我也这样想呢，可是……"父亲没有往下说。

太阳还没有完全跳出云层，父亲已伫立在牛车山上太爷、太奶奶、爷爷的坟前。微风吹散了父亲眼里的泪水，心撕裂地痛。

他大口呼吸着牛车山上的空气，清新、透亮，不再孤独。

奶奶依旧坐在院里桂花树下，父亲来到她身边辞行，从昨日回老屋的那一刻，她已感觉到父亲的压力，她对父亲说："去吧，去做你该做的事。"

早饭后，我母亲把父亲送到村口，留下思念，热泪盈眶。在村头的那棵桂花树下，期许的目光，风生、水起、花开、花落，还有那牛车河水无奈东逝的悲壮。人生啊，为什么总要留下那么多的遗憾呢？

那一天，我没在老屋，在黄州的学校。那一天没有见到父亲，留下无尽的后悔。不久，黄州的学校都停课了。

为完成武汉作战准备，日军孤注一掷组建华中派遣军，畑俊六大将任司令官。辖日军第2军、第11军的140个大队，兵力为25万人。

华中派遣军制订了六路攻取武汉的作战计划。第一路，司令官东久迩宫稔彦王中将任指挥官；第二路，司令官冈村宁次中将任指挥官；另外，派遣军直辖第三师团，主要负责警备任务，包括上海、南京、杭州守地。

第一路辖四个师团，沿长江北沿大别山麓向西推进，切断平汉线，然后南下从北进攻武汉。第二路辖五个师团，沿长江南岸为主攻方向，切断粤汉铁路，然后迂回武汉以南，合击占领武汉。其他几路由3个航空兵团，舰艇140余艘组成。

第五战区司令长官李宗仁指挥23个军的兵力，负责江北一线防务；第九战区司令长官陈诚辖27个军的兵力，负责江南一线防务。

武汉会战，国民政府军事委员会的总体构想是："在延迟武汉陷落的同时，尽可能消耗日军有生力量。运用第五、第九两战区兵力，以粉碎敌军继续攻势能力之目的，保持重点于江南，向武汉逐次抵抗，消耗敌军，以换取至少四个月之时间。"

再看看双方情报战的部署：日本1931年就派遣情报人员来到武汉，成立"益和贸易商行"为掩护，做情报搜集、整理工作，对武汉及其周边的地形、地貌，大别山、马当要塞等地方，都做了详细的记录。

而国民政府呢？在1927年成立了密查组，几经演变，1932年成立了复兴社，1937年成立军事委员会调查统计局第二处。直至1938年8月成立"军统"。

但是，显然，国民政府在很长一段时间里并没有掌握日军关于情报战的提前布局。武汉会战前,"益和贸易商行"的业务急骤下滑,但"益和大药房"的生意却依然风起水起,池田还招纳一些日本在中国的浪人,每天进进出出,来往人员也开始复杂起来。池田的真实身份也慢慢浮出水面。他是日本特务机关少佐,以"益和贸易商行"为掩护,在武汉及其周围搜集情报,并与武汉军政商界名流广交朋友。池田到武汉的第二年就派中村即周冰潜伏宜昌,开设"宜昌中药铺",做同样的工作,利用买卖中草药便利,四处搜集情报。日本特务机关提前这么多年为战争布局,不得不说,他们对中国的野心,用尽心机。

1937年12月,陈诚飞抵武汉,任城防总司令。是日,蒋介石由江西抵武汉,亲任"武汉会战"总指挥。面对国民政府内的一部分人投降的声音,蒋介石主张,哪怕只剩下一兵一卒,也要战斗到底,誓不投降。蒋介石发表《告全国国民书》,号召坚决地毫不动摇地团结抗日,并以哀兵必胜的悲壮之情,表达了宁为玉碎不为瓦全,与日寇决一死战的信念。同时再次强令各情报部门急动先行,务求全胜。

"一定打赢武汉会战的情报战!"父亲暗下决心。

武汉会战序幕刚刚拉开,平型关大捷,台儿庄捷报传来,似乎给武汉这个临时首都吃了"定心丸",认为日本已无战斗力量,胜利马上就要到了。武汉人心情慢慢缓和,撤离武汉的人又倒流回武汉,他们相信,这一次奇迹能出现。

终于,父亲的愿望实现了,中共从延安派来的助手乔雁顺来到他身边。这是组织上的精心安排,也是父亲的请求。乔雁顺是东北抗联的秘密党员,也曾随抗联部队到苏联接受过短期训练，1938年参加了在延安举办的中央地区工作委员会培训班。虽只短短一个月的学习，但他成绩优异，对党忠诚，是潜伏敌内部工作的最佳人选。乔雁顺任武汉行营政治总队干事。

离开延安时，组织上对乔雁顺特别交代了两件事：

一是到武汉后立即除掉在政治总队做文秘的赵礼，这是个十分危险的人物。据在延安抓获的特务交代，赵礼1936年已是复兴社的情报人员了，赵礼曾在延安潜伏，后来他从延安返回武汉途中，被日军抓捕，不知为什么仍能在武汉行署政治总队任职，无疑赵礼已是叛徒了。此人不除，后患无穷。

二是尽快恢复建立中共武汉情报站，负责武汉会战情报的工作。为保证路途安全，组织上交代乔雁顺，只身前往，并告之届时会有一位可靠的"朋友"，给他提供方便。乔雁顺并不知父亲是中共秘密党员，组织上只交代是可以依赖、值得信任的爱国将领。乔雁顺刚到武汉，就接到与父亲见面的通知。

"这是一个'老朋友'托转交给你的，"父亲给乔雁顺一个手提箱。

"谢谢。"乔雁顺回房间打开手提箱，才知是电台。

1938年7月6日，国民参政会第一届第一次会议在汉口开幕。得到全国各党派和各社会团体的热诚欢迎与期待，向日本侵略者展示了中国人民团结一致战胜敌人的信心。

国民政府要员蒋介石、冯玉祥、白崇禧、孔祥熙等人出席；元老名流张百苓、蒋梦麟、沈钧儒、黄炎培、傅斯年、胡适等人出席；中国共产党党员王明、博古、林伯渠、吴玉章、董必武、邓颖超出席。

毛泽东致电国民参政会："救中国于战争苦难的重要因素是：抗战到底、统一战线和打持久战。"

国民参政会通过了《抗战建国纲领》，坚决拥护长期抗战国策，全国军民誓以"精诚团结，艰苦奋斗，打败日本侵略者！"

在这次会议上，中国共产党的抗日主张和具体建议占主导地位，誓死保卫武汉的主张达成共识。

全面抗日战争爆发后，为了共同抵御民族大敌，国共两党达成协议，开始了第二次国共合作。在国民党统治区的一些主要城市设立八路军办事机构。八路军武汉办事处在汉口成立。

武汉办事处是1937年下半年开始筹备的。主要工作是筹备粮饷，武器弹药，输送爱国青年赴延安、各抗日前线，接待国内外各界抗日人士来访，建立抗日民族统一战线。当时，负责情报工作的是王铨。1937年9月，中共中央派董必武到武汉筹备办事处工作，选址江岸区长春街67号，不到一年，办事处就成为中共南方局的联络中枢，1938年，中共长江局也在这里开始办公。王明任书记，周恩来任副书记，李克农任秘书长。

全面抗战的爆发，让中华民族这个沉睡了太长时间的古老民族完全醒来，热血铸就的历史坐标，将永远铭刻在中华民族的历史年轮中。

1938年7月7日，纪念"七七"周年之际，周恩来领导国民政府军事委员会政治部第三厅发起了"七七献金"。

1938年初，蒋介石改组国民政府军事委员会，下设军令、军政、军训和政治四部，陈诚为政治部部长，陈诚亲自到八路军武汉办事处请周恩来出任副部长。14年前，周恩来任黄埔军校政治部主任时，陈诚还是个炮兵队长，可以说是周恩来的学生，这位曾经的学生，如今以政治部部长的身份来请昔日的老师出山，态度自然诚恳。陈诚深知，周恩来在国民党内外有很高的威望，请到了周恩来，政治部的工作算是成功了一半。

1938年2月6日，政治部在武昌阅马场正式成立，下设秘书处、总务厅、第一厅、第二厅、第三厅。在这段时间里，周恩来白天在武昌政治部上班，晚上回到武汉八办处理党内事务，经常忙到深夜，有时通宵达旦。

政治部第三厅专管文化宣传工作，是个重要阵地，周恩来邀请郭沫若任第三厅厅长，在周恩来和郭沫若的影响和推动下，军委会政治部第三厅汇聚了大批文化精英，在武汉掀起的抗日救亡运动，一浪高过一浪，有力地支援了武汉抗战，众多社会名流有了用武之地。

这次献金运动盛况空前。国民政府采纳周恩来和第三厅的意见，在武汉三镇分别设立献金台。7月7日早上九时左右，周恩来带领献金队来到江汉关钟楼下，献金台就设在这里。这是一座用竹席、门板、长凳等临时搭起来的彩台，台子两边的立柱上贴着一副对联："捐寸纱可显抗日志，献分银能表救国心。"台下两块红彩绸中间，挂一幅横标："有钱出钱，有力出力。"台前站满了人，两列挤得弯弯曲曲的像盘龙似的献金队伍。

周恩来即席讲话，他说：全民团结抗战，就是胜利的根本所在。毛泽东同志在《论持久战》里有一段非常精辟的话——"战争的伟力之最深厚的根源，存在于民众之中。日本敢于欺负我们，主要的原因在于中国民众的无组织状态。克服了这一缺点，就把日本侵略者置于我们数万万站起来了的人民之前，使它像一头野牛冲入火阵，我们一声唤也要把它吓一大跳，这头野牛就非烧死不可。"

人们群情激奋，争抢着要看看政治部周副部长的英姿。他们手中握的不是纸币，而是一片爱国之心。献金台前人山人海，每个人手上都握着布袋、钱包、储蓄罐，神态专注的等待着，献金中有纸币、有银圆、有铜板、有银元宝，还有耳环、手镯、珠宝等金银首饰。后来发展到献银盾、银盘奖杯，还有药品、衣服饰品。

那一天，父亲就在现场，他和听众一起为周恩来先生的重要讲话，热烈鼓掌，深受感动，又倍感亲切。

周恩来把他当月的政治部副部长的薪金全部献出，毛泽东打来电报，献出他的国民参政员月薪。五天时间，献金人数达五十万元以上，献金总额超过百万元。

秋天，汉口长春街。八路军武汉办事处。

国共第二次合作建立了各部门之间的工作联系，时任武汉行营政治总队长的父亲，终于因为"公干"，和乔干事走进这幢大楼，这是幢四层高的楼房。他俩在楼外伫立很久，各自调整着自己的思绪。父亲想到今日里的会见，仿佛要回老屋，回到奶奶身边，奶奶的白发，奶奶的牵挂，还有老屋袅袅升起的炊烟；仿佛又回武汉中学，校长、老师、同学，他们这批懵懂的青年，对知识的渴求，对未来的想往。岁月不再年轻，他要找回曾经的自己。

主人早已在等，王铨将父亲领进董老办公室。

一进门，凝视这位和蔼可亲的前辈，一股暖流涌上心田，眼前的董老依旧精神、依旧那么坚定，那么有力。父亲用老家黄州话问候，"前辈好。"

董老一眼就认出这个曾在武汉中学读书的高个子学生。"徐将军是我们黄州老家人嘞！"苍厚的乡音，让父亲满脸激动，内心似牛车河水在奔流。

又见领路人，正是前辈的关心，包惠僧的推荐，父亲才得以进入黄埔军校。

从老家黄州谈起，从留学日本时董老和爷爷的经历谈起，从波澜不惊的时光谈起，美好的憧憬，严峻的现实，父亲不再紧张。

还是在得知中共中央派董老来筹建八路军武汉办事处的消息后，父亲就急切地盼望有这么一天，和前辈谈话，不知不觉一个多小时过去了。阳光挤进窗子，满满屋子，想说的太多，言犹未尽。当董老按下电铃，王铨和乔干事来到办公室时，屋子的大厅中，董老和父亲的手依旧握着。

父亲说："前辈，保重身体。"

董老说："你也一样，保重。另外，你还记得当年南边的老师吗？"

父亲从董老特别的眼神中一下子就明白,"当然记得,"他的脑海里立刻就浮现出南边恩师的英俊脸庞。

"他马上来武汉!"董老说。

惊讶、激动。父亲按捺不住怦怦的心跳。

离开八路军武汉办事处,太阳高挂在天上,父亲迈着坚定的步伐,他想到四个字"迎着太阳!"

知遇之恩啊!回到自己的房间,父亲抄录下曾国藩的一副对联:"世事多因忙里错,好人半自苦中来。"这是一副自诫自勉书室联,上联自诫,下联自勉。

过了没几天,八路军武汉办事处带话:"老家来人了!"

可等父亲赶到八路军武汉办事处,见到的是秘书长李克农。

父亲一到,立刻有两名"战士"到一楼院子去"忙活"开了,李克农让父亲坐到里间,对有些疑惑的父亲讲,本来是"老师"要亲自见你,可是他突然接到通知,到军事委员会政治部开紧急会议去了。

"他很想见你!"李克农加重了语气。

到里面有一张书桌,"这是董老特意留给你的书信,你看看,看得清楚吗?"

驻足以顿、凝思而悟,面壁十年、破壁惊天。

父亲已经泪流满面,"我……"

李克农拉着父亲的手,"回家就好!你来这里,时间也不能太久,组织有要紧的话向你传达。"

对父亲今后的工作安排组织上有明确的意见,再次要求他,一定要以爱国将领的身份多做对国家、对民族有益的事。注意要甘守寂寞,做一颗"闲棋冷子"。他让父亲记住三点:一是不要主动找组织,不要离开现在的职位;二是不能发展党员,不参与中共公开领导的工作,保持"拥蒋爱国"的政治态度。三是尽量利用和陈诚的关系,即使他"反共",表面上也要同他一致,像天津萝卜,白皮红心。即使受到进步朋友的误解也要忍耐。这些深思熟虑的意见和周密长远的安排,对父亲长期潜伏与情报工作有着重要的指导作用。

父亲紧紧握住李克农的手说:"在黄埔军校,我选择了中国共产党,这些年,我想念组织,知道组织也遇到许多困难。但我坚决听党的话,服从党的安排,永不放弃。"

"你坚持了这些年,经受住了考验,不容易!其实,这些年,我们组织上也不容易……但是党始终没有忘记你,当年我们对蒋介石也抱有幻想,对四一二大屠杀没有充分的准备,你从苏联回国,蒋介石怀疑你的时候,我们的内线帮助了你;当你再次受到怀疑时,还是我们的内线帮助了你,蒋才让你去庐山干部培训团。所以请你记住——无论遇到多少困难、曲折,都要相信组织。而你的存在,就是我们组织的成功,我们保存了一部分珍贵的力量;你能坚持,就是希望。"

"我现在能够为党做什么?"

"你现在能做的是:利用现在的职务积极做好对日作战的'情报工作'。"

"为什么给我的任务和国民政府军事委员会下达的命令

几乎是一样的？"

"现在是全民族抗战，国仇大于家仇！日寇残暴，中华民族只有全民团结，才能抵御外侮。党中央已经确定了工作方针，团结拥护蒋委员长抗战。我们共产党人以人民的利益至上，除了人民的利益没有自己的任何利益！但是我们不能忘记大革命失败的血的教训，你的秘密党员身份隐蔽得越深越好，越久越好！将来才能发挥更重要的作用。既在虎穴，终得虎子。一个秘密党员的暴露和牺牲，会造成组织上一系列的损失和同志们的牺牲，还有他们的家人和朋友，因此，第一要紧的是保存自己。其实，你做的工作，对党中央一样有作用，还有行营政治总队的事：动员民众，物质保障，医疗救护，抗日宣传，这和我党当前做的主要工作是完全一致的，只不过你是听蒋委员长和陈诚部长的命令罢了，他们还会给你发饷提职，何乐而不为？！"

豁然开朗——信心、鼓舞、感动、亲切、责任。历史的重任，光明的前途，父亲的激情在燃烧。

世界上最大的爱，莫过于组织的关怀，漂流在外，"离家"太久的父亲，意志更坚定、平和、奉献，大爱无疆。

组织，这是一个神圣而充满了力量的集体，父亲牢记组织的要求，因为他知道他不是一个人在战斗。事实上，抗战时期，中共建立了有效的情报网络。一是中央社会部直属情报系统，为中共中央建立重要的战略预警系统。二是重庆南方局系统，通过"布闲棋，下冷子"的办法，在国民党内部布建了一批重要的战略情报关系。三是将通过训练的人员派往日寇占领区和国民党统治区进行秘密工作。抗日战争时期中共的"特别党员"和"秘密党员",主要集中在军事斗争和政治、经济、文化以及汪伪政府等几个领域。

还有一个不显眼的工作就是大量收集整理各种书籍和报刊资料,从中获取有用的公开情报。党中央强调:公开情报研究工作应该成为一门科学。要拿秘密材料和公开报道相互印证,来鉴别、筛选情报,观察敌人动向。在当时的历史条件下,中共各个根据地处于被分割封锁的状态,系统收集日本、国民党地区的报刊书籍并不容易,各地情报组织一方面收集各区域内外敌、友、我三方政治、军事、经济、文化及社会阶级关系各种具体详细材料并加以研究,一方面通过日本占领区,用学校、文化团体或教师、其他个人名义,订阅公开的日文、中文报纸,采购许多杂志、书籍、年鉴等,都源源不断送至中共情报部门,供给中央领导与有关部门阅览,供党中央制定政策指挥全局决策参考。

乔雁顺在父亲身边工作,机智、灵敏地为中共传递情报,很快成为父亲理想中的帮手。他能按父亲要求,准确地采购无线电配件,在1939年至1942年,中共南方局先后在武汉、湖南、桂林、福建、云南、南京等地区建立了40多部电台,其中公开电台22部,秘密电台18部,好几部电台就是父亲和乔干事发挥的作用,这是父亲和乔干事自己都不能完全想象的。

更为重要的是,在父亲有意无意帮助下建立起的秘密交通线和情报交通线。

开辟秘密交通线,输送新四军豫鄂挺进纵队、武昌、宜昌、恩施、重庆中共党组织的重要干部,运输军用、民用、医用物资。开辟情报交通线，连接苏联远东国际情报局、重庆、武汉、宜昌、恩施、豫鄂挺进纵队、延安政治情报网络。

这两条线的开通，都是父亲利用自己合法身份，巧妙地从抗日实际出发而促成的。

武汉会战的作战方案，统帅部已经制定，一次又一次讨论，就等军事委员会最后拍板，以空间换时间，彻底转变敌攻我守的局面，这是军事委员会会议上达成的一致。蒋介石亲自主持了军事委员会核心成员会议，形成武汉会战作战方案。机要秘书钟存辉担任这次会议记录。

根据军事委员会部署，国军再次对兵力进行调整。调集第五、第九战区全部兵力，海军、空军各一部，沿大别山、鄱阳湖和长江两岸组织防御，准备持久作战。

武汉会战期间，还有一件不得不说的事，那就是苏联派遣来华支援中国抗战的空军部队。当年，他们就驻在汉口王家墩机场，战区司令部很自然地安排懂俄语的父亲，成为直接与他们沟通的联络官。这支苏联的空军部队在抗日战争时期，同中国人民并肩作战，打击日本侵略者，为中国抗战立下了不朽的功勋。

1938年2月28日的武汉第一次空战，击落日机12架；

1938年4月29日的武汉第二次空战，击落日机21架；

1938年5月31日的武汉第三次空战，击落日机14架。

武汉会战结束后，苏联志愿军在大队长库里申科的率领下，于1939年8月10日飞临武汉上空，轰炸日军基地，共炸沉和重创日本军舰45艘，打击了日寇的嚣张气焰。

苏联空军志愿队有 15 位烈士长眠在汉口解放公园。

乔雁顺曾到过苏联，懂得与苏联朋友打交道的方式方法，他成为父亲最好的帮手，父亲也信任他。这段时间，不仅是联合作战，而且情报也共享，更重要的是，苏联提供的情报，不声不响地直接进入了中共情报部门。

随着情报战升级，各方的那些"闲棋"、"冷子"，也纷纷登场亮相。日本王牌"谍报之花"奈川信子在这期间也来到武汉。

早在 1932 年，奈川信子就被派到中国，在上海、南京，她已做出了惊天的大事，搜集国民政府高层军事机密。

奈川信子从日本来中国时才 20 岁出头，她毕业于日本神户间谍学校。还是刚进这个学校，未来已向她招手，丰厚的物质享受，美好的前程，作为情报人员，首先学习的是生理解剖课和心理课，解除羞耻感，克服心理障碍。经过魔鬼式的训练，她清楚知道，她的武器就是身体，下流，恬不知耻，漂亮的脸蛋，风姿绰约，使之成为全能型情报人员。她到武汉，在池田的掩护下，以自己擅长的美人计，为日军获取战时需要的情报。

从复兴社到国民政府军事委员会调查统计局，早就怀疑这位年轻貌美的女子，但她一次又一次逃脱了暗杀。

1937 年年底，奈川信子来武汉，主持武汉会战的情报工作，迅速攻占武汉，迫使国民政府屈服，是日军大本营的决定。奈川信子是天生的谍报之花，日本特务机关信任她，她自己也信任自己。早在 1931 年，日本特务机关将池田少佐派到中国，取名田富贵，这一点，是中国情报机关完全没掌握的。奈川信子来了，池田要保护好她，配合、掩护好她。中国的情报人员，需要多大的智慧才能战胜他们！

当女人走进战争，战争就复杂了。当战争依靠女人，战争就残酷了。

"益和贸易商行"已在汉口开业。开业后不久，池田将这家公司 40% 的股份送给汉口黑龙会老大卢文标，由他们去经营、管理，贸易商行本来就是为做情报工作而成立的，这样他可以把主要精力用于搜集情报。

黄州盛产中药材，中国古代伟大的医学家、药物学家李时珍就是黄州蕲春人，当地更是有众多名中医，池田很快发现这一巨大商机，又成立"益和大药房"，请黄州名医坐堂，并从日本运来先进中药材加工机器，派人在黄州地区大量收购中草药，烘、晒、精选切片，成套机器设备，使益和大药房成为汉口最大的中药材加工、销售集散地。益和大药房掌柜松本次郎制定了一套严格的进货检验标准和严格的加工工艺，凭其信誉，中药材生意在湖北、江西、安徽有很大市场，并出口到日本、东南亚等地。

这些年，池田主要负责长江沿线的情报搜集整理工作，他也算作是十分有洞察力的情报专家，他带领情报人员去江西、安徽、安庆、九江、湖北蕲春、宜昌等地，以收购中药材为名，其重点就是把这一带的人文地理做了一番详细的侦测并记录下周边的地形地貌、天气变化、交通装备，甚至当地习俗，特别是武汉及其周边一带，重武器可以通过的险要地点，做了特别详记。侦测中，池田发现近期国民政府军在马当江心增设要塞的情报，于是他派专人死盯马当要塞。

那几年全面抗战还未爆发。然而，南京、武汉、宜昌，甚至重庆，日本特工已悄悄完成他们需要的军用地图，并掌握了这些城市的基本情况。

1938年5月，徐州陷落，日军将主要精力集中在武汉，以消灭中国军队之主力。

6月9日，国民政府下令，在郑州花园炸开黄河堤坝，造成黄河决堤，虽阻碍了日军的迅速进攻，并逼迫日军修改进攻计划，但在社会上造成巨大反响，影响十分恶劣，导致河南、安徽、江苏三省四十四县五万四千平方公里区域，90万平民死亡。第二路的日军进攻方向被阻，被迫改为沿长江沿线进攻武汉，但第一路日军仍按计划展开进攻。

6月11日，日军第三师团的2000余人，在敌舰20余艘掩护下至安庆下游登陆，向第27集团军扼守大关阵地的杨森部进攻，武汉会战正式开始。13日大关失守。15日，安庆沦陷。潜山战斗异常激烈，但最后也没能抵住日军进攻，被迫撤退。

这里必须提"马当要塞"，这可是保卫武汉被寄予厚望的要塞。马当，地处安徽、江西边界，江北是安徽的望江县，江南是江西彭泽县，这里丛山环抱，易守难攻。为阻日军西进，力保九江、武汉安全，在马当附近的江心，由德国军事顾问设计，建成一条拦河坝式的阻塞线，并在两岸山峰要处设有炮台、碉堡等，江中凿沉木船1000余艘并布水雷1765枚，设人工暗礁35处，同时配置重兵防守。

1938年6月22日，日军波田支队与海军第11战队由安庆朔江西犯。两天激战，日军无法打通水上通道。6月24日晨，日军以一部兵力在马当以东的毛林洲、香口登陆，随后，沿太白湖口一片满是芦苇的水荡，向要塞的核心阵地长山包抄突击。江防第2总队总队长鲍长义指挥守军开火，敌军纷纷中弹倒在湖荡中，日军四次进攻，均被击退。下午6时，蒋介石从武汉来电，对江防第2总队官兵传令嘉奖。

奈川信子派出的情报人员出现在马当附近，她们24小时监听马当湖口要塞司令李韫珩的电话。

这么关键的战役，身兼16军军长的李韫珩，为表达自己的抗日决心，居然召集马当、彭泽两地的乡长、保长和第16军的副职军官和排长进行军政训练，为期两周，从6月10日开始。

更要命的是李韫珩23日下午发出通知，定于24日上午举行军政训练班的结业典礼，要求各个部队主官届时全部参加，会后还要举行会餐。

奈川信子的情报人员监听到这个电话，这可是绝密的重要情报。日军于6月24日凌晨4时发动了进攻。由于16军主官都回去开会，失去了指挥，日军波田支队很快登陆成功。

在之前一天，波田一支突击队摸到前沿阵地施放毒气弹，使国军一个中队全部中毒身亡。而国军增援的167师在师长薛蔚英带领下，不走大路，选择走小路，部队通过小路进入山区后迷路了，等他们于6月26日下午到达指定位置时，马当要塞已在当天上午沦于日军之手。

据说，得知马当要塞失守时，蒋介石正在召集军事会议。他先是摔掉茶杯，愤怒离开会场，半小时后才又回到会场，大发雷霆，破口大骂，参加会议人员全体立正，没有一人说话。蒋介石深知，马当要塞失守等于长江门户大开，直接威胁武汉安全。"全力反攻，收复要塞。"蒋介石吼叫着发出命令。

只是，在中国军队手中没能有效发挥作用的马当要塞，却成了日军手中的坚强盾牌，中国军队连续反击十几次，大批勇士血洒战场，却一直没有撼动马当要塞。

战后，第16军军长李韫珩受到军法制裁，第167师师长薛蔚英因贻误战机被枪决。

马当要塞的失守，对武汉会战的影响是不言而喻的，之后的8月成立"军统"，应该是蒋介石担心军队失控的一种举措。马当要塞失守后，蒋介石没有再说武汉周边是日军的坟场，只是说以较小的空间换取更长的时间。

戴笠被任命为"军统"的少将局长，牛牛被戴笠亲点为军统华中地区特派员。于是，牛牛和奈川信子，两个女人，在武汉会战的情报战开始了直接对话。

正视历史，正视日本间谍在中国的潜伏，国民政府也是经过几次大战役失败的后才明白。"军统"的主要任务就是要抓出这些长期潜伏在中国的间谍。客观地讲，这些长期在中国潜伏的日本间谍，具有很强的职业敬业精神。他们效忠日本天皇，为战争的胜负，发挥了不可估量的作用。一旦这些人被激活，起用，那就好比埋藏的万吨炸药被引爆。

战争，不以人的意志而转移，当九江失守后，武汉也就彻底失去了屏障。

国民政府军事委员会命令：第五、第九战区沿江须绝对固守，步步为营，节节抵抗。

1938年8月22日，日军华中派遣军，兵分四路，对武汉发动全面进攻。

截获马当要塞的关键情报，让日军大本营对奈川信子寄予更大的期望，她坐镇武汉扬子江饭店最大的套房内，池田由衷佩服，不敢有半点大意，外面由黑龙会派人保护。

池田知道窃取武汉会战的情报，只能依赖奈川信子，虽然他的潜伏也是意义非凡，但对自己完成绝密情报的窃取并没有信心。还是在奈川信子刚到武汉时，他献上武汉三镇及周边的军事地图，连驻扎武汉高官的姓名及爱好，列表奉上。大战在即，奈川信子要做的第一件事，就是尽快搞到国民政府武汉会战作战计划及兵力部署图。她用惯用伎俩，利用这些年在中国认识的国民党元老关系，频繁和国民政府军事委员会及武汉行营高级将领接触。他们秘密进入奈川信子的房间，奈川信子用特别的女人味接待他们，将领们并不知她是日本人，只知是从上海来的高级舞女，她不要情报，只要钱。不谈军事，只谈女人。然而，在她细心的观察中，最后把目标锁定在国民政府军事委员会机要秘书钟存辉身上。

钟存辉，1902年出生在湖北孝感，1916年考入湖北省立师范学校学习，1921年考入北京清华大学，1925年考入美国维吉尼亚军校，1929年回国后出任中央军校教员，后调任国民政府任秘书。19岁那年，受父母之命，和当地土财主女儿结婚。双方的家境、背景、财力都不匹配。钟存辉一表人才，新婚妻子皮肤白皙，身体肥胖，那一夜，他俩第一次见面，钟存辉只说了一句："你要把身子瘦下来。"妻子温顺地说："嗯。"新婚后，他就去清华大学读书，很少回家。钟存辉十分孝顺，学习认真，工作刻苦，当国民政府迁都武汉时，毫无背景的他，已升任国民政府军事委员会机要秘书。

池田把钟存辉引见给奈川信子。钟存辉惊呆了，分明是仙女下凡，头梳一个缠髻儿，紧身的旗袍，衬出高耸的双乳和微翘的美臀，月牙双眼，发射的全是勾人的电光。池田退下，奈川信子请钟存辉进入茶室，那香味入鼻入心。

奈川信子说："喝点四川的茶，虽没有湖北茶口感重，但醇香可口。"

钟存辉坐下，呷茶。

奈川信子开始讲故事了，她说："我父亲曾在上海做金融，我从小就出国留学，"说到这，他俩还用英文交流。"日军占领上海后，父母为帮我出逃，死在日军枪下，现改名叫春燕。你就叫我春儿或春燕"。

钟存辉盯着这女子，他相信奈川信子说的一切都是真的，因为他的心已被奈川信子尽收。

奈川信子说："我有个舅舅，听说逃出上海后，到了武汉，母亲曾告诉我，家里钱有一半在舅舅那儿，只要找到他，我以后的生活就不愁了。你在政府工作，一定要帮我。"

钟存辉无法拒绝小女子的请求，他答应帮她找舅舅，奈川信子高兴得跳起来，来到钟存辉身旁，双手勾住他的脖子，嘴放在他的嘴上，几分钟没有分开。

也就是这一吻，钟存辉离不开奈川信子了，他的家仍在孝感，这阵子他总想到饭店来找奈川信子，毕竟他也年轻。

而他来饭店都是由池田接送。后来，每一次奈川信子还给他一根金条，只是告诉他，她母亲在益和贸易商行占有股份，这兵荒马乱的，这些金条请钟存辉代她保管。

奈川信子对钟存辉从不提任何要求，只是男女之间的情趣事，钟存辉春风得意，抱得美人归，加上池田的掩护，一点破绽都没有。战时，黄金比什么都贵重。当然，他也被奈川信子玩弄于股掌之间。

转眼，半年过去了，钟存辉不知到过奈川信子住处多少次，只知道幸福来得太突然。当他还分不清爱情与阴谋时，奈川信子已告诉他，要和他结婚，并要钟存辉抓紧离婚，她等着他。

钟存辉没有时间回孝感，痛苦深藏在心里。不幸的是他不知道奈川信子就是演员，戏刚刚开始，剧终的帷幕已慢慢落下。

钟存辉又一次来到奈川信子的住处，云雨交欢后，奈川信子摊牌了，"我放在你那儿的黄金全归你了，三天内你必须把最新的武汉会战作战计划及兵力部署图给我，否则，你是知道后果的……"

钟存辉浑身吓出冷汗，这可是要掉脑袋的事，武汉会战兵力部署图，军事委员会刚审定，她怎么知道消息的？"你是？"钟存辉小心问道。

奈川信子说："我是谁，不重要，你只要按我说的去做就行了。"

钟存辉说："这是卖国啊！"

奈川信子哈哈哈笑了，"卖国？什么国！大日本皇军占领武汉是迟早的事，你只要配合做成这件事，我保你一生荣华富贵，你可以出国，还有更多的美女陪你。"

在和奈川信子交往中，钟存辉也曾多次反问自己，眼前的一切是真的吗？美女黄金？老天爷如此眷顾自己？他怀疑过自己做的一切，但他终抵不住诱惑，抵不住奈川信子的妩媚。奈川信子摊牌，他知道迟早会有这一天，服从或许还有侥幸，否则真完蛋了。

三天后，最新的武汉会战作战计划及兵力部署图已在华中派遣军司令官畑俊六手中。得到情报后，奈川信子知道她是无法送走的，派池田以采购中药的名义送到安庆。此后，警惕性极高的奈川信子不再住饭店，池田安排她住到乡下，池田在武汉周边有好几个据点，都是以收购中草药名义建立的。等日军完全占领武汉后，奈川信子才露面。

得到奈川信子的情报，日军华中派遣军司令官畑俊六调整战斗序列，指挥第2、第11军共约140个大队，逼进武汉。

此时，国民政府军事委员会已感觉作战计划、兵力部署泄露，否则不会如此被动。这么机密的情报如何到了日军手里，蒋介石下令戴笠三天内必须破案。牛牛有自己特殊的情报来源，一个对谁也不能说的秘密，她立即对参加军事委员会最后一次会议的人员逐一排查，当她带人去抓钟存辉时，他已自杀了。

武汉会战关键时刻，苏联远东国际情报局派联络员来到武汉。

"报告！"卫兵进父亲办公室，"门外一位先生求见。"

"请他进来。"父亲说。

来人一进门，父亲认出了是黄埔的同学陈苏。

"你怎么来了。"父亲问。

陈苏说："老家派我来的。"

父亲说："他大舅可好。"

陈苏说："大舅感冒了。"

父亲说："那快去药店抓药。"

陈苏说："我已去药店。"然后压低声音说，"找她溯流上，路途险又长。"

父亲回答："找她顺流下，似在水中央。"

两人紧紧拥抱，十多年了。陈苏对父亲说："苏联远东国际情报局已派人到武汉，来人你在苏联留学时认识，组织上要求立即恢复与他们的联系。在你身边工作的乔雁顺是中共武汉情报站负责人，你设法让他俩取得直接联系，然后继续自己的使命。"

陈苏也是中共秘密党员，他是到八路军武汉办事处联系工作的，派他与父亲联系，是最佳选择。

他俩没时间叙旧，连水也没喝一口，此时父亲的心又多了一份感慨。

父亲伫立在窗前，目不转睛地注视着陈苏的背影，把刚刚爬到房顶的日头收入了眼眸，阳光从窗口中的玻璃挤进来，温暖。

汉口饭店。

冯强敲响302号房间。

"谁？"一个姑娘的声音。

随着轻轻的敲门声，门开了。一位金发漂亮姑娘站立在站口。

"请问是卡丽娅小姐吗？"冯强礼貌问道。

"是。"卡丽娅答。

"这是我老板给您送的蛋糕，生日快乐！"

卡丽娅微笑说："谢谢，生日快乐，告诉你老板，明晚8点，饭店舞厅见。""生日快乐"是在莫斯科商量好的见面暗号。

冯强说："生日快乐！"礼貌地离开了。

第二天晚上8点，在饭店舞厅，卡丽娅一身中国打扮，头戴鸭舌帽，坐在靠窗沙发上，手里拿着点燃的一支香烟。整包香烟就放在茶几上。

冯强走过来："小姐，请你跳一曲。"

卡丽娅说："不，我累了，小坐一会。"

冯强坐下来："那请你喝杯威士忌。"

卡丽娅说："不，我喝白兰地。"

冯强压低声音："老板在院子里等你。"

冯强是政治总队参谋，国防部保密局派来的。他主要任务是协调与军统关系，真实身份也是共产党员，都是单线联系，和乔雁顺彼此并不知对方身份，只是还谈得来。

卡丽娅呷了一口白兰地，"对不起先生，汉口太热，我到门外走走。"

饭店院子的大树下，路灯瞎火了，父亲和卡丽娅紧紧拥抱。

卡丽娅双手放在父亲的肩上，仔细端详，黑黑的夜晚，看见依旧有神的眼睛，卡丽娅的头靠在父亲的肩上，微微闭上双眼。

是梦，凝望。

逝去的时间已填满。

仿佛回到莫斯科的夜晚，

思念，已听到彼此的心跳，

依恋，让距离又一次缩小。

父亲问："安德罗夫同志好吗？"

卡丽娅："他很好，目前他负责苏联远东国际情报局的工作。"

父亲说："上海沦陷，南京弃守后，国民政府虽宣布迁都重庆，但政府机关大部及军事委员会仍在武汉。"

卡丽娅："我们已截获日军刚修订的武汉作战计划，希望你们能在武汉周边和日军决战。"

父亲说："太好啦，最近组织上已派乔雁顺同志到我身边工作，我让他尽快与你们联系上。以后的情报工作，就由他负责和你联络。"

卡丽娅说："明白。"

父亲回到舞厅，对冯强说："通知乔雁顺，立即赶到。"

父亲和卡丽娅跳了一曲，舞步轻盈和谐。

乔雁顺很快赶到。

"我来介绍一下，"父亲说，"这位是乔雁顺干事。"卡丽娅礼貌地说："你好！"

"这位美丽的女士来自苏联，叫卡丽娅，是我留学苏联时，安德罗夫老师的侄女。"

乔雁顺干事伸出手，卡丽娅也伸出手。他俩握手，"你好。"

"我相信你俩会成为最好朋友，"父亲接着说，"在苏联时，我和卡丽娅就认识了。莫斯科郊外的晚上，也曾多次留下我俩的身影。当时，卡丽娅常抱怨我，为什么结婚这么早。"说到这里，父亲和卡丽娅都笑了。父亲对卡丽娅说："我们这位乔干事，没有结婚，还是单身，你可要小心啊。"

卡丽娅大方地对父亲说："您不介意的话，我和乔雁顺跳一曲。"

父亲做了一个"请"的手势。

舞步中，他俩说的什么，父亲就不知道了。

父亲要了一杯红酒，欣赏着卡丽娅和乔干事的舞姿，那么熟悉，仿佛回到苏联莫斯科。

恢复中共武汉情报站与苏联远东国际情报局的联络是眼下十分重要的环节。还是第一次见面，第一次的慢四舞曲，卡丽娅说："苏联远东国际情报局派我与你联系，最新情报已放在你口袋里了。"乔雁顺回头看了父亲一眼。父亲正品着红酒，那么镇定。乔雁顺说："明白。"他们很快建立起了默契、严谨的联络方式和感情。

武汉会战，是残酷的，是惨烈的。战争锻炼出一批勇敢不怕死的军人，武汉会战中的情报战呢？则是考验着那些为理想、信仰而默默奉献，同样不怕牺牲的人。

情报战一天也未停止过。

军统武汉站通过 BIS 特种技术侦测到可疑无线电信号，就在武汉市区周边。

自情报开始服务于战争后，情报也就成为战争不可或缺的一部分，敌我双方为情报不惜付出惨痛代价。

奈川信子在武汉会战中为日军立了头功，她知道军统已经盯上她了。

情报人员有坚强的意志，奈川信子如此。

情报人员往往最怕死，奈川信子如此。

她离开了扬子江饭店，周旋在当年池田建立的几个据点之间，就在她东躲西藏的时候，失落让她想到生命的价值，想到了美好的生活，想到死亡，她害怕了。一天，牛牛派人跟踪无线电信号，据点找到了，可人没抓到。其实，奈川信子并没有走远，她化装了。村头一个老婆婆，和一个老爹爹正晒太阳，他们目睹了"军统"的行动，他俩就是奈川信子和池田。

冈村宁次指挥第 11 军 5 个半师团沿长江两岸主攻武汉；东久指挥第 2 军 4 个半师团沿大别山北麓助攻武汉；海军川古志郎第 3 舰队 140 余艘舰艇；航空兵团 500 余架飞机配合进攻武汉。

日军第六师团沿长江北岸，目标是广济、田家镇要塞方向；波田支队和第 9 师团沿长江南岸，目标是富池口要塞方向；第 10、第 13、第 16 师团在长江以北的大别山方向，向西突进占领信阳，从北面包抄武汉；第 101、第 106 师团从南沿粤汉铁路北上包围武汉。

田家镇要塞是护卫武汉的又一道屏障，地处九江上游65公里，武汉下游150公里，广济县城西南40公里的长江中下游北岸江面狭隘处，与对岸半壁山和富池口互为犄角，是鄂、皖、赣的门户和武汉之咽喉。日军目标就是对武汉形成包围之势。若占领了武汉周边及外围，便可占领武汉，若占领不了武汉周边及外围，想占领武汉也无可能。

武汉会战，双方投入的兵力是5∶1，日军的进攻，更加疯狂。无论在消耗日军或是打击日军的意义上，武汉会战对整个战局有决定性作用。所以，每一个人都必须有固守大武汉临危受命的责任，要以空前的努力，誓死献身的战斗精神。由于"情报"不畅，国民政府的军队十分被动，大兵团调动困难。

马当要塞失守，九江很快被日军占领，国民政府军事委员会统帅部意识到，日军攻取武汉已不可逆转，消灭日军有生力量，拖延日军占领武汉的时间，就必须守住外围，如外围丢失，武汉即失去屏障，即无险可守。

统帅部明示，第五战区应以现在态势确保大别山主阵地，第九战区应极力维持现在态势，抵御西进之敌。第一、二战区仍以现在部署，向敌袭击，以牵制敌向武汉转运兵力。第三战区应以沿江要塞的炮兵，截断敌舰长江联络线。

组织动员民众是父亲的责任，全民抗战，工人、学生、商界纷纷走上街头"保卫家园，保卫武汉，抗战到底"，武汉人民在全国民众的支持下，抗战的高潮一浪高过一浪。

前线在打仗，将士们在流血，最大限度保障抗战物资的供给，武汉人民做出了特别贡献，父亲夜以继日地工作，战况每天都有变化，物资供应每天都需调整，父亲冷静组织供应。

会战最关键时刻，国共两党"情报"共享更加紧密。中共情报人员利用及时、准确的情报，为国民政府提供了关键的支持。没有金条，没有美女，只有民族大义。

在中国军队阻击下，武汉人民团结一致，日军无法加快推进占领武汉的速度。

情报显示第29集团军已在大别山地区集结，总部驻在白水畈。

得知消息的奈川信子，脑子里回放着在扬子江饭店进过她房间的名单，突然一个人跳入她脑海，这个人就是29集团军的作战参谋程忠，她让池田以采购中药的名义到白水畈，找程忠，去拿集团军近期作战计划。

池田找到程忠："春燕让我带口信，务必两天内，将集团近期作战计划交给我，这是她托我带给你的东西，两天后，还在这里见。"

程忠接过东西，打开一看是三根金条。两天后，池田如意拿到情报。

奈川信子一贯做法，是以"美色"换情报。以"金条"买情报。

1938年8月初，日军第6师团占领黄梅后，由于官兵伤亡以及患病太多，被迫停止进攻，决定利用鄱阳湖水路从长江上的小池口进行补给，得到情报的白崇禧，率部迅速奔赴潜山和太湖，趁日军立足未稳，对日军发起反击。

八天，整整八天。日军伤亡严重，只好就地构筑工事待补充。

田家镇保卫战，从1938年9月中旬开始，田家镇为鄂东门户江防要地，田家镇的得失，直接影响武汉的安危。田家镇地势险要，其附近湖沼星罗棋布，形成要塞天然屏障。当时，日军采取正面佯攻，主力则绕道北进，从侧面攻击。田家镇要塞，以第2军两个师为主体，第86军的两个师、第26军的两个师协助，日军在飞机、大炮掩护下，持续经历14天激烈战斗，虽防线最后还是崩溃，但迟滞了日军迅速围击武汉，也大量击伤日军，挫败了日军妄图速战速决的气焰。1938年9月29日，田家镇要塞失陷。

广济地区阻击战也开始了。

守军是第五战区李品仙的第四兵团。

李品仙苦不堪言，在日军持续的凶猛进攻下，一周内，部队退至二线阵地，他在给蒋介石的电报中说：防御正面过于宽大，预备队已使用殆尽，前线部队伤亡惨重，加上酷暑导致疾病流行，战斗减员惨重。更让他愤怒的是，友军不执行命令，增援行动迟缓。

广济全线告急。

李品仙再次电告蒋介石："部队伤亡大部，仗已无法再打下去。乞速训示。"

激烈战斗仍在坚持着。

经白崇禧批准，李品仙弃守广济。

田家镇保卫战、广济地区阻击战、及随后进行的富池口要塞保卫战，都是保卫武汉的第一线决战，战役的胜败对武汉会战有直接影响。

富池口要塞保卫战打得相当惨烈，它地处长江南岸，是继马当要塞的第二个要塞。它三面有环形山地，只有北面是水流湍急的长江，与此相对的长江北岸，就是田家镇。

波田支队在海军舰炮的配合下，对富池口守军核心阵地发动了一次又一次攻击。核心阵地守军是 54 军 18 师，他们已经苦守三日，李师长向兵团总司令张发奎请求撤退，遭到拒绝，并严令他再守三日，并告知第二兵团马上赶到，谁擅自撤退，就地枪毙。日军数十架战机向富池口猛烈轰炸和攻击。核心阵地上落下了一千多发炮弹。又守三日，除东南山头阵地外，其他方向高地均被日军突破，整个要塞都已暴露在日军的火力下。次夜，李师长逃遁，兵无主将。第 18 师残剩官兵破坏了要塞主要设施后，撤离要塞。

凌晨，富池口要塞落入日军之手。

长江北岸再向北，是大别山山脉。

最艰苦的一战是大别山北上巴河阻击战。

上巴河是武汉最后的门户，河东是丘陵，河西是开阔地，9 月后枯水季节，可徒步而过。正因如此，日军的汽车、轻型坦克、山炮，都可以过河。

10 月 14 日，中国军队 2 个师到达上巴河，以上巴河桥为中心，左右各一个师。

17 日拂晓，日军第 10 师团开始向中国军队阵地发起全面攻击。先是 6 架飞机低空扫射轰炸，然后山炮开炮，最后潮水般的步兵冲锋。中国军队迫击炮阵地被炸，在这种情况下，中国军队 162 师 302 团仍坚守一天一夜。

已经守不住了，援军不知什么时候能到，日军第 6 次进攻马上开始。左师长说："在黄冈地区附近的日军登陆部队也向我两翼迂回，今夜，将重伤员转移至山区，余下的守住阵地，坚持到最后一个人。"

阻击战，面临全线崩溃。

清晨，日军进攻开始了，日军的汽油弹、燃烧弹、火焰喷射器，向阵地开火。左师长大声呼喊，阵地要存！人也要存！重压之下，他率众将士退居第二道防线。激战中，乔雁顺带着物资运输队赶到左师长前沿阵地。枪支、子弹、手榴弹、机关枪。同时到达的还有一支战地医疗队。鬼子的又一次冲锋开始了，"准备战斗！"乔雁顺大声喊道。同时，他找好掩体，架起一挺机关枪，等敌人冲上来时，欢畅地向敌人扫射，眼里打出了血丝。突然，一枚炮弹落在乔雁顺旁边，乔雁顺的头部负伤，鲜血流出来了。林静好冲了过来，她是刚到前线的战地医疗队医生。她麻利地为乔雁顺包扎。正在这时，鬼子冲过来了，乔雁顺不顾伤口疼痛，立即投入战斗，机枪再次怒吼，阵地前鬼子再次倒下。林静好没有离开阵地，顶替刚牺牲的战士，成为乔雁顺的助手，她的身影在战场上留下亮丽的风景线。

后来林静好在恩施医学院做教师。一次，乔雁顺陪父亲去医学院视察时，她一眼就认出了乔。

"我叫林静好，还记得吗？"

"当然记得。"这已经是后话，让乔雁顺没有想到的事，那次参加战斗，回来被父亲狠狠"批评"了一顿。"不是我们怕上战场，而是我们的工作需要坚守在自己的岗位上。"

战斗还在激烈进行着。

前沿阵地就要丢失，左师长向李司令报告："部队顶不住了，请速乞示。"李司令回电："请再坚持一天，增援部队正向你靠拢。"左师长哭丧着说："我一小时也无法坚持了。"刚发出电文，新四军豫鄂挺进纵队李小侠的部队从天而降，"神兵"出现在上巴河战场上。李小侠团长命令："二营阻击日军左侧，三营阻击日军右侧，一营和预备队进入正面阻击。"

战斗惨烈，尸横血流。突然，日军进攻停止了，他们的山炮阵地被炸。原来王小虎接到命令，率刀锋独立支队，绕到日军后面，炸毁了山炮阵地。薄刀山寨离上巴河很近，这也是他们接受改编后又一次对日军的重大作战。没有山炮，日军进攻没有了底气。

完成了炸山炮阵地，王小虎率队快速撤离，守卫山炮阵地的日军追击上来，王小虎利用他们熟悉地形的优势，消失在山坳中，而此时徐石头负伤了，所幸的是日军野战医院正设在这个山坳里。刀锋独立支队占领山坳，立即布防，他们没杀日本伤病员，把他们集中在一起，并抓来日本军医，为徐石头做手术。军医在徐石头身上取出两块弹片。手术完成，找副担架抬上徐石头。王小虎把军医绑了，连军医的女助手一起，暮色中快速撤离。到了驻地，王小虎才知此军医是一雄。

第二天，李小侠接到豫鄂挺进纵队首长转移的命令。李小侠、王小虎已在战火中迅速成长，中国共产党培养的又一代年轻中国军人，再次站在战斗的前列。

在长江南岸，经过一个月的激战，日军进展迟缓。冈村急得要命，他得到情报，南浔路和瑞武路之间的防线间隙越来越大。如果有一支部队能插到国民政府军背后，那么南浔路正面20万守军就有可能被日军的三个师团合围。

冈村亲自制订作战计划，他把106师团分成五个部分，隐蔽穿过国民政府军防线的缝隙。106师团很快进至德安西面万家岭地区。

正在武汉坐镇指挥的军统特派员牛牛，综合各方面的情报，作出判断，立即将综合情报报告军事委员会统帅部。军事委员会立即电令薛岳，指挥第4军、第66军，从侧后迂回，将松浦淳六郎的106师团的主力团在万家岭一带包围，松浦决定在张古山突围，被58师冯圣法部死死拦住，松浦集中全部力量，对张古山冲锋，最后拿下战略要地张古山。

中国军队组织500人敢死队，趁着夜色从南面的绝壁攀登上去，将山上的日军打了个措手不及。在南北夹击下，日军防线瞬间崩溃。白天，二十多架敌机便一窝蜂朝张古山袭来，把整个山头炸成了一片焦土。夜晚，敢死队在夜幕的掩护下发起冲锋，与日军展开一次又一次的肉搏战，鲜血浸红土地，尸体布满山坡，艰难反复争夺战中，中国军队死守住了万家岭战役的生死线。

牛牛昼夜吃住在办公室，她不能漏掉任何一个细小的情报来源。中国抗日战场，太需要一场胜利，武汉会战太需要战场胜利的鼓舞。

日军为挽回106师团全军覆没的败局，向万家岭地区空投了200多名军官，希望能恢复一线作战部队的指挥，但是没有一个军官活着见到 106 师团就被歼灭。

薛岳下达了全线反攻命令，各个重要阵地的中国军队组织 400 人左右的敢死队，可这天夜里天气不好，伸手不见五指，敢死队决定脱掉上衣，光着膀子冲上阵地，只要摸到有衣服的，举手就是一刀。

万家岭之战不过十余日，中国军队歼灭日军第 106 团 3000 余人，这也是中国军队在抗战以来第一次将日军师团一级建制的部队消灭殆尽。"万家岭大捷"阻止了日军向南扩展的任务。

武汉会战期间，军统武汉站不断加派人手，情报处长罗涛，行动处处长方树堂都是重庆直接派来的。扩大情报来源，渗透到国军高级军官的身边。奈川信子无力故伎重演，只能在武汉附近，频繁转移指挥日军的情报人员。

客观地讲，武汉会战，国民政府军事委员会的准备是充分的，无论是对敌情判断，还是作战预测、作战之指导、作战之动员，都有明确意见，关键是忽视了那些无孔不入的长期潜伏的日本间谍。

武汉会战期间，有些战役是可圈可点的：南浔战役、赣北战役、万家岭战役、阳新阻击战、黄鄂战役、田家镇保卫战、广济阻击战、黄广会战、湖广大捷、豫南信罗战役、大别山阻击战。这些战役，都是超越情报的硬仗，都是广大军民以空前勇气，无比的忠勇奋斗牺牲的精神换来的。

保卫武汉，是一件极艰苦的任务。当时，在武汉的每个军民，都激发出最大的同仇敌忾之心，下定与武汉共存亡的决心，守住这个重要的国防堡垒，武汉已成为雪耻复仇的根据地。

面对严峻的形势，"守武汉而不战于武汉是上策吗？"国民政府军事委员会内部激烈讨论，并以武汉卫戍区政治部名义发表《告武汉同胞书》。

"现在的武汉三镇已成为敌我必争之地，因此我们希望老弱妇孺的同胞们赶快疏散到后方去、乡村去，我们要进一步认识到，疏散武汉人口，并不是消极地叫民众逃难，抛弃武汉可爱的家园，而是我们希望留居在武汉的老弱妇孺的同胞们暂时避免无谓的牺牲，到比较安全的地方去，更可以积极地安心致力于应做的生产事业，以解决自己的生活，同时更可以补助国家，增加抗战的力量！……"

安民告示，在那个非常时期是特别重要的，一定要认识日本帝国主义的侵略行径，认识战争的残酷，同胞们只要团结起来，就能取得抗日的最后胜利。

武汉，这个经历铁血洗礼并赢得举世瞩目的地方，当时涌现了无数可歌可泣的爱国主义壮举。在爱国抗战的旗帜下，1938年，一场抢救保育难童的全国运动也正发源于此。

而父亲任武汉行营任政治总队队长，也积极协助国共两党推进这一运动。

战争中最悲惨的，往往都是儿童。这些幼小的生命大量夭折于战火甚至被集体屠杀，山西翼城一县被日寇所害儿童就达200多名。有些儿童还被日军施以奴化教育，被迫充当战争炮灰或刺探情报。日寇更为残忍的是：把中国儿童作为他们"活的血库",强迫输血给受伤日军官兵。战时难童的悲惨命运,是日本军国主义侵略中国犯下滔天罪行的一个无法抹杀的史实,这些史实让我们记住民族苦难、勿忘国耻,也把日本军国主义钉上永远的耻辱架。

为此,武汉首先出现了抢救保育难童的呼声,周恩来和邓颖超同志专程会见冯玉祥将军和李德全女士,希望两位支持这项工作。于是,由沈钧儒、郭沫若、李德全、邓颖超等20多人正式发表了成立战时儿童保育会的发起书。发起书受到了国共两党上层人士和社会各界爱国人士的响应,很快即有宋美龄、宋庆龄、宋霭龄、何香凝、邹韬奋、田汉等百余人签名,作为成立战时儿童保育会的联合发起人。战时难童的抢救与保育,是中华民族面对灾难的不屈抗争、是中华民族凝聚力和向心力的一个实证。

此后,抢救保育难童工作开始实施,并逐渐燎原各地。在战火纷飞的八年间,战时儿童保育事业先后吸引了上万爱国青年参与。参与战时难童抢救与保育的无数热血青年,是中华民族危难中的栋梁与希望。伟大的爱国主义精神和志愿服务精神,在这一运动中得以最充分的展现。

那些战时难童也表现出了不起的、积极的爱国情操。"保育院",是在抗日战争艰难条件下对学生实施全面教育的新型学校。在那里,孩子们对年长一些的老师称妈妈,对年轻一些的称大姐姐或大哥哥,同学们之间互称兄弟姐妹。战时儿童保育会制订的《教育实施大纲》提出,保育院要以把保育生培养成抗敌战士、新中国建设者为教育目标,保教合一、有教无类、注重实践,倡导爱国思想和民族精神,养成集体纪律和劳作习惯，树立独立意识和刻苦作风。每一个战时难童拥有的不仅是苦难，而且是勇敢、是好学、是"时刻准备着"的独立意识与抗敌本领。

作为中国历史上史无前例的战时儿童的抢救保育事业，各地共建立 24 个保育分会、创办 61 所保育院，前后抢救保育难童达三万多名，充分体现了"儿童优先"的伟大原则，"要救中国，先救儿童"。应当说，我们民族在危难当中对难童的抢救与保育，不仅具有世界影响，而且具有现代意义。其辉煌成就，不仅属于抗击日寇的中国人民，也属于反法西斯的世界人民。

这一伟大历史，与武汉密不可分，与武汉会战密不可分。

1938 年 1 月 24 日，邓颖超、宋美龄等在武汉黄陂路的基督教女青年会处开会筹备"战时儿童保育会"，后来又在此设立保育会的办公室。

3 月 10 日在武汉合作路召开"战时儿童保育会"成立大会。

3 月 13 日在武汉一元路设立"第一临时保育院"。当月 29 日开始接收难童，从此成为抗战时期实施难童保育的先声。

身为武汉行营任政治总队队长，父亲在国共两党中积极奔走，为"战时儿童保育会"的筹备和成立保驾护航。他不但时常抽出时间去看望这些孤儿，而且组织急需的物资、资金支援保育院。武汉会战结束前夕，这些抗战难童分批撤离，父亲又组织运输力量，派员保障保育院师生的安全。在那些大撤退中，"儿童优先"依然是一个铁的原则。

最危险的时刻，"第一临时保育院"还有三个生病的孩子和不愿意与生病孩子分开的另外四个孩子无法安置，如果不撤离，他们必将落入敌寇魔爪。

父亲心急如焚，想起了还在老屋的奶奶，想到了分离两地的我母亲，还有河边徐家的老屋。要设法让孩子们去那里，有山野堂药房治疗，有我奶奶的悉心照料，有我母亲教文化。

父亲找到牛牛商量，牛牛说："你太了不起了，只有老屋才是这批难童在天底下最安全的避风港。"

在牛牛的协助下，这7个孩子安全到达了老屋，最大的叫常胜，成为他们的班长。三个病孩在那里渐渐康复。孩子们在奶奶的照料下也越来越身强体壮。河边徐家就是养人，那里有水、有山、有爱。

在老屋，我母亲不仅给他们教文化课，还教唱歌。当这些苦孩子的歌声在河边响起，连林子里的鸟都跟着唱了。

然而，孩子们终究是要去大后方。

几个月后，父亲又做了一次精心安排。从老屋到宜昌、恩施，7个孩子安全穿越敌占区，顺利到达了抗战堡垒恩施。

武汉会战，是以武汉为中心，以安徽、河南、江西、湖北四省广大地区为外围的中国军队，为保卫武汉展开的对日军作战。从1938年6月11日，日军从安庆登陆开始，至10月10日中国军队取得"万家岭大捷"后，历时四个半月。

12日，信阳失守。

14 日，阳新沦陷。

16 日，商城沦陷。

19 日，大冶沦陷。

24 日，黄陂失守。

日军华中派遣军各主力师团全部推进到武汉周边地带，对武汉成包围态势。

国民政府军事委员会决定：放弃武汉。做出这个决定是艰难的，但从长远战略和保存抗战军事实力来看，放弃武汉又是当时的需要。为了最后完全收复国土，全国的抗战要真正准备持久战。1938 年 10 月 24 日，正式下达弃守武汉的命令。

26 日，武昌弃守。

27 日，汉阳失守。

1938 年 10 月 26 日，日军占领了武汉。

怎么会输掉武汉会战呢?

怀疑自己的蒋介石问戴笠。

戴笠告诉蒋介石："日本特务机关，1931 年就到达武汉，他们好像比我们更了解武汉。"

一语道破天机，1931 年 6 月，蒋介石还在江西，忙着对中央苏区发动第三次"围剿"。一种莫名的无奈，让蒋介石无言以对。

风雨江城

故人西辞黄鹤楼，烟花三月下扬州。
孤帆远影碧空尽，唯见长江天际流。

黄鹤楼已于1884年再次被毁。

清水被任命为占领军武汉警备司令。1931年开始潜伏在武汉的池田流下了泪水，日本情报人员的潜伏为武汉会战、为日本侵略者立下功劳，配合奈川信子，为武汉会战情报战立下功劳。

武汉会战结束了，情报战并没有结束。

牛牛还在武汉，她要完成戴笠交办的最重要的任务。

父亲还在武汉，他要完成最后一批重要物资的转移。

陈诚特别交代父亲，要留下一阵子；要做好来不及撤离的工商业代表人士，特别是运输公司老板的工作，南京沦陷后一部分工商业代表出于仇恨，和日寇硬拼硬碰，牺牲更惨烈。武汉要吸取南京的教训，既然是持久战，也要让民众明白"持久战"的道理，要忍耐，商店不要怕被占，船只车辆不要怕被征用，"留得青山在，我们总有收复国土的一天！当然能够撤的要尽量撤，哪怕是撤到郊县，还有，凡和政府联系明显的人，都要保护尽快撤离，防止被日特盯上进行报复。"

父亲压力沉重，心情更加沉重。他立即安排乔干事，把总队骨干和留下来的保卫排换装转入事先准备好的法租界几处不同的房子，和早先进住的市民侨民混住。父亲自己住进了一间字画铺。老板是一个和法国人做红酒生意的，因为爱好开了这间字画铺。

南京沦陷后，新成立的船舶运输总公司于1937年12月19日在汉口招商局恢复办公。武汉会战结束前两天，船舶运输总公司1938年10月24日撤离汉口，转移到宜昌时，已是11月1日了。

从抗日战争开始，彭海炳一直坚持跑船运，特别是在武汉会战期间，虽多是小吨位的轮船，但当长江涸水位时，汉口到宜昌，宜昌到重庆，小吨位的船队更能发挥重要作用。

彭海炳还有一支船队，其实也就是三条船。主要经营运送湖南的山货、土特产，还有杉木。从益阳大码头上货，经资江进洞庭湖，再进入长江。

当年，益阳十分繁华，资江河北岸的古道街，有"小长沙"之称，将军水府庙也坐落在北岸，南岸山峰有座"百鹿寺"，香火旺，初一、十五，香客排着长长的队。奶奶、我母亲带着我，还有翠儿，那是1927年春，父亲到苏联留学去了，我两岁，也算是经风雨见世面了。

船在洞庭湖行走，只见船老大彭水生举起鱼叉，狠狠扎向水中，再用套在鱼叉上的绳子慢慢将鱼叉拉到船上，一条大鱼就到船舱了，有时还能叉上水鱼，很快一大锅湖水鱼汤就做好了。"这汤真鲜"，我母亲说。

船经岳阳到湖北广水。船到武汉后，开始卸货，然后再装上棉花、布匹之类较轻的货物，向恩施进发。船行至清江，有一段需纤夫拉，纤夫光着身子，唱着纤夫调。

睡了的我，很乖，风起，浪打，躺在船舱内。醒了的我，被抱在奶奶的怀里，阳光，洒落在脸上。虽很遥远，但在我幼小心灵留下的却是抹不去的记忆。

这些故事都是我稍大以后，奶奶告诉我的，她说，这是一次难忘的旅行。

日军占领武汉后，封锁了通往宜昌的各条道路，一天，正准备撤离汉口的王铨处长来找乔干事说："独立游击大队刚刚成立，是中原地区主力部队，也是一支将要承担重要使命的部队，司令员是李先念，他们需要大量军用物资。"

乔干事说："请党组织放心，我一定完成任务。"他知道，父亲是爱国将领，只要是打日本鬼子，他都会支持的。在政治总队，父亲和乔雁顺之间有默契，或者是不能述说的秘密，那就是父亲会将一些重要战略物资存放的地点、守卫部队的兵力等秘密文件，存放在"104号"专用文件柜里，父亲出门时，都会告诉乔雁顺多长时间才会回来，以留足时间，让乔雁顺得到这些情报。

王铨处长接着说："最近中共宜昌地区党组织力量薄弱，

为迎接即将开始的更大战争，我们决定派新的同志负责去开展工作，考虑再三，决定走水路。同时将急需的联络通信设备一并带去。据我们了解武汉沦陷，国民政府还有一批物资来不及运走，运出多少和运到哪里，只有徐昌之将军掌握。你的任务是，将组织上派来的联络员高亚力和徐昌之将军联系上，运走国民政府物资的同时，完成党组织的任务。"

乔干事说："明白。"

完成如此重要任务，难度可想而知。

那天，乔雁顺领着联络员高亚力来找父亲。

"长官，有一位说是老家的人要找你。"

父亲请他坐下，乔雁顺倒了一杯水，离开并关好房门。高亚力站起，走到父亲身边："老家派我来找你。"

"老家？"

"芦苇色苍苍，白露变成霜。"

面对组织上的来人，父亲有些激动，他知道组织上遇到难处了。

沉思片刻，父亲冷静回答："所说那佳人，在水那一方。"

这是《诗经》蒹葭，"芦苇色苍苍，白露变成霜。所说那佳人，在水那一方。找她溯流上，路途险又长；找她顺流下，似在水中央。"里的两句话，点对点，这是接头的一号方案。而父亲期待"4455——顿吾"的激活，那一刻仍然未到来。

当两只手紧紧握在一起时，高亚力说出目前遇到的困难："宜昌党组织力量薄弱，我们必须派人去加强那里的工作，宜昌将有一场恶战，一场生死攸关的重要战役。"

高亚力的分析，应该是代表中共南方局对当前形势的判断，这是父亲所希望的。

"亚力同志，请转告组织，我会克服一切困难，完成任务。"

日军占领了武汉，上海"泰和国际贸易公司"的业务，当然要到华中最大的城市武汉来发展。百合来武汉了，她从上海来。山崎知道，清水任日军驻武汉警备司令，派百合来是再合适不过了。

池田很快就来拜见清水，百合就坐在清水的办公室内。清水告诉他，百合是他妹妹，代表日本泰和国际贸易公司上海总部来在武汉做贸易，请多关照。另外，百合在武汉的安全，由他负责。

百合一人走到清水办公室的另一间屋子，她不关心池田向清水说些什么。

百合的思绪无法集中，她关掉房间里所有灯，黑暗中，寻找她心中的那缕亮光。静静地，烛光点亮，牛车山，牛车河水，还有老屋。那挥之不去的童年记忆，如云朵般缓缓向她的思绪飘来……

不知多久，她听到轻轻的敲门声，是清水来了。

"怎么把灯都关了？"清水问。

百合说："我累了，又不知你们会谈多久。"

清水开灯，"怎么哭了？"

百合说："想家了，想老屋了。"

还是在日本时，清水告诉百合，他要去中国华东作战，那也算是中国的南方。百合说："哥，我要去湖北，那里有我的家。"清水点头,他答应了百合的请求。

此刻清水知道,他对百合有承诺。

百合要去老屋,她的根在那里,她的父亲、母亲在那里。老屋是百合的眷恋,是她生命的源头。

在通往牛家坳的路上,一辆小车颠簸前行,这是辆无牌照的车,两位年轻的男子,一位农村打扮的年轻姑娘坐在车上,她就是百合,在清水的安排下,她回河边徐家。

老屋,桂花余香还存,满院香,奶奶坐在树下,触摸思绪。

百合一进院子,"扑通"跪下,"母亲,您女儿回来了!""扑通",两位随行也跪下了。

奶奶愣住了。她说:"你是……"

"我是百合呀!"

奶奶说:"啊,是百合呀,快起来,快起来。"

百合说:"您答应我是您女儿,我就起来。"

奶奶泪水流出:"女儿,你本来就是我的好女儿。"

百合:"嗯。"她站起来,走到奶奶身旁。

奶奶说:"瞧,百合多漂亮啊。你父亲、母亲偏心,把优点都给你了,你母亲好吗?"

百合讲述了她母亲去世的过程,丈夫倒在血泊之中的惨状。回忆是痛苦的,百合泪水涟涟。

百合的话让奶奶受到震撼,奶奶沉思。她说:"战争不仅给中国人民带来痛苦,同样,也给日本人民带来痛苦。"

百合仍在悲痛中,她说:"是的,我父亲呢?"

奶奶再次沉思:"走,我带你去看他。"

牛车山上，百合见到父亲"映奎之墓"，百合什么也没问，在父亲的坟前磕头。"父亲啊，您的女儿回来了，您睁眼看看我啊，我妈死于战争，您又走了，连让我看你一眼的时间也不留给我啊。"

奶奶说："映奎啊，我带女儿来看你了。"

望着老屋的一草一木、一砖一瓦，抚摸着父亲的遗像，百合身上徐家的基因在沸腾，奶奶的话在其脑海不断浮现，纠结挣扎，百合仿佛回到了童年，含着泪斑的脸上隐现了笑容。

奶奶说："你父亲和你母亲他们能在天堂相聚，多好哇！"

百合对奶奶说："母亲，我不想走了，想留下陪你。我不愿让这该死的战争，伤害我另一个母亲。"

奶奶说："傻孩子，我老了，什么都不怕。"

百合说："母亲，您不老！"

奶奶说："老啦！不过老了没什么不好。老天爷是公平的，它夺走了我青春的容颜，却赐我一颗明净淡然的心。"

百合望着母亲，静静地听着，三十年了，她第一次听母亲在述说。

奶奶说："所以，我告诉你呀，老了，真好。老了，明白了；老了，自由了；老了，轻松了。"

奶奶接着说："可这该死的战争，夺走了我们安静的生活！"

百合流出了泪水。

在老屋，在奶奶身边，百合告诉奶奶，她的名字是父亲取的。她非常喜欢这个名字。

奶奶问："你知道是什么意思吗？"

"一味中药名，是顺气的。"

奶奶说："你出生在日本，但是你父亲特地给你取了个中国名字，百合，意思呢就是希望我们一家人百事合顺，百年好合，他是把河边徐家的合顺，都寄希望于你呀！"

百合望着奶奶，一股暖流涌上心头。

奶奶接着说："百合呀！别担心我，去找你弟弟昌之，在这年头里，你俩要相互帮衬啊！"

百合说："母亲，我知道了。"

百合执意在老屋小住几日，就睡在奶奶床上，舒展身心，享受异国母亲给予的爱。

从老屋回到武汉，百合就去见清水司令官，她说："哥，我从我家老屋回来了。"百合特别强调了"我家"两个字。

见百合高兴，清水眉眼也舒展了。"家里还好吧？"

百合告诉她家的地址，说："现在的家能好到哪去！不过，我母亲在家，就在老屋，是团风镇的一个村，叫牛家坳，那也算是你的防区。"

清水反复念叨着："团风镇，牛家坳。"

从老屋回到武汉，见过奶奶的百合多了些理性的回归。

侵略者就是侵略者，清水骨子里有日本强盗的狰狞，崇尚武士道精神。他纵容部下镇压武汉人民的反抗，屠杀武汉爱国人士，其本性更是毫无人性的魔头。只是对百合尚还保持着作为男人的少有的温情。

百合要见昌之，必须的，她俩是同父异母的姐弟。

记得那年百合离开老屋时,昌之问她:"姐,我们再见面时如果不认识咋办?"

百合说:"我就说'牛车河水',你答'牛车山上'"这暗号还真用上了。

离开老屋时,奶奶交代:"你到汉口汉正街东头,有一家叫'汉祥福裁缝铺',每天下午三点后去等半个钟点,要是大堂坐着一位穿长衫的男子,礼帽拿在手上,他就是你弟弟昌之,记住了啊!"

奶奶担心百合认错了人,她不知姐弟俩有暗号,鬼着呢!是汪晨赶到汉口安排姐弟俩见面。

百合按奶奶说的时间去等,每天准时进"汉祥福裁缝铺",那天,还真有个穿长衫,手上拿着礼帽的男子坐在大堂。

"牛车河水。"

"牛车山上。"

对上暗号,姐弟俩上楼,面视,然后拥抱在一起。久别的感受,让姐弟俩泪如泉涌。

昌之说:"姐,真没想到,我俩还能见面!"

百合说:"是啊!我做梦都想这一天!"

昌之说:"姐,你真漂亮。"

百合说:"弟弟,姐都四十了,老了。"

昌之说:"中国有句老话,四十的女人一枝花,可我姐不仅是花,还是花中之花。"

百合说:"你这是取笑我。"

相通的血脉,姐弟俩见面,顺畅。

百合说:"还记得牛车河边吗？你哭了，因为我打你光屁屁。"

昌之笑了:"你坏，让帮我解裤带，你却让我光屁屁。"

百合说:"打疼你了吗？"

昌之说:"不疼，但我哭了，还告状了呢。"

两人笑了，童时记忆，是那么美好，挥之不去。

昌之说:"姐，咱俩的父亲，你的母亲都不在了，但血脉亲情还在，对暗号那一刻，就知道你是我姐，那眼神和父亲一个样。"

百合说:"是的，我和你的感觉是一样的，只可惜，上次离开老屋，竟成了与父亲的永别。"说着说着，百合不禁一阵酸楚，两行热泪滚落下来……

三十年了，太多的失落和遗憾，在姐弟俩心中翻滚，滚出的泪水，滴滴连着心。

父亲和百合从第一次见面到现在，整三十年了。纯洁可爱的百合使劲盯住父亲，眼神流出的全是童趣，长大的模样，除了英俊，留下的是空白。父亲看百合，依稀中总觉得见过，是梦中，不，分明就是爷爷，他俩太像。

叙旧之后，昌之转入正题，悄悄对百合说:"我彭海炳伯伯是做船运生意的，有一个小船队，有货运走，眼下，日本人封江停航，你设法帮我搞张特别通行证。"

百合说:"多大的船？"

昌之说:"不大，就是一艘小江轮。另外有个叫奈川信子的日本女子，清水司令官一定认识这个人，你只要把她住址告诉我就行了。"

百合毫不犹豫就答应了。

亲情叙说不完，父亲知道，这儿也不是百合久留的地方，铺外，还站着黑龙会的人。

百合离开了"汉祥福裁缝铺"，她订了两套服装，父亲则是从后门离开的。

百合出了裁缝铺，走到汉正街西头，那儿就是益和大药房，黑龙会的老巢，没人再跟着她了。

她认真观看药房，看见进进出出的人，她叫来池田。

池田恭恭敬敬来到百合面前，百合说："我有个建议，咱们这个大药房，不仅卖中草药，还应做中成药。"

池田连声说："对对对，我们也要做中成药。"

百合说："我已请示山崎先生了，他同意投资，在武汉建一个中成药厂，生产中成药。"

池田拍马屁："好，好，好！实在是好！"

百合说："我已经想好，凡这个药厂生产的中成药，不管是治什么病，头疼、感冒、发烧、拉肚子、牙痛，统一使用'泰和'牌标识。山崎说了，设备从上海进，工程师则来自日本和上海。"

百合的话，让池田看到了利润，看到了前景，可百合不知道的是，池田的主要工作是"情报"。

父亲和百合初次见面后，就知她是个纯洁简单的女人，简单得让父亲不知如何是好。四十岁了，风韵犹存，是那么美丽。百合和清水间的关系，与益和大药房千丝万缕的联系，让父亲也不知所措。

下一步如何和百合联系呢？父亲犯愁，他不能去扬子江饭店找百合，百合也无法联系自己，也不能让乔干事去，终于，父亲想到奶奶，奶奶做的"雪源小吃"，百合爱吃。百合见过汪晨，知道他在老屋有一个山野堂药房。

父亲带信到老屋，几天后，汪晨拎着奶奶做的"雪源小吃"，来到扬子江饭店。他告诉黑龙会看门的，老屋给百合送点心来了。黑龙会看门的检查汪晨拎的小吃，什么问题也没发现，然后一电话打到425房间，听说老屋送小吃来了，百合来到一楼大厅，见是汪晨，赶紧迎他回到自己房间。

汪晨递上小吃："这是奶奶让我带给你的。"

百合打开点心盒抓起小吃，大大吃了一口："太好吃了。"

"你知道这小吃的名吗？"汪晨问。

百合摇头。

汪晨说："叫'雪源小吃'，在老家也是抢手货。"

百合说："那我更要吃。"说罢，认真将点心吃了起来，那天真的样连汪晨心里都暖暖的，"真好吃，在武汉是买不到的。"

汪晨说："'雪源小吃'都是奶奶亲手做的，如果喜欢，我可以常送来。"

百合说："那当然好呀！我喜欢母亲做的点心，只是辛苦你了。"

汪晨说："我常到益和大药房买药，有点心在手上拎着，心里踏实。对了，还有一件事，昌之让你三天后下午三点，老地方见。"

百合说："知道了。"

汪晨离开了扬子江饭店，又去益和大药房买药。

第二天，百合一身和服装扮，去见清水。她想给清水一个惊喜，想让他留下更多的回忆。清水很喜欢百合，确切地说他爱百合，不仅因为百合漂亮，更重要的是她身上的那种女人的味道和文化底蕴衬托出独有的气质。像清水这样欠下中国人民血债的战争狂人，内心也有非常脆弱的一面，极其需要女性的温柔去安抚和慰藉，而百合一直是他心中的女神，当年百合结婚时，清水崩溃，眼前的百合，风韵犹存。

百合进清水办公室。

"哥，我来了。"

清水抬头，百合微笑。他俩的双眼对视，点亮了整个屋子，"啊，我的女神妹妹，从哪儿来？"

百合优雅从容，"哥，不许说笑我。"

"螓首蛾眉""朝霞映雪""皓齿樱唇"，清水没有更好的词来形容面前的百合。百合比在日本见到时更青春，他不知一方水土养一方人，这儿是百合的老家。

"坐。"清水说，"你穿和服，咱喝点日本茶道。"

"好。"百合说，"你分明是让我展示日本茶艺。"

清水说："不敢，不敢。"他知道，男人仅有勇猛是不够的，还得有情商。

百合大度起来。"咱俩去你茶室，不要歌妓，我给你表演茶道。"

清水喜不胜喜，在茶室，日本音乐。百合的美丽获得了自由。

清水好久没有享受如此情调，他记不清楚，音乐声中他独舞，百合看到了他心中的脆弱，心中的泪水。

"哥，别跳了，"百合娇声，"我有件事求你。"

清水哈哈大笑："百合妹子千万别客气，你这一客气，我反倒不习惯了。"

百合温柔理性，她从榻榻米上站起来，走到清水身边，拉着他的手说："我刚回老家，那里有一个小江轮的货，要送往岳阳，给我开张特别通行证好吗？"

"是家乡的货？"

"都是老百姓用的杂货，他们总是走这段水路，现在被皇军管住了。"

"只要不是西药、汽油这些军用品，好办。我妹妹求我办事，还有什么不可以呢？"他认为，眼下的大日本帝国，强大的什么都不怕。"不过，既然是你老家的船，以后要归皇军征用，有皇军保护，还怕什么。"清水扶着百合坐下了。

清水顺势抱住百合，他期待本应早属于自己的女人，他曾是那么惶惑不安，曾那么痛苦，近乎透明的拥抱，亲吻。百合眼泪溃堤，清水急促，慌悸的心跳，百合身和心已有了距离。

"报告！"门外传来卫兵的声音。

搂抱着百合的清水，收回正准备送去的亲吻，只是在百合额头亲了一下，百合站着没有动，清水的吻，她有了悲悯的情感。

清水极不情愿朝门口回了一句："进来。"

"报告司令官，有一个叫奈川信子的日本女人求见。"

清水的兴致被打断了："让她到办公室等我。"

清水和百合依偎在一起，此时，他俩一句话也没有说，思绪把他俩又带到在日本读书的那个年代……清水和百合一起来到办公室，奈川信子即从沙发上站起："报告司令官。"

清水对奈川信子说："我给你介绍一下，这是我妹妹百合，打小我俩就在一起生活。"清水强调了他和百合的亲情，他不信任奈川信子的职业病。

"我们见过。"奈川信子的职业，看人是过目不忘的。

百合想起来了，在扬子江大酒店，四楼，那是被黑龙会包下的一层楼，她住425，她住416。

"好漂亮的妹妹呀。"既在同一层楼住，奈川信子早已通过她的渠道了解了百合和清水司令官的关系，她不敢小视这个女人。

百合还真有点讨厌奈川信子的做作。这不是昌之弟想知道的那个人吗？百合暗喜。"哥，你们谈事，我就先走了。"

"好。"清水开门，送走百合。

武汉会战，奈川信子搞到的绝密情报，协助日本军赢了这次会战，奈川信子是功臣。日军虽损失惨重，但他们还是占领了武汉。

牛牛留在汉口，严格意义上是"潜伏"在汉口，她要执行戴笠的绝密指令，找到奈川信子，不留活口。武汉会战，戴笠是情报的总负责人，他输得一点颜面也没有，下达绝杀令，特别让牛牛亲自执行，可见他的恨，已入骨髓。牛牛也知道，武汉会战一定程度是输在这个女人身上。

就在这时，牛牛却意外得到军统武汉站人员报告："徐昌之和一个日本女人有往来。"突然的消息，令牛牛吃惊。军统武汉站的人进一步汇报："那个日本女人有背景，装船的那天，清水也到了现场。"昌之想干什么？牛牛心乱如麻，感觉到心跳加速。

牛牛对白蛇说："盯住昌之，随时向我报告。"

在租界，晚上，一间茶铺，牛牛和昌之见面。

这是牛牛的命令，和一个有背景的日本女人在一起，胆子太大。牛牛是军统华中区的特派员，她的指示，昌之是要执行的，牛牛想，我要教训昌之。

一见面，牛牛给了昌之一张照片。

昌之接过照片，看了一眼。这是他和百合的照片。

牛牛说："能解释一下吗？"

"你看她长得像谁？"昌之反问牛牛。

"这是百合吗？你是说她就是我们父亲在日本生的女儿？！"牛牛隐约知道这一个秘密，是关于樱子的故事。她知道，百合不仅是昌之的姐，也是她的妹妹，牛牛一脸茫然。

上次，百合和昌之见面后，很快弄到了一张特别通行证，但如何给昌之呢？于是她来到汉正街"汉祥福裁缝铺"，她来取定做的套装，又挑了两段布料，在雪山给她量尺寸时，她悄悄递给雪山一张纸条，"周四，上午十时，汉口三号码头，装船。"

周四，上午十时，汉口三号码头。彭海炳伯伯头戴蓝色礼帽，左手紧握一把扇子，还有一个身着船工服装的年轻人。他是中共派往宜昌地区新的负责人伍田戈，他们必须尽快、安全抵达宜昌。按照乔雁顺的安排，船到洪湖江界，会有多只小木船队来接应，调换该换的物品，然后小江轮再继续前往岳阳。

汽车抵达码头。国民政府的物资及中共的通讯设备都在这批货中。百合走到码头边，递上"特别通行证"。

彭海炳伯伯的汽车也停在码头。

日本兵看看通行证，看看百合，拉开栏杆，示意汽车可以开进码头。

百合正转身准备离开，她听见一个日本兵打电话，说有可疑人，持"特别通行证"准备装船，他们不便检查，请宪兵队来人。

百合不敢走远，货车开进码头，卸货装船。日本宪兵队赶来，他们不仅要检查人，还要开箱验货。

百合走过去，递上她的工作证"日本泰和国际贸易公司上海总部武汉负责人"，"我的货也要检查吗？"

宪兵显然有些为难，他以商量的口吻说，打开一箱，例行一下公事。

"不行。"百合坚定地说。

双方僵持不下，清水的车到了码头。

"哥，你怎么来了？"百合迎上去。

清水说："我有事路过这里，看见你就下车了。"他问宪兵："怎么回事？"

司令官来了，宪兵队长报告说："没事，没事，一点小误会。"

清水看到宪兵手上还拿着百合的工作证："难道我们大日本帝国的货，你们也要检查吗？"

"不敢，不敢。"宪兵队队长将工作证递给百合，"对不起，请原谅。"

百合接过工作证，对清水说："哥，帝国的军人，怎么是这样的态度，凶巴巴的。"

清水说："他们一定是把你当成中国人了。"

百合说："不会，我一直说的是日语。"

"我这个妹妹呀！"清水命令，"宪兵队离开，让他们装船。"说完，他看了一眼停靠在码头边的小江轮。

清水对百合说："以后这样的事，让公司员工来。"说完，上车走了。

百合回到不远处昌之的身边。他挽起昌之的胳膊，"陪我走走。"刚才惊险的一幕让父亲出了一身汗。百合现在的邀请，父亲不能拒绝，更何况，码头上还装着货，百合在，货就安全。父亲微笑，他明白，光天化日之下陪百合散步意味着什么，不陪又无法向百合解释。这就是一种无奈的陪伴，也是无畏的陪伴，难以逃避的命运。他俩伫立在长江边，望着长江，望着江水东流，江水汇入大海，海那边是日本。

黑龙会的人负责百合的安全，自然拍下百合和父亲伫立江边的合照。

微微江风，吹出了父亲的心思，有惊无险地装船，他完成了任务。他把目光停留在百合身上，江水般曲线丰盈，年轻秀美的身影，多好的姐姐啊！

伫立中似姐弟，依偎中似恋人。这是一次不合情报战线要求的见面，百合坦然，这是我弟弟；昌之也坦荡，这也是情报战的一部分。

百合是无辜的，她不知这是情报战。昌之无奈，没有人能取代他与百合联系。或许，这就是人们所说的难言的选择。

这船货，虽以国民政府物资为主，但父亲平安送走了中共派往宜昌加强组织领导的负责人伍田戈，连同急需的通信设备和物资也送走了。

军统的人已向牛牛汇报，昌之和日本人有密切关系，不仅是一个女人，连警备司令清水都出现在码头，这是一船什么货？

国民政府还有一批物资要运走，牛牛是知道的，但父亲诡异的举动，她纳闷，这不是昌之的做事风格。现在她明白了一切，什么也不用解释。她说："弟弟，你应该告诉我呀，军统可把它当作大事在调查呢！你知道，军事委员会下达的命令，凡是叛变通日的将领，一律格杀勿论，军统更是码上加码，戴笠口令，宁可错杀，不许漏网！"

昌之说："我是想向你汇报，如何与你联系？我俩不都在'蛰伏'吗？"

牛牛说："我知道了，以后军统或上峰有人问你，你就说你已向我报告过。"

昌之接着说："谢谢姐姐，任务完成了，我将很快离开武汉。"

牛牛理解昌之，他的任务完成了，自己的任务呢？

"可我现在不能走。"牛牛紧锁眉头看着昌之。

日军占领了武汉，通往黄州的路上，到处是逃难的人，大人、小孩、妇女，破衣、垢面、逃命，生活在水深火热之中。老屋已无经济来源，生活也是每况愈下，但奶奶依旧每周日，在总路嘴路边支一口大锅，从上午十点到中午十二点熬粥供逃难的人免费喝。

这天，清水和奈川信子坐车从武汉去黄州，行至总路嘴，他听说过奶奶的善举，对这位老人产生了好奇，当一身长衫打扮的清水从车上下来时，排队要粥的人群突然静下来，清水走到锅前，他知道眼前的这位奶奶就是百合的母亲，他要了一碗粥，慢慢喝着。

一队日本宪兵跑到清水身边，他手一挥，示意宪兵离开，然后礼貌地放下碗，"谢谢。"微笑，上车走了。

上车后，奈川信子问："你为什么不把这口锅砸了？"

清水看了她一眼，闭上双眼，一句话也没说。

奶奶每周供粥的那会儿，家里的存粮几乎全部用光。奶奶的善举，起源于一次偶然，她看见一个小孩倒在路边，她抱起小孩，小孩眼睁了一下，死了，是饿死的。奶奶留下了泪水，她明白了，钱财也就是个抽象的东西，面对饥饿，面对战争，她无奈。尽绵薄之力，是心灵的安慰吧！奶奶就这么想。

清水让百合回老屋，希望奶奶出面，帮他推行所谓的"大东亚共荣"。

百合知道，奶奶不会出面做这样的事，但她想回老屋，她想奶奶了。只有回到老屋，才能享受静谧，享受阳光，享受牛车山的喜鹊。那时，老屋的田早已荒废，见到百合，奶奶十分高兴，她说："百合呀，母亲今天只能用粥招待你了，眼下，难民能有粥喝就不错了。不过这些小咸菜都是我亲手做的。"

百合认真喝粥，粥里放了些南瓜，特别有味道。奶奶自制的小咸菜，百合找到了从未有过的喝粥感觉。她说："听清水讲，实现'大东亚共荣'，中国人就不挨饿。"

奶奶没有正面回答，而是对她说："百合呀，我给你讲个故事。"

"从前楚襄王让宋玉、景差跟随着游兰台宫，一阵清风吹来，飒飒作响，楚襄王敞开衣襟冲着风说道：'这风多么使人快乐啊！这该是寡人和老百姓共有的吧。'宋玉说：'这是大王的雄风。百姓怎么能和您共享呢？'这风并没有什么不同，但是人的命运却有不同。楚襄王之所以感到快乐，而百姓之所以感到忧愁，这正是人为造成的变化，与那风又有什么关系呢？"

奶奶讲的故事让百合沉思，眼前的战争，让老百姓付出了生命，付出了代价，还谈什么"大东亚共荣"？

望着奶奶，百合流出了泪水，多么善良伟大的母亲啊。她说："我喜欢喝南瓜粥，还有您做的小咸菜，我走时给我带点。"

奶奶说："好，女儿要的，只要母亲有，都给。"

其实，百合来老屋，已带来一车大米，正在往空空的库房搬呢。见此状，奶奶没有拒绝。她说："这本来就是中国人种的米，收下，给大伙熬粥。"

不得不说，百合是温顺、体贴的女儿。

武汉会战的惨烈，超出了人们的想象，武汉会战的结果,也是谁也没想到的结果。

父亲在武汉坚持。在隐蔽战线,承担神秘而极具挑战又充满激情的特殊事业。

满地树叶,已是金秋十月。日军占领武汉,武汉人身心都备受煎熬。乔雁顺在作转移前最后的准备。这天清晨,父亲刚到江边,突然被几个陌生人绑架了。

很快查清,乔雁顺立即向牛牛报告,"军统的人绑架了昌之!"

牛牛拍桌子:"我特派员还在,谁这么大的胆!"

行动处处长方树堂很快来报告,是军统武汉站站长赖大明干的。

"他们现在在哪儿?"牛牛问。

"在黄陂木兰山山脚下,武汉站的一个秘密据点。"

黄陂,木兰山。

牛牛火速赶到,她已掌握了赖大明叛国罪的铁证,当狐狸露出尾巴时,没想到竟然狗急跳墙,以抓昌之来对抗国民政府。

赖大明知道父亲身上是问不出结果的,上来就是电刑,父亲咬牙坚持,昏过去了。

一桶凉水,父亲微微睁眼。

赖大明咆哮:"只要你承认是日本特务,这个女人是你的联络员,我放了你。"

父亲瞪眼看着赖大明:"无耻!"

赖大明歇斯底里叫:"大刑伺候,一定要他开口承认。"

正在这时,牛牛带着人冲进了赖大明的秘密审讯室。

审讯室阴暗，只有刑具，还有一盆烧得旺旺的烈火，把脸照得通红。

牛牛问赖大明："不经过我的批准，你敢随便抓自己的人。"

赖大明说："他和日本人有勾结，正准备逃跑，来不及向你报告。"

牛牛问赖大明："证据呢？"

赖大明递上照片。就是那张父亲和百合在长江边的照片。

牛牛问："这张照片，就是证据？"

赖大明说："这女人是日本人，且很有来头。"

牛牛怒视赖大明，"是日本女人就是证据？"

赖大明已经心虚了，"是。"

牛牛把照片撕碎，"我给你看一个证据！"牛牛递给赖大明一张照片，还有一份声明。

赖大明接过照片一看，两腿发软。

牛牛大喊一声，"带走。"

赖大明是军统武汉站的首任站长，也是复兴社的老人，武汉会战开始后，军统特派员牛牛来了，还是个女的，这不明摆就是不信任他吗？他借酒消愁，常去汉正街"满春阁酒楼"，黑龙会的人很快发现这一情况，等他再次去"满春阁酒楼"喝酒时，服务员已换成两位非常年轻的美女，两美女陪酒，赖大明怎能不醉，一杯又一杯，在两美女怀中倒下，醉了。等他醒来时，发现自己一丝不挂，两美女还在他身边。

这时进来两个年轻人,"赖站长,好福气哇。"说完递给他一张照片,他和两美女赤身裸体躺在床上。

赖大明抓了一件衣服,掩住自己,"你们是谁?"

年轻人说:"我们是谁不重要,关键是看你愿不愿意合作了。"

赖大明说:"怎么合作?"

年轻人说:"很简单,你只要在这张纸上签个字,今天的事就了啦。"

赖大明接过纸条:"声明,我自愿加入日本特务机关,效忠天皇。"赖大明脸煞白。"这……"

年轻人说:"你放心,合作完成,我会将这声明退给你的。"

赖大明为酒、为色,付出了代价,他签上名字。年轻人哈哈大笑,走了,临出门对两位美女说:"侍候好这位先生。"

两美女是年轻人从妓院找来的。

武汉会战期间,军统已对赖大明不信任,因此他掌握不到核心机密,他往往会将一些情报夸大表述,然后主动交给年轻人,他急于讨回"声明",年轻人给他一叠钞票,说:"不急,'声明'迟早会退给你的。"

赖大明知自己犯了死罪,害怕了。这时,机会出现了,有人向他报告,昌之和一个日本女人在一起,他知道,昌之可不是他随便可以抓的,特派员那一关就过不去。于是他想先斩后奏。

得到情报的池田很快知道"军统"正在调查赖大明,他知道赖大明过不了这一关,他也知道现在的赖大明已提供不出什么有价值的情报,他已是赖皮狗,经奈川信子同意,决定弃用赖大明。那时,武汉有个倒卖"情报"的黑市场,神神秘秘、真真假假的一些人,但关于赖大明的情报还是抢手货,特别是他和两个女人的裸照及效忠日本天皇的声明,可以卖出天价,但最后的买主一定会是军统。其实军统早已盯上了这单买卖,无论开多少价,都会买下。

牛牛拿着赖大明的"声明",颇有感慨,"国军的败,都是败在这些败类手里,党国悲哀啊!"

牛牛向戴笠汇报,得到首肯后,却不知赖大明的去向。

抓住赖大明,是军统总部交给牛牛必须完成的任务。

正当牛牛四处寻找赖大明时,躲在黄陂木兰山山脚下的赖大明露面了,他得到昌之和百合的照片,喜出望外,他以为反扑的机会到了,他出手了。被牛牛逮了个正着,顺藤摸瓜很快找到他的隐藏地,结束了他卖国的一生。

人生总会有意外,而父亲没想到在其关键时刻,遭遇这样的意外,军统武汉站赖大明的表演,再次暴露国民政府的腐败。

牛牛和昌之同时回老屋,奶奶第一感觉是出大事了,知道他俩有要事商量,只是她不知道这次是昌之约的牛牛,早就和我母亲到厨房忙去了,她要做一桌家乡菜,让他俩重新感受一次老屋的味道。

牛牛说:"那天码头上发生的事还有人在做文章,你和百合的照片还可能会给你带来麻烦。"

昌之说:"我知道,但我没办法,不能让百合也怀疑我。"

牛牛说:"她问过你运的是什么没有?"

昌之说:"没问,她什么也没问,只说是母亲让她帮我的。"

牛牛说:"母亲偏心,为什么不让她也帮我。"但在牛牛的心里,流露出对奶奶的敬仰。

失眠的夜晚,时间也停止了。

那个难忘的夜,我母亲陪父亲静坐在老屋很久、很久。牛牛陪奶奶在老屋也坐了很久、很久。

战争从来不给人留下时间去遐想,做情报工作的人也从不惧怕战争。他们的工作虽是一场比战争更残酷的战争,活着烂在肚子里,死了带到棺材里,但这是信仰,是他们的底线。

战争的复杂根本不容人自己选择,父亲完成了任务,得到的却是怀疑,毕竟码头上出现了清水和百合,还有父亲和百合在江边的合影。

父亲无助,颓废而悲伤。情报战也是一个不停止的过程,当你还沉浸在完成任务的喜悦之中时,另一个更凶险的行动已悄悄靠近了你,父亲不害怕这样的结果,和百合伫立在江边的那一刻他就想到,忠诚、坚定、勇敢、睿智,任务完成了,比什么都重要。

牛牛没见过百合,但能想象出她的可爱,百合也是她的妹妹。

第二天一早,姐弟俩上牛车山,在爷爷坟前上香,磕头。

正准备下山,昌之说:"姐,我要给你一个惊喜。"

牛牛说:"什么?"

昌之说:"绝密情报?"

牛牛说:"知我者,弟弟也。"

昌之在牛牛耳边,悄悄告诉了奈川信子的住址,他说是百合告诉他的,为了稳妥,百合确认了两回。

是心灵感应,还是默契。牛牛抱住昌之,狠狠亲了一口。

还是在他俩上山那会儿,奶奶突然有一种不祥的预感。虽笑对牛牛,但她知道,昌之遇到麻烦了。多么心细的奶奶啊!百合的身份会给昌之造成误解。可是她能为昌之做点什么呢?她不由自主地想到了账房先生,那个人真沉得住,也许能够帮之儿的忙吧?

从父亲那知道了奈川信子的住地,牛牛开始做完成任务的准备,她带着两名助手,青蛇和白蛇。她俩从重庆特训班毕业后,就跟着牛牛。

汉口大智路火车站附近的一家小旅店,她们刚住下,日本宪兵来挨门检查来了。危急关头,青蛇冲出房门,向日本宪兵连开两枪,撂倒两个,顺楼梯冲向屋顶,同时向追上来的日本宪兵开枪。

房顶上,已经打完最后一颗子弹的青蛇,怒视端枪围过来的日本宪兵。

"抓活的,她没子弹了。"

青蛇高喊着:"打倒日本鬼子。"纵身一跃,从房顶鱼跃而下。

牛牛脱险了,她就站在大街上,目睹了青蛇的英雄壮举，她擦干溢出的泪水，带着白蛇，快速离开现场。

青蛇的牺牲更激怒了牛牛，她让白蛇跟踪、踩点，分析其行踪的规律。奈川信子是个没规律的人，尽管这样，牛牛还是制定出行动方案。

汉口景明大楼，每周末都有舞会，有身份、地位的达官贵人才能进。

武汉会战已结束，奈川信子认为安全了。她一人开着车从扬子江饭店到汉口景明大楼。其实，从她出发的那一刻，军统已盯上了。在她下车打开车门那一刻，脚刚踏入景明大楼的瞬间，几名军统人员，一前一后向她连开数十枪，她倒下了，奈川信子，这个被捧为女神级的日本间谍，在异国结束了她罪恶的一生。

这一刻，牛牛坐在马路对面的车上，她策划了这次行动，她特别交代，要让枪声暴震街头。她要为她的青蛇报仇，给民众壮胆，让日本鬼子胆寒，几分钟后，周围几条街撒满了传单。

目睹了行动的结果，牛牛也离开武汉，去重庆向戴笠复命。更重要的是，牛牛留下军统一个小组，死盯益和大药房，掌握益和大药房一举一动。

日军占领了武汉，已经有好多人经过团风往西边逃难。可住在乡下的人反而没有动，老屋也在这种特殊的气氛中一天一天地过着相同的日子。只是我不知道，奶奶和我母亲都担心着在城里的父亲。

牛车山山色，沉寂的老屋。

正午刚过，阳光把小路照得光亮、光亮，村头桂花树托着被风吹落的云朵，我母亲站在村头的桂花树下。我回老屋，背着简单的行囊快步来到我母亲的身边。她替我擦去额头上的汗珠："又长高了。"突然发现我母亲眼中溢满泪水，我默然依偎在我母亲的怀抱中。

不应该是这样啊，听奶奶讲，我母亲年轻时曾走上街头，高呼口号，参加反对军阀的大游行，颇有现代女性的豪气。良久，母亲才轻轻地说："最近在学校里，是不是有些紧张的感觉？"

我说："是的，老师讲，日本鬼子要来了，学校决定提前放假，让我们回家，什么时间开学，等通知。"牛车河水在静静流淌，两只白鹭翩翩掠过头顶，是从牛车山上飞来的。我母亲搂着我，久久站立着。

她在想什么？或者是看什么呢？忧愁已写在脸上。

不远处的牛车山上有徐家祖坟，不远处的老屋已冒出淡淡的炊烟，不远处的牛车河水流淌出扯心牵肺的日子。其实我也想把徐家祖坟、把老屋炊烟、把河边蛙鸣搬进心灵。

"回老屋吧，奶奶在等我们呢！"我母亲的声音，把思绪全部揽进了怀里。不远处已传出古琴声，那一定是奶奶在弹奏，一定是奶奶思念爷爷了，奶奶好久未抚琴，还是爷爷留学回老屋的那些日子里，每次喝茶，奶奶都是先点燃一支沉香，然后弹奏一曲，再才开始泡茶的程序，一丝不苟，每道工序不落下。我母亲微笑，她羡慕二老的茶趣。她曾对我说过，她的茶艺进步很快，名师出高徒，希望父亲早日归来，品味她的茶艺。

我母亲说："南儿，听到古琴声了吗？我们走吧，回老屋。"

我说："母亲，我们轻轻地走，不打搅奶奶。"

我母亲说："不会，她正想你，古琴声中，已传出期盼。"

果然如此，我的脚刚迈进门，就听到奶奶的声音："南儿，快到奶奶这儿来。"

我奔向奶奶。

或许，在奶奶心中，十三岁，仍是不谙世事的少年。

这次回老屋，总有别样的感觉。因为家里人都知道，我将面临无书可读的境地。

一天下午，突然，听见我母亲叫我："南儿，我们到牛车河去游泳？"

"好哇！"拉着我母亲就想出门。

"等等，我去准备一下。"

在我记忆中，这可是难得的机会。上高小后，我就住在外婆家，在城里读书。平日里，我母亲哪有时间陪我，她白天要教书，晚上要备课，教材都是她自己编写，只好把我送到外婆家。

我母亲嫁到河边徐家，她从湖北汉川县来到团风镇，那时他们年轻、有理想、有抱负。她也一直陶醉在他们相识、相知的爱情中，他们勇敢融入革命洪流，无奈巧合，他们完成了打破世俗的教堂婚礼，他们热血沸腾，共同的语言，共同的理想，那是一段令人陶醉的回忆。父亲考入黄埔军校，在那里，他找到了追求，找到了可以用生命去换取的"信仰"。而我母亲呢？父亲去广州，她不得不接受难以言说分离的痛苦。除了思念，更多时间则是等待。哪怕是一年、是两年、十年、二十年，因为她知道，那个时代的男人，特别父亲这样有信仰、有追求的男人，虽然不晓得他心中的秘密，但知道他有崇高的理想。实践证明，父亲和我母亲的爱，经历了岁月的考验，是真爱，她们彼此读懂了对方。在老屋，默默承受人生的寂寞，寂寞中享受人生的大爱。而这一切，不也正是爷爷和奶奶的缩影吗？

我母亲说："南儿，高小毕业了，在农村，就算是个文化人了，不管未来的路如何艰难，你都要勇敢前行，勇敢面对。"望着我母亲，点点头。我感受到母亲的伟大。相思和幽怨的月光，让我母亲把自己融入老屋，她喜欢老屋给她带来的一切，她把思绪打包，暗暗记下内心的独白。"人生没有后悔，只有选择，如果让我再次选择，我会毫不迟疑依然这样选择，选择在乡村教书。中国的民族英雄，有许多是血战牺牲在战场上，也有许多是为民族默默贡献。乡村的学生虽小，但他们称你老师，我看到的不仅是一双双渴望知识的眼睛，而是希望有一把打开他们心灵的钥匙。他们承载的是民族的未来。"

这次回老屋，我母亲提出要陪我去牛车河游泳，脸上的笑容里夹着一点点歉意。反正我很高兴，能和我母亲一起游泳非常快乐。

牛车河边，河水折射出流逝的时光，望着我母亲的背影，少年的情怀，留下回味，我母亲转身说："怎么啦，把上衣脱掉，下河游泳。"显然她已准备好了，当牛车河中展现我母亲的蓝色游泳衣服时，头露出了水面，脸上淡出红晕，河边的柳树全绿了。啊！望着牛车河水中的我母亲，情不自禁发出感叹，我一个猛子扎进水中，慢慢地靠近我母亲。

无风，无语，只有静静河水的流淌声。

我母亲从小在汉江边长大，她可以从牛车河北岸游到南岸，又很快游回来。对只会狗刨式的我，我母亲的泳姿简直是女神，那一刻我太兴奋了，为我母亲自豪，我敬畏牛车河，我在河边长大，此刻，河水平静流淌，但河水常有咆哮之时，总会遇到你想象不到的事。我母亲的泳姿，给我启迪，学会面对，乡愁中孕育新的希望。我看着她，一直到上岸。

在柳树林里，母亲换好衣裳，她对我说："南儿，送你去武汉读书的计划恐怕难以实现了。"

"为什么？"我反问母亲。我已告诉小伙伴了，要去武汉读书。

母亲平静地说："武汉战局吃紧，去不了啦。"

我望着母亲，"前两月不是说，要把日军埋葬在武汉周边。"

母亲无奈地说："谁知道呢！这仗怎么打成这样。"

我接着问："那我父亲呢？"

母亲说："他还在武汉。"

心想，父亲在武汉我怕什么，"那你更应送我去武汉，不能读书，当兵也成。"

母亲回老屋，把我俩的对话告诉奶奶。

奶奶十分坚定，她说："是徐家的后代，有徐家人那股劲，战争也不能让孩子无书可读。"

父亲已得到新的任命，父亲回到老屋，对奶奶说："母亲，我将赴恩施任行署专员。"

战争，需要有人站出来，战争失利，也需有人承担责任。父亲从武汉行署政治总队调任恩施行署做专员，这是让人费解的安排，让人看不懂。或许，这就是战争时期的特殊安排吧！日军占领了武汉，控制了中国腹地。但日军未能实现逼迫国民政府屈服以结束战争的战略企图。

在老屋的那一夜，沉默、无奈、空空的。犬吠两三声，牛哞哞叫，呼呼作响的风，危机中的抛弃？这是一个没有诠释的结论。矛盾丛生，父亲修正自己的判断，从抛弃中找出答案，这也是历史的选择。疲惫的父亲沉沉地睡了，那是回家的感觉。

奶奶知道父亲有委屈，她说："去恩施好，专员，不就是专门为老百姓做事的官员吗？这是国民政府的信任，守住恩施，建设恩施，那是中国抗日的大后方。"

奶奶就是奶奶，河边徐家的主心骨。她虽不明白武汉会战的失利，之儿该承担什么，但她的话让父亲豁然开朗。

父亲抚摸我的头说："南儿，对不住你，父亲没有把仗打好，让你没地方读书了，到恩施后，我一定办学校，让你和孩子们都有读书的地方。"

依偎我母亲身边："父亲，您就放心吧，我母亲是师范毕业的，她可以教我。"

父亲把我搂在怀里，不知说什么好。

我说:"我母亲还带我去牛车河游泳了呢!她游得可好了。"

父亲说:"是吗?"

我悄悄问父亲:"你知道我母亲的泳衣是什么颜色吗?"

父亲说:"我还真不知道!"

我说:"是蓝色,我母亲在牛车河水里可漂亮了,衬绿了岸边的柳树。"

童真,让父亲感到欣慰。

父亲开启了艰难赴任的里程。有当年爷爷东渡去日本的感觉。又一次离开老屋,记忆的绳,系在院落里那棵桂花树上,奶奶的嘱托,萦绕在脑海,"从老屋走出去的人,不是为了做官,而是为了做事。"

离开老屋前夕,我母亲对奶奶说,替昌之找一个勤务兵吧,有个老家年轻人跟着,她也放心。

奶奶很快想到村里一个叫牛安的青年人,17岁。村里人都叫他"机灵鬼",从小失去双亲,是老姐姐把他拉扯大的,他从小就喜欢往老屋跑,奶奶让他跟着汪晨背医书,后来又让他跟着我母亲读国文,在村里算是个小文化人了。有他跟着父亲,再合适不过。他熟悉牛家村,熟悉山野堂药房。

没有一个夜晚是宁静的,有雨有风没有星星,路从昨夜的梦里伸出,牛车山上,牛车河边,留下父亲和我母亲的足迹,沿着足迹,去恩施,没有徘徊,那是抗战的号角,是时代的召唤。

我母亲依旧留在老屋。

孤独、寂寞，承受男人带给她的风险，默默地、静静地。

相思，啼血。无语，战栗，山林慢慢远逝。

枪毙了赖大明，牛牛完成了军统交给她的任务，她可以去重庆复命了。从小在薄刀山寨长大，见过刀光剑影，可现在仍要冷面待世界，难道这也是命中注定吗？等待她的又将是一场什么样的情报战呢？她心中无底。

牛牛成为军统的女神，与她在江城成功除掉奈川信子有极大关系，以至于军统内外淡忘了她的真名、她的家庭，因为她从不提范汉增，从不提爷爷。更有甚者说牛牛能飞檐走壁，来无影去无踪。说奈川信子是她在百步外一枪击毙。

汪伪政府在武汉成立，国民党内一片唱衰。

1938年10月，共产党所辖八路军、新四军驻武汉办事处，也奉命迁往重庆。1938年12月中旬周恩来到达重庆，办事处将曾家岩50号的房子租下，对外称"周公馆"。这是幢非常有特点的建筑，房子的面积不算大，看似两层，实为三层，顶层设有秘密电台，结构精小，布局合理，坐落在嘉陵江南、长江北，进大门就是会客厅，虽只有十平米，却开有四个门和一个小窗口，左侧是传达室，正面左右各一个门，后侧右还有一个门直通后院，后院的巷子直通江边。可见，设计者是精心的。

戴笠也将"周公馆"隔壁的一幢楼房租下来，对外称"戴公馆"。牛牛撤离武汉后直接去了重庆，在"戴公馆"向戴笠作了详细的汇报。在戴笠心中，牛牛是党国精英，忠诚党国。他让牛牛去"周公馆"坐坐，他知道牛牛有几个老乡在"周公馆"工作，牛牛在重庆期间几次到周公馆，单独拜见周恩来，有戴笠的"尚方宝剑"，没有谁怀疑这个华中地区特派员。

是的，没人怀疑牛牛。

牛牛坐在孤寂的窗前，武汉会战失利，沉思，牛牛的思绪很难集中。她相信中国人民最后一定会取得胜利，暂时的失利又算什么？

牛牛从周公馆回到总部，这些天，她最不想听到的就是有人问："武汉会战，怎么会失利呢？"

每次被人这样问，牛牛都想发疯。

她不知为什么会输掉这场会战，只知道这是一场可以赢的会战。

信命吗？牛牛只能说，多数时候她是相信的。

她有向往，该不会是自作多情。

眼下，她多么渴望一场胜利啊！

恩施专员

湖北恩施。恩施大峡谷。

历史名城,历史的承载。恩施,在抗战那个让人铭记的特殊年代,每一天都在记录历史,每一天都在创造历史。留下了承载厚重历史的可歌可泣的故事。

恩施位于湖北省西南部,东经108度,北纬29度。地处鄂西南山地,四周是一系列山岭,中间为断陷盆地。东连荆楚,南接潇湘,西临渝黔,北靠神农架。

恩施历史悠久,在春秋时期为巴子国,战国为楚国,三国吴设沙渠县于此,北周为施州治;隋开皇五年(公元585年)以处清江上源改县名清江;元并县入施州;明置施州卫,清雍正六年,改置恩施县;恩施是巴文化发祥地,巴楚文化、巴渝文化在这里交融,奠定了恩施历史文化名城的地位。

抗日战争全面爆发,恩施这座小小的山城,没有逃过战争的劫难,经历了血与火的洗礼。

1937年，恩施全域人口150万，恩施县城人口4万，此前没有太多的人注意到这个小城镇，日军占领武汉后，随着铁蹄西进，人们的目光也开始聚焦到这座小城镇。

1937年12月25日，一架日机首次空袭恩施，拉开了恩施抗日战争的序幕，这座拱卫陪都重庆东大门的城镇，因其特殊的战略地位，吸引了全世界的目光。

1938年武汉会战开始，犹豫的人们不再犹豫，他们涌向恩施，知道或不知道的人们，不再彷徨，他们也涌进恩施。这是不需要动员的迁徙，因为国民政府提出了"保卫恩施！""保卫抗日大后方！"的口号。在那漫漫黑夜一年多时间里，没有太多退路的老百姓，战略转移的国民政府军队，先后近20万人涌进恩施和周围的大山丛林。

7月27日，国民政府湖北省政府西迁宜昌办公。
10月1日，湖北省政府开始西迁恩施。
10月25日，武汉三镇相继沦陷。
10月27日，湖北省政府由宜昌迁往恩施办公。

就是在这样特定的时期，父亲被国民政府任命为恩施行署专员。父亲来到恩施，带着使命，带着责任，带着重托。由于多种原因，国民政府电令省政府和恩施行署合署办公，警政合一，恩施专员在1938年至1939年间实际上成为恩施第一线总指挥。

恩施被历史推出，愿意、不愿意，她必须面对。

离开武汉，去恩施。读万卷书，不如行万里路，父亲带着牛安，还有两个随员，跋山涉水，向恩施走去，道路之险，情况之复杂，是他没有估计到的。父亲想到小时候，奶奶让他读过的一部小说《西游记》，想到了唐僧"西天取经"，九九八十一难啊！无论是神话小说，还是眼下的现实，展现在他面前的都是异常艰险的求索之路。

从宜都上船，溯江直抵巴东，再转陆路去恩施。这是一条多么艰难而又曲折的路啊！意外的是在船上，父亲遇到石凤，她是父亲任武汉行营政治总队队长时的报务员。

父亲说："太巧了，你也去恩施？"

"是啊，听说您去恩施做行署专员，我想跟着您，这不就来了吗。"

父亲知道石凤是有民族正义感的青年，可靠，业务强。是巧合，还是巧遇？父亲没有细想，"欢迎你，我们这一路历经艰险，有你加盟，我们多了一个生力军。"父亲叫了一声："牛安，过来，快来认识你石凤姐。"

牛安过来，叫了一声"姐"。

父亲对石凤说："牛安是我从老屋带来的。"

石凤明白父亲的意思。

恩施是一座有千年历史的古城，有自己的方言，自己的口音，自己的风情。而战时的恩施，满目疮痍，这哪是城？这哪里是镇？在日军轰炸下，几成废都。

父亲一行到达了恩施，静悄悄，没有人认出，没有人欢迎。他们加入到行色匆匆、三三两两的人群中，来到行署。其实，也就是坝上的十几间旧房，最大的诱惑是可以喝一碗热乎乎的汤，牛安和石凤在忙碌，父亲在沉思，力图用最纯粹的质朴来表达复杂的思想。

守住恩施，这是国民政府交给的硬任务，必须完成。在抗日战争中，国民政府不知下达过多少次坚决守住城池的命令，这次也是人在恩施在，人不在恩施也要在的死命令。

刚刚抵达恩施的父亲面对的是，以脚量路的日子，一个鄂西南小镇，因其地理位置的特殊，将在抗日战争艰难的岁月里，给大家一个辉煌的结果。父亲不敢往下想，如果恩施失守，拱卫陪都重庆的东大门将敞开，那他也就成为千古罪人。

中国共产党情报机构，国民党军统、中统，苏联远东国际情报局，日本特务机关，汪伪政府的情报人员，先后聚集到了恩施，神秘的信仰，神秘的情报战，神秘的人物，让恩施一时间充满神秘与诡异。一位高级特工人员评价说，恩施，已有当年上海情报战的味道。

抗日战争爆发，日本侵略者没有注意这个地方。中村曾来到这里，那时群山环抱中的小镇，没有交通，只有丰富的植物资源，他并没建议把恩施放在全局战略考虑之中。

那时的恩施，仅有城镇人口 4 万多人，武汉会战后，公教人员（不包括军队）及家属，一下子徒增数万人。牛牛指示军统，对恩施常住人口进行拉网式排查，特别是近 10 年迁移进来的居户。随着昼夜不断涌进的民众和军队，工作难度越来越大。安排好一切，牛牛回重庆复命去了，向戴笠报告，"军统，要增加恩施站的人手"。

乔雁顺来到恩施，任行署副秘书长，按父亲的要求带来一笔经费，解决当前的燃眉之急。乔雁顺到任后的第一项工作是把原来恩施的国民政府警备队（保安团）的事务抓起来，原先只有不到百人的警备队，很快又招募了100多青年，其中大部分是外地来的学生，牛安也成了一名"勤务兵小警官"。王铨同志任中共鄂西北书记，代号"影子"，他来恩施帮助组建恩施区委。老党员苏大维为书记，年轻党员李越越任组织宣传部部长，他们在爱国青年中（当然也在警备队里）发展党员，发动民众开展自救。此时的恩施，经济崩溃得几乎为零，积聚力量发展势在必然。

池田，做梦也没想到，恩施的情报工作会如此被动，他派来恩施的日本特工遇到前所未有的挑战。他干瞪眼，看什么都是模糊的。他遇到潜伏中国以来，最大的危机。

恩施有雾，但没有霾，如果你什么都看不清时，那一定是大雾升起。父亲开始在恩施城区和周边考察，只带着牛安，一身朴素的装束，能去的地方都去，能看的地方都看，一篇近万字的《关于恩施现状的调查报告与建议》写成，形势严峻的恩施，充满希望的恩施，承担使命的恩施，从社会、民生、军事三个方面论述。

父亲给奶奶信还是平静如水地述说：

> 到了恩施，我才知自己肩上的责任有多重，正如您说的，信任是不以职务高低而论，关键是把你放在哪个位置上。恩施专员，岗位重要，是让之儿要有承担的岗位。这里是抗日的大后方，更是抗日的最前方，是拱卫陪都重庆的东大门。请您老放心，河边徐家的男人，个个愿为民族大业殚精竭虑。我在，恩施在。因为我是恩施专员。

这是父亲向奶奶，也是向政府写下的生死状。

随后，省政府电报回复："完全同意行署报告及建议。拟在恩施县城内外，建筑房屋二百间备用，择相宜之地，注意避免空袭，建筑恐须时日，望急切抓紧为盼，款项由军事委员会按照一个师的军费逐次拨付……所有各县各机关报省府公文，一律由行署收转。"父亲按照事先在报告中说明的安排计划，立即布置，整个恩施城区都忙起来了。

父亲带着牛安，又从警备队挑了两名年长熟悉外情的队员兼做向导，到恩施城外去踏山去看水——

深秋，恩施到处是美景：老向导不知是有意还是无意，居然把专员带到了大峡谷，大峡谷位于恩施县城外屯堡乡和板桥镇境内，是清江大峡谷一段，峡谷全长百公里，其中百里绝壁、独峰傲啸、原始森林和零星的远古村落。主要有大河扁、大小龙门、云龙河瀑布、前山绝壁、马寨绝壁、铜盆水森林等。传说百年前有道人从半山登一百八十一步天梯而成仙，隐约就有被称为登天阁和登天门的山崖，父亲内心感慨，一百八十一步，说明没有一步登天的道理！要登天必须上九九八十一步台阶，每登一步离天越近一步。抗战以来不也是如此吗？越是看不见尽头的路，就越具挑战性，也意味着越接近成功！

又有一处为龙鳞宫，向导说雨季洞中有水，要用小船进洞，然后到洞内上岸，秋天，水泄石露，可以步行，大家继续在洞内跋涉，洞内温度也不高，洞内大洞小洞无数，形态千奇百怪，洞分两端，往左边的一段有个水池，很神奇，它与洞顶钟乳石的存在，形成的倒影；往右边的另一段是干洞，又向上斜出，这一段当地日又叫迷津洞，洞长1800多米，洞内有的高达50米，最宽处40多米。

还有一组奇洞，四洞峡！是一处大的天坑——穿洞群落，属罕见的地质构造景观。大自然鬼斧神工，使得在2000米的距离之内，一条峡谷从四座大山的山体对穿而过，形成了大小不同、形状各异的四个穿洞。据传说，这些洞大约有一亿万年了，十分古老。四洞峡每个洞各有特色，发育畸形，集山、水、洞、溪、泉、瀑以及原始的生态于一体，形成了大小不同、形状各异的四个穿洞和深山峡谷，四洞峡因此得名。

……

在考察中，一个大胆的设想进入了专员的脑海，"军事禁地"！这是父亲集多年情报战经验而设计的现代版"空城计"，那就是派兵把这些通往重庆万县方向的山和坳及周边的山谷全部围封，挂上"军事禁地"牌子，任何人不得入内，连狗也不让通过。试想，拱卫陪都重庆东大门"铜墙铁壁"是个什么样子呢？

接下来修建"十八坳"更是神来之笔，当时通往万县的大山有"十八坳"，相连着各种神奇的洞坑；各山坳里散住着无家可归的外来难民，牛安带着一个警备小队，把所有难民集中到离城最近的两个山坳，统一安置，房屋建筑工程开始后，又把他们全部迁到几个大的工地，安排他们参加劳动，一天供应两餐稀饭馒头……

父亲命令，将"十八坳"全部封锁，连接在每个坳之间修可以相通的汽车便道。这是大自然的杰作，在它们的帷幕合上之前，"军事禁地"的牌子早已密密麻麻挂上，给山坳一片安详，幽兰谷深，父亲用智慧面对。当坳坳相连，又在每一条出口设岗挡住通往万县的各条道路时，工程就形成了一个神秘的整体，粗犷中展现出了阳刚。当时就是这些空空的山坳，迷惑了日军的情报人员，让他们传递了错误的信息。当新第六战区成立并设在恩施后，"十八坳"的作用又发挥得淋漓尽致。至今，十八坳仍是恩施的亮丽风景线，体现出当初设计者的厚重质感、深远的战略决断、福及后代的想象力。

国民政府退居重庆，如果恩施、石牌一旦失守，就意味着通往重庆的陆路和水路通道被日军打通，国民政府将成为"流亡政府"，当时已经有人提出国民政府再往西迁至宝康。时间停留在当下，停留在我们经历的一年又一年里，然而对恩施，蒋委员长没有，不愿也不能失去信心。

历史是一条奔腾不息的长河，长河中的恩施，演绎了在抗日战争中展现出的精彩奇迹。

记住恩施，记住恩施在那段特殊历史阶段的特殊贡献。

恩施，舞阳坝。父亲和我母亲漫步。

父亲离开老屋，到恩施任行署专员，奶奶总有放心不下的感觉，她担心什么呢？她说不清楚。记得父亲离开老屋时，在院子的桂花树下，奶奶拍打父亲的肩膀说："去恩施当专员，是好事，专员就是专为黎民百姓做事的官员。"

父亲到恩施半年了，奶奶让我母亲去一次恩施，去看看。在我母亲心中，爱是岁月的打磨，父亲是她最大的牵挂，虽聚少离多，在那个特殊的年代，有志男人哪个又不是这样呢？

父亲任恩施专员，最庆幸的是在黄埔军校打下了良好政治工作基础，在协调地方和军队关系，特别是在中央军、新四军豫鄂挺进纵队、地方军、新老友军关系方面，成绩显著，他曾被视为"国民政府政工干将"，其动员民众、宣传组织工作，特别是第六战区司令部设在恩施后，包括陈诚司令部在内的各方一致好评。

生物钟已定格在父亲的脑子里，每日天刚亮，他就开始跑步，始终保持着军人的作风，从不懈怠。我母亲轻轻走到窗前，透过窗户窥视着父亲的军姿。她用心为父亲数数，一圈、两圈……直到父亲停下脚步。不管刮风下雨，父亲始终坚持，自己是军人，就要以军人军姿严格要求自己，走路大步，腰板挺直。

一天晚饭后，父亲对我母亲说，我们到坝上去走走，恩施有许多坝，而最有诗情画意的是舞阳坝。父亲陪我母亲去舞阳坝，无非是向我母亲表达，经常不能陪伴的歉意。

舞阳坝静悄悄的，我母亲从心底发出惊叹："哦！真静。"清江水在坝下缓慢而无声地流淌。她转身看看父亲，一脸严肃，并未因我母亲的到来而放松。

发源于利川龙洞的清江，流经舞阳坝，长阳，巴东，在宜都注入长江。

春风吹动清江。

蒲公英、车前草、灰灰菜、香椿，随处可见。

可以想象得出，武汉会战失败，他离开了军队，来恩施做专员，对父亲而言也是挑战、考验。他面对我母亲时，一次次收回准备张开的嘴，多少个漫长无边的夜晚，他无法平静，人生有追求，也要有总结。突然，父亲停下脚步，指着江对面的山说："小妹，你看对面的凤凰山，还有那边的五峰山，一山有四季，十里不同天啊！"

我母亲说："之兄，你看江中渔舟，不就是古诗里的画面吗？"

父亲的神色依然凝重，他用手指着远处，"小妹，你看那座山，海拔落差多大呀，垂直差异突出，然，一眼望去，依旧挺拔。"

细心的我母亲已发现父亲情绪的变化。

她对父亲说："临来前，奶奶还说，一个男人要承受得了委屈，什么是委屈，委屈就是坎。平和心态，每一次委屈、每一道坎，都会过去的。"

平静不会永远。是啊，承受，一直承受，可想起战场形势的变化和被动的退却——"这算是什么呀！"站在舞阳坝上的父亲咆哮起来，"前方将士还在浴血奋战，在流血啊！"

情绪激动的父亲一屁股坐在坝上，我母亲赶紧走到他身后，双手放在父亲的肩上，让父亲的头靠在自己的身上。

几分钟的沉默。

父亲已平静下来，"小妹，这清江日夜不停流入长江，它从不歇息，我这十多年，就和这清江水一样，也从未歇息。"

停顿，并不是父亲要思索，而是累了。

"10多年了，我想家，想回到母亲的身边啊。"

我母亲虽未完全听懂父亲的意思，她更理解奶奶说的一句话："男人要有男人的责任，那就是为国；女人要有女人的责任，那就是持家。"

父亲知道，这些年，是多么的不容易啊！党也遇到了不少困难。但对自己的选择始终是不忘初心，无怨无悔。百万大军集结，武汉会战还是失利了，"吾等处今日之中国，无时无地不可以死。"一个奈川信子，就能从我们军官和机要的手中把我们那么重要的绝密情报搞走，国家的前途在哪？

男人是坚强的，有时也脆弱。父亲靠在我母亲身上，这种"脆弱"淋漓尽至地表现出来。

父亲站起来，对我母亲说："小妹，用意志和力量，像二七大罢工游行那会，我俩肩并肩。"父亲仿佛回到黄埔军校，回到学生时代，坚定地向前走。清江水色，清澈十丈，前后有八百里，流到哪个地方，清江都美如画廊。

沿江两岸，峰峦叠翠，江水如黛，曲径叠流，烟波浩荡；山如青罗带，水似蓝宝石，奇草秀木，花香四溢。清江环抱西南，河流溪沟纵横。

大自然能读懂人的情绪，只要你把自己放在其中。

日本特工佐佐木和河本三郎是随难民们一起涌进恩施的。侵略者没有停止对恩施的渗透。

日机的空袭，让宁静的恩施一夜间陷入灾难，不停歇的炸弹落地爆炸，硝烟弥漫。当时恩施的防空报警，就是一面大大的铜锣，一声锣响，男女老少开始跑，二声铜锣，敌机距城镇不远，铜锣声连响，无奈的城镇等待敌机轰炸。当时，恩施就那么大，四方环山，一排铜锣，架在离城镇最近的山谷里，那铜锣声低回沉重，急促有力，估计连敌机也能听到。那时，恩施还没高射武器防空，警报一响，除了防空洞，更多的人是向城外山坳里跑，于是，依附于山林地的"捆绑式"的临时建筑，装点在城边的山地，疏散的人群，挤到乡下。从大城市里来的学生女生比男生多，夜深人静传来的狼嗥，女生们不仅尖叫着抱团，有的还跑到男生的窝棚，其实，男生也怕，大狼小狼，使人生畏。

日军的轰炸，让恩施蒙受巨大损失，其间恩施城也经历了数次惨烈的空袭。有一天日军出动飞机36架次进行轮番轰炸，投弹引发大火，城镇几乎没一幢完好房屋。

防空洞洞口被炸塌而闷死人的事时有发生。恩施城区及周边皆为红砂岩土质，对挖防空洞十分有利。那几年，防空洞遍布恩施山体。

当时还有一位信佛的老人，人很固执。当人们都钻进防空洞躲避轰炸时，老人说他有佛祖保佑，端坐堂屋不愿动身。无奈之下，家人只好将他抬进防空洞内。轰炸结束后，回家一看，院子后门被炸塌，房屋被炸垮，老人终于知道，佛祖挡不住侵略者的脚步。

防空，成了当时恩施的头等大事。

——立即成立防空监视队哨所，成立防空情报所，在湖北省政府支持下，父亲果断地布置：城中高山处新塘、熊家岩、芭蕉、屯堡四处各设一个监视哨，崩山、三岔、沙地、花被、麦淌、向家、龙凤、白杨、和湾、崔家、蓝衫、杉木、黄泥、天桥各乡各设一个监视哨，于城区设置警报所，各机关分设警报哨多处。为处理日机投弹轰炸后的抢救事宜，成立防护团，下设义务消防大队，分抢修、担水、担架3个中队。

——省政府联合专员行署成立部队建制的防空指挥部，后改为湖北省防空司令部。在恩施县境内再增设立两河口、大集、芭蕉、屯堡、木贡、板桥、龙马、太阳、熊家、崔坝、新塘、济安（今双河）、花被、红土等防空监视哨。另设置城内象牙山，城边五峰山、将军山3个防空哨所。为减少日机投弹轰炸造成的人员伤亡，在凡是靠山的地方增加挖掘防空洞，把原来的小防空洞连起来，扩挖成为大型防空洞或支洞。除机关单位挖掘自用外，还动员居民自己多挖掘小型防空洞。

新的防空体系建立起来了。后来又调来高炮师，连续打下几架敌机后，敌机不敢贸然再来，更不敢实施狂轰滥炸。

抗战期间，恩施被破坏的程度是巨大的，这怎么是后方呢？整日的轰炸，不就是前方吗？然而恩施能成为抗日战争可靠后方，又超出想象。

父亲对工作困难的估计，是有思想准备的，而眼前的一切，却大大超过他的想象。每天成百上千的人涌进恩施，吃住都成问题；加上大量军队进入进出，没有军粮，军心难稳，没有粮食，民心难稳。越来越多的公职人员、家属来到恩施，超过10万人，吃从哪儿来，种粮来不及，国民政府偶尔的空投解决不了问题，风险太大，因为日军并没有放弃空中封锁。

粮食！粮食！压倒一切的大事啊！提出平价供应计划，但始终只能在省级、行署机关、学校、企业的公教人员及其直系亲属、未成年的弟妹中进行，为此，成立湖北平价物品供应处。手中无粮，心中慌啊！因此，粮食成为行署必须解决的问题。

此时，父亲想起离开老屋时，奶奶说的一句话，"信任不是以职位高低而论，关键是把你放在什么位置上。"恩施行署专员，还有比这更重要的位置吗？

川粮已悄抵万县，于是经与国民政府商量，一支运粮队伍组成，不说这支运粮队伍的壮观，而他们走的路可是前人从未走过的路啊！这就是使命，是保卫恩施的神圣使命。

随着父亲一声令下，总数上千人的运输队，分成若干支队，向万县出发。在没有人迹的大山深处穿行，崇山峻岭，羊肠小道，翻山连呼吸都困难，这是难于上青天的地方，树丛、荆棘、灌木、野草，肃然于版画。运输队没有方向，全凭领队经验、感觉。他们人挑肩扛，在一条又一条从未有走过的通道上，用双手、双脚，硬是开出天路，一趟、两趟，完成了看似不可能完成的运粮运物的任务。

在全国抗击日军的战斗中，恩施人民同仇敌忾，决心用生命、鲜血保卫恩施。有无限的未来，无尽的可能，父亲和恩施人民以磅礴力量，完成了那个特殊时期艰难的任务。

恩施行署专员，要做的事太多了，厉行禁烟、禁娼、禁毒，推行评价供应机制，遏制通货膨胀，可拮据的财力……省府的经费总是不能按时拨到……父亲深感眼前的困难，他提出一天两顿饭的思路，从行署机关开始，人们在饥饿状态下工作，后来父亲曾对我母亲说过，刚吃完饭，也没什么感觉，自己都这样，对不住父老兄弟啊！

恩施，真不该是这个样子。父亲不信"邪"，只信"神"，"邪"是非正义的战争，是罪恶，是侵略者；"神"是正义、和平、人民；"邪"与"神"的对抗，终是以失败告终，面对"邪"，"神"必胜。世界不会有末日，中国人民的胜利是必然的。

建设一个新恩施。国民政府需要，抗日更需要，这是一个可靠稳固的前沿壁垒。

父亲知道，要更多的熟悉恩施，就应该从这里的文化和历史、这里的山水和族群开始。当年刘备和诸葛亮没想到关羽会大意失荆州，导致复兴汉室的局面被动，复兴大汉希望最终破灭。中国文化博大精深，当年秦始皇一统中国，有着悠久文化历史传承的中华民族，就屹立在东方。恩施秉承的中国传统民族文化，足以让任何敌人不敢小视。当侵华日军向恩施靠近时，中国人民已有足够的时间、足够的耐心、足够的经验、足够的勇气获得胜利。

黄昏，淡淡的。恩施四周的群山风骨犹在，战争，让怀有希望的男人、女人、老人、小孩，拥进来。喧闹，让恩施犹如大城市的早晨，似乎提醒人们，命运有时也会开玩笑，等待的人们仍然等待，他们在等待政府。

大量人员涌进，但涌进更多的是激情，集会、演讲、抗战歌曲，恩施被激情燃烧。人生几何，年华几许。

湖北省政府由宜昌迁往恩施——湖北省政制机构与驻地主要设土桥坝：秘书处，驻桐梓湾赖文安宅；民政厅，驻横街头赖氏老祠堂；财政厅，驻黄家崆赖敏斋宅；教育厅，驻桂花园赖贯应宅；建设厅，驻老鼠坝赖贯之宅；田粮管理处，驻段家湾赖家大屋；社会处，驻赖氏总祠堂；人事处，驻田坝赖宅；水利处、会计处，驻老营坝赖氏牌坊大屋；审计处，驻大堰塘赖家大屋；卫生处，在土桥坝沙湾自建；警察局，驻城内东正街薛家巷天后宫；干训团，驻城内南正街道署；临时参议会，驻龙洞艾氏祠堂。

国民党湖北省执委会，驻金子坝高吉甫宅；三青团湖北支部团部，驻薛家巷康子敬宅；湖北省高等法院，驻土桥坝赖氏老屋；湖北省第一监狱，驻建始县城朝阳观；湖北省第二监狱，在恩施城南郊谭家坝，自建；行政院中央赈济委员会第十救济区，驻城内南门火神庙与张翼洲宅；国民党中央两湖监察使署，驻城内西正街徐宅。

湖北省银行自建行址，驻城内柿子坝，于土桥坝建分行、金库与行长、董事长住宅；湖北省粮食供应处，驻北门外万寿宫；湖北省鄂西运盐公司，驻北门外张义生宅……

湖北省长途电话管理所，驻城北朱家坳，自建所址；

湖北邮政管理局，驻西后街黄浚清宅；

湖北电讯管理局，驻城南郊谭家坝温家沟；

中央银行，在南门外谭家坝温家沟自建行址；

中国农业银行，驻北正街袁荣卿宅；

中国茶业公司恩施直属实验茶厂，驻五峰山，自建厂址；

湖北省通志馆，驻城内张家巷李仲常宅；

湖北省科学试验馆，驻舞阳坝，自建馆址；

湖北省立图书馆，驻舞阳坝栖凤桥，自建馆址；

新湖北日报社，驻舞阳坝，自建社址；

武汉日报社，驻杨湾；

中央通讯社恩施分社，驻城北朱家坳。

党、政、军、警、邮，粮、油、盐、茶、布……这就是父亲每天要安排，要指挥，要救急，要保证的，真是千头万绪，日理万机。

财政再困难，父亲还是下定决心，开设小学、中学，大学，让"难民"们看到希望，让内地来的知识分子发挥作用，文化在岁月里漂流，到恩施来的这些文化人难免不再彷徨中流浪，但他们是民族的良心。……一个接着一个，学校建起来了。

湖北省农学院，驻城北金子坝；

湖北省教育学院、农学院农改所研究制茶厂，驻五峰山，自建厂址；

湖北省民众教育馆，驻城内南正街巧圣宫；

湖北省教育学院，后改国立师范学院，驻城东五峰山，自建院址；

湖北省立第一育幼院，驻城北金子坝（征用民宅）；

湖北省立第一高级中学，驻城北金子坝（征用民宅）；

湖北省立实验中学，驻舞阳坝，自建校址；

湖北省立恩施初级中学，驻北龙凤坝小龙潭袁荣卿宅；

湖北省立第四女子高级中学，迁城内南正街原道署；

湖北省立第七女子高级中学，驻城北屯堡新街；

湖北省立第二女子师范，驻城东核桃坝向鼎轩宅；

湖北省立第一女子高级职业学校，驻城北红庙。

恩施，成为大西南的"联合校园"，成为一道亮丽的人文风景线。

人越来越多，以县城为中心的人口已近 20 万，物资愈发奇缺，平常人们想吃点鱼肉，打个牙祭都非常困难。要让普通百姓看到生活的希望。专员责令银行出资办"民享社"，凡是民间婚丧或学校团体会餐，可在"民享社"预定筵席，每桌四菜一汤，有鱼有肉，不供应酒，价格便宜，比市场酒店便宜一半。特别是在恩施的穷学生，终于可以利用节假日去"民享社"一饱口福了。

面对艰巨繁重的任务，面临风险困难的挑战，从春季、到夏季，再到秋季，父亲务实高效地工作，让人敬佩。父亲的谨慎又让人感到亲切，父亲孤独，没有朋友，又免不了让人同情，慢慢地，恩施人民接纳了这个专员，被称之为"厚道专员"，虽为赞美，但在战争乌云笼罩下的恩施行署专员，其压力可想而知，特别是武汉会战的情报战，让父亲记忆犹新。

那夜，父亲和我母亲交流很久，谈了很多。

父亲说："静娴，在舞阳坝上，我们曾看见清江两岸昏暗的灯火，还有清江渔船上的隐隐灯亮，心里特别难受，这里太落后了。当年，在汉口，已有都市的感觉，后又去了莫斯科，那里比汉口还繁华，电灯、高楼、汽车，冬天房屋里还有暖气。抗战胜利后，我们一定要建设好我们的家园，让我们的后代及所有老百姓过上好日子，到那时清江两岸一定会是多彩的灯光，清江上的渔船，一定会是繁星点点。"

我母亲看着父亲兴奋的样子，虽没有说话，但心里是一样的激动。本来她心中已有秘密，几次欲开口最终仍未当父亲的面说出来，徐家又要有下一代了，下一代啊！但愿他们真能向父亲说的那样，能过上好日子。

然而令我母亲高兴的是，恩施人民称父亲为"厚道专员"，而望着父亲一天比一天消瘦的脸颊，我母亲流下了泪水。

没照顾好父亲吗？她怀疑过自己，慢慢她才意识到，懂，其实就是一种简简单单的爱，她读懂了父亲。希望能给父亲最暖的安慰；有时看到父亲的憔悴，却又无法埋怨他为何不知疲惫。

父亲看到了我母亲的泪水，他说："知之愈明，则行之愈笃。谁让我在恩施专员这个岗位上呢？"

最难的是相知，最苦的是等待，最美的是幸福，懂得珍惜，才配拥有。古训：在迷茫中修心，在绝望中坚持，在慌乱中平稳。可母亲又能对父亲说什么呢？

父亲本想留我母亲到师范学院教书。看到父亲精气神越来越好，于是交代牛安照顾好父亲的生活，她知道自己必须离开恩施回老屋了。

我母亲怀孕了。之所以没有立即告诉父亲，她想等小生命出生后给父亲惊喜。

回到老屋，我母亲抑制不住内心的激动，她告诉奶奶说："人到了恩施，就被那里日益高涨的抗日热情所感动，每天涌进恩施的人群，不是难民，而是抗战到底的热情，恩施不是抗战的大后方，而是抗战的第一线。"

是激情，是燃烧，是沸腾。只要你加入其中，就是一名自豪的中国人。

当人生的奉献和岁月的馈赠融入抗战的洪流，征鞍未卸的你又是什么样的心情，我母亲向奶奶首先谈到，她要感谢父亲，让她见证了恩施人民抗战给自己的感动，从河边徐家走出的男人，是有责任、有情怀、有故事的男人。他已与恩施相约终生。

"真没想到啊！"我母亲感慨地说："因战争而集聚的城镇，一夜之间成为拱卫陪都重庆的东大门，保卫恩施，将是多么大的民族责任啊！面对倭寇咄咄逼人的进攻，恩施已筑起铜墙铁壁，这个铜墙铁壁是什么呢？就是发动起来了的广大人民群众。团结，就是一种信仰，恩施人民凝聚在一起，他们热血如初，坚韧依旧。这是历史的追问，是恩施人民用实际行动给出的满意回答。"

这是时代壮举，是一次让空间调出窠臼，还民族自尊的再造。

奶奶安静听着我们母亲的讲述，仿佛也到了恩施，和父亲一起。我母亲还告诉奶奶说："目前恩施的局势仍然严峻，他面临特殊时代最难啃的硬骨头，倭寇飞机狂轰滥炸，人们的生活困难，吃、住及孩子读书等问题，考验着他。这份厚重的民族责任，已成为父亲最大的历史担当。"

我母亲还告诉奶奶说，在牛安的帮助下，她在恩施屋后的坝子上种了一些蔬菜，那里的土壤里有一种含有"硒"

的矿物质，不仅有丰富的营养，菜也特别好吃，她把跟奶奶学的厨艺全部用上，保证父亲每天都能吃上新鲜可口的饭菜。

恩施风光很美，居住在那里的土家族、苗族同胞朴实、善良，能歌善舞，勇敢之力，智慧之心。大地赋予我们的，终将获得神灵的庇佑。

我母亲最后悄悄地对奶奶说，她真的不想离开恩施，昌之需要她的照顾，但还是决定暂时离开恩施。

"为什么？"奶奶轻轻地问了一声。

"我怀孕了！"我母亲甜甜地回答。

一直静静听我母亲述说的奶奶，"啊！"的一声，惊喜地拥抱我母亲，留下了泪水。

我母亲说："真想在恩施多住些日子，和昌之一起，战斗到抗战胜利的那天，怀孕了，也真想和他一起分享小生命诞生的喜悦，可是不能啊！恩施目前的这种状况，怎么能让他分心呢？所以最佳选择是回老屋，回到您身边。"

我母亲坦荡，她还会去恩施的，和父亲挽手走遍那块土地。

幸福的聚会，温润的泪水，无奈的取舍，坚定的自信，生命的丰盈，在于心的慈悲。

此后，奶奶不让我母亲干家务活，但却要求早晚去"相思路"走路。

此后，奶奶要求我母亲每天必须静躺，她说这样可以早点嗅到胎儿的气息。

此后，奶奶每天都会弹奏一曲古琴，琴为心乐，她说是给腹中的小生命催眠。

此后，我母亲脖子上总系着一条红围巾，是老屋土布做的。

我母亲生下一女儿，我有了一个妹妹，徐家小妹。她给全家，特别是给奶奶带来无限的欢喜。喜讯也随着邮差的平安家讯传进了大山，传到了恩施，父亲看着信流出了悲喜交集的泪水，战争啊战争，他多想飞回老屋！

徐家小妹，白白的，胖胖的。

徐家小妹，甜甜的，憨憨的。

徐家小妹，咿呀学语，蹒跚学步。

牛车山上的鸟儿用寂静演绎生命，牛车河水的流水不停泛起涟漪。

徐家小妹降生在那个年代，虽无法预计未来的宿命，但我母亲高兴，奶奶高兴，父亲高兴，我高兴。

老屋高兴，她是老屋的未来。

徐家小妹三岁时，奶奶牵着她的小手去了"禅茶遗处"，那茶园是奶奶的骄傲，茶有灵魂。徐家小妹乖巧，天赋也慢慢显现。她从小不会爬，但很快学会走路，她能从奶奶讲故事中学会认字。我母亲常常抱着她，惊讶地望着她，教她唱歌、跳舞、绘画，本事随着年纪越长越大。

1939年底，父亲受命去重庆述职，而令他没想到的是时任军事委员会政治部主任的陈诚让他留下来，做政治部二厅中将厅长，负责组织动员民众工作，实则是负责情报工作，而正是二厅厅长的工作，为父亲以后的情报生涯积累了更大空间。

1940年初，已任军委政治部二厅厅长的父亲，对牛安说，这份密件火速送给"104号"专柜。从武汉会战开始，乔雁顺的文件柜都是"104号"专柜，这也成为他本人的代号了。情报显示："日军对宜昌的作战计划将分两个阶段进行，第一阶段，以枣阳为中心，在汉水的枣阳周围构成数道包围圈，以消灭第五战区主力为目的；第二阶段，在汉水西岸进行两翼包围，将第五战区消灭在宜昌附近，并攻占宜昌。"

重庆，父亲来到长江边，虔诚地走到朝天门码头。江上点点暗暗的灯光，江水倒映出往事。父亲极力向长江水望去，他想象出了抗战的结果，那就是中国人民一定胜利，可真没想到过程如此艰难。

"知己知彼，胜乃不殆；知天知地，胜乃不穷。"

试问苍茫大地，何谓以身许国。

长江水拍浪向东流，父亲仿佛又听见了时代前进的步伐。

父亲任军委政治部二厅厅长时，已安排牛安到第二厅机要室工作，这是父亲深思熟虑后的决定。1940年6月，父亲再次回恩施任行署专员兼第六战区政治部副主任，牛安随父亲回恩施，安排交接工作。

1941年初冬，母亲第二次来到了恩施，她把徐家小妹留在了老屋。"真想把她带来"，母亲对父亲说："你不知道她有多可爱，但兵荒马乱，路途遥远，交通不便，要是路上出了差错可不得了,只好留在老屋,让奶奶照看。"

父亲又喜又忧,痴痴地望着母亲。对面,我母亲此时也深情看着父亲。只见他一脸疲惫,脸有些肿,眼圈有点黑,伴着咳嗽。父亲感觉到我母亲的目光,"最近太忙,都是半夜才睡,没有休息好。"我母亲酸楚,一句话也没说出,眼里流出了泪水。父亲安慰我母亲,但话题很快转到徐家小妹,他想念没有见过面的小女儿。

恩施的冬天很美,远处的山林、田野,近处的牛栏、房舍,全都银装素裹、白茫茫一片,无边无际。雪地上照例会留下干狗(即豺)、野猪、麂子、刺猪、白面(即花面狸)的脚印或踪影。猎人们三五成群,带着火枪、杆子(即梭镖)、牛角叉、三五只本地狗去赶仗(即打猎)。火枪轰响,狗汪汪叫,野物也叫,人大声吆喝。人、兽、狗均成了雪地上的长跑健将,从山上赶向山下,从这座山奔向那座山,又从山下撵到山上。人、兽、狗都在雪地里喘着粗气,那呼出的热气,就像从嘴里冒出了一股一股的烟雾。

孩童们倒不曾去赶仗,在屋边堆雪人、打雪仗,大人喊都喊不回去。玩着玩着,也许就有一头麂子从山上蹿下来,倒在地上死掉了。紧跟着,狗和猎人也到了。俗语云:"山中打鸟,见者有份。"猎人们倒也慷慨,凡看见了猎物的人,都会有所收获。

若天气持续干冷,雪几天不化,就会结冰。水缸、水桶里的水会结上一层薄薄的冰。屋檐、山石下照例会挂上一溜冰柱,晶莹剔透。三九四九,冻死老狗。

屋外大雪纷飞,有的人家却在火坑边烧炭取暖。这火炭,用山间细小的杂木、灌木烧制而成,火劲比钢炭略小,却照样给人以温暖。烧火炭取暖,不能用火钳向外向下掏火,这样掏,火就会越来越小,最后熄掉;要向上向里掏,火劲才大。火炭初燃时,会起一层烟雾,因杂有树叶和未完全炭化的细杂木或灌木。火炭充分燃烧后,就变成了白灰;在炭灰转变将化未化的时候,这灰称仔木灰,仍然很烫,把土豆、红薯放在仔木灰里,一会儿就熟了,吃起来分外香甜。烤糍粑的架子用铁丝绕成,把架子放在炭火里烤糍粑,也是一会儿就熟了。

那年冬天,父亲就开始安排冬烤的问题;很多人住进了防空洞(冬暖夏凉);普通百姓知道提前进山砍柴烧炭,这是祖辈传下来的经验——令他们没有想到的是,这一年国民政府会买他们的炭,让他们多找人砍柴多烧炭,虽然给的钱不多,有的还是打条子可以换粮食,总之政府讲道理,他们外地来的人不会烧炭,用柴火直接烧,烟又大得不得了,哼哼,还别小看了恩施山里人嘞!

一转眼就到了春天,曾经给父亲当过向导的警备队老田从四洞峡挖回两棵红豆杉树苗,让父亲栽在专员署院子里。红豆杉是最古老的树种,比恐龙还古老,常人难得一见,可在四洞峡却是处处能寻。红豆杉树和银杏树一样,分雄树雌树,否则就没有繁衍,父亲记得当时在四洞峡考察时见过溪流的对面,有一对红豆杉"夫妻",相依相伴,在那对"夫妻"身边,还两个"孩子":两棵幼小的红豆杉。四棵红豆杉树,组成一个完整的家。

转眼到了芒种节，父亲和我母亲都惦记奶奶，惦记着老屋的小妹，我母亲要回老屋了。临别的前一天晚上，父亲给我母亲一个精致笔记本，里面抄写着父亲来恩施后写的几首小诗：

    天已晓
    绿树绕云烟
    仿佛浮图关上样
    复兴大计在山巅
    儿女尽嫣然

    秋气爽
    松子正飘香
    呜咽流水催客老
    晚来谁管薄罗裳
    星月也凄凉

    多少恨
    往事忆同游
    洞口不知人去向
    亭前花草为谁留
    松柏是吾传

    不平事
    几度拔龙泉

一试男儿好身手
让他罪恶落深渊
谱入十三弦

寻幽境
结伴好同行
堪羡名山令无恙
可怜大地尽丛荆
何以慰兴情

丛绿里
嫣红一点娇
欲识此山真面目
且看五岳尽相朝
浩气贯云霄

我母亲眼睛湿润了，最为感动的是那首专为我母亲写的小诗：

舞阳坝内风光好，
舞阳坝外无芳草，
纵然冰雪绕四方，
阳光一片春不老。

这是父亲这个冬天反复在心底吟念的。我母亲把笔记本收好，是那样的幸福与不舍！

我母亲老家汉川县有个同学叫覃立春，她邻居的两个女儿三年前就去恩施了，那时大的才十六岁，小的不满十三岁。日本军占领汉川前夕，她们的父母就让她俩出城去恩施，当时叫"跑日本人"。日本占领汉川后，她们父母被日本人杀害了。覃立春这次去恩施，一是找份工作，二也是想见见这两个可怜的小姐妹。

覃立春抵达恩施，顺利到湖北省立师范学院当上国语教师。"二七大罢工"时，她和我母亲一起上街游行，她见过我父亲，她也参加了父亲和我母亲在教堂里举行的婚礼。她羡慕地对父亲说："当时，你们真勇敢。"

父亲说："那时太年轻，情况又太危险，姻缘，就是缘分。"

"教堂里的婚礼"拉近了覃立春和父亲间的距离。青春的记忆，仿佛就在昨天。

覃立春很快就找到了她要找的两个孩子覃大川、覃小川，而且大川就在湖北省立师范学院读书，小川刚上中学。覃大川楚楚动人，覃小川充满童稚。覃立春始终不敢把她俩父母被杀害的消息告诉她俩，该知道的时候总会知道，顺其自然吧。

覃立春有时去看专员，偶尔也带上覃大川、覃小川，毕竟都是我母亲的同乡。父亲也偶去湖北省立师范学院及几个学校演讲，毕竟他是恩施的行署专员。覃大川毕业了，覃立春推荐她到行署做秘书，也可帮助打理父亲的生活。覃大川是湖北省立师范学院文科第一名，其文章笔锋尖锐，条理清楚，深得覃立春喜爱，那行书体的字更是流畅，到行署工作不久，其字已可以模仿父亲的字体，深受父亲的赞许。

牛安跟父亲，也是尽力尽责，牛家坳的孩子，忠诚。平日里多一句话也没有，他把父亲的房子收拾得干干净净，父亲玩笑地说，你这洁癖，比我还讲究，伙食也是他去打理，他知道父亲爱吃什么，重要的是他能吃苦，忠诚，听指挥，送信什么可机灵。覃大川来找父亲，他会站到门外，一起下乡，他会保持距离，当然，父亲讲故事时，他会凑上一起听。

抗战时期的恩施，有太多的抗日游行活动，覃大川不仅是组织者，更是积极参与者，是学生们公认的学生领袖。

1940年7月7日，覃大川在湖北省立师范学院组织了"不忘国耻，抗战到底"纪念抗日战争全面爆发三周年大会，她请父亲参加并讲话。

女士们，先生们：
同学们，老师们：

非常感谢覃大川和同学们组织了这么大的集会，大家的激情令人非常感动。在纪念抗日战争全面爆发两周年的时刻，召开这么一次集会，非常有意义。

覃大川同学让我来讲几句话，作为恩施行署专员，我感到荣幸。

首先，我要告诉大家的是，国共两党已经建立了抗日民族统一战线，我们将共同抗日，直到把日本侵略者赶出中国。

我还要告诉大家的是，我有一个儿子，高小刚毕业，面临的却是无地方读书。他母亲问我，能否送到恩施来读书，我的回答是，来恩施可以，那应该是当兵。

我想，在我们的儿子成长道路上，应该给他灵魂的震撼的锻炼，要让他知道，做一名中国人是伟大的，也应是有骨气的。你们都听说过儿童团的故事吧，在日寇的铁蹄下，小小年纪，他们也在英勇杀敌。历史记住了他们，历史也成就他们。

我真心希望他们将来的某一天能自豪地说，自己十几岁就参加了抗击日寇的战争，或者说，他们的父母曾在抗击日寇第一线。这是他们的自豪，也是我们的自豪，是中华民族的自豪。

战争是残酷的，但我们毫不畏惧。

我相信，我的儿子不久的将来会走向抗日战争的第一线，成千上万的中国青年人会走向抗日战争的第一线，一个全民族的抗战局面很快形成，我们最后一定能取得抗日战争的胜利。

父亲的演讲，激励了参加集会的所有听众，他们受到了极大鼓舞。中国人民有信心打败日本侵略者，覃大川站起来，领头高呼："中国必胜，日本必败。"

民众群情激奋："中国必胜，日本必败"高昂的口号久久回荡在山谷中。

在恩施，父亲常下乡视察，访贫问苦，沿途的自然风光总是令人流连忘返，覃大川的陪同，更是有了许多慰藉。

那天，父亲带几个人去城东考察，城郊7.5里处，有一长年流水的石灰岩洞，晚上子时与白天午时洞水上涨，形成"子午来潮"奇观，民间传说为洞中的水连着东海，故名龙洞河。

大川和父亲走在一起，父亲说："我们这儿的大龙洞，小龙洞的水，传说是从东海流过来的。"

"是吗？"大川有些惊讶。

龙洞口一股凉风袭来，父亲说："大家坐下，我给你们讲一个传说故事。"

在很久很久以前，恩施到处是一片焦土，老天爷不下雨，庄稼没有收成，居住在这里的土著百姓，日子十分清贫。

城东有个叫母猪岩的地方，住着黄家两兄弟，哥哥叫大龙，弟弟叫小龙。由于缺水，年年收成都不好。于是兄弟俩决定去东海找龙王借水。他俩告别了乡亲，背着干粮和草鞋就上路了。干粮吃完了就吃野果，草鞋穿烂了就打赤脚，他们翻了七七四十九道山，趟过了七七四十九条河，终于来到了东海边。

老龙王说："东海离你们那里如此遥远，水流不过去，要借水，你们二人得变成龙，从海底钻个洞，直通你们家乡，我的海水才能给你们。"兄弟俩坚定地回答："为了家乡要水，我们什么都不怕！"于是兄弟俩朝着家乡的方向钻起洞来。

钻呀，钻呀，也不知道钻了多少昼夜，也不知道钻了多少路程。钻呀，钻呀，终于洞钻穿了。大龙钻的洞在母猪岩的北头，小龙钻的洞在母猪岩的南头，那滔滔不绝的海水，从洞里哗哗地流出来了。从此恩施这带地方就变成了山清水秀的地方。

乡亲们看到两股长流不断的水，却不见大龙和小龙回来，都怀念他们兄弟俩，就给大洞取名为"大龙洞"，小洞取名为"小龙洞"。

传说总归是传说，父亲对覃大川说："传说是美好的，但也告诉我们，胜利往往就是再坚持一下。"

传说故事让覃大川久久回味，她佩服大龙小龙坚韧不拔的献身精神，她对父亲说："民间传说故事不仅美，还传递了很深的道理。"

父亲动情地说："是啊，为抗战，中国人民已做出太大牺牲了，坚定信心，我们一定能把日本侵略军赶出中国。"

传说故事，不仅是传说中的故事，更重要的是让人记住了传说中的英雄和对美好未来的向往。

龙洞河蜿蜒南流，经赵家坝、三孔桥、土桥坝、栖凤桥、舞阳坝、官坡汇入清江。河两岸山峰突兀，修竹茂林，田园阡陌，风光秀美。临时省会征用民房，扩建房屋住所时，龙洞成为首选之地，省临时参议会征用龙洞赵家坝艾氏祠堂与周围民房，位于龙洞河石拱桥上侧山包上，有"民国第一清官"之称的石瑛任议长，著名地质学家李四光任副议长，二人都曾在这里办公。

这年夏天，我母亲从恩施回来了，我已16岁了。八月，我去恩施，去当兵了，还是在老屋，奶奶对我说："这书呀，你也别读了，去恩施，找你父亲，当兵去吧！"

泱泱中华有着五千年辉煌文明史，然而，战争不管是正义的还是非正义的，始终伴随历史的进程。无数民族英雄，在年轻人中诞生，他们懂得生命的价值，是时代需要并发现了他们。在河边徐家，父亲18岁那年，奶奶送他去武汉读书，我16岁这年，奶奶送我去恩施当兵。

奶奶对我母亲说："静娴呀，让南方当兵去吧。"

我母亲说："您舍得吗？"

奶奶说："如今这年月，还读什么书？在哪去读书呢？把他送到昌之那，当兵。"

我母亲见奶奶的坚定语气，知道这是奶奶成熟的决定。

我母亲终有万般不舍，但她理解奶奶。

奶奶说："咱老屋的男人，就是要在风雨中去成长。"

"南儿还小，当兵行吗？"我母亲再次试探说："让南方在您身边再待两年，到18岁。"

"国难当头啊！前几日我去竺台寺算过，咱家的南儿，一辈子不会死于非命，都会平安健康的。"奶奶说："我也想让他待在我身边，可他待在我身边有什么出息呢？眼下国家需要年轻人。让他走，当兵去，他离开老屋的那一天，我也会送他村头那颗桂花树下，也会告诉他，他爷爷、父亲都是这么离开老屋，去承担男人的使命。我呀，还会将老屋后墙加高1尺2寸。村里人都会知道，咱徐家的又一代年轻人，离开老屋了。"

临行前的晚上，奶奶在灯下为我一针一针缝补袖口，缝进她一辈子的辛酸，缝进她对孙儿的慈爱和希冀。奶奶的眼睛眯成一条线，她不让我母亲做针线活，残留岁月的脸上露着微笑，她对坐在一旁的我母亲说："将做人的尺度交给南儿，将牛车山的坚强交给南儿，将牛车河日夜流淌的思念交给南儿。"

就这样，我背起行囊，离开了老屋。徐家小妹已两岁了。那天，奶奶也把我送到村头那棵桂花树下，奶奶对我说，"再送你一句荀子的话：'不闻不若闻之，闻之不若见之，见之不若知之，知之不若行之，学至于行而止矣。'到战火中去锻炼自己、考验自己吧。"奶奶接着说："南儿，记住老屋，记住奶奶。去当兵，不是奶奶的决定，是国家的需要。"

这就是奶奶的自信，来源于她对河边徐家过去和未来的信心。

我踏上了去恩施的路，开启人生新的里程，不再人云亦云。奶奶给我讲过父亲一人只身去薄刀山寨的故事，当主角变成我的时候，道路的艰辛已不那么可怕了。

恩施，我见到了父亲。

父爱有时特别安静。父亲对我说："长高了，是个男子汉了。"

我说："武汉、黄州，都被日军占领了，我没地方读书了。"

父亲说："我就知道你会来恩施当兵的，你奶奶呀是伟大的奶奶，国难当头，还读什么书。"

我说："父亲，我也是这么想的，既然没处可读书，不如当兵。"

父亲说："你怕吗？"

我说："您刚刚不是说，我已是男子汉了。"

父亲大笑："是我儿子，像我，有那么一股劲。"

我到了新兵连。进行了为期三个月的训练，还进行了实弹打靶。我懂，上战场需要真本领，我刻苦训练，用脑，用心。

在新兵连，遇到了我最难忘的一件事。

常胜，武汉会战时期的难童，为陪生病的弟弟，被父亲组织疏散到到山野堂药房治病，在老屋住过，听说我是从河边徐家来的，那亲热劲别提了。他清晰记得，奶奶照顾他们生活，我母亲教他们学文化，在新兵连，我俩和其他六个新兵住一个寝室，我俩很快成为好朋友。那时，日军飞机常来轰炸。一天中午，警报拉响了。我们全撤到防空洞里。突然，常胜冲出防空洞，向宿舍跑去，当他拿着两个饭盒出门时，飞机扔下了炸弹，警报解除，我飞身跑去，常胜已血肉模糊地躺在地上，不远处，留下饭盒的盒盖，那是他和我的中午饭。

"常胜，常胜。"我跪着呼喊着。抬头望天空，残阳如血。

常胜没有遗物，现场，我拣到了被炸烂的饭盒盖，小心翼翼地捧起，至今我仍留着。这是战争给我上的第一堂课，生命的代价。

我问父亲："这就是战争吗？"

父亲冷冷地回答："还有比这更残酷的战争。"

"比这更残酷的战争？"我不解，"那将是什么呢？"

日本特工佐佐木、河本三郎在恩施开一家经营杂货的铺子，为情报工作做掩护。铺子就设在半山坝上的几间屋子，这里闹中取静，坝子不远处还有简易的旅店和酒馆。表面看是一家普通杂货铺子，实际上成为日本间谍机关恩施情报站，对外叫"半山坝杂货铺"。

有了据点，河本三郎去外地进货，留下佐佐木在店里布置打点。一天，佐佐木清晨刚开门，门口倒下一位妇女，旁边还睡着一个十几岁的女孩。佐佐木扶她们进屋，拿出昨日剩下的饭菜，去烧水。等他回来，剩饭菜已全吃完。母女见佐佐木来，叩头谢恩。原来，她俩也是逃难到恩施，男人在路上就死了，母女俩身无分文，饿晕在屋前。妇女叫桂嫂，会做饭、洗衣，哑女是她侄女，不会说话，她俩都没文化，佐佐木决定留下她俩，还饶有兴致地教哑女学会泡茶。让她俩把后院的杂屋收拾出来，就住在那儿。等河本三郎雇车把日用杂货从外地运到恩施时，店铺已打点得干干净净，放上货，就可以经营了。

令佐佐木没想到的是前几日倒在门口的妇女叫桂嫂，她是池田任命的恩施情报站站长，代号"银狐"。日本名字叫幸久真，她是东北人，孤儿。从小被日本浪人收养，动荡的少年经历给她一生留下心理阴影。眼见一天天长大，浪人带她回日本读书，浪人性侵她后又送她去间谍学校，全科学习三年。1937年派到武汉。接受派遣去恩施的前夕，物色到一个已患重病叫桂田的男子，说是要给他去治病，将桂田用木板车拉走,并给了桂田家人一点钱,于是桂田与她结伴,走上了恩施的"逃难"之路。

没几日,男人死了。桂嫂"伤心"极了,逃难的人帮她草草掩埋了桂田。哑女就是热心的难民中的一位,她看上去只有十几岁,人很机灵,一路上她主动帮助推着躺在车上的桂田,深得桂嫂的信任。桂田死后,桂嫂让哑女认她为姨,两人相依为命,艰辛地向恩施走去。

其实,哑女是军统留在武汉行动小组的成员,是重庆特训班的优秀学员,桂嫂从出发那一刻,她紧紧跟随前往恩施。不得不承认,桂嫂、哑女都受过特殊的训练,都有令人称道的职业精神。

那时武汉会战结束不久,池田部署新一轮情报站,突然发现,早先对恩施的布局是他最失败的决定。如何补救,他挑选了桂嫂,挑选了以"逃难"方式让她进入恩施。

桂嫂 1937 年来到武汉后,被要求成为日本情报机关的外围人员,后来,当她偶尔出现在益和大药房时,早已被细心的军统行动小组注意到了。这次,她离开武汉去恩施"逃难",军统就盯上了她。哑女的出现,就自然而然了。

恩施情报战,日军依然没有进展,他们想要的情报,依然什么也没得到。池田又急调桃芳赶赴恩施,不惜一切代价,为情报而战,并派松原携最新的发报机,短波收音机等器材随行,他俩假扮夫妻,相互掩护。

桃芳,在日本特务机关,是一个默默做事的小人物,从不抛头露面。奈川信子死后,她被派到武汉,任务就一个,熟练掌握湖北地方方言，等待接受派遣。

她是日本特务机关的"冷子"，间谍学校出类拔萃的学生，电讯专家，只是在前辈们身边"实习"，虽未单独执行任务，但日本特务机关对她寄予厚望。

此次到恩施，就是肩负使命，怀着必胜信心而来。

桃芳被委任为恩施情报站代理负责人，她很快和佐佐木接上头。在和他们的交流中，他们的失望明显挂在脸上，桃芳知道，任务艰难。

国民政府军都是刚刚抵达恩施，纪律要求他们是不允许上街的，特别是军官们，更不允许和当地人有所交流，他们的一举一动都被军统牢牢控制，行署这边，有乔雁顺掌握要害部门，办事机关人员，也都是从流亡到恩施读书中的学生挑选出来的。

桃芳的戏，无法开演。

她离开武汉时，池田交代恩施情报站长，"银狐"已到恩施，但她的身份不便暴露，所以桃芳仍为恩施情报站负责人，同时指示她可以去找一个叫陈宏明的人，是汪伪政府派到恩施的特务。为配合这一行动，池田找到汪伪政府的情报机关，让他们派人去恩施，正好情报处一科科长梁达生，女儿梁因就在恩施湖北省立师范学院读书。梁达生到了恩施，找到女儿，说她母亲已被日本人抓走，只要搞清"军事禁地"是怎么回事，她母亲安全就有保证。梁因是梁达生的继女，她的父亲和梁达生是战友，父亲战死后，母亲改嫁跟了梁达生。为了母亲，她答应了。这次梁达生来恩施，还有一个任务就是找到陈宏明，他在湖北女子师范学院教国文。他们是小老乡，那天梁因随梁达生一起去的，他让陈宏明多关心女儿。

其实陈宏明早注意到这位美丽、冰清玉洁的女学生，只是没有机会接近而已。陈宏明比梁因大七八岁，陈宏明到上海读书时，梁因才上小学，在老家到了放假他俩才偶见几面。那时梁因就是个胖娃娃，聪明可爱。陈宏明在大学是学生会负责人，他组织学生集会、上街游行，深受中统关注并成为发展的对象。然而被捕后，他很快说出了知道的一切，他怕受刑，并答应加入中统，到重庆接受培训。当他再次回到上海时，已是国文教师，为掩护工作，他很快结婚。他妻子的叔叔是汪伪政府情报人员，在金钱诱惑下，他加入汪伪政府情报机关，成为双重间谍。

岁月似火焰，陈宏明自作聪明，做了自己也后悔的选择。上海沦陷后，留守在上海的中统人员个个紧张，他们一方面要锄奸，另一方面又有被杀的可能。于是，人心不稳。

汪伪政府"76号"头子李士群，为了扩大特务组织，狠挖中统的墙脚，当时中统在上海潜伏组长苏德成，不仅被收买，还把中统在上海的电台和密码、人员名单作为厚礼，献给了李士群。

陈宏明也在名单之中，就在此时，陈宏明接到中统通知，调他去恩施工作，李士群落得高兴，扩大"76号"影响，何乐而不为。

陈宏明也算是有追求、有才华、有野心的年轻人，加入中统后就明显暴露出这一点，他聪明、智慧，他相信自己的前途。

离开上海的那一夜，他吻别妻子，她太年轻了，刚满21岁，他留下惜别时的不舍和担忧。他亲吻自己的儿子，才周岁，儿子是希望，是未来。

纵是万般不情愿，陈宏明还是来恩施了。他的妻子和刚周岁的儿子被留在上海，他知道，这也算是人质了。

半山坝杂货铺。

随着时间的推移，佐佐木、河本三郎、松原的表现全在桂嫂和哑女心里。他们每天有热饭、热菜。哑女在佐佐木调教下，很快学会泡茶，三个男人享受生活，两个女人精心服务。

桂嫂很同情哑女，也很喜欢哑女，她不会说话，服侍又那么好，不用吩咐，她就把家里家务打点有条有理、顺顺当当，做得无可挑剔。

桂嫂从中国去日本，从日本回到中国，带着神秘的使命来到武汉，又被派遣到了恩施。她庆幸遇到哑女，她可以对哑女倾诉，还可以吐衷肠，甚至隐私。桂嫂患有罕见的疾病，发病时周边神经疼得要死掉，有哑女在身边，她可以"发泄"，哑女不会说话，不会写字，只是干瞪眼听她叫喊。她记不清曾给哑女说过些什么。战争笼罩下的恩施，她已经没有选择。

深山『十八坳』

重庆。

国民政府军事委员会召开前夕,蒋介石单独召见陈诚。

蒋介石说:"国民政府已退至重庆,石牌和恩施是拱卫陪都的最后防线。我决定成立新第六战区,任务是'军事第一,第六战区第一',你还是去新成立的第六战区任司令长官,怎么样?"

蒋介石看着陈诚,陈诚从座位上站起来:"一切听从委座安排。"

"好,一会儿开会,下达正式任命。"蒋介石感慨地说,"上海失守,南京失守,武汉失守,日军沿长江一路西进,如果石牌和恩施再丢,如果日本人乘势攻下重庆,我这个国民政府不就成'流亡政府'了吗?"

蒋介石拍着桌子,陈诚笔挺站着,一动也不动。

"我给你30万兵力,守住鄂西,守住恩施,以长江西岸为前沿,对日军形成包围态势。我交代雨农,当前的重点就是要保住鄂西。让他协助你，盯住那些高官，盯住他们身边的女人，再失机密情报，格杀勿论。"

"是。"陈诚立正，一动不动站立，双眼目视前方。

蒋介石说："几次大的会战，我们都是先输情报，再输军事。"

陈诚说："请委座放心，这次有雨农，我们一定能先赢情报，再赢军事。"

蒋介石说："好，你有这个决心，我就放心了，你看，新第六战区司令部设在哪儿？"

陈诚毫不犹豫地说："设在恩施。"

蒋介石说："很好，和我想法一致，准备即刻上任。"

陈诚说："是。不过校长，我还有两个请求。"

蒋介石说："请讲。"

陈诚说："一是请批准18军出川，参加宜昌的防卫；调九战区的第32军、8军到宜昌南岸布防。二是由于新六区司令部设在恩施，我希望委任曾任恩施行署专员、现任军委政治部二厅厅长的徐昌之仍回恩施行署任专员并兼任第六战区政治部副主任。"

蒋介石知道，新成立第六战区，派陈诚去任战区司令，是无奈之举，他同意陈诚的两点请求。

他说：徐昌之曾任恩施行署专员，在恩施他搞的那个"军事禁地""十八垇"，很有创意，恩施是拱卫陪都重庆的东大门。他是黄埔1期生。武汉会战后，只让他做了个地方行署专员，但他这个专员做得不错，很有成绩，让他回二厅授中将衔，也是因为以前太委屈他了。

其实，第六战区 1937 年就设立，但并未能组建，1938 年 2 月正式撤编；1939 年第二次设立，不久，又归入第九战区；1940 年第三次成立。日军逼近宜昌，蒋介石深感危机重重，提出成立新的第六战区的战略构想，战区长官司令部设于恩施，一时间恩施成为当时湖北省以及湘鄂川黔边 81 个县的抗战指挥中心，同时，对宜昌正面战场部署作出重大调整，决定：新第六战区担任陪都重庆正面防御，北以五战区为左翼，南以九战区为右翼，形成以宜昌外围为中心，全力拱卫陪都重庆的作战布局。宜昌由区域性战役中心，上升为中国最高的战略支点。

蒋介石在军事委员会上说："鄂西会战，不能失败。石牌要塞，绝不能丢失，恩施，必须守住。不能让日军威逼重庆，威逼国民政府，威逼我。"蒋介石内心的恐惧，危机已写在脸上，而这种恐惧和危险是空前的。

恩施。

新第六战区成立了。陈诚和父亲长谈，晾晒彼此的记忆，曾经的友谊已成为信任。陈诚也同意父亲的请求，让乔雁顺在新第六战区兼任父亲副官。

恩施谜一样的"军事禁地"，谜一样的"十八坳"，陈诚视察后，对恩施的"军事禁地"大呼其好，全力支持完全贯通扩展"十八坳"，并采纳父亲的建议，构筑与湘西相连的军事防线。

秘密调动部队，和高调成立的新第六战区形成鲜明对比，大量军队进驻恩施后，"军事禁地""十八坳"为陈诚屯兵留下巨大空间。这里，已成为第六战区的兵站，医院，粮站，武器弹药库，后勤供应，新兵训练，部队集结，兵力调动，每一个山坳都有其特殊作用。

官兵在山坳里能喝上含硒的矿泉水，甘露硒茶，吃上富硒土豆，还可以用含硒中草药治病。他们士气饱满，一拨又一拨部队从前线下来，消失在山林迷雾中，"十八坳"是一个把绿色搂抱在怀里做梦的山坳，阳光下，山坳的灵魂，氧气洗净官兵们的肺，呼吸着绿色，平和着战争给军人带来的心灵创伤。

然而，前线的战报，激发着战士渴求上前线的心。于是，一支又一支的队伍，又从山坳中奇迹般地涌出，开拔到前线，在山坳里学到的山歌，也随着部队传到了各地抗日战场。

戴笠飞抵恩施，牛牛已在恩施。

牛牛向戴笠报告，截至目前还未发现日军情报人员在恩施提前潜伏的线索。老住户只有八千左右，我们已拉网式排查，现已向城郊及城周边乡镇排查。目前，涌进恩施城的人太多、太复杂。

戴笠说："你们在恩施的工作做得很好，拉网排查，发动民众，及时发现可疑人员，对军人要特别严控。"

牛牛说："我已要求进驻'军事禁地''十八坳'的官兵一律不允许上街，对他们的生活必需品，满足供应，这样可以避免暴露我们兵力部署。他们频繁换防，并赴战区前线，也都是在夜间悄悄进行。"

牛牛果敢且周全的布局，令戴笠满意，他首肯牛牛的做法："盯住军队，特别是高级指挥官，盯住外来人员，继续加大排查老住户的力度。"

"军事禁地"和"十八坳"的部署，不仅为国民革命军进驻恩施提供了充分余地，也引起各方情报人员高度关注。

其实，开始时，每个山坳、山谷，只有一个班或一个排士兵，父亲所做的这一切都是给日本特务看的，战争的经验告诉他，兵力部署得虚虚实实，而"情报"也得真真假假。日军西进，一定会窥视恩施，必须做好一切准备。得知详情的牛牛为弟弟唱的这一曲大声喝彩。

现在，"十八坳"由开始的疑兵疑阵，变成了实兵实阵，其中，部队番号、武器装备、人员数量、联络方式，还真成为"军事禁地"里的最高机密。

1940年新第六战区长官司令部最初设在艾氏祠堂，在离艾氏祠堂不远的龙洞顶上，专为陈诚修建一栋房子居住，屋旁挖掘防空洞，命名为国府主席行馆。陈诚在这里经常召开军政高层会议。1943年6月29日至7月3日，蒋介石视察恩施，亦住在这里，那是后话。

梁因在湖北省立师范学院读书，她和大川是一个班的，她俩关系一直不错，父亲是她们的偶像，大川毕业后分配到行署秘书科，也是立春努力的结果。大川低调、乖巧，文才出众，深得父亲的喜欢重视。梁因毕业后分配到行署宣传科工作，除有些夸张外，还是极富中国女人味的，为了救自己的母亲，她以行署宣传科的名义去过"军事禁地"还未靠近，就被命令返回，看似简单的任务，她还真不能完成，她有些郁闷。

陈宏明受梁达生之托,这也是命运之托,他有理由和梁因开始密切接触,陈宏明也是一个文学功底不错的教师,也很有女人缘。为了母亲,梁因并没有拒绝和陈宏明的接触。陈宏明有难齿之言,他的妻子和儿子还在"76号"手里。他很快发现了梁因的优点,简单,虚荣心强,追求进步,爱写诗歌,多次交往,他们都是以诗为媒。

这一天,梁因收到了陈宏明为她写的一首诗:

> 慢慢地才知道
> 甜蜜的云会被风吹跑
> 山盟海誓的承诺
> 似雨似雾任飘缈
>
> 慢慢地才知道
> 笑对生活远离烦恼
> 相逢在恩施坝上
> 缘分才是最重要

还需要什么呢?梁因脸红了。那个年代,那么多年轻人,相聚恩施,他们谈理想,谈未来,谈爱情,从此梁因开始注意这位风流倜傥的国文老师。

陈宏明已是行走在钢丝上的人。陈宏明到了恩施,他无法和妻子联系了,两年了,他没去过上海,只是妻子老家的来信,里面有一张儿子的照片。多情、内心复杂的男子落泪了。梁因的出现,点燃了他对生活的渴求,毕竟他也是见过世面的。他俩不敢在学校,更不敢在行署办公地见面。他们去清江边,去树林里,他们有一条自己幽会的路线。每次见面陈宏明会给梁因带来新的书刊,会给她讲苏联的"十月革命",有一次还给梁因一本《共产党宣言》。

莫非他是共产党员?梁因有些激动。当时在恩施,找到共产党,加入共产党是青年人的追求。在那片树林里,他俩有了第一次亲吻。梁因让陈宏明介绍她加入中国共产党,还告诉他,只要搞清"军事禁地"真实情况,她母亲就会得救,她热爱"爱情"。几天后,陈宏明也收到了梁因的一首诗。

> 我是恩施的山野花
> 你是点亮我的那支蜡
> 任凭狂风暴雨
> 我愿用爱来回答

当她把这首诗交给陈宏明后,心里踏实,剩下的就是等待,她相信自己的选择,相信自己对陈宏明的真心。

为满足梁因的要求,陈宏明向他中统上级打听,当吴亮明确告诉陈宏明"军事禁地"的确住满部队,"十八坳"正在贯通,梁因如释重负,她母亲可以得救了。

然而,令梁因没想到的是一个年轻漂亮的女人桃芳也来找她了,地道的恩施话,也说是梁达生让来的。说还是不说,帮还是不帮,梁因没主意了,她找陈宏明商量,得到的答复是"帮,桃芳不就是找房子吗,我去找。"梁因掉进陷阱，而且越陷越深。其实佐佐木早已在半山坝给桃芳弄到一套住房，并整理好，那是一套外表很普通、内部很温馨的房子。他知道，桃芳需要这样的房子，不仅是为了休息，也是为了工作。

桂嫂有一把可以打开在半山坝屋子里的钥匙。她的指示，就在这间屋子的暗墙里，桃芳每周都会来取，每周的汇报也会放在暗墙内。

在离学校不远有两间破房子，是被日本飞机轰炸后留下的，经过简单修缮，陈宏明帮桃芳和松原安了家，家的后门，一片林地。

桃芳带来的通信设备就设在这屋子里。

陈宏明虽已告诉"军事禁地"的秘密，梁因还不放心，她曾组织宣传队，要求去"军事禁地"慰问，被拒绝了，她决心大着胆子去找专员，刚到门口，就被牛安挡住了，不许进。任凭梁因如何说，牛安就是不让进。急中生智，梁因猛地亲了牛安一口，吓得牛安直往后退，梁因推门而入。正低头工作的父亲一抬头，梁因莞尔一笑，递上一份文件："报告专员，这是最近宣传大纲，请您阅示。"

父亲看了她一眼，送报告也应是科长来呀，怎么是你？但还是客气地说："放这吧！"

梁因向前走几步来到办公桌前，近距离盯着看了父亲，父亲微笑看着她："还有事吗？"

"我想向您汇报一下思想。"

"今天恐怕不行，我正处理几个重要文件，改天吧。"父亲心明如镜。

"那好吧。"梁因退下,刚出门,给牛安做了一个鬼脸,吓得牛安又一哆嗦。

"报告!"牛安进父亲办公室。

"专员,我犯错误了。"牛安哆嗦。

父亲问:"犯什么错了?"

牛安说:"我不让她进,她非要进,还亲了我一口。我吓得后退了一步,她就推门进来了。"

父亲问:"你亲她没有?"

牛安说:"没,没,吓死我了。"

父亲说:"以后她再亲你,你也亲她。"

牛安说:"不敢不敢。"

父亲说:"照我说的办。如果她问你什么,你照我教你的回答,一切要自然。"

又过了几天,梁因又来找父亲,牛安告诉她"专员开会去了。"其实,梁因知道这会儿专员不在办公室。

梁因问:"'军事禁地'你去过吗?"

"去过呀。"

"那里面人多吗?"

"不是人多,是部队多,怎么,你没进去看看?"

"啊,随便问问。"梁因走了,她知道自己不可能进"军事禁地"。

梁因不是情报人员,但她却总在寻找什么。

梁因没有情报人员必备的素质,但她却总想找到些什么。

她不是特工,却总在做一个"特工"的事。

或许这也是一个人的本性和天命吧。

在恩施，日本情报机关派出的是最强阵容，情报专家，电讯专家。但这一次他们在恩施的情报战中还只能用惨淡经营来形容。

这天，牛牛告诉乔雁顺，军统恩施站增派了力量，原武汉行动处处长方树堂任站长。

得知情况的父亲回想起在武汉董老对自己讲的话：

"我们党的隐蔽战线工作主要任务不仅仅搞情报，更重要的是利用一切机会争取群众。"

中国共产党1921年成立起，长期处在不公开状态活动，1925年8月，主张联共的国民党左派领袖廖仲恺被右派刺杀，周恩来、陈延年领导的两广区委就此感到有必要建立侦察保卫组织。当时周恩来安排在黄埔军校任职的陈赓等人掌握一些武装保卫力量，并开始在国民党内建立内线，建立了中共最早的情侦工作。1927年蒋介石发动"四一二"政变前，虽然中共中央事先得到内线零星报告，却缺乏其核心层的决策情报，上海、广州等地的党组织都遭到突然袭击，大批干部和群众骨干因未转移而遭捕杀。

"四一二"事变1个月后，从上海脱险的周恩来到达当时的中共中央所在地武汉。他吸取教训，为保卫中央安全建立了"特务股"（后称特科），在各处建立内线，并组织了精干的武装保卫人员和秘密交通网。1927年7月15日，汪精卫在武汉发动反革命政变，宣布与共产党决裂，此前中共特科便得知动向，在汉口安排了十几处秘密隐蔽地点。会后国民党派人搜捕时，陈独秀及中共中央所有成员都已不知去向。8月7日，中共中央政治局又在汉口秘密召开著名的"八七会议"，国民党的警探也一无所知，随后特科又秘密租船将中央机关由武汉迁回上海，途中也未出意外。

父亲就是在武汉见过董老之后，才真正理解秘密工作的要义，那就是和现实斗争需要结合好。现在抗战第一，情报也第一。

而恩施的工作，除了情报战，当然更重要的是发动群众，让群众团结起来，为抗战出力。

与"军事禁地"的严密形成另外一种鲜明对照的，是恩施机场工地火热而沸腾的场景。

湖北省政府迁恩施及新第六战区司令部设恩施后，日机多次轰炸恩施，恩施成为与日机空战的前哨阵地。

恩施人民没有被吓倒，他们众志成城。

这里不得不说的是扩建恩施机场。这是一个多么大的工程啊！

1940年9月，第六战区司令长官部和湖北省政府联合下令扩建恩施飞机场，从其时起，先后动员民工共计10万余人。第一批近3万民工很快了进入机场工地。因为分工安排恩施行署为后勤保障职责，司令长官部称赞恩施行署动员有方，组织得力。

扩建机场，是要把恩施人民抗战到底的信心托起。是要把恩施人民的激情凝聚起来，把民族的尊严传递到每一个老百姓心中。

这天早上，雾漫山城，父亲叫上乔雁顺，随送柴油的卡车去机场，一路上雾障眼前，卡车开着大灯，一路摇晃，30分钟左右，隐隐的号子声越来越响，已经到了工地，工地一眼望不到头。虽然人多雾稀，可机场跑道长3—4里地，数万名民工东一簇、西一堆地在这里，密密麻麻，由于机场此次扩修面积庞大、地形复杂，全部采用人海战术，在机场的每一个角落都必须有人干活。这样，每天在机场干活的人数就必须保持在万人。专员一眼望去，一片一簇全都是忙碌的人群。

在硝烟的战争中，动员起来的恩施民众，是不可战胜的，他们认识了自己，他们用信念，醮着黄昏抒写黎明的风景。打硪夯基，在跑道的路基上并排展开，一个领班站在石碓上，挥动着彩色小旗，高亢地喊着号子——

  领："哟哟嗨！哟嗨呀一个哟嗬嗨！"
  众人："啊嗨哟一个哟嗬嗨哟，嗨嗨呀忽儿嗨！"
  领："同胞们呐，加把劲呀！"
  众人回应："加把劲呀！哟嗬嗨！"
  领："抬得高啊，放得稳喔！"
  众人："放得稳喔！哟嗬嗨嗨！"
  领："修好机场打日本呀！"
  众人："打日本呀！哟嗬嗨嗨！"
  领："各人（咱们）的飞机冲上天啊！"
  众人："冲上天啊！哟嗬嗨嗨！"
  领："抗战胜利救人民啊！"

众人："救人民啊！哟嗬嗨嗨！哟嗬嗨嗨！"

生命中的那些如火激情，历史会永远记得。

施工现场热火朝天。有的在空地搭有简易的芦席棚，民工们从四面八方的大山里来，带着口粮、铺盖等生活用具，以及斗笠、锄头、箢箕、扁担等生产工具，每天按照分工，从清早到天黑轮班，施工没日没夜地进行着，晚上点起瓦斯灯照常作业。青壮年民工们在山谷里、山坡上、河滩边，将鹅卵石装入筐里，用肩挑，或装入独轮小斗车，手推运到机场跑道工地；然后，再由妇女和儿童用锤子加工成大一点的"狗头石"和小一点的"羊齿石"。石料备好了，首先用锄锹铺平地面，然后先铺放"狗头石"，上面浇灌黏土或水泥，再往缝隙间铺入"羊齿石"，浇灌黏土或水泥；如此反复铺设，直到达到要求的厚度。跑道铺就之后，先用硪夯，再就用人力拉着大石碾，来回反复碾压。

这边，就是人力拉着大石碾在夯实跑道。

望着这人山人海的场面，父亲不得不把自己放进去，把自己的记忆和情感放进去，把对倭寇的恨放进去，父亲不可能无动于衷。父亲内心在突围，激起巨大的波澜。

"是的，中国人民只要团结起来，就一定会打败倭寇的。"

专员来到一个芦席棚前，和一个向姓老人寒暄，老人是铺石料的，刚歇脚，还在嘱咐身边的青年注意石料一定要铺匀，"这是我屋的娃（儿子），我们整个村子的人差不多都空了，留在村子里的，除了太老的、太小的，要不就是生病的，其余都来修机场了。这是打日本的事，啥子人要是不来，大伙都看不起的。"

专员紧紧抓着老人的手，眼睛湿润。

修建这批机场的费用，由美国援华经费负担，通过军事委员会下拨，其中招募民工和征用土地由地方负责，行署主管，恩施县负责征用土地、补偿等事宜，不得以任何理由拖延工期。

施工建设完全由恩施人民承担，从12个县乡先后抽调8多万名民工，加上患病和工伤，直接参与工事的人员先后有近10万人，各县乡设立民工委员会，负责招募民工；父亲知道，大多数民工是乔雁顺去安排的，不用说，是中共地下组织的工作起了作用，父亲也为党组织的动员能力而暗暗惊喜，共产党有民心支持啊！

恩施机场历时11个月扩建竣工。扩建后的机场长1450米，宽320米，征用土地385亩，施工中，遭敌机10多次轰炸，投弹200多枚，炸死炸伤民工10多人。有的民工因劳累过度至死，有的民工因挖岩塌方压死，有的因躲不急被大石碾撞死。这就是恩施人民的伟大奉献精神。

机场在附近后山湾一带开挖10多个停机洞壕，以防日机空袭。扩建后的恩施飞机场可降落美制歼击机与"野马式"轰炸机，起降高峰时，一天达多100多架次。

机场快竣工了，行署电告重庆，拨一笔现款给民工发工钱，父亲特别交代，这次要尽量弄一部分银圆，老百姓看重光洋，这些事，乔雁顺会办理得妥妥当当的。

当行署的警备队员抬着大箩筐到机场，向排队的民工递上五块八块不等的响当当的银圆时，这些辛苦了几个月甚至一年两年的民工们，几乎都没有话说，就是那些受伤的人，接过给他的钱，也只是点点头，然后站到一边，让后面的人好上前些。

可是到了晚上，机场的动静大了起来，一堆堆火，一群群人，不时的传出吼闹声，民工们喝起了恩施特有的"摔碗酒"，唱起了打夯的号子，来庆祝这百感交集的夜晚。

"把家伙什都摔起，机场修好了，也不回老家了，直接当兵去，狠狠揍日本个狗日的！"

"这回国民政府真的冇得话说，响当当的光洋，一年没有白辛苦，来的时候还没有想到能够给几多钱。"

"早听说有个厚道徐专员，硬是不虚传喔。"

"摔碗酒"在恩施相传过千年，一口气喝下碗中酒，并将酒碗重重地摔碎，豪气冲天，眼看夜越来越深，可机场上民工的情绪却越来越浓，大家一群一堆端着酒碗从不同的地方汇集到中间那个大火堆来，又有人把旧箩筐、断木头往火堆中扔，火苗轰地冲出老高……

一个高高的声音唱起，这是恩施有名的花鼓戏：

摔碗一上手，山都抖三抖——

所有的人都跟着和起：

喝了摔碗酒，家里啥都有……
摔碗整一地、桃园三结义……

喝了摔碗酒，飞机天上吼……

> 摔碗摔一地、抗战要胜利……
> 抗战要胜利！抗战要胜利！摔啰……

所有的人同时把手中的酒碗重重地摔到了地上，陶碗落地的声音清脆有力，响彻了全场，人们把对修建机场的辛苦、把对家人的思念、把对日本侵略者的仇恨和怒火都融入酒碗中，久久回响。

不远处，父亲静静地看着机场这边，夜更深了。

扩建机场，给恩施人民留下集体的记忆。

当时，人们都知道血肉筑成滇缅公路，其实，恩施机场同样是抗战军民血肉筑成的丰碑！

在此期间，发生了震惊中外的皖南事变。

1940年10月19日，蒋介石指使何应钦、白崇禧以国民党政府军事委员会正、副参谋总长名义致电八路军朱德、彭德怀和新四军叶挺、项英，强令将在黄河以南的八路军、新四军于1个月内开赴黄河以北。11月9日，朱德、彭德怀、叶挺、项英复电何应钦、白崇禧，据理驳斥了国民党的无理要求，但为顾全大局，仍答应将皖南新四军部队开赴长江以北。而蒋介石对此不予理睬，仍按原定计划密令第三战区顾祝同、上官云相将江南新四军立即"解决"。

1941年1月4日，皖南新四军军部直属部队等9千余人，在叶挺、项英率领下开始北移。1月6日，当部队到达皖南泾县茂林地区时，遭到国民党7个师约8万人的突然袭击。新四军英勇抗击，激战 7 昼夜，终因众寡悬殊，弹尽粮绝，除傅秋涛率 2000 余人分散突围外，少数被俘，大部壮烈牺牲。军长叶挺被俘，副军长项英、参谋长周子昆突围后遇难，政治部主任袁国平牺牲。

这就是国民党第二次"反共"高潮的高峰。

皖南事变发生后，中共中央揭露国民党蓄谋已久要消灭新四军的阴谋。周恩来《新华日报》上愤然写下了"千古奇冤，江南一叶；同室操戈，相煎何急？"的题词。

事变后，新四军军长叶挺下山谈判时被扣押，后来被转移到重庆关押，蒋介石亲自出马劝降无效。陈诚也从恩施赶回重庆劝叶挺。

叶挺和陈诚是好友，叶挺出任军长，周恩来和陈诚都是重要举荐人。叶挺和陈诚是保定军校的校友，叶挺长陈诚两岁，也比陈诚早两年入保定军校，在保定军校期间对陈诚多有关照。北伐战争中，叶挺先后担任第四军独立团团长、第二十五师副师长和第二十四师师长；陈诚也有相似的经历，先后担任第六十三团团长、第二十一师副师长和第二十一师师长。抗日战争爆发后，他们的地位已发生了较大的变化，叶挺被任命为国民革命军新编第四军军长，陈诚则是统领 4 个军又 7 个师的武汉卫戍总司令，然后担任第六战区长官兼湖北省政府主席。

叶挺被俘后被安置在重庆林森路望龙门第二十二号军统特务团团长的一幢小洋楼里。陈诚对叶挺军长十分敬重，第一件事就是向蒋介石请求不要杀害叶挺，在蒋介石面前表示一定做通叶挺的"思想工作"。但和叶挺第一次见面时陈诚碰了钉子。不久，陈诚第二次看叶挺，说不愿担任实职，挂个"高参"的名分，到他的第六战区长期休养，叶挺请陈诚尊重他的人格和政治选择，不要逼他去做他不愿意做的事情，还请陈诚帮助释放新四军被俘人员，两人仍然没有谈拢。

陈诚报请蒋介石批准，希望将叶挺转移至恩施休养，得到蒋的认可；陈将这个决定告诉叶挺，态度诚恳，叶听了很高兴。陈诚回恩施亲自向专员交代对叶将军的生活安排，又嘱咐除了生活问题一切不要过问，父亲当然坚决执行。

但皖南事变对父亲的内心形成巨大而深刻的冲击！此前，中共中央得到的情报，有一部分就是从恩施发出的，因为"十八垴"频繁调动的部队和几乎没有对日作战计划形成明显的异常，包括关系到新四军选择"南下茂林"而可能遭到国民党部队"围剿"的情报都为延安掌握。1940年4月3日，中共中央致电项英，询问新四军皖南部队应付突然事变的准备情况："军部及皖南部队被某方袭击时，是否有冲出包围避免重大损失的办法？其办法以向南打游击为有利，还是以向东会合陈毅为有利？渡江向北是否已绝对不可能？"

其实，中共中央早已确定了新四军向东、向北发展的指导思想。但由于项英长期从事游击战争，害怕东进、北上深入敌后无山地依托，难以生存发展，一直下不了移动决心。直到1940年12月，形势已万分紧急，毛泽东也再三催促，可项英仍顾虑重重，对北移不置可否。最终酿成无法挽回的重大牺牲。

让父亲激愤的是蒋介石对新四军的极端手段和新四军官兵的英勇牺牲！让父亲激动的是叶挺军长的坚贞不屈和凛然

大义！更让父亲激奋的是，中共中央军委通电全国，发布重新建立新四军军部的命令——

"兹特任命陈毅为国民革命军新编第四军代理军长，张云逸为副军长，刘少奇为政治委员，赖传珠为参谋长，邓子恢为政治部主任。"

从此，中共组建起不可战胜的新四军。

新四军全军最后共编为7个师，9.6万余人，并重新划定活动区域。损失9000人，整编90000人。新四军军部重建后，新四军完全脱离了蒋介石的控制，部队迅速发展壮大，到抗日战争结束时已达到了30多万人。奠定了共产党在华中的基础。铁的新四军真正建成中国共产党的军队。

父亲在随后的几年中，始终关注着所有与新四军关联的消息和情报，在他心底，早已经成为新四军的一员。

抗日战争时期，中国共产党处理民族矛盾和阶级矛盾的原则是：阶级矛盾服从于民族矛盾。因此，皖南事变后，中国共产党为了巩固统一战线，争取更多的人参加抗日，采取的方针和原则有：又联合又斗争，发展进步势力，争取中间势力，孤立顽固势力的策略总方针，以及同顽固派的斗争，坚持有理、有利、有节的策略原则。

1942年12月，叶挺将军由重庆转移到恩施，被软禁在城东门"民享社招待所"，陈诚礼遇备至；二三个月后，陈诚为了表示对叶挺的"宽松"和"自由"，且又易于看守，便选中后山湾一栋民房，将叶挺迁移过去。1943年8月蒋介石将叶挺转押广西桂林，次年1月又押至恩施，仍囚居于这栋民房，直到1945年8月抗战胜利后被押至重庆。在叶挺将军囚居恩施 2 年间，其夫人李秀文，子女叶正明、叶华明、叶扬眉先后到此同住，经陈诚特许，其子女都得以在恩施上学读书。在囚禁恩施期间，叶挺将军通过开荒种地，饲养家畜，培植茶园，改善自己的生活，并经常接济附近的穷苦百姓。当人们获知他就是战功显赫的新四军叶挺军长，都深感惊愕，更加钦佩敬重他了，而且都喜欢和他聊天，交心谈心，听他讲抗日道理。

父亲当然关心着叶将军生活的所有细节，一方面他要执行陈诚的"安排"，同时他和这位特殊的"同志"是心心相连的，只是叶将军并不知道他，他们也始终无缘见上一面。

直到 1945 年，毛泽东、周恩来等在重庆与国民党谈判，明确提出了释放包括叶挺在内的"政治犯"，而国民党却迟迟不履行。最后，中共中央提出以俘获的国民党第十一战区司令长官马法五交换叶挺的要求，蒋介石迫不得已接受了这个条件，答应释放叶挺。1946 年 4 月 8 日下午，叶挺和夫人乘一架美国运输机，自重庆飞回延安，途中飞机失事，不幸罹难，是年叶挺 50 岁。

这天牛牛告诉昌之，日军进攻恩施的脚步在加紧，恩施的情报战将异常复杂，但她从昌之平和的口气中感受到的是一份静谧。昌之告诉她，战争来了，和平也就快到了。目前，各路"神仙"齐聚恩施，情况之复杂超越想象。他愿提供所掌握的一切，确保恩施情报战取得胜利，还望牛牛请示戴笠后，能坐镇恩施。父亲信任牛牛，无论从情感的角度，还是战时的需要，只有牛牛能协调这里的一切。

王铨到任鄂西北书记后，中共恩施党组织发展得很快，覃大川被培养发展成为中国共产党员，那一天，当大川面对党旗，举起右手，紧紧握拳，向党宣誓，抑制不住的热泪流下来，是中国共产党党员了，人生有了更明确的追求。她想对专员说，纪律又是不允许的。

有一天，覃立春找到覃大川，"你最近怎么啦？思想不集中，眼里老走神。"

"老师，我最近做梦，老是梦见专员，眼睛一闭，脑海里出现的还是专员。"

覃立春是过来人，瞪大眼睛问："你恋上专员啦？"

覃大川说："不会是吧，我是他的仰慕者。"

覃立春说："我可提醒你，不许你恋他。"

覃大川说："老师，我知道的。"

情感这事，不是由你想不想，动不动心的事。覃大川失眠了，开始消瘦了。

覃大川单纯，她说："老师，我觉得自己每夜都慢慢地靠近了一个灵魂。"

喜欢一个人，眼睛是藏不住的。覃立春当然明白覃大川的意思，单从"情"来说，覃大川没错，专员儒雅，又那么勤奋，在他领导下这两年多，恩施的变化多大呀！不仅治安好转，经济也好转，物资、人才源源输送到前方，已成为抗日最可靠的后方基地。

覃立春毕竟是我母亲的同学，她要对得起我母亲。在劝覃大川更加理智的同时，婉转告诉了父亲，由他定夺处理。

怎样才能不伤害覃大川，是父亲知道消息后考虑最多的。

在一次下乡的路上，父亲对覃大川说："想继续学习吗？"

覃大川毫不犹豫地说："当然想呀。"

父亲说："去延安吧，那里是青年人的向往。"

覃大川说："延安？"

父亲说："是，去延安，学习深造。"

覃大川明白，是父亲知道她的"暗恋"后，权衡再三的决定。"暗恋"也是恋，理智的覃大川更敬爱这个男人，延安是中国革命的圣地，也是覃大川心中的圣地。这一天，大川悄悄告诉父亲，她已是中国共产党党员，父亲点点头："青年人应该有抱负、有理想。不过，这事你跟我讲了就讲了，再不要对不是你们组织的人讲，我听说共产党的纪律是非常严格的。"

行前，傍晚。大川带着酒菜，来到父亲的屋子。

破例，要知道，父亲和大川还从未单独在一起喝酒。

"喝点酒吧！"大川说。

父亲点点头。

两杯下肚，大川脸上泛起了红晕。

已有醉意的大川烧了一壶开水。

"喝点乡村硒梦茶？"

父亲点点头。

"能拥抱你一下吗？"大川对父亲说。

父亲望着大川。

大川紧紧拥抱父亲，两人间一点空隙都没有。大川流出了泪水。

许久，大川依然没有松手，她在父亲耳边说："要不，今晚我就留在这儿，不走了！"

父亲感动，时间在凝固。

"你的劲真大，让我呼吸都停止了。"

父亲缓缓地说："去延安吧，那里是你的向往，明天一早，我送你。"

大川慢慢松开手，仰天长叹，把双手放在父亲的肩上，深情地望着父亲，在父亲脸上留下一个深深的吻，"多保重！"

大川含泪，扭头，离开了父亲房间。

父亲望着大川的背影，敞开的大门，呼闪！呼闪！

恩施的早晨依旧静悄悄，当人们还在黎明的晨曦中时，覃大川轻轻推开屋门，轻手轻脚，她怕吵醒小川，给她留下一封信，长长的信。公鸡啼鸣，太阳缓缓从山林中升起，晨曦驱散夜空，奔流的清江水袒露着。已到江边的覃大川回头看了一眼恩施城，她先坐小船走水路，再转陆路离开恩施。在这里，她错过了最好的自己，遇见最爱的人，也只能是一声叹息而已，"暗恋"是她的初恋，怦然心动。

上船，乔雁顺已把一切都安排好。

去重庆，再转去延安。已站在船舱里的覃大川那么依依不舍。

再次向恩施城望去，突然，她看到父亲就站在江边，身披风衣，向她挥手，那么期待。

覃大川眼噙泪花，她相信，会有奇迹出现的那一天。

覃小川大声呼喊着："姐、姐……"手里挥动着大川留下的那封信。大川的果敢，感动了小川。

岁月啊！真的是一条河。

当兵一年后，我就要赴前线了，临行前向父亲辞别。刚进办公室，覃小川也在，父亲开会还未回，我俩聊上了。

"中学毕业了？"

"是。"

"继续上师范学院吗？"

"不，我要去延安，去找我姐。"

我把刚喝的一口开水咽下肚，"开什么玩笑？"

小川说："我是认真的，去延安，去找我姐，一会儿专员来了，你一定要帮我。"

我说："你才多大？继续读书吧。"

小川固执地说："你不也是十六岁当兵的吗？我今年也十六岁了。我姐同意我去延安，再说，我父母都被日本鬼子杀害了，这仇，要报。"

父亲回来了，"你们俩谈什么呢？这么热闹。"

小川把想法告诉了父亲，没想到父亲不仅同意还承诺帮助安排。哪晓得临走的头天晚上，小川突然肚子疼得浑身冒汗，等乔雁顺找来军医一检查，阑尾炎，要马上手术。

小川阑尾炎好了，延安没有去成，却喜欢上了医生的职业，后来省立医学院到恩施办学，她毫不犹豫地就报考了医学院，又多次上战场去救护伤员，那是后话。

人生在世不过百年，覃大川为自己，也为未来，选择了转身天涯的潇洒。

历史往往会在重要的关头表现出一种独特的味道。在恩施，父亲是青年女学生的偶像，但他是专员，肩负保卫恩施的重大历史使命，他工作勤奋，并能很好地控制自己的感情，将秘密藏在心底。这一点还真要感谢覃大川，正是她的果敢，让父亲看到了青年人的未来。

如果不是战争，恩施还真是个适宜居住的地方。

美丽富饶的恩施，土壤里含有一种叫"硒"的矿物质，对人体健康，有丰富营养价值，当地的农产品、茶叶、药材里面都有。百合是个非常有头脑的人，得知这一消息，就想到恩施去，她想了解以前没听说过的"硒"矿。

百合离开武汉，一路走走停停，两周后才到达到恩施。战争给百合造成的阴影和打击是巨大的，她也是在战争中寻找自己生命中的存在。她大包小包带的全是吃的，燕麦、橙子、面包，清水给她派了一名助手，负责旅途的安全和生活保障，每到一个可以住宿的地方，助手都会烧一壶开水，百合会冲上一杯牛奶、咖啡，配上几片面包。她不想太委屈自己，除了生活上照顾好自己，再就是找点想做的事，高兴的事。

武汉的"泰和药厂"快投产了，她要到恩施看看什么是硒矿，只是听说这种元素，可以延缓衰老。如果她们生产的几种药能加上点硒矿，不是有更好疗效吗？

当然，她要来看昌之，她放不下亲情，她想弟弟了。

被人想总是件幸福的事，心中有惦记的人也是件快乐的事，当百合见到穿中山装的昌之，她说："弟弟，你总是那么帅。"

昌之说:"我帅吗？可你弟妹就从不夸我。"

百合说:"我是你姐呀,姐当然要夸弟呀,我听清水讲,恩施有神仙,日军打不进来。"

昌之哈哈大笑:"恩施岂止有神仙,还是铜墙铁壁。"

战争给百合孤独,百合并不理会战争给她的孤独,来恩施前,她还专门去了一趟老屋,去看奶奶,去看我母亲。

战乱中的老屋还有一点点安宁。

到了老屋,百合见到奶奶,奶奶额头上已有几道皱纹,像是被地心引力拽下来一样。她说:"母亲,我好想您。"

奶奶说:"我也想你啊！真希望这是侵略者在中国国土上最后一次战争,让我这个老人在家乡过清静的日子。"

百合说:"是啊,这样我可以无忧无虑陪您。"

百合接着说:"母亲,我正想告诉你,我要去恩施,去看昌之,许久不见还真想他。"

当思念无法控制时,忧郁也会滋生。奶奶只要见到百合,都会勾起对爷爷的怀念,不仅因为百合长得像爷爷,真真切切的亲热,让奶奶回到年轻时漫长的等待。

奶奶说:"这是我做的'雪源古树红印茶',你喝着,我让静娴给之儿写封信,帮我带去老屋的全部思念。"

"嗯！"百合应了一声。

奶奶吩咐翠儿,让账房先生也写一封老屋给之儿的信。

带着母亲的嘱托,百合又一次离开老屋。

恩施给百合留下无限遐想,大自然厚爱这里,不仅是天然的药库,还有神奇的硒矿,亚热带季风性山地湿润的气候，营造出一座天然氧吧。

恩施。百合来了，这里有她弟弟，联结着她儿时的记忆。清水给百合派了一名助手，助手是中国人，清水特别交代，到恩施后，任何日本人找她，都不要理睬，做自己想做的事。其实，百合早已学会怎么处理自己的心情，善良、平淡地把自己的日子过好，当她将老屋的问候，还有自己的思念交给父亲时，才惊喜地发现，父亲的湿润，已化解了一切。父亲虽然很忙，但他还是尽量安排好百合的每一天，百合每一次外出回来，都会把她的见闻讲给父亲听，父亲每一次都认真听她讲，心灵的对话，他俩很享受这样的交流。百合很机敏，每次和父亲交流都是单独见面，带来的助手只能在屋外等着。

哭嫁歌是土家姑娘出嫁时所唱，主要抒发离别父母，离别亲人的依恋之情，百合去参加了一次哭嫁，哭嫁达到高潮，女方要选十名姑娘一起哭，百合被选中了。那天，姑娘们唱的如泣如诉，动人心弦，嗓子嘶哑，两眼红肿，百合被感动了，她流泪了，她是真心的。她想到自己出嫁的那一天，欲哭却无泪啊！

"哭嫁"不仅是土家族婚礼中必不可少的礼仪与程序，也成为当地"喜事哭办"的独特遗风。

土家妹子以歌见美，以歌为媒。"歌儿唱得好，凉水点燃灯""一不是爱你人才好，二不是爱你家富豪，爱你会唱歌打锣鼓"。只有到了很晚时，寨子才会安静下来，跳舞的已都回去了，然而歌声没有 停下来。那时候，只要是寨子，周围都长着好多好多的树，林子里还有许多洁净美丽的石头,有情有意的青年男女便来到密林深处,选个石凳凳双双坐下。不久,林子里便飘出一串串迷人的山歌……

>　　高山顶上呃一丘田
>　　郎半边来姐半边
>　　郎的半边种甘草
>　　姐的半边种黄瓜
>　　牵根丝丝儿缠倒他

　　坠入爱河的青年男女总有对不完的歌,从《望郎歌》《一根竹子巅搭巅》《一对八哥朝南飞》到《十爱》《十想》《十二时》……以歌为媒,私定终生,并互送定情物,男送女的有木梳、绣花针之类,女送男的或一双青布鞋,或一双绣花袜底,或一只刺了绣的荷包。真是月上柳上头,别时两依依。

　　苗族最喜欢的是鼓舞,其丰富性超出人们的想象,一般是指"木鼓舞",有5个自然章节,它的依次名为:"略歌陶,歌陶大、略渣厦、渣厦露、好蒂福",均为苗语音。"略歌陶"即奔跑远征意思,是舞蹈的引子,它追忆性地描绘昼夜兼行、跋山涉水,千里迢迢来到这片森林的祖先,舞蹈的跳跃动作,脚尖不断触地;"歌陶大"即寻找眺望的意思,一路征程千辛万苦,边走边看,寻找一席栖身之地,确定之后,便在这片吉祥如意之地开始了新的生活;"略渣厦"为播种;"渣厦露"可统称为播种耕耘;"好蒂福"即庆丰收的意思,是舞蹈的尾声和高潮。大家举杯恭贺,环绕木鼓起舞,一边舞，一边饮酒，舞乘酒兴，酒添舞感。飞歌、酒歌和着欢声笑语与"笃笃"的木鼓声交织在一起，越跳越起劲，篝火映红了沉浸在狂欢中的乡亲。

苗族鼓舞，让百合找到人的本性，走进生活，她感到人生愉悦。

百合把自己融进恩施，融入恩施文化，享受恩施文化带来的自信。随着多元文化、移民文化涌进恩施，相互碰撞，为恩施文化提供了肥沃的土壤，使恩施的文化更有特色、更丰富起来。

百合到恩施，池田早已通知桃芳，要求他们密切关注百合的行踪。

百合参加哭嫁那天，桃芳在现场，百合参加苗族鼓舞，她也在鼓掌，她羡慕百合的美丽与青春。

桃芳让佐佐木找到百合，说他是池田的朋友，到恩施来办点事，希望百合能提供些帮助。

百合说："我是工程技术人员，不关心你们做的事。"她拒绝了和日本特务的往来。

事后，她给父亲讲了这件事，并提示父亲，恩施已有日本特务在活动了。

父亲赞扬百合，"成熟了，我俩不能因'照片'再次被动。"

父亲知道，日本特务的行踪，已被"影子"和军统恩施站掌握，他们的一举一动都逃脱不出被监视的眼睛，只是还不到收网的时候。

百合对昌之说："神仙住的地方，就是不一样。"随后，她关切地问:"南方不是在恩施当兵吗?"

父亲说:"是的,他已完成新兵训练,去了正规军,我安排他去11师,师长是我学弟。"

百合说:"你因我受连累,吃了苦头,对不起,那时我太幼稚了。"

昌之说:"不怪你,千万别把那事放在心里。"

"来恩施前,去找过清水,准备要张通行证,结果,"百合神秘地说,"弟弟,你猜,我在那儿遇到谁了?"

父亲:"谁?"

百合:"我哥最好的朋友田中君。"

其实,田中君在宜昌会战前已到武汉,只是那时没人认识他,百合不经意的一句话,让父亲警惕。

父亲心里一惊,但仍语气平静:"他到武汉了?"

百合:"是呀,他还说一雄哥已到中国战场了,问我见到没有。"

父亲:"姐,一雄哥很安全。"其实,父亲想告诉她,一雄哥参加了反战同盟,在豫鄂挺进纵队医院工作。

父亲知道田中君,他是狡诈、毫无人性的日本情报专家,他来到武汉,只能证明即将开始的战役将是极其残酷的,父亲感到事态严重。父亲有一支特制的笔、墨水,是专为紧急情报所用。特制笔写出的字,只有在烛火慢烘后,才会显现信中的内容。父亲从小练书法,写得一手好字,平时,只用行书,但父亲的正楷写得非常好,那是专门给中共情报所用,隶书写得也很好,那是写给牛牛的。

行署办公厅有一排文件柜,乔雁顺和各处室都有单独的文件格，和武汉会战时的文件格一样。父亲用特制笔、用正楷写好情报，用信封封好，"104号专柜"是乔雁顺的文件专用柜。"104号专柜"是父亲和乔雁顺之间心照不宣的秘密。

父亲享受着隐蔽战线给人生带来的快乐，享受到了中共秘密党员在情报战过程中的光荣。毕竟只有为数不多的人能成为中共秘密党员。这是党的信任，民族的重托。

百合要离开恩施了。她带了硒矿样品，回武汉去化验。如果真的可行，她要在恩施种药材、种茶、种蔬菜、种水果、种花……"乡村硒梦"，这是她给恩施的药材及农产品想好的标志。

百合要回武汉了，临行前的那天晚上，姐弟俩谈了很久。儿时的记忆，是他俩挥之不去的话题。

夜已深，父亲交给百合一封信，"带给母亲吧，这是儿子对母亲的问候！"

父亲从来都是一个人守着自己的内心，从来都没唤醒寂寞深处的自己。他用正楷字体，在一张白纸上，用特制的墨水，记录对组织的无限忠诚。

百合双手接过信，这一刻她似乎看到父亲眼中的泪水，看到儿子对母亲的思念，"弟弟，我一定把信亲手交给母亲，我懂中国文化，儿子对母亲的思念，是儿子悄悄对母亲述说的秘密，别人是不能知道的。"

父亲把百合送到车站，那时汽车极少，百合坐汽车算是"特权"了，她先到巴东，再乘船顺江而下回汉口。

百合说："弟弟，我们何时再见面？"

父亲说："姐，我想会很快的。"

百合说:"有你这个弟弟真好,儒雅帅气。"

父亲说:"有你这个姐姐真好,美丽漂亮,让人妒忌。"

百合说:"你怎么是我亲弟弟呢?否则我嫁给你。"

父亲说:"嫁给我,你后悔一辈子……"

姐弟俩笑了。

父亲又说:"常回老屋,我们的母亲在那儿呢!"

血脉相连,无论在哪,永远根连着根。

在抗日战争中,日本情报人员的敬业精神一次又一次为侵华战争赢得了先机和主动,而在恩施,日本情报机关却彻底输掉了情报战。

半山坝杂货铺子的坝子下,也有一家日用百货小门店。哑女也光顾这里,因为这是军统的联络点,牛牛会派白蛇在此见面或交换情报。白蛇和哑女是特训班同学,都是牛牛亲手培养的学生。牛牛是情报战天才,此前,从复兴社到军统,她虽一直在做情报搜集整理工作,恰是这份工作,让用心去做事的牛牛收获了经验和底气,一旦进入特派员角色,她就能胜任,她用智慧赢得了情报战。

军统恩施站,设在"军事禁地"不远的坝子上,牛牛就住在这里,高级将领的行动是她监控的重点。她理解这些长年累月在外作战男人们的心理,但眼前是非常时期,她迫不得已要求上峰规定,军人不允许离开军营,军官不得找恩施女人过夜,否则军法处置。她希望军人特别是将领们能理解这一举措。

乔雁顺中共党员的身份,牛牛早已知道,但恩施中共县委书记苏大维，代号"影子"的鄂西北书记王铨就不知道她是否清楚。然而，国共两党在恩施情报战中的配合是默契的，民族利益第一。

恩施生活是寂寞的，松原常去恩施药房附近的酒馆喝酒，虽没有日本的清酒，但当地的苞谷酒度数高更刺激。

每晚八点、十点，桃芳和松原都会准时收听呼叫，这是池田规定的时间，松原的任务是接听记录，桃芳有广播密码本，她和池田间的默契是广播密码本每月变化的规律。

松原向桃芳请求，每周二、四、六，让他晚上能外出单独活动，桃芳同意松原的请求，自己也拥有每周一、三、五、七单独外出的时间。在坝上，桃芳也能在佐佐木为她准备的房子里做更多的事。

给桃芳自由，让她钓到大鱼，那些和他一起蛰伏在恩施的男人们是真心，也是无奈。

那天下午，松原出门了，桃芳跟着他，见他去了酒馆，她知道，不到半夜，松原是不会回来的。她下意识地向师范学院走去，遇到了正要出门的陈宏明，她上前主动打招呼，低语说了几句话，陈宏明跟她走了，而这一切正被梁因看见，因为他俩约好去老地方幽会。

梁因跟踪到桃芳的屋子，门已反扣，里面传出的却是日语。"他会日语。"正准备敲门的梁因被一只手拦住，那人领着梁因来到屋后，从墙上取下一块砖，通过缝隙，梁因只看了一眼，她崩溃，陈宏明和桃芳正在亲吻。梁因夺眶而出的泪水流于面颊，嘴角咬出鲜血。她捂面，奋力向江边跑去。

"伪装者，混蛋，骗子……"梁因号啕大哭。曾经拥抱又亲吻的男人，竟和桃芳也在亲吻，这段时间，陈宏明利用她在行署宣传科工作的便利，窃取情报，说是做出成绩可以得到提拔，她甘心情愿为他付出，原来情报都是给了这个日本狗特务。当初，为他们找房子、修房子，也是为了这个日本特务。

梁因瘫坐在地上，突然觉得自己好傻，怎么和陈宏明这样的骗子混在一起，苟且做了那些昧良心的事，她做了太多的无法原谅的事。人活着的意义是什么呢？她想到了死。这是一个何等凄凉的结局啊！此时伴随她的是泪水，苦涩，痛心，各种滋味杂陈。

挣扎中一句中国古话跳进脑海，"盖棺论定"。如果她现在死去，离开这个世界，留下的恐怕是永远也说不清而被世人唾弃。这个念头一起，冲击了她的记忆，唤醒了她的觉醒，想到这儿，梁因突然安静了。内心的火焰还没有熄灭，连杀死陈宏明的念头也有了，她虽是小人物，但还是可以做一件可以对得起自己、对得起民族的事。

她差不多哭干了眼泪，只希望再流出的泪水，温暖多一点。

找专员，说出真情。此刻她才真正感觉到，专员才是她唯一可以依赖，可以述说的人。

女人的感情受到伤害，那可是天崩地裂的事情，梁因见到专员那一刻，失声痛哭，她从伤害中觉醒，把她知道的一切告诉专员，她没有请求专员原谅，只是想说出真相。

听了梁因的讲述，父亲表现出惊讶，但他知道她说的这些事早已被"影子"所掌握。从陈宏明频繁和梁因来往时，中共已派李越越去上海了解情况，陈宏明的妻子表面被控制，其实早已和日本特高课特务混在一起了。

时机已到，李越越把陈宏明的妻子和日本特高课松本的合影交给他时，他崩溃了。"这是为什么？"当汉奸，做走狗，得到的却是这样的下场。近段时间，他欺骗了梁因，向桃芳提供情报，博得信任和欢心。报应啊！

李越越还告诉陈宏明，松本和他妻子同居时，已将他的儿子送回娘家乡下，我们通过当地党组织已找到他儿子，并已转移到陈宏明的老家。

惊喜、悔恨、感激、羞愧，陈宏明恨不得一头钻进地里。自己以为聪明，作茧自缚，如桎梏一样套牢了自己脖子。

父亲对梁因说："擦干眼泪，做一个有良知的中国人。明天，副秘书长乔雁顺会去找你，你们好好聊聊。"

梁因点头，内心仍在流血。

父亲告诉乔雁顺，"梁因最近心情不好，抓紧找她谈谈。"

乔雁顺明白父亲的意见，以行署副秘书长身份和梁因谈话。

乔雁顺说："我们对你的养父梁达生及你在恩施的情况完全掌握，你和陈宏明的关系，已构成间谍罪。但，国民政府还想给你一个机会，将功补过，你可以继续为陈宏明提供情报，情报由我们设计而让你'艰难'的取得。"

梁因点头，答应了乔雁顺的要求。她知道，悔过自新，是她目前唯一的出路。

乔雁顺说："你和陈宏明的戏还要演下去，不要引起怀疑。另外，李越越会以你闺密的身份经常和你在一起，让敌人更加相信情报来源。"

有一种觉醒，是良知的觉醒，梁因就是。

面对新的情况，父亲异常冷静，他和牛牛商量，分析，于是一个大胆的行动开始了。

牛牛知道恩施女人酒量大，她让方树堂找几个有些姿色，酒量大的女人去松原、佐佐木、池田三郎喝酒的地方闹酒。牛牛知道松原有叫艺妓消磨长夜的习惯，在日本，男人高似天，女人低似地。在恩施，没有艺妓，但松原酒后，也带女人回家，这一日，当松原喝酒后，带恩施女人回家时，桃芳泰然自若坐在门外，不远处陈宏明就站在那儿，桃芳带陈宏明去佐佐木为她找的房间。在这间房里，也来过男人，可没有一个高级将领来到这里。她半夜回来，松原死睡仍未醒。恩施女人已完成对房子里的搜查任务，连电台存放的地方也找到了。桃芳进屋，靠在床边迷糊的恩施女人迅速离开。第二天清晨，松原醒了，桃芳已煮好奶茶，"你以后别这么喝了，大战在即，会误事的。"

松原说："明白，昨晚失礼了，请多多原谅。"

桃芳心在颤抖。

绝望。

梁因在迷茫中孤行，在李越越帮助下她终于明白，已做了太多对不起民族的事，回到民族这边来，和陈宏明开始假戏真演。

人生，不是苟活。

热恋的过去已经渐渐从指缝间溜走、撒落一如星云……她在黑暗中踽踽独行，心已死，抓住的只是千疮百孔、支离破碎的曾经。

激战野三关

恩施，从此没有了平静。

春风伴着细雨，倒春寒。

大战在即，陈诚给父亲交代了一件非常重要的事，就是办干部训练团，以前陈诚曾任中央军官训练团教育长，父亲曾经在庐山为他全权负责训练团事务，现在是旧业重启。为了长期抗战，巩固大后方，要在湖北实施计划经济、计划教育，需要培训大批党政骨干。

很快，在恩施老城南门原十三中学旧址上，创办起湖北省干部训练团，分批轮训各县、区、乡、党、政、军干部。高中及大专师范院校学生，在暑假亦参加军事训练。军训期间，每逢周一，陈诚在专员的陪同下，必亲临主持"总理纪念周"。由陈诚领读总理遗嘱后，开始"训话"。陈诚训话不看讲稿，有条不紊，口音清晰，自始至终以立正姿势，一个多小时毫无倦容，给学员留下了深刻印象。

干部训练团先后轮训1000多名学员，分批派到前线和各地方政府。陈诚十分高兴，据说重庆方面都知道了，在恩施办的训练团培训了干才，通令各地效法。只有一点他们不知道，从招募第一批学员开始，父亲就让乔雁顺负责，通过中共地方组织，推荐了不少共产党员青年团员来参加训练团，实际上也为中共培训了数百名干部。他们日后走向全国各地，有的还在中华人民共和国成立后，做了恩施地方的重要领导，令他们也万万想不到的是，那位对他们细心耐烦的"厚道专员"，竟是他们组织的一位"资深"的老同志。

其间，新第六战区长官部研究室还借干部训练团的名义，在恩施天桥赵家坝举办了三期情报人员训练班。

父亲替牛安向军委政治部二厅作了请假说明，安排他和二厅几名青年军官一起，参加第一期情报人员培训班。其中，一名叫曾诚的同学，成为他要好的朋友。

这个世界聪明的人太多，肯下笨功夫的人太少。牛安从情训班毕业后仍回二厅上班，凭着憨厚、低调、踏实、谦和、很快当上科员、副科长。牛安文化不算高，但记忆力超群，最重要的是他懂得感恩，只对父亲一人负责。

其实这三期"情训班"学员就是培养"情报人员"，为日趋紧张的战争而准备的魔鬼人才，通过特殊的训练手段，让他们掌握"通信技术"，培养他们的爱国精神，用厚重的文化，教育他们不屈不挠。他们不是"闲棋"，而是在岗位的"木桩"，战争的胜负，缺少他们不行。特别在恩施，急需一批这样的人，正是这三期"情训班"，极大缓解了恩施情报战人手紧张的问题。

学生通过考试录取后，不正式发榜，只是个别发通知书。

学生接到通知书后,填好保证书,到指定时间、地点报到。

训练方式:"战斗条件与生活条件一致,学习条件与工作条件一致,集中管理、集中教育,不准许学生相互发生横向关系。"严格要求在这个原则下进行训练。

区队长经常向学生作个别谈话,并向学生宣读所订的《入班须知》。其内容是:1.绝对保守个人身份面貌的秘密,用规定的代名、代号代替原有姓名;2.要求做到体态化装和声音化装,不准暴露本来面目,不准用原样嗓音讲话;3.必须穿着规定的服装、头罩和体罩,没有命令不得脱下;4.洗脸、解便、吃饭一定按规定执行,不准个人自由行动;5.对任何违犯规定的言行,有报告检举的责任,知而不报须受严厉的处分……

"情训班"的要求是严格、冷酷的,半年后出来的学生也是严格、冷酷的。牛安也是严格、冷酷的。

有谁能想象出战时的恩施,是座打不垮、炸不烂的城市,他们不信邪,仍坚持搞市政建设,他们在城东的清江上兴建一座水泥桥墩,木质结构的清江大桥。

他们还在老城修起了一条宽9米,长2公里贯穿南北的马路。

1941年底,恩施飞机场扩建工程已完成,另外,还有附属设施,其中包括燃料储存库、弹药库、两处无线电通讯所、飞机的机库、修理所及指挥部、飞行员防空宿舍等。

这就是恩施。

这些虽都成为日军千方百计想摧毁的重要目标,但更表达了恩施人民向往的生活，定能打败日本军国主义的决心。

日军开始了进攻恩施的作战计划，开始了部队最大限度的集结。

保卫恩施，守住重庆东大门！

第六战区召开紧急战区军事会议，制定新的恩施城防部署及作战计划。陈诚对父亲说："大战在即，拱卫陪都重庆，阻击西进的日军是重要的军事任务，恩施江北有纵横数百里的巫山和神农架原始林区，因此，敌人大兵团从江北进攻的可能性极微。敌人向西进攻三峡，那里有石牌天险，是我们重点防区，而唯一可能性就是从江南而来，经木桥溪、野三关，再到恩施，我们要抽出部队加强野三关的防守。"

父亲同意陈诚的分析判断，他说："'十八坳'所有工程已全部完成，为战争赢得了时间和空间。目前，我们要抓紧在宜恩构筑防线，切断鬼子从湘西窜犯恩施。"

说真的，恶战中，陈诚还真希望这个老同学在身边。父亲的分析，给陈诚作战部署极大参考。还有就是"情报"，这是另一个更重要的"战线"。

关键时刻到了。日军开始进攻恩施，发动"野三关"战役，企图打通从恩施通往重庆的大门。

野三关战役，拱卫陪都重庆东大门的关键之战。

牛牛让昌之通知乔雁顺来她这儿，正好乔雁顺也有些情况要向牛牛通报。

乔雁顺首先将他们掌握的陈宏明、梁因及桃芳的情况向牛牛通报，并希望国共两党通力合作，打赢恩施情报战，保卫恩施。

牛牛不仅同意乔雁顺的提议,还建议由中共方面能派一支善于山地作战的部队过来,支援"野三关"阻击战。

乔雁顺说:"一定全力配合。"他还特别提到新五师刀锋独立团,是薄刀山寨的班底,团长王小虎是在薄刀山寨长大的,由他率一个突击队和轻型迫击炮分队,前来参加"野三关"阻击战。

王小虎是牛牛的表哥,牛牛当然了解他,从小在薄刀山寨长大,后进保定军官中学读书,她说:"太好了,你们回去商量,王小虎有山寨作战的经验,让他带着队伍火速赶到恩施,我会派人去接应,注意,重武器就不带了,到'十八坳',我会要求上峰给他们配备装备和弹药,要多少,给多少,然后直奔'野三关'。"

原来在"十八坳"的十三坳到十五坳,在利川至重庆的山体岩石之间,设有兵工厂,自己生产枪炮和弹药。

这里的防空洞格外高大宽敞,当地传说为腾龙洞:腾龙洞的主要特点是洞里空间高、宽、长,洞内的"千奇百怪"的天然石头造型各异。腾龙洞洞口高达七十二米。那是一种必须要仰视方能理解的高度,它是自然的造化,是天地间因缘际会的因果,腾龙洞有很多神奇,首屈一指的当属这高大的天然洞门。

大量武器弹药正是从这些不起眼的防空洞里生产出来,被源源不断地运送到前线。抗日战争全面爆发后,为了保存中国的兵工实力,支撑长期艰苦的对日抗战,从1937年底起,上海炼钢厂、济南兵工厂、金陵兵工厂之枪弹厂奉命首先内迁。其中，迁到重庆的还有汉阳兵工厂、汉阳火药厂等11家。在陪都重庆这块狭窄地域内，曾先后建起17家兵工厂、聚集了9万余员工。1941年初，随着"十八坳"与重庆公路连通，将其中3家兵工厂各分出一部分迁到利川，以备水路运输之外有另一条军需之补充。

在兵工厂开办不久，陈诚要专员代表他，前去视察慰问。

兵工们纷纷围到专员身边，厂长介绍："这里加班加点是常事，每天至少工作10小时，有时十四五个小时，谁也没怨言，因为都知道这是为前线干！"

在洞壁上，醒目地写着"兵工厂之歌"的歌词，这是兵工们每天上班和下班都要进行的集体大合唱：

> 战以止战，兵以弭兵，
> 正义的剑是为保卫和平。
> 创造犀利的武器，争取国防的安宁，
> ……
> 我们有骨肉般的友爱，
> 我们有金石般的至诚。
> 我们有熔炉般的热烈，
> 我们有钢铁般的坚韧。
>
> 量欲其富，质欲其精。
> 同志们，猛进！
> 同志们，猛进，猛进！

利川的兵工厂生产出来的武器数量多,规模也不小,技术力量强。所生产的武器几乎涵盖了近代常规武器的各个门类,如轻重机枪、迫击炮及迫击炮弹、步枪及枪弹、掷弹筒、手榴弹等。在随后的"野三关"阻击战,特别是"鄂西会战"中,利川兵器显出了神威:仿造的各型7.9中正式步枪,性能优于三八大盖;捷克式轻机枪,射程1500米,射速550发/分,性能优于"歪把子";马克沁重机枪,射程3500米,射速600发/分,性能优于日军九二式;迫击炮、75步榴弹、100榴弹炮,由于弹药充足,国军火炮发挥了威力。

父亲一行对兵工厂的工友们进行了再动员。从洞中出来,被眼前的景色吸引,进洞时因为心无旁骛,没太注意,原来,腾龙洞面前翻滚咆哮着一川清江水,像发怒的豹子,冲着腾龙洞高达七十二米的洞门狂吼不已。腾龙洞沉静如看透尘缘的老僧,任由清江水撒娇犯浑,他只管沉默着打坐,眼睁睁看着清江水无望地跌落进深不见底的深渊。这是第一个景点,名唤"卧龙吞江",气势磅礴自不必说,清丽冷峻也是它的脾性。

这天晚上10点,松原的短波收音机里听到"郎中"的呼叫,播音员朗读一连串的五个数字。两遍,松原认真记录后交给桃芳,这些数字表明了事先约定的密码本的页数和字的位置,把这字组合在一起就能获悉指令内容。池田和桃芳的默契是字的位置，是规律的变化，截获密码本，不一定能准确译出内容。"尽快搞到恩施城防部署及作战计划，代号C计划。"桃芳递给松原，并让他立即通知佐佐木，松原立即烧掉电文，找佐佐木去了。

第二天，桃芳约陈宏明到半山坝上的屋子里，柔和的灯光，浪漫的音乐，还有两杯红酒。

桃芳说：这酒我已"醒了"两个小时。

陈宏明知道，这是告诉他，她已等了两小时了。

他俩喝酒，谁也不敢醉了自己。

桃芳知道，梁因的闺蜜李越越在行署情报处工作，她把任务交给陈宏明，并答应完成任务后，让他回上海和妻儿团聚。说到最后，桃芳流下眼泪，她说："日军占领恩施后，她想留在恩施，希望宏明也留下共度过余生。"

不得不说桃芳的演技是高明的，她知道如何讨男人欢心，如何掌握男人。

陈宏明表面应付着，内心却是无比憎恨，他很快将这一情况告诉李越越，几天后，李越越给了他一份"最新恩施城防部署及作战计划"，让他送给桃芳，至于日本人如何相信情报的可信性，李越越按"影子"的指示，设计了一个更大的局。

接受桃芳任务后的陈宏明一直按兵不动，桃芳急了，"银狐"急了，每天都有催促的指令。因为受到池田多次批评，限令他们务必搞到"最新恩施城防部署及作战计划"。桃芳几次约会陈宏明，他的回答都是"正在想办法"。

晚上8点，松原再次从短波收音机里听到"郎中"呼叫，他记下播音员朗读的一连串的五个数字。"尽快搞到 C 计划"，连续三天，同一内容的电报，桃芳递给松原。烧掉电文，松原咆哮："你整天和陈宏明眉来眼去，如果完不成任务，我首先杀了他。"

松原的叫嚣让桃芳感受电闪雷击，到中国的这些年，她越来越感到恐惧，但她还是想建功，将心中脱颖而出的本性付诸生活。血的猩红，填不满时光。

陈宏明也是好大喜功之人，这一次却沉住了气，拿到情报，就是不给桃芳，逼她着急上火，他按兵不动，终于等来了那一天，陈宏明告诉桃芳，情报搞到了。桃芳喜出望外，拥抱陈宏明，在耳边娇声说："快给我呀！"

陈宏明推开桃芳："情报可以给你，但松原必须死！"

桃芳说："为什么？"

陈宏明说："我知道你们是假扮夫妻，他对你不好，他欺负你了。"

桃芳说："那是我和他之间的事呀！"

陈宏明说："那不行，你不是答应我，日军占领恩施，你跟我过。"

桃芳说："那也非要他死吗？"

陈宏明说："是的，松原必须死，你应该知道，我的妻子，在上海被他哥哥松本霸占了，儿子也不见了。"

桃芳接过陈宏明递给她的照片，松本，她认识，和一位年轻美貌的女子，那一定是陈宏明的妻子了。桃芳低下了头："我不是也给你了吗？"

陈宏明说："情报给你们了，日军很快就可以占领恩施，我不想给你在两个男人中间有选择余地，明天晚上我来，要么他死，要么我死。"

桃芳无语。她理智的"爱国精神"战胜了个人情感，严格意义上说，她和松原之间也没有感情，松原酗酒，带恩施女来房间，可为了日本国的利益，她都忍了。

桃芳说："能让他体面死去吗？"

陈宏明说："不，我一定亲手毙了他。"

第二天深夜，醉酒的松原已从床上滚到地上，陈宏明轻轻推开后门，对准地上的松原连开数枪，桃芳龟缩在床边，紧闭眼睛，双手捂住耳朵。

陈宏明走到桃芳面前，蹲下，扶起她："谢谢，这是'最新恩施城防部署及作战计划'。"

桃芳立即发报。

第二天，桃芳找到佐佐木，告诉他松原死了。

佐佐木问："怎么死的？"

桃芳说："昨夜，我们搞到情报，被军统发现，为掩护我，松原向山上跑去，死在乱枪之中。"

"情报呢？"

"我已昨夜发出。"

佐佐木松了一口气。

第二天，桃芳收到池田发来的嘉奖令，通电嘉奖恩施情报站，并告之密切注意第六战区动向，随时报告。这是恩施情报站成立后受到的第一次嘉奖。

一天，陈宏明收到梁因的纸条，"我累了，身心疲惫，回乡下住些日子。"这也是乔雁顺以副秘书长身份找她谈话并安排的，乔雁顺知道梁因确实身心疲惫，怕她往下继续，会把戏演砸，不如回避一段时间。只是梁达生到恩施来了，"梁因为什么离开恩施？"陈宏明摇摇头，他编不出理由，交代不出去向。梁达生给他一耳光，走了，或许这次梁达生来恩施，就是为了给陈宏明一耳光吧！

恩施保卫战，是一场间谍与反间谍的较量，潜伏在恩施的日本间谍，从他们到恩施的第一天开始，就无法施展他们的本事，在恩施他们冒险、私利、贪婪，看似强大，却是一个古怪的团队，每一个人都心怀鬼胎，愤世嫉俗，主观，抽烟，酗酒。在恩施情报战中，他们无计可施。而他们中间重要的成员却在关键之时，突然消失了，就像人间蒸发一样。

一个古老的传说，山神发怒了。

已经不是雨季，连绵的雨，仍然没有停下的意思。土家人好些天没有出门了，女娃吵着想喝糖水，趁着雨小点，他打着伞，出门了。

土家人就这么个女娃，五岁了，女娃娘在她一岁时，抱病离开了人世，土家人一手将女娃养大，父女俩相依为命。这几年，他想搬下山住，为了女娃，怎么也得给她一个长知识的环境。可战争让他不得不放弃这样的想法，他老听见枪声、炮声、飞机投下的炸弹声，还听说日本人要打进恩施城。他苦了一辈子，希望能带女娃下山进城，可城里不安全啊！

桂嫂即幸久真失踪了。哑女几天未见到她，当桃芳向池田报告时，恩施情报站已乱作一团。池田果断任命桃芳为站长,"活要见人,死要见尸"。

土家人打着伞,行走在雨中。突然,一声巨响,滑坡的山体,堵住了前面本来就窄的小路,他似乎听到一声尖叫。土家人熟悉这里的山体滑坡,每年的雨季都有几次,虽不是大面积塌方,但泥土带着小石子向下滚,常常堵住进山的路。当年,他就是在这崎岖的山路上清开泥土,移走小石头,在山上一块平整的地方建造了房子,是大自然专门为他而造。

谁躺在这泥土里呢?他隐约看见泥土里有一个人,就在山路下面。他冲了过去,用双手扒开那人身上的泥土,当人全裸露出来时,他用手摸了摸,心还在跳,是个女人。

她就是桂嫂,看不到希望的潜伏让桂嫂崩溃了。作为日本恩施情报站站长,她虽也是经过严格培训的情报人员,但绝不是一个勇敢的特工,她的心理承受能力,已达到极限。太久的伪装,让她已无力承担"潜伏"生涯给她带来的巨大压力,从"逃难"的难民到伺候人的佣人,她无法满足日军对情报的贪婪,做情报工作的艰难,普通人难以想象。桂嫂有"周边神经痛"的病,发作时,浑身阵发性疼痛,她知道,这病叫"自身免疫性周边神经炎"。最近一段时间,此病频发,夜夜难以入睡,最难受的时候,死的念头都有,真想一死了之。特别是那一次在恩施机场亲眼见到"万人处死汉奸"的场面,她的精神已经崩溃,后来,那场面一次又一次在她的睡梦中重现,一次又一次把她惊醒……

那天下午,天气晴朗,日本飞机赫然进入恩施机场工地上空,接二连三扔下炸弹。可是日机只能在大目标上空盲目投弹，桂嫂知道，没有机场准确的方位图、地面指示、机场导航台等，要害目标是炸不着的，可日军指挥部已经等不及了，池田更是每天一次电报催促，桂嫂已下令收买"小贩"提供情报，几天后，她想到机场看个究竟，于是化装成"女小贩"去工地……远远地就听到人群在涌动，说抓到了给日本提供情报的汉奸，马上枪决。

原来机场宪兵化装成民工跟踪着小贩，这个卖米糖的"小贩"假装坐在石头上抽烟，动笔记着什么，两个宪兵故意路过，忽地一转身，夺过他的记录本，小贩拼命抢夺，但终被制服。打开记录本一看，原来他已把飞机场导航台、指挥塔图形都绘好标明了，一到宪兵司令部，他承认了罪行。

就在前一天炸弹坑旁边，召开枪决汉奸的大会。当时，到处站满了人，一个个满腔怒火怒骂汉奸，一位国军上校宣读汉奸的罪状完毕，宣布"就地枪决"，上万人喊起了口号："消灭汉奸！""杀光鬼子！""抗战到底！"……一阵又一阵口号震得周围的山谷回荡不停，宪兵跟着押住罪犯到山坡边枪决了。桂嫂第一次近距离地看到，成千上万中国人的愤怒和激情，她被吓倒了，被深深地震撼了。当然，她从机场回来的变化，特别是晚上失魂落魄的一举一动，全都被哑女看在眼里。

桂嫂不辞而别，一个人向深山老林走去。她无法忍受精神和疾病带给她的痛苦，她不知道要去哪，只希望自己能消失在荒郊野岭。在大山中，她迷了路，遇到山体滑坡，还遇到她生命中希望出现的土家人。

土家人在山林子里住着，靠打猎，采些中草药为生，这里气候湿润，山里的野灵芝很好换钱，那是一种很名贵的"中药"。他给桂嫂洗净身上的泥土，穿上老婆留下的衣服，每天用山里的野味熬出的汤喂桂嫂喝。山里人就这样，不管什么病，就是那几味中草药，熬出汤水给病人喝。

桂嫂平躺在床上，女娃会躺在桂嫂身边，土家人坐在床边，双手紧紧握住桂嫂冰凉的手。不知过了多少天，桂嫂手有点温度，眼睛流出了几滴泪水，她活过来了，从昏迷中苏醒。

土家人赶紧熬粥，还捧出装着糖的罐子，女娃也爱喝甜粥，当一匙一匙甜粥喂进桂嫂嘴里时，她睁开了眼，望了一眼身边的土家族男人。

又是十多天，桂嫂住在深山的屋子里，无法企及恩施城里胆战心惊的日子，这片宁静，让她想留在这片远离人群的遥远之境。

桂嫂告诉土家人，她叫田桂，她用了那个死去男人的名字，是从东北来到恩施，听说日本人要打进恩施，她害怕，就一人逃出来，没想到进山就迷了路，是土家人救了她，她无牵无挂，只求太平，愿意留下来跟土家人过，土家人感动，"妹子，这就太委屈你了"。

桂嫂说："战争，已让我没藏身之地，你收留我就是大恩。"

在山里住了大半辈子的土家人，觉得是上辈子修来的福分。桂嫂拉着他的手，冲着他微笑，流露出希望的眼神。

那天，田桂吩咐土家人去山里打了野山鸡、野兔，她到山里采了几种蘑菇。

晚上，田桂做了两道菜，一道是炖野山鸡。另一道是炖野兔。

她问土家人，"你知道什么是'笨鸡'吗？"

土家人说："不知道。"

田桂说："笨鸡，就是溜达鸡，你今天打的野山鸡就是溜达鸡，俺就做了道'小笨鸡炖蘑菇'，你闻闻，贼香！"

土家人似乎有些明白，东北话怎么就这么好听呢？土家人讲话，田桂听得懂，田桂讲话，土家人听得似唱歌。

田桂接着说："俺用土豆炖了兔子，这东西在俺老家叫'跳猫'，俺们那儿除了山上跑的，松花江里还有'嘎牙子'，你们这叫黄辣丁，俺那儿的'鲫瓜子'，你们这叫鲫鱼。"

土家人似懂非懂，他笑了笑，觉得一种缺失了很久的东西又回来了。

土家人家里穷，碗都不够，那天，手巧的田桂又做了一道"打饭包"，土豆、蘑菇这些普通的菜到了她的手里就成了无所不能的食材，用菜叶子包上些土豆、蘑菇丁、黄瓜丝、笨鸡蛋酱和米饭，就成了一道"饭包"。香喷喷的饭菜不一会儿就被土家人和女娃一扫而光，田桂开心地笑了。

大半年后，田桂和土家人，把山林的房子翻新，面积也扩大了。土家人仍种菜、种粮，采中草药；田桂打点家里的一切，顺畅而自然。奇妙的是，"周边神经痛"的现象不知不觉地消失了，自杀的念头再没闪现过。

后来，田桂为土家人生了一男一女，他俩养育了三个孩子。抗战胜利后，他俩搬到恩施城里，再后来又搬到了野三关，在那里开了一家饭馆，生意红火。特别是"饭包"，来的客人都会点，三个孩子慢慢长大成人，一个比一个能干。

田桂获得了新的人生，田桂藏着人生的秘密。田桂平静过着生活，如果日本不发动侵略战争，田桂或许有另一种生活。

有人说，离开人世的许多人，都有秘密。罪恶、忏悔、思念、美好、愿景。

邪恶与杀戮，田桂选择了远离。

战争与和平，田桂选择了和平。

田桂抚养着孩子，过去的经历早已过去。沉静的山林，绵延无边的山色。山林看着渐渐老去的田桂，田桂看着渐渐老去的山林，这儿仍不通路，田桂躺在床上铺着的狐狸皮上，那是土家人用猎枪打得，有了它，雨季也不怕潮湿。田桂无悔自己选择的人生，她敬畏自然，觉得这样挺好的。后来土家人死了，田桂亲自把他送回那个她俩曾住在一起的山林里，野三关的饭馆就交给大女儿经营，从此，田桂就住在那个山林里，陪伴着已逝去的土家人。

激战野三关，是可以载入恩施历史的重要之战。也是拱卫陪都重庆战史中可以记载的著名战役。

野三关，北临三峡，南濒清江，最高海拔1912米。山寨，天生有大石桥，寨周围有大佛山，侧入岩，峭陡，向来为兵家必争之地。当地土司王为抵外来入侵，由宜昌至恩施，沿途凭险设关隘多处。

为实现"重庆攻略战"，即"五号作战"计划，日军调集了第3、第6、第13、第27、第34、第37、第40、第58、第116共计9个师团，再加骑兵、炮兵、工兵、飞行团等，部队调动集结前后4个多月，目的就是要占领恩施、攻破石牌，水陆两路打通中国大陆西南交通线，威逼重庆政府。

中国的恩施、石牌要塞，中国人民，中国军队。

在湖北境内，陆路通往恩施就一条通道。野一关、野二关、野三关，一关比一关险，一关比一关峭。所谓一夫当关，万夫难进。

第六战区第32军扼守在这条通道上。

野一关。

日军飞机、大炮全使用上了，雨点似地倾泻在关口。32军第5师13团，与日军开展昼夜相接的搏斗。阵地大部分落入日军手中，二营长率仅存的70名官兵，对日军发动反击，午夜时，他们硬是闯入敌阵，不幸的是营长牺牲了。

野二关。

16团的阵地全被日军炮火摧毁，官兵伤亡巨大，团长多次率部逆袭，阵地失而复得，得而复失往返数次，团长头部重伤，夺回的阵地岌岌可危。

日军还在猛攻，野二关阵地上的官兵全部阵亡。

野三关。

不足500米长的进山山路，弯曲狭窄，45度的拐弯处，就是关口了，关口叫馒头嘴。野三关，具有显著的战略意义。

第5师14团镇守野三关。7连顶在关口最前面。

王小虎率突击队策应关口，炮兵分队选好了阵地，突击队就在7连阵地旁边的山坡丛林中，与其说是策应，不如说是埋伏在关口附近崇山峻岭的神兵，面对的是从周围石壁攀爬上来的日军。

日军飞机又来了，一次又一次轰炸，向野三关倾泻炸弹。

野三关山头夷为平地，烟尘笼罩，7连官兵被埋在土里。敌机走了，迫击炮停了，7连连长潘桂臣从土里站起来，抖落身上的尘土，大声喊道："是活的，都站起来，鬼子就要上来了。"

日军端着刺刀向关口冲。

连长的喊声就是命令，剩下不多的战士从土层里站起来，瞪着充满血丝的双眼，怒视日军，双方开始惨烈的肉搏战正在这时，王小虎率突击队队员挥舞薄刀山寨砍刀，从丛林中呼啸冲出来，此时的日军顾此失彼，最后调头就跑。王小虎知道，不能盲目追击日军，不要轻举妄动，只需要固守关口阵地，达到消耗日军弹药和体力的目的。

这时，我们的射手发威了，特别是新战士土娃，从小跟着爷爷在山上打猎，练就好枪法，他端着枪瞄准逃跑的日军，一枪撂倒一个，弹无虚发，潘连长大声说："土娃，好样的！"土娃说："没啥，不就是打猎吗！"

在激战"野三关"战役中，我们必须记住一名叫做徐芹的女战士，战斗刚打响，她从湖北省立医学院直接来到前线，她知道这或许是牺牲，为了中华民族的胜利，她义无反顾来到野三关。她是那么勇敢，枪林弹雨下不曾胆寒，她是那么机敏，在战斗中不停为负伤的战友们包扎，她满脸都是泥土，白衣上留下战友的鲜血，她移动在阵地上，成为战场上亮丽的风景线。看着她，战友们心里踏实，然而，就是这样一位可爱的女战士，最后被敌人的炸弹掩埋在了泥土之中。

日军的第二次炮袭开始了，炮弹再次向7连阵地上倾泻。

7连官兵早已把生命置之度外，只要活着，愤怒的子弹就会穿过敌人的胸膛。这一次炮击，土娃没能从泥土中钻出来，他永远埋在野三关泥土中，露出的只有依然面向前方的枪管。

傍晚，开始下雨了，越下越大。

7连坚守着。坚守着野三关馒头嘴上。

第二天，敌人以一个小队接着一个小队的密集冲锋，7连危机，阵地危机。

守住了阵地的王小虎突击队和炮兵分队开始向日军后续支援部队猛烈开炮，切断了与前续部队的联系。

日军疯了，端着带刀的枪冲向7连阵地。

王小虎率突击队呼啸而出，和7连官兵一起，与日军展开生死搏杀，直至赶走已冲到关口的日军。

第3天，日军的飞机又来轰炸，王小虎已率突击队队员撤回丛林。当日军再次向关口冲上来时，王小虎率突击队队员和7连官兵又出现在阵地上。

此时，7连只剩下40多人，另外两个连队的人员轮番补充进7连阵地，已经分不清是哪个连了，潘桂臣连长负伤了，他坚持不下火线，"这是7连的阵地！"所有的官兵一律听他指挥。

三天三夜，7连在潘桂臣连长的带领下，和王小虎突击队队员们一起抵挡了日军前进的步伐。

战争很残酷，馒头嘴却露出了笑容。

那一夜，电闪雷鸣，冲开天上的黑云，野三关群山摇晃，群山的声音与雷鸣声呼应着，大雨来了，倾泻向清江流出。半夜，雨仍未停，7连战士坚守在阵地，日军感到害怕了，是天神来了，如此地动山摇，劈裂长空，是进攻惊动了山神？山神要报复他们，白天的肉搏战，就是因为大雨，日军退了回去。现在雨更大，7连战士站在馒头嘴上岿然不动，日军胆寒了。7连和王小虎突击队，坚守通往恩施的咽喉要道。恩施人民团结一致，在武器弹药上，支援7连和突击队，在伤员救治上支援7连，是人民，是决心抗击侵略者的恩施人民，在野三关筑起了真正的铜墙铁壁。

"野三关"阻击战，是硬仗，是保卫恩施的关键战。能参加，作为军人是荣誉，特别是代表新五师来参战，更是骄傲。薄刀山寨的娃，挑选出的突击队员，多数来自山寨，他们擅长在山寨里打阻击战，中国共产党员王小虎，他深知肩负的责任，知道这一仗的重大意义。

死守"野三关"，不让倭寇前进一步。

国共两党合作，在野三关阻击战情报战中，密切配合，打出了一套漂亮的组合拳。赢得了野三关阻击战战役的胜利。国共两军合作，为保卫恩施，在"野三关"共同阻击倭寇。

"野三关"阻击战已不是秘密，恩施军民早已众志成城。合围全歼进攻恩施的日军是最佳选择，而情报则是陈宏明给桃芳带来"绝密"情报，情报显示国民政府军事委员会已下达命令，第五战区、第九战区的部队，在"野三关"一带将日军陆路进攻部队合围。桃芳发出最后一份密电，即被军统收网抓了，日本恩施情报站被一锅端。这一切都与哑女有直接关系，但他们到最后也并不知道哑女的身份，只知道她是哑女，曾经照顾过他们的生活。

陈宏明被枪杀，是中统吴亮亲自执行的，他们不愿意看到他被中共策反，对这种没有气节的人，也是罪有应得。

野三关阻击战，赢得了情报，最终也赢得了战役的胜利。

五天时间，大部日军被围歼，只有少部分败溃退回宜昌。

7连英雄啊！王小虎突击队英雄啊！恩施人民英雄啊！

激战野三关，守住了日军进攻陪都重庆东大门陆路的通道。恩施，没有被日军占领。

王小虎完成"野三关阻击战"任务后率领突击队星夜兼程，赶回宜昌驻地，那里正孕育着更大的战役行动。

这一天，覃立春来到专员办公室，原来是覃大川从延安来信了，机智的大川没有直接把信寄给专员，而是通过最可靠的人把信带到老家汉川转交覃立春的，父亲把信一打开，就感觉到一股朝气蓬勃的情绪：

> 我终于明白了，你为什么送我来延安，不仅是情感的割舍，而是未来的召唤。当我痴痴回望恩施那一刻，轮船笛声低鸣，挤进我的身体，仿佛听见你的声音，我

们的抉择是对的，延安是我们这一代青年的向往。

我终于明白了，你为什么送我来延安，在这里我看到了一批批优秀青年开赴抗日最前线，他们也有分离、也有聚合，为了救中国，为抗战这里所有的人融入了战斗的集体，个人的情感汇集到时代的洪流中去，那么激情澎湃，迎来的是中国未来的希望。

作为从恩施毕业的大学生，能来延安，我骄傲，抗战这些年，恩施仍在人民手里，我自豪。

延安给我的是不一样的感觉。到处洋溢着一种自由、活泼、生动、欢乐的气氛，充满自由空气和平等精神。青年个个生龙活虎、激情燃烧。

这里到处传遍了抗敌的歌声。只要一集合，就要唱歌。无论会议规模大小，歌声总是此起彼伏，啦啦队也是喊个不停。

延安的集会也特别多。除了延安的中央首长常给大家作报告外，从前线、大后方和国外回来的或来访问的人，也经常被请来给大家作报告。

周恩来副主席每次回到延安，抗大或联合其他单位总要请他作报告。从美国回来的陆璀、从南洋来参观的陈嘉庚，也都到抗大作过报告。

青春无悔，到延安无悔，在恩施学习到的许多，到了延安也有用武之地。这里的文化生活真是丰富多彩，除了遍地歌声外，还演出各种各样的戏，更不用说办墙报、写文章了。

延安是革命圣地，像一块磁铁，吸引了无数仁人志士；是一所学校，培养了多少共产党人；像一座灯塔，破除了革命发展的各种迷雾；是一面旗帜，引导了民族解放的正确方向。

我到"延安鲁迅艺术学院"学习，在这里，我结识了一批批热血青年，他们经历千辛万苦，来到延安，寻求救国救民真理，表达坚强信念："打断骨头连着筋，扒了皮肉还有心，只要还有一口气，爬也要爬到延安城。"

父亲看着覃大川的来信，虽然表面平静，这是长期隐蔽工作形成的习惯，可内心还是十分激动的，大川是个好青年，顾大局、有追求，父亲感谢大川的"暗恋"，虽不曾表达，但这封信至少说明大川是可亲、可爱的优秀女人。

大川曾问过父亲，泪花就在眼里。

大川说："你一定是！"

父亲只是给了大川一个坚定的目光。

父亲也想去延安，他知道延安独特神奇的魅力，那是延安时期（1935年10月19日至1948年3月23日）中国共产党人的状态、境界和肩负的民族责任。

宝塔山下，延河岸边，孕育了延安精神。

父亲知道，延安，才是他真正的"家"！他渴望回"家"，为了"家"，现在要做好恩施的事，不让日军踏进恩施半步。父亲知道，延安时期是中华民族遭受深重灾难的特殊时期，是中国共产党人忧国忧民、救国救民，为国为民体现得淋漓尽致的重要时期。

理想、信念的力量，爱国主义的真挚情感，正确的人生追求，吸引着爱国青年哪怕付出生命也要前往革命圣地延安。爱国青年特别是知识分子到延安，为中国共产党储备了夺取革命胜利的宝贵人才，为以后改变国共对垒的政治格局奠定了坚实的基础。

父亲从心底为覃大川高兴，为她的果敢、成熟高兴，为她们这些青年高兴！青年是国家的未来，民族的希望，青年一代有理想、有担当，国家就有前途，民族就有希望，青年只有把人生理想融入国家和民族的事业中，才能实现个人理想和人生价值。千百万青年在波澜壮阔的民族独立和人民解放事业中将作出了他们的贡献。"中华民族的独立解放，乃至将来伟大的复兴，终将在广大青年的接力奋斗中变为现实！"

"野三关阻击战"取得胜利这天，陈诚邀父亲到主席官邸，建在龙洞河岸小山顶的陈诚公馆，玲珑雅致，龙洞河边风景美，山花烂漫。如果不是战争，这是多么好的旅游之季，又是多么好的旅游之景啊！

父亲到陈诚官邸时，一位学者风范的中年男子已在客厅。陈诚说："昌之兄，这是位著名外科专家，留学德国的朱裕璧博士，我们已聊了好一阵，他知道你在恩施热心办教育，特别来看看，希望在这里办一所医学院。"

"好哇！不仅前线需要医疗人才，后方群众更需要医疗帮助啊！朱博士能来恩施办医学院，功德无量！"

"听陈主席讲专员是黄埔一期，又是留苏学军事的，乍一见，昌之兄气度儒雅，分明是'文曲星'嘛！"

朱博士和父亲一见如故。

不到半月，湖北省立医学院在恩施正式成立，朱裕壁任院长。参加过上巴河战役的林静好医生是学院的第一批教师，学院刚成立时，只有一间瓦房，几间草屋，卫生条件很差，后来师生们一起先挖了两口水井，做起了美观的护栏和井台，井水经过沙石层过滤，清澈如镜，味道甘甜，当时的省教育厅厅长还特地题赠了"双清"二字，表示赞赏。其次，利用当地出产的山石条，按照中国古典建筑风格修了一些新校舍。还清整铺平出一大块空地当做操场，四周栽树，办得蛮像个高等学府的样子。

覃小川如愿地上了湖北省立医学院，三百多个男女青年在这里学医又学文化，学院门前不远处，流过一条浣花的溪，每年杜鹃花开花谢时，溪水中飘着的、地面上散落的都是花瓣，人们亲切地给她取名为流花溪。春天，溪边片片杜鹃花，灿烂如霞，景色宜人。有时春雨过大，水流从溪中不安分地窜到了岸上，溪涧中可见到错落的石块，不规则地散布溪畔，杂石旁还依伴着许多高低不一的树丛野草。

同学们经常三五成群地在宁静的山谷中漫步，一路与流水做伴，赏碧树山花幽草，让人以为走进了梦境，置身于生死之外了。

医学院在恩施2年多时间，先后培养了600多名医生、护士，特别是省立第四、第七女子中学的女学生，都愿意到医学院学医。这些学员先是想要安排他们学医，可前线动员令来了，马上改学外伤护理，第二批外伤护理没学够半年，就上了前线，很多人就牺牲在战场了，再来了一批新学员，又一批上了前线去。她们用青春，用热血谱写出一曲生命之歌。生命如花，青春如水，在那个特殊的年代，他们为国家奉献了最美丽的年华。

医学院留着一册牺牲在抗日前线医护人员名册，抗战胜利后给他们授予革命烈士的光荣称号。

在这些名册中，有曾经在"野三关阻击战"的战斗中，和7连战士一起，而最后牺牲在阵地上的徐芹，有刚奔赴鄂西会战的王桂云、赵小青等为抢救重伤员遭到日寇炮击而牺牲的女护士，在石牌保卫战中，几十名从省立医学院中毕业的医护人员都牺牲在战场上。

还有一位就是覃小川，这是父亲一生的伤痛，也是我一生的伤痛，假如她当初去了延安，是不是就不会牺牲呢？

每年春天，流花溪畔，都会有人到医学院旧址附近去摘花祭祀，仿佛那些如花似水的青年男女，又在溪边念着他们的医书呢。

战时的后方，其实没有前方后方之分，整个中国都处在战争之中，医学院，怎么可能会有安宁正规的教学？直到抗战胜利，1946年2月，湖北省立医学院才迁回武昌，至两湖书院原址真正开始办学。

今夜有雨，今夜有你。

上下五千年，积攒的不仅是沧桑的时光，还有一个民族的传承、一个民族的信仰、一个民族的自信。

恩施，难忘的民族记忆。

宜昌故城

宜昌，是一座英雄的城市。

宜昌古称夷陵，扼三峡之绝险，屏障川东；据荆汉之上游，镇护鄂西，自古为兵家必争之地。

宜昌是土家族集聚地，人们习惯悠闲生活。山峦缠绕，特产丰饶。有着雄奇的自然风光和浓郁的民族风情。每年的夏天，当太阳爬出江面一丈多高，悠闲的男人们会提着小凳，拿着巴扇，拎着茶壶，围坐在江边，三五成堆，有的是七八人围圈，他们喜欢谈昭君出塞，因为昭君是宜昌人，她美艳无双，又心志高远，为国为家，有千年传颂的故事。太阳越爬越高，男人们脱掉上衣，光着脊背，继续着他们的话题。他们也谈屈原，农历五月初五，包粽子，挂香包，挂菖蒲艾蒿，烧艾条，到江边祭祀鬼神竞龙舟。他们传承了中华民族文化，传承了中华民族习俗，他们热爱并敬仰这位投江的爱国志士。

随着日军的战略意图的明显暴露，西进，占领宜昌，逆江继续西进，攻占重庆，逼国民政府投降。男人们谈论的话题也开始转变，没有人再谈王昭君，谈屈原，随着大量人流拥进宜昌，传来的是日军占领南京后的大屠杀，强暴妇女的行径，占领武汉后的种种罪行，这些消息，让来江边围坐的人日渐稀少，人们知道，战争已经临近了。

还是全面抗战爆发之初，国民政府宣布迁都重庆，并确定四川为战时大后方，于是华北、华东、华中等地的机关、学校、工厂企业纷纷向四川特别是向重庆搬迁。大批人员、物资的撤退成了战时交通运输的最大问题。

长江水道不仅成为进入四川的重要通道，也成为抗战时期贯通前后方的"黄金水道"。

"宜昌沿江两岸已堆积了差不多十万吨机器，布满了上百英亩的地面，等待转运。而仅有的一点适于行驶三峡上游湍急流水的航运能力，却由于恐慌而陷于停顿！各个轮船公司挤满了吵闹的人群，到处是交涉、请客；请客、交涉，而运输的阻塞却丝毫没有减轻。"这段话，真实记录了当时宜昌的情景。

那时宜昌已处在非常重要，又非常严峻、紧急的关口。一是宜昌扼守着长江三峡，是长江的咽喉，入川的门户；二是当时距川江每年的枯水期只有40天了；三是当时运输船只奇缺，依当年运力计算，这么多人员，这么多物资要全部运抵重庆，至少需要1年的时间。

而就在这关键时刻有一个人站出来了，力挽狂澜、受命危难之中，他就是卢作孚。

他是我国近代著名的爱国实业家；是我国民国时期乡村

建设运动的理论家和实干家；是我国著名的爱国教育家；是我国抗日战争的民族英雄。国民政府任命他为交通部常务次长，主管水陆交通工作，又任命为粮食管理局局长，担负起全国军需民食的粮食任务。这是关系抗战胜败的重要职务，必须是由有极高的使命感、责任感且清正廉洁的人来担任；必须由大智大勇的人来担任。为了国家和民族利益，卢作孚挑起了重担。

宜昌，人心惊恐，极度混乱。在这关键时刻，卢作孚处惊不乱，有条不紊运筹全局，当机立断，做出了大胆果敢的决断。

大家必须听从统一指挥。即所有公司、轮船、码头只听他调遣，他一人说了算，各单位的人员物资的转运顺序一旦排定，必须坚决执行，并保证40天内运完壅塞在宜昌的全部人员物资。卢作孚坚定自信的目光和讲话，让大家看到了希望，人心稳定了，混乱局面改变了。彭海炳伯伯的两条江轮，也参加了大撤退行动。

如何保证在40天里将全部滞留的人员、物资运出宜昌？其中一个关键的法宝就是民生公司创造的著名川江枯水期间实行的"三段航行法"。

"三段航行法"将长江上游宜昌至重庆的航线分为三段，每段根据不同的水位、流速、地形来调整马力、船型、速度合适的轮船分段航行运输。

关于"三段航行法"，卢作孚说："因为扬子江上游滩险太多，只能白昼航行，于是尽量利用夜晚装卸；因为宜昌重庆间上水至少需要四日，下水至少需要两日，于是尽量缩短航程，最不容易装卸的，才运到重庆。其次缩短一半运到万县，再其次缩短一半运到奉节、巫山，甚至巴东。一部分力量较大的轮船，除本身装运外，还得拖带一只驳船。"

1938年10月24日，第一艘满载物资和人员的轮船开出宜昌港。第一批上船的是几百名孤儿难童，卢作孚亲自到码头送别，当孩子们扶在船舷上摇着小手，唱着歌向卢作孚和岸上的人群告别时，人们情绪达到高潮，从这一天起，开始了中国抗战史上著名的"宜昌大撤退"。

经过40天的苦战，在卢作孚的精心策划和指挥下，奇迹果然出现了，"40天内，人员早已运完，器材运出三分之二。原来南北两岸各码头遍地堆满器材，两个月后，不知道到哪儿去了，两岸萧条，仅有若干零碎废铁抛在地面上。"

多年以后，人们把宜昌大撤退誉为"东方敦刻尔克大撤退"，也就是说，卢作孚创造的"三段航行法"指挥的宜昌大撤退和英国首相丘吉尔制定代号为"发电机计划"的敦刻尔克大撤退，其意义是相似的。

其实，日军占领武汉后，并没有马上就进攻宜昌，而是把战略中心转移到了长沙，即所谓先占领大城市战略，而恰恰是这个战略，让宜昌的西迁大撤退有了一段空隙时间，当时，日军情报人员中村已经发现大量的物资和人群集中在宜昌长江两岸，他凭职业敏感向上峰发出情报，可他也不知道，那些物资中有大批量的军工机器，以致日军大本营只安排了飞机轰炸，仍把重点放到了对长沙的进攻，事后，当日军知道这批物资运到了重庆及大西南后方，很快恢复了生产，支撑国民政府抗战，他们后悔不已。

牛牛完成了在武汉击毙日军间谍奈川信子和民族败类赖大明的任务。1939年初，去重庆述职，在重庆，她已收到白蛇送来的情报，称发现重大线索——"宜昌中药铺"。

中共宜昌地区党组织已经恢复，在伍田戈领导下，情报站也建立起来。还是在武汉时，乔雁顺已告知伍田戈，"宜昌中药铺"与日本情报机关有千丝万缕的关系，伍田戈到宜昌后很快摸清楚了，宜昌、武汉两个地方的药房不仅有密切的业务往来，而且，宜昌中药铺老板周冰，最近频频出现在宜昌周边。大战一触即发，中共宜昌区委高度警惕。

伍田戈说："咬准、盯住。"密切监视宜昌中药铺的一举一动。

1939年2月，王铨任鄂西北党组书记，代号"影子"，负责恩施和宜昌两地的情报工作。

"影子"向伍田戈传达了中共南方局的指示，他说："目前，宜昌情报战将是复杂的，日军情报人员1932年就到了宜昌，好在是我们已掌握这一线索，最大限度地将它变成可控。""影子"告知伍田戈说："新四军豫鄂挺进纵队李小侠团及王小虎刀锋独立团已运动到宜昌周边，要求他尽快与他们联络，配合宜昌作战。"

伍田戈说："我们已对可疑的宜昌中药铺采取了措施，已盯死、盯牢，不会放过任何蛛丝马迹"。

宜昌情报战悄悄打响。

匆匆从重庆赶回宜昌的牛牛，立即召集情报分析会，广泛听取大家的意见。虽意见不统一，但有一点是一致的，成立特别小组，联合中共宜昌区委24小时监视宜昌中药铺。如果真是日本特务机关的话，那"潜伏"得就太深太久。牛牛知道，这些刚刚集聚到宜昌及周边的中国军队，他们对宜昌的了解几乎为零。

宜昌。牛牛站在长江边。朝江的尽头望去，拍浪声依然响起，江水依然在流。宜昌保卫战随时会打响，她感到宜昌会战又将是一场更残酷的战斗，吸取武汉会战情报站失误的教训，认清宜昌情报战的复杂，牛牛每根神经紧张起来。沉思、凝重已写在脸上，任凭江风吹打。

宜昌中药铺。老板叫周冰即中村，1932年就受日本特务机关的派遣到宜昌。而且已在当地结婚生子。

当年，他和惠子到宜昌后，以行医采药为掩护，做同样的事，了解宜昌地形地貌、风土人情、气候变化，绘制军事地图。那时，没有谁注意这两个人，他们以兄妹相称，收购中草药，他们走街串巷，寻找自己想要的情报。随后他们在宜昌巴山茶馆路北开了一个中药铺，周冰曾几次去三峡、去石牌，勘察线路，第一次去石牌，他就发现了石牌的重要，其独特的战略位置，显示出这里是入川去重庆的最后一道关口。

采药是周冰做情报工作的重要手段。然而，这一次他失手，从悬崖上掉下来，腿摔断了。石牌是中华药库，悬崖峭壁上有许多名贵的中药材，当地人以此为生。那天，石牌妹子菊花也去采药，在山脚下发现了周冰。善良的菊花叫来家人把他抬到家里，请来村里的郎中，为他接骨，然后用当地特制中药为他疗伤。

菊花是周冰的救命恩人，否则他早就被喂狼了。菊花长得水灵，水灵得让周冰想入非非。从获救的那一刻，他就盘算着如何得到她的芳心。

菊花悉心照顾，周冰被感动了。周冰说："我在宜昌有个中药铺，此次进山是来采药的。幸亏遇上你，腿也保住了，命也保住了。我身上没带多少钱，日后定重谢。"

菊花说："你这就小瞧咱山里人了，谁没有个难。"

随着时间推移，菊花有点喜欢这个男人了。菊花认定这是个有出息的年轻男人，能吃苦，她常在石牌的大山里，看见这个采药的男子，有一年冬天，在山林里也见到了他。有学问，不仅懂药理，还懂药膳。昨日，菊花给他炖了一小碗肉，说是补身子。他就说，你们宜昌人炖肉就喜欢放辣椒、花椒、胡椒、生姜等热性佐料，这样吃是会上火的，你以后烧肉就放老汤。

菊花说："我哪有老汤。"

周冰告诉说："老汤呀，就是用鸡肉、鲤鱼、山枣三样用小火熬一夜，就成了味道鲜美、黄色黏稠的老汤。老汤真正的含义是经常使用的意思。"

最让菊花敬佩的是，什么病，用什么中药去调整，周冰都能说上一二。有一天，周冰告诉菊花，为什么这一带的人易得慢性气管炎，中医古称痰喘。一是这儿气候，这儿湿气雾气太大，再就是爱抽自制的那种烟叶。结果引起肺纹理增强而得了气管炎。

菊花不知周冰说得对不对，反正他这么一说，菊花也就这么一听。山里人，能聊到一起，就是件高兴的事。

周冰还说了，他想在这儿办一个药膳饭庄，用膳食提高当地人的生活品质。周冰也毫不掩饰对当地植物的喜欢，他让菊花每天都带回不同树叶，并告之树的名字，采集的地方，周冰仔细地把它们做成标本。石牌女人有石牌女人的聪慧，她好奇地欣赏周冰做的这些。

聊得高兴，周冰对菊花说："伤筋动骨一百天，我现动弹不得，你能否帮我送封信，到宜昌巴山茶馆路北的中药铺，我妹子在那儿，报个平安，取点钱。"

菊花答应了。

没几天，惠子随菊花来到石牌，见到躺在床上的周冰，大声哭喊哥呀哥的，尽显亲情。然后，给菊花下跪，说了一串恩人、贵人，感激不尽的话，真诚得让菊花感动。

一年后，周冰娶了菊花。菊花找不到任何理由拒绝这个多情郎。

土家族的婚礼上周冰当场喝醉。醉酒后的周冰不说话，只是像死猪一样睡，但偶尔也会叽里呱啦乱叫几句谁也听不懂的话。

婚后，菊花进城到了宜昌中药铺，周冰往返三峡、石牌，用情报人员的鹰眼绘制出一份完整的三峡石牌的军事地图。

周冰会疼女人，尽显男人的体贴，菊花守妇道，尽显女人的传统美德。周冰的中药铺在宜昌生意不错，菊花生子，奶娃，小日子也不错。

随着生意的红火，中药铺又添了两个伙计，一个账房先生。这样菊花成了老板娘，周冰和惠子并不在意钱，每月只是象征性看看账，他们相信菊花，他们有了更多时间外出收购药材，有更多时间去完成日本情报机关要求的全部地图绘制。

近来，中药铺生意越来越红火。原来，从汉口及周边县城来的客户，从这里大宗的买走中药材，中药铺已经不仅是出售周冰自己采来的药，而是把周围采药的人都联络起来，做起了收购和批发的大生意，这样，中药铺又增加了人手，周冰还把城中一个老中医请来坐堂，前诊后店，光在后院加工药材的伙计就有七八个人。

宜昌中药铺成了当地有名的旺铺，惠子也俨然成了有钱人家的大小姐，出门上街都是人力车接送，穿戴首饰也都大变样，只是菊花还是老样子。

这期间还出了这么件事，宜昌城防副司令王建成老婆死了。周冰命令惠子嫁给她，填房。目的性很强，他们要更准的宜昌城防图。

周冰对王建成说："我妹子是山里人，脾气大，你要让着点。现在我把妹子嫁给你，你要对她好点。"

王建成心里美滋滋地说："那是的，我一定听她的。"

为效忠天皇，惠子委屈自己，嫁给一个比自己大十多岁的男人，连菊花都说周冰，太委屈惠子妹子了。

这期间，周冰还去了神农架，去了恩施，特别是到恩施，他被那特殊的交通区位吸引，那儿也是可以通往重庆的要道。只是大山挡住了通道，周冰走过，几天几夜，仍在大山里转悠，还迷了方向。日本间谍无孔不入，敬业精神令人感叹。但他对恩施地理位置判断是失误的，没有向上级汇报恩施的重要性。

一晃几个月过去了，宜昌真的别来无恙吗？

综合多方面情报后，牛牛化装成老太太，来中药铺买药，一进药铺就让牛牛刮目相看。大堂整齐干净，一排药柜，上百种中草药，散发出浓浓的草药味，一位老中医坐堂，候诊区一排长凳，一切井然有序。突然，牛牛晕倒在地，伙计们把她扶进治疗室，老中医为她把脉看病，菊花为她熬药，牛牛也看清了后院的结构，第二天，牛牛专程来看菊花，表达谢意。

不能小视这个中药铺，牛牛以情报人员的角度，得出结论。

连日阴雨连绵，气温骤降。中草药生长更滋润，周冰带着采药的人再次出发。

仍循过去的路，这次特别重视那些山中植物将其掩没，可修暗堡的地方，记住灌木中的古道，这条路已经一年多没有走了。植物茂密厚实了许多，古道虽畅通，走在上面，一切又让周冰有些紧张，他直勾着两眼，观察得更仔细，原已绘制的图，该修改了。

牛牛派去的人跟着，他们也是一身山里人打扮。什么也没发现，只是记住了周冰走过的这些道，看到周冰采药熟练的身手，知道这路是可通石牌的重要小道。

宜昌，大战在即的安静让人窒息。集聚中国军队的脚步声，让人紧促。千百年，无数战争在这留下遗址，牛牛在看资料，每一处遗址她也在找。她懂，这场战争，还会留下更多的遗址，古道，暗堡，会让后来人记住。悲壮，可歌可泣，还有传颂的故事。

牛牛带宜昌站站长罗涛去了石牌，这是听了跟踪周冰特工汇报后的决定，一路的感慨。一进山，寒气逼人，终日不见阳光，山阴沉下来。陡峭的山崖上，只露出一线天，江浪却是一浪推着一浪，数里之外，就听到了浪涛声，有烟波浩渺的感觉，然而眼前，却是一片凶险，牛牛如不亲来现场，很难想象出，石牌保卫战，将是何样的情景。这里的房屋建在山峰下面的岩层之上，悬崖陡壁上的"悬棺"，让人不得不向古人的智慧致敬。

武汉会战刚结束，奈川信子已死，日军的重点是攻占大城市，但日本情报机关仍派田中君抵达武汉，负责鄂西南的情报，他们需要迅速占领宜昌。就田中君来说，这样的安排是屈才了吗？他是日本情报战专家，这位曾留学德国外号叫"独狼"的田中君，被日本军方寄予厚望。

田中君带来助手鹿纯子。1933年，鹿纯子大学毕业时，正值21岁，可谓如花似玉。1931年，日本刚刚占领了中国东北，战争笼罩在日本上空，鹿纯子青春燃烧着火焰，她像许多日本女青年一样，怀着效忠天皇、为国贡献青春的梦想。本可以到政府机关工作的她，选择了去陆军部。她希望去硝烟弥漫的战场，实现自己的理想。没想到的是，到军部不久，这位美丽漂亮的姑娘，就被选派进了日本最著名的谍校，接受魔鬼训练，她顶着巨大压力，被培养成新一代日本特工人员。

在训练营，鹿纯子结识了一名叫福岛的青年男子，鹿纯子承认，大学四年，她从未见过这么帅、这么霸气的男生。

但她明白自己的选择和使命，按捺怦怦跳动的心，全身投于刻苦训练。考核结束，他俩被选中，继续情报专业深造，鹿纯子被培养成为电讯专家，福岛则成为情报人员。

毕业后，鹿纯子被分配到军部特务机关，成为田中君的助手。田中君曾为训练营授过课，而且，他在军部特务机关享有极高威望。田中君不善言表，但鹿纯子天资聪明、好学，很快得到田中君的信任，并成为他的高徒。

鹿纯子随田中君来到武汉，她得到一个不幸的消息，那个令她怦然心动的福岛在上海被杀。

绝望，悲伤，堵住了她尚未流出的泪水。

福岛的朋友板垣在武汉见到鹿纯子，告诉了福岛被杀的经过。鹿纯子不知道的是，福岛被杀的真相，是日本谍机关策划干的。他们为什么要杀福岛呢？没有人将真相告诉鹿纯子。

淞沪会战后，日军占领了上海，但情报战的较量并未停止，相反愈加激烈、隐蔽。福岛被暗杀，他死于太自信，他不知大难已降临在他头上。板垣记得很清楚，福岛临死的前一天，他俩还在百乐门喝咖啡，当时福岛对他说："这一生只深爱鹿纯子，他相信缘分，等到战争结束的那一天，就在中国，他会跪下单膝，求婚。"

鹿纯子眼里已有泪花，福岛真傻，为什么不当面向自己表白一次呢？

她想起了一位文学大师的话："让女人念念不忘的是感情，让男人念念不忘的是感觉。感情随着时间沉淀，感觉随着时间消失。终其是不同的物种，所以——谁又能明白谁的深爱，谁又能理解谁的离开。"

鹿纯子的情感，又一次深深沉淀。

田中君到武汉后，立即作出激活"宜昌情报站"的决定。

宜昌。闷热的天气，菊花搂着儿子狗狗，早早睡了。坐着一旁还在给狗狗摇着芭扇的中村，仍然没有睡意。他打来一盆水，用毛巾给狗狗背上擦着汗水，又用床单轻轻盖在狗狗的身上，菊花睡熟了，狗狗一分钟不能离开她的视野，忙活一整天，天一黑，就犯困。

望着老婆和儿子，中村泪流满面。他曾那么渴望被"激活"，而此时的"激活"，让他感到害怕，战争将打破他对菊花的爱，对狗狗的疼。他害怕菊花知道他是日本人时那瞬间的反应，潜伏宜昌六年了，被"激活"，就意味战争将开始。两年前，汉口来人找他大量采购药材时，他就预感到，不是他的生意突然好了，而是军部在给他准备经费了。想到这些，中村心里倒吸一口寒气，掠过一丝凄凉。他走出房间，从缸里打出一桶水，闭上双眼，从头往下浇，汗衫短裤湿透，他已是裸体，月光下，像一尊雕刻的怪物，竖在院子中间。

第二天，中村叫来惠子，许久未见面，"兄妹"俩要喝一顿。菊花理解，赶紧张罗几个菜，趁菊花在厨房忙碌的那会，"兄妹"俩用日语交流，兴奋、激动，还有苍凉。享受被"激活"，对日本情报人员，是可以用生命换取的事，然而，中村目前的心境怎么也激动不起来。菊花的菜端上来，"兄妹"俩已三杯下肚，惠子用纯正的宜昌话说："嫂子，快来一起吃！"

菊花答应："好，你们先喝着，还有两个菜。"

好久没这么开怀畅饮，"兄妹"俩苦涩、高兴，特别是中村，菊花端来最后两个菜，他已大醉。

晚上，倒在床上的中村，叽里呱啦，不知念叨什么。菊花第一次见男人这样，酒醉后的中村，让菊花感到害怕。

中村出生在日本一个中医世家，他的祖父曾在中国学习进修中医五年，回国后，带着他父亲、大伯在日本开了所有一定规模、颇具影响的中医馆，把脉、针灸、推拿、中成药、药酒、"刮骨疗伤"被当地的华人华侨，甚至日本人，称之为中国神医。可能是遗传或天性有关，中村鬼使神差般对植物学发生了浓厚兴趣，在大学主攻植物学。当他把目光渐渐移向中国丰富植物的研究时，他被日本特务机关看中，大学刚毕业，就被选调到特务机关，进行了特务人员所需的魔鬼式训练，怀揣"效忠天皇，为天皇献身"的精神，他被派往中国，在素有植物王国的宜昌潜伏。他和惠子以"兄妹"为称，战战兢兢地搜集整理情报。虽是教科书般的工作，而对植物的兴趣，让他遍迹宜昌周边，他心中已有计划，完成潜伏任务，编写一部图文并茂的《宜昌地区植物纲目》的书。

六年过去了，他已结婚，已生子，此时接到"激活"命令，内心感受五味杂陈。作为间谍，效忠天皇是他神圣的使命，长期潜伏，融入当地社会让他割舍不下菊花和儿子，离不开这片土地给予的植物神奇。偶遇菊花，他真心爱上了这个石牌的女人，常以腿疼为由，享尽石牌女人无法抗拒的特别柔情。

六年了，他除了进山采药，收集植物标本，在家就是写呀画呀，有时拿出采集的植物，请菊花一起辨认。每次进山采药，他都会给菊花带回特别的惊喜，特别的宠爱。菊花喜欢这样的男人，不拈花，不惹草，勤奋好学。

"激活"，是天皇的最高信任。中村拿出这几年搜集的情报资料，开始昼夜整理，菊花文化不高，男人在家忙碌，她更是悉心照顾。每次端茶送水，中村总是深情望着菊花，他不能离开她，不管这场战争如何进行，他有责任保护她。

"激活"。惠子更关心建成，她心里早已蕴藏一个机密计划，嫁给建成，就是为这个计划最终的实施。

日军，没有停止他们侵略的步伐。

下一个战略目标，就是"攻占宜昌"。日军制定新的计划：一是击败汉水西岸国军第五战区主力，二是夺取宜昌、威逼重庆，三是推动对华政治谋略发展。

被"激活"的日军宜昌情报站已做好充分准备。

军统已进入一级战备状态，牛牛通宵达旦，一夜没合眼。她洗漱完毕，淡淡化妆，换上军服，英姿出现在办公室。整日旁若无人、独来独往的她，对手下要求严格，从不手软，他们敬畏。"敬礼"，在通往办公室路上遇到的下属们，都会立正，给一个标准的军姿，或许，这就是问候吧。

刚坐下，电话铃响了。是戴笠打来的，不是约定的约定。戴笠和牛牛也有默契，晚上12点以后通电话，战事吃紧，牛牛也会在这个时候接到戴笠最新的指令。

"明白。"牛牛说。

"我马上将刚刚搞到的日军进攻宜昌的兵力情况用加密件发给您。"牛牛说。

电话那边传来戴笠声音,"又是一夜没睡吧!"他是那么了解牛牛。

"为党国效力。"牛牛语气坚定。

牛牛拿出加密件电文稿,沉思。片刻,她才叫来机要员:"加密,立即发。"

"目前,日军已投入兵力近20万人,陆军7个师团,4个旅团,2个支队,先攻占枣阳,然后直指宜昌。"

日军沿长江从上海、南京、武汉,直逼宜昌。抗战已经进入相持阶段,但他们还是希望一鼓作气,拿下宜昌,打通西进的门户。

中村的情报,让田中君综合分析有更大空间。田中君每次都参加军部的作战会,他认真听,但一言不发,会后,他会整理出自己的意见,直接报送司令官。司令官器重他,这次同样采纳他的建议,将所有下达各部队的命令用"绝密"二字,并采用新的密电码,大兵团埋伏,小兵团运动,一旦获得准确情报,立即像饿狼一般扑上去。

田中君知道中共情报人员和军统的厉害,但他同样是残酷战争的一位幕后导演,日军也在他导演下有序移动,而此时的国民政府军事委员会,再次出现战略上的失误,采取的是保守的防御战术,虽决心很大,但难免被动。

由于日军采用新的密电码,对于中国军队来说,一是截获困难,二是截获后破译也难。牛牛向戴笠报告,重庆方面派专家立即赶往宜昌。日军截获了情报,掌握了专家来的时间及路线。一个谋杀小组,一路跟踪这位重庆电讯专家。牛牛早就预想到这点,当日军情报机关刺杀成功时,真的电讯专家已悄然进入宜昌。

应该说,国民政府准备"宜昌保卫战"是精心的。国军自东向西,布置了三道防线:第一道防线由第 26 军、第 94 军的 1 个师沿汉水西岸布防;第二道防线由第 94 军的 1 个师在沙市与荆门之间布防;第三道防线则在荆门、当阳之间。宜昌城外已构筑了坚固严密的防线和核心阵地。

倒下的士兵,子弹必须是从前胸而过,如果没有命令就向后撤,后面的士兵可以开枪。

早在武汉会战开始时,蒋介石已下令沿汉水西岸选择地形,用石头砌成暗堡,挖沟壕,以形成交叉火力。并派 94 军军长亲自督办,完成第一、第二道防线的军事工程。仅从这一点看,蒋介石还是谋略家,准备武汉会战的同时,已准备下一场战役,已想到武汉失败后的退路。但他没有料到的是,日本情报人员已在宜昌,他构筑的工事,早已在日本情报人员绘制的地图里。

当时,看似坚固的防线,一多半暗堡都在日军的炮火下被摧毁,是豆腐渣工程吗?不是,是被"激活"的日军宜昌情报站的杰作。然而令日军没有想到的是,正当他们突破第一道防线准备向前推进时,背部受击,李小侠和王小虎率部队猛烈攻击,日军刚掉头,他们已撤出战斗。"敌进我退,敌驻我扰,敌退我追,敌疲我打",这是毛泽东 1930 年冬天在井冈山形成的著名游击战 16 字诀。在战术上的灵活运用,让日军顾此失彼,大大地拖延了日军进攻宜昌的速度。

新四军豫鄂挺进纵队李小侠团、王小虎刀锋独立团就在鄂西一线。

大战在即，田中君命令：最快速度搞到《保卫宜昌拱卫陪都作战计划》。

中村接到命令，他有把握，是因为有惠子，惠子能搞到绝密情报是因为有王建成。

惠子刚嫁给王建成时，年轻漂亮，受过特殊训练的惠子，让王建成天天神魂颠倒。慢慢地，惠子温柔的一面变成霸道，王建成言听计从。这天，惠子给他一包烟，告诉他只要对准地图，抽一支烟出来，拿出打火机，开始两下打不出火，第三下火出来了，照片就拍好。

宜昌。

军事会议，讨论落实《保卫宜昌拱卫陪都作战计划》。

王建成走到军事地图边，拿出香烟盒，从中抽出一支香烟，他拿出打火机，一下、二下、三下，香烟点燃。他的任务完成了。会议上的讨论，争论他全没听，只是想到晚上，惠子躺在他怀中的美。

田中君如愿拿到《保卫宜昌拱卫陪都作战计划》，呈送给了战区司令官。

拿到情报后，日军很快作出军事战略调整，将局部战斗的重点，放在了对第五战区。嫡系部队为主要攻击的目标，采取集中优势兵力，一次集中攻击一个集团军，先以5万人攻击第29集团军，再以6万人攻击第10集团军，最后以7万人攻击江防军。同时，日军第39师团在襄东作战，日军"陆军名门"第3师团在枣阳附近与国军激战，同时又调第

13师团加入，迫使国民政府军不断从第五、第九战区抽调重兵加入，连宜昌守军也北上支援，这是国民政府军又一次重大战略失误。日军的调虎离山计，让宜昌城防空虚。

这么绝密的情报如何泄露的？军统立即开展排查，很快牛牛锁定目标。"混蛋、败类！"牛牛骂了一句。她建议，召开紧急军事会议。同时放风，作战计划将重新调整部署。

王建成接到参加紧急军事会议的通知，职业的敏感让惠子有些紧张，但她又不愿放弃每一次机会。狡猾的惠子做了精密周到的准备。清晨，她早早起床为王建成准备。她说："马上要开会了，我已为你准备了军装，香烟盒就放在口袋里，如果情况不妙，你只需用舌头舔一下衣领，就会昏过去，然后我设法救你。"惠子轻轻帮王建成扣好衣扣，轻轻吻别。

军事会准时召开，当作战计划图展开时，王建成拿出烟盒，抽出一支烟。一下、两下，火未点着，正准备打第三下时，宪兵队出现在他后面，按住他的头，他顺势舔了一下衣领，倒下。不是昏过去，而是死了。

牛牛走过来，俯下身子看了一眼，站起来后大声说："就是这个败类！立即收网，把他老婆也抓了。"

清晨，惠子送走王建成，提篮买菜，甩掉军统跟踪，转了一大圈，回到住家对面的茶楼，如果王建成不回来，她便会逃之夭夭。

王建成果真没回来，惠子知道事情败露。溜之大吉，她找到鹿纯子，报告了情况。

收到情报的日军加紧向枣阳地区及襄阳、宜城、南漳、荆门、远安等地的攻击。

惠子逃离宜昌，鹿纯子呢？

似乎，昨夜的一场大雨就这么掩盖了所有秘密。

深沉沉的夜，鹿纯子突然感到了恐惧和孤独。

夜又黑又冷，鹿纯子全身发抖。赶紧为自己加了一件厚厚的衣裳，走到窗前。突然，电闪雷鸣，和昨夜一样，狂风夹杂着暴雨。

1940年5月1日，日军主力部队采取两翼迂回、中间突破的战略，全力向北前进，直指枣阳。

中日双方，在鄂北地区展开一次最大规模的交锋。

还是在日军集结之初，第33集团总司令张自忠，就打了几场扬国威的漂亮仗，他首先率部西渡，然后向东挺进，伏击日军辎重联队，歼敌1000多名，取得"鄂北大捷"。接着他又果断出击，取得"襄东大捷"。紧接着东渡襄河，打了一场阻击战，以血肉之躯，支撑并不十分坚固的防线，击退敌人一次又一次进攻。有利掩护第五战区主力部队，跳出日军的包围圈，并使第五战区集中23个师的兵力，对日军形成反包围。

情报，使主动的战况变成被动，正当第33集团军向国民政府军事委员会统帅部报告作战方案时，他们的电报被日军截获，更糟糕的情况还在发生，日军情报部门根据电台联络呼号及电波方向，判断出张自忠的总司令部就在宜城东北约10公里一带地方。

日军疯狂扑向第33集团军总司令部。

宜城，南瓜店，第33集团司令部被日军包围，总司令张自忠被围。他登山督战，没有选择突围，亲率2个团的兵力，抗击日军来势凶猛的进攻。面对数倍于自己的敌人，没有重武器，张自忠很快陷入绝境。他知道，作为军人，为国而战是光荣的，他大声对官兵们说："保卫国土是军人崇高的荣誉，今天，我们要战斗到最后一个人，为民族、为国家流尽自己的鲜血！"2个团的战士大部已牺牲，子弹也已打完，突然，张自忠冲出阵地，扣动冲锋枪，呐喊着……战士们呼啸而出！

呐喊声，成为张自忠最后的诀别，他眼前只有敌人，心里只有一团烈火。突然，敌人的一颗子弹穿过他的胸膛，又一颗子弹穿过他的心脏……这时，天空下起了大雨，越下越大。

张自忠砰然倒下，壮烈殉国。

日军冲上来了，他们围住了倒在地上的张自忠，集合，列队，脱帽，向民族英雄张自忠遗体致敬。

消息传出，举国悲哀。

延安各界1000余名群众举行追悼大会，毛泽东、朱德、周恩来分别题写："尽忠报国""取义成仁""为国捐躯"的挽词。

国民政府为张自忠举行隆重的下葬仪式，蒋介石主持移灵祭祀并题写："英烈千秋。"

张自忠是中国抗日战争中牺牲的最高级别的将领，也是世界反法西斯战争中战死在沙场的最高级别的将领。

1940年5月中旬，结束了随枣阳会战的日军分三路大军马不停蹄向宜昌奔袭，他们颇有收获，宜昌外防线被撞开，宜昌守军正处在被各个击破和节节败退之中。蒋介石即令刚刚担任第六战区司令的陈诚"守住宜昌，守住石牌"。命令似乎来得晚了点，但陈诚的指挥部还是设在城西北三游洞，他立即组织由襄河沙洋线退回的 29 军、94 军在当阳以东的南北构筑工事，作为宜昌最后屏障。同时急调 8 军（军长郑洞国）从湖南驰援。

第 18 军从四川抵达宜昌，在南津关、小溪塔、东山一带布防。而敌人南北两路合围已成，敌机又终日协助轰炸，18 军又一次陷于不利态势。

5 月 10 日，日军第 11 军下达攻占宜昌的命令：以第 13 师团沿汉宜公路和从古老背沿江两个方向进攻，连续攻破安福寺、古老背等几道防线，11 日，突破鸦鹊岭等防线后的日军分两路经土门垭和龙泉铺直插宜昌，在上百架飞机的支持下，向宜昌城郊守军阵地发起全面进攻。上午 10 时冲破城郊东山及镇镜山段，并向城西北铁路坝飞机场逼近。下午 5 时，日军从东南方面突破守军阵地。

12 日上午 10 时，敌骑兵一部突入城区，趾高气扬由东城杨岔路进入中心区，坚守在宜昌中国银行和聚兴诚银行的守军，在邓萍营长率领下，凭借"两行"坚固建筑为掩体，向日军开火，数十名日军当场毙命。久攻不下的日军，以燃烧弹纵火，邓萍营大多数官兵在熊熊的烈焰中壮烈殉国。至黄昏，敌集中火力，猛攻镇镜山，宜昌陷落。

同心戮力，夺回宜昌。

国民政府连日调兵遣将反击……蒋介石于 13 日再次下令陈诚迅速收容各部，用撼动山河之气势反攻宜昌。一部攻荆门，以主力由远安、观音寺之间攻击宜昌方面之敌。要求各部不顾一切，猛力攻击，14日，第18军第11师率先打响反攻宜昌的战斗，与日军激战。16日，彭善第18军、冯治安第77军、郑洞国第8军第5师、王仲廉第85军32师猛力反攻宜昌。17日，彭善部199师强攻宜昌市区日军，冯治安部猛攻当阳之敌，截断荆门、当阳间日军的交通线，同时向荆门日军攻击。第5师、32师北渡长江进攻沙洋、十里铺之敌。惨烈的反攻战，炮声冲破了头顶上的乌云。第一次反攻宜昌的战斗就这样打响，但中国军队坚持到了最后，坚持到了完全收复宜昌城的那一天。国民政府对收复宜昌的渴望，表现在他们决一死战的行动上，体现在士兵冲进日军阵地同归于尽的英雄气概上。这就是战争，没有"或许"，只有遗憾。他们奋力夺回宜昌，不久，日军又很快占领了宜昌。

中日双方形成以宜昌为中心的拉锯战。

1940年6月，占领宜昌后的日军，鉴于其战略上的重要性，以其精锐第13师团坚守，总兵力达26000余人。并在当阳、荆沙、钟祥、京山各地分驻第39师团及第18旅团，约共有兵力4万余。日军在宜昌周围构筑的工事星罗棋布，主阵地设在东山及外围大梁子岗、二梁子岗一线（俗称土城）。其工事构筑异常坚固，碉堡群之间连接有掩盖的交通壕，并有暗堡延伸于主阵地之前的障碍物内，伪装得异常巧妙。碉堡外有外壕、铁丝网及地雷等障碍物，各碉堡之间射向互相交叉，火力封锁极为严密。白天日机由宜昌机场起飞，四出侦察；夜间以探照灯、照明弹向碉堡四周照视，以防中国军队夜袭。

攻占中国的大城市，是日军既定的战略，他们再次进攻长沙，驻宜日军第 13 师团抽调约三分之一的兵力驰援长沙，宜昌日军还有约 17000 人的兵力。

1941 年 9 月 20 日，国民政府军事委员会发出"命令"："保卫长沙，并乘机打击消耗敌人"，"第三、第五、第六战区应趁虚向当面敌人攻击，予敌严重打击"。22 日国民政府军事委员会又命令："第六战区趁日寇大军向湖南侵犯时机，乘虚收复宜昌，支援湖南作战。"

陈诚接到命令，立即召集军事会议，制定再次反攻宜昌方案，并作具体部署。9 月 28 日战斗打响。日第 11 军阿南指挥部队攻抵汨罗江北岸时，陈诚指挥第六战区的 15 个师，并配备重轻火炮 140 门，发动了对据守宜昌的内山英太郎第 13 师团的反攻。

凌晨，第六战区向宜昌发起攻击。第 18 军，第 8 军，第 77 军，第 85 军以尸山血海的代价攻城，再次夺回宜昌部分城区，并控制了宜昌外围。父亲随陈诚就在前线指挥中国军队打了一场与日军短兵相接的战斗。一场与日军硬碰硬的决战。父亲经历了血与火，见证了生死搏杀。他知道，自己是中国军队的一员，置生死于度外。

这次宜昌反击战持续约一个月。向前，还是向前；进攻，还是进攻；中国军队的官兵，眼里布满血丝。10 月 5 日，被中国军队包围的日军第 13 师团集中几十门山炮、迫击炮和野战重炮，向中国军队发射 1000 枚"奇异号"和 1500 枚"红 1 号"毒气弹，中国军队全面出击，轮番攻击。宜昌日军司令官内山遂向湖南岳阳阿南司令官告急，在岳阳的日第 11 军参谋长木下勇也接到内山的紧急电报"请求空运兵力"。10 月 9 日夜，在不绝于耳的枪炮声中，内山命令参谋长，做好幕僚自尽场所及其他事项的准备，如烧毁步兵 104 联队军旗，烧毁机要、秘密文件，决定师团长、幕僚、各部长的自尽位置及烧掉尸体等。同时摆设了剖腹刀具，命令参谋记录他给阿南司令官的诀别电稿，准备在城破之时效忠天皇自尽。

总攻定在第二天凌晨。这是陈诚有把握打赢的攻城战，他甚至连向蒋介石报功的电文都已写好："我军已夺回宜昌！"然而 10 日天亮时，突降大雨，而且雨越下越大，丝毫没有停下来的意思，"停止进攻"，陈诚下达命令。同时，陈诚接到报告，得知长沙会战结束，日军援兵正快速向宜昌推进，"撤退吧！"陈诚被迫作出决定。各部撤出战场，眼看就可以改进宜昌城，大雨，让这次攻城战从手上溜走。

宜昌已满目废墟，没有一幢完整的房屋。

在拉锯战下，双方都明白，要的是这块战略要地，不是城。

多少个日日夜夜，中国军队坚持着，无论是攻城，还是守城，他们前赴后继，来不及掩埋战友的尸体，百倍精力投于战斗。宜昌，经历了从未有过的血腥。

乔雁顺随父亲来到宜昌郊外，已在第六战区兼职的父亲，代表司令长官陈诚到医院看望伤病员。

在战区医院，到处是伤员。父亲走进一个帐篷，俯身向一名伤员："哪里人呀？"伤员答："四川。"父亲抚摸他的伤口:"疼吗?"伤员点点头。

父亲站起来,扫视坐着、躺着的伤员,对大家说:"兄弟们,我是代表陈诚长官来看你们的,你们打了一次大仗,一次胜仗,你们用鲜血和生命证明,第六战区第一,你们是抗日的英雄。你们为国负伤,我们有责任为你们治伤,早日重返战场,痛杀倭寇。眼下由于药品奇缺,得不到好的治疗,让你们受苦了。请你们相信,有陈司令长官,药品很快会搞到的。"

从医院出来,父亲对乔雁顺说:"尽快设法搞到一批医疗药品,伤员们需要啊!"

乔雁顺:"是。"

受新五师首长指示,王小虎刀锋独立支队,已改编成刀锋独立团,和李小侠团一起在宜昌、石牌外围丛林里驻扎,这也是国共两党达成的默契。

新五师是由新四军豫鄂挺进纵队组编,这是日军始料未及的,这是抗日的另一个战场,1941年4月5日成立,即成为鄂豫地区抗战的主要力量。

司令员李先念,政委陈少敏,参谋长杜公石,政治部主任郑绍文。

李先念在《率新四军第五师全体将领就职通电》中宣告:"职统帅万众,誓在陈代军长、刘政治委员领导下,坚持抗日民族统一战线方针,为讨伐日寇、汉奸、亲日派而共同奋斗到底,并亟望全国抗战党派、抗战将士、各界同胞与本师团结一起,为解放中华民族而共同奋斗到底。"至4月10日,部队使用新番号,新五师全师官兵增加到15300余人,铁军炼成。

随后的几年中，新五师逐步发展壮大，军事政治素质日益提高。它不仅善于进行灵活的游击战，而且能进行较大规模的运动战，坚持转战在鄂、豫、皖、湘、赣，粉碎了日伪军一次又一次扫荡，浴血奋战，为中华民族的解放事业作出了重大贡献。

乔雁顺联系李小侠团长，让他依靠中共宜昌区委，无论如何，尽快搞到一批药品。

乔雁顺对李小侠说："李团长，我知道你们目前也是缺医少药，但第六战区刚打完一场大仗，伤员太多……"

李小侠打断了乔雁顺的话："别说了，国共两党共同抗日，这个任务我去完成。"

当一批药品、医疗器械经李小侠护送到第六战区医院时，官兵都感动了，他们哪里知道是李小侠连夜安排突击队去突袭了一家日军医院。更让人意外的是，李小侠还把新五师师部医院参加了反战同盟的一雄和他的医疗小分队也带来了。一雄昼夜工作，为一个又一个伤员做手术，救活一名伤员，就多一名抗日战士。

一雄来到战区医院，视伤员为亲人。他的工作态度和忘我工作精神，受到医院上下广泛认可。

那时医院条件相当差，说是医院，其实就是一些军用帐篷。帐篷内一张用木板搭建的手术台，做一个手术，换一条床单，洗洗晒干，接着用，一雄反复强调的是注意手术器械消毒。

父亲赶到医院，紧紧握住一雄的手。"你还记得我吗？"父亲说，"我是徐昌之，从河边徐家来。"

一雄说："你是我弟弟？"

父亲说:"是呀!你是我哥哥。"

哥儿俩紧紧拥抱。

父亲说:"辛苦你了。李小侠团长告诉我,他们不仅送药品来,还带了个日本外科专家。他让我来医院,我猜想就是你,果真就是你,没想到我们在这见面了。瞧,这些伤员,缺胳膊断腿的,我替他们谢谢你。"

一雄说:"咱爹好吗?"

父亲说:"全面抗战爆发那年,他走了。临终前,咱爹说,我和你将在战场上见。这句话,咱爹还真说准了。他还说,你和百合都是中国人。"

一雄说:"我是中国人。"

兄弟俩的手握得紧紧的。

父亲说:"我见过百合了,她很好,战争结束后,我们一起回老屋,母亲在那儿等我们呢!"

一雄说:"我在新五师医院工作很愉快,他们待我很好,我和医疗小分队尽力在这多待几天,把需要做手术的伤员,都为他们做了。"

父亲说:"谢谢你,也代表陈诚长官谢谢你。"

李小侠要离开战区医院了,他悄悄告诉父亲,能否搞些武器弹药,父亲点点头。随后问:"我那个小虎兄弟呢?"

李小侠说:"他已是新五师刀锋独立团团长了,加入了中国共产党。还有老屋的那个徐石头,是个老营长,不过人家改名了,叫徐石军,意思是做一名真正的军人,我俩防区很近,经常互动作战。"

一雄随李小侠离开了战区医院。一周后,乔雁顺给父亲一份绝密函件。父亲看完，交给乔雁顺说："通知李小侠，立即行动。"

乔雁顺问："是否有诈？"

父亲说："不会。我知道是谁送来的。"有一种默契，是不需要用言语表达的。

密件告之，将有一批从襄西送抵当阳的军火武器，正好要途经李小侠防区。抗战时期，国民政府并未给新五师武器弹药，全靠他们自己解决，李小侠收到密件，即率一个加强连连夜奔跑50里，到指定地点。

上午10点，一个汽车队开过来了。刚到李小侠伏击地，前面车突然停下来，士兵们都跳下车，司机说车坏了。难得的机会，李小侠率全连战士冲下去，押运士兵并未反抗举手投降。三车武器弹药就这样被李小侠拿走了，更可喜的是还有2门迫击炮。李小侠没伤一名国军，都是抗日的兄弟。

还有一次，日军准备偷袭李小侠团，得知情报的乔雁顺通知李小侠，做好战斗准备。

日军一个大队，被早有防备的李小侠团击退，特别是2门迫击炮，一齐开火，打得日军摸不着头脑，丢下100多具尸体，溃退而逃。

蒋介石在国民政府军事委员会上说："一定要确保宜昌。"
日本天皇问军部："陆军对宜昌有什么好办法？"
一座城市的真正气度，是这座城市本身的那股子劲，宜昌就是有那股子劲的城市，不曾被战争吓倒，不曾被日本鬼子的铁蹄吓倒，岁月流逝，宜昌依旧英雄。

鄂西会战

难忘岁月。

七年，战争笼罩着宜昌及周边地区，没有停止过。

人民饱受其害，深受其苦。

七年，围绕宜昌的"拉锯战"反反复复。

日军，一次次被赶出宜昌城，又一次次被他们重新占领。

那些年，宜昌军民用生命和血肉铸就。

那些年，国民政府军事委员会一次次发布命令：

"不惜一切牺牲，夺回宜昌城！"

日本侵略军："不舍弃'地要'占领宜昌城。"

这期间，国外还爆发了一场不得不提的战争。

1941年6月22日，苏德战争爆发。

纳粹德国制订代号"巴巴罗萨"计划，爆发了规模最庞大，战况最激烈，伤亡最惨重的战争。出动190个师，3700

辆坦克，4900架飞机，47000门大炮，190艘战舰，550万人，分成三个集团军群，以闪电战方式，对苏联发动突然袭击，苏德战争全面爆发。

德国法西斯的突然袭击，苏军一路溃退，德军长驱直入，发动钳形攻势，歼灭苏联红军有生力量，平均深入苏联境内六百公里。

日本在中国战场上也屡次实施军事打击，妄图早日结束中日战争，以便抽出兵力向外侵略扩张。

驻重庆国民政府军事顾问崔可夫到恩施，崔可夫是国民政府军事委员会的军事顾问，懂俄语的父亲，自然成为陈诚长官的翻译，崔可夫带来的翻译助手成了"第三者"。

崔可夫说："我这次带来斯大林同志最重要的指示，希望中国能牵制日军，避免苏军在东西两条战线同时与日德作战，当然还带来了你们需要的战略物资。"

阻止日本开辟第二战场，威逼苏联，是苏联自身利益所在，苏联最需要的就是中国军队对日军的牵制。崔可夫有苏联人典型身材，个高、微胖，留着胡子、卷发，和陈诚交谈中语速快，每一次，父亲认真听，将崔可夫的意见准确翻译给陈诚。崔可夫参与国民政府每一次战役作战方案的制定，陈诚有父亲任翻译，在身边任"参谋"，非常默契，尔后，父亲会将他个人战略思考也告诉陈诚，毕竟父亲熟悉恩施、熟悉宜昌的情况。

陈诚说："我们希望苏联联系美国能派飞机来支援我们，宜昌地形特殊，最需要的是迫击炮，还有鱼雷。"

崔可夫说："你的请求我一定办到，受军事委员会委托，我这次来恩施是和你们一起制订新的作战计划。"

陈诚设便宴招待崔可夫，一进食堂，崔可夫便闻到了酒香。

陈诚看到崔可夫的表情，"我们这没有伏特加，但有恩施的苞谷酒。"

崔可夫一把抓过酒瓶，先喝了一口，"好，好，够味，有劲。"

陈诚听说过苏联人爱酒，没想到这么爱，他让几个副手轮流上阵敬酒。真还不是崔可夫对手。

轮到父亲敬酒了，从小杯一对一，到大杯一对一，崔可夫越喝越高兴。"知己、知己。"崔可夫大声说着，"千杯少啊！"

陈诚惊奇地看着父亲："昌之兄，认识你这么多年，我还不知道你有这么好的酒量，看来是跟我留一手哇！"

父亲说："我也不知道自己能喝多少酒，倒是从来没有醉过，在我们革命军中，纪律严明，陈长官你就是最守军规的模范，我平常哪敢喝酒呀！更不敢对陈长官有什么保留呀！今天是代表你陪外宾，又怎么能不喝呢？至少不能失了中国军人的面子吧！"

随后父亲代表陈诚送崔可夫回驻地休息，他俩用俄语交流。崔可夫说："安德罗夫向你问候。"父亲很快明白了这问候里的含义。

崔可夫说："你们一定要拖住日军，不让他们开辟第二战场，斯大林同志很在意这一点。"

父亲说："我个人认为，日本不敢开辟第二战场，如果真是那样的话，中国的抗日战争只会提前结束，中国军队的反攻就会提前到来，第二次世界大战也会提前结束。"

崔可夫惊讶地看着父亲，"此话怎讲？"

父亲说："首先，'二战'是以英美为首的同盟国和以德意日为首的轴心国之间的战争，同盟国的实力，远远强于轴心国；其次日本和苏联在国力和军力上差距很大，特别是陆军上的差距，可以说非常悬殊。苏联人在远东始终保持着上百万的兵力，足以震慑日本；第三，日本70%的陆军兵力都拖在了中国战场，已经深陷战争泥潭，已经没有余力进攻苏联。"

崔可夫猛地抓住父亲的手，"有道理，我一定将你的观点向斯大林同志报告！"

父亲心里暗想，这哪里是我的观点，这是我从毛泽东主席《论持久战》中的分析中悟出来的。那时国共两党的军政人员都能读到这本书，仿佛电石火花一闪，"顿吾"两个字从父亲脑海清晰地划过。

崔可夫仍然处在兴奋中："关于情报，你指定一个助手，我让助手尤里连科和他直接联系。"

情报又多了一个渠道，父亲说："您是国民政府最高军事委员会军事顾问，您可以影响委座，但目前国军战略有很多值得商榷的地方，我们掌握的情报，也会及时送给您，具体事宜由乔雁顺副官和尤里连科联络。"

崔可夫说："好，让他俩尽快建立联系方法。"

父亲说："日本特务机关田中君已到武汉，将坐镇指挥鄂西会战，他可是日本的情报专家。"

崔可夫沉思。他突然问："刚才翻译告诉我，你和陈长官讲什么'留一手'是什么意思?"

父亲说:"原来你并没有喝醉呀,我们现在讲的不就是对陈长官留的一手吗?"

崔可夫哈哈大笑。

崔可夫帮助新第六战区制订了《第六战区拱卫陪都作战计划》《拱卫陪都交通破坏计划》等以宜昌为中心的一系列新的作战部署。用父亲的话讲,就是给委员长施加了影响,当然,那是有"援助"作为交换条件的。

这期间,父亲有机会和崔可夫常在一起,两人相识,看似偶然,也是必然。直到1942年6月,崔可夫奉调回莫斯科。

1942年6月3日,为配合德军在苏联战场上的进攻,日军向美军海军基地发动突然袭击,也就是中途岛之战,结果是日军没有想到的,他们蒙受巨大损失,中途岛之战也成为太平洋战场的转折点。

中途岛之战的失败,日军的信心和实力大减,他们把救命稻草寄托在德军对苏联战场上取胜。结果在斯大林格勒保卫战中,德军进攻受挫,双方在乌克兰东部陷入胶着,互有胜负,苏联红军最终凭借人力、物力上的优势,逐渐占据主动。并在库尔斯克会战中挫败德军在东线最后一次战略攻势,自此,进入战略反攻阶段。

尤里连科将苏联红军作战的情况电告了乔雁顺。乔雁顺迅速联系卡丽娅,他综合各方面的情报,最后得出的结论是:

一、目前苏联要全力反攻德军，同时又担心日本在远东地区发动对苏的战争；

二、日本将采取措施保住它在北方地位，而不是真向苏联进攻，但向宜昌地区的进攻将更加疯狂。

三、日军妄想孤注一掷，加快在宜昌、石牌的进攻步伐，他们正在研究最终对重庆攻击的可能性，迫使国民政府屈服或崩溃。

乔雁顺大胆向父亲谈出自己的看法。父亲虽什么也没说，但内心还是十分敬佩这位隐蔽战线的中共党员，只是对乔雁顺面无表情而已。父亲不发表意见，乔雁顺明白，他可以向"影子"报告了。

1943年5月1日至6月12日，日军第11军向第六战区，发动了他们称之为"江南作战"的鄂西会战。

这是日军歇斯底里的冒险而又疯狂的作战，他们在太平洋战场上已经输了，就日本当时的军力、财力、国力，已经不具备发动"江南作战"的条件。然而，侵略者就是侵略者，他们豪赌，他们太想攻破石牌，占领重庆了。

鄂西会战，中国军队整合了可以调动的一切军事力量，第六战区的第29集团军，第10集团军和江防军，共11个军30个师，三个挺进纵队和两个独立旅，约30万人。

日军纠集其7个师团约20万人。

日军参战部队战斗序列如下：

第十一军司令官横山勇中将；

第三师团，师团长山本三男中将，由湖北应山而来；

第十三师团，师团长赤鹿理中将，由湖北沙市而来；

第三十九师团，师团长澄田赉四郎中将，由湖北当阳而来；

第十七旅团，旅团长高品彪少将，由湖南岳阳而来；

野沟支队，旅团长长野沟式彦少将，由湖北应城而来；

长野部队，联队长长野荣二大佐，由江西南昌而来；

小柴支队，联队长小柴俊男大佐，由湖北咸宁而来；

日军参加部队还有户田支队、针谷支队、军直辖和配属部队等。

国民政府军事委员会指挥系统是：

第六战区司令官：陈诚、孙连仲（代）；

长江上游江防总司令：吴奇伟；

第18军（军长方天）辖：第11师、第18师、第34师；

第86军（军长朱鼎卿）辖：第13师、第67师；

第32军（军长宋肯堂）辖：第139师、第5师；

海军宜巴要塞区司令：方天（兼）；

第10集团军、第26集团军、第29集团军、第33集团军。

空军4个大队（美空军第14航空队一部，协同作战）

陈诚将军指挥了鄂西会战。

父亲参加了鄂西会战。

陈诚主持第六战区最高军事会议，从早上一直开到晚上，对情报作详细分析研究，陈诚将军力排众议，做出新的兵防部署，他说："日军将在中国战场上铤而走险，重庆是日军孤注一掷的进攻目标，粉碎敌人的疯狂，必须加强江防军兵力，必须以确保重庆为防御核心，必须配置重兵，以石牌要塞为轴心。"

第29集团军固守安乡至公安之线阵地。

第10集团军固守公安至枝江之线阵地。

江防军固守宜都至石牌之线阵地。

第26集团军及第33集团军的两军固守三游洞至斗湾间阵地。

陈诚再三强调：江防一线，干系全局，石牌为陪都的咽喉，必须确保安全，无论出现什么变化，其18军11师应固守石牌要塞，将三斗坪预备第5师调落步尚、高家堰、峡口一带待命。纵令全军皆亡，亦在所不惜。

包围，反包围，再包围，穿插。

独狼田中君一人坐在办公室，他在反思，战斗并不顺利，他需要情报，他决定直接派池田率一个小组到宜昌，更无奈的是将鹿纯子也派到宜昌。鹿纯子带来田中君的最新密码，目的是保证电讯联络的绝对可靠，他和鹿纯子间有默契，有密码变动的规律，外人很难破译。还有一个叫村冈安，主要任务是配合鹿纯子。在宜昌，他俩被安排到紧邻山边的房子里，隐蔽安全，但无线通信效果不好。电台只好设在宜昌中药铺后面仓库的阁楼上，惠子负责与中村的联系。

池田指示中村说："据可靠情报，国民政府军事委员会已制订了《第六战区作战计划》，要尽快弄到这个计划。

蛇已经出洞，中村的异常，鹿纯子频繁进出，引起伍田戈高度警惕。他派人密切监视"宜昌中药铺"的一举一动。

中村和池田的联系，全靠鹿纯子了。原先惠子常来，菊花认为是妹子来了，并不在意。现鹿纯子常来，菊花就不高兴，女人是祸水，她信自己男人，不信男人交往的女人。

鹿纯子常来中药铺，来后就随中村去仓库的阁楼，好久也不出来。阁楼只有一把钥匙，在中村身上，菊花平时也是不能进去的。山里的女人打翻了醋坛子，是蛮凶的，接受不了自己男人的花心。为此，她与中村由吵闹到激烈，抱着娃要走，被中村拦住了。

伍田戈安排人去石牌，请菊花母亲到了宜昌。通过菊花母亲，告诉菊花真相："中村即周冰，以及常来的鹿纯子都是日本特务。他们以中药铺为掩护，搜集情报，为日本侵略军服务。"菊花虽然惊得目瞪口呆，可山里的女人性子硬，对日本人恨得彻彻底底，她答应了来人的安排。伍田戈派来的人为了稳住中村，让菊花不要打草惊蛇。

这天，鹿纯子又来找中村，菊花故意不让进门，中村强行开门，并动手打了菊花，菊花不依不饶，又吵又骂，鹿纯子当时只好离开。

那夜天空乌云密布，中村在自己的房间里，他惦记鹿纯子，睡不着，不停为白天的事向菊花道歉，菊花也睡不着，她听不进中村的甜言蜜语，只是要中村交代，和那个女人是什么关系。任凭中村解释，她就是不信。"你们关在阁楼干什么？我去过，你们反锁门。"中村心中，菊花是个通情达理的女人，他哪里知道，石牌的女人，你可以骂，绝不可"移情"。

菊花说："我原谅你可以，但今晚你必须听我的。"

中村忙说："行，听你的。"其实他是真爱菊花。

"那你趴在床上，我要打你屁股，让你长记性。"菊花命令。

中村趴下，菊花找来尺子，一下一下打，开始还轻，随着心中的恨，她越来越重。中村屁股被打红了，紫了。他咬牙，不叫。菊花都累了，才听到"哇"的一声，中村叫了。躺在小床上的儿子狗狗也叫了。菊花的泪水也出来了。她清楚今晚要干什么，她紧紧搂住中村，并不是原谅他，而是为了民族利益。

鹿纯子白天情报没发出去，由于情报紧急，她半夜再次来到中药铺，矫健的身手，翻墙进来，库房的门一推即开，阁楼的门也开着，当她正准备发报时，伍田戈安排的人，神不知鬼不觉抓走了她。

她被送到新五师李小侠团部。李小侠并没有为难鹿纯子，不仅亲自为她松绑，还热汤热水招待，并派两名女战士陪同她。

鹿纯子到山林中，就是到了春天里，住在这里，反倒有了一份安宁。她想到菊花，哪个女人不吃醋，她大吵大闹是真实的。她又想到了老师田中君，不仅是容貌，是自己刻苦钻研的那股劲成为他的高徒，她也想到这场战争，想到福岛，那个至死也未向自己表达爱的胆小鬼，千里迢迢从日本到了中国，就是为了牺牲那么多人吗？哪像这支部队，官兵平等，同吃同住，在这大山里，都住着普通得不能再普通的篷子里。

在山林中的鹿纯子，心平静下来，事情的变化一开始是很难察觉出来的，尤其是心灵的变化，爱与恨，仅在一念之间。灵魂的回归，扎下的情结，自己能否解开？

面对战争，她第一次有了罪恶感。她不知道从日本来到中国，为什么随着战争的深入进行，会有如此多的不安。

自己的选择错了吗？

心灵深处的痛，她彻夜难眠。

保护好鹿纯子，争取鹿纯子，是新五师首长给李小侠最新、最重要的指示。

鹿纯子失踪了，中村茫然，他记得，那天晚上，家里一点动静也没有，早上去阁楼看电台还好好的，也没打斗的痕迹。他判定鹿纯子在来中药铺的路上就失踪了。池田茫然，他们不知错在哪儿？鹿纯子怎么突然消失了呢？菊花依然，只是觉得躺在身边的男人有点可怕。

鄂西丛林峻山中，李小侠团部。

根据新五师首长指示，要像家人一样对待鹿纯子，李小侠立刻想到山妹，王小虎的妻子，他连夜派人去请，告诉王小虎，是"借"。

在丛林里，山妹很快成了鹿纯子最好的朋友，最知心大姐。薄刀山寨走出的山妹，一身豪气一身胆，她知道如何和鹿纯子分享女人的秘密，把眼泪带进秘密中，薄刀山寨的故事山妹讲不完，鹿纯子听不够，山寨的爱有时也痛，只要心诚，总是美好的。山妹悉心照顾鹿纯子的生活。鹿纯子从未享受到过如此细致体贴的爱，在日本她也真没见过如此之多的山珍野味。

"你怎么这么能干呢？"鹿纯子问。

"山寨人不仅要谋生，也希望生活得更好。"山妹答。

时间久了，鹿纯子的黄州话学了不少，山妹也会几句日本的生活语。

她俩的对话，如同唱歌，大家爱听。

更为绝的是，女兵训练，鹿纯子在掌声中加入，两个女兵一起上，也不是鹿纯子的对手，山妹用岳家拳和鹿纯子真练，你来我往几番搏击，她俩谁也没输，谁也没赢。

根据新五师首长安排，一雄来到李小侠团部，在丛林中，鹿纯子见到日本的亲人，激动不已，百合是她姐姐的初中同学，她也知道一雄是百合的哥哥。

鹿纯子的心情已平静，又过了几天，一雄告诉鹿纯子，福岛死亡的真相。

在上海，福岛死于他杀，是日本谍机关干的，尸检报告是一雄的朋友做的，子弹是从福岛颈后由上至下射出。子弹、枪上的指纹都核对了，但凶手很得意，承认是他干的，他是受日本"谍机关"指派，至于原因，不得而知。

鹿纯子彻底崩溃了，唯一爱的人，为什么死在日本谍机关枪下呢？真相瞒着她，告诉她的却是福岛死于自杀。

鹿纯子对日本谍机关，对日本军队彻底绝望，对这场战争开始了认真的反思。

新五师刀锋独立团团长王小虎和营长徐石头也来了，王小虎看了山妹一眼，知道她干得不错，接着他和一雄攀亲戚，算来算去。王小虎说："别算了，咱俩是一个辈分的，一雄大哥，请受小弟一拜。"

一雄赶紧说:"不敢当,不敢当,你认我,咱就是同志。"

王小虎说:"是兄弟。"

徐石头也跪上一起拜:"一雄兄弟,我可是牛家坳的人。"

王小虎、一雄:"那您是老大哥。"

温情感动一雄,也感染鹿纯子。随着时间推移,鹿纯子终于复苏,人性证明她也是个有良知的女人。

她决定参加反战同盟,像一雄那样,做一个要和平,不要战争的人。

鹿纯子是电讯专家,是破译密码的高手,更重要的是她熟悉田中君,熟悉田中君密码变化的方式。有了她,仗好打多了。

在抗日战争相持阶段,特别是在"鄂西会战"的战斗中,能像李小侠这样连战连捷的部队,并不多见。

但他清醒地知道是中国产党领导及灵活机动的战略战术,是鹿纯子提供的准确情报,还有就是全团官兵的奋勇杀敌的大无畏革命精神。

战争,让李小侠更成熟,不骄不躁,在困境中也不曾倒下,为胜利,他百炼成钢。

战役交错进行,这一次中国军队攻进宜昌城区,并扩大了宜昌外围的阵地,日军为了夺回阵地,新编第四化学联队的一个大队悄然向宜昌移动。日军是冷酷、无情、疯狂、野蛮的,他们将公然触犯国际公约,在战争中使用毒气。

不得不说的是,鹿纯子破译出日军将有一批化学品运抵宜昌前沿阵地。她的神经都紧张了,日军的丧心病狂,面对罪恶,她果断快速反应。得到情报的新五师、中共宜昌区委、国民政府军、宜昌人民并没有被日军施放毒气的野蛮行径吓倒。

军事情报联席分析会议上，李小侠和牛牛共同决定，一定不能让日本的行动得逞。于是一场截获日军毒气弹的联合行动开始了。

独狼田中君为这次毒气战煞费苦心。A行动，用密电指挥，他知道密电有被截取的可能。B行动，他将制定好的行动计划，交由机长，由他在空中执行行动。行动在田中君掌控中，他会在投毒气弹前三分钟，下达命令。

鹿纯子坐在电台边，一刻不离开，联合军事指挥成员就在旁边一间屋内，一刻也不能离开，日军的指挥行动的电报一份又一份，国共两军地面上的行动，频繁调动，截获装毒气的箱子，是他们最大的任务。

日军开始行动了。

日军两艘军舰前面开路，运送化学物品的船紧随其后。当时，日军已在宜昌及周边的土门、当阳、沙市、荆门密集修建了4个军用机场，危险化学品会运到哪儿呢？

情报显示，日军运送毒气的船只，在飞机、军舰掩护下抵达荆门，转到仓库。中国军队立即围攻仓库，战斗一直打到天黑，当阳日军带着迫击炮前来支援。

就在双方激战中，一架日军飞机悄悄降落在土门机场。

围攻荆门机场仓库的部队收到撤退命令，原来送抵荆门的货是空箱，真正装有毒气的箱子，已抵土门机场并装上国军标识的汽车。

狡猾的日军，开着国军标识的汽车，把毒气箱连夜转移到当阳机场仓库，再次留下空箱在土门机场仓库。

日军完成了新一轮毒气战的部署。

清晨，土门机场的日机起飞了，目标，直指宜昌。美国14航空队起飞迎敌，在空中激战。当时，当阳机场还是乌云密布，两架装有毒气的飞机强行起飞，穿过云层，机长收到田中君下达的投弹命令，此时，进攻宜昌城的日军接到命令，停止攻城，撤离。

根据部署，中国军队也快速向山区转移。

日军施放"毒气"并未让宜昌人民屈服，反而激起了中国人民的愤怒。

战前，宜昌城人口有15万之多，3万多户，在战时城市破坏十之八九，完整房子不及十分之一，居民仅2万人左右。宜昌，鄂西重镇，被日军彻底摧毁，"破坏之甚，为全国之冠。"

日军投放毒气的前几天，池田已率村冈安离开宜昌回武汉，他向田中君报告，鹿纯子为天皇效忠了。随后中村带菊花来到武汉去进货，当然，中村是受日本特务机关指令，来武汉接受新的紧急部署。等中村和菊花返回宜昌时。中药铺已被毁，跑不及的伙计都死在中药铺里。

毒气。宜昌城彻底被毁。

中村第一次感到战争的恐惧，他后悔不该加入这场战争，更不该为战争而潜伏。毒气，毁了他的灵魂，他站不起来了，为什么要施放毒气？死的全是无辜的平民，毁的是座城。他最后的一点意志丧失了。他有罪恶感，甚至慌乱。他怀疑自己，怀疑日本帝国，难道这就是"大东亚共荣"？中村挣扎在罪恶中。

中村躺在药铺的地上，诡谲地念叨："毒气，毒气，僵尸躺在这座空城里。"

菊花也坐在地上，她咬牙切齿，她恨日本军队犯下的滔天罪行。她目光干涩，凝视门外，宜昌城空空荡荡。

许久，中村站起来了。他知道日军施放的是芥子气，他知道该如何消毒。

中村将伙计草草埋了，这时惠子来了，满脸污垢。她说是随大量难民涌出城外躲在山里，又冷又饿，现是随少数难民进城。她知道日军又占领宜昌，目前是安全的。她相信中村还在中药铺，只是毒气也让中药铺不复存在。

日军再次占领宜昌。但距宜昌城30公里的石牌还在我们手里。日军将发动更大的军事行动，鄂西会战就是他们精心策划的一场不可避免的会战。

鹿纯子监听到日军调动的情报。情报显示：鄂西会战将分三个阶段进行。

第一阶段，从1943年5月1日开始，日军第3师由藕池口向百弓嘴第10集团军阵地进攻；独立混成第17旅由藕池东向茅草街第29集团军阵地进攻；小柴支队由石首向团山寺第15师阵地进攻；户田支队由华容附近向三汉河第73军阵地进攻。

第二阶段，从1943年5月9日开始，战场西移，以横山勇的第11军以南北夹击的作战方法，共计动用17个步兵大队，攻占安乡、南县，与位于众安、松滋地区第10集团军决战。第3师团分两路向新河市和众安攻击；第13师团切断松滋河西岸线路；策应第3师团作战；独立混成第17旅则配合第 3 师团作战。

第三阶段，在完成第 2 阶段作战后，继续沿长江南岸山区西进，再次从南北两个方向以钳形攻势捕歼第六战区江防军于石牌、清江之间。

日军第 3 师团在茶园寺附近集结；第 13 师团在渔阳关附近集结；野沟支队在枝江地区集结；第 39 师团在宜昌东南云池附近集结。

23 日起，日军第 39 师团、第 3 师团和第 13 师团集中全力向第 10 集团军及江防军正面展开全线攻击。

鹿纯子在关键时刻截获日军重要情报，根据"影子"指示，乔雁顺立即将情报交给了牛牛。国共两党在关键时刻又一次实现情报共享。

鹿纯子到李小侠团后，中共宜昌区委书记伍田戈随即和李小侠商量，派冯强到李小侠团部，这一安排也是牛牛建议的。重大情报，李小侠向新五师报告的同时，也让冯强知道。这样牛牛也能很快得到情报。

日军三个阶段的作战，中国军队顽强阻击，他们每天付出极大伤亡的代价才能向前推进几十米，日军炮火的轰击和飞机的轮番轰炸，守军阵地多被摧毁。

第九战区在赣北、赣南、赣西，第五战区在鄂北、鄂西北，他们果敢战斗。

鄂西会战惨烈。但顶住了日军的猖狂进攻。

在恩施。

乔雁顺躺着，和衣竟睡着了。他实在太累了，房门也未锁。

"亲爱的乔。"熟悉的声音让他翻身坐起,揉揉惺忪的眼。

卡丽娅进来了,伸出双手,给了乔雁顺一个熊抱。

乔雁顺整理了一下服装,刚才是和衣而睡。

卡丽娅耳边传来乔雁顺浑厚男低音:"太让我惊喜了!"

"还有更大惊喜呢!"

"是吗?这是我的期待,"乔雁顺势做了个手势,"请坐。"

卡丽娅这才环视了房间,一张单人床,临窗放着一张茶几,两把藤椅,简易的书架上摆放几本书,小小的书桌前有一把旧凳子,洗脸架上搭着一条手巾,有一个脸盆。单人床上有蚊帐,书桌上的巴扇格外显眼,卡丽娅有点心酸,是不是有点太简单了。不过房间的单人床让她感兴趣。脑海里回想起昌之的话,"他是单身,你可要小心啊!"

喜欢并不等于是爱。只求在最美的年华里,遇到你。

在莫斯科,共产国际安排卡丽娅和父亲,已建立起单线联系,那时他俩经常见面,语言交流没有障碍,他俩谈得很深很远,卡丽娅喜欢这个年轻帅气的中国军人,她当时只有十六岁,在父亲眼里,就是漂亮的洋娃娃,在交往中,父亲总是直呼洋娃娃。卡丽娅有深深的中国情结。不仅是因为她的叔叔安德罗夫,而且她的祖父来过中国,走过丝绸之路,家里的瓷器都是从中国带回的。她小时候常听祖父讲丝路的故事,西域的风情。

热水瓶就在茶几前地下放着,乔雁顺给卡丽娅倒了杯白开水,"请喝。"

卡丽娅说:"就用白开水招待我。"

乔雁顺连连摆手,"不,不,不,我马上烧水,给你喝恩施的乡村硒梦茶。"

不一会儿,乔雁顺就泡好了香若芝兰、味同醇醪的乡村硒梦茶,"我们恩施的这品茶,含有丰富的硒矿物质,这可是宝啊!"

卡丽娅似乎对茶的兴趣不浓,她说:"你不关心我给你带来的宝吗?"

原来,苏联远东国际情报局截获了日本最新作战计划,可怎么也联系不上乔雁顺。那时,父亲不仅是恩施专员,还是第六战区政治部副主任,不仅常去部队,也常去农村、乡镇,组织民众动员、后勤供应保障。乔雁顺跟随父亲,奔走在外地。战争,改变了无数年轻漂亮姑娘的命运;战争,也让无数年轻漂亮姑娘深藏自己的爱。情况紧急,卡丽娅亲抵恩施。饱受磨砺的卡丽娅也想来恩施。

卡丽娅对乔雁顺说:"德军被我们伟大的苏联打得乱七八糟,他们要求日军加快打垮重庆政府的速度。情报显示,日军已集结重兵,准备在石牌及其周边决战。"说完,卡丽娅将日军最新作战计划交给乔雁顺。

卡丽娅还对乔雁顺说:"尤里连科是她的同学,严谨、小气,不是她喜欢的男人,乔雁顺严谨、大气,是她喜欢的那种男人。但你为什么不向我表白,为什么不说爱我,难道我不可爱吗?"卡丽娅热情、大方,无比强大的内心却让一种难以表述的情感悄然挂在脸上。

乔雁顺笑了,"你当然可爱,可战争已剥夺了我们恋爱的权利。"

卡丽娅理解乔雁顺说的，"是啊，战争剥夺了我们恋爱、结婚的权利……"

两人沉默。

"你愿意做我的男朋友吗？"卡丽娅问。

"我？"乔雁顺感到突然。

卡丽娅说："我喜欢中国男人，我曾暗恋过专员，可我没有勇气向他表白，如果你愿意，我们先交朋友，战争结束后，我们结婚。"

卡丽娅预定了中国优秀的男人。乔雁顺点头，他无法拒绝卡丽娅。

卡丽娅走到乔雁顺身边，亲吻他的额头。

晚饭后，卡丽娅去看父亲，刚进门，卡丽娅随手将门关上。"专员，我俩能拥抱吗？"

"当然。"父亲说。

拥抱，卡丽娅双手久久未放下。她告诉父亲她心中隐藏多年的秘密。"在莫斯科，我们相识时，那时太小、太年轻了。慢慢交往中，我喜欢上你了，可我没勇气向你表白。后来，你毕业了，要离开莫斯科，我流泪了。为什么不向你表白呢？人生有太多的遇见，擦肩而过是一种遇见，刻骨铭心是种遇见。有很多的时候，看见的，看不见了；记住的，遗忘了。无论在对的时间遇见错的人，还是在错的时间遇见对的人，对于心灵，都是一次历练。"卡丽娅接着说："得知叔叔要去苏联远东国际情报局工作。我坚决要求去，那里离中国更近，为什么要把纯洁的爱情禁锢，不知为什么我就想见到你，想向你表白。我知道，你是一个把事业放在第一位的中国男人，而爱情呢？是无法用语言表达的痛。按中国的说法，我相信缘分，按我们的说法，上帝是公平的。"

没有空白的人生，永远都不会有心灵的宁静和精神上的愉悦，在这个世界上，生活的艺术，有时就是一门留白的艺术。人都是在原谅自己的那一分钟开始懈怠的。

卡丽娅悄悄告诉父亲："乔已答应做我的男朋友了。"

父亲说："好呀，我会告诉他，卡丽娅是个好姑娘！"

卡丽娅的脸上泛起了红晕。

这次，卡丽娅来恩施，还有一项任务，根据苏联远东国际情报局的安排，她还要联系军统，有些情况要和他们交流，父亲理解并同意她的请求，安排她和牛牛见面。严格意义上讲，苏联援助中国共产党的同时，对国民党的援助似乎更多一些，除给蒋介石派军事顾问团，还寄希望国民党在东方战场上能拖住日军。

回忆是美好的，莫斯科的记忆是难忘的，可战争，又让他们冷静下来。芸芸众生，执着地活着，追求事业的成功。而此时，卡丽娅带来的重要情报，乔雁顺已向"影子"汇报。完成任务的他一人站在坝上，坝上的风，凉凉的，爽爽的，清江上空厚厚的云层，一颗星星钻出，向他眨眼，若隐若现。

由于及时掌握了日军的最新作战计划，中国军队在战场上越来越主动，但双方反复拉锯作战，都有重大伤亡，日军逐步后撤，中国军队趁机反击；日军慢慢退缩到宜昌城内，他们决定把攻击重点放在石牌。

保卫石牌

长江三峡是陪都重庆的天然屏障，石牌是拱卫陪都重庆的"最后国门"。

石牌，距宜昌城区仅30公里，在长江西陵峡，是长江三峡的一道天险。长江南岸的象鼻山中，有一块类似令牌的巨石，高40米，顶宽12米，厚4米，自古以来就被人们称之为石牌。两岸绝壁陡立，高耸入云。江西狭窄幽暗，激流奔涌，险滩密布，恶浪滚滚，江水带着巨大的漩涡汹涌而至，水声如雷，山鸣谷应。峡高谷深，船行峡谷，犹如置身在两面都是高墙的小巷里，再上行15华里，峡谷突然右拐90度，石牌就在这拐弯处的南岸山坡上。两岸绝壁陡立，一排排悬棺在山崖中。

石牌，面向宜昌，背倚大山，雄峰巍峨，可谓川鄂两省咽喉之处。

石牌村，在当时是个不足百户的小村，在"鄂西会战"中，成为日军西进的止点，拱卫陪都重庆的屏障，也成为

"中华民族精神堡垒的标识"。

早在1939年，国民政府就成立了江防军，防卫宜昌和三峡，总司令部设在石牌上游的三斗坪。海军也已在石牌南的山崖上修筑了坚固的炮台。设在石牌的第一炮台中，4门47毫米口径野战炮，从坚固幽深的天然花岗石洞中，伸出长长的身子，黑洞洞的炮口直指江面，江边石缝中，一排排鱼雷发射管早也填装上鱼雷，只等日舰到来。

石牌要塞，长江上游防线的最后一道关口。

石牌保卫战，箭在弦上。

日军占领了近在咫尺的宜昌，夺取石牌一直是他们战略梦想，他们虎视眈眈，精心准备最后的决战。

石牌要塞的地位，不亚于武汉会战的马当要塞。当年，马当要塞失守，是导致武汉会战十分被动的重要原因之一。

日军占领了宜昌后，中共宜昌区委书记伍田戈没有离开宜昌，继续情报搜集、恢复交通站工作，成为战斗在敌人心脏的英雄。巴山茶馆，是中共宜昌交通站，伍田戈在这里召开了宜昌区委特别紧急会议，他传达了"影子"的指示，对下一步情报战作出部署，目的就一个，全力打赢石牌保卫战。

日军的巡逻队就在大街上，会议很快结束，各自分头行动。

"尽快开辟第二战场。"这是德国"首脑"对日本最后的"命令"，日军不得不加快夺取石牌的步伐。他们有自己的小算盘，他们知道，以目前的国力、兵力已无力在中国开辟第二战场进攻苏联。但他们寄希望尽快夺取石牌，威逼重庆，迫使国民政府投降。

大战在即，中村要菊花带着儿子回石牌，他说，"中药铺已无法正常营业，我们还是带狗狗回石牌吧。"

战争一触即发，火药味已经很浓很浓。

两天后，菊花答应了。她已向伍田戈的联络人汇报，得到肯定答复后，她带着儿子和中村回石牌了。那时石牌已是军事重地，到处是站岗的，别说中村，村里人也不得随便进入。见此状，中村要求回宜昌，他知道待在石牌已无意义。

菊花没回宜昌，她要求留在石牌，和母亲、儿子一起，与石牌共存亡。

日军驻宜昌司令部，戒备森严。

日本华中派遣军司令来了，田中君来了，他们要定夺《石牌要塞作战计划》最后方案，为夺取石牌要塞做军事准备。

伍田戈在宜昌可以说是如鱼得水，中共宜昌区委的党员同志几乎都是当地人，他们以各种方式打入敌方内部并搜集情报。

没有哪个民族，像中国人民迫切期盼和平，中国共产党对自己承担的使命，表现出战无不胜的自信。

牛牛综合各方面情报来源，向重庆发出电文："日军已可谓下足血本，他们为消灭第六战区主力，打通长江航道，占领石牌，日军主力第十三师团和第三师团已到达宜昌周边，以约10万之众的兵力，发动'石牌作战'，企图打通重庆的第一门户。"

基于敌情变化，蒋介石急电第六战区司令陈诚："江防军死守资丘、木桥溪、曹家畈、石牌要塞之线，拒止敌人。石牌要塞应指定一个师死守。"

　　应该说，蒋介石的电令是及时、也是准确的。他的血液在沸腾，可以说这是抗战以来，他精力最为集中的一次。

　　陈诚视察第六战区前线作战部队，他决意以石牌为轴，确保决战的胜利。

　　石牌要塞的防守已成为鄂西会战的焦点，陈诚寄希望中共的配合，寄希望于他的嫡系部队18军，寄希望于他认为最有战斗力的第11师。

　　陈诚到前线部队视察，督导作战，详细听取了第10集团军副总司令赵汉增的汇报。

　　第10集团军指挥部设在渔洋关要塞的无名山上，各要塞之间无公路设施，炮台与炮台之交通路是部队临时修建的，支路衔接处交由兵工构筑，要塞炮台内交通路可分为三种，一是炮中暗路，即炮洞内道路；二是砾石路，可供炮车、军用等车通过；三为径路，是观测所人员掩藏部，机枪掩体，弹药库及发电所等通路，路辐为五十公分至一公尺。

　　无名山上有一座高台处，是眺远的极佳地，有台阶依山而上，山两边树木夹道，绿荫葱葱，大炮口伸出，像一排望远镜，视线极好。如果不是大战在即，还真是画家们写生的最好角度。山上有一座有些年代的小庙，和尚早走了，隐于在树林间的小庙已破落，成为临时指挥部。

　　父亲随陈诚一行赶到无名山，天已快黑了。来不及休息，陈诚抓紧时间听汇报，商议战事。吃饭时，父亲胡乱吃了几口，信步走出小庙，月亮升起，仰望天空，繁星就在头顶，他仿佛看见了老屋，看到了家，看到了奶奶："母亲，您知道吗？又一场恶战即将开始，之儿愿以民族大业为己任，承担历史的重任，痛杀倭寇，为国尽忠。母亲，您知道吗？为了家国不再遭受荼毒，为了亲人不再蒙受苦难，之儿选择了中国共产党，选择战斗，追求光明，追求和平。'金戈铁马梦一场，仰天长啸归去来。'之儿是抗日的战士，誓为中华民族而战。默默无闻，鱼翔浅底，丹心素裹，冷月无痕。"

父亲一人静静地伫立着，茂密的山林，好久没有如此安静过，已经听到自己的心跳。江水依旧流淌，浪花打断了父亲的伫望，打断了他对母亲的思念，可浪花能丈量出流逝的岁月吗？

父亲眺望，仿佛看见了牛车河。他舀起一杯牛车河水，喝醉自己，"母亲，您说过，享受委屈，做一个有担当的男人。"之儿明白，做一个为中华民族勇于献身的男人，坚定地守望心中的信仰，这是河边徐家的承载。

"合抱之木，生于毫末；九层之台，起于累土。"

不知多久，赵汉增来到他身边。

父亲扭过头："姐夫，姐明天也过来。"

汉增说："怎么有泪水？"月光下父亲挂着泪水了。

父亲说："我这是看到希望的泪水，中国打不垮，中国会迎来胜利的那一天。"

汉增说："是的，会有那一天，会有把倭寇赶出中国的那一天。"

他俩就站在崇林山上，抬头，向远处，向天空，伫望。

一个人要仰望多少次，才能看清天空？

陈诚一行，第二天一早离开赵汉增防线，直奔18军指挥部。牛牛已在这恭候了。她星夜兼程，没休息，提前抵达。陈诚一行沿途考察，到达石牌后，他心中已形成一套完整的作战思路。在石牌，他召开了第六战区最高军事会议。

陈诚说："《第六战区拱卫陪都作战计划》的方针是：确保峡口为作战枢轴，凭依峡口南北连山地带，并用正面抵抗及节节侧背尾击，阻断敌人补给线，歼灭进犯之敌于三峡南北连山两岸。"

陈诚命令："胡琏的第11师死守石牌要塞，并预做孤军作战的准备；命令江防军以'石牌为轴，固守三斗坪、石牌之线；命令第10集团军各部于敌军北进的正面'逐次抵抗，迟滞敌军前进。"

关键，是守住石牌要塞。

他同时请求第五战区，第九战区配合，方案加密件发出，那是一份假的，而牛牛和机要员在一个班士兵掩护下，携真正作战计划，直奔重庆，面呈戴笠转交蒋介石。

石牌周围山峦叠嶂、壁立千仞、千沟万壑、古木参天，11师构筑坚固工事，并在山隘要道层层设置鹿砦，凭险据守。

石牌保卫战，一触即发。这是一场让双方情报人员每一根神经都紧张的情报战。情报，影响作战双方最后的胜利。情报让战争中不可能胜利变成胜利，准确情报，为战争最后胜利提供决策依据。

鹿纯子到李小侠团后，一台老式的电台，显然不适应山区作战的需要了。于是，李小侠联系乔雁顺，希望能提供一台在山区也好使用的电台。当乔雁顺向父亲说明保卫石牌需要一台更好的电台时，父亲开出清单让乔雁顺找到零部件，用最快的时间组装、改进了一台特别适合山区使用的电台交给乔雁顺，鹿纯子使用这部电台后连声说："没想到你们那边也有如此精通电台的技术人才。"

日军进入石牌外围主阵地，由于这一带崇山峻岭，其步兵仅能携迫击炮配合作战，抵挡不住国军的火力。于是便用飞机轰炸代替炮击，每天保持9架飞机低飞助战。5月30日，日军向石牌要塞发动强攻。在空军掩护下，分成若干战斗小组，向阵地猛攻，只要有一点空隙，即以密集队伍冲锋，作锥形深入。

石牌保卫战的残酷，披上传奇色彩。一支日军曾一度绕过石牌，冲到三斗坪附近的伏牛山，山上早已被炮弹炸成一片焦土。

头上绑着绷带的士兵，身上绑着纱布的士兵，两眼都是血丝。胡琏立即命令说：这次是关系生死存亡的硬仗，一定要展示中国军人血战到底的英勇气概！

田中君坐在屋子里，反锁房门，沉思。

战争的进程已由不可能变得可能，日本精心编织的情报网已被撕裂，长期潜伏在中国的日本情报人员，很难在情报上再占优势，田中君感到胸闷，喘不过气来。

打赢石牌保卫战，争取和平，中国人民同仇敌忾。

"一点办法也没有了吗？"田中君叹道，他已挤压到找不到出口的通道，连呼吸都困难。那还是在德国留学的时候，德军的胜利曾唤起他的狂想，他也成为战争的狂人。他的好友一雄曾私下告诉他，中国人是打不垮的，中国有几千年的文明文化。

此刻的田中君，莫名其妙地惆怅，让他坐立不安。仿佛被一双无形的手卡住了脖子，难道鹿纯子还活着？他的密码只有鹿纯子可以破译，他的电台是世界上最先进的。然而，最近日军的一举一动，都被中国人掌握。他只知道牛牛，军统华中地区特派员，一个女子，有如此之大能耐，他倒吸一口凉气，他怀疑自己。

战争还未结束，一切皆有可能，他决定派一支突击队，去寻找最近频繁出现的电波。

天已泛白，田中君和衣躺下。

突击队已经出发，在密林，他们发现可疑电波，这是新五师李小侠团驻地。

驻地的防线，突击队很难靠近。

"不惜代价，靠近目标，查清情况。"这是田中君收到突击队已锁定可疑电波的报告后发出的指示。

突击队凭借良好的素质和特殊的训练，一步步接近目标。鹿纯子房子外，激烈的战斗打响了，突然一名日军突击队员破窗而入，用枪口对准了鹿纯子。

鹿纯子没有说话，她知道一说话就会暴露自己是日本人的身份。日军突击队员哇哇叫了一通，问她是谁，是不是叫鹿纯子？

鹿纯子摇头，表示根本听不懂他讲的。

"说，你是谁？"日军突击队员命令。危急关头，冯强冲进来。保护着鹿纯子的同时，和日军突击队员缠斗，打斗中的日军突击队员突然拔出他腿上绑着的那支枪，对准鹿纯子，在他扳动手枪时，冯强用身体挡住子弹，同时，他的枪也响了，冯强和日军突击队员同时倒下。

愤怒的鹿纯子拾起枪，向日军突击队员补开了两枪，转身坐下，把冯强抱在自己胸前，她想温暖为自己而牺牲的冯强，泪珠成线。李小侠率增援部队赶来，日军突击队不知刚刚在屋内发生了什么，撂下几具尸体撤退了。这时，屋子里传来鹿纯子撕心裂肺的呼喊声："冯强！"屋顶抖动，快塌了。

李小侠率鹿纯子再次转移，保护好鹿纯子是组织上交给的最绝密任务。应牛牛要求，国军也派来一个加强排，并配有一定数量的重武器。

丛林中，万籁俱寂，皓月当空，早已是一身新四军军装的鹿纯子，微风中格外精神，她长跪在冯强坟墓前，伊人不在，独留你。她念叨着心里想说的话，虽悲意难抑，但她知道，这是给她第二次生命的男人，欲哭的眼里，流出希望的泪。为石牌保卫战的胜利，她投入百倍精力。

值得骄傲的是，我参加了石牌保卫战，已有两年兵龄的我和一个连的新战士补充编入18军，并被分派到11师。我是年初到达的，那时石牌保卫战还未打响。此时，我已是一名狙击手了。小时候奶奶给我讲过百步穿杨的故事。我当时就觉得好了不起。现在机会来了，当兵一年后，我就开始练习狙击。当时的教官可凶了，为了让他不小瞧我，天天加练，毕竟我也是从河边徐家走出的小伙。

大战爆发前夕，将士们都写下诀别书，集中在一起带到万县统一邮寄。我也给奶奶写信。

奶奶：

　　孙儿今奉令参加石牌要塞防守，这里是拱卫陪都的最后一道天险，我们称之为"第一国门"。全连将士皆抱"不成功便成仁"之心，歃血盟誓。父亲不在身边，但孙儿于服役已二年，首度参战，定不负您老教诲，血洒疆场，英勇杀敌。当我想到为国捐躯时，想到了无数中国的民族英雄，想到了爷爷，想到了您。或许我的爱和恨都将留在石牌。如果真是这样的话，奶奶请在牛车山上也立块碑，镌刻上"谨纪念为石牌保卫战而牺牲的中国人。"此信也是写给我母亲的，请奶奶并告，敬叩金安。

老屋。

一个多月后，奶奶读到这封书信，有了许多安慰，"这是河边徐家的承载。"

我母亲读过书信后，有了更多的担心，"南儿还只有十八岁啊！"

在一间空旷的大会议室里，父亲一人坐在椅子上，头靠着椅背，微闭眼，内心的焦急，并未显现在脸上，已经2个小时了，他仍安静地坐着。石凤就在隔壁的房间里，坐在电台的旁边。

石牌保卫战，是民族魂之战，父亲深知作为中华儿女肩负的责任。

暮色深沉。等待，孤独。

石牌保卫战，是国民政府不能再输的硬战。

石牌保卫战，是日军迫切想要打赢的硬战。

日军重新集结，这次仍以飞机为先导，狂轰滥炸，长江上的舰艇逆江而上。我的任务是和一个连的战士携带重武器、手榴弹、炸药包，还有水和干粮，爬上悬洞，在一排悬棺下面的悬洞中隐蔽，这些悬洞是当地上代或上上代人在涨水季节将天然洞挖深挖大后形成的，离头顶上的悬棺很近。我们是白天上去的，猫在悬洞里，到了晚上免不了毛骨悚然。这是一支绝无空前的部队，也算得上是英雄之举。

我已是老兵了，与新兵金良一起，趴在悬洞里。太阳刚落山，月亮还未升起。金良两腿就开始抖。

金良说："老兵，我怕。"

其实，我也紧张，我说："别怕，靠紧我。"谁让金良都叫我老兵了，我怎么也得撑着。

金良挪动，手干脆放在我身上："老兵，讲个故事吧！"

我说，故事讲不了，就给你讲一个在恩施流传很久的传说吧。一个"棺木岩"的传说。

很久以前，柳家山有个柳天佐，为人厚道老实，力大如牛。吼一声能传三百里，背一脚能达几千斤。一次去巴东背脚，在离柳家山一百多公里的三尖观就朝家里喊办中饭吃。

金良说："真的呀，太牛了。"

有一回，财主向他逼债，他没得给，财主就告他一状，找他打官司。县太爷传柳天佐上堂，他来到堂上不敢大声说话。县太爷叫他说话声音大一点,他说:"我不敢大声说话"。县太爷说:"本县令叫你讲,你只管照实说出来,声音大点"。

柳天佐就大声说话了。一句话还没有说完,屋顶上的瓦片就震得纷纷落地,把大堂砸得稀烂,把县太爷砸得抱头鼠窜。结果,官司打不成了,财主也没有讨到债。

后来,柳天佐死了,就埋在将军石。有一天夜里,乌云密布,雷轰电闪,下起了瓢泼大雨。突然,一声炸雷,把柳天佐的棺木提到半壁岩的第一道石墩上。第二天又是一炸雷,把柳天佐的棺木提到半山腰的一块石上。

每当太阳出来的时候,可以看到棺木放光,以后人们就把这块岩石叫做棺木岩。

其实,这个传说,我也是到恩施后才听到的。

金良说:"太神奇了,再讲一个吧。"

我说:"讲什么呀?"

金良说:"你告诉我,头顶上哪些悬棺洞的棺木咋运上来的?"

我说:"趁水位高时运上去的,今天咱不就上来了吗?"

金良又说:"上面那些悬洞里躺的会是谁?"

我说:"可能是少数民族的先辈吧。"前几天,勘测地形,当地向导介绍过悬棺,在悬崖上凿数孔,钉上木桩,然后再凿出一个"崖穴",古代南方少数民族,主要是贵族,常用悬棺,以显示其身份、地位。

那天夜里,一丝风也没有,闷热闷热,我把头伸到悬洞外,对金良说:"你看。"

金良把头也伸出来:"看什么呀?"

我说:"天上的星星呀,你数,有多少颗?"这儿离天更近,江两边的大山挡住视线,但头顶上的星星还是蛮多的。

"一、二、三、四……"金良认真地数着,"老兵,我数不清了。"

我说:"这就对了,连天上的星星都数清了,你不就是神人了。"

金良笑了,憨憨的。

我说:"明天你要听指挥,我先开枪,枪响后,我说扔,你就把炸药包扔下去,要扔准,扔到舰艇上。"

金良说:"明白,你让扔我就扔,扔到舰艇上。"

清晨,日军舰艇开过来了,石牌第一炮台中的4门47毫米口径野战炮开炮了。两艘舰艇开足马力,逆流而进。我端起阻击枪,瞄准,对着驾驶舱扣动扳机,子弹击破驾驶舱玻璃,紧接着第二枪击中驾驶舰艇的大副,舰艇瞬间失去了方向,舰长冲出驾驶舱,我瞄准又是一枪,击中他的头部。"神啦!"金良看傻了眼。舰艇在江中转了个弯,舰尾对准了峭壁。

"扔"我大喊一声。

金良的炸药包扔了下去。他扔下去的每个炸药包都落在舰艇上。

"你真行。"我表扬了金良,包包命中。

其他几个悬洞里的炸药包、手榴弹齐扔向日军舰队,犹如神兵天降,我大声喊道:"对不住先辈了,吵闹你们了,为了民族,我们一起打败日本鬼子。"这时,舰艇黑烟滚滚,开始下沉。日军弃艇而逃,水中、岸边全是日军。早已埋伏在岸边的友军,呼啸冲出阵地,沿着长江,向日军猛冲而去。日军不知所措,日军的另一艘舰艇调头就跑。

石牌要塞的长江防线战旗开得胜。

在其他战场上,局部战斗打得并不好。经过几天交战,中国军队开始撤退,日军向前推进。

5月23日,渔阳关失守。

5月24日,长阳失守。日军向石牌两岸阵地进攻。

5月25日,日军集中步兵、炮兵、空军向石牌全线进攻。

是日,日军第三师团逼近高昌堰,再次逼近石牌要塞。并在战机和火炮协助下,向第11师阵发动猛攻。同时,右邻阵地也受到日军的袭击。至此,一场争夺石牌的战斗在西陵峡展开。战斗之激烈,为鄂西会战所绝有。

深夜,陈诚打来电话,询问战况。胡琏说:"日军想突破石牌,必须踩着第11师全体兵官的尸体通过。"

陈诚告诉胡琏说:"决战在即,官兵士气最为重要,政治部副主任徐昌之将军让我转告你,要想办法激起全体官兵的战斗意志。"胡琏说:"感谢司令官,感谢徐将军,18师全体将士,一定为国血战到底。"

第二天中午12时,烈日当头,胡琏带着全体将士举行祭天仪式,跪拜山巅,跪拜苍天,跪拜在列祖列宗灵位之前:

决战日军祭天文

谨以至诚昭告山川神灵

我今率堂堂之师。

保卫我祖宗坚苦经营。

遗留吾人之土地，名正言顺。

鬼伏神饮，决心至坚。

誓死不渝。

汉贼不两立，古有明训。

华夷须严辨，春秋存义。

生为军人，死为军魂。

后人视今，亦尤今人之视昔。

吾何惴焉！

今贼来犯，决予痛歼。

力尽，以身殉之。

然吾坚信，

苍苍者天，必佑忠诚。

吾人于血战之际，胜利即在握。

此誓

中华国民革命军陆军第十一师师长胡琏
中华民国三十二年五月二十七日正午

夜幕下，11师师长胡琏，伫立在石牌山上，任凭江风吹打，眺望，极力从黑夜中寻找心中的那颗星。沉默，卫兵站在远处，不敢靠近。突然，他转身，急步回到房间，卫兵点亮煤油灯，胡琏一屁股坐在椅子上，从抽屉拿出笔纸，一气呵成写下内容几乎相同的五封信，第二天派人去万县寄给亲人。

这一天是 1943 年 5 月 26 日夜。

胡琏写下《与妻诀别书》

　　我今奉命担任石牌要塞守备，原属本分，故我毫无牵挂。仅亲老家贫，妻少子幼，乡关万里，孤寡无依，稍感戚戚，然亦无可奈何，只好付之命运……诸子长大成人，仍以当军人为父报仇，为国尽忠为宜。战争胜利后，留赣抑回陕自择之。家中能节俭，当可温饱，穷而乐古有明训，你当能体念及之……十余年戎马生涯，负你之处良多，今当诀别，感念至深。兹留金表一只，自来水笔一支，日记本一册，聊作纪念。接读此信，亦悲亦勿痛，人生百年，终有一死，死得其所，正宜欢乐。匆匆谨祝珍重。

胡琏知道，摆在他面前只有两条路，成功或者成仁。

抗战以来，中国军队竭尽全力，没能阻挡住日军疯狂的脚步，死守石牌，应该是军人最高荣誉。

11 师自组建之日起，没有打过败仗。而他的进攻对手是日军第三师团，这是一支为了侵略而准备的部队，自组建之日起，第三师团就参与日军几乎所有重大军事行动，淞沪会战、徐州会战、南京大屠杀、武汉会战等等。这支部队双手沾满中国人民的鲜血。

石牌，中日双方王牌对垒，决一死战。

日军第三师团首先进攻的是国民政府军第 11 师的前沿

阵地南林坡，守卫南林坡的是31团3营。

日军火力覆盖，炮声轰鸣，山摇地动。日军第三团先锋部队在硝烟中，端上带刀的步枪，呐喊着冲上来。3营全体战士长短武器一齐射击，前排的日军纷纷倒下，后面的日军依旧像潮水一样不断涌上来，3营全体官兵端着刺刀，跳出战壕，以雷霆万钧之势扑上去。

短兵相接，勇者胜。战斗的第一天，击退了日军十余次冲锋，死尸铺了厚厚一层，血流成河。

那天，3营8连、9连阵地相继失守，连长战死，战士伤亡殆尽，而7连虽伤亡过半，守死不退。他们有一个迫击炮排，一个机枪排，有一颗保卫石牌、保卫国家的雄心。几名从湖北省立医学院刚毕业的学生，在教师林静好带领来到7连阵地，此时，她们不仅是救护员，也是战斗员，她们拿起枪，她们成为石牌的保卫者。

战斗到了第二天，日军出动5架飞机，又调来5门重炮，对7连阵地狂轰滥炸，山头已经削平，树木已经折断，山顶上能够燃烧的东西在燃烧，石头滚烫滚烫的，山坡被炮弹掀翻，又铺上一层新土。

突然，日军停止了轰炸，端着刺刀冲上来，阵地前，混战中，鬼子向一名战士猛刺过去，当他拔出刺刀才知是一名女兵，是湖北省立医学院的女学生。"妈，我陪你来了。"女兵大声呼喊的同时，已将刺刀深深扎进鬼子的胸膛。这个女兵的母亲死于日军在恩施的轰炸中。

尸海、尘土，滚烫的石头。石牌，激烈悲壮的一仗。

林静好满脸泥土，冲出战壕，挥动着钢枪。呐喊。

咆哮。

不是每个能上战场的女兵都叫静好,战场上也不全是男人,也有女人。

拉开序幕的战斗不会停止,只有决出胜负的那一刻。

战斗的第三天夜晚,日军增援部队第13师团赶到石牌前线。中国军队也开始重新布防。

日军第11军司令横山勇坐镇宜昌,严令日军即使全军战死,也要占领石牌。

这时,日军已经越过南林坡,开始进攻闵家村,这是一条通往石牌要塞的小路,已在野三关打完阻击战的王小虎,率领两个连扼守闵家村,考虑到日军会迂回村庄,王小虎指挥部队先埋伏在村北阵地。

日军来了,他们边打枪边前进,当他们行进到村北时,王小虎高呼一声"打",轻机枪、步枪,一齐开火,撂倒十几个敌人。日军就地开展还击,机关枪、步枪、掷弹筒一齐开火,此时王小虎已率部转移,后退到村北三里外的新阵地,日军气急败坏,迅速调来山炮猛轰,王小虎率部又撤到南面新阵地,日军"乘胜"追击。

王小虎率部来到村东头,他立即把部队分成战斗小组,散开侧面射击,日军先头部队遭到打击,后续部队同样受到打击。王小虎打的这一仗,是典型的消耗战。

村庄、房屋墙壁全部被毁,山坡上的树木在燃烧,断壁堵住了通往石牌狭窄的通道。前面的路已被堵死,已经进退两难,徐石头率领第三连赶来,和王小虎会合,战斗到下午五时许,敌人收拾了尸体和伤兵开始撤退。

王小虎手提薄刀山砍刀，站在村头，怒视前方，瞪圆了眼睛，咬紧了牙齿，胜利的喜悦挂在脸上。他和徐石头两手紧握、拥抱，泪珠也挂在脸上。

每当日军攻下一道关隘、一道峡谷、一座山包、一块岩石。王小虎立即组织逆袭反击，在日军休息补给时，王小虎率队迂回到日军后方，展开伏击、偷袭，并组织特等射手，专门打击日军的指挥官和机枪手，他已说不清自己运用的是游击战还是运动战。

战斗到了第四日，中国军队大部阵地被突破，李小侠团、王小虎团的阵地也面临被突破的危险。日军第三师团的士兵像湖水般涌向石牌，所有的火力也对准了石牌，横山勇命令："不惜一切代价，夺取石牌。"

战斗已进入白热化。

最原始的白刃刀战在石牌重现；

最血腥的白刃刀战在石牌上演。

血已沸腾，心已上膛，分不清敌我。

山谷里，刺刀闪闪，喉咙在呐喊，身体在碰撞。

上千名日军冲向石牌。

上千名中国军队气势如虹，死守石牌。

突然，静寂。一小时，二小时，三小时。战场上天昏地暗，尸横遍野。

日军硬是被中国军队挤出了石牌。

石牌，永恒的记忆。

啊！石牌！

"保卫石牌！"山顶的军旗仍在飘扬。

"保卫石牌!"中国必胜,日本必败。

"保卫石牌!"为中华民族而战。

"保卫石牌!"战斗,战斗,战斗。

"保卫石牌!"用生命捍卫阵地。

石牌,国威之战。

石牌,整日炮声震天,不分昼夜。看不见星光,看不见月光,只见炮弹爆炸的亮光。

石牌保卫战,双方都在截获对方的情报。田中君从截获破译的电报中,寻找自己需要,在第六战区下达各部队的不同电文中,他找出一份关于石牌西侧,香花岭守军部署的电文。电文显示,驻守在香花岭的一个团,没有重炮,请求指挥部火速增援,以应对敌人的进攻。他们收到回电:"死守阵地,三天后,一个重炮连,即到达。"这两次电波的发出,每次就两分钟,然后电波就消失,再未出现过。日军破译出这份电文,田中君这个不善表达的情报专家竟手舞足蹈,他需要一场胜利证明自己。电文显示,石牌西侧,一个团守军,没有重炮,请求支援。天赐良机,田中君要歼灭这个团,从石牌西侧找到突破口,日军作战部队很快进入战斗。

这时,日军再次截获一份电文:"日军正在集结,请求重炮连火速赶到香花岭。"

日军没有犹豫,向香花岭推进。

然而,田中君没有想到的是这两份电文,正是在战斗中最激烈的过程中,父亲从战局的思考选择李小侠团的阵地,作出的大胆决策。他指示乔雁顺,立即通知李小侠,由鹿纯子制造一份向第六战区指挥部请求重炮支援的紧急加密电文。父亲知道，从目前的战局形势，田中君需要什么？田中君也会有失去冷静的那一刻，这就是接着发出的两份加密电文。父亲更知道，李小侠团，这支中国共产党领导的队伍，他们敢于牺牲，他们能够胜利。

石牌保卫战胜利之后，这份电文，被评为经典的情报战范本。

日军挺进香花岭，大胆开始了他们疯狂的进攻，李小侠团早已严阵以待，他们先是利用沿河阵地的险要地形顽强阻击，日军在拥挤的狭窄的山路里艰难前进。

这时，日军战机来了，战机将密集的炸弹倾泻在阵地上，紧接着地面部队发疯似的涌上来。

这正是李小侠要的效果，他们和友军11师一个营早已布防香花岭山头高地上，山炮早已严阵以待。

日军进攻时，采用小队疏散的队形，交替掩护，多路攻击。李小侠下令，重炮猛击。在狭窄路段中，击毙日军一百之多。

李小侠站在香花岭山顶，红旗在他身边飘扬，他捧起红旗一角，抚摸着，脸上露出微笑。这样的时刻，他期待太久。

香花岭战斗的失败，田中君气急败坏，他再次拿出截获的两份电文，再次琢磨。突然，他狠劲打了自己一耳光，长长叹了一口气，紧闭双眼，倒在床上。

香花岭战斗的失败并没有让日军进攻停止下来，石牌要塞险情依旧不断，胡琏把师部搬到要塞的最高点，把旗帜插到要塞的最高峰。他要求各团长官恪尽职守，战斗到最后一个人，"把血肉英名涂写在石牌的岩石上。"

蒋介石来电："石牌要塞乃国运所在，离此一步便无死所。"

日军攻势已倾其所有。石牌要塞的守军，也已做好流尽最后一滴血的准备。

5月30日，第五战区、第六战区增援部队抵达石牌一线。日军仍集中主力向曹家畈一线猛攻。石牌要塞侧面压力巨大，日军还试图从天柱山向木桥溪方向迂回，刚到木桥溪，就被增援赶到的第六战区部队阻击在那里，而刚突破曹家畈阵地的日军，也被第六战区增援部队夹击。

石牌要塞的百姓不分男女，冒着日军枪林弹雨，为守军运输给养弹药，抬送伤员，积极参战。石牌，早已是铜墙铁壁。

激战。尽管日军海陆空三军开展全面进攻，上演的是"声、光、电"声势，然而，参加石牌保卫战官兵，抱着战至最后一兵一卒的决心，坚守在阵地上。

日军并不甘心，他们还在缓慢前进，而他们每前进一步都付出沉重代价，都会有侵略者永远躺在中国国土上。这种死亡，日本是承受不起的，岛国的男人是有限的，他们疲惫不堪，伤亡惨重。他们得到情报，第五战区官兵已经开始迂回，准备切断日军退路，以全歼日军。

5月31日，日军放弃进攻，开始撤退。

6月2日，我江防军转入反攻，他们已收到命令，至高无上的命令："前进！"已经是天方夜谭式的神话，中国军队在前进中进攻。

"前进,前进……"

中国军队在进攻中乘胜追击。追击的部队汇集成滚滚铁流。

"前进,前进……"将士们高喊,憋屈太久,将士们的眼睛里全是血丝,射出的是火焰,中华民族之精神大放光芒。

日军溃退,溃不成军。

中美战机出动了,呼啸着,扫射着。长江沿岸日军死尸累累。突然,一名日军中佐从尸体中爬出,挥舞了几下军刀,他已站立不起来了,脊椎断了,满脸是血,身上也是血,这血并不全是他的血,但他已明白,他即将死去。周围站满了中国军队的士兵,他们把枪高高举起,没有开枪。日军中佐拼命昂起头,头顶一片乌云,黑压压的,他没有找到他想看见的。"扑通,"他重重地摔倒在地,死了。

"胜利,胜利……"将士们振臂高呼。

"胜利,胜利……"将士们热泪盈眶。

徐徐的江风吹来,热血沸腾,将士们倍爽。太阳一层一层拨开厚厚云层,露出笑脸,阳光灿烂。

"胜利,胜利……"将士们扬眉吐气。

至此,日军西犯贺家坪,东窜三斗坪,夺取石牌要塞的美梦彻底破灭。从此,日军再也无力由三峡西进,倭寇之铁蹄始终未能踏进重庆一步。

6月3日,石牌保卫战取得了最后的胜利。

鄂西会战历时一个多月,制造南京大屠杀的日军主力第三师团一部和第十三师团大部被歼灭,聊以告慰惨遭荼毒的南京军民。这是一个难以置信的奇迹。中国军队击退了敌人步、骑、炮、空的联合进攻，石牌之战，也成为鄂西会战的一个显著标志。

6月12日，鄂西会战结束。

我们曾见到当时一位战地记者，后来，他牺牲了，长眠在石牌。从他口袋里找到一本日记本，记录了石牌保卫战的日日夜夜，留下了一段段鲜活的记忆。

  日军第三师团越过桃子垭，向桥边南之天台观一线阵地进犯。进入石牌外围主阵地，日军飞机低飞助战，向石牌要塞强攻。遇到几个从恩施医学院的女学生，她们就在石牌主阵地，无疑，这道风景线，给战士们极大鼓舞。遗憾的是，她们没有留下名字。整个石牌保卫战，留下名字的英烈，只是极少数。

然而，世界铭记住了石牌。

直到战役结束，国军反攻宜昌胜利，菊花才回宜昌。见到伍田戈她才得知，中村已剖腹自杀，惠子服毒。伍田戈交给菊花一封周冰留下的诀别信，和几只装有这些年他采集的植物标本的大木箱。

  菊花，爱妻：

    临死前，我还是想最后一次这么称呼你。

    此生，能遇到你是我的福分，我无憾。唯一对不起的是欺骗了你。我是日本人，接受潜伏任务来到宜昌。

当年在石牌采药时，我腿摔断了，在荒山老林里，是你救了我，否则早喂狼了。之所以现在才说出我是日本人，是因为你的善良、真诚征服了我，我不敢面对你，怕失去你。老天是公平的，把完美无瑕的你给了我，而又让我的灵魂深处整天不得安宁。我享受与你在一起最美时光的同时，又痛苦地面对欺骗你的折磨。

在宜昌，日军公然使用毒气，我彻底失望了，这不仅是违反国际公约不人道的战争行径，也使我多年的潜伏变得毫无意义。罪恶的战争。我恨、我悔……

我钟爱植物，做了那么多标本。毒气，把我的梦也打碎了，日军将以失败宣告战争结束，我也只能以死谢罪。

菊花，最后求你一件事，带好我们的狗狗。

周冰　绝笔

菊花百感交集。

她嫁给周冰时，曾那么爱他，当知道周冰是日本情报人员中村时，她昏倒了。生活给了她痛，她又一次仰起头，欲哭无泪，她的灵魂拒绝周身的痛，她站立着，这是中国的国土，这是她的家乡。石牌的女人，如花似玉，坚强勇敢，石牌的菊花装得下忧伤，懂得国家利益至高无上，她嫁给了周冰，无奈的选择，而这个选择又让她成为石牌的英雄，留下了给石牌人传颂的故事。

她是土家族，她身上保留着土家人鲜明的特性，男人尚武善斗，勇猛彪悍，女人的温情贤惠，纯洁善良，爱恨分明。

相传土家族是由巴人、武陵山区的土著先民、濮人、乌蛮、板楯蛮和賨人、江西迁来的部分望族等，大概于唐、宋时代融合的一个单一民族，但是融合的核心是巴人，巴人有三支，按照其图腾和信仰分为：龙蛇之巴、鱼鳖之巴和白虎之巴，白虎之巴为主体的巴人经过漫长的艰苦岁月，大致到宋代就形成了今天的土家族。

菊花从小就听老人讲起王昭君的故事，那是离石牌不远的秭归流传下来的，王昭君主动请求和番，为人民带来了和平，昭君的故事，成为民族团结的佳话。当石牌女人走进战争，她没有后悔。她把微笑挂在脸上。她说过，她是石牌的女人，是土家人的后代，就应该做石牌女人该做的事，她要为保卫石牌贡献石牌女人的全部。

秋季之月，菊有黄花。每当山上的菊花开了，石牌人民都会想起菊花。

那一年，石牌的早菊开了、秋菊开了、晚菊开了。缤纷的颜色不禁让人们想起元稹赞美菊花的那首诗：

秋丛绕舍似陶家，遍绕篱边日渐斜。
不是花中偏爱菊，此花开尽更无花。

石牌的菊花很特别，像石牌的女人一样美丽，有红色、紫色、黄色、白色……争相斗艳。石牌的人民喜欢菊花，菊花是石牌的，菊花是民族的。

近代以来，中国经历了长达百余年的国破山河碎，同胞遭蹂躏的悲惨历史，我们对此刻骨铭心。

在我们梳理抗日战争发生的25次大会战，无疑发现，鄂西会战、石牌保卫战，产生了巨大影响。我们记住恩施，记住石牌，是记住这些地方特殊的历史地位。我们记住石牌，记住恩施，就是因为这小小的两个地方成为拱卫重庆的前沿阵地，而情报战所发挥的作用是不可替代的。

日本的侵略深刻地影响了中国人民集体记忆。抗日战争异常惨烈，从战略防御到战略相持，进而发展到战略反攻，无论是正面战场还是敌后战场，中国人民同仇敌忾共赴国难，用生命和鲜血，书写中华民族最为壮丽的篇章，奏响了气壮山河的英雄凯歌。我们要牢记历史，中华民族已屹立在历史的圣殿之中。

从1931年"九一八事变"爆发后的局部抗战到1937年"七七事变"爆发后的全面抗战，整整14年，5110天。

在全国人民都在欢庆抗战胜利的时候，湖北省政府，要迁回武汉了。恩施专员也由国民政府另委任他人了。父亲也接受了新的任务，随六战区回武汉接受日军的投降和省城的光复接收工作。

专员署一行人到了恩施城外，这是一处神门洞，当场就有人把它称为"凯旋门"。

洞壁光滑，如刀砍斧劈。洞内洞外皆风景，一洞一重天。

回头看，它又似一把刺向天际的宝剑。

接下来的洞是伊莲洞，此洞最为奇丽，洞口顶端的上方有一股清泉飞泻而下，似天降珍珠，如片片雪花。

洞的顶部有一大一小两个天窗，如日月当空。

从第三洞沿石阶下行 30 余米，便到了最低层的溶洞，即第四个洞"伊人洞"，形象的叫法是脚板洞。

洞内有瑶池潭，恰似仙人的脚印。

洞外有座会仙桥，桥的上方乃神仙洞府，桥的下方是凡人家园。

这是上天的鬼斧神工，也是人民胜利后最好的心情映照。"凯旋门"，是胜利的象征，它和法国有关，那又是另外一个故事了，是抗战，让恩施人民把这山洞和"凯旋门"联系起来。

父亲回到老屋，山野堂药房账房先生向延安报告"国民党'反共'势力抬头，甚是嚣张"。延安很快回电"一切尽知，方略不变，既在虎穴，终得虎子"。父亲明白，这是给"顿吾"的专电。

父亲任恩施行署专员、军委政治部二厅厅长、战区政治部副主任达七年之久，从 1938 年 5 月到 1945 年 8 月，前后 87 个月，恩施一直在人民手里。直到 1946 年 9 月，湖北省政府复迁武汉，父亲也要回汉口任新职了。临行前，他特地对负责复迁的政府秘书处交代说，"凡能留下的，都要尽量留给恩施，留给那里的百姓，这几年，他们付出了太多！"

是啊，战争给恩施带来了巨大的灾难，恩施付出极大的牺牲，但同时，也成就了这座山城的厚重历史。

父亲回想起他赴恩施就任专员时的情景，一个被国民革命政府任命的行署专员，居然不能从武汉直抵恩施，而是要跋山涉水，先到宜都，等了三天才搭上去巴东的船，从巴东再一路进山，牛车、马车、汽车，一段段向前，很多时间是步行在乡村的小路上。那会，牛安不会看地图，他跟着父亲，走一程又一程，似乎丈量着去恩施的路。谁能想象出，恩施的地方行政官员，就是这样赴任的呢？

"艰难啊！真的不容易。"每当回忆起赴任的这段里程，回忆起在恩施城的日日夜夜，父亲总是不无感慨地说。

然而，正是这次实地的丈量，父亲从战略的眼光，观察出恩施的军事战略地位，这就有了他一到恩施设立"军事重地"，修建"十八坳"。

此刻，正在归去的身影，伟岸、坚毅、果敢、无畏，忍辱负重，屹立于高山之巅。

父亲欣慰，这是生命的旅程，这是民族的征途，所有的付出都值！

伟大的中国人民抗日战争，开辟了世界反法西斯战争的东方主战场，为挽救民族危亡、实现民族独立和人民解放，为争取世界和平的伟大事业，作出了彪炳史册的贡献。

尾声

1945年7月26日,《波茨坦公告》发表。该公告由美国起草,英国同意。发表前征求中国政府同意,苏联在8月8日同意参加该公告。8月14日,日本天皇同意接受《波茨坦公告》。这是一份促令日本投降的宣言,规定有所日军都应就近向盟军投降。八路军、新四军都是盟军战斗序列,都可以就近接受日军投降。

老屋。深夜。急电。

账房先生将刚刚收到的《波茨坦公告》全文发报到了延安。关掉电台,已无睡意的他,走出山野堂药房,走到屋前的樟树林里,大口大口地呼吸着新鲜的空气,周身舒服。

王铨通知乔雁顺,你的潜伏任务已完成,立即到八路军重庆办事处,接受新任务。

重庆,周公馆。

乔雁顺受到英雄般的欢迎。乔雁顺回到党的怀抱。微笑中乔雁顺见到了我。

"叔叔好！"我鞠躬问候。

乔雁顺说："你也来重庆了。"

我点点头。

正在这时，办事处主任进来了，轻轻抚摸我的头，然后对乔雁顺同志说："据情报，军统准备对你下手，你即刻转移，去延安。"

乔雁顺说："谢谢组织对我的关心。"

主任说："应该谢谢你，谢谢隐蔽战线的同志。另外，上级已同意徐昌之将军的儿子徐南方随你一同去延安。"

我们一行从重庆抵达西安，就在我们准备离开西安时，遭到了武装袭击，为掩护我们，乔雁顺叔叔不幸中弹牺牲。这位参加武汉保卫战、野三关阻击战、鄂西会战、石牌保卫战隐蔽战线最优秀的同志，离开了我们，是军统策划了这次行动。还是在恩施时，乔雁顺在对日情报战的成功表现远胜过军统情报人员，恩施情报站站长方树堂几次上报："乔雁顺是可怕的中共情报人员，是否除掉？"戴笠向牛牛征求意见时，牛牛都以战局吃紧，需要情报共享来回答戴笠。这次不同了，抗日战争已取得胜利，国民党内反动势力开始抬头，军统特务也露出了他们极端"反共"的狰狞面孔，"中共一个的优秀情报人员可抵千军万马。"他们得到戴笠手谕，策划了这次暗杀。

掩埋好烈士的遗体，我们含泪到达延安，这是我一生永远难忘的历程。

延安是我的向往，宝塔山、延河水，是中国革命的象征，中国共产党和毛泽东同志在延安领导中国人民进行了13

年艰苦卓绝的奋斗。只不过一切来得太突然，没时间向父亲辞行，来不及回老屋，但我拥有的是一个真正的春天。更没想到的是，到延安不久，覃大川来找我，一身戎装，英姿飒爽。在延河边，大川对我说："你父亲是有信仰有追求，令人仰慕的真正男人。"

我不知叫大姐，还是叫姨，"革命胜利后，我们一起回河边徐家"。

覃大川望着延河水，背对着我："我的心早已随心中的人了。"

我一脸茫然。

小老乡程寒早已到延安，程寒是革命烈士的遗孤，她的父母牺牲在蒋介石背叛革命后的大屠杀中，是党组织派人抚养她成人。在大川的撮合下，在延安我和程寒结婚。

抗日战争胜利后，已是少将军衔的牛牛，送女儿到美国留学，戴笠死后，牛牛回到军统机关，仍然做情报的分析整理工作。

1945年9月3日，一雄和鹿纯子结婚，后来，他俩同时获得抗战胜利纪念章。那一年，他俩回河边徐家，回老屋看望奶奶。

清晨，老屋上空喜鹊依旧，牛车山上的树依旧，牛车河水依旧，生活依旧。

奶奶对一雄说："这些年你见过你弟弟吗？"

一雄说："母亲，见过两次。"

奶奶说："你的事我都知道，不错，是徐家的儿子，如果你同意，以后就叫徐一雄吧。"

一雄说:"母亲,我同意。"

奶奶接着说:"前些日子,静娴去了武汉,见到你弟弟,他不仅支持你们的婚姻,还说你媳妇对抗战做出特殊贡献,如果你们回老屋,回河边徐家,为你俩操办一桌酒,算是徐家为你们补办了中国婚礼。"

一雄和鹿纯子来到牛车山,跪拜爷爷。

一雄大声呼喊:"父亲,我回来了,父亲,你听见了吗?我是您的儿子,我是徐一雄啊!"牛车山上的绿叶,被呼唤成葱绿,牛车河水的浪花,滚出了泪的乡愁,抓住积淀的岁月,难掩心灵深处的痛。

老屋给了他俩家的味道。奶奶对一雄说:"按河边徐家规矩,咱老屋的后墙又要加1尺2寸了。告诉映奎,他的另一个儿子回家了。"

从此,一雄和鹿纯子留在中国。

一雄在武汉医学院教书,鹿纯子在国立武汉大学教书。对于他俩为抗战所做的贡献,缄口不提。他们平静而又默默无闻的生活。可喜的是一雄54岁那年,鹿纯子35岁,他俩喜得贵子,起名徐牛坳。

老屋院子里的那棵桂花树,根繁叶茂。

抗战胜利。清水作为战犯,池田作为间谍被捕。而百合受牵连进监狱。

后来,经牛牛证明,百合被无罪释放,她要求回老屋,回到奶奶身边。

1949年1月12日。

在通往汉口王家墩机场的路上，赵汉增、牛牛坐在车后面，刚从美国留学回来的女儿倩倩和张副官在另一辆车上。

路太颠簸了，头常被撞到车顶。

汉增说："我在台湾等你。"

牛牛说："好，一周或许一月，我应该可以离开大陆了。"

沉默，两人面视。汉增从公文包中取出一支钢笔，"牛牛，把这个给你，"压低声音在牛牛耳边说，"这是最新的'A计划'。"

牛牛心突然咯噔一下，望了汉增一眼，把头靠在他肩上。

机场很快就到了，牛牛对倩倩说，到那边照顾好爸爸，我过几天就到。

倩倩："妈，您就放心吧。您要早点来，我们等你。"

机场。一架飞机等候着赵汉增一行。国民党已做好撤离大陆的准备，陈诚已飞抵台湾，电令他嫡系赵汉增日内赶到。

停机坪上，赵汉增突然喊："张副官！"

"到！"

"你留下，保护好夫人，过几天陪她来台湾，军统那帮人，我信不过。"

"是！"张副官立正，举起右手，敬了一个军礼。

倩倩随汉增登上飞机，飞机很快在跑道上滑行，飞向蓝天。

牛牛挥手，眼噙泪花。"等着我！"牛牛大声喊道。

汉口汉正街，人群攒动，挤搡着，很多门铺都已关门，剩下店铺也在大甩卖。牛牛快步直到汉祥福裁缝铺。刚一进门，父亲出现在里面，迎进里屋。"姐！"

牛牛说："怎么是你？"

父亲说："梅花香自苦寒来。"

牛牛说："顿清人悟花自开。"

父亲说："顿吾4455。"

牛牛说："梅花5544。"

牛牛明白了父亲共产党员身份，徐昌之明白了牛牛双重身份，他不知道的只是牛牛和周公馆之间的经过。

姐弟俩拥抱，脸贴在一起。牛牛疼这个弟弟，他是河边徐家的传人，牛牛把钢笔交给父亲，这是"A计划"。我必须亲手交给'顿吾'，现在的密码已经不保密了。

原来，国民党准备撤离大陆时，搞了一个"撤离大陆行动A计划"，延安方面已知道这一情报。安排多方渠道始终没搞到，最高层决定启动4455"顿吾"。但，经过核实，"A计划"只是其中一部分，主要是军事部分。还有更重要的"B计划"，涉及黄金转运、潜伏人员布置等。激活的那一刻，父亲无比激动，终于可以回到党的怀抱！

牛牛说："过几天我也要去台湾，我们的姆妈就拜托你了。"

父亲说："姐，你就放心好了，我一定照顾好我们的姆妈。"

牛牛给父亲又一个拥抱，扭头离开了。太多的话想说，太多的事要去做，一切留在胜利的那一天。

4455"顿 吾"被激活，父亲明白，新中国就要成立了，这次党启动对他的"激活"，可见这次情报的重要，这也是完成中国共产党秘密党员特殊使命的光荣时刻，蛰伏20多年，不就是为了这一天，为了这一次行动计划的情报吗？一定要完成任务，搞到国民党撤离大陆时制定的"A计划"和"B计划"，安全送到延安，送给党的最高组织。

牛安在军委政治部二厅机要室工作，凭其忠诚、谦卑和各种关系的关照，现已调任国防部保密局机要室，掌管核心机密。

如何用最快速度得到国民党撤离大陆行动"B计划"，也就是说，只有拿到"A计划"和"B计划"，才能完成党组织交给的神圣任务。父亲立即找到牛安，这是他多年的精心安排，从未用过一次的"卧底"。牛安没有辜负父亲，他按父亲的要求送来"B计划"。拿到"B计划"，父亲内心无比激动，他推开窗户，望着滔滔长江水，百感交集，党啊！我回来了！

其实，父亲已有预感。国民党反动派政权即将倒塌，已指示牛安做好重要情报的搜集。等待的是父亲的一声令下。

牛安一辈子没对第二个人说过，在中华人民共和国成立前夕，他做过如此重大贡献的事，谁也不知道牛安还有这段经历，牛家坳人只知道，牛安跟着父亲，是他的警卫参谋。

第二天，牛牛在办公室整理文件，突然闯进两个大汉。

"特派员，"大家都习惯这么称呼她，"拿点'货'给我们，让我们有口饭吃！"他们知道，牛牛的工作有太多的'情报'。"这些原在军统的人内外勾结，已经变成买卖情报的特殊"商人"了。

牛牛说："放肆！"两个大汉用枪指着牛牛，她装着去开柜子，快速举枪打死了这两个大汉。

突然，又冲进来几个人，牛牛中弹，张副官赶到时，牛牛已倒在血泊中。

"A计划"和"B计划"安全送到延安。

情报战，就是这样，谁也不知道父亲是如何离开汉口的。后来，父亲又去了哪里？

武昌。莹莹的住所，人走楼空，据说是王小虎派人把她接走的。

延安，组织上把父亲留给儿子的信交给了我，我终于明白，父亲，还有牛牛姑姑，一生都在为心中那份崇高的"信仰"而战。

"南儿，好好活着，奶奶还在老屋等着你，在中国共产党领导下，新中国即将诞生，中国人民即将获得民主、自由、幸福生活，那是你祖太爷，太爷，爷爷及你父亲一辈子为之奋斗的理想。你牛牛姑姑牺牲了，照顾好你母亲，照顾好莹莹奶奶，照顾好奶奶，我一生无憾。"

覃大川随部队南下，渡江战胜利后，她留在刚成立的黄冈县任县委副书记。

几年后，当我怀揣父亲的绝笔，随大军南下时，程寒抱着我们的孩儿，已在老屋等候。我母亲，百合，徐家小妹，伫立在奶奶身边。"要是世界上没有战争多好啊！"

奶奶坐在老屋的院子里那棵桂花树下，她似乎知道一切，只是眺望远方，"似乎只有背影，背影后面是泪水。他走啦！走啦！"

我扑在奶奶的怀里,"奶奶,这是怎么啦?"

奶奶把我带到祠堂,祠堂里又增加了九叔公的牌位,还有牛牛奶奶的牌位,奶奶说:"牛牛也是徐家的'男人',"祠堂里还有徐石头的牌位,他是在渡江战役中牺牲的英雄。

奶奶接着把我领到牛车山上,她对我说:"牛车山上有两座坟,一座是你太爷、太奶奶的合葬,一座是你爷爷的坟。他们走时,你父亲是匆匆一别,是你母亲替你父亲尽孝。现在你父亲生死不明,但我相信他还活着,不管他是生还是死,以后每年的清明,你都要回来磕头、烧香、尽孝。"

我早已泪流满面,说:"奶奶,您放心,我一定常回老屋,回河边徐家,一定会好好尽孝。"

奶奶看淡生死寂灭,笃信灵魂不灭,她的声音断断续续,但我听得清,听明白了。

奶奶说:"你爷爷一生为'信仰'而苦苦追求,你父亲更是为'信仰'而执着。你瞧,这么多年了,一代又一代,我身后的这棵桂花没倒,它枝繁叶茂。"

我的泪水流在奶奶身上。

奶奶说:"来,快把我重孙放在我怀里。"

我把亦华放在奶奶怀里,亦华真乖,一点没哭闹。

奶奶说:"你父亲不'孝',但他'忠'啊!"

说完,奶奶闭上双眼,再也没有醒过来。

奶奶走了,我母亲把章姨留下的包袱放在奶奶身边,这是奶奶最心爱的物件,也是奶奶心中最大的秘密。

远处传来悠扬的歌声。

老屋门前的那条河
日夜流淌
老屋屋后的那座山
层峦叠嶂
老屋院里的那棵桂树
年年开花　岁岁飘香

奶奶啊
又一代男儿从老屋走出
肩背成长的行囊
点燃希望烛光

奶奶啊
又一代男儿从老屋走出
继承老屋的传统
向前扬帆启航

奶奶啊
破茧成蝶的梦想
我们一起守望
守望

　　桂花树上停留几只小鸟在叽叽叫，一只信鸽飞来，停在奶奶肩上，我提笔写下几个字"不要惊醒奶奶"。信鸽飞走，不知它将飞到哪儿。

补疑

两年后

已到台湾的赵汉增很快得到重用。张副官也到了台湾，告之牛牛牺牲的实情，他痛苦欲绝。此后，他没有再娶，床头永远摆放着牛牛的照片。

父亲完成了党组织交给的任务后，没有回老屋。

有一种传闻，父亲去薄刀山寨了，去陪莹莹姆妈。父亲知道，牛牛牺牲了，赵汉增去台湾了，莹莹姆妈一定会在薄刀山寨。她也是参加过辛亥革命的老人，跟着爷爷的这些年，她也活明白了，人哪，总是要回归大自然的。当父亲在薄刀山上见到莹莹姆妈时，她明白，这就是河边徐家的男人。

后来，牛安回到牛家坳，他曾去了薄刀山寨。他相信父亲还活着，牛安是抗战老兵，在新中国成立前夕，他为父亲获取重要"情报"作出贡献，他没有去台湾，而选择留在大陆，回到牛家坳。不久，他被捕了，他无法说清楚在国民党军队的那段历史，被捕后也没有说出关于"B计划"他所作的贡献。一次，已任湖北省公安厅副厅长的曾城到老屋看我母亲，他是恩施"情训班"第一期学员，是牛安的朋友，得知牛安被捕的消息，他出具证明，牛安在抗日战争中为党的情报做过有益的事，牛安被无罪释放。牛安仍回牛家坳，我母亲从汉川老家帮他找个媳妇，一切随缘，平安是福，两口子日子过得不错，媳妇为他生了两男两女共四个孩子，可惜的是1988年，牛安因病去世。

我母亲也专程去薄刀山寨，未曾寻到父亲的踪影，也未见莹莹，却意外见到山野人。山野人在爷爷离世后，就上薄刀山寨了。他说过，山寨是神仙住的地方。当我母亲见到山野人时，他说，山寨有故事，青葱，有露珠，神秘，有经年守望的人。哦，我母亲理解。她回老屋，告诉汪晨，你师傅在薄刀山寨，快去接他回来。我在老屋守候，等昌之回来。

还有一种传闻，卡丽娅劫走父亲去苏联了。父亲是她初恋的情人，乔雁顺牺牲了，她悲痛万分，她不再犹豫，她不想失去对生命强烈的渴求，不愿错过曾经属于最好的自己。

还有人传来消息，父亲去台湾了，继续潜伏的生涯。在牛车山上，常见我母亲，抱着亦华，向心中想往的方向眺望。

> 牛车河边的老屋。
> 老屋的那棵桂树。
> 河边徐家的男儿，
> 又一代从这走出。

又过了三十年。中华人民共和国民政部给徐昌之颁发了

《革命烈士证书》。湖北九峰山革命烈士陵园内，高大、庄重的烈士墓墙上镌刻着徐昌之的名字，松柏丛中为他矗立铜像，望着远去的大江。

不一样的送别，在淡淡的向往中归去。

1988年，倩倩作为文化交流使者，从台湾来到大陆，她回老屋了，在牛车山上跪拜他的外公，还有奶奶，她母亲牛牛的衣冠冢也在山上，徐家祠堂已改成牛家坳小学，里面书声朗朗。她去了薄刀山寨，沿着当年先辈们留下的遗址，将自己的足迹也印刻上。那一年，她已经64岁了。

苍苍竹林寺，杳杳钟声晚。
荷笠带斜阳，青山独归远。

山野人老了，开始云游，开始神往。思想保守封闭的他，做了一件流传千古的事。将祖上传给他的药酒秘方留给了汪晨。那可是道光年间传下来的祖传秘方。

汪晨成为山野人传统药酒的一代传人。

1951年，汪晨在黄州城内开设"山野堂"药店。承袭山野人药酒为技，独特工艺、独特秘诀，以黄州地产酒为基酒，工艺匠心独运，选料上乘，品种齐全，疗效极佳，成为黄州药酒第一家。后来"山野堂"被评为"中华老字号"，祛风活络酒、益气养生酒，被评为非遗产品。

奶奶走后，我母亲留在老屋，徐家小妹后来考上国立武汉大学，攻读经济学。

百合也留在老屋，没有结婚。她收养了两个战争留下的孤儿,一个男孩、一个女孩,一个叫徐亮亮、一个叫徐盼盼。"禅茶遗处"已成当地旅游景点,"雪源古树红印茶"也成为当地著名品牌,茶已限量生产。她用心打造春季茶饮、夏季茶饮、秋季茶饮、冬季茶饮,乡村硒梦茶饮等。

百合的产品主销日本,在当地很难买到。

跋
——从河边徐家走出

"做一个有责任、有情怀、有故事的男人。"

奶奶说。

小时候,我挥之不去的记忆就是奶奶,她是位慈祥、和蔼可亲的老人。从未见她发脾气,也未听见她大声说话,可不知为什么,对奶奶,我心存敬畏。她一辈子修炼自己的灵魂,坚定自己的信念。她身上总有令人敬重的威严。我也从不掩饰对奶奶的怀念与爱。对奶奶我有太深的感情,她一手把我拉扯大,她的一生只为一件事而来,那就是河边徐家。那一年她十七岁,她把青春、生命嫁给了河边徐家。她生活在中国新、旧民主主义革命时期,河边徐家的"太爷""爷爷""父亲"和那个时代又是那么紧紧地联系在一起。

2016年,老屋被评为湖北省级文物保护单位。记住老屋,记住乡愁,记住这片蕴藏厚重生命和沧桑历史的故土,记住父辈们用生命探寻中国梦的理想、追求。

评上省级文物保护单位，老屋成为历史承载，我能继承的是老屋带给我的坚定，带给我的信仰。她让我记住中华民族百年沉沦的艰辛苦难史，记住中华民族救亡复兴的辉煌崛起史。

尝试用非虚构小说的方式来讲述"河边徐家"的故事，这种文体在生活真实的基础上进行艺术加工，但又并非绝对求真的报告文学或传记文学。这种文体不仅可以有所虚构，还可以更充分地发挥小说的笔法。于是从河边徐家走出的男人们鲜活了，"奶奶"鲜活了，那个时代的革命先烈们鲜活了。这是一种新的创作方式。我知道，凭我有限的写作能力，是无法表达我内心的全部，更无法表达中华民族近百年来的苦难辉煌。

百年，要从"太爷"写起，那时他已当上了黄州府千总，但写河边徐家，还必须从最早的那个"赶地"的小伙说起，正是当年小伙独具慧眼的勇气，才有了河边徐家。2011年4月14日，我在人民日报发表了《河边徐家记》，可以说，小说创作基础已经定下来了。之所以没有接着往下写，是我还要回老屋，这是部接地气的作品，老屋会给我更完整的思路。

在武昌，有一幢没有电梯的旧楼，那是我在武汉生活工作时曾住过的地方。住房离辛亥革命纪念馆很近，走路就可以过去。清晨，我常去纪念馆，不仅是去受教育，更是去感受辛亥革命在政治上、思想上给中国人民带来的不可低估的解放作用。毕竟那是推翻了中国两千多年封建统治的大事，就是在这难以平静的感动中，完成了"爷爷"那部分的提纲，接着去了黄冈的薄刀峰，去体会山寨人粗犷的生活，当年的山寨，如今已是湖北著名的旅游名胜。

黄冈的人，黄冈的山，黄冈的水，黄冈的饮食，鄂东的民俗，我流连忘返。在这里，必须再次提到"奶奶"，她是这部小说的灵魂。

奶奶曾说，朦胧中的爱是初恋。当年，媒婆到王家去提亲时，藏在厢房后的奶奶，听完媒婆的介绍，在心里已应允了这门亲事，这不仅是缘，还有"奶奶"做女人的那份自信。

做女人难，做河边徐家的女人更难。奶奶见证了河边徐家男人们的故事，正是奶奶的家国情怀，用她的大爱，用她的大痛，用她的人格和品质，传递生命。用一生来述说她的挚爱与心灵的悲苦，述说她的坚定信念和不屈不挠的民族精神。历史的记忆激励我写一部作品来讲述那个年代老屋人的故事。当我把奶奶和太爷、爷爷、父亲的故事娓娓道来时，只希望能和读者一起向1840年以来，牺牲的无数革命先烈们致敬，共同缅怀他们。

奶奶是位有情怀的女人，河边徐家是她一生坚持着的回味，院子里的那棵桂花树还在，村头的那棵桂花树也在，只是树干更粗、桂花更香。每年的八月，桂花飘香；每年八月，我都回老屋，抚摸桂枝，亲吻桂香。感谢她的守望，守望老屋的精神，守望老屋的传统，守望老屋的信念。

想写部反映老屋的小说很久了，有这样的想法，是源于对"奶奶"的那份感动，源于自己的那份乡愁。写出老屋的声音，传承老屋的文化。记得奶奶曾对我说："人生道路上，不管遇到多大困难，都要咬牙再坚持一下，你爷爷、你父亲，他们的一生遇到了不知多少难事，之所以最后能迈过这些沟沟坎坎，最重要的一点，就是再坚持一下。"

我书桌上有一盆火红的杜鹃花，产地就在黄冈。书房内就这一盆花，望着它，我心驰神往。还有一杯用"雪源古树红印茶"泡的茶，茶是奶奶留下的。常有写不下去的时候，太多的工作总在打断我的思路，集中思绪又要花费很久的时间。

奶奶说："信任是不以职位高低而论，关键是把你放在哪个位置上。"塑造好"父亲"这个人物，难度很大，写出平凡而又真实的"父亲"则更难。但这是我的骄傲。父亲生活在一个特殊的年代，一个需要有志青年为民族利益挺身而出的年代，他选择了信仰，选择的是为中国共产党而终生奋斗，无论环境多么险恶，初心不改。

毛泽东曾对我党隐蔽战线上的无名英雄们给予高度赞誉，他说，以后解放了，若授勋，首先应该授予他们。

中国共产党隐蔽战线的无名英雄们，为中华人民共和国的诞生建立了不朽的功勋，党和人民不会忘记他们，他们所建立的光辉业绩将永载中华民族伟大复兴的光辉史册。

一月又一月、一年又一年，又到了杜鹃花开时，小说中的人物跟着我从河边徐家出发，开始了实地考察采访，收集、整理史料工作。小说源于生活，源于那个时代。人物塑造，对我而言，不仅是心灵碰撞，更是心灵洗礼。小说中的人物，他们都在我心里。从这个意义上讲，我感谢老屋，感激她给我的启示。小说里许多人物有生活原型，但作为非虚构小说，我又对他们进行深层次的挖掘，而不满足和拘泥原型，我一生都在革命烈士的故事激励下成长，我敬仰崇拜他们为民族、为信仰不惜流血牺牲的精神。

金一南教授曾说，任何一个民族，都不乏积蓄于生命中的火种。点燃它，这个民族就不会堕落，不会被黑暗吞没，不会被侵略者征服！"俱往矣，数风流人物，还看今朝"，中国革命唯在中国共产党领导下才能成功；中国人民唯在中国共产党领导下才能幸福，中华民族唯在中国共产党领导下，才能走向复兴。

我讲述的是爷爷和父亲以国报家，奶奶和母亲持家报国的故事。家中有国，国中有家。在这样的家国情怀中，为百年留痕，为时代立碑。大道之行，天下为公。父亲他一辈子甘守寂寞，做一颗"闲棋冷子"，默默地做本职的事，做国家和民族的事，做勇于担当、不怕牺牲的事。

就在小说即将脱稿时，我再次回到牛车山，山上有太爷、太奶奶合墓，有爷爷、奶奶合墓，有父亲铜像。这里可以放鞭炮，可以烧纸屑钱，我静穆地祭奠着他们，一股青烟，纸屑钱飞得老高老高，我向天空看去，一直颤抖的心平静下来。

写完初稿，没有回头再读，只是又去南京第二历史档案馆、黄埔军校旧址、恩施、宜昌、石牌，在武汉和史学专家们座谈。

再次回到北京，我又一次去了西山森林公园，那里有一座无名英雄广场纪念碑，主碑文镌刻在精致的铜板上：

夫天下有大勇者，智不能测，刚不能制，猝然临之而不惊，无朕加之而不怒，此其志甚远，所怀甚大也。所怀者何？天下有饥者，如己之饥；天下有溺者，如己之溺耳。民族危急，别亲离子而赴水火，易面事敌而求大同。风萧水寒，旌霜履血，或成或败，或囚或殁，人不知之，乃至陨后无名。

铭曰：呜呼！大音希声，大象无形。来兮精魄，安兮英灵。长河为咽，青山为证；岂曰无声？河山即名！

人有所忘，史有所轻。一统可期，民族将兴。肃之嘉石，沐手勒铭。噫我子孙，代代永旌。

纪念碑左右两侧刻有五段极富诗意的铭文。

《光影》：黑暗里，你坚定地守望心中的太阳；长夜里，你默默地催生黎明的曙光；虎穴中，你忍辱负重，周旋待机；搏杀中，你悄然而起，毙敌无形。你的名字无人知晓，你的功勋永垂不朽。你们，在烈火中永生。

《家国》：我们把祖国唤为母亲，我们把战友视作兄弟，为了家园不再遭受荼毒，为了亲人不再蒙受苦难，选择远行，选择战斗，追求光明，追求和平。

《忠魂》：像绽放的礼花，短暂、绚丽、炽烈，一个个鲜活的生命、激扬的青春，照亮前行的长路，消失在胜利的前夜。是归去的背影，挺拔、伟岸、坚毅，一腔腔喷薄的热血、果敢的勇气，冲破重重迷雾，屹立于高山之巅。

《信义》：因为皈依信仰，坦然面对生死；因为心怀大爱，无悔血沃中华。中共地下党员钟浩东夫人蒋碧玉面对保密局特务平静地说：我们难逃一死，但是，我们能为伟大的祖国、伟大的党在台湾流第一滴血，我们将光荣地死去！

《追梦》：你说热的心会把冰雪融消，你说战士的坟墓比奴隶的天堂更明亮，你说生命是飘扬的旗帜，灵魂是嘹亮的号角，你说为了免除下一代的苦难，我愿意把牢底坐穿，你说愿心血化为光明的红灯，将黑暗的大地照得亮亮的，你说我们是天生的叛逆者，要把这不合理的一切打翻，你说你已深深体验着"真实的爱"与"伟大的感情"，你说，我们爱我们的民族，这是我们自信的泉源。……这声音响彻天际，回荡在耳边，梦想永远铭记，生命从未终止，所有阳光灿烂的日子里，我们同在！

回到家中，久久不能平静。能和太爷、太奶奶、爷爷、奶奶、父亲和我母亲开启直接的心灵对话、享受跨越时空的共鸣，是一件多么快乐的事啊！

这部非虚构小说创作过程，我每次都与他们平和地聊着天，听他们讲述他们的过去，我巡视自己的内心，他们的每一句话，每一件小事，还有那些小秘密，这些都是河边徐家的故事，特别是能和奶奶心灵沟通，告诉她，"我想她了。"奶奶的慈祥让我再也抑制不住血液里流淌的那份冲动。回想起奶奶常说的那句话，"人呀，最难看见的，就是自己。"坐在杂乱的书桌边，一地参考书、一地手稿。北京的秋天真的凉爽。当写下这段文字，是不是可以将书稿送给出版社呢？或许，到了冬天才会有这个勇气。

今年十月一日放假，一定回趟武汉，回趟老屋。当停笔时候，蓦然回首：

41年前的今天，毛泽东主席在北京逝世，享年83岁。

72年前的今天，侵华日军投降仪式在南京举行。

二〇一七年九月九日
于德泽草堂

又记：

今年，我们隆重集会，庆祝中国共产党成立96周年。

今年，我们隆重集会，纪念中国工农红军长征胜利81周年。

今年8月1日，是中国人民解放军建军90周年。

今年8月15日，是日本宣布无条件投降72周年。

今年9月3日，是中国人民抗日战争胜利纪念日。

今年9月30日，我们迎来了第四个法定"烈士纪念日"，上午10时，我参加了向人民英雄纪念碑敬献花篮仪式。

今年10月1日，中华人民共和国成立68周年。

今年10月18日，中国共产党第十九次全国代表大会在京开幕。习近平同志代表第十八届中央委员会向大会作了题为《决胜全面建成小康社会　夺取新时代中国特色社会主义伟大胜利》的报告。

今年，中国的改革开放进行39年了。

今年的11月12日，孙中山先生诞辰151周年。

出版谢辞

《河边徐家》小说创作过程中，得到很多专家朋友的支持。

焦家良博士对小说的创作给予了很大帮助。

徐放政、南平、陈晓华、胡宗灵对小说整理作了不少工作，华中师范大学秦群燕教授在史料收集、整理方面，作了不少有益工作。

本书还参考了许多网站提供的资料：恩施新闻网、宜昌新闻网、中国军事网、百度等，向在这些网站发表文章的作者们致谢！

全国政协、湖北省政协、武汉市政协学习和文史委员会等部门、南京第二历史档案馆等为本书提供了方便。

特别感谢第十一届全国人大副委员长、民革中央原主席周铁农为本书题写书名。

感谢全国政协港澳台侨委员会，全国政协学习和文史委员会。

感谢黄埔军校同学会。

小说得以出版，要感谢团结出版社全体同仁，他们不仅提出修改意见，还为本书出版提供支持。

向他们致谢，再次一并感谢。

参考书目

1. 《黄埔》双月刊 2014 增刊：《黄埔军校史料汇编》。
2. 辛亥著名人物传记丛书：团结出版社，2011 年。
   郑大华 任青 著：《孙中山》。
   萧致治 著：《黄兴》。
   尚明轩 著：《廖仲恺》。
3. 陈延一 著：《宋庆龄全传》，中国社会出版社，2014 年。
4. 邢照华 著：《黄埔军校生活史》，商务印书馆，2014 年。
5. 《中国抗日战争简明读本》编写组：《中国抗日战争史》，人民出版社，2015 年。
6. 马东玉 著：《张之洞大传》，团结出版社，2008 年。
7. 彭军荣 编著：中共早期留苏档案解密《红场记忆》，中国文史出版社，2015 年。
8. 郝在今 著：《中国秘密战——中共情报、保卫工作纪实》，金城出版社，2015年。

9. 万鲁建 周醉天 著：《潜伏在中国》，团结出版社，2015年。

10. 吴童 著：《中日秘密战》，金城出版社，2013年。

11. 李湄 著：《家国梦萦》，人民文学出版社，2015年。

12. 刘雪荣：《千年黄州》，黄冈市人民政府办公室，2011年。

13. 三峡黄牛岩风景旅游区 编：《石牌保卫战》。

14. 刘炽炎 著：《笑春风》，解放军文艺出版社，2014年。

15. 万斯白 著：文缘社 康狄译：《日本在华的间谍活动》，重庆出版社，2014年。

16. 金一南 著：《苦难辉煌》，作家出版社，2016年。

17. 王剑冰 选编：《2014年中国散文诗精选》，长江文艺出版社，2015年。

18. 王剑冰 选编：《2015年中国散文诗精选》，长江文艺出版社，2016年。

19. 全国政协文史和学习委员会编：《回忆黄埔军校》，中国文史出版社，2015年。

20. 吴昌华 著：《黄埔风云》(上、中、下)，中国文史出版社，2015年。

21. 刘干才 李奎 编著：《"二战"绝密大间谍》，团结出版社，2015年。

22. 黄仁霖 著：《蒋介石特勤总管回忆》，团结出版社，2009年。

23. 中共中央党史研究室第一研究部 编著，王秀鑫 郭德宏 主编：《中华民族抗日战争史》(1931—1945)，中共党史出版社，2015年。

24. 陈延一 著：《青年孙中山》，中国社会出版社，2014年。

25. 政协宜昌武陵区文史资料委员会编：《浴血鄂西》。

26. 宜昌市夷陵区、点军区政协文史资料委员会 编：《抗战纪实》。

27. 全国政协文史和学习委员会 编：《武汉会战亲历记》，中国文史出版社，2015年。

28. 〔美〕约翰·惠特尼·霍尔著，邓懿、周一良译：《日本史》，商务印书馆，2015年。

29. 湖北政协文史和学习委员会 编：《湖北抗战画史》，2015年。

30. （清）曾国藩 著：《曾国藩家书》，云南人民出版社，2015年。

31. 中共中央文献研究室，金冲及 主编，《周恩来传》（一、二、三、四册），中央文献出版社，1998年。

32. 梁启超 著、解玉璋导读：《梁启超家书》，中州古籍出版社，2016年。

33. 刘翔宗、孙先伟、孔祥涛 著：《毛泽东家风》，中国文史出版社，2016年。

34. 许进主编：《1890—1990百年风云许德珩》，北京出版社，2003年。

35. 沈从文 著，刘欣译：《沈从文家书》，译林出版社，2015年。

36. 罗援 著：《鹰胆鸽魂：罗援将军论国防》，中国友谊出版社，2015年。

37. 宜昌市政协、中共宜昌市委党校 编：《宜昌抗战史料汇编》，中共文献出版社，2015年。

    第一卷，郑国金 主编（上）：宜昌抗战战场态势

    张国祥 主编（下）：宜昌抗战战场态势

    第二卷，陕大海 主编：宜昌抗战中的中国共产党

    第三卷，高 青 主编：宜昌抗战各县史料选编

    第四卷，余学军 主编：宜昌抗战将士回忆录

    第五卷，余学军 主编：宜昌抗战亲历者访谈录

    第六卷，李亚隆 主编：宜昌抗战遗存图片集

    第七卷，郑泽金 主编：宜昌抗争历史图书集

38. 王树增 著：《抗日战争》，人民文学出版社，2015年。

39. 康捷 编：《孙中山轶事》，广东人民出版社，2011年。

40. 李平 主编：《孙中山》，广州出版社，2006年。

41. 上海市孙中山宋庆龄文物管理委员会 编著：《孙中山》，上海教育出版社，2016年第3次印刷。

42. 黄埔军校同学会编 著：《孙中山与黄埔军校》。

43. 焦家良 著：《良言有道》，中国文联出版社，2016年。

44. 焦家良 著：《心的方向》，中国文联出版社，2016年。

45. 孙宅巍 著：《陈诚传》，团结出版社，2016年。

46. 陈予欢 著：《初露锋芒》，中山大学出版社，2007年。

47. 陈予欢 著：《黄埔军校》，广东教育出版社，2015年第二次印刷。

48. 秋文颖 著：《一斋一世界》，山东画报出版社，2014年。

49. 金一南 著：《魂兮归来》，北京联合出版公司，2015年。

50. 金一南 著：《世界大格局中国有态度》，北京联合出版公

司，2017年。
51. 刘晓农 著：《红色爱情》，江西人民出版社，2009年。
52. 张小娴 著：《你会想念你自己吗？》，中信出版集团，2015年。
53. 宜昌市夷陵区政协文史委员会编：《浴血鄂西》，2003。
54. 唐得阳 刘强伦 著：《国民党正面战场抗战最纪录》，团结出版社，2017年。